陈忠实
文集

增订本

第 1 卷

1978—1982

人民文学出版社

图书在版编目（CIP）数据

陈忠实文集：全10卷/陈忠实著. —增订本. —北京：人民文学出版社，2021
ISBN 978-7-02-016743-2

Ⅰ.①陈… Ⅱ.①陈… Ⅲ.①中国文学—当代文学—作品综合集 Ⅳ.①I217.2

中国版本图书馆CIP数据核字（2020）第235781号

责任编辑	李　宇
装帧设计	陶　雷
责任校对	罗翠华　王　璐　李晓静　杨益民
责任印制	王重艺

出版发行	人民文学出版社
社　　址	北京市朝内大街166号
邮政编码	100705
网　　址	http://www.rw-cn.com

印　　刷	三河市宏盛印务有限公司
经　　销	全国新华书店等

字　　数	3680千字
开　　本	880毫米×1230毫米　1/32
印　　张	158.875　插页40
版　　次	2015年10月北京第1版
印　　次	2021年3月第1次印刷

书　　号	978-7-02-016743-2
定　　价	580.00元(全十卷)

如有印装质量问题,请与本社图书销售中心调换。电话:010-65233595

出版说明

　　二〇一五年，人民文学出版社出版了十卷本的《陈忠实文集》。文集收录了陈忠实从一九七八年至二〇一二年创作的大部分作品，既有如《白鹿原》这类已被列为中国当代文学经典的长篇小说，也有如《信任》《梆子老太》《蓝袍先生》《四妹子》等有代表性的中短篇小说，还有散文、随笔、杂记、文艺评论、对话、序跋、诗歌等。在体例上，遵照陈忠实先生的建议，采用了编年形式，按创作阶段分为十卷，每卷再以文体进行分类，如中篇小说、短篇小说、散文、言论等。长篇小说《白鹿原》创作于一九八八年至一九九二年间，单独编为一卷。

　　陈忠实先生二〇一六年不幸辞世后，我社决定对其文集进行增补修订，希望出版一个定本。这次增订，我们主要做了三个方面的工作：一、在原有的基础上增补了作者于二〇〇五年至二〇一五年间创作的二十四篇文章，依据编排体例，按发表时间穿插于各卷当中。二、陈忠实先生的作品，较多地记录了陕西方言，因为有些方言词有音无字，导致同一语词在不同作品中用字不统一。为了避免产生歧义，我们在充分尊重作者写作风格的前提下，对作品中的大量方言词语的用字进行了辨析和统一。三、集中对文集初版时出现的个别编校问题做了进一步的修改订正。

　　这套文集完整、全面地展现了陈忠实先生的奋斗历程和创作成就。它的出版,将为当代文学史研究,提供一部内容可靠的重要文献。当然,由于我们能力所限,此书或许还有不足之处,敬祈读者批评指正。

2020 年 7 月
人民文学出版社编辑部

目 录

短篇小说

南北寨 …………………………………………（3）

小河边 …………………………………………（18）

幸福 ……………………………………………（33）

徐家园三老汉 …………………………………（48）

信任 ……………………………………………（63）

七爷 ……………………………………………（73）

心事重重 ………………………………………（90）

猪的喜剧 ………………………………………（102）

立身篇 …………………………………………（118）

石头记 …………………………………………（132）

回首往事 ………………………………………（147）

枣林曲 …………………………………………（157）

早晨 ……………………………………………（169）

第一刀 …………………………………………（176）

反省篇 …………………………………………（188）

尤代表轶事 ……………………………………（206）

土地诗篇 ………………………………………（223）

短篇二题 …………………………………………………… (236)

乡村 ………………………………………………………… (244)

正气篇
　　——《南村纪事》之一 …………………………… (269)

征服
　　——《南村纪事》之二 …………………………… (291)

丁字路口
　　——《南村纪事》之三 …………………………… (302)

蚕儿 ………………………………………………………… (315)

初夏时节 …………………………………………………… (324)

土地——母亲 ……………………………………………… (336)

霞光灿烂的早晨 …………………………………………… (344)

绿地 ………………………………………………………… (355)

田园 ………………………………………………………… (367)

珍珠 ………………………………………………………… (379)

铁锁 ………………………………………………………… (390)

中 篇 小 说

康家小院 …………………………………………………… (399)

散文·报告文学

躯干 ………………………………………………………… (457)

分离 ………………………………………………………… (464)

山连着山 …………………………………………………… (473)

面对这样一双眼睛 ………………………………………… (478)

可爱的乡村 ………………………………………………… (483)

崛起 ………………………………………………………… (489)

万花山记 …………………………………………………（510）

延安日记 …………………………………………………（512）

春风吹绿灞河岸 …………………………………………（518）

言　论

我信服柳青三个学校的主张
　　——《信任》获奖感言 ………………………………（529）

短篇小说集《乡村》后记 ………………………………（533）

看《望乡》后想到的 ……………………………………（535）

和生活的创造者一起前进 ………………………………（538）

深入生活浅议 ……………………………………………（541）

短篇小说

南 北 寨

腊月里，深更半夜，正是庄稼人棉被热炕睡好觉的时分。南寨大队党支部书记常克俭，猛然被一阵敲门声惊醒，接着就听见街门外传进来粗重的呼叫声："老常！老常！"这声音太耳熟了，是大队长吴登旺。家伙！刚才开毕大队委员会扩大会议，把春节前的工作包括社员的生活都做了安排，有啥紧事等不到天明！这样想着，他已经穿好衣裳，同时把脚往棉鞋里塞。他赶紧应了一声，再晚一会儿，那个小土门楼会给性急的家伙用拳头砸倒的！

他拉开街门，黑漆漆的门口，看不清大队长的脸色，只有他的烟锅一闪一亮。不等常克俭开门，吴登旺就亲昵地抱怨："说你性凉，真个性凉！把我在门口能冻失塌！你起来还缠裹脚布吗？"

进得里屋，常克俭坐在方桌边，摸出烟袋、烟包慢慢装烟。他不招呼大队长。他们俩在南寨共事二十多年，他进大队长吴登旺的家，吴登旺进他常克俭的家，都跟在自家屋一样，饿了在笼里摸蒸馍，渴了取暖水瓶倒水。事业把这两个年龄相差不多，而性格截然不同的人联结在一起，至今肝胆相照，信任无惑。二十多年里，还发生过几次这样的事，某一年老常被罢官了，某一年大队长被人推倒了，"文化大革命"初，他们都一同靠边站了！南寨能出来说话办事的人都显示过一番，结果人们又不得不把他俩推到南寨的主要岗位上来。他们的共同感觉是，无论风霜雨雪，双方都没有做过对对方昧良心的事,无论自己当时承受着如何的压力和可能发生的最不好受的结局,都坚持是啥说啥,有啥说啥,既不包庇,更不栽赃!有了这一点,就使他们俩能畅快地说话,畅快地商量事情,畅快地工作,而不用花提防对方那一份心力。人在恋爱的时候,总希望找着和自己性格合得来的配偶;人在自己工作的单位,也希望遇着一位和自己性格差不多的同志。可是,南寨的书记和大队长,性格相差太远了!老支书蔫不拉唧,很少有失急慌忙的时候;大队长却是个"紧三火"。长相也差得远:老支书瘦小,背有点驼,一双眼里温厚多于严厉;大队长长得腰粗膀宽,立眉虎眼。这两个紧性子和慢性子的共产党员,却觉得谁也离不开谁,用吴登旺开玩笑的话说:"老常哥,下辈子你托生个屋里家,我娶你!定下咧!"

这时,吴登旺拿起捅条,把封严的只留一个透气小孔的砖盘火炉戳开,顺手从桌子上的搪瓷茶盘里拿起装茶叶的小铁盒,对着套间故意问:"老嫂子!茶叶在哪达搁着哩?"常克俭的女人在屋里嗔怒的回答:"还不是在老地方嘛!"吴登旺做个鬼脸,滑稽地一笑:"噢!我当你睡着咧!你把被子盖严噢——"

常克俭哑然失笑。这家伙,肯定是什么事儿办得顺利,正在兴头儿上,你看眉眼里那个得意劲儿嘛!看着自己的同志热心集体事业,情绪饱满,他的心里特别舒畅。他的清瘦的脸对着大队长,泰然而温和的眼睛催促对方:说你的好事吧!

压抑了半宿的火炉一经捅开,蓝色的火苗呼呼蹿上来,格外欢快地跳跃着。吴登旺把水壶支好,这才坐下,得意而神秘地说:"北寨俩人在咱村借粮来咧!叫我给逮住咧!"

"噢,这事——"多少有点出乎常克俭的意料之外,他眨着眼,说:"就这事,你也等不到天明,半夜三更,冷熊砸门……"

"好事!大大的好事呀!"吴登旺从炉边站起,牢骚大发:"我明天把这两口袋粮食,给北寨那个王样板背一袋,再给公社那个'鸹鸹客'——韩主任一袋！我问他,你北寨是样板队,唱戏唱得美,编诗编得多,墙上贴得花,广播上扬,材料上登,你王样板到处介绍经验;现时,你的社员到俺'黑斑头'南寨来借粮做啥？你韩主任大会小会刮俺南寨,咱俩的鼻子幸亏有骨头,要是肉囊子,早叫'鸽鹚客'给刮平了！我要问他,你刮俺不学北寨,说俺是'唯生产力论',只拉车不看路,这咧那咧一大堆;叫俺学北寨的啥？学他们虚报产量,完不成公粮扣社员口粮吗？让俺社员学北寨社员靠借粮买黑市粮过活吗？"

常克俭仍然捏着烟袋杆,长着一溜黑胡须的嘴和鼻孔里同时悠悠冒烟,轻淡地说："这何必要你背上粮食口袋去问他！咱早都料到这一步——瞎子也能猜摸到这一步！"

"我把北寨人借粮的口袋给他背去,看他给我说个啥！"

"嗨呀！好我的伙计呢！这还用得着你问嘛！"常克俭不屑地说,"韩主任早就敞开说：'宁要低产的社会主义的北寨,不要高产的修正主义的南寨。'你再问啥吗？"

"鬼话！"吴登旺气愤得脸红了,"弄得交不起公购粮,让社员东跑西颠借粮、买粮,还是社会主义？俺南寨年年超交公粮,社员吃得饱,倒成了修正主义？啥嘛！啥尿道理嘛！"

"啥道理？颠倒子道理！歪歪子道理！现时就兴这！"常克俭说,"耍发牢骚了吧！伙计！说说事情怎么办吧！"

吴登旺像泄了气的皮球,拉长声调说："那好吧,让北寨人跟上王样板和'鸽鹚客',享他们没粮吃的社会主义的福去吧！咱们——"登旺又来了劲,优越地说,"咱甘当咱的'黑斑头'！咱今晚的会一开完,分给我的工作,我安排了一下,几个小队队长劲大着哩,赶腊月二十,全部结束平地任务！我跟饲养员老大说了会议精神,今年要多杀几头猪,老大高兴死了,说明天就加料,赶腊月二十七八,正好追肥！好哩！咱杀猪过年！……"

"好咧！不说那些了。刚才会上安排过的事就不说了。"常克俭打断吴登旺的话。显然，吴登旺没听明白他问话的意思，就直接提出来："北寨人没吃的，年怎过呀？日子怎过呀？"

吴登旺睁着虎眼，直愣愣看着常克俭，吃惊不小！他忽儿眼睛一眯，脖子一仰，哈哈笑起来，笑毕，说："北寨人过不了年，要你南寨支书同志操心吗？让他们朝'鸽鹚客'要去嘛！哈呀，你是铁路上的警察管到西安钟楼下了——管得宽过余啰！"

"不宽。伙计！"常克俭说，"你知道不？北寨有人在咱南寨借粮，怎么借呢？今年借一斤苞谷，忙后还一斤麦子，还有掏高价买的，你看这问题是个啥问题呢？咱该管不该管？"

吴登旺说得很干脆："开个社员大会，宣布一条，借啥粮还啥粮咱不反对，谁要是粗粮换细粮，卖高价的话……"

常克俭笑着摇头："粮食政策谁不知晓？可没啥吃总得想法子喀！北寨人掏了高价，南寨人得了高价，都不吭气！你逮住都说借的！没一个人承认是买的，换的！咱的社员弄这号事，管不管呀？"

吴登旺闷住了，这是实际情况！他烦躁地说："北寨胡整，弄得咱也不得安宁！"

"也能看出咱思想上的毛病，咱的工作没做好哩！"常克俭告诉吴登旺，北寨社员到南寨买粮借粮的事，前几天他就发觉了。先是亲戚到亲戚家来借，熟人朋友到熟人朋友家来借，后来就出现了经济宽绰的人来买，手头紧的干脆咬住牙借一斤苞谷还一斤麦……他想在社员里头进行一番教育，订一条制度卡严吧！好了，你说这不对，他不卖不借了，北寨人还是要跑其他队或渭河北去买！这是社员吃饭问题，你当干部能不管吗？现在才交上腊月，离明年收麦早着哩！开过春，到三四月青黄不接的时节，情况会更严重！这几天，他一直在想着这个麻烦事，一个共产党人最赤诚、最人道的想法形成了，就是拿出南寨的一批储备粮来，借给北寨。这办法，他首先考虑的是南寨人要骂他,干部也会发生争执,大队长就是头一个绊子!再者,北寨肯定不会接受,王样板硬着头皮顶着社员的恶骂,两眼还看的是韩主任奖给他的奖状,能好意思接受南寨的粮食吗?前日北寨三队队长刘步高和他透过想集体借粮的意思。他想先跟大队长交换意见以后,再和其他干部商量,再让社员讨论。一来教育本队社员,不要趁北寨社员有困难,咱倒去发财;二来是大事,要经社员们同意。想到这儿,他说:"你和他们赌气做啥?过年该吃十斤肉,韩主任不会少吃一斤!受害受苦的是北寨,北寨的社员!"

"那咱有啥办法?"吴登旺说,"总不能叫咱给北寨把粮供上!"

吴登旺本来说的反反话,常克俭此时却抓住,大胆加以肯定:"我就想和你商量这事:拿一批储备粮,借给北寨!"

吴登旺把茶缸一放,从火炉边跳了起来,惊奇得瞪大了虎眼:"借给北寨?把咱的储备粮给北寨?"他重复着常克俭的话问,"让北寨人吃饱了再唱戏?编诗?让王样板再去介绍经验?再来和南寨对着干?让'鹁鸪客'主任再来给南寨扣帽子?"

常克俭不恼,他早已料到吴登旺会激烈反对的。他说:"要急嘛,你坐下说嘛!咱俩商量哩嘛!"真好脾气的人啊!

吴登旺重新坐下,摇着手:"不行!我通不过!哪怕把粮食交给国家,支援工业建设哩!给王样板那个瞎熊,不给!"

南寨人人佩服好脾气的党支书常克俭,真是脾气好!他还是慢悠悠地从嘴巴和鼻孔里喷着呛人的旱烟,脸上不恼,眼里不失笑意,不高的声腔,面对盛气的大队长,慢声慢气地讲他怎么知道借粮这个事,怎么考虑北寨,怎么考虑南寨,讲他怎么想,怎么犹豫,有什么顾虑!讲得真切、实在。他说韩主任拿北寨压南寨,他比别人并不少受气!现在说气话痛快倒痛快,解决不了问题嘛!

吴登旺喷着大口大口的烟气,沉静了。

常克俭从椅子上下来,找了一只小木凳,放到火炉跟前,和大队长面对面坐下,说:"伙计,咱明明白白看见北寨的病害在那里,瞎在那里嘛!你不听北寨社员和咱的社员遇在一搭,悄悄话怎说哩?他们没办法喀!"

"行么!"吴登旺拖长声音,带着并不实心实意的赞同口气说,"你开干部会讨论吧!只要大家同意,我没意见!"

克俭笑着:"干部会上,你还可以敞开说。"

吴登旺心里不禁纳闷,以往,他们商量事情,党支书是很尊重他的意见的,俩人想不到一块的时候,党支书总是等待,等待,三番五次交换意见,俩人想法一致了的时候,才交大队委员会讨论,今晚这事,他怎这么固执?尽管说话不高不躁,可主意不变!现在,在他没想通的时候,就要交干部讨论,这号事少有。他为啥这么急,这么固执己见地要去做给北寨人骚情的事呢?他纳闷了。

"你老哥的心长,真个心长!"吴登旺揶揄着,突然把戴棉绒帽的脑袋一拍,大声吃惊地叫:"啊呀!咱俩说了半夜话,那俩还在饲养室里呢!"

"谁?"克俭莫名其妙。

"北寨那俩借粮的——长顺和马驹。"

"你把人家搁在饲养室做啥?"

"我问他借的,还是买的?啥价?死活不说。我说,'你几时露了底儿几时走'!"

"啊呀呀!你咋弄下这事嘛!"克俭老汉站起来,"走走走,快快快,咱俩送人家回去!"

"我只叫他交个底儿,了解咱南寨有没有人借机搞投机倒把的,又不把他俩咋的。"

"咱的事,咱能弄清!"常克俭说,"走,快!"

常克俭和吴登旺走出门,朝饲养室走去。村里传出第一声鸡啼。

夜正深,也正寒。

冬上金,腊上银。南寨大队各小队按照大队的安排,平整土地工程暂停,突击一周,给冬灌过的麦田施肥。抓住了生产的主要环节,社员那个劲头真是热火朝天。为了适应冬日天短的特点,各小队先后都改一天出三次工为两大晌,午饭在十二点吃。

党支书常克俭,肩头挂着牛皮车绊(车子放在饲养场外的粪场上),拱着微微有点驼的背,手里扣着棉袄纽扣,不紧不慢从村巷走过来。那些定额完成得快的青壮社员,已经端着大老碗蹲在靠阳的柴火堆边开起"老碗会"了。他答应着社员们亲切的招呼,仍然悠悠走着,好让推车跑了一上午的双腿松弛、缓歇下来。

大队长吴登旺和几个社员,正坐在玉米秆柴堆前吃着谝着,看见他,说:"老常,'鸽鹞客'找你哩!"

"你没问啥事?"

"我没问!"吴登旺说,"他放他的鸽鹞,我务我的庄稼!谁不粘谁!"

几个一堆吃饭的社员哄地笑了。

这家伙总是这样!常克俭走着想着。他眼里容不得他看不顺眼的人!大队长的正直秉性,南寨男女老少都知情,所以,喜欢他,信任他。要不是这一点,他那个脾气,能干生产队这复杂麻烦的工作吗?难!他常克俭没学会挖苦人的本领,即使对谁有意见,也不会说挖苦的话。韩主任提拔成公社领导以后,在生产队和大队干部当中威信不高,砸他洋炮的不少。他的主意是,你说对的我办,你说的不符合南寨实际的不办。今年春上,韩主任到北寨抓点,他开始也觉得新鲜。开现场会那天,他和登旺到北寨村里一看,又到地里一看,他的心凉了。"花套子!"他对登旺说,"村里搞得花里胡哨,地里的庄稼哄不过人!"从北寨开罢现场会,他仍然按他的步子走,不理睬邻家那一套。韩主任从北寨赶到南寨,问他为啥不推广北寨的经验,他老实说他的想法:"农民是种地哩!心劲儿要花在多打粮食上头哩!北寨现时把开会唱戏当正经事,庄稼倒荒了,这事,我心里不踏实!"韩主任甚至说:"人家外队外社的人来参观,路过你南寨,一看你这儿悄悄静静,说北寨的经验在南寨都推不开。影响太坏!"常克俭说:"这不难嘛!让参观的人走北边那条路好咧!俺不挡北寨的路!"个别谈不通,韩主任就在大会上点南寨的名,发展到前不久,就直接点常克俭的名。会完以后,他找到韩主任:"北寨那一套,我干不了;要是我挡路,你把我撤换了!"韩主任气得什么似的,拿这个瘦小的支部书记没办法!他还没有撤换一个大队支书的权力!即使思想分歧如此严重,他也不像吴登旺那样,一提到韩主任,就是"鹐鹐客"长"鹐鹐客"短,连名字都不叫!见了面连招呼都不打。他该接待还接待,心里却纹丝不乱。

拐过弯,他一眼瞅见,韩主任站在他门外的晒柴火的小场地上,屁股后头撑着一辆自行车,一手插在裤兜里,一手夹着纸烟,鹤立鸡群似的站在几个蹲在地上吃饭的社员旁边。他走到跟前招呼:"老韩,屋里坐嘛,到了门口也不进呀!"

韩主任现出急事在身的神气,事务式地说:"今日下午,在小学里开会,男女社员都参加!两点半,记住!"说罢,跨上车子奔北寨去了。

小学校位于南寨和北寨之间,两个村子的孩子在这儿读书。土改时,南寨和北寨是一个行政村,通称南北寨,经常在一起开会。合作化时,成立了两个大社,以后又成为人民公社的两个大队,各自独立活动,在一起的时候不多。但这两村离得近,亲戚套亲戚,年时八节往来频繁,又加上地连畔,渠接渠,干活休息时,两村的社员对着烟锅点火抽烟哩!会议安排在这里,很适中。韩主任让北寨社员集合在北边,南寨集合在南边,各家干部好维持秩序。费了好大劲儿,也整理不好,亲戚见了亲戚拉家常哩!熟人见了熟人抽烟呢,交换各队的新闻哩！

常克俭进得学校操场，正想找一个地方蹲下来，却听见谁"克俭！克俭！"亲切地叫他。他一回头，北寨三个老汉围在一堆，笑着向他招手哩！

一个花白胡须的老汉，很神秘地问："克俭，老叔问你个话，这整天叫农民唱戏打球，不务庄稼的政策，全公社是一律的，还是光叫俺北寨搞？听说你在南寨就没这样弄！"

克俭笑说："俺还没顾得学哩……"

一个刷刷黑胡须的老汉说："胡整哩么！克俭！俺老婆快七十岁咧，成天叫唱沙奶奶！这叫做啥？糟践人哩咯！"

一个秃顶老汉说："人家这样胡折腾，社员瞎好不敢放个屁嘛！不对了就谈思想，上会！俺北寨人造了啥孽？受这号洋罪？"

常克俭在老汉的烟包挖着，猛然听到大喇叭上喊："常克俭同志，吴登旺同志，请到台上来！"这就是社员称作王样板的北寨大队支书王焕文的轻浮的声音。

花白胡子老汉努努嘴："克俭，俺那人物叫你哩！"

吴登旺走到跟前："老常，你把我代表一下，我不上去了！"

老常说："叫上就上嘛！怕啥！"

常克俭噙着烟袋，从人堆里挤过去，和登旺坐在一条木凳上。韩主任告诉他们，下午的会议两个内容，先由他做关于当前运动的动员报告，再由北寨联系实际反击"右倾翻案风"。

韩主任坐到讲桌前，把讲稿摊开在铺着一条花床单的桌子上。王焕文把麦克风挪挪、压压，压到正好对着韩主任的嘴的高度，又提起花皮暖水瓶，倒了一杯水，放在韩主任左手旁，这一切做得谨慎、小心，笑容可掬。

韩主任刚开口，突然广播里传出吱啦一声尖叫，刺人耳膜。王焕文立即折转身，笑脸变成恼怒的神色，斥责大队电工："怎搞的？"

吴登旺翻了一眼,鼻腔里轻蔑地哼了一声。

常克俭也瞧见这一令人作呕的细节,他若无其事地抽烟。

韩主任讲起来,手舞足蹈,一会立起,一会坐下。

吴登旺扒在常克俭耳朵上,悄声说:"老哥,我看如今这世事,也跟放鸽鹁一样,看行市哩!这一集灰鸽鹁值钱哩,下一集白鸽鹁又值钱哩!咱们是脱了鞋也赶不上行情!"

常克俭说:"你悄着!你听他讲嘛!有意思哩!"他这样劝吴登旺,再看看韩主任一派大人物给农民讲话的派势,脑子里却也不由得浮现出解放前麻坊镇上的鸽鹁市场来。穿得七长八短的韩家庄的孤儿韩狗娃,鼻尖上吊着清鼻涕,一手压着鸽鹁盖子,一只手塞到别人的袖筒里捏码号。父母死于突发的霍乱,把十五六的少年独独儿抛到人世。那时候没有共产党和共青团组织教育和关心孤儿少年,亲门本族也终究隔着层层儿,渐渐地狗娃在麻坊街的街痞二流子伙里找到了兴趣,把二老留给他的三亩地卖啰!买鸽鹁耍起来啰!……解放后,狗娃回韩家庄参加了土改,好积极啊!积极得简直让纯朴的贫雇农吃惊!工作组能看出他动机上的不纯正,却也同情贫农孤儿的艰难处境,就让狗娃到乡政府当通信员,改名叫韩克明,后来就成了人民公社的一个干部。这个人的最大毛病是随风倒,说话没准星儿,当面夸你,背过身砸你,人都知道他有"吃谁的饭,砸谁的锅"这瞎毛病。"文化大革命"时,韩克明在机关里造反了!公社革委会成立时,当上了委员,一九七四年一反回潮,韩克明当副主任,成为领导人物了。

常克俭想到这些,心里倒觉得吴登旺说的不无道理,这韩主任大概把革命也当耍鸽鹁一样搞哩吧?你看他这阵在台上那神气!

韩主任从大到小,由远及近,终于从全国讲到了北寨和南寨:"在北寨,出现了十件新事,呈现出一派新气象。有人对北寨不服,散布不少奇谈怪论……"

常克俭转回头,对满脸怒气的吴登旺说:"伙计,听着……"

韩主任又说:"有的队不学北寨,就出现资本主义泛滥,社员卖高价粮,大队干部也企图以粮食腐蚀北寨!北寨大队党支部很敏感,及时抓住这个新动向,今天开会,坚决反击……"

常克俭脑子嗡的一声,只觉一股热烘烘的东西冲上头顶,脸发烧,眼发花。他哆嗦着嘴唇,没说出话,却听见吴登旺骂了一句:"真正无耻!无耻!"他站起来,抽身想走,"你看看,咱想把粮给人家,还得挨人家骂,狗日的连良心都没有!"

常克俭拉住登旺的袖子,强迫他坐下,控制住自己的感情,说:"甭急,甭躁!看这场戏怎么演吧!"

王焕文很得意,走到麦克风前:"北寨有人吃粮没计划,铺张浪费,弄得缺点粮食,有的队就趁机卖高价。现在由杨长顺揭发批判——"

杨长顺,五十多岁的老实社员,一脸羞愧,低着头,走到讲台上来了。他停在麦克风前,手也没处放了,惴惴不安:"我,不该出去借粮,咱北寨是先进队,我给红旗抹黑……"老汉深深低下头,离开讲桌,在土台一侧,羞得蹲下身去。

王焕文很得意地追问:"你在哪个队借的粮?"

老汉头也不抬:"南寨。"

王焕文瞟一眼常克俭,又和韩主任会意地交替一下眼色,继续追问:"谁家的?到底是买的,换的,还是借的?"

老汉双手抱着头,不吱声了。

王焕文有点性急:"好,你再考虑考虑,让马驹揭批!"

三十六七岁的中年社员马驹,紧皱的眉毛下,交织着难受和愤恨的复杂神色。他被叫上台来,站在大家面前,像一节瓷实的榆木桩,栽在那里,半天没开口。

王焕文启发引导说:"你和长顺那天黑夜回来,不是还有人给你送进村吗？说老实话吧！"

"那是人家克俭叔和登旺叔帮扶我哩！"马驹立即说明，"不是人家卖的！"

这个说明显然是没有力量的，因为他总不说是谁卖的。台下的眼睛一齐射向坐在台子一角的南寨大队的两个主要领导人，似乎在问，他们也卖高价粮吗？这是怎么回事啊？

这是搞阴谋！至此，常克俭完全明白了。那天晚上，他和登旺来到饲养室，向长顺和马驹赔了情，略略透出将来通过集体对集体的办法解决北寨社员的困难；之后，帮着他俩把粮食送进了北寨村。王焕文大约以为是南寨的领导人卖粮咧！拿这事到这稠人广众前亮他！台下的社员不明真相，眼光里有锥子一样尖利的责问，有迷惘不解的疑问，也有完全不信的同情眼光。克俭觉得，阴谋的制造者企图把他往烟筒塞，抹他一脸黑，在南北寨把他弄臭，这意图太明显了。他气愤，憎恶，也好笑！他的耳旁，传来大队长一声比一声粗的出气声。没等他回头，吴登旺忽地一下站起来，炸雷似的说："这是害人！"他想挡也来不及了。

韩主任回过头来，却嘻嘻笑着："不要激动嘛！你要说话，等马驹说毕！好，马驹同志，你说吧，不要怕！"

韩主任十分有把握的神情，登旺的举动，给在场的社员造成了真有其事的印象，常克俭感到了某些压力，像坐在被告席上；但他心里踏实，不乱！连看也不看登旺，摸出烟包来。

"我说，行！"马驹咬咬牙，说，"我马驹不该到南寨借粮！应该在家等着饿死！饿死也不该给王支书脸上抹黑！"

"你胡说！"王焕文脸上像挨了一鞋底，"手放下！嚣张成啥哩！"

韩主任却由气恼中很快换出一副笑脸："现在要你说清，借谁家的粮。责任不在你嘛！"

马驹憋着嘴唇，扭着脖子不说话。台子上僵住了。

吴登旺又想站起,老常偏过头:"你不能看这场戏演完吗?坐稳!"

"买我的!"台子下边一声喊,台上台下满是吃惊的眼睛,朝着发出声音的右后角看去,南寨五队的张德明老汉正朝前头走来。

"买我的!"德明老汉走到台前,对王焕文说。他转过脸,对站在一堆的长顺和马驹说:"兄弟,你就照实说是买我的喀!怕啥?"他转过身,面对整个会场,"南北寨的乡亲们,马驹和长顺,借了我二百斤苞谷。长顺说他忙后还麦哩,马驹说他月底交了猪,给我钱哩!就是这事。俺的支书克俭问过我,我没承认!今日,看着长顺和马驹受难场,我的老脸上像鞭子抽!他俩,没吃的,掏高价买我的粮食,够苦情咧!回来还要挨批判……"老汉动了感情,说不下去了,猛地提高声音,大声宣布:"他俩借我的粮,我不要还咧!今日这会把我教育哩!当着南北寨社员的面,我说话算话!"说罢,大步走下台去。

德明老汉的举动太突兀了!台下的社员没料到!阴谋的制造者没料到!常克俭自己也没料到!前日他和德明老汉推粪休息时,了解这事,老汉矢口否认他卖粮。现在,企图整他常克俭的人,却替常克俭教育好了这个私心重的社员,多嫽啊!企图拿石头打人的人,现在正发觉石头朝自己迎面飞来!你看台下两村几百双眼睛里是啥意思!

王焕文惶惶然瞧着韩主任,怎办?

韩主任尴尬地站起来,仍然绷着脸:"德明老汉能认错很好嘛!问题在于南寨的干部,他们想拿粮食收买人心,给北寨红旗抹黑!"

重新获得启发的王焕文说:"这事由三队队长揭批!"

这是个四十岁的老诚人——三队队长刘步高,忠诚淳厚,他说:"三队不少社员到南寨借粮,我当队长的,脸上像挨耳光!咱是集体,我想集体借下粮食,明年再还,甭叫社员受难场!我和南寨老常透了透这心思,老常说和其他干部商量一下,问题不大。昨日他见我,说大队干部都同意。就是这事!"

"没志气!没志气!"王焕文喊着。

刘步高难受地说:"我当队长五年了,大家伙儿知道我没本事!这几年,发展不快,好坏社员还没饿着,公购粮也没拖欠国家的。今年,大家明白,咱都干了些啥名堂!这个弄法,我干不了!南寨的粮,我不借了。你给三队另选队长吧,选能唱出粮食的能行人……"

北寨的社员,像受到撞击的蜂箱,嘈杂的议论,愤恨的谴责,难听的咒骂,像潮水一样扑向主席台,埋藏在胸膛里的积久的愤怨倾泻出来了!会场无法控制了。

吴登旺自坐上台后,一直黑煞煞的脸孔,现在眉眼嘴巴活动起来了,畅快地笑着。太嫽啰!实在好!他坐不住了,摸摸烟包,烟包却空了,亲昵地捅一拳克俭,要过烟包挖着,毫不遮掩嘴角上轻蔑的神情,瞧着韩主任红一阵白一阵的脸。

常克俭仍然稳坐着,社员们激动的情绪,像海浪一样拍击着他的胸膛,把他心里那些窝囊气一齐冲击净尽!他的心忽闪忽闪跳啊!嘴唇不由得颤抖起来。

韩主任走到他跟前,严厉地瞅着他说:"现在必须由你说话,说清你搞支援粮食的真实用心!否则……"

听见韩主任的话,台下前头站的社员静下来,从前头往后排,霎时屏声静气,鸦雀无声。南北寨的几百双眼睛,男人和女人的,老年和青年的,饱含着敬佩、爱戴的深情,投向一个目标——坐在土台侧角的驼背老汉。

阵势十分明显:

——阴谋的制造者企图挽回残局。

——受害的群众希望他替他们说话。

常克俭站起来,微微驼着背,手里捏着旱烟袋,走向台口,看着他熟悉的社员们的一张张热切的脸,两滴泪花扑出来了。他转过身,对韩主任看一眼,说:"一切都清清楚楚,你自己总结吧……"说罢,他背起双手,走下台阶,穿过自动让开路的人堆,走出会场,踏上通南寨的白杨甬道……

1978 年 10 月 小寨

小 河 边

科学大会上午进行的议程是颁奖。研究员李玉抱着奖牌走出礼堂大门的时候,心还在咚咚地跳,那场面实在令人激动。他夹在人流中,走过长长的楼道,在楼梯的转角处,猛然听见谁叫了一声"老九"! 声音听来好耳熟。未及他回头,一只手掌已经重重地落在肩膀上,一张胖胖的脸膛正对他嘻嘻地笑着,又重复一遍道:"哈!老九!"

"呀!老八!"李玉惊喜地叫着对方。

两双手紧紧地握在一起,摇呀抖着。

一声老九,又一声老八,奇怪的称呼,惹来了拥挤着下楼的过往者好奇的目光。李玉那藏在近视镜多纹的镜片下的眼睛,窘迫地躲避着。老八却一手搭在李玉的肩头上,亲热地搂着他沿着楼梯台阶往下走,根本不理睬别人怎么瞧他。

"你到底成功了!值得祝贺!"老八说。

"你的事迹我在报上看过了,真是个好'后勤部长'。"李玉说。

老八哈哈一笑,表示自己所做的成绩不值一谈。笑毕,悄声问:"你还到小河边去来没?"

"没。"李玉说,"你大概也没空儿去吧!"

"咱们再去一次,玩玩。"老八提议说,"顺便看看老大!"

"噢!老大——"李玉像勾起什么心思似的,沉吟一下,随之热烈响应说,"好！去！"

"下星期天,十点。"

"在桥头等。"

多年以来,研究员李玉几乎过着一种居士式的生活。四十出头的人了,既不喝酒,也不抽烟,更不会结交朋友。虽说分配到这个城市工作快二十年了,可这座北方古城的名胜古迹,郊区的山水风景,他一概没有光顾过。他有他的乐园,就是研究所里那座实验室。一旦进了实验室,他就忘了太阳在升在落,自然界雨雪风霜在变幻;脱下白褂回到家里,呆呆地坐在小桌旁,脑子里还满是那烧瓶里沸腾的液浆。

他有一个贤惠的妻子。她在工厂里工作,劳累的程度比他大得多,但她还是甘愿承担全部家务。

"吃饭！"妻子说。

"好！好！"他端起碗,捞起筷,往嘴里填。

"盐淡不淡?"妻子问。

"不淡不淡！刚好。"他点头赞许说。

"我给你碗里就没调盐！傻瓜！"妻子嗔笑着,爱怜地夺过碗去,调上了盐面儿,又递到他手里。孩子们哈哈笑着傻里傻气的爸爸。

他呵呵笑着,扶一下眼镜,接过妻子递过来的碗,也不在意——惯了。

吃罢晚饭,他钻进那间堆满大本小本的小屋里,一坐就坐到十二点。

有时候,他会轻快地跑上楼梯,扔下提包,满脸孩子似的喜气,钻进灶房来,忍不住说:"二号试验成功了！"似乎只有这时候,他才记得应该替妻子分担一份家务,蹲下择菜,打水淘米。这时候,她会满心喜悦地临时做出决定,增添一两个可口的菜、汤,表示对心爱的丈夫取得成功的祝贺。平时,做着再好的饭菜,怕是他连味也尝不出来呢!

他们少有穿戴时髦,进出服装店、饭店、公园的时候,可都觉得很和谐,很幸福。百人百性,世上谁也没有给幸福的家庭规定下统一的内容嘛!各人按各人的志趣生活着。

由于众所周知的原因,他的生活被搅乱了。实验室门上交叉着贴上了十字封条;那卷着旋风的扫帚,一下就把他不足百斤的瘦小身躯扫进了"牛棚"。他惊魂未定,尽管对眼前发生的一切还看不透,尽管肉体和精神上都不好受,可并无怨言。从简陋的乡村小学到宽敞明亮的大学,他十几年来接受的教育所形成的坚定而神圣的信念,使他相信这是革命。既是革命,自己损失一点是不应计较的。他老老实实检讨,写了一次又一次,诚诚恳恳接受批判,站了一回又一回。终于,有一天,他被宣布解放了,从山沟里的牛棚,回到城市里的研究所。

他急急跑进研究所的大门,一步三级地跨上楼梯,奔到实验室。门敞开着,室内已经掠劫一空,水泥地板上撒满玻璃杯瓶的碎渣,窗户上连一块完整的玻璃也不存在了。他的腿发软,无力地靠在一只残破的木椅上,那颗剧烈跳动的心霎时凉得像要冻结了。

他背着行李卷,拖着沉重的步子,走过大街小巷,回到家里,妻子不在,孩子们几乎认不出他了。他抱起小儿子,跑进他的小书屋,啊,塞满了面袋、米缸、蔬菜和不常使用的杂物。

他放下孩子,扶着门框,流下眼泪来。在那小山沟的牛棚里,他检讨,站台子,为的是能早一日回到实验室。现在,多么出乎意料!怎么办呢?

"再别学傻了!"妻子甚至不管孩子在当面,一把搂住他的头哭了。她揩掉眼泪,就说了这一句话:"咱们过去太傻了!"

他待在家里,没处去了。

他企图弥补结婚近十年来自己不顾家务的过失,替妻子烧饭,但却把饭烧糊了;给妻子和孩子洗衣服,怎么也洗不净。

妻子瞧着他笨拙狼狈的样子,笑说:"老天安排就的,还是我来服侍你!"

"那么,我该干什么呢?"他无聊而又惶惑。

"出去逛去!"

他出去了,没过点把钟又回来了,十分沮丧的样子:"没啥好逛的!"

"领着孩子看电影去!"

不等他回答,孩子们乱纷纷反对了。他明白,他不会使孩子们玩得开心;再说,那几部轮番上映的片子,孩子们早都背熟了,腻了。

坐着,躺着。坐、躺不住就踱踱步,从寝室到小灶房六七步长,踱着过去,又过来……无聊!无聊得心神不安!

这一天,妻子从工厂回来,从提兜里掏出一把伸缩式的钓鱼竿:"去!钓鱼去!散散心。"

他踌躇了。虽然生在南国水乡,自上了中学,他像神话传说中的少年进了东海龙宫,贪婪地攫取人类智慧的珠宝,儿时在河浜钓鱼捉虾的兴趣早淡漠了。现在,却……

妻子像是看透了世事,对他劝解:"什么也不要想!咱们过去真傻!"她的神情和语气是坚定的,又是痛楚的,"拿上竿子逛去!活动活动身体,老待在屋里,愁死你,啥也不顶!"

他难受到极点!妻子对他的事业的冷淡使他更难受一层。可是,又有什么办法呢?

"到哪儿去钓呢?"他支支吾吾。

"出城,往东,有一条小河,风景不错哩。"妻子说,"俺厂一伙'逍遥派',成天在那儿钓鱼摸螃蟹。"

这样,他来到了小河边上。

一道大堤,把沙滩和田地隔开。沙滩上,望不尽的石头、沙砾、茅草,沙子里的小粒赤金在火样的阳光下闪射着耀眼的光彩。一条细细的流水弯来拐去,在沙滩上静静地流着,河堤上密密丛丛的杨柳,遮挡着阳光,丝丝凉风顺着河道吹过来,堤内是一畦畦吐穗的稻田和一片片白顶绿身的玉米林,多好的地方啊!

一座座石头垒成的大坝,全是一头接着河堤,一头伸进沙滩,坝头下都窝着一潭深水,那是洪水冲击石坝掏出的深潭。李玉顺着河堤,推着车子往前走,越往上走,空气越清新,城市的噪音渐渐消失了。他走到一个圆盘坝上,坝头有一道深水槽,背后有几十株大柳树,长长的枝条垂挂下来,拂到水面上。他撑起自行车,放下竹篓、挂包,坐下来,把长线抛到水里去,好舒心啊!

这儿,没有人对他呵斥,也没有人向他翻白眼,更没有无休止的争辩、吵闹,只有树间连成一片的蝉鸣,听得多了,倒听不见了。

他背靠在石坝高一台的石头上,任浮子在水面漂来荡去,并不在意是不是真有鱼儿在咬钩儿……

李玉猛然发现,沙滩上有一个人,沿着河水往上走,走走,停下,把一只网抛到水里,拉起来,抖抖,又往上走。近了,他才看清,那人只穿背心、短裤,从头到脚晒得油黑,屁股上吊着竹篓,手里提着网,秃脑门,胖胖的脸。他走到圆盘坝头,瞧一眼李玉,扔下鱼网,从背包里取出钓竿儿,把线儿抛到水里去。看来这是一位捕鱼行家了。

两人各据一方,自顾自钓。

李玉想和后来者拉拉话,却找不到搭讪的词儿,就闷着口。他看对方是位不安静的角色,立起、坐下、抽烟,几次瞧他。他等他开口,他相信对方是耐不过自己的。

那人终于忍不住,问:"敢问在哪个单位?"

"研究所。"李玉答。

"嚄!老九呀!"那人装出吃惊的神气说,"不错,我能闻出你那股味儿来!"

李玉有点不习惯,又闷住了腔儿。

"咱俩是兄弟。我是你老哥——老八!"那人自嘲自乐,"走资派!排行老八!哈哈!"

李玉笑了,这是个乐天派!

自嘲为老八的人告诉李玉,他在阴湿的地下室里趴了十个月,严重的肺穿孔已使他奄奄待毙,当作死了没埋的废物被抛了出来。他的老伴到处奔波,为他治疗。稍有好转,他就逃到小河边上来接受大自然的疗养了。他只承认医生的药物起一半作用,另一半呢?他说归功于他的不在乎:"活一天赚一天!我以为我是再也看不见太阳、树木了呢!"

谁也不再问谁的真实姓名,你老九、我老八地互相戏谑、呼唤。老八肚里装着那么多逗趣的事,逗得李玉好笑。一天,两天,三天,日子在逍遥中流逝,像小河中枯水时节那一股细流,无声无息。

十天没过,李玉又烦腻起来。是啊,中午河滩上燥热得无法忍受,沙子的反光刺得人眼睛发干发疼,杨柳的叶子无力地垂吊着,那施过皮渣的稻田里沤出一股难闻的臭味。他又想起他的实验室,那是多么令人沉醉的地方!

"这种日子,何时为止呢?"他烦躁地说。

"你问它——"老八指着没有一丝云彩的蓝天,说,"天知道!"

老九指着沙滩上,对老八说:"你看那个老汉——"

老八顺着老九指的方向望。在下面一个坝头上,有个老汉,年纪约略六十了,穿一件半截袖白褂,敞开前襟,露着绛红的肤色,赤着脚,在晒得灼人的沙滩上拾石头;拾满一担笼,挑上肩,担到石坝上。坝上支着一个用铁丝编织的大笼子,长五六米,宽、高一米多,他把担来的石头,倒进铁丝笼子里,摆正垒齐。

"天天这样!"老九说,"自我来到河边,看见就他一个人,一天三响,不紧不慢。"

老八说他早就见着这位老汉了,整整一晌,老汉只在半晌时坐下来吃一袋烟,不过十分钟,就又干起这单调、机械而又笨重的活路。

"我看这老汉,保准是个劳模。"老九说,"没人督促,也没人管他,全凭自觉性儿,干得多踏实!"

老八也呆呆地看着,赞叹说:"还是农民兄弟好:不管社会上闹得再乱,他们两手不停。"

"贫下中农本质好!"老九说,"他们只相信:地里要打粮食,就得出力流汗,胡说和瞎吹是得不到丰收的!"

"与体制也有关系。"老八说,"他们凭工分吃饭,一天不上工,就没有工分。工厂不一样。逛一天照样发工资哩!"

"可这老汉少干一会儿,多歇一会儿,或者一担少挑几个石头,谁知道?照样记工分。"老九分辩说,"你看他每一担都装得满溜溜的……"

"这肯定是生产队的老实社员,干部信得过的,才放到这儿!"老八说,"要是滑头,他睡一天也没人知道!"

"对!肯定是个劳模!"老九这回完全同意了老八的话,高兴地说。似乎这个老汉已经成为他心目中最崇拜的英雄,不愿听到别人对他有些微的非议。一切热爱自己的工作并为之不顾劳累而奋斗的人,都引起他的敬佩和尊重。由此他又联想到自己,惶惑不安地搓搓手掌。

这时候,那老汉放下空担笼,坐到坝根的柳荫下,他休息吃烟的时间到了。

"和老汉坐坐去!"老九提议说。

"好!"老八是很随和的,立刻站起,头前走了。

俩人一前一后走到老汉靠着的柳树下。老汉仍然用手捏着烟袋,瞧着沙滩,一动不动,对来到身旁的两位来访者,不睬不理。老九窘住了。老八却畅畅快快说:"老兄,借个火!"

老汉瞧他们一眼,略一踌躇,从石头上取过火柴盒儿,递给老八,眼睛又投到河滩里去了。

老八坐下来,掏出纸烟盒儿,抽出一根,很实心地送到老汉面前。

老汉摇了摇头,又开五个扒摸石头磨得很粗硬的指头,推开老八伸到胸前来的手。老八再让,老汉再推——烟被挤折了。

老九难为情了,张张嘴又合上了。

老八不在乎,又搭讪说:"老兄,贵姓?"

老汉又冷冷地瞧他一眼,磕掉烟灰,挑起担笼,走下堤坝,径直朝采集石头的水边走去。

老八望着老九尴尬的样子,傻笑着:"这老汉好倔啊!"

两人讨个没趣儿,又来到钓鱼的圆盘坝头。

老九坐在石头上,仍然出神地瞧着河滩上扒拉着石头的老汉,愧疚地说:"老头儿见咱天天来闲逛,不务正业,讨厌咱们哪!"

"也许是。"老八说,"好劳动人见不得游手好闲的人喀!"

"哎!真该死!"老九凄惶起来,"老汉哪知道,咱是有劲没处使呀!"

"看见别人干活儿,我手发痒痒!"老八也动了情,真诚地说,"消磨光阴。毫无办法!"

"何时是了呢?"老九又是这句话,想起明亮的实验室,摆满药品的阁架、烧瓶、器皿、量杯、天平……他说,"我宁愿在实验的爆炸中死去!"

"自己解放自己吧!"老八说,"我想给厂里扫地,做勤杂工,反正不白吃人民的!"

老九指着鱼竿说:"总比来弄这号事强!"

两人统一了认识。果然,第三天他们再没来。

两个月后,他们又在河边圆盘坝上相会了。

老九推着车子,刚到坝头,就瞧见了坐在水边的老八的胖胖的脸、秃脑门,"你……"

"哈,我猜你还会来!"老八说,"我已经等你几天了。"

老九给老八诉苦。他经过申请,算是被批准进了三结合试验小组,研制一种灭草剂。他在三结合小组的处境是:监督改造。不管别人用什么眼光盯他,用怎样令人难堪的口气和他说话,他都不计较;只要能穿上白褂子,能摸到那光滑的器皿,能嗅到酒精燃烧的气味儿,他什么宠辱都忘了!三结合小组的几位小青年倒是很尊重他,虽则对试验一无所知,可态度挺好,求知欲很强,也很勤快。他和他们相处得极好,试验虽不十分顺利,劲头可都越来越大。不料,"'法家'们说:还是老臭说了算!老臭改造了工人!复辟回朝了!"老九说:"这样,'法家'们的扫帚又把我扫到这儿来了!"

"殊途同归!"老八说,"我给厂里扫地、喂猪,帮大师傅担水、洗锅,都不行!说咱是'故作姿态,卧薪尝胆,企图收买人心,复辟!'下令炊事班不准我进灶房,也不许喂食堂的猪……"

"好啦!现在只有坐着等死!"老九说,随之悄悄拉拉老八的胳膊,"那个老汉听咱俩说话呢!"

老八一回头,可不是,那老汉一手扶着笼,一手摸着石头侧着头,听这边俩人说话,看见俩人盯他,立时转过头,又拾起来。

"他听见也好,不会怪咱不务正业了!"老八说。

两人默默坐在河边。老八是个生性不安静的老活泼,看着郁郁寡欢的老九,顺口说一两句挖苦话,逗得老九笑一笑。

"走!逗逗这老汉去!"老八笑着说,"我非和他交上朋友不可!"

老九跟着老八,又来到老汉靠坐着的柳树旁。

"老兄,能不能给搞点水喝?"老八嘻嘻说。

老汉瞧一眼老八,又瞧一眼老九,眼里掠过一丝善意的讥刺:"钓鱼钓下功劳了!"他无可奈何似的站起来,顺着大堤走上去,不远处,有一个砖砌的小独瓦房,那是防汛时夜间值班用的。

老九愣愣地看一眼老八,老八却顽皮地一笑:"跟上!"说着,往老汉的小独房走去。

老汉一只手提着一口小铁锅,一只胳膊下夹着一捆干树枝,走出门,放下锅,看了老八、老九一眼,转过身,把门板合上,吭哧一声扣上铁锁,又朝柳树下走去。

老八扑闪扑闪眼皮,示意老九:再跟上。

老汉在石坝上的三个石头上支起小铁锅,顺手扒抓了一堆干草、树叶,点着了火,一股青烟呼呼冒上来,燃着的树枝劈啪响着。

虽则倔,老汉的行动却完全证明了他的好心肠。老九忍不住说:"大叔,贵姓啊?"

老汉一听叫他,不安地摇摇头,看看这个老实巴交的知识分子,连忙分辩说:"不敢不敢!叫我刘老大(音惰)!老大!"

"老大,家里有什么人?"老八诚恳地、小心谨慎地问。

老汉突然扔下树枝,拾起担笼:"你自个烧吧!"说着走下堤坝。

老八扫兴了,他说他从没见过这样难搭话的倔老头儿!他说他在厂里当副厂长的时候,负责后勤,什么脾气的人没接触过!包括工人当中个别同志的蛮歪老婆,他也有办法叫她们对男人亲热起来。他承认今天的失败,自我解嘲说:"咬住不开口,神仙难下手。果真!"

老九却双手掬着膝头,瞧着烈火一样的阳光下,晒得烫脚的沙滩上,老汉弯着腰,从沉积的沙石堆里,抠出一个个石头,装进笼里,眼里无端涌出一包泪水来……

这一天后晌,一阵突如其来的暴雨倾盆而下,乌云压到河面上,闪电抽打着沙滩……

老八和老九拔了钓竿儿,爬上河堤,朝防洪小房跑去。

老汉站在小房门口,焦急地向他们招手,赶快把他俩让进小房。

两人甩着手上脸上的雨水,相对一看,又看看老汉,心里热,这是个外凉内热的好心肠人啊!

就在他俩刚刚坐在小炕边上的时光,老汉却从墙上的木橛上取下稻草编织的蓑衣,赤着脚,头上顶着一顶破草帽,走出房去。俩人看着老汉在雷鸣电闪、瓢泼大雨中,一步一步走到那棵柳树下站住了。

"监视洪水吧?"老八问。

"不会。你不看就头顶上一块云,哪会涨水?"老九说。

"那,又是躲我们。"老八说,"这像话吗?"

老九走出房去,老八跟了出来,一直走到柳树下。

"你们——"老汉吃惊地盯着两个客人。

"我们在屋里,倒叫你淋雨!"老八说,"这像什么话?"

"我有蓑衣!"老汉狠狠地解释。

"你不进去,我们也不进去!"老九说。

"嗯……好!"老汉沉吟一下,终于下了决心,"进!咱都进!"

三个人一前一后进到小房里,老汉畏怯地坐在门口一只用树根砍成的木墩上,低着头,掏着烟包的手在微微颤抖。

老九的感情好像很脆弱,颤着声问:"老人家,你为什么老躲我们?"

老汉迟迟疑疑地说:"我怕给你们惹麻烦!"

"咋哩?"老八问。

"我不能和你们在一搭!"老汉声音低了,手颤得把烟末儿抖落到地上。

"为什么?"老九问。

"我是敌人——地主分子!"老汉终于说。

"啊!"老九不由得一惊,实在料想不到啊!看看老八,胖胖的脸上也满是惊慌和疑虑,半天对不上话来。

"要是好事的人反映到你们单位,会给你俩惹麻烦!"老汉委婉地说,"你们也是被难之人……"

可怜的李玉,在这种场合下,简直不知如何是好了。地主分子,这是敌人,一点不含糊,尽管他目前被当作臭知识分子整得要死不活,可这点阶级觉悟还是有的。

老八说话的警惕性也明显地提高了:"唔!怪道让你在这儿垒石坝,是改造呀!"末了,他随随便便问,"几年了?"

"十年!整整十年!"老汉反倒抬起头来,一扫畏怯的神色,"自打我和社员把这条河堤修起来,围进了五百多亩滩地,缺粮队变成了余粮队,我就戴上了地主分子的帽子,成了人民的罪人!"

"那你以前——"老九急忙问。

"我打土改到'社教',干部没离身,农会主任,农业社社长,大队党支书!"老汉说,"社教运动一完,给我定了地主分子。我记得清清楚楚,我家十四五亩地,我爸得绞肠痧死了以后,我爷七十多了,做不了活儿,我妈引着我姊妹兄弟五个,我顶大,十四岁,跟着我妈做庄稼;大忙时,雇上几个'麦客'割麦,就这,说我雇工剥削……"

老九忍不住问:"你为啥不向上级反映?"

"反映过,不顶啥!"老汉说,"反映到哪达,材料原路退回来,反映一回,挨一回斗争:不服法管!翻案!差点进了砖瓦窑(监狱)!"

"你,可是苦了!"老八失去了警惕性儿,同情地说。

"我吃苦,没啥!连累的亲戚朋友……"老汉难受地说,"我女人一气之下,起不了床,没出一年,死咧!大儿子刚订下个媳妇,人家退婚了。娃三十多岁了,还寻不下个人;掏一千多块钱从山里办了个人,回来没过半年又跑咧!二儿子一看他哥的光景,好坏进了人家的门……我,唉……"老汉说不下去了。

李玉和老八,陷入深深的沉默里。

哗哗哗的大雨,猛烈地冲刷着白杨和柳树浓密的叶子,啪啪直响,稻田和玉米林里蒙蒙一片白雾,发出巨大的又像是遥远的海潮一般的轰鸣。

"我不是地主分子!我是共产党员!"老汉说着,从木墩上立起,神情庄重极了。他走到小炕边,从炕头上的土窑窝里取出一个小木匣,抱在怀里。

老九和老八看见,这是一只十分粗糙的木匣,木板是用斧子劈出来的,根本未用刨子推光。匣盖上,画着一个象征着镰刀和锤子的拙笨的图案,染着淡淡的红色。两人疑惑不解。

"这是我的党费!"老汉慢慢拉开匣盖,露出一扎捆得整整齐齐的人民币和一堆硬币,"夏天,我在柳林里拾蝉壳儿,到小镇药铺里卖了,月月按时交。"

老九一把抱过那只小木匣,眼泪哗的一下涌出来,一滴一滴,滴在那一捆纸币上和一摞摞硬币上。

老八双手紧紧抓住老汉粗硬的手掌,胖胖的脸上抽搐着,眼泪也流下来了。

老汉却不哭,一字一板,从那长满短胡须的嘴里迸出深沉的话来:"我自解放见了党,就跟党走,听党的话!党叫搞互助组咱带头互助;党叫办农业社咱就办农业社,我把瓦房腾出来给社里做饲养室;党叫大办农业,我就领社员下河治滩……我对党没二心!"老汉紧蹙双眉,痛苦万般,"我活着是党的人,死了还是党的……"

老八和老九,被同样的问题苦恼着,无法回答老汉积聚在心头十年多的疑难,默然相向……

雨住了,乌云不散,老八和老九走出小独房,心事重重地顺着河堤走去。

这俩人,从此再没到小河边上来过,老大老汉想念起他们来了。

又一年的春天来了。不知不觉中,堤坝上,河边淤泥里,春草绣成团儿了。杨柳发芽,麦苗返青,春天给自然界带来了繁荣,可给老大老汉带来的是难以减轻的痛苦。他整天心事重重的,发狠地拾石头,垒堤坝。

这一天,老汉正挑起一担石头,从沙滩朝石坝走来,猛然听见一阵自行车链条的响声,抬起头,老八和老九正站在坝头上,冲着他和善地笑着。老汉心里一热,脚下加快了。上了石坝,他扔下挑担儿,拉着他俩的手,朝小瓦房走去。

因为客人到来,老汉高兴得不知如何是好,拢起脚底的柴草、杂物,用自扎的扫帚扫了地,嘴里嘟哝着:"真想你俩哩!"

老汉扔下扫帚,一抬头,却见俩朋友背对着他,面朝墙壁,呆呆地站着,那儿墙上,挂着周总理的遗像。当他俩转过身来,老汉看见他们的眼眶里闪着泪花。他再也忍不住,抱住两个朋友的肩膀,哭出声来了。

三个人坐定,揩干了眼泪,相对无言,默默地坐着。

李玉忽然提议说:"给总理献个花儿吧,咱们栽活花。"

"好!"老八说。

"我怎想不到呢!"老汉拍着自己的脑袋,"还是你们知识人……"

三个人出了门,在初春的河滩上,在初发的春草里寻找。老八回来了,捧着一株血红的小花,花朵不过豆粒大。老九回来了,双手掬着一株小白花,顶端只开了一朵,有指甲盖儿大,亭亭玉立。老大老汉回来了,双手握着一撮带着泥土的麦苗。三个人把无名的野花和麦苗栽进小盆里,端放在周总理的遗像下。

夕阳如血,染红了柳树和杨树的枝梢。三个朋友,促膝而坐,畅谈起来。

夜幕笼罩了山原和河滩,小瓦房里响着深沉的声音……

月亮升起来,满天星斗,愤怒的声音从小瓦房冲出来……

月亮落下去,河滩又被黑夜笼罩了,激昂的声音像小河的春汛爆发……

一缕曙光终于从山顶上冒出来……

春天是明媚的,小河边的春天更迷人。一川墨绿的麦苗给人以无限的生机,杨柳绽出一片片鹅黄小叶,两道长堤像两条黄色的绸带紧紧嵌在小河边上。

老八和老九,简直被小河美丽的春色陶醉了。

老远,他们就看见,在他们钓鱼的圆盘上,坐着黑压压一片男女社员,有人站在人堆里讲话,那声音好耳熟,可不就是老大老汉!他俩刚巧走得近了,会也散了,社员们一齐下到稻田里,扎翻起稻地来。

"老大。"李玉忍不住喊。

"老大。"老八扬起胳膊,抢着。

三个人对面跑去,在河堤上抱住了,拍着、摇着、问着、笑着。

正在地里干活的社员,看着这三个人亲热的样子,迷惑不解,有人奇怪地大声问:"咻俩人咋把咱支书叫老大哩?"

老汉笑着,对俩朋友说:"现时不能叫老大啰,平了反了!"

两人盯着老汉,像是问:平反连名号也平啊?

"在我那门子里,我为五。"老汉哈哈笑着,"你们不是老八、老九地叫吗?按这排行,我那阵儿算老大嘛!"

俩朋友听了,恍然大悟,又一齐拉着老汉的手,拍着老汉的肩膀,摇着、抖着、笑着。

1979 年 3 月 小寨

幸　福

从外面回来,门上贴着一张小纸条儿,书云:"叔叔,我爷叫你星期日到我家来。一定要来。"署名是"幸福"。

幸福,是房东的孩子,我前后两次在小杨村驻队,都住在他家。叫我去有什么事呢?

俟到周日,我出城去,来到阔别四年的菜区农村——小杨村。

走进北巷口,那幢熟识的砖腿门楼下,男人女人,出出进进。小院里,搭着席棚,几把菜刀同时剁出杂乱而和谐的音乐,油锅里不断地发出爆响。烧水的,洗菜的,担水的,打诨的……喜庆的气氛洋溢在人们的话语中,轻快的脚步上,小院的空气里——是给幸福订媳妇吧?

熟悉的人和我嘻嘻哈哈打招呼,房东杨大叔跑出来,瘦长条脸上的每一条皱纹里,都流动着欢悦的浪花,说:"咱幸福考上大学咧!"

噢,这事!实在可喜可贺。

"叔!"幸福从外面进来了,脸上泛着红晕,腼腆地笑着,悄声抱怨说:"你看我爷张罗大不大?弄这号事……"

瞧着爷孙俩快活的神色,我却追寻起记忆中的幸福的影子……

四年前初冬的一天,我受公司派遣,带着铺盖行李来到小杨村,队长宝全仍然把我安顿在幸福家。前年,我在这里住过俩月,一切都是熟悉的。幸福奶从上房走出来,拍打着衣襟,慈祥地笑了。

"幸福呢?"我问。

"你还记得他!"大婶喜悦的眼光里掠过一丝不易觉察的难受神色,说,"吆车送菜去了。"

"他会吆车?"我不由一愣,难得料到,"他怎么会吆车呢?"

记得我头一次住进这个家里,十五六岁的幸福正读中学,长得细条条个儿,额前扑着一绺黄黄的头发,见了我,羞怯地低着头,转过身,跑到他住的厦房里去。

我住在厦房南间,和幸福是隔墙邻居,两个小门并开着,距离不过三米。住过半个多月,幸福从来没有跷过我的门槛。有时从我门口过,连朝这边看一眼也不看。

这一天,他却破例走进我的房子。我赶紧站起,招呼这位稀罕的邻居。

他顺炕站着,问我:"你过去念过的中学课本还在不在?"

"唔,说不定。"我毫无准备,又怕他失望,"大约还在,不会全的……"

"你礼拜天回去,给我捎来。"他说,"听说老课本深,我想试试。"

我打了几本残存的数理书,带给幸福。每当我夜晚从村里回来,总看见邻居窗上亮着灯光。

这期间,和社员们混熟了,我常常听见村里人说到幸福的聪明,有些事,甚至被文化不高的庄稼人传说得带上了神奇的色彩。我半信半疑,终于看见了一个奇妙的景象。

这天,队里买回当月的粮食来(蔬菜队由国家粮店供应口粮),正好是个星期天。会计把幸福叫走了。在仓库门口,摆着一台磅秤,围着一堆夹着口袋准备分粮的男女社员,翻捣粮食的尘土呛人嗓鼻。中年会计坐在桌子旁,一手提着笔,一手打算盘。幸福坐在会计旁边,袖着的双手搭在桌沿上。会计念过一户社员的人数(按五级定量,人数折合后有整有零),就急急忙忙拨拉算盘珠儿。幸福听到会计念出的人数,薄薄的嘴唇嗫嚅一下,就侧过脸报出一个数字。会计和他算盘珠儿的数字一对照,没错,就给过磅的社员大声呼报……我看呆了。

他怎么会赶大车呢?他那细条条个头儿,比姑娘还腼腆、还柔静的样子,说话像蚊子一样的细声,怎么呵斥、驾驶那些活蹦乱跳的骡马二骡子呢?

"这娃野了!谁也管不下!"大婶心事烦怨地说,"你先收拾住处吧。闲了,细细说。"

这天晚上,大队里开完会,我和宝全队长搭伴往回走。半圆的月亮贴在南原上空灰蓝的天上,蒙蒙月光洒在街巷里,一股淡淡的香味弥漫在清冷的空气中,直冲鼻膜儿。宝全蹙蹙鼻子,哈哈笑着转过头,说:"这几个崽娃子,又煮狗肉哩!你闻,多香!"

宝全告诉我,一伙小伙子,夜里常常到外村去,把人家的狗哄出村,在野地河滩打死,剥扒了皮毛,拿回来在牛犊家里煮吃,是几个拜把子兄弟哩!派出所当成什么集团查问过几次,没查出什么案件,也就算了,指令他们再不许打狗聚餐。今天晚上,大约又从什么地方弄到手一只狗吧。

"走!尝一块狗肉去!"宝全说。

我未必想吃狗肉,却被一种好奇心驱使着,跟着宝全去了。

出了北巷,有一个独庄孤园,我跟宝全走进门,一眼瞧见靠墙的一张方桌上,摆着一只大瓷盆,半截狗腿苫在盆外,桌上,锅台上,地上,随处乱扔着啃剩的骨头,几个青年围着桌子,撕嚼着狗肉,大声谝着。看见宝全,牛犊并不畏怯,嘻嘻笑着:"队长,算你运气好,还有一条腿……"及至看见有生人跟在队长后头,他也并不在乎——经见过警察讯问的人,怕我一个蔬菜公司临时派来收储冬菜的"萝卜白菜司令"干什么!

这是个长得十分蛮势的青年。那双浑黄不清的眼仁,像榨干了油的棉籽儿,灰暗、死板而无灵光。他得意扬扬地给宝全队长学说,今天送菜路上,他怎样捉弄刚从陕北山区招来的新警察。我却一眼瞅见靠墙坐着的幸福,心里一震。

幸福侧身对着我,故意低着头。我叫了一声,他"嗯"了一下算是应声,并不看我。短暂的难堪之后,幸福就又伸手撕下一块狗肉,附和着牛犊得意的述说,轻狂地笑着。他的眼里腼腆、羞怯甚至有点像女孩子般妩媚的神色早已退净,一股野气蛮势在那长长的黑睫毛上浮游,头发蓬乱,衣裤邋遢。这哪是我记忆中的可爱的幸福,分明是牛犊的"哥儿们"了。他抓着骨头的一端,脖子一歪一拧,啃嚼着那煮得半生不熟的狗肉……

我和幸福一路回来,一进门,他懒散地靠在被卷上,狠劲吸着烟,躲闪着我困惑的眼光。

说话别扭极了。我问一句,他回答俩字;不问,他就一个字也不说。

"今天出车来?"

"嗯!"

"给哪儿送菜?"

"解放路。"

"啥时间回来?"

"天麻麻黑。"

他脸上很疲惫,很烦厌,似乎希望我快点走开。我偏接上一支烟,把烟盒摆在桌子上,做出一副下榻的姿势。我用时间和忍耐,终于打开了幸福的嘴巴……

幸福,是在筹办农业社的热火年月里来到小杨村的天地里的。受了半辈子苦的爷爷,给新生的孙子起了个带着时代色彩的名字——幸福。办社工作组白天黑夜抓紧时机向农民讲述农业实现合作化以后的幸福生活图景哩!哈,幸福!

幸福是在农业社的菜园里长大的。爷爷终日在苗圃里,吃饭才回家。和爷爷一块务菜的无勤叔,孩子多,把他的二女子引娣领在菜园里。两个孩子在菜地里捉虫扑蝶,揉泥做饭,移花栽木;夏天的夜晚躺在门外的苇席上,数着天上的星星。少年时代的生活是这样天真烂漫,友谊是这样珍贵……

及至坐到高中班教室里的时候,俩娃的兴趣和爱好明显地发生了偏转,性格也各朝着一端发展。幸福的两只眼睛越长越大,越长越深,眉骨高高地突出来了,在腼腆羞怯中,更增加了一层深沉思索的神色。他对数理课发生了难以遏制的兴趣,话语越来越少了。引娣已经出脱成一个漂亮的姑娘,红润润的圆脸,两只明亮逼人的眼睛,泼辣,开朗,嘴巴利索,当着班团支部书记。在接收学习委员杨幸福入团前夕,引娣代表团支部很认真地指出:防止白专!幸福很害怕"白专"俩字,表示要向引娣学习。可是,一当人多的时候,他说话就结结巴巴,特别是讨论会上,大家都重复报纸上的说法,他有一种无法克制的厌烦情绪在心里翻搅,免言了。

将近毕业的时候,两个孩子中间发生了一场争执。放学以后,引娣发现不见幸福的人影,匆匆回到家,从锅里端出妈妈留给她的饭食,穿过上工后空无闲人的街巷,推开了幸福家虚掩的街门,喊:"幸福!"

幸福从厦房里出来了。

"会没开完,你就开小差咧?"

"唔!"幸福躲开引娣咄咄逼人的好看的眼睛,支吾一声,表示承认,"嗯!"

引娣坐在院中的石墩上,一边吃,一边问:"你看我下午的发言,下边反应怎样?"

"嗯……"幸福嚅嗫嚅嗫嘴唇,没说出话。

引娣这才看出幸福脸色烦恼,眼眉和嘴角有一丝反感的气色,她问:"你怎咧?"

幸福走下台阶,坐到石桌的另一侧,鼓起了勇气,诚恳地说:"你以后少出点风头吧……"

"啥,你说啥?"引娣吃惊地打断幸福的话,"什么'出风头'?"

"就是,那些昧良心的话,别人爱说说去!"幸福肯定地说,而且更诚恳了,"你在台上发言,同学们在台下议论,砸洋炮!"

"是这样啊!"引娣明白了,激动地说:"你也认为我是'出风头',说'昧良心'话?"

"我现在怀疑,世界上到底有没有真理?真理是客观的,还是由人随便解释、胡说?"幸福也激动了,赤红着脸,争持说,"明明考试得了零蛋,狗屁不懂,偏要吹成英雄!这样的话,还办学校干什么?没有知识最光荣,最革命……"

"你疯咧?"引娣吃惊地禁斥,"你说的什么话?回潮言论!"

"我相信事实!"幸福说,"看看我们班吧!有几个人认真演习题,写作文?三分之一的同学根本连书包也不背,难道……"

"我相信党!"引娣表明自己的立场,"别忘了你是个共青团员!"

"共青团员才应该尊重事实!"

"我不尊重事实?"

"反正我不给'零蛋'唱赞歌!"

争论到此,变成短兵相接,一人一句,你来我往。幸福奶从屋里出来了,站在俩人中间,慈祥地笑着,嗔怒地斥责幸福,给引娣说好话:"你看你,平时想从你嘴里掏句话,比淘金还难,和娣娣吵架,嘴倒不松火……"

两个青年都窝了火,不欢而散。

不久,他们毕业了,一同回到小杨村,那次不愉快的争吵所产生的别扭,为新的生活环境冲淡了……

农村的生活是与学校完全不同的一种方式,单调些,却更实在些。幸福似乎适应得极快,他干活踏实,宝全队长很喜欢他,常常临时指定他负责某一项少数人做的单线活路;不用说,会计常常拉他去清理工分账和现金账;大队和小队的电工向宝全队长点名叫幸福去拉下手,简直成了个小能人、小忙人。引娣在这些事上插不上手,自然地似乎是顺理成章地进了大队广播站,利用农村三顿饭时间和睡觉之前,向农民播送报纸上的文章,有时夹着自己组织采写的本大队的通讯。时间不长,引娣认真、热情的宣传却招来糟糕的后果,社员们讨厌广播,甚至有人对引娣高昂的嗓音也砸刮起来。幸福听到这些话时,常常替引娣难为情,又不好向引娣说。

秋收以后,村里来了路线教育工作队,引娣很快被工作队吸收为积极分子。这似乎还是顺理成章的事。她整天参加会议,学习班,在各种会议上代表贫下中农发言,表态,批判。简直比党支部书记还忙。她在工作组做出批判定额管理的决定时,带头写大字报批判宝全队长的"工分挂帅主义",气得人人赞成的好队长宝全几乎撂了挑子。在工作组里,引娣的印象越来越好;在社员当中,人们在背地里开始用难听话骂起来了。有人掐着指头算,还得几年她才能出嫁,那时就该安生啰!等等。幸福的耳朵塞满了这些不三不四的话,下决心和她谈一回,能听进去好,听不进去让她知道一些群众的反映也好!他瞅了几次机会,都不行:引娣忙得很,忙得没一点儿缝缝儿。

这天晚上,已经很晚了,引娣突然来到幸福家。她的脸红腾腾的,眼里是难以抑制的激情,兴奋地说:"我入党咧!刚开完支部会。"

"啊!"幸福吃了一惊,言不由衷,"这么快?"

引娣自豪地笑着:"咱俩的争论,现在该做结论了!"

幸福脑子乱了,躲开引娣的眼睛,什么话也说不出来。引娣入党了——事实,把小伙儿的嘴堵死了。天,我还想劝人家呢!

引娣瞧着他的桌子上、炕头上乱纷纷的演草纸,吃惊而轻率地问:"你还演这些题做啥?"

是啊,演这些东西能干什么呢?他陷入一种极度的困惑里。他的数学爱好者的严密思维解释不清他和引娣的是非了:谁对?他彻底抛开干部和社员对他的赞扬不想,自己觉得回农村来是实心实意的,无论怎么苦累的农活,没躲避过,也没偷懒过!无论会计、电工什么时候叫他帮什么忙,随叫随走,从没计较过工分!平心而论,他是倾其所有的能力和精力去工作的!引娣呢?群众议论纷纷,什么"小杨村的脱产干部"咧!"嘴上比手上功夫深"咧!等等。是社员群众,包括自己思想落后,看不惯新生事物呢,还是引娣跟着韩主任跑不得人心?前一向,他是肯定后者的,所以总想给引娣提醒提醒。现在,引娣却入党了。入党,这是何等严肃的人生大事啊!啊……他的脑子乱了。

引娣说:"大队决定建立科研站,让你参加,把你的知识才能发挥出来吧!"

幸福进了科研站。引娣任站长,成员是包括他爷在内的几位老农,纯一色的务实派,并不保守,更没有偷懒人和勤劳人之间的矛盾,少有是非之争;技术上的争执不少见,可不介入人事,吵过算了。站长引娣的社会活动特别多,隔上七八天来一次,看看就走了。渐渐地,幸福的心全被蔬菜栽培上严格的技术措施和有趣的生态现象迷住了!

眨眼到了春天,试验站采取新式育苗法取得成功,夏菜苗儿生长健壮极了。工作队队长韩副主任在苗圃转了一圈,高兴得很,决定马上在小杨村召开现场会。

现场会结束了,被推广的科研站里却第一次出现了混乱,沮丧的气氛简直令人寒心。

话头是由直筒子王三引起的。他没开完会,就进了小房子,往炕上一躺,长吁短叹,及至会散,其他成员进来,他一骨碌爬起,摔摔掼掼:"啥是个礼(理)？六个糕子!"

大家瞧瞧他,没人吭声。

王三又喊:"俺不分黑明,受苦受累全没说起! 反倒成了只拉车不看路的瞎子?"

幸福心里明白,在引娣和韩主任的讲话中,都说科研站有只搞业务、不抓路线的倾向,是他们及时纠正了这种修正主义的科研路线,才取得了今天的成绩。并且警告其他大队在搞科研站的时候,一定要与只抓业务的倾向"斗"! 幸福当时也觉得这话说得太夯口,想不到直筒子王三简直受不了,动这大气。

精明的育苗土专家景文老汉也随着说:"引娣娃太狂了! 从头到尾在站上能来几回？俺不说你,你倒批评俺……"

"她就给墙上贴了一条标语——路线是个纲。"

"她懂不懂籽儿怎样下,苗子怎样移?"

"说大话不费力,说假话不脸红!"

议论是一致的。王三更进一步发牢骚:"我不干了,叫'会看路'的来……"

"出力不讨好,倒挨挫!"

幸福难受得抬不起头! 他替引娣脸烧! 这时间,他思想上早先混乱的问题清楚了:入党这事本身不能给他俩争执的问题做结论。正是因为这样,他替引娣难受!

幸福爷这时候开了腔:"哎,伙计们,咱科研站是干啥的!？ 为了务好菜! 多增产,多收入,和谁憋气呀! 你不搞,菜苗育不好,队里分不下钱,你婆娘娃受难场,后悔就迟咧!"

这一席话,结实的程度,使发牢骚的人都一下子消了气,不好意思地笑了。直筒子王三也点头说道:"话是实话! 事情叫人气不顺!"

路线教育工作队撤离前,宣布了三结合的领导班子,引娣当了小杨村党支部副书记。韩主任带领工作队离开小杨村以后，干部、社员、老人、娃娃都长长地舒了一口气，开会开得没有"坐功"的庄稼人实在受不了了……

小杨村又恢复了安宁。引娣却感到无所事事了。韩主任临走时安排的一周三次学习，两次批判等等写到墙上的条文，老支书似乎一夜之间忘光了，其他几个委员也好像记性更坏了！引娣向支书提过几回，似乎没引起多大重视。引娣难受了，脸上的气色阴沉了，脚步也蹦得慢了！幸福看得出来，这是他该同她谈知心话的最好时机了。

月亮从柳林背后升起来，河水在月亮下粼粼闪光，空气中有返青麦苗的清香。

"我现在才知道，农村干部不好当！"引娣说。

"怎咧？"幸福问。

"咱年轻，谁也不听咱的！人都不服年轻人！"

"不一定！"幸福说，"老支书土改那阵二十出头，合作化也不过二十五六，听说众人都服！"

这是事实，引娣不吭气了。

"值得思量！"幸福说，很诚恳，又很亲切，"我看你说得多，做得少，浮了点！农村人最讨厌只说不做的人，倒不在年轻年老。吉祥叔倒老，他当副大队长说话也没人听。他懒！"

引娣委屈地说："我不想省力！工作队成天叫开会，我不开咋办？"

幸福感觉引娣还在为自己找遁词，还没有意识到她脱离社员的原因，就直接说："说话做事，要脚踏实地，话说到社员心上，事能办到人心上，人保险听你的！像老支书，不说空话，不说大话！你想想……"

"老支书，没斗争性！跟不上趟！"引娣说，"光会抓生产，韩主任批评过多回……"

"老支书没斗争性？土改是谁领着贫雇农斗地主的？合作化是谁办起来的？"幸福说，"你听韩主任胡扯！"

"说他现在！"引娣说。

"现在？现在他比你斗争性强！"幸福说，"他对韩主任那一套，软磨硬顶，故意拖拉！社员们都看得清，更信服他！你听韩主任那一套，跟着跑，社员才不听你的！大人碎娃都讨厌那个韩主任……"

"唔……"引娣沉默了。

"我现在又要说，不管啥时候，脚踏实地！甭说昧良心的话！谁爱说谁说，咱不说！"幸福说，"看社员平时不言传，心里清白着哩！"

"你还说我昧着良心说话？"引娣说。

"我说你当了干部，更要注意！"幸福缓和一步。

谈到月亮西沉，引娣仍然认为她是在"坚持斗争"，不是说"昧良心的话"，却也接受了幸福的部分忠告，要少说话多做事，特别是参加生产劳动。交谈是平心静气的，幸福又不是那种好强的人，觉得引娣能部分接受他的劝告，很不错了。这次谈话以后，俩娃的接触又多起来，他们都不愿意再提起过去的争论，谁都清楚那是一个随时都会引起不愉快结局的导火索，都在躲避触动它！

一年一度的大学招生开始，经过许多繁杂的形式，大队里要在幸福和引娣之中定一名，再报公社。

"怎办？"引娣笑着对幸福说，"要不要打一场？"

幸福能听出引娣在说笑话，挖苦有些村子为争着上大学打架闹仗的丑恶现象。他也笑笑，说，"要是打架，我可占便宜！"

"那不见得！"引娣伸着结实的拳头，"你，别忘了自个儿的外号！"

幸福脸红了。村里人见他寡言少语，举止拘谨，叔婶嫂子们耍笑中把他叫"姑娘"哩。

"没啥！"幸福诚恳地说，"谁去都一样！"

"对!"引娣说,"咱俩之间,争没意思!"说完,脸红了,妩媚地瞧了幸福一眼。

幸福腾地大红了脸——"咱俩"二字,那么亲昵,像带着电波,使小伙儿正常的脉搏紊乱了。

从大队初次传出的消息是,因为引娣扯三结合的班子,老支书征求了公社意见,果然,原驻小杨村工作队队长韩主任不同意拆散他苦心搭起的三结合班子,引娣不宜走,定下了幸福。

第二天傍黑,韩主任又来到小杨村,亲自坐镇支委会,改变了主意。于是第二天又传出确凿消息:重新定下了引娣。

两天内变换人选的消息,在小杨村引起种种议论和猜测,那些打赌认为幸福根本去不了的人一下子气壮起来:"看看,我早说过,幸福是牛犊儿跟着骡驹儿蹦——非窝了腿不解——你看咋着!"甚至有人窃窃私议,说在定下幸福后,引娣急了,跑到公社,搬来了韩主任云云。

幸福想,不管村里人怎么议论,两人只能有一个人高兴,引娣现在的政治条件比他强!在跨越公社最后一道关口时比他好办多了!再说,"咱俩",谁去不都一样吗?

引娣果然被公社选定了。

临上学时,公社举行了欢送大会。幸福怀着热切祝福的心情参加了欢送大会,欢送他自幼相好的同学上大学。幸福挤在人堆里,看韩主任给三个大学生戴花。锣鼓、鞭炮震得人耳麻。之后,韩主任代表公社党委讲话。他一边读着稿子,一边添加着临时想起的发挥的话。幸福听着,听着,猛然看见韩主任一手扬着讲稿,一边说:

"有的青年回到农村,自己不积极参加路线斗争,对进步的同志看不惯,把参加革命大批判说成是'昧良心''出风头'……这样的人,我看他一百年也上不了大学……"

我的天,像一盆凉水迎面浇来,幸福从头冷到心!大伏天的露天会场,不停流着汗水的毛孔一齐关闭;手发抖,头发晕;讲台上空的红旗、横幅,戴着花的引娣,挥着手讲话的韩主任都在他眼前旋转,像儿时看见变幻无穷的万花筒一样。有如染上突发的霍乱,小伙子冷得打颤了。

从公社到小杨村这一段路,幸福也记不清是怎么走回来的,他躺在炕上,不吃,不喝,不说话。

奶奶劝:"娃要难受。引娣今年去,你明年……"

幸福烦躁地对奶奶摆摆手,翻过身,给奶奶个脊梁。

爷爷劝:"你和娣娣事先说得好好,'谁去都一样'喀。这阵怎……"

幸福鼻腔里憎恶地"哼"了一声。

党支书刘大伯来了,坐在炕边上只管一锅接一锅抽烟,并不劝解,坐了半晌,意味深长地问:"福娃,大伯问你:上大学要紧,还是人格要紧?嗯?叫我说,人格要紧。"

两位老人听不懂党支书的话,发着蒙。

幸福却一骨碌坐起,抱住刘大伯的肩膀,眼泪流下来了。一句话,证实了他的纷乱的猜测,引娣把他俩的争论当作动态告发给韩主任了,这是韩主任最后决定不惜拆散他亲手搭成的三结合班子而改变打算的原因。太可怕了!

夜色笼罩着河滩,蒙蒙月光下,雄伟的防洪大堤变得低矮可笑,流水令人心烦地呜咽,山岭的轮廓更显得丑陋而又阴森,夜色改变了一切美好的事物的面目,幸福徘徊在河滩上。

一阵狂野的说话声从河滩上传来,是牛犊一伙又捕获了猎物凯旋了。

"幸福!"牛犊喊着跑过来,"走!难受啥哩!我早把世事看透咧——'灵熊哄笨熊,还怪笨熊不灵醒!'当今就是这世事!走,到咱屋谝去!管他妈天塌地崩哩!"

几个人连推带拽,幸福来到了牛犊的孤园。

几次狗肉下肚,幸福奇怪地想:村里人都骂牛犊瞎,规劝自己的子弟不要和他粘,自己以往也和牛犊少有来往,现在呢?我看牛犊还罢咧!他讲义气!比之那些在关键时刻不惜友情,把对方当作垫脚石而跳进理想大门的人,牛犊算得高尚的人哩!

幸福在科研站小小的土围墙里待不住了,终于获得宝全队长的允诺,跟牛犊的屁股赶大车去了。三挂马车,六个青年,进城送菜拉稀粪,"离地二尺活神仙"!夜晚杀狗聚餐,打拳练武……

杨大叔和大婶只怕孙孙变瞎了,自己劝,把亲戚友人请来劝,又请党支书来指教,似乎全没有效果。我这次来,自然也要我开导开导,我感到无力。当社会把成批人推向毁灭的时候,家庭和个人的挽救,显得多么无力和困难!

……

从已逝的回忆回到现实,对面是喜气盈盈的大叔和大婶的笑脸。一切都无需解释,今天的喜庆局面是很自然的。

一阵胡弦响,我一回头,牛犊和几个青年走进院子,有的提着板胡,有的拿着鞭鼓、梆子。看架势,是要尽兴唱"乱弹"了。

牛犊看见我,嘻嘻哈哈说:"啊呀,你的鼻子真灵!从城里也闻见这儿的香味咧?"

"我闻见狗肉咧!"我打趣逗他。

"你闻不见了。我已经把'狗肉铺子'的门关啰!"牛犊做个鬼脸,笑着说。

一庭院的男女老少哄笑起来。

鞭鼓急雨般敲打起来,梆子也砸出清脆的响声,板胡手和二胡手在调弦,被众人哄哄着推举出来的唱者在清嗓子……

我却不由得问幸福:"再没见到引娣吗?"

幸福迟疑一下,眼里掠过一缕痛苦的阴云,叹口气,摇摇头,又苦笑了一下,求饶似的瞧着我。我后悔自己问糟了。

大叔抻抻我的胳膊,说:"甭说哩!听戏吧!"

好!听小杨村自乐班的"乱弹"吧!

1979 年 4 月 小寨

徐家园三老汉

农谚说:"大寒将完,菜籽下田。"

节令是农业生产无声的命令,蔬菜种植显得尤其当紧。

蔬菜生产专业队徐家园,在大寒节令到来的时候,准备务育夏菜苗儿的苗圃全部修整就绪,一方一方苗圃的矮墙上,重新抹上了麦秸泥皮,按在木格上的大块玻璃明光闪闪,圃床里铺上了由马粪、鸡粪和人粪混合的营养土,只等下籽了。

苗圃二人小组组长徐长林老汉,傍晚时,冒着三九寒风,骑着车子回到苗圃,进了土围墙的圆洞门,解下衣架上的白布袋,推开三间瓦房的木门,脚步利索得简直像个小伙子。

门里好暖和呀!无烟煤炉子上火苗呼呼直蹿,他的唯一的组员黑山老汉,正蹲在火炉旁淘洗着菜籽,那么认真,真是个实在人哩!不管组长在不在,他该做啥活就做啥活儿,不要人指拨,绝不会偷懒。长林老汉瞧着组员的黑四方脸,亲昵地说:"伙计,事办成咧!咱想试办的那几样菜籽儿,种子站都给咱解决咧!"

"那就好!"黑山笑着,诚恳地关心组长,"快,先到火炉跟前来,今日冷得很。"

长林放下装着新品种菜籽儿的布袋走到火炉边,摘下棉手套儿烤火。火苗映着他冻得红红的瘦码条脸,格外精神。他问:"'矮秆早'番茄籽儿冒芽咧没?"

黑山高兴地答道:"冒咧!"

"冒咧好!"长林老汉语气里带一股热火火的劲头,"明日晌午天气好的话,咱摆籽儿!"

黑山却告诉他:"治安今日一天来了几回,寻你哩!"

"没说有啥事吗?"

"没!"黑山冷冷地说,"你知道,那人和咱没言儿!"

黑山老汉直杠子脾气,对他信任的组长毫不隐怀,直截了当说出他经过认真思索的猜测:"我看他是想往苗圃里头钻哩!今年蔬菜面积扩大咧,队长群娃前日说过,想给咱苗圃增加一个人,三人务苗。保险是那个灵人逮着风儿了,不信,你看……"

不等黑山把话说完,门外已传来治安本人亲切的问话:"长林哥,回来咧?"随着干散的声调,治安走进门来了。

治安老汉外表完全是一副闲闲散散的神气,随随便便坐在火炉边,对着火苗抽旱烟,大大方方问这问那,一副超然的神态。

长林老汉还是从治安老汉的眼神里看出了意思:不是闲谝的!只是碍于黑山在场,话不好开口罢咧!眼睛瞒不过人。

好一阵东拉西扯的闲谈,长林有点不耐烦,直接把话提出来:"听说你今日寻了我几回,啥事呀?"

"没啥事喀!没!"治安说着,瞟一眼黑山,"我随便转来苗圃,看看收拾准备得咋样,节令不饶人呀!这关乎明年一料夏菜,社员半年收入,全看苗苗……"

黑山站起来,不吭声走出去了。他看出治安是碍于他在当面,不好开口,自动腾了地方,让人家畅畅快快和组长说话。长林老汉心里完全明白直杠子黑山举动的含义。

果然,黑山一出门,治安老汉那派超然姿势没有了,用很小心的声调打探:"老哥,听说苗圃上要添个人?"

长林心里暗暗叹服,黑山猜测得准!他装作不在意地说:"群娃有过这话,我给他说,春里事多活杂,劳力紧,苗圃上可以不添人!"

"你这老哥可想差池咧!省劳省工要会省,关键的弦口不敢省!"治安大加反对,精明地讲起苗圃应该添人的道理,"苗圃,啥地方? 关键的弦口……"

"不怎不怎!"长林轻松地笑着,表示问题并没有那么严重,"我思谋来,我跟黑山脚手忙点,能支应下来。"

治安有点失望,掩饰不住灵活的大眼珠里灰暗的神色,又不甘心地问:"队长怎说? 也不想添人咧?"

"队长还没吐核儿!"长林笑着说。

"看看看!还是人家干部想得周到,不像你老哥好强!"治安大声说,希望之光使他的眼睛又明亮起来,"今年扩大蔬菜面积成百亩,不是小事哩! 这大的家业,怕多摊一个人的工分,把你和黑山累死图啥!"

说是表扬队长,其实连他俩也都捎带上了,多会说话的人呀! 这会儿,他是哪个人都不敢伤害,够灵醒的啰! 长林老汉瞅着治安,抿着嘴笑,淡淡地说:"其实,蔬菜面积扩大咧,大田里更费人手,劳力确实紧。"

治安沉吟一下,终于问:"不知队长把人定下没?"

"不知道。"

"嗨!"治安吁叹一声,脸上现出难受的样子,"不是兄弟今日拜在你门下,咱有这点技术,真个还带到黄土里去呀? 前几年乱糟糟,如今世事大治咧! 咱也想挽一挽袖子哩!"

"好么! 好么!"长林老汉说,"你的技术确实不错!"

"不是我吹!"治安来了劲,"咱徐家园,除了你老哥,咱谁也不服他谁! 要不是你老哥在这儿,我还不想来哩!"说着吹着,自觉说溜了嘴,又莞尔一笑,勉强地说起光面子话,"黑山老汉倒也实诚,就是脾气倔,难共事! 这也没啥!"

几年前,长林老汉被抽到大队兴办的试验站去了,徐治安在小队苗圃里主事。友群队长给治安又派了个帮手黑山。大家都看见,花白头发的治安老汉穿着洗得干干净净的衣服,白褂灰裤儿,过早地蓄起一撮花白间的短胡须,经常坐在苗圃井边的柳荫下,捏着三尺长的长管子旱烟袋,优哉游哉地纳凉。黑山老汉撅着屁股,浇水呀,施肥呀,忙得丢鞋遗帽子。治安老汉只是指拨他做完什么,下来再做什么。黑山老汉并不在乎,他抱定一条"不能白挣队里的工分"的主意,不管组长怎样,自己该做啥还做啥!他又管不了治安,人家是组长,技术也比他高,况且,社员们的纷纷议论倒使黑山心里踏实:咱对集体事情要实心,社员有眼!只是那年发生了把芥菜籽儿当作白菜籽儿下进大田的荒唐事以后,问题白热化了。笑话传遍公社十里菜区,徐家园社员的议论和非难就更不用说了。友群队长一怒之下,挥起长胳膊:"避避避避避!避远!"治安老汉灰溜溜被撤出了苗圃。友群硬从大队长手里把长林老汉从大队试验站拉了回来,推进大队的苗圃。治安老汉好难为情啊!要是把黑山和他一起撤,他似乎面子上好受点;留下黑山,就是把责任全部压到他花白头发的脑袋上了喀!

一个有能耐不好好给集体办事的人,比之能耐不大或根本没有什么能耐的人,在队里似乎更被社员所瞧不起。在务菜技术上,人说徐家园有"俩半能人",徐长林和徐治安,黑山只算半个。徐长林老汉,那是有口皆碑的。而徐治安老汉,一旦失去了菜农们敬重的苗圃那个位置,干起和普通社员一样的粗杂农活,就更显得不及一般社员勤快实诚了。他掏掏腾腾干那些出力少而工分多的活路,特别是在队上试行政治评工的那一年时间里,他成了众人背地里砸泡的闲话资料,有人说他是"四头"社员:上工走后头,放工抢前头,干活看日头,评工耍舌头。几年来,老汉的威信一天不如一天,一年更比一年糟,"懒熊""奸老汉"的绰号,几乎代替了他的名字。

现在,徐治安正式向他提出想进苗圃的要求。不用说,也能猜想黑山是啥态度!友群队长那一关都不好办,想想,他说:"这事得由队长定点!"

"我听说,队长叫你选人哩!说你看中谁,和谁能干在一搭,他就派谁!"治安说。

长林笑了。治安把什么都打听到了!他又反来一想,收下他又怎样,他无非是身懒,贪工分,自私;自己再把他往远推,那么,治安在徐家园的处境就很困难了。他给治安畅畅快快地说:"是这,我把我的意思说给友群,问题不大!"

"老弟绝不给你丢脸!"治安拍着胸脯,"叫徐家园人看看,我徐治安是不是熊包!"

望着徐治安老汉的背影从圆洞门消失以后,徐长林折回身来。同样关心治安能不能进苗圃的黑山很快进了房子:"咋样?我估的不外吧?"

长林老汉用点头表示黑山估对了,随之探问道:"你说这事咋办呀?"

"我?"黑山听出长林的话有意思,倔豆儿脾气暴出来,"要问我,咱有话说响:他今日进,我明日出!就是这话。"

"呃呃呃!哪能这样呢!"长林笑着,"这人这几年在队里,把威望丢净咧!咱再不理识他,他怎办呢?他总有些技术哩!"

"我眼窝里搁不住耍奸取巧的角色!"

"有咱俩拽着他干,不怕!"

"你不怕,我怕,我尝过辣子辣!"

"咱想法帮他治懒病,变个好社员!"

"我只能保证我给队里好好干!"黑山说,"想改变治安?我没那本事!我还是那句话:他今日来,我明日走……"

话说到此,简直说绝了。可是大大出乎长林老汉意料的是,仅仅过了一夜,第二天早上,黑山来到苗圃的头一句话就是:"治安那事,你同意,就让他来,我不反对。"

长林扑闪着眼睛,瞧着黑山多少有点为难的黑四方脸,黑串脸胡须,这个从来不会骚怪卖谎的实诚社员,怎么一夜之间完全改变了态度?

"昨日黑夜,治安到我屋,说……"

噢噢!长林明白了,有两片薄嘴唇、精通世事的徐治安,说服一个实心眼的黑山,能费多少唾沫儿呢!

……

队长友群一听长林选中了治安,中年人的有棱有角的四方脸吃惊不小!眼睛睁到额颅上去了:"啊呀,我的老叔呀,你怎选中了个这?噢呀!你老叔眼里真有水!"他常和长林老汉耍笑,说话向来随随便便。

长林早有所料,对他不像对黑山那么客气,慢慢地从嘴里拔出旱烟袋嘴子,说:"他在苗圃偷懒,你把他撤了;在大田锄草锄不净,你扣了他的工分;犁地犁得粗,你把牛牵走了……撤来换去,徐治安还是徐治安;这包袱扔到哪达,哪达就鼓出个疙瘩。堂堂队长,共产党员,把一个自私老汉改变不好,你不觉得自个儿也是个窝囊废吗?"

"啊呀,倒怪我咧?"友群咋呼说,口气却软了,"好,但愿再别种出遍地的芥菜儿来!但愿在苗圃里能修行出个勤老汉来!谢天谢地!"

徐治安老汉进苗圃了。

三个老汉头一次坐在火炉旁议事,商量当天的活路安排。老组员和新组员都叫组长分配,保证没有挑轻避重。长林随和地笑着,安置自己和黑山领社员在苗圃摆籽儿,让治安老汉在屋里洗那一盆盆一罐罐正在浸泡催芽的几十号菜籽儿。

分毕,黑山没吭声,治安老汉却说了:"长林哥,籽儿一直是德山务弄(他当面不叫黑山,表示尊重),他熟悉,还是让我跟社员摆籽儿去!"

长林原想,治安刚来,先蘡到社员伙儿里去,原因是社员中对徐治安进苗圃有不少风凉话灌进他的耳朵,若是让治安听见不美喀!既然治安这样说,那也好!

长林老汉的担心毕竟是担心,而治安老汉又毕竟是治安老汉。他提着装着冒了芽的各种品种的菜籽儿的瓶瓶罐罐,分配给分散在各个苗圃跟前的男女社员,指点给他们这是什么品种,籽儿入土的深浅,行距和株距的尺码。他特别叮嘱说:"别把没芽芽儿的秕皮下进去!下进去就缺一棵苗!缺一棵苗就少收十斤柿子!价值五毛!"

长林正蹲在一个苗圃边,给几个青年男女做出挖沟的示范,听着治安过分的渲染,心里有些好笑:苗圃即使缺一棵苗,往大田移栽决不会少栽一棵喀!超越了事物本来实际的渲染,总是给人某种虚假的感觉。你看治安周围的社员的眼色吧,有的接过籽儿就走开了,什么少收十斤柿子的话,没那回事;有的传递着戏谑的目光。有个小伙子故作严肃,说:"治安叔,你可瞅准,别把芥菜籽儿发给俺噢!咱不是芥菜专业队……"嘻嘻哈哈的笑声从这边传到那边,治安脸红了。长林立即立起,狠那青年一句:"小伙子,揭人不揭短!"大伙看看长林,悄声了。

长林脑子思量,论生产技术,说话办事,以至长相穿戴,治安比黑山哪一样都不差池!倔得像个蹦豆儿,说一句气话能冲倒人的黑山,就是一样好:对集体实诚。不管干部在不在场,蔬菜技术怎么要求他就怎么做,要求深翻一尺,绝不翻到八寸,该挖三镢头绝不少挖一镢头,集体劳动态度好,就获得大人、碎娃的敬重,谁要是和这个倔豆老汉说话,还得特别掂掂话语的分量。可是对治安老汉,什么难听的话尽可以敞开说,不怕他和他的家人听见。自打治安老汉穿戴周正的身影一出现在苗圃,村里的风凉话就扑过来,人们一致的猜测是,队里实行定额管理和作业组制度,奸老汉混不成工分啰!苗圃里的技术员,每天有两分技术工优待!"他瞅见这盘好菜啰!"众人的议论,许是最终解开长林老汉的谜的答案。他却想,即使这样,也没啥!共产党员就是要团结教育人哩嘛!

好在治安并不计较那些不热不冷的风凉话,他认真地要求作务技术。他那轻捷的脚步,干散的声调,那神气,告诉人们,他既内行又负责任,更不怕别人这些闲言碎语。一连几天,都是这样。

"新媳妇三日勤!"黑山不信任地笑笑说。

长林老汉也笑笑,没吭声。

不管怎样,治安对集体事业所表现出的勤劳和责任心总是无可非议的。在整整一周的早菜品种的摆籽阶段,治安老汉一个样儿,来得早,走得迟,该说的就说,该干的就干,谁干错了他还认真地批评哩!苗圃里没人撂杂话了,村巷里也听不到风凉话了。治安老汉用行动粉碎了一切对自己不光彩的议论,有力得很。

黑山老汉嘿嘿笑着,不好意思地向长林老汉承认:他说"新媳妇三日勤"的话撂到空里了。

长林却说:"伙计!还不一定。这是个老媳妇!"

三茬夏菜的种子分期摆进圃床,第一茬早菜已经长得逗人喜爱了,黄瓜和西葫芦的两片肥实的子叶中间,已经抽出一片黄绿色的真叶来,像刚出壳的小鸡,西红柿淡紫色的叶秆上,绣着一层细细的茸毛,再过几天,就要动手分床间苗了。

早饭后,长林到苗圃来上班的时间,拉着辆架子车。治安问:"拉车弄啥?"

长林说:"河湾队捎话来,说订给咱的草苫子弄好了,叫咱去拉。"

"那让小拖拉机跑一趟嘛!"治安说。

"拖拉机正给大田拉粪!"长林说。

"那让队长派社员去嘛!"治安说,"这不属咱苗圃的活路喀!"

"算咧!"长林说,"春耕忙,咱加个紧就把事办咧!"

治安也不再反对。黑山说:"咱俩去!"

俩老汉拉着车子上了路,黑山悄悄告诉长林,说有社员在苗圃干活时,治安一个样儿,没社员在苗圃时,又是一个样儿。这都罢咧,特别是长林老汉几次不在,只留下他和他俩人的时候,治安老汉一晌能坐下吃八回烟!这人就是个这!

"慢慢来!别急!"长林说,"该说的地方要说他哩!"长林为难的是,有他在场时候,治安永是一副勤快的样子,不好说喀。

一场母猪闯进苗圃的风波突然发生了。

温暖的阳光沐浴着隆冬的川道菜区,冻结的地皮消冻了。治安老汉揭去了温床玻璃上的草苫子,阳光下一片白色的玻璃照得人眼花,玻璃内壁的水珠儿挥发以后,一方方绿茵茵的幼苗在阳光下伸胳膊蹬腿儿,欢实极了。

洒水还得等后半晌,治安老汉坐在靠墙的阳光下晒暖暖。长林和黑山拉草苫子去了,留下他一人看守,他觉得浑身的筋骨都松泛了。冬日的阳光照在脸上,那么温柔舒适,被清早的寒风吹得紧紧巴巴的皮肤十分熨帖,治安老汉的眼皮直往一搭挤,简直用柴棍儿也撑不开了……

这当儿,一头母猪用长嘴拱开了圆洞门上虚掩的木栅,进了苗圃。入冬以来,它大约再没尝过嫩草的甘味吧!一片绿色植物馋得它口涎欲滴。这个蠢家伙忽视了那苗儿上面还有一层玻璃,长嘴巴一吞上去,哗啦一声,玻璃打碎了。母猪吓昏了,返身奔逃,猛不防又撞在另一方苗圃的玻璃上,又是哗啦一声,它自己也掉进苗圃里头了,更吓得东闯西奔,最后从另一框玻璃下跃出的时候,这方苗圃的玻璃打碎光了,可爱的西葫芦苗给糟践完了。

当治安老汉惊醒、跃起的时候,母猪已经夹着尾巴窜出门洞了。治安站在不堪收拾的残局面前,双腿发软,眼冒金星,蹲下去起不来了。他本来的名望就不高啊,怎么招得住这样的打击!想掩盖现场也来不及了,圆洞门里拥进一伙闻声而来的社员……

别提徐家园村巷、地头人们怎么砸刮治安老汉了,要多难听有多难听!

长林和黑山把草苫子拉回来的当儿,队长友群已经在苗圃里等得不耐烦了。长林老汉一眼瞧见友群黑煞煞的模样,就预料发生了什么变故。不等他把车子放稳,窝火的队长就拉着老叔的袖子来到遭事的苗圃跟前。

"啊呀!"长林老汉头顶像挨了一闷砖,麻木了。

"咋弄的?!"黑山毛须直竖,手指颤抖。

"猪拱咧!"友群气憋憋地说,"我早说这奸蛋老汉靠不住,你……"

"猪拱苗苗时,他做啥?"长林问。

"睡觉!"友群说,"靠在柴堆上晒暖暖!"

"唉唉唉!"黑山气得拍着大腿,一拧身走了。

"换,换人!"友群说,"给你另换个社员。"

"那当然容易!徐家园那么多社员!"长林说,"治安人呢?"

"他还有脸在这儿露!"友群说,"叫他来,他也没脸来咧!"

看着队长暴躁的样子,长林也生气了:"你先别发躁嘛!事情有事情在,你躁成那样,吃了炸药吗?"

"我躁?今日叫猪拱一方,明日叫羊啃一方,今年这菜还种得成?"友群难受地说,"咱和蔬菜公司订了合同,完不成任务,叫我坐蜡!"

"可你发脾气,糟践的苗子就能长起来?"长林说,"冷静一点,队长!"

……

晚饭后,蒙蒙的月光照着清冷的村巷,寒风吹得树枝刷刷响着。长林老汉袖着手,来到治安老汉的门楼下,屋里传出治安的小儿子拉奏板胡的声音,他听出那是秦腔曲调中的苦音慢板。当他跷脚踏过门槛的时候,猛听见治安烦躁地呵斥儿子的吼声:"咯吱啥哩!爱拉,到河滩拉去!"儿子在对面房里顶撞:"你做下丢人事,怪我拉胡琴儿!"

长林老汉想笑,进了门。

对峙面六间厦房,收拾得干净利落,由于人事不婵,平时少有乡党来此串门拉闲话。治安老汉坐在炕上,背靠墙壁,脸上无精打采,见了长林进来,倒显出又惊又愧的样子。治安老伴又是倒茶,又是递烟,手脚都慌慌乱乱。

长林坐在炕边,随随和和地问:"你后响咋没上工?"

"上工?"治安一愣,愧悔地说,"我……没脸……去咧!"

"噢呀!你的脸皮倒这样薄呀!"长林说笑,"明天先上工!"

"唉,我……对不住……你老哥!"

"对不住集体!"长林说,"咱都是给集体干,对不住我啥!"

"对不住集体!"治安难受地重复长林的话,又说,"队里要赔多少钱,咱没二话!"

"赔?你的钱多吗?"长林笑说,"好好想想,还有比那几个钱有价值的东西!"

治安愣愣地瞧着长林。

"一个社员对集体的实心!"长林说。

治安扑地脸红了,说:"我太爱工分……"

"我也爱工分!社员谁不爱工分?不爱工分凭啥过日子?"长林说,"爱工分没啥错咯!"

治安暗暗吃惊,这个共产党员徐长林,人说爱社如家,他也说自个儿爱工分?他不由得说:"你老哥这话说得知心,是庄稼人对庄稼人说的话。"

长林说:"光爱工分,不爱集体,集体烂了,工分再多顶啥用?那一年咱队的友群被撵下台,那个'拐八货'当权,劳动日值三毛三,你劳动一年,工分倒不少,结果是欠支户!"

精明的治安老汉听出来,那一年"拐八货"当队长,早晨起来不下地,念报纸,背语录,实行政治评工,他凭耍舌头搂了不少工分,结果却欠支,想到这事,他不由得脸红了,说:"老哥这话是实话!"

"集体的事办不好,地里长不好,收入不增加,工分是空空货!再多没用!"长林说,"工分本本上记的,是咱的收入,也是对集体的心血!"

话已经说到治安的病根上了,他惴惴不安。队长友群批评他的时候,他敢顶撞;社员砸泡的时候,他听见脸不红;可长林老汉像拉家常一样说着这些小孩也懂的道理的时候,他却惭愧起来了。

"国家除了'四害',中央又颁发了六十条,为的是生产大发展,农民有好日子过!"长林向治安宣传政策,"咱得给国家争气!国家要大发展,咱给城市供不上菜,影响实现'四化'的大事哩!岂止咱少挣几个工分!"

"对!对的!"治安点头,表示接受了组长的宣传,"我给社员做检讨!"

一直旁听这场对话的治安老伴,插上话:"我看也好!反正人都知道这麻哈事咧!自个儿打自个儿,省得人家打!知错改错不为错嘛!"

之后,徐治安在社员会上"自个儿打了自个儿",老汉竟然流了泪,感动了社员,也感动了队长友群。反倒再没人提起猪拱西葫芦苗儿的事了。

紧张而又细致的"倒圃"工作开始了,要一苗一苗把那些在温室里培育的既娇又纤的宝贝挖出来,再按不同的稀稠,移到只有玻璃和苫子而没有人工加温设备的冷床里去锻炼。徐治安似乎连脾性也改了不少,他很少说话,只闷着头干活,一屁股蹲下去,不到放工不起来,整响整响连一袋烟也不抽。

友群路过苗圃,问长林:"没看人最近怎样?"

长林笑着说:"你叫黑山伙计说。"

黑山憨厚地笑着:"这回,看起实在哩!"友群也憨笑着,似乎是对长林老汉的赞许,又是表示自己的愧疚。

传统的春节前几天,乡村的新年佳节气氛一日浓似一日。徐家园决分了,除了个别男人在城里工作而女人身体不好的一两户人家外,家家户户分了钱。小镇上的集市在萧条了多年之后显得空前繁荣热闹,徐家园一溜一串走出去挎篮挑担置办年货的男女社员。庄稼人对公历元旦马马虎虎,对农历春节还保持着浓重的送旧迎新的喜庆心理。

腊月二十八,公社召开群英会,嘉奖那些在生产队各条战线上为人民做出显著成绩的优秀分子,徐家园苗圃务苗小组被评为先进班组,三个老汉要去开群英会哩!

一早起来,老伴把一身过年走亲戚时才穿的新衣服给治安换上了,出门的时候,老伴还抻扯着不熨帖的褶皱,引得儿媳在门道里抿着嘴笑。

治安走进苗圃的圆洞门,见长林老汉刚从苗圃那头过来,还是那身粘着泥巴土星的衣裤,倒觉得自己穿得太新,不自然了。

"啊呀,穿这齐整!"长林笑着说。

"老婆子俤性子人,硬叫我……"治安哈哈笑着,摊开双手。

说话间,锣鼓从村里敲过来,青年们把三个老汉连拽带推,上了公路。天是这样蓝,太阳刚刚冒红儿。公社大门两边,插着几十杆彩旗,墙上贴着斗大的标语字。早来的几家锣鼓,在门外广场上摆开场子,比赛铜器哩!徐家园的锣鼓队,一来就加入了竞赛,把他们欢送的代表扔下不管了。

治安跟着长林,进了公社院子,迎面墙上,贴着光荣榜,围着一大堆观看的男女青年,治安老汉还没看见自己的名字,迎面走来了公社罗书记,满面春风地和他仨打招呼:"你们三个务苗专家来咧!刚才我还寻你们哩!走走走,先到我屋里喝水。"

罗书记的房子里简单得很,一张桌子一张床,小凳子倒是不少,在火炉周围摆了六七个,满地都磕着旱烟灰,大概这儿常有人来坐,治安站起身,接过罗书记倒来的水,总觉得有点局促。看看长林,他倒是随随便便,一边抽烟,一边和罗书记尽谝!罗书记给他递水,他连身子都不动一下。黑山只顾在火炉上烤烟叶子,往烟包里揉。这罗书记在公社好几年了,治安从来没和罗书记说过话。有一回,罗书记到徐家园工作,午饭派在他家,他早早端着饭从后门溜到街巷里去了,觉得和这"官"儿一起吃饭不畅快,也没啥话可说。

"这位老人是今年新进你们苗圃的?"罗书记指着治安,问长林。

长林说:"徐治安,务苗是一把好手,前几年没出世,今年把积极性调动起来哩!"

治安听了,心里好舒服啊!长林不说咱前几年那些麻哈事,只说"没出世"!这话说得得体。治安从心里叹服长林真是个好老汉。

"好啊!把你的技术发挥出来,把菜务好!"罗书记看着治安说,"压力大啊!市上今年的方针,要把郊区农村变成副食蔬菜基地,要保证新长征大军有足够的副食供应,事关重大!你们的苗儿务得好,菜长得好,我的压力就松泛一点,我是凭你们哩!"

"放心,咱明白!"长林说,"'四人帮'捣乱不成了,政策也落实咧!你放心!"

治安老汉的心里鼓鼓,却说不出一句合适的话来。

"你们今年的苗苗长得好！全社还是你们挑梢儿！这回好好讲讲经验！"罗书记说罢，有人把他叫出去了。

长林老汉说："刚才罗书记给我说，开幕式选主席团，叫咱务苗组出一个人。"

黑山说："就是你。"

治安也说："咻就好！"

长林笑说："我说，咱们仨人，论起今年起色大的，还数治安。黑山，你说呢？"

黑山仍然憨厚地一笑："对，对着哩！"

治安这回着实慌了："不成不成不成，我绝对不行！"

不行也没办法，仨人中有俩人拥护，治安推辞不掉了，慌乱而又诚恳地说："长林哥，黑山弟，我明白你俩的心意，是推着我往高处走哩！前些年，唉……"治安忽地动了感情，几乎掉下眼泪来。

"上上上！上。"长林热情鼓劲说，"上到主席台上，让全社的好汉模范都看看，徐家园的治安老汉，从今日起，另是一个人咧！"

治安却孩子般天真地问："主席台在哪达？"

"在会场前头！和公社领导坐在一起！"长林说，"俺大伙坐在台下……"

"啊啊，啊……"治安激动得花白胡须颤抖了，那样的场合，他一生从来没经过！他觉得自己真是另活一重人，登上一个新的天地！

公社大院里，广播上欢乐的歌声停止了，召集会议的人呼喊代表们到大礼堂集合哩！会议就要开始了。

仨人出了罗书记的房门，夹在人窝里，朝装饰一新的大礼堂走去……

1979 年 4 月　小寨

信　任

一

　　一场严重的打架事件搅动了罗村大队的旮旯拐角。被打者是贫协主任罗梦田的儿子大顺,现任团支部组织委员。打人者是"四清"运动补划为地主成分、今年年初平反后刚刚重新上任的党支部书记罗坤的三儿子罗虎。

　　据在出事的现场——打井工地——的目睹者说,事情纯粹是罗虎寻衅找茬儿闹下的。几天来,罗虎和几个"四清"运动挨过整的干部的子弟,漂凉带刺,一应一和,挖苦臭骂那些"四清"运动中的积极分子;参与过"四清"运动的贫协主任罗梦田的儿子大顺,明明能听来这些话的味道,仍然忍耐着,一句不吭,只顾埋头干活。这天后响,井场休息的时光,罗虎一伙骂得更厉害了,粗俗的污秽的话语不堪入耳! 大顺臊红着脸,实在受不住,出来说话了:"你们这是骂谁啊?"

　　"谁'四清'运动害人就骂谁!"罗虎站起来说。

　　大顺气得呼呼儿喘气,说不出话。

　　罗虎大步走到大顺当面,更加露骨地指着大顺臊红的脸挑逗说:"谁脸发烧就骂谁!"

　　"太不讲理咧!"大顺说,"野蛮——"

大顺一句话没说完,罗虎的拳头已经重重地砸在大顺的胸口上。大顺被打得往后倒退了几步,站住脚后,扑了上来,俩人扭打在一起。和罗虎一起寻衅闹事的青年一拥而上,表面上装作劝解,实际是拉偏架。大队长的儿子四龙,紧紧抱住大顺的右胳膊,又一个青年架住大顺的左胳膊,一任罗虎拳打脚踢,直到大顺的脸上哗地蹿下一股血来,倒在地上人事不省……这是一场预谋的事件,目睹者看得太明显了。

一时间,这件事成为罗村街谈巷议的中心话题。那些参与过"四清"运动的人,那些"四清"运动受过整的人,关系空前地紧张起来了。一种不安的因素弥漫在罗村的街巷里……

二

春天雨后的傍晚,山清水秀,空气清新;块块云彩悠然漫浮;麦苗孕穗,油菜结荚;南坡上开得雪一样白的洋槐花,散发着阵阵清香。在坡下沟口的靠茬红薯地里,党支部书记罗坤和五六个社员,执鞭扶犁,在松软的土地上耕翻。

突然,罗坤的女人失急慌忙地颠上塄坎,颤着声喊:"快!不得了……了……"

罗坤喝住牛,插了犁,跑上前。

"惹下大……祸咧……"

罗坤脸色大变:"啥事?快说!"

"咱三娃和大顺……打捶,顺娃……没气……咧……"

"现时咋样?"

"拉到医院去咧……还不知……"

"啊……"

罗坤像挨了一闷棍,脑子嗡嗡作响,他把鞭子往地头一插,下了塄坎,朝河滩的打井工地走去,衣褂的襟角,擦得齐腰高的麦叶刷刷作响。

打井工地上,木柱、皮绳、镢、锨胡乱丢在地上,临近的麦苗被攥践倒了一片,这是殴斗过的迹象。打井工地空无一人,井架悄然耸立在高空中。

从临时搭起的夜晚看守工具的稻草庵棚里,传出轻狂的说话声。罗坤转到对面一看,三儿子罗虎正和几个青年坐在木板床上打扑克哩。

罗坤盯着儿子:"你和大顺打架来?"

儿子应道:"嗯!"

罗坤问:"他欺负你来?"

儿子不在乎:"没有。"

"那为啥打架?"

于是,儿子一五一十地述说了前后经过,他不隐瞒自己寻事挑衅的行动,倒是敢做敢当。

罗坤的脸铁青,听完儿子的述说,冷笑着说:"是你寻大顺的事,图出气!"

儿子拧了一下脖子,翻了翻眼睛,没有吭声,算是默认。那神色告诉所有人,他不怕。

罗坤又问:"我在家给你说的话忘咧?"

"没!"儿子说,"他爸'四清'时把人害扎咧!我这阵不怕他咧!他……"

罗坤再也忍不住,听到这儿,一扬手,那张结满茧甲的硬手就抽到儿子白里透红的脸膛上——

"啪!"

儿子朝后打个闪腰,把头扭到一边去。

罗坤转过身,大步走出井场,踏上了暮色中通往村庄的机耕大路。

　　这一架打得糟糕！要多糟糕有多糟糕！罗坤背着手,在绣着青草的路上走着,烦躁的心情急忙稳定不下来。

　　贫协主任罗梦田老汉在"四清"运动中,是工作组依靠的人物,在给罗坤补划地主成分问题上,盖有他的大印。在罗坤被专政的十多年里,他怨恨过梦田老汉:你和我一块耍着长大,一块逃壮丁,一块搞土改,一块办农业社,你不明白我罗坤是啥样儿人吗？你怎么能在那些由胡乱捏造的证明材料上盖下你的大印呢？这样想着,他连梦田老汉的嘴也不想招了。有时候又一想,"四清"运动工作组那个厉害的架势,倒有几个人顶住了？他又原谅梦田老汉了。怨恨也罢,原谅也罢,他过的是一种被专政的日子,用不着和梦田老汉打什么交道。今年春天,他的问题终于平反了,恢复了党籍,支部改选,党员们一口腔又把他拥到罗村大队最高的领导位置上,他流了眼泪……

　　他想找梦田老汉谈谈,一直没谈成。倔得出奇的梦田老汉执意回避和他说话。前不久,他曾找到老汉的门下,梦田婆娘推说老汉不在而谢绝了。不仅老贫协对他怀有戒心,那些"四清"运动中在工作组"引导"下对干部提过意见的人,都对重新上台的干部怀有戒心。党支书罗坤最伤脑筋的就是这件事。想想吧,人心不齐,你防我,我防你,怎么搞生产？怎么实现机械化？正当他为罗村的这种复杂关系伤脑筋的时候,他的儿子又给他闯下这样的祸事……

三

　　罗坤径直朝梦田老汉的门楼走去。当他跨进木门槛的时候,心里做好了最坏的准备,准备承受梦田老汉最难看的脸色和最难听的话。

　　小院停着一辆自行车,车架上挂着米袋面包和衣物之类,大约是

准备送给病人的。上房里屋里,传出一伙人嘈嘈的议论声:

"这明显是打击报复……"

"他爸嘴上说得好,'保证不记仇恨',屁!"

"告他!往上告!这还有咱的活处……"

说话的声音都是熟悉的,是几个"四清"运动的积极分子和梦田的几个本家。罗坤停了步,走进去会使大家都感到难堪。他站在院中,大声喊:"梦田哥!"

屋里谈话声停止了。

梦田老汉走出来,站在台阶上,并不下来。

罗坤走到跟前:"顺娃伤势咋样?"

"死了拉倒!"梦田老汉气哼哼地顶撞。

"我说,老哥!先给娃治病,要紧!"罗坤说,"只要顺娃没麻达,事情跟上处理!"

"算咧算咧!"梦田老汉摇着手,"棒槌打人手抚摸,装样子做啥!"

说着,跨下台阶,推起车子,出了门楼。

罗坤站在院子当中,麻木了,血液涌到脸上,烧躁难耐,他是六十开外的人了,应当是受人尊重的年龄啊!他走出这个门楼的时光,竟然不小心撞在门框上。

走进自家门,屋里围了一脚地人,男人女人,罗坤溜了一眼,看出站在这儿的,大都是"四清"运动和自己一块挨过整的干部或他们的家属。他们正在给胆小怕事的老伴宽解:

"甭害怕!打咧就打咧!"

"谁叫他爸'四清'运动害了人……"

"他梦田老汉,明说哩,现时臭着咧!"

这叫给人劝解吗?这是煨火哩!罗坤听得烦腻,又一眼瞥见坐在炕边上的大队长罗清发,心里就又生气了:你坐在这里,听这些人说话听得舒服！他和大队长搭话，大队长却奚落他说："你给梦田老汉回话赔情去了吧？人家给你个硬顶！保险！你老哥啊，太胆小咧，简直窝囊！"

罗坤坐在灶前的木墩上，连盯一眼也不屑。他最近以来对大队长很有意见：大队长刚一上任，就在自己所在的三队搞得一块好庄基地。这块地面曾经有好几户社员都申请过，队里计划在那儿盖电磨磨房，一律拒绝了。大队长一张口，小队长为难了，到底给了。好心的社员们觉得大队长受了多年冤屈，应该照顾一下，通过了。接着，社办工厂朝队里要人，又是大队长的女儿去了，社员一般地没什么意见，也是出于照顾……这该够了吧？你的儿子伙着我的三娃，还要打人出气，闯下乱子，你不收拾，倒跑来给女人撑腰打气。把你当成金叶子，原来才是块铜片子！

罗坤黑煞着脸，表示出对所有前来撑腰打气的好心人的冷淡。他不理睬任何人，对他的老伴说："取五十块钱！"

老伴问："做啥？"

"到医院去！"

大队长一愣，眼睛一瞪，明白了，鼻腔里发出一声重重地嘲弄的响声，跳下炕，竟自走出门去了。屋里的男人女人，看着气色不对，也纷纷低着眉走出去了。

罗坤给缩在案边的小女儿说："去，把治安委员和团支书叫来！叫马上来！"

老伴从箱子里取出钱和粮票，交给老汉："你路上小心！"

罗坤安慰老伴："你放心！自个儿也耍害怕！怕不顶啥！你该睡就睡，该吃就吃！"

治安委员和团支书后脚跟着前脚来了。

罗坤说："你俩把今日打架的事调查一下，给派出所报案。"

治安委员说："咱大队处理一下算咧！"

"不,这事要派出所处理!"罗坤说,"这不是一般打架闹仗!"

团支书还想说什么,罗坤又接着对她说:"你叔不会写,你要多帮忙!"

说罢,罗坤站起身,拎起老伴已经装上了馍的口袋,推起车子,头也不回,走出门去。蒙蒙月光里,他跨上车子,上了大路。

四

整整五天里,老支书坐在大顺的病床边,喂汤喂药,端屎端尿,感动得小伙子直流眼泪。

梦田老汉对罗坤的一举一动都嗤之以鼻!做样子罢了!你儿子把人打得半死,你出来落笑脸人情,演的什么双簧戏!一旦罗坤坐下来和他拉话的时候,他就倔倔地走出病房了。及至后来看见儿子和罗坤亲亲热热,把挨打的气儿跑得光光,"没血性的东西!"他在心里骂,一气之下,干脆推着车子回家了。

大顺难受地告诉罗坤,说他爸在"四清"运动中被那个整人的工作组利用了。"四清"后,村里人在背后骂,他爸难受着哩!可他爸是个倔脾气,错了就错下去。"四清"运动的事,你要是和他心平气和说起来,他也承认冤枉了一些人,你要是骂他,他反硬得很:"怪我啥?我也没给谁捏造喀!'四清'也不是我搞的!盖了我的章子吗?我的头也不由我摇!谁冤了谁寻工作组去……"

罗坤给小伙子解释,说梦田老汉苦大仇深,对新社会、对党有感情,运动当中顶不住,也不能全怪他。再说老汉一贯劳动好,是集体的台柱子……

第七天,伤口拆了线,大顺的头上缠着一圈白纱布出院了。罗坤执意要小伙子坐在自行车后面的支架上,小伙子怎么也不肯。"你的伤口不干净!医生说要养息!"罗坤硬把小伙子带上走了。

"大叔!"大顺在车后轻轻叫,声音发着颤,"你回去,也要难为虎儿……"

罗坤没有说话。

"在你受冤的这多年里,虎儿也受了屈。和谁家娃要恼了,人家就骂'地主',虎儿低人一等!他有气,我能理解……"

罗坤心里不由一动,一块硬硬的东西哽住了喉头。在他被戴上地主分子帽子的十几年里,他和家庭以及孩子们受的屈辱,那是不堪回顾的。

小伙子在身后继续说:"听说你和俺爸,还有大队长清发叔,旧社会都是穷娃,解放后一起搞土改、合作化,亲得不论你我……前几年翻来倒去,搞得稀汤寡水,娃儿们也结下仇……"

罗坤再也忍不住,只觉两股热乎乎的东西顺着鼻梁两边流下来,嘴角里感到了咸腥的味道。这话说得多好啊!这不就是罗坤心里的话吗?他真想抱住这个可爱的后生亲一亲!他跳下车子,拉住大顺的手:"俺娃,说得对!"

"我回去要先找虎儿哩!他不理我,我偏寻他!"小伙子说,"我们的仇不能再记下去!"

俩人再跨上车子,沿着枝叶茂密的白杨大路,罗坤像得了某种精神激素,六十多岁的人了,踏得车子飞快地跑,后面还带着个小伙子哩。

可以看见罗村的房屋和树木了。

五

罗坤推着自行车,和大顺并肩走进村子的时候,街巷里,这儿一堆人,那儿一堆人,议论纷纷,气氛异常,大队办公室外,人围得一大伙。路过办公室的时候,有人把他叫去了。

办公室里，坐着大队委员会的主要干部，还有派出所所长老姜和两个民警。空气紧张。大队长清发须毛直竖，正在发言："我的意见，坚决不同意！这样弄的结果，给平反后工作的同志打击太大！他爸含冤十年……"

罗坤明白了，他瞥了一眼清发，说："同志，法就是法，那不认人，也不照顾谁的情绪！"

罗清发气恼地打住话，把头拧到一边。

罗坤对姜所长说："按法律办！那不是打击，是支持我工作！"

姜所长告诉罗坤，经上级公安部门批准，要对罗虎执行法律：行政拘留半个月。他来给大队干部打招呼，大队长清发坚持不服判处。

"执行吧，没啥可说的！"罗坤说，"法律不认人！"

民兵把罗虎带进办公室里来，小伙子立眉竖眼，直戳戳站在众人面前，毫不惧怕。直至所长拿出了拘留证，他仍然被一股气冲击着，并不害怕。

清发重重地在大腿上拍了一巴掌，把头歪到另一边，脖上青筋暴起，突突跳弹。

罗坤瞧一眼儿子，转过脸去，摸着烟袋的手，微微颤抖。

就在民警把虎儿推出门的一刹那，一直坐在墙角、瞪着眼、噘着嘴的贫协主任梦田老汉，突然立起，扑到罗坤当面，一扑塌跪了下去，哭了起来："兄弟，我对不住你……"

罗坤赶忙拉起梦田老汉，把他按坐在板凳上。梦田老汉又扑到姜所长面前，鼻涕眼泪一起流："所长，放了虎娃，我……哎哎哎……"

这当儿，在门口，大顺搂着虎儿的头流泪了。虎儿望着大顺头上的白纱布，眼皮耷拉下来，鼻翼在急促地扇动着。

虎儿挣脱开大顺的胳膊，转进门里，站在爸爸面前，两颗晶莹的泪珠滚了出来："爸，我这阵儿才明白，罗村的人拥护你的道理了！"说罢，他走出门去。

六

罗村的干部们重新在办公室坐下,抽烟,没人说话,又不散去。社员们从街巷里、大路上也都围到办公室门前和窗户外。他们挤着看党支部书记罗坤,那黑黑的四方脸,那搀着一半白色的头发和胡茬,那深深的眼眶,似乎才认识他似的。

罗坤坐在那里,瞧着已经息火而略显愧色的大队长,和干部们说:

"同志们,党给我们平反,为了啥?社员会又把我们拥上台,为了啥?想想吧?合作化那阵咱罗村干部和社员中间关系怎样?即便是三年困难时期,生活困苦,咱罗村干部和群众之间关系怎样?大家心里都清白!这十多年来,罗村七扭八裂,干部和干部,社员和社员,干部和社员,这一帮和那一帮,这一派和那一派,沟沟渠渠划了多少?这个事不解决,罗村这一摊子谁也不好收拾!想发展生产吗?想实现机械化吗?难!人的心不是操在正事上,劲儿不是鼓在生产上,都花到钩心斗角、你防备我、我怀疑你上头去了嘛!

"同志们,我们罗村的内伤不轻!我想,做过错事的人会慢慢接受教训的,我们挨过整的人把心思放远点,不要把这种仇气,再传到咱们后代的心里去!

"罗村能有今天,不容易!咱们能有今天,不容易!我六十多了,将来给后辈交班的时候,不光光给一个富足的罗村,更该交给他们一个团结的罗村……"

办公室门里门外,屏声静气,好多人,干部和社员,男人和女人,眼里蓬着泪花,那晶莹的热泪下,透着希望,透着信任……

1979 年 5 月 小寨

七　爷

一

那年春天，县上给俺田庄派来了路线教育宣传队。麦收后宣传队马队长兜里装了一沓厚厚的经验材料，凯旋了。

令人寒心的是，马队长前晌刚从田庄拔出脚，俺三队队长志良叔后晌就宣布他不当队长了。

我慌了。

我是副队长，年初选举的时候，大家选我，不过是看我干活不惜力气，办事可靠点儿，让我给志良叔跑跑腿儿。跟他锻炼锻炼。至于四时节令的农活安排，经营管理，全是仰仗他的，我还不入门哩！现时正当忙后三秋管理的紧火时光，他撂了挑子，我怎么办呢？

月色很好。我奔进大队党支部书记田志德家的院子。

香椿树下，田志德被一伙社员包围在中间，吵吵闹闹。

七队妇女郭菊艾，高喉咙大嗓门，喊说："把俺的围墙挖倒，现时咋办哩？贼娃子要是把那一把粮食灌走，我一家子可怎么活？"

我听出意思了，郭菊艾家的庄基地在村子最西边，打土围墙时，往外放出去一尺。其实，那一尺空地外，就是队里水泥砌的自流渠，集体根本无法使这一尺之地发挥效益，郭菊艾打围墙时就把这一尺空地圈进了院子,干部和社员也没有人喊喳过此事。马队长不知怎样把这事调查出来,亲自掮上镢头,用军队式的命令动员民兵,把郭菊艾家西边的围墙给挖倒了,为田庄大队争回了一尺之地……

田志德听着,皱着眉,苦楚着脸,说:"甭急!大队开会,研究研究!"

二队的成林老汉赶紧抢上插话:"把没收俺的羊奶钱……"

这事我也知道。成林老汉的小孙子,一生下来就没奶吃,老汉买了一只好奶羊,一天能挏六七斤奶。孩子吃不完,家里四口人一个胃口,都喝不惯羊奶那股膻味儿,就用孙子喝剩的羊奶喂猪。恰好邻近小学校有个教员患胃疼病,想订奶……同样,马队长认为这是资本主义自发势力,把钱没收了……

田志德眉头皱得更紧了,脸上的表情更苦楚,重复着同一句话:"甭急!大队开会,研究研究。"

我看着那一堆纠缠不休的社员,心里可怜起田志德老汉了:马队长在田庄东戳一扁担,西砸一杠子,打下一锅浆子,现时他屁股一拍,回县领赏去了,把这一摊黏浆子,全部倒在老汉头上了。

老汉像是麻木了,任谁用高嗓门叫喊也好,用哀求的调调诉述也好,他一概不动声色,开口就是那两句话:"甭急……"

我敢说,站在这儿的人,谁也没有我心里的事情关系重大。我拨开人,尽量缓和口气说:"支书,俺的队长撂挲不干咧!"

老汉猛乍扬起头,吃惊地张着嘴:"啥?"

我又说了一遍。他把头沉重地低下去,一只手撑着下巴,一句不吭。

他没问我志良叔为啥半路撂挲。他心里比我更清楚:祸根还在那位马队长身上。

"我早就担着这份心!"他自言自语,站起来对我说:"咱俩一搭寻志良去。"

进了志良家院子,一见面,志良就摇手:
"支书,你覅找,也覅说,啥也不顶!"
志德坐在砍柴的木墩上吸烟。他是个实心眼的好人,不发躁,也想不出什么动听的词儿来软化志良,闷了半晌,才说:"马队长在时,你为啥不撂套?他在,你撂,我叫他给三队安排队长!"
"我怕把麦子瞎到地里!"志良说,"现时,麦收了,秋种了,我该作揖退庙咧!"
"算咧!覅给哥难场受咧!"志德劝说,"你数数咱大、小队儿几十名干部,打下台的不算,谁没受过揉搓?还能计较……"
"你覅费唾沫儿咧!老哥!"志良烦躁地说,"我的秉性你知道,说不干就坚决不干!"
"不管马队长怎么揉搓你,咱的社员心里对你没个啥啥咯!"志德好容易找着了话头儿,更加耐心,"都替你……"
"咱不说多余话!"志良无情地打断志德老汉的话,生硬地说,"谁再当干部,算是先人在河滩埋着!"
志德老汉尴尬地苦笑着,再也说不出话。志良把话说死了。
无奈,老汉召开三队社员会,选队长。开了三场会,选了四个人,没一个人愿意上场,像是谁教给他们同一句道理:"志良这样的人都挨整,当不下去,谁还能干成?"
我看队长选不出来,自己又驾不起辕,干脆,也撂吧!没等得我开口,老支书难受地拍拍我的肩头,说:"没办法!你就挑起来干吧!"
我急忙推辞。
"叔明白,你不说叔也明白!可眼下有啥办法?"他说,"我给你找几个老农,当参谋……"
看看支书为难的神色,我不忍心再给他加忧愁,想撂挑子的话急忙说不出口。这样,我忐忑不安地当上了三队队长了。

二

紧张繁忙的三秋管理季节,玉米要锄草,谷子要薅苗,红薯要翻蔓儿,棉花要打掐,接着就要施肥。化肥供应少得可怜,我正发愁这二百多亩秋田,真会成了卫生田哩!天又旱得秋苗发蔫;社员们思想散里散伙,大概对我并不抱什么希望吧!我急得东跑西颠,眼也红了,声也哑了。听说夜晚浇地的人把水放到地里,任水乱流,自己在渠岸上睡觉,我忍不住发火了,说了不少难听话,仍不抵事。

老支书还没给我把参谋找妥,就到公社参加什么学习班去了。我自己找了几个老农商量,有的说这样办,有的说那么干,有的干脆什么也不说——怕我把三队搞烂了,他们要落话把儿。

"缠马,快到公社找志德去!趁早把事卸了!"妈妈说,"再干下去,怕……"

"哼呀!你当那个队长好当?那不是抢篮球!"爸爸教训我说,"一百几十号劳力,二百多亩庄稼,那是闹着耍的?你,本事不大胆子大!"

我吃着饭,听着妈妈担心的劝说、爸爸的训诫,心一横:吃罢饭,上公社,找支书,不干咧——确实干不了呀!

主意一定,我赶紧吃饭。不料,一抬头,富农分子田学厚站在当面。奇怪,他找我能有什么事呢?

我问:"你有啥事?"

他答:"我来交思想改造汇报材料。"

噢,我记起了。按照马队长春天给队里严格立下的制度规定,"四类分子"每月逢十,三次向生产队长兼治安员汇报,月底给大队汇报,一季度末,向公社派出所汇报一次。今天逢十,我倒忘了。

我说:"你先拿着。我明天就不是队长咧!"

他说:"我得按时交。你今天还是!"

其实也无所谓,爱交你就交吧!

他从压着蓝布带子的口袋里,掏出折叠着的材料纸,放到我搁着饭碗、菜碟的石桌上,转过身,走了。

我哪有心思看他的什么思想改造汇报材料!他放在那儿,我冷漠地瞧了一眼,连动一指头的兴趣也没有。

一阵风从大门洞儿吹进院子,打着小小的旋儿,把那份材料从石桌上吹到地下,翻了几个过儿,散开了。

我捡起两页写得密密麻麻的纸,又照旧叠好,却发现地上还散落着二指宽的一绺纸条儿,也就顺手拾了起来。

无意间的一瞥,纸条上的字吸引住我的目光,像磁铁吸住铁屑一般,眼睛就再也移不开了。

天呀,你猜这纸条上写的啥哟:

"水肥是关键。抓紧浇地,晚上要派可靠的人去。快组织劳力拆旧墙,换火炕,动手慢就跟不上了。妇女锄秋,搞成定额。其他杂活能缓就缓,你亲自出马抓水抓肥。耍慌!耍乱!撑硬!不敢松劲!"

我抬起头,不由得瞧瞧大门口,那个微微有点驼的背影早已消失;低头看看手里的纸条,硬胳膊硬腿的字迹,切切实实还印在纸条上。

怎么理解眼前的事呢?听说他过去当过大队党支部书记,"四清"运动给他扣上富农分子帽子那时候,我刚刚脱下开裆裤。我所看见的,已经不是在人前讲话、办事的当权者,而是终年挑着一对大桶,给队里挑稀粪的"富农分子"。冬天和春天,担粪泼麦子,夏天泼玉米。他做着这样一项单独的劳动,很少和社员在一起干活。我对他说不上憎恨,也不甚喜欢,按乡村延续下来的班辈儿,我叫他七爷。他给我写纸条,肯定是看见我狼狈不堪的样子了吧?

我把那两页思想汇报材料扔到桌子上,把写着生产安排的纸条儿,夹在一本从来未用过的红皮日记本中,这是不能让人看见的。

我觉得心里有数了,倒产生了一种试火试火的勇气,忽然改变了主意,不去公社找老支书了。

我把妇女队长和记工员叫来,一块下到田间,逐块查看了苗情和草情,酌情定下了每一块地的工分标准。从后响起,分组锄地,定额管理。妇女队长笑了:"缠马,这下你放心!嫂子五天给你完成任务!"

当天晚上,我指派了几个老实可靠的社员去浇地,果然,浇得又快又好。

拆旧墙换火炕的活路也拉开了。

十天以后,全部秋田锄过头遍,浇完头茬水,旱象解除了。在打麦场上,堆起了一座小山一般的大粪堆。

又过了半月,二百多亩秋田,全部施过肥,眼见着三队的秋苗由黄变黑,由细弱变粗壮。大队检查评比的时候,流动红旗居然评给三队。支书田志德老是皱着的眉头舒展了,拍着我的脊背:"崽娃子!没看出,你还有两手哩!"

社员们的赞扬就更多了。三队的社员增强了信心,人心齐了!调皮捣蛋的,偷懒耍滑的,也自行检点了行为。我说话顶话了。

我却总想打听,了解七爷的过去。劳动休息时,我往那些年老的人跟前靠,渐渐地,我明白了:当我诞生到田庄的土地上的时候,田学厚带领田庄的贫雇农,早已把田阎王统治田庄的那一页灾难史翻过去了,崭新的一页正在他手中展开:为从田庄的街巷里彻底驱除饥饿和贫穷,他带头创办农业社,日夜奔忙,把自家田里的农活和屋里的家务耽搁了,真正是公而忘家!农会主任,农业社社长,人民公社田庄大队党支部书记——时代不断变迁,社员和党员把适应时代的官名拥戴到他的头上。在他当权的十五六年里,田庄的土地,从田阎王的大块地分割成一绺一块,分配给一户一家耕种;又从一绺一块上拔除了界石,合并成更大的整块,全村集体耕种;防止河水泛滥的大堤修起来,从后沟的果园里,每年不断开出装满苹果、核桃的汽车,眼见得红瓦新屋一幢一幢盖起来……那是田庄历史上最红火的年月。四十岁左右的男女社员,怀念田庄历史上这一段欣欣向荣的日子,深深惋惜好当家人田学厚不在位了;憎恨"四清"工作组瞎了眼,把他们的好支书,硬给扣上富农帽子压死了……

那个微微有点驼的背影立在我的心中,那么实在,那么亲近,他算什么富农分子!他忍受着政治上的压力和人格上的屈辱,心里怎么想啊?每月逢十,给我交来思想改造汇报材料的时候,里面肯定夹裹着一绺或长或短的纸条儿,心里又想的是什么啊?

七月的最后一个逢十的日子到来了,我照例坐在院子里的石桌旁,吃着饭,不时瞧瞧敞开的大门,盼着那个微微背驼的身影的到来。

期待中,他果然进来了。

快六十岁的人了,步子多轻捷、利索!头上落了一层霜,面孔却红黑红黑!个子虽然不高,肩膀却又厚又宽,腰里终年四季扎一条蓝布带子,浑身恰如一块极富有弹性的钢锭。我瞧着他,忽然想,一旦他那微微驼着的前胸挺起,大约会把整个田庄都扛起来!

他走到我面前,还像往常每次来一样,不卑不亢,不恼不笑,说:"我来交思想改造……"

我听不下去,早已慌忙站起,礼让他坐下。

他把材料塞到我手里,和善而精明的眼睛里有一丝几乎看不见的微笑掠过,随即转过身,走了。

我瞧着他的背影,踏着轻捷的脚步走过院子,消失在大门口。我呆呆地站着,捏着他交来的材料的手,不由得发抖了,绽开来,又有一张纸条!我心头一热,两眼怎么也看不清那纸条上面写着的字了……

三

　　一桩横祸却由此而生！

　　晚上，当我从村里归来，跨进我独身居住的小厦房的时候，无论多晚、多累，都要翻开那个红皮日记本。怪！一翻开它，瞧着那一绺一绺用各色纸头写着字的纸条，我的脑子就格外清醒。有时，因为生产上取得进展而兴奋，纸条教我冷静下来！有时，因一件棘手事而气恼烦躁，纸条又使我心地踏实！甚至因工作中的失误而横遭社员的指责、使人容易灰心的时候，纸条又把我鼓舞起来！纸条不仅是我的智囊，而且成了我思想情绪的"空气调节器"！

　　我翻开红皮日记本，习惯地瞧瞧亲爱的纸条，拧开水笔，记下我在纸条的指导下，所进行的实践活动中的得失。纸条攒贴了六七条，我的实践记录也有五十多则，一百多页了。我甚至想，明年再当队长的话，我的心里就有数码了。我一笔一笔记着，眼前总有一张奇妙的纸条在飞舞，又有一双和善可亲的眼睛在闪光，渐渐地，那纸条变成一只蝴蝶的翅膀，在青绿的田野上飞旋……

　　八月中旬，县上又分片组织秋田管理大检查，大评比。我们这一片区的检查团长，就是春上在田庄搞过路线教育的马队长。公社刘主任陪着检查，大队的田支书和各队队长，都参加了检查评比。

　　检查评比的结果，三队秋田的长势在这一片挂上了号。大家鼓励我的话暂不提起，马队长简直高兴得不得了。他一会儿拍我的肩膀，一会儿递给我一支恒大牌香烟，硬叫我抽。我有点难堪地想：春上，你没死活地批判志良队长的"唯生产力论"那阵儿，也捎带给我多少难听话！你那阵儿脸多难看，口气多歪！

　　评比总结时，马队长又夸奖我：

　　"田庄三队的秋田，大家都看见了吧？服不服？不服也不行！

这是谁领着干的?不是长胡子,也不是刷刷胡子,是嘴上没毛的小伙儿!有的老先生,有一点生产经验,撞不得,一撞就拿势扣板,摆套示威!其实,你那一套经验,不过是修字号的货色!缠马同志干得好!证明春天在田庄进行的路线教育的深远意义……"

我听得出来,表扬我,是为了骂志良叔,又是为他自己在田庄胡整的行为所造成的严重后果遮盖。我心里像塞了一把猪毛,过分的别有用心的赞扬,使我在众人面前抬不起头,无力正视任何人的眼睛,特别是田志德老汉那忧愁的眼光,只盼会议早点结束。

会议结束后,马队长吩咐秘书说:"把缠马同志的事迹好好整理一下,写成材料,一份送我,一份送报社,一份送县广播站。要造舆论,目前正需要这号材料……"

干部们走散以后,马队长居然亲热地提出:"走,咱到缠马家里去,好好谈谈,这个材料要快!"

我无法推辞,就领着马队长和秘书走了,其他随行人员,也跟着田支书休息吃饭去了。

在我的小厦房里一坐定,马队长就指示秘书和我谈,他靠在被卷上休息了。

秘书问我当队长的前前后后。我结结巴巴,说不顺畅。想想吧,马队长在当面,我怎么说呢?编又编不出来。最后就变成提问式的,我越发被动了。他又问我大批判搞了多少场,批判稿写了多少篇,怎么和守旧复辟派做斗争。我流着汗,终于鼓起勇气说:"那都是没来得及做的事……"

秘书为难地摊开手,瞧一眼马队长。

马队长耐心地笑笑:"不要太死板!灵活一点,譬如说批判,你在田间地头,给社员讲话,批评一些错误倾向,那便算数儿嘛!"

秘书得到启发,又问起我来。

我却忽然瞧见,马队长在我的枕头边抓起了那个红皮日记本!

天哪,那个东西怎么敢让他看呢?

"马队长,那本本儿记得乱七八糟……"

"随便翻翻!"马队长兴味很高,"好多先进人物的思想,是从日记里发现的……"

想挽救也来不及了。

马队长翻着、看着,奇怪地问:"这纸条是谁写的?"

"村里……一个……老农。"我撒谎。

"这个老农不错呀!给年轻干部撑腰!"马队长兴趣更浓更高了,"材料里插上这一笔,教训教训那些老不识相的,硬占着位子不让给年轻人,看这个老农风格多高!"

我心里简直哭笑不得。

"这个老农是谁?"马队长问。

"一个……老汉……不出名的……"我搪塞。

"啥名字?"他直截问。

"七……七爷……"我慌了,仍不敢说出名字。

"哪个七爷?"

"就是那个七爷!田……"

"唔!田老七?田学厚?富农分子?"马队长忽地从炕上翻身坐起,眼瞪得鸡蛋大,一连串的问话之后,他沉默了,气得说不出话来,半晌,才沉吟着说:"怪道我觉得笔迹眼熟。春天,我在这儿的时候,叫他写过破坏活动的交代材料!想不到……"

他很快变了脸,进屋时眼里呈现的亲热的意思飞得精光,严肃地对我训话:"什么'七爷'?富农分子!你怎么能把敌人叫爷?阶级觉悟跑到哪儿去咧?"

秘书套上钢笔,合上记录本,把椅子挪得离我远一些。

"难得的反面教材!"马队长说,"严重的问题啊!敌人钻进我们的心脏里来了,还不严重?!"他很快做出决断,立即打发秘书找公社刘主任和大队田志德老汉,又叫他们把七爷传来。他要亲自抓这个"新动向"。

刘主任和田志德一进门,看见马队长的脸上正在刮风走云,不知出了什么事。田志德老汉立时拧住眉头,预感不妙地站在一边,瞧瞧马队长,又瞧瞧我。我给支书惹下了祸,难受地低下头。

刘主任却不在乎,故意嘻嘻哈哈和马队长逗笑:"缠马,得是今晌午没给马主任嘴上抹油?我看人家嘴噘脸吊……哈呀!"

"哼!耍胡嘻哈!"马队长严肃地警告,很得意的样子,"你们等着看吧!"

"报告!"门外有人喊。

这是七爷的声音。他站在门外(按照规定的条律,面见大小干部,必须先打报告),大概还不知道,我给他招来了怎样的祸事!可怜的老人……

"进来!"马队长威严地命令。

七爷跨上台阶,跨过门槛,站在门里。他谁也不盯,既不惊慌,也不谄媚。

"你最近干什么?"马队长开始审问。

"担稀粪。"七爷答,平静而又坦然。

"有什么破坏活动?"

七爷迟疑了一下,似乎在想:有没有必要回答这个可笑的问题。他轻轻说:"没有。"

"狡赖!"马队长拍了一巴掌桌子。

"你尽可以去调查。"七爷仍然平静而又坦然。

"我要你交代!"马队长说,"老实点!"

"……"七爷闭了嘴,不吭了。

马队长终于忍不住,把他手中的"赃证"——我的日记本——打开,啪的一声压在桌子上:"这是谁写的?"

七爷侧过头，溜一眼那些倒霉的纸条儿，扬起头，盯着马主任，说："我写的。"

"交代你的动机！"

"我看缠马初上阵，手忙脚乱，给他提几条生产建议！"

"你是什么人，你也配提建议？"

这句话说得太欺人了！我的肝火不由得从心里往上蹿。看看七爷，他眉头间的皱纹轻轻颤动一下，腮帮上咬起两道硬梁，说："我凭三队吃饭，社员也靠三队过日子，我怕三队烂包！我是什么人我清白，配不配提建议我倒忘咧……"

"胡说！你是狐狸给鸡拜年！"

"……"七爷又闭上嘴，不吭了。

马队长更得意了，挖苦说："没见过，'四类分子'倒关心起集体来了？纯粹是想笼络人心！"

七爷仍然沉默着，咬得腮帮上又暴出一道梁来。他大概永远也无法使马队长理解他的话，干脆不吭，任你说什么也不想分辩了。

"为了篡权，收买人心！"马队长再一次重复他的话，逼近七爷，对住脸问："是不是？"

七爷微微扬起头，盯着马队长的眼睛，不紧不慢，说："人心，那是笼络不来的，想笼络人心的人，结果一个好人的心也笼络不去；有的人不用笼络，人心打也打不散！咋说呢？全看自个儿的德行……"

"放毒！"马队长的脸由黄变红，又由红变黄，受不了了，喊了起来，"你不甘心下台，企图篡权、复辟！"

"篡什么权！篡缠马那个小队长的权？"七爷说，"太小哩！缠马那个权确实太小哩！要篡，就篡大权，起码像县长……"

"你……"马队长脸上像挨了一鞋底儿，攥紧拳头，简直要动手了。

这当儿，刘主任拿着我的那个日记本，和田支书头挨头在一块翻看。看着看着,他把本子轻轻合起,又放到桌子上,大约这才弄清了这场风波的根由。他站起来,面对盛怒的队长,虚叹着:"啊呀!想不到,实在想不到,一个富农分子,竟然会干这种事!"他转过身,又对七爷斥责说:"你怎么敢和马主任顶嘴?回去写检讨,认真交代你的动机。"

七爷转过身,出了门,跷下石阶。

刘主任给马队长圆场子:"马主任,你今天一来就发现了这事,觉悟比我们高!这事,交给我们处理吧,严肃处理!"

"要给我狠狠地批!"马主任也就此下台阶,"把情况向县委写出书面报告。"

"行呀!行呀!"刘主任点头。

田支书却哭丧着脸,为难地说:"这事,要是公布到群众当中,谁也不会批他!这算啥破坏活动嘛,是好事喀!"

"看看看!根子就扎在这儿!表现在敌人身上,根子扎在党内!"马队长说,"春天对你路线教育了一来回,你总不见提高!我看你这思想,确实跟不上趟儿……"

刘主任又呼呼啦啦说:"马副主任,夔费你的宝贵时间咧!这些人的问题,都交给我!以后再出问题,你寻我!老田,别吭咧!"

马队长一生气,在我家的饭也不吃了,跟我连一句话都不屑再说。他大约就像老鼠钻进蜂箱,蜜没偷吃着,倒被蜇得鼻青脸肿……

四

刘主任和田支书去送马队长和秘书,我没动弹。他们出了门,我一下躺在炕上,眼泪再也忍不住,流下来了。

怪道这几年人都说:好人挨铐,瞎熊坐轿。田七爷从土改革命革到"四清"运动,在田庄真正是立下了汗马功劳,临了却被扣上了一顶富农分子帽子!志良叔是七爷手下的一员虎将,合作化培养起来的扎实队长,"四清"运动打下台,多年来三队烂得一锅粥!前年众人硬把他举出来,三队的生产刚刚还了阳,今年春天又挨了整!志德叔"四清"时整了个半死,恓恓惶惶保留下来,如今也是运动一来就头疼……我呢?才当了半年队长,现在又出了"路线问题"……

我不想干了!借着公社刘主任和田支书都在当面,把话说明,正好。

听见街巷里一阵汽车响,估计马队长起身回衙了,果然,刘主任和田支书回我的厦房。

田支书这阵无所顾忌,诉起难场,摊着两手,牢骚满腔:"刘主任,你说,我这支书咋当?马队长春天来,把田庄捣弄得乱咕咚咚,社员整天围着我的屁股嗡嗡!把几个队的班子叫他戳得散里散伙,我好容易才拢到一堆,今天一来又戳了一杠子!你回去和公社党委商量一下,把我免了!我越干越不会干,也不敢干咧!"他委屈得要哭出来。

"好啊,不想干就撂!"刘主任揶揄说。他不给支书解释,也不批评,随随便便:"撂吧!都撂套吧!干革命原来还要受委屈呀?天!我明天也撂他妈的套了!我凭啥给马二屎赔笑脸?!不当这主任,不受这份气!"

田支书倒没词了,愣愣地瞧着这个领导者。

我一时摸不透刘主任话里的意思,看看他正在生气,尽管话说得豁达,眼睛迷不过人。我就把话咽下。

刘主任转过脸,问我:"小伙子,表扬话还没凉下,耳光又挨上了——撑得住哇?"

我说不出话,眼泪又涌上来。

"想到撂套了吧?"刘主任说,"当干部出力受气又挨整!农村干部又不挣工资,当这干屁呢!去他妈的!凭我这一吊子,哪儿挣不来工分！"

我低下头，他把我的想法全端出来，还说什么呢？

刘主任点燃一支烟，喷出浓浓的一口，换了口气，满怀感情地说：

"从今天的事，你们想没想一下那个田学厚，他为啥要写纸条？要是一般思想不纯净的人，他下了台，看见你田庄越烂，才越高兴呢！他，看见三队乱套了，出来补窟窿，这事，实在少有！论压力，说委屈，我们谁比得他……"

刘主任停顿住了，眼白里泛起一层粉红的丝膜："我和田老七最熟咧！俺俩一块逃壮丁，在三原一家轧花厂踏了三年轧花机子，村里人都当我死了呢！解放了，我在俺村办合作社，他在田庄办，他比我本事强！他之所以没抽调到乡上去，是考虑田庄村大，工作复杂，需得一个强手儿！那顶帽子，凭啥给他扣上？俺俩逃壮丁走了，他家里没劳力，忙时雇雇短工，收麦时，叫过几个麦客，谁不清楚？怎么能算雇长工？别说他不服，我也不服！我没办法给他解脱，只是相信，总有一天……"

田支书打断刘主任的话："那你还给马主任答应，批斗老七？"

刘主任释然一笑，不屑地说："让他等着我给他写报告吧，好好儿等去吧！"

田志德睁大眼睛："你哄他？"

"对那个货，不能多粘！越粘越麻烦！哄得他快点滚蛋，耳目清静。"

田支书还不放心，啰啰唆唆："那人家再追问这事？"

"你甭管，我应付。我要他小子像耍猴！"刘主任说着，拍着老支书的肩膀，深情地说："你看得对，谁在田庄批田老七，谁就要倒霉！"

田支书忽地也动了感情，惋惜地说："俺俩在田庄搭手办事多少年，我不知他啥人品吗？好人！能干人！他当支书，坐镇，稳得很哪！咱不是帅才！咱光能干！现时叫我在田庄坐镇，我才知道我不是帅才……"

这当儿,门口走进一个人来,我一惊,实在想不到,竟是志良叔。

他的脸上很明显地呈现着愧色,一进门就对刘主任说:"事情怪我……"

刘主任瞪起眼:"怎么怪你?"

"我要是不撂套,七叔也不会写纸条,哪来这场……"

"算了吧,伙计,谁想听你的忏悔!"刘主任的脾气真怪,性格生动极了,"回去吧!给老婆抱娃收鸡蛋去吧!这儿是是非之地啊!"

我真替志良叔难为情,这刘主任咋是这样给人做思想工作啊!全不像电影上演的:坐在树下,正儿八经……

志良红着脸,不好意思笑着:"你甭酿制我!刘主任!我来寻你,就是想说……要是社员同意,我……干……"

实在出人意料,想到我和田支书到他家那一回,他的话说得多难听啊!

刘主任哈哈一笑:"你不怕再挨挫吗?"

田支书惊喜地笑着,说:"志良,你这算做啥?'闹本县'嘛!"

"不!我今晌午听说七叔写纸条的事,连饭也吃不下!我对不住他的培养!他背着黑锅,想的啥?我挂着党员的牌子,想的啥?愧心……"

"好了好了!"刘主任说,"这才算说了一句人话!"

刘主任哈哈一笑,感慨地说:"志德!还是人家老七厉害。你看嘛!志良不干了,给你赌咒发誓不干!我给人家做工作,也没说服得下。老七挨了县上马主任一顿批评,志良跳起来上阵咧!你说,谁厉害?老七厉害!背着黑锅,还在田庄的事业里,起着榜样的影响的力量,厉害不厉害?!"

田志德老汉笑了,说:"老刘,你看,经过七七四十九,一难又一难,志良上了阵,俺的班子又齐全咧!趁这机会你今黑给俺开个会,给大家鼓鼓劲儿……"

"好!"刘主任满口答应,又悄声说,"今黑,咱们先去看看老七。你们敢去不敢去?"

志良笑说:"我从不把他当富农看!在他家进进出出,家常便饭。你是公社的刘主任,你不怕落罪名,我们谁怕?"

志德老汉也笑了。我这时才看见,一直笼罩在他脸上的忧愁的神色,烟消云散。我这才听到他一声干脆的、充满自信的调门:"走走走!咱几个人一搭走!"

1979年8月 小寨

心事重重

一

太阳刚刚从东山顶上冒出,初冬清早的雾气还很浓,弥漫在河川里落光了叶子的杨柳梢头,流荡在山岭的沟沟岔岔里。

还不到农村吃早饭的时间,方老三就被老伴从饲养室拽扯回来吃早饭。他蹲在院里的香椿树下,一满碗干面——这是庄稼人出远门的耐饥食物——已经下肚,三婶特意在里头浇了一勺热油,他似乎也没尝出来。他放下碗,摸出烟袋,皱着眉,绷着脸,瞅着台阶上的两根原木出神:一派心事重重的神色。

"他大——"老伴在屋里叫。

老三没抬头,也没吭声,他刚擦着火柴。

"你咋还消停地吃烟!"老伴站在门口,抱怨说。

方老三无可奈何地端起空碗,走进屋门。

靠墙放的方桌上,搁着一只黄色的帆布挎包,装得鼓鼓儿,两条系带儿结得扎实。

老伴用嘴和眼睛给他下命令:把挎包挎上!催促说:"快去!趁早!"

"这——"方老三瞅一眼挎包,又瞅一眼老伴,没有说出话,为难地摊开手。

"夜黑说得好好,你又变卦!"老伴盯紧他的脸说。

"这——"老三躲开老伴紧逼的眼睛,垂下手,在裤腰上摩擦着;似乎那挎包里装着易燃易爆的烈性炸药,不敢抬手把它拎起来。

"'这'啥哩?耍'这'咧!"老伴逼得更紧,帮他下决心,"快去!早去早回来!"

"这——"老三还是这一句,手足无措地苦笑着。

这老两口在为一桩什么事厮磨不清呢?说来简单:

老两口两儿一女,女大儿小。女儿玲玲出嫁到西唐村,已经生养过两个孩子了。大儿子得田在部队服役期间,订下东梁村个媳妇,当着民办教师。得田前年从部队复员,正准备结婚,那姑娘忽然转成公办教师了。这下,好事带来了麻烦,姑娘通过介绍人向老两口提出:等得田安排了工作再结婚。这不是为难人吗?国家现行的政策是,复员军人哪儿来哪儿去,从农村参军去的自然回农村,眼下招工的事又十分渺茫,谁给安排工作呀?三婶催促儿子得田到县革委会复退军人安置办公室跑过两回,办事人很同情他的处境,却无法解决他的困难。老两口白天黑夜为这事焦虑,心一横:算咧!给咱田娃另寻对象!可介绍人传过话来,说那女娃她妈她爸把女子抓得紧,表示绝对不能演出背信弃义的活剧来,令人耻笑。这样,事情就拖着,抗着。两年过去了,事情还在不冷不热地抗着。前日,介绍人从女方家里交涉回来,高兴地给方老三两口回话,女方降低了标准,放松了口气:田娃到社办工厂也行。介绍人很乐观:"这不难!社办厂比不得国营单位,说是不招人,悄悄儿进厂的月月有。你是老模范,公社林书记亲手给你戴过花,熟人咧!你去说一说,田娃到社办厂,没问题!"

老两口为这事,商量着,争辩着:

"你去找林书记,说说咱的困难……"

"这话叫人说不出口……"

"咋说不出口？"

"太夯口咧！咱是党员……"

"人家党员干部寻书记办事的多着哩！"老伴反驳，并且拿出本村和邻村许多证据来，十分有力。"林书记给你戴过花，人熟，好说！"

"那是叫咱好好给队里经营牲口，不是……"

"那咱有困难，不兴帮助解决？"

"这号困难……不好开口……"

"这号困难，能把人活活难死！你不想想，田娃过年就二十八咧！二娃眼看二十五！田娃的事抗着，二娃也得拖着！人家和田娃同岁的伙伴都抱上娃咧！你成天为集体，自个儿家里的事倒二五不挂！你当得好'馍饭'来！我好苦命呀……"说着数着，竟抽抽泣泣起来。

话是实话。二十五岁晚婚年龄在农村已经是够大的咧，何况田娃眼看就是二十八！方老三看着田娃嘴唇上黄黄的绒毛已经变得乌黑，下工回到家脸上隐现的烦躁的神色，他明白，父母的关怀和温暖，对儿子来说已经是不能满足的了……现在看着老伴流泪，他心软了：

"你嫑难过嘛！咱尽量……商量……"

"商量商量！还商量到牛年马年？"老伴带着哭声，不耐烦地向他进攻。

于是，方老三横了心，决定抹下脸，去找林书记。

不料，到老汉出马的时候，他又踌躇不前了。

"又不是叫你上杀场！难为得那样！"老伴说着，提起黄帆布挎包，往老汉肩上套。

这当儿，院里传来一阵架子车车轮轧轧的响声，接着听见西唐村女儿亲家响亮的声调："亲家！"三婶急忙把黄帆布挎包取下，放在桌上。

"啊呀！你是出门呀！"亲家已经站在门口。

"到他老舅家去！"三婶随口掩饰说，"听说表哥……病咧！"

方老三低了头，苦下眼，心里愧：老伴嘴里说得硬，见了亲家却改口，可见总不是光明正大的事喀！

和方老三粗糙的关公脸形成鲜明对照的，是亲家那张开朗乐呵的细脸皮。同是捉锨舞镢的庄稼人，同是在一个日头底下曝晒——方老三的脸膛黑红黑红，粗深的皱纹刻在鼻翼两边；亲家的脸膛上，柔和而细密的皱褶里，显示着富裕和谐的家庭长者的通达和满足。

方老三盯着亲家，眼睛在问：你有什么事？

"你忙我也忙，咱直说。"亲家豁达地说，"你台阶上那两根木头，当下不用的话，先借我！"

"那是给田娃结婚割家具的……"三婶忙插话。

"放心！亲家母，不挡你的大事！"亲家说，"顶多半个月，我给你还来。"

"你借木头做啥？这急！"方老三说。

"尽惹得闲麻达！"亲家自怨自艾说，"咱建文的一个朋友盖房，酒都做熟了，不得破土，说差门窗料！"

"弄这号没把握的事！"方老三说，"庄稼人盖房，容易的？木料不齐，做酒做啥？"

"嗨！"亲家说，"人家托咱建文在山里买的，车在山里耍麻达！咱应人事小，误人事大，要不，我给他劳神干屁呢！"

"噢！那成嘛！"方老三听说是自己女婿应下别人的事，松了口。

三婶暗暗瞪了老汉一眼，转过脸去。

聪明的亲家嘻嘻笑着："亲家母，你放心！顶多半月，建文从山里回来，没一点点含糊！"

于是，两亲家一齐动手，把两根原木挪上架子车。

亲家也不再坐，扶着木头，推着车子走了。

老伴重新拾起黄帆布挎包,套在老汉肩头。

"这……不合适……"老三仍然迟疑不决。

"合适!刚合适!"老伴说着,把老汉推出门,"没见过你这号死吭吭!"

二

后半晌,方老三从城关公社回到方村。老远,就瞧见老伴朝西头路上瞅,她大概等得急了。

进了门,他把腾得空空的帆布包交到老伴手里的时候,老伴的神色是满意的。

他坐下端碗吃饭。

"见林书记来没?"老伴问。

"没。"老三答,"人不在家!"

"那你……"

"我跟他女人说咧,叫她给林书记带个话。"

"人家话咋说?"

"说是'能成'!"方老三说,"那女人待人腻腻儿。"

"那咱现在咋办?等着林书记回话?"

"等着!"

大约等了十天,既没见林书记的面,也没见捎什么话来,三婶坐不住了。

凑巧,支部在广播上通知,全体党员和干部今天到公社开会。三婶再三叮嘱老汉,顺便问问林书记……

公社院子里,撑放着用五颜六色的塑料膜儿缠裹着梁架的自行车。落光了叶子的泡桐树下,坐着全社几百名男女党员和干部,静静地听公社最高领导人林书记给他们做报告。

方老三坐在人窝里,两肘搭在膝盖上,盯着讲台上林书记的脸,专心听他嘴里吐出的每一个字。林书记讲话讲得好!清晰,通俗,不紧不慢,那宽大的脑门里装得多少本事!方老三想,面对着这样一张严肃的面孔,提出个人的需要和照顾是多么令人难为情啊!林书记讲的是,要打击贪污盗窃投机倒把。老汉从心里往外舒服,觉得解气:胡整的家伙终不得好报!

看着青年男女们哗哗哗流水般一页又一页翻笔记本,他才觉得自己这双手在这样的场合里是十分笨拙的,这是这位合作化时期的老党员今生里最感到遗憾的事。不要紧!写不了用耳朵听!听不懂某些专用词听意思!穿着四个兜人民装的林书记讲得热了,解开脖子上的头一个纽扣,列举着什么地方的贪污分子许多吓人的数目字,方老三震惊、激愤,胸脯里一拱一拱。

林书记又讲起了党纪党风,说许多地方发生了行贿受贿的事。他用农村人的话解释说:"贿赂,就是'塞黑食'!也叫'黑拐'!"

会场里,逗起一片笑声。方老三觉得,庄稼人这句粗俗话一经从林书记嘴里说出,更添了几分令人发笑的味道。可是,他却笑不出来,似乎有点心虚。想到那天硬着头皮结结巴巴向林书记女人叙说困难,提出要求的样子,太龌龊了!想到那女人板平脸上的腻色……唉!那叫做啥嘛……

一阵嗡嗡的议论声从会场前头泛起,后头的人也把头扬起来往前伸。方老三一注目,猛然看见,林书记正从扯开拉锁的黑提包里,取出两包点心和一瓶西凤酒来,摆到桌子上。啊呀,这就是他那天从黄帆布袋里取出来搁在林书记家桌子上的那三样儿……天呀!

"有人居然把黑食塞到我的口袋里来咧……"林书记说了一句,后面的话就被骤然掀起的笑声和议论声淹没了……

方老三低下头去,越低越下。最初的一刹那,他的心里像塞了一块冰,冷得打颤,头上的血直往下沉;现在,他的胸腔里又烧又憋,血又一股劲儿往头上脸上涌,耳朵里也呼呼呼响起来。他没有勇气抬头看前后左右任何人!任何人嘻嘻的笑声,俏皮的话语,对他都是刀林剑丛!"你做的好事!你败坏党风!"他觉得自己简直就是坐在这院子里的三五百人当中最卑下的一个了。

……

太阳落到山岭的那边去了,群峰上空还有一抹淡淡的余晖;风吹过来,冷飕飕的。方老三独自一人,挎着黄帆布包儿,背着手走着。这次会议对他教育太深了!唤起他对过去的回忆和反省。他想起自己十七八岁就扛上木模和石锤给人打土坯,靠出卖汗水和笨力混饭吃的日子;当农业社能供给他超出凡人两倍、三倍的大饭量的粮食的时候,他对农业社的感情是任何没有受过冻饿的人所难以理解的,众人一致推举这个不会用嘴而只善于用手的劳作表达全部感情的人进了饲养室。他的心单纯得很,除了回家吃饭时顺路给女人捎一担水,吃罢饭给猪拌一盆食,其余时间,就全部花在牛马身上了……

"文化大革命"头几年,他站在饲养室的土场上,瞪着迷惑的眼睛看外部乱纷纷的世事。公社、学校、供销社的大小头头们,被人压着头,自己敲着小铜锣,游到方村来,方村的干部一晌之间全垮台了。地痞二流子张狂了,连那个外号"公共汽车"的女人,也在胳膊上套上红袖筒,过州走县地造反了!他站在槽头,对着骡马黄牛逞威风,发表醒世恒言:"乱世出奸贼!秦桧严嵩乱朝害忠良!不得久长!"

他的饲养室,历来是"闲话站"。社员们,甚至在省城工作的本村的工人、教员和小干部,星期天回到村里,都习惯到这儿来闲谝,交换从各处听来的新闻和传说,评论当今的世事,发表对种种复杂的社会关系和奇怪的社会现象的议论和感叹。方老三虽身居陋室,却保持着对外部世界灵敏的感触。近一期间,人们议论得多的,除了"四人帮"的丑闻笑料之外,就是走后门……他似乎觉得,"四人帮"给党脸上和身上抹了黑墨,"四人帮"垮台了,黑墨变成垢甲,垢甲又和肉长到一起了!

现在,他惭愧地感觉到,自己身上也有不光彩的垢甲!多亏林书记铁面无私,给他敲了警钟!"林书记给他领导下的共产党员,刮身上的垢甲!"他这样切实地理解林书记把那"三样"拿出来示众的举动;同时心里竖起林书记如钢似铁的坚实形象。"没啥!咱做下党纪不容的事,领导批评,应该喀!"他想通了,"刮垢甲,当然疼!"

这样想着,他对老伴也宽恕了。只怪自己不坚定!共产党员男人让一个普通群众的老婆缠得做出有害党纪的事,责怪老婆能说明自己正派吗?

他心里实实在在,跨步格外有力,抬头看看,村头饲养室的红瓦房脊已经可以望见一角了,耳边似乎响起一片铁链缰绳撞击槽帮的声音,心里无端地涌起一种异样的激动,眼角有湿溜溜的东西滚落下来……

三

"今日开会,见林书记来没?"

"见来。"

"说没说田娃那事?"

"说来。"

"咋说来?你倒是快些!"

方老三瞧一眼老伴热切期待的眼睛,慢慢解开黄帆布挎包儿的系带儿,把那三样东西取了出来,搁在老伴面前:"就这么说来!"

老伴睁着发痴的眼睛,张着脱落了牙齿的嘴,一下怔住了。直至方老三简单扼要地叙说过这三样东西曾经成了全公社的展览品的经过,老伴才捂着鼻子哭出声来。

她吓坏了:"不叫你受法吧?"

方老三又气又好笑:你逼着我干这蠢事的时候,胆大性又急,这会儿又吓得胡思乱想! 他轻松地说:"你说到哪去咧!"

"党里头不会收拾你吗?"

"不会!"

老伴稳住心了,坐直身子,抹掉眼泪,叹气说:"咱烧香偏偏关了庙门!"

"谁都不兴烧香!"方老三用强硬的口气教育老伴,"林书记是清官,不受香火蜡表!"

"那咱田娃的媳妇……"老伴的心事又泛上来。

"我看还是我当初的办法!"老汉说,"让介绍人去和人家说响,同意和咱农民结亲,咱马上办;不同意的话,各寻各的相!"

"那……也对!"三婶也横下心了,"把人折腾得够咧!"

这当儿,院里又响起一阵架子车车轮轧轧的声音,随着又听到亲家爽朗自信的腔调:"亲家,给你还木头来咧! 咱说到办到!"

老两口慌忙迎上去,帮着亲家把木头卸下来。

"红松木!"亲家夸耀说,"咱建文昨黑把车开回来,今日给朋友送捎带的东西去了,明日来看你。"

老三不在意地应承说:"回来了就放心了!"

亲家接过一杯茶,拍着方老三肩膀,喜不自胜地说:"亲家,你给我帮大忙咧!"

"两根木头,能帮你啥'大忙'!"

"甭小看这两根木头!"亲家神秘地说,"给玲玲把问题解决咧!"

老两口相对一望,他们的女儿有什么问题需要解决呢? 不由地同声问:

"玲玲咋咧?"

"玲玲进社办印刷厂咧!"亲家炫耀着,说话的声音像唱歌,"今天娃办手续,明天和建文来看你,后日就到厂里上班呀!"

"啊呀!"老两口同时惊叹一声,实实想不到,已经生过两个孩子的女儿,后天却要进社办印刷厂当工人了……

"你知道我给谁借木头?"亲家故弄玄虚地低声说,"林——书——记!"

方老三简直像傻了一般愣在那里,林书记矜持而严肃地把那"三样"东西摆到桌上的时候,曾经使一个老共产党员的心灵受到怎样的震动啊!可是……

"你看,两根木头,给咱玲玲解决了这个大问题!"亲家只顾陶醉在快活的情绪里,根本不知对方心里在咽泪淌血,"你看嫽不嫽?"

"嫽——哇!嫽——"方老三笨拙地嚼着这几个字,猛然,一拍桌子,"嫽得好体面!"

亲家万万想不到老三竟躁了。他扑闪着眼皮,怔怔地问亲家母:"这是咋回事?"

听老伴给亲家叙说起来,方老三长长哀叹一声,双手抱住头,顺墙蹲下去。

亲家听完,却不恼,反倒笑了。他笑方老三太愚鲁了:"好亲家哩!你不听人说,林书记家婆娘把点心都搁得发霉长毛咧!你笨得……"

"啊!"三婶的嘴噘起来。

"你老哥,太实心眼啰!"亲家说,"而今办事,跟早先不一样啰!公事兴得私办!你嫑急,建文回来了,让他给林书记说说,田娃的事,问题不大!"

方老三苦不堪言,摇摇头,摆摆手。

"你嫑死心眼!老哥!而今世事就是这!"亲家发表他的处世哲学,"你嫑看你是党员,是模范,林书记给你在台子上戴花哩!论办事,我在林书记跟前说句话,比你顶用!千里国法人情在。老话还没过时!"

方老三抱着头,听着亲家用腐朽的人情思想大胆地教训他这个实实在在的共产党员,简直不能容忍!他痛苦地皱着眉,问:"那两根木头,林书记给你多少钱?"

"说你傻你越傻!"亲家压低声儿,"咱能要钱吗?要了钱,玲玲能进工厂吗?"

"好!我要你这一句话!"方老三霍地站起,"咱告他!"

"你疯咧?亲家?"亲家从椅子上立起来,吃惊地说,"你不想叫建文给田娃办事咧?"

"不想!"

"你连玲玲的事都想踢腾了?"

"踢腾咧就踢腾咧!"方老三变成癫狂状态了。

三婶六神无主地愣坐着,不知如何开口。

"你真个要告?"

"真个!"

"哈哈!"亲家仰起头,放声嘲笑说,"上头来人问,我说没尿事!没有!挑断牙筋也说没有!"

"你咋是这号人?"方老三瞪大眼问。

"你咋是这号人?"亲家嘻嘻笑着反问。

亲家轻松地抖一抖肩膀,走出门去,诡秘地一笑,大声宣布结束这场争论:"亲家,我今日来,啥话也没说!没有!"

方老三头也没转,坐上板凳,摸出烟袋,眉头上暴起疙瘩,雕像一般,一副心事重重的脸色……

四

过了三天,田娃的媳妇来了。

姑娘一见未来的阿公和婆婆,开口先做检讨,把老两口又弄得发愣了,怎么净遇些料想不到的事呢?

媳妇先检讨她有错误思想儿,给田娃出了难题,让一家人伤了心!特别是听说林书记把阿公送的"三样儿"在全社党员、干部大会上示了众,她难受了;她妈她爸把她骂了整整一夜,学校党支部书记又找她谈话……说着说着哭起来了:"我对不住党,对不住俺爸,对不住俺妈,对不住你二老,也对不起田娃……呜呜……"哭得好伤心,鼻涕眼泪把花手绢都擦得湿溜溜的了。

三婶流着眼泪笑着,把可爱的姑娘搂到怀里,再不许娃检讨了,人来了就把她的心事完全取掉了。

方老三笨拙地站在一边,不知该说啥好,干脆退出门来,钻进他的饲养室去了。按说这桩心事已经取掉,应该舒心地筹办田娃结婚的事项了,可他仍然皱着眉头喂牲口,皱着眉头给家里捎回一担水来,仍然是一副心事重重的神色……

1979 年 9 月 枣园梁

猪 的 喜 剧

一

在正街背后,一家县办工厂的土围墙的墙根下,是猪羊市场。泡桐树浓密的枝叶搭成的阴凉下,摆着一摊一摊被缚着前腿还在活蹦乱跳的猪娃,吱吱乱叫;水渠边的白杨树上,拴着一头一头克朗猪,在水里躺,在地上拱。戴草帽背竹笼的岭上庄稼人和推着自行车的川道里的庄稼人,同时从狭窄的巷道拥进猪市来……

田坊三队的来福老汉,腰里缠着一条麻绳,背着手,把矮墩墩的身材也挤进猪市来了。他戴着一顶发黄的蘑菇帽儿,倭瓜脸上,有一双耷拉着眼皮的毫无光彩的眼睛,细小的鼻梁下,长着个瓢儿嘴,嘴角贴着两撮淡淡的胡须,长相实在是平凡到有点丑陋的程度;可并无狡诡的气味,给任何人的印象,都是老实巴交的。

他从猪市这头挤到那头,间或在吵吵闹闹的人堆前站一站,瞧一瞧正在争议着价钱的猪娃,听一听成交的行情,就毫不留恋地走开了。啊呀!猪娃好价钱!最好的仔猪娃卖到十八块,最次的比老鼠大不了多少的毛疙瘩货,出口也要十二块,这是今年最好的价钱了!灵啊!今年麦子稍微比去年收成好些,忙后猪就涨价!口粮稍稍宽敞点,庄稼人就想给圈里添一头猪娃!

了解了猪娃的行情,那些拴在树上的克朗猪,架格好的,毛色润的,来福老汉不用打问,也能估摸出价钱来。

来福转到最西头,在一棵白杨树下,瞧见了一个令他动心的对象——这是一头母猪,肚皮紧紧夹在一起,经过几代仔猪咀嚼的奶头滴溜得老长,嘴巴又长又弯;拱起的脊梁,骨头棱蹭;背部和臀部,毛已磨脱净光,而脖下长的毛倒有一拃多长。拴在那里,无人问津。主人蹲在一边,无聊地抽烟,真是张飞卖火晶柿子——人硬货软!

来福老汉走上前,主人苦情地解释说,他们口粮短,人凭买高价粮过活,猪是更受罪了!他长得身高气壮,满口热诚地保证说:"你尽量看!保没麻达!货卖识家!只要搭一把粮食,还是一头好母猪,保生哩!"

来福把猪摸了一周,信了主人的话。病是没病,就是一身癞癣,这好治!

"价咋说哩?"来福仰起倭瓜脸。

"我看你老哥也是实在人,咱不说诳,按这相——"卖主伸出两个粗硬的指头。

"不值!"来福笑着摇摇头,"不值!"其实,他心里踏实了,这个价是要得不扩外的。

"值多少?你说!"卖主说,"漫天要,就地还!"

"这——"来福先伸一个食指,又伸出五个指头。

"啊呀!十五块能不能卖个猪娃?"卖主说。

"金猪娃,银克朗,仁钱一木锨的老母猪。你这还是个病货!"来福说,"好咧,添一声,十六!"

"我降一块,十九!"卖主叹一口气。

"我再添五毛——足顶喽!"来福也叹一口气。

"我再少赚五毛——到底喽!"

来福停住口,接近成交了,又在猪身上察看起来。他发觉,急于

腾手的卖主肯定要着急。果然,那个急性的人喊说:

"算咧!算咧!你耍看咧!咱当腰一斧两头齐——十七块!算你的猪!让猪跟你享福去!"

把十七块钱交给卖主,来福从腰里解下麻绳,拴在猪的后腿上,瓢儿嘴咧一咧,向卖主笑一笑,算是礼节性的告别。他顺手从树上折下一股杨树枝儿,轻轻拍着母猪的耳朵,指挥它按自己选择的路径,避开正街拥挤的人窝儿,绕到后街,上了宽敞的公路。

来福赶着猪,任那可怜的畜牲一摇三晃往前走。猪走得快了,他也快了,猪走得慢了,他也慢了;遇见一坑洼水,猪滚进去了,他就蹲下抽烟等待……回到田坊村的时候,日头已经压着西原的平顶了……

二

听到来福在街上拾合茬买回母猪的事,邻近的社员纷纷前来,挤在猪圈旁边看稀罕。庄稼人对广播上从早到晚吵吵的事情冷漠得很,对猪呀羊呀兴致蛮高。好多人跨着急步而来,探身朝圈里盯,脸上马上失望了。

"骨架美着哩!"这是极勉强的赞扬。

"吃食也美!"这是很现实的评价。

"要填起这空架子,怕得二百苞谷!"有人说起鼓励话。

来福蹲在碌碡上,绷着倭瓜脸,装着旱烟,不表示得意或失悔,他心里有数:等着瞧吧!等我喂出一头引着十来个小猪娃的大母猪的时光,看你们说啥吧!

女人家心里没底!来福对经不住众人的议论而埋怨他的老伴算起细账来:"十五块钱买个猪娃,一年长到百五,卖七八十块钱,得喂二百苞谷,而这么多粮食家里是无论如何也拿不出来的。这头母猪,换过那身瘦皮,末伏配上种,正好在秋后出一槽猪娃。春秋两季,是社员养猪娃的两大季节。按十个算吧,少说一个卖十三四块,会有多少收入?"他乐观地说,"你放心,我喂了一辈子猪,看不来货色吗?"

看着老伴噘得高高的嘴轻轻地舒出一口气,他知道老伴的担心解除了,喝了老伴端来的凉面汤,背上草笼,提着草镰,前脚就跨出了门槛。

背后传来老伴的声音:"你做啥去?"

来福回转身:"给猪挖一笼草去!天还没黑哩!又没事喀!"

"你跑了一天,也不歇歇腿……"老伴说。

"嘿!咱庄稼汉,那么值钱!"

钻进村子背后的坡沟,从沟下挖到半坡,肥嫩的青草就把竹条笼塞得满满的了。天色暗下来。来福老汉把草镰往地上一丢,长长嘘出一口气,两腿酸困得一扑塌坐在草坡上。习惯地摸出旱烟袋。

来福老汉是田坊村最老好不过的老好人。生活只教给他一种本领:靠双手出笨力吃饭。他只能从颜色的差别上辨认人民币,解放初在冬学夜校识得几个字,长年不见面,早已谁认不得谁了。农业社好!灵人一个劳动日分八毛,咱笨来福也分俩四毛!想想农业社初建立那几年的红火光景,看看这几年乱混混的景象,他庆幸:紧亏那年盖了三间厦房,要是这几年,年年二三毛钱的工分价值,他还得钻在那个祖先传下来的土窑洞里。

来福老汉想不来,那年为啥要吃大锅饭!大锅里吃光了,关了门,叫社员受了三年罪!刚刚还过阳来,又搞"社教",一棍子齐刷刷把书记、队长打下去(尽是从合作化闯出来的好人),换上来一班新人。没干下一年,"文化大革命"开火喽,这些人又被另一帮人撵下台!田坊村人事关系复杂得谁也理不清了!

更值得庆幸的是,咱来福老汉社教从没给人提过啥意见,"文化大革命"胳膊上也没套过红套套儿!他不会说话,更不会咬人,谁也不需要他这样的笨佬儿作累赘!这倒好!"咱没朋友,也没敌人!嫽!咱过咱的穷光景。"

穷光景也实在难过。三队今年上来的队长,是众人硬说得拧不过脖子才应承下来的。他只保证自个儿按时出工,按时下工,至于社员干多干少,迟来早走,他是连看一眼也不看!他在"社教"运动中挨整挨得怯咧!决心再不得罪一个乡党!笨人来福看得出来,队里乱得一窝麻,年底能盼来什么好分配吗?

既然队里靠不住,老汉就得想办法,总得要吃要穿咯!这头母猪啊!盐要从你身上出来,醋要从你身上出来,炭也要从你身上出来呀!……

这一切都能出来!来福满怀信心:凭他养猪的经验,凭他的勤苦经营照料,能成!

拾起草镰,背上草笼,跨开有点僵硬的腿脚,来福老汉从坡上走下来,暮色苍茫了。

三

一月以后,来福老汉猪圈的栅栏门口,又围着一堆人,一个个把头从矮墙上探进去,就惊奇地叫起来了。

这母猪变得叫人难以置信:老毛老皮蜕掉了,长出一身黑油油的新毛,平直的脊梁下,吊着刚吃饱食而鼓起的肚子,四蹄粗壮有力,在圈里悠闲地散步,让众人欣赏它已经恢复起来的姿容。

来福被挤在旁侧,听着众人的议论,心里是一种胜利者的骄傲吧?没有。想想吧,老汉一天三晌,在别人工间休息抽烟聊天的时光,他爬到沟坎里挖一抱草;要是在河川,他就钻到玉米地里拔草,玉米叶子把老汉的脸皮划得一道道印儿,汗水浸渍得烧疼烧疼。天天有嫩草,母猪能不长吗?他拔来了几样草药,熬成汤水,连着给猪洗刷了七八天,癞癣除治了,老汉自己却累瘦了。

一天三顿饭,来福都是蹲在圈口的半截碌碡上吃的。猪在圈里吃食,他在圈口装着吃饭;当饭碗里的玉米糁的温度凉到可以伸进手指的时候,他就一揭碗底倒给心爱的畜牲了。然后,再去舀第二碗,那才是他真正下肚的食物。

有一天,老汉刚把饭倒进猪盆,转过身,呆住了,呀!老伴正站在身后。

这样浪费粮食,对于他们这个买着高价粮的家庭,意味着什么?老汉惊恐地瞧着老伴,准备承受勤俭的女人理所当然的数落。他看见的是一双贤明而又严峻的眼睛。

"你为啥要瞒着我?"

那音调是痛苦的,来福答不上话来。

"你不能一顿吃一碗饭!"

像一条热乎乎的东西贴在心口,来福老汉感动了,给老伴诚诚恳恳赔笑说:"我只说,从我碗里省出点……一点……"

"要省,从咱锅里省!怎能从你碗里……"她的声音颤抖了,没有说出那个"省"字。

来福老汉闪一下眼,顺着围墙就势蹲下去,抬不起头来了。

于是,他的老伴每一顿给锅里多添两瓢水;饭稀固然是都稀了点,给猪从锅里省出细料来……

来福的母猪能不改换容颜吗?

这一天,早饭后,来福喂完猪,走进门,高兴地给老伴下命令:"给我装俩馍!"

"做啥?"老伴正在洗碗,头不抬,问。

"到县里去!"来福动手取布兜儿。

"上县做啥?"老伴抬起头。

"好事!"来福笨虽笨,高兴时也会卖关子。

老伴低下头,又叮叮咣咣洗刷着碗筷,一副并不介意的老成持重的神气。

来福弯下腰,压低声儿,对着老伴耳朵说:"引咱那宝贝寻男人去……"

老伴听了,几十岁的乡村老婆脸红了,说:"老不死的!"

四

眼看着母猪的肚皮一天比一天鼓胀,奶头擦着地面,肚子表皮明显能看出新的生命在跳动,来福老汉心里又喜又怕,只怕出什么意外。这天后晌,看见母猪在圈里不停地拨拉柴草,他知道,这是临产的征兆。

为了防止母猪压死刚生下的猪娃,来福把架子车拉到圈边,铺上被子,守睡了一夜,夜里的露水把被子打湿了,母猪却没分娩。

连着三夜,来福毫不气馁,反倒更小心了。

第四天半夜里,一声又尖又脆的猪娃啼叫,带着欢乐,带着希望,也带着对于勤俭劳苦的主人的安慰,扑到来福的心怀里来了……

"啊呀!到底能生!"来福老汉心里最后一层提心的迷雾清除了。

从此,圈里有了十条新的生命在欢蹦乱跳。来福老汉上工一回来,就在圈里清除粪便,垫上干黄土,喂食喂水。

他做完这一切,就蹲在一旁,看那些小家伙在母亲的奶头下乱拱,在铺着干土的圈里撒欢,那叫声比音乐更动听,欢蹦的姿势是最优美的舞蹈,越看越令人心花怒放。

来福突然发现,母猪蔫头蔫脑,烦躁地躲避着追逐乳头的猪娃。他一愣,抓住母猪耳朵一摸,啊呀,烧烧儿!不好!要是有个三长两短,这里将会出现怎样不堪设想的惨景!

他借了十块钱,蹚过已经冰凉的河水,到小镇兽医院买回来兽用青霉素。只有这药退烧好!也快……花得那十块票儿剩不下几毛,母猪总算渡过了劫难。来福老汉好一场虚惊,照管得更加小心了。

老汉的倭瓜脸更显得干瘪了。他自己却丝毫觉察不出,仍然喜滋滋地忙碌着。

"猪离母,四十五。"

三十天刚过,来福老汉看着这些小家伙长得一样姿身。尖耳朵,和县良种站那头公猪——它们的父亲——一模一样。腰身修长,腿杆粗实,像它们的母亲。杂交货真不赖!

连续有五六个乡党来订货了,来福笑脸相迎,满口答应,不敢窝了乡党的兴头儿!

喝汤时分,最早提出订货的克贤老汉代表买猪户议价来了。

"好说!好说!"来福慷慨地说,"都是好乡党,给几个算几个!"

克贤笑着,说他们在一块私下商量了一下,参考比照集市上的行情:前日县集上最高的猪娃卖十五六块,来福的猪娃值得这个价……

"好说好说!"来福仍然笑着,"乡党情谊要紧!"

"俺们不亏你。"克贤仗义地说,"伢猪娃十六块,母猪娃十五块!"

来福明白,由于秋粮普遍减产,本来是涨价的季节,猪娃倒比他忙后买母猪那阵儿跌价了,十六块实实在在是顶高的价了。他的倭瓜脸显出激动的神色,决然说:"是这,伢猪十五,母猪十四。你回去给大伙说清。"

克贤笑了:"没见过卖猪的倒自己削价!你老哥真是好人!"说着,又提出,"啥时候捉呀?"

"四十五是老话,咱给乡党保险养足四十天。"来福说,"母猪多领一天,到底好!叫乡党捉回去,保养保活!咱多受一天麻烦没啥!"

克贤老汉带着满意的笑容,客客气气走了。

再过三五天,猪娃就要出槽了,一百四十多块钱就是实实在在的了。这一笔收入,对于来福是非同小可的。

老两口开始计议,如何把这一笔钱,花在最需要办的事情上,不敢乱花!

来福提议:先买三百苞谷,明年春三月,粮食肯定要涨价!

老伴同意这个结实的提议,重申庄稼人只要有一把苞谷吃,就能活下去的道理。她又提议,再买几串箔子,把房顶修补修补,阴天下雨漏得太凶。

"对对对!再不敢拖迟!"来福说。

俩人计议着,商量着,和谐而又合拍。

小孙女爬在奶奶膝头,叫着"奶奶!"撕扯着带补丁的衣衫。

老伴向来福神秘地一瞥:"孙女要衫子哩,你看见没?"她又指着孙女的额头,嗔声说:"你也看见你爷爷的猪娃咧?还不是你妈的鬼心眼教的!"

来福呵呵笑了:"买买买!给娃扯件花衫衫!"

"我不要花衫衫!我要雨鞋!"孙女说,"下雨上学没雨鞋,光脚片,钉子把俺脚扎烂咧……"

老伴收敛了笑容,一双雨鞋又得四块多!

来福想,已经分居的儿子,教书十多年了,只挣三十八块钱,欠下队里二三百,孩子们连双雨鞋也没有。他拍着孙女蓬蓬的头发,决然说:"买!雨鞋买下,花衫衫也扯!"

孙女高兴地笑着,跑出门去了。

老两口心里是少有的欢乐。来福长长地打了一个呵欠,几个月来的劳累一齐涌来,倭瓜脸上带着幸福的微笑,钻进被窝,拉起了鼾声……

一阵敲门声传来,来福被惊醒,迷迷瞪瞪下了炕,队长正一脚踏进门来。他一眼看出,队长神色不对窍!这个中年汉子,自打"社教"挨了整,平时对一切人和事,永是一副冷漠的面孔,今日倒有什么事显得神色紧张?怕没好事吧?

果然,队长告诉他,公社天黑时召集紧急会议,公布了公社制定的"关于发展养猪事业的十条规定"。其中两条涉及来福的现实利益:社员养的母猪一律不准卖掉;母猪生下的猪娃,不许上市,交生产队分配给社员,价值统一定为七角一斤……

"啊呀!我的天!"来福简直不敢相信耳朵,似乎是在做梦。这怎么办?

"老天爷!制度光治咱命苦人!"老伴也慌了。

"是这样。"队长说,"咱队就你一家养母猪,你受的难场,我知道。我想,你明天一早把猪挑出咱县,到邻县集市去卖了……"

"那人家查问你时咋说?"来福急忙问。

"我今黑先不传达!他问时,我说我病咧!推诿过去!我明天传达时,你早走了;走在传达之前——不知不为过喀!"队长早想好了逃避的办法,胸有成竹地说,"顶多韩主任批评我几句,没啥,比你损失一半收入强!"

来福老两口简直感谢得不知说啥是好,这个平时冷漠的队长,有这样热心体贴人的好心肠啊!还能说什么呢!

"你快准备,早点走!"队长出门时,叮嘱说。

来福的瞌睡早已跑光,事不宜迟!他命令老伴:"寻草绳,捆猪娃!快!"

五

鸡啼出村,过河,翻过原坡,天明时分,来福的双脚已经踏在另一个县属的土地上了。庄稼人吃罢早饭的时光,来福在陌生的集市上找到了猪羊市场,在一个偏僻的角落里,放下装猪娃的担笼,双脚已经疲倦得站不住了。

集市刚开,那些买主们背着小笼,问问价,摸摸揣揣猪娃,并不还价,就走开了。他们刚来,还要看看行情……

当刚刚换上夹衣的庄稼人蜂拥进猪市以后,嗡嗡的市声在空中盘旋。来福周围蹲着一堆堆陌生的庄稼人。这份在市面上拔尖的猪娃尽管放在偏僻的角落,还是逃不过庄稼汉们的眼睛。好几个实心的买主,早已把挑中的猪娃压在手下,合伙向来福进攻:交涉价钱。他让价已让到十六,买主也添到十四,接近了……

这当儿,伸过来一只手,压住了竹条笼的木梁。那手区别于所有劳动过的粗糙的庄稼人的手,细长而又干净。来福抬起头,看见公社韩主任的脸,那脸正得意地冷笑着。

"这窝猪娃我全买下咧!要啥价,给啥价!"庄稼汉们一齐拧过头,看这个出口说出这大口气话的人。一看见那身政府工作人员的装束穿戴和神气,大家伙都不再吭声,有人预感到什么纠葛将要发生,悄悄儿溜走了。

"往那边担!"韩主任命令他的社员。

来福一看,那边正停着一辆汽车。

"韩主……任……"来福的倭瓜脸上堆起求饶的巴结的笑容,"俺只这一回……"

"少说废话!"韩主任往后一退,就有两位青年走上前,一人提起一只笼,朝汽车走去。

汽车上,靠车厢坐着五六个人,全是从几个集镇上抓获的本公社的社员,他们装猪娃的笼担一齐放在车厢里。

"自发势力真鬼!"韩主任手叉着腰,对着车上低头耷脑的那些社员讽刺说,"我早料到这一着!跑吧!你能跑出中国?"说罢,跳上司机台,砰的一声关上门,汽车开动了。真威风!

来福脑子里木了。过分紧张的神经刺激和长途负载跋涉耗尽了他的精力,那已到晚年的庄稼人瘦小的躯体里,现在只有酸困和疲倦,他靠在车帮上,迷糊了。

当韩主任的吼声把来福惊醒的时候,睁眼瞅见的竟是田坊村熟悉的村街和房舍,车上的人都不见了。

村里的人闻声围过来,大队和小队的干部也被传来,汽车是临时讲台,韩主任向社员和干部讲了"十条规定"和抓获来福的经过。讲毕,要来福做检讨。

来福低着倭瓜脸,一辈子没上过高台的人喀,现时站在这么高的汽车上,面对着那么多的眼睛,来福说不出一句话。

"钱要紧,还是社会主义要紧?"韩主任问。

"唔!"来福含含糊糊点点头。

"唔什么?问你哪个要紧?"

"都要紧!"他如实说。

"胡说!社会主义!"

"唔!社会主义!"他赶忙纠正自己的糊涂。

"现在要对小生产全面专政!"韩主任说。

"啊……"来福一听"专政"二字就慌了神,腰都几乎弯下来。

他终于被允许从车上爬下来,从背巷里回家去,倒在炕上……

当生命和力量又支撑起来福小小躯体的时候,他从梦里回到现实,屋梁上的电灯亮着,克贤和老伴在说闲话。

他被告知,那天他从汽车上下来之后,韩主任当众把十头猪娃分配给田坊村的社员了,七毛一斤。老婆劝他:"算咧!算咧!人平平安安,就谢天谢地了!"

"甭难受!人要紧!"克贤劝慰说,"全当没养母猪!"

来福强装笑着。

"现时政策变化大!"克贤说,"比咱高一头大一膀的人,挨挫的还少吗？咱一个普通百姓，死一个人还不如只蚂蚁！想开点，好自为之！"念过几天书的人，给没念过书的来福讲宽心话。

来福敬重这个识字知礼的开明庄稼人，诚服地点点头。

"虽则一切归了公，政府还不放心！"克贤说，"怕咱庄稼人思想不归公！"

来福佩服这种看法，又不明白，问："也把世事治得太死咧！咱吃盐吃醋都……"

克贤摇摇头，笑了。牵扯到对政府的是非话，他是守口如瓶的。避开话题，说："分配得到猪娃的乡党，心里过不去，叫我给你把钱送来，补个差数！"

"啊呀！"来福吃惊了，感动了，一下从炕上溜下来，压住克贤正在怀里摸揣的手说："贵贱不敢！韩主任逮住风了，我还能活吗？"

"不怎！"克贤小声说，"乡党们都说，'咋也不能昧着良心，拾你的合茬喀'！"

"乡亲心意我领咧！"来福死死压住对方的手，"我寻着挨挫呀？快给乡党说，不敢胡来！"

"你留下……"克贤送。

"不敢！"来福推。

"留下……"

"不敢……"

当两双手推来推去的时候，最后都推不动了。来福瞧见克贤开明的眼睛里浸出一股湿溜溜的东西，他的眼睛也模糊得什么都看不清了！

六

像什么事也没发生一样，来福老汉一天三次扛上工具，走出小院去上工。他不向任何人叙述自己的不幸,平静地对待已经发生并且过去了的一切。休息时,年老人坐在地畔抽烟,他也坐下抽烟,再无兴趣和热情去挖草了。

回到家,来福蹲在院里吃饭,压根没有去猪圈的心思。一天三顿,只供给它三盆纯粹的粗饲料,再也舍不得一把麸皮咧。

不管来福的感情发生了什么变化,母猪仍然按照自己的生理规律在运动。看,围圈上的石头被拱塌了,栅栏门的小木柱也拱歪了,来福抄起一根木棍,打得那疯狂乱窜的家伙钻到窝棚里去。他发现:这贼又发情了……

后响放工回来,栅栏门倒在圈口,那畜牲早不见踪影。

"找去吧!"老伴催他,"一条命哩!"

"让狼吃掉好了!"来福冷冷地说,不是赌气,是说实话,"我正熬煎腾不了圈哩!"

他没有找。

第二天后响,当他要去上工的时候,那牲畜却蹿进小院的土门楼,从倒在地上的栅栏上踏过去,吞食昨日剩下的料食。

不久,来福老汉就看出,母猪的肚皮开始鼓胀起来,一摸,又有新的生命在母体里搏动——这个不知羞耻的东西,不知和哪里的公猪私通过一番,已经怀孕了。

来福心软了,怪猪的什么呢?

他开始给粗饲料里撒进麸皮,继之又每顿倒进一碗饭去,可别净生出些小老鼠似的猪仔来啊!

春节一过,母猪生下八胎小猪,尖嘴,细腰,个头小。来福怎么也提不起精神来。

已经超过了四十天,村里没有一个人来过问来福老汉的猪娃。老汉心里明白,春二月高价玉米涨到三毛钱一斤,猪价大跌,市场上最好的猪娃只要五块钱……

他却庆幸:咱不必上市场!咱按公社"十条规定"里说的,七毛一斤卖给队里,倒比市场强。

来福找到队长,说明来意。

队长很作难,说:"按理说应该给队里。可目下市场上,三两块钱就捉猪娃,你交给队里,谁逮呢? 没人逮的话,我可咋办?"

"那……那上一回市场上猪价大的时候,就按'十条'办,现实猪价跌咧,就不按'十条'办咧?"来福说。

"上回那事,前后你明白,由不得我喀!"队长说,"那是韩主任一手做主……"

来福能听明白,队长无坏心,现在的事,要找韩主任做主。

恰好,韩主任因一件公差,从田坊村经过,在禾场边,来福挡住韩主任的自行车:

"我给你交猪娃,韩主任!"

"我要猪娃做啥? 交到队里去!"

"队里不要!"

"队里不要,我没办法! 我又不养猪!"韩主任摊开双手。

"你有'十条规定'哩!"来福说,"那还算数吗?"

韩主任这才认真瞧瞧来福,发现这是一张他曾与之交过手的面孔,说:"队里不要,那你自行处理去。"

"那不行!"来福说,"你规定叫交给队里,我就交给队里!"

周围围来一堆人,韩主任说话和气了点,也客气了一点:"算了! 队里不要,你到市场上处理去。"

来福摇摇头,问:"你批评我:'钱要紧,还是社会主义要紧'? 我现在知道,社会主义要紧! 我不上市场那资本道路……"

韩主任看着抓住他把柄的老汉,"呵呵呵"笑着,说:"我啥时说过这话?"

"在汽车上,有乡党为证!"来福指着大伙。

韩主任仍然笑着:"那阵是那阵,现时是现时!这样吧,我回头给队长谈谈……"说着,推动自行车,"我还有急事!"

来福说不出话,呆呆地望着韩主任远去的背影。几个青年纵容他:你把猪娃担上,担到公社去,倒在他韩主任办公室,看他咋说……

来福想想,这样做确实解气,也有理!不过,他终于没有做出这种英雄的举动来……

1979 年 10 月 小寨

立 身 篇

一

民政干部薛志良坐在王书记对面的椅子上，眼睛瞅着写得密密麻麻的工作手册，汇报完县上关于招工工作的详尽安排后，抬起头来，看见坐在床铺与办公桌成直角交叉地方的王书记，右手手掌托着腮帮，胳膊肘撑在桌子角上，睡着了。

唔！他大概没听进去几句。老薛轻轻叹口气，心里很不是滋味。就此走掉呢，不好；不走吧，又不好意思叫醒他的领导者。为难的当儿，他无聊地观察起全社一万多人口的最高领导者来：头上带耳扇的旧棉布帽歪了，身上的衣服褶皱里，藏着灰尘，两只脚上，黄泥巴糊住了手工制作的棉鞋的多半个鞋面。他睡得挺香，嘴唇噘着，失修的稀稀落落的胡须又乱又长，挨近五十的中年人的长脸上，显示着疲劳和困顿。老薛忽然同情起自己的领导人来，他整天奔跑在公社所属的二十几个大队里，十多个新老社办企业里，帮助他的下属们解决许多棘手的问题，夜里总是熬眼吧！老薛原谅领导者不礼貌的行为了，无可奈何地又叹一口气。

这时候，王书记醒来了。

"嘿呀！"王书记抱歉地笑笑，眼白里罩着一层粉红色丝膜。

老薛也笑笑,表示谅解。

王书记站起身,扯下毛巾,在洗脸盆里蘸上水,狠劲擦拭着脸,一边问:"主要精神是啥?用三五句话说。"

薛志良沉吟一下,企图把本本上记了六七页的记录,高度概括出来,他说:"县上要求,这次招工,所分配的名额,全部下到队里,公社不许半路拦截扣留一个名额,就是不准任何人以任何借口走后门。粉碎'四人帮'了……"

"嗯!"王书记点一下头,又问,"给咱分了多少名额?"

"四十。"薛志良回答,"知青二十五,农青十五。"

"县上具体怎样安排?"王书记问。

"先用一周时间宣传,做好思想教育工作;第二周把名额下到大队,定下人选报回公社;第三周政审、体检;第四周报县待批。前后一月,不准拖延。"薛志良说。

"好!"王书记说,"你给咱提一个具体方案,周一晚上开革委会例会时讨论,通过了就办。"

薛志良点点头。

"多年没招工了,问题肯定多!"王书记说,"工作做扎实,争取甭出问题。"

"县上领导再三叮嘱的,也就是这意思!"薛志良说,"就怕各种'关系'干扰……"

"要怕!干扰是肯定的。"王书记说,"关键是咱俩,我是这儿的一把手,你是具体办事人,矛盾肯定会集中到咱俩头上。咱俩撑硬,把杆杆儿撑端立直,事好办!"

"我保险!"薛志良笑着保证说,满有信心地走出了王书记的房子。

二

薛志良用一块红纸写了"招工办公室"几个字,贴在门外的砖墙上,以免来访者乱敲冒推别人的门板,影响其他同志工作。然后坐在办公桌前,摊开纸,起草方案。

一阵汽车轮轧轧地响进院子,接着是车门开关的嘭啪声;再接着,他的门被推开了。

"玉生在不在?"来人着呢大衣,站在门口问。

在薛志良的记忆里,人们对王玉生的习惯称呼是"王书记"。他在公社当民政干部五六年里,几乎没有听过直呼其名而连姓也不带的声音,这是大人对小孩那种既藐视又亲切的口气。

"在!"薛志良立即站起,走出门,把来客引到王书记房门口,推开门:"王书记,有人找!"

王书记正和办公室的秘书谈什么,转过头,辨认着来人。

"玉生!你在这儿独霸一方!好难找哇!"来人嘻嘻哈哈说。

王书记醒悟似的慌忙站起,迎到门口,惊喜地笑着:"啊呀!老关!想不到是你,到俺这山沟野洼里来……"

"山里有神舍药,求者不远千里……"

薛志良走回自己的房子来,看着小院里蛋青色的小轿车,那玩意儿停在泥土地上,显得特别耀眼。县委和地委领导来公社检查生产和工作时,总是坐吉普;看派势,听口气,来人非同一般。

大约一小时光景,王书记走进门来,坐在老薛对面的椅子上,皱着眉头,一脸难色,抱怨说:"难弄!事情真个难弄!"

薛志良大约能猜摸出几成,问:"怎咧?"

"嗨呀!你猜那是谁?咱的老上级,现在在市里当什么部长。"王书记说,"来干啥?开后门来了!"

"噢!"薛志良证实自己猜得不错。

"老领导一来先翻老账:'我在县上那阵儿,到你们村见你头一面,你小伙儿下雪天穿着单裤,光脚片穿着烂鞋,我当时叫人给你先解决了一身棉衣,记着没?我把你提拔到县团委,头一天,你一顿吃了七个软蒸馍……'他这么说话,我开不开口喀……"

"他要给谁办啥事?"薛志良问。

"他们部里一把手的外孙女,在咱东王插队……"

"你应承了没?"

"老领导甩出了这面子,我……"

"算咧!那就留下一个名额吧。"薛志良替领导解围说,"就是不好推。"

"下不为例!"王书记下决心说,口气有点气哄哄。

薛志良笑着,点点头。

"看来,这件工作比所能设想到的麻烦更多!"王书记走出门后,薛志良这样想。其实,在县上昨天召开关于招工工作会议之前两个多月,早就风传着招工的消息。他是民政干部,经常被关心这件事的人们询问着,打探着。他用一句话回答任何人:"没见上级正式通知。"许多穿着各色衣服的人,做出谄媚的、讨好的、巴结的脸色,提出将来一定要帮帮忙。他也用一句话应酬:"等上级传达咧,到时候看,不违反政策,尽量帮忙……"有什么办法?在文明的城市和落后的农村之间存在着明显差别的当今中国,谁有本事和力量能扭转这股强大的进城的洪水?特别是党的传统思想被污染以后,问题更加难以正常处置了。现在看吧,上午刚把招牌一贴出门,他的房子里就拥来许多人。他索性把要起草的文件纸张收拾起来,锁上门,躲到搞计划生育的女干部的房间里写,这儿是人人闻之却步的冷清衙门。

大约还没写两页,老薛就听见有人在院子里呼喊他的名字,那声音又粗又响,叫得又紧,简直跟叫驴的嗓子一般无二。

薛志良只好合起纸笔,走出门去,见社办砖厂厂长杨谋儿站在院子里,东张西望。此人四十多岁,墩墩个儿,光头发亮,肥眼泡下一双又大又诡的眼珠一瞅见他,就急不可待地喊说:"老薛!快快快!王书记叫你!"

杨厂长跨步过来,一只胳膊搂住薛志良的肩膀了;看去像是亲热的举动,而实际感觉那粗壮的胳膊是在推着他快走。

王书记旁边,坐着一位中年陌生人,从脸上的颜色看,他的营养是很好的,胖乎乎的圆头上,扣着一顶栽绒帽儿,带毛领的列宁式棉袄,脖颈衬着红蓝各半的两色围巾。

"这是一〇二信箱供销科科长老孙!"杨谋儿给老薛介绍对方。孙科长坐在椅子上未动,胖脸上略略显出一丝有限的微笑,而不像一般申求帮忙者那样过分地殷勤。杨谋儿又向对方介绍说:"这是俺公社民政科科长,老薛。"

薛志良握着客人的手,心里挺别扭:公社分工搞民政工作的,仅仅就他一个人,从来也没有什么"科"!他今日倒被社办砖厂厂长加封为科长了!他以为杨谋儿和他开玩笑,回头瞧瞧,杨谋儿脸挺得平平儿,说谎话比说真话的神气还严肃认真。

王书记笑着瞧一眼薛志良,侧过头擦火柴点烟抽,似乎故意把事情留给别人说。

杨谋儿把灵活的眼睛对住老薛,说话像打机关枪:"是这么一回事:孙科长是咱公社孙家湾人,一家人住省城,老常不回来,显起人生,说近了是咱乡党。乡党见了乡党亲,孙科长经常关心咱公社,前年咱砖厂筹办时,大马达到处弄不来,孙科长给咱解决咧!这回给咱支援两部汽车,新出厂的'延河'。要是等上级分配,一年也靠不准能拨来一部……"

老薛听杨谋儿的意思,集中到一点,就是过了这个村绝没第二家店了。汽车虽然是奇缺货,与民政干部的工作业务却相差甚远,把他叫来,意思是十分明白的。

"孙科长的侄女在队里,想借这次招工的机会……王书记叫和你一块商量商量……"

薛志良温和地笑着,看着王书记。他用随和的笑脸告诉屋子所有的人:书记看着办吧!你只要点头,我就再留下一个名额。我不想讨好谁,也不想得罪谁。五十岁的公社民政干部,难道还想靠讨好谁去求得一官半职吗?无聊!

"咱砖厂没汽车不行喀!成天拉煤,光运费就花得挨不起!清除窑渣,把场地都堆占满咧!要是有汽车,一下送到邻近村里去铺路,一举两得。老孙为解决咱的困难,把想不到的办法都想咧!用他们科上的名义先买下了。凭咱,嗨!给人家磕头叫爷也耍想……"

老薛听着杨谋儿的话,心里厌烦!这些话,在他参加革命队伍的多少年里,是作为垃圾一样的东西被排除的。现在可好,"文化大革命"以后,这些垃圾一样的东西被杨谋儿一类人当作蜂蜜一样追逐着,而且敢于在公社党委书记面前,大言不惭地高声宣扬……

再看看孙科长吧!稳稳儿靠在椅背上,悠悠然喷出一口口烟雾,轻轻掸掉烟头上的烟灰,一句话也不说。有人替他说话,替他着急,替他办事,替他卖脸!他有两部汽车——物质真正是基础啊!能教孙科长腰硬气壮!

杨谋儿啰啰唆唆说完了,乞求的眼光瞅着王书记。薛志良也等待着书记的裁决。

王书记磕掉旱烟灰,从桌子上拿起三张票卷儿,在空中显示似的晃了晃(那是专叫他薛志良看的),又啪的一声压在桌子上,似乎带着某种嘲讽的口气说:

"怎样?老薛!两部汽车,换你一张招工表,这个生意,划得来呀!"

薛志良对于这样赤裸裸的问话,确实没有精神准备,咄咄讷讷:

"你……你看……看吧!"

"我看是划得来的!"王书记说,"'取之于民,用之于民'嘛!"

杨谋儿释然笑着,向书记点头……

孙科长也显出矜持的笑意……

王书记把桌子上的票卷儿交给杨谋儿,吩咐说:"一部给你,一部给拖拉机站,不要误了起货期限!"

"那你放心!"杨谋儿小心翼翼把票卷儿夹进票夹,装进提兜。

"那个表?"孙科长说了第一句话。

"表?"王书记瞅着薛志良。

薛志良说:"表在县上,还没发下来。"

"放心放心!"杨谋儿拍着孙科长的肩膀,"俺王书记说话,是公社的最高指示,你放心!"

杨谋儿和孙科长欢欢喜喜出了门,先后钻进黑壳轿车,走了。王书记把民政干部留在自己房子,苦笑着说:

"下不为例!"

薛志良依然笑着点点头。

"下不为例!坚决!"王书记重申他的决心,"我现在就走,住到山岭上的东沟大队去,任谁问,甭透露!除非上级有紧急会议,你给我打电话!你按你的计划办!"

三

王书记下乡逃走以后,郑副书记,肖、何两位主任,也都招架不住没完没了的纠缠,相继逃走,住到某一个大队里去了。

老薛被围困在兼着寝室的办公室里,床铺上坐着来访者,房子的空当处站着没有凳子坐的人,火炉边围着人。水喝完了,有人自动打回来,放在炉子上烧……

从公社每个村子来的社员、年轻人、老汉老婆和一些大小队干部,还有城里来的知识青年的家长;工农商学兵,不论职位多大,知识多高,贫富如何——都一齐向这位瘦瘦的人民公社的民政干部倾诉心里话,恭恭敬敬……

薛志良不时点点头,表示对各种各样的困难和理由都听进去了。的确,有的家长申述的艰难,听了简直令人伤心,我们有许多人生活得并不美好!面对着一张张苦楚抽动的脸、一串一串甩出清鼻涕眼泪的述说者,他咬住嘴唇,不漏一丝缝儿,不承诺任何要求;他心里明白,上级分给他公社仅仅四十个名额,农业户口的男女青年全社不下两千,知青也有二三百,照顾也照顾不过来喀!

他不能满足任何人,也不厌烦任何人啰啰唆唆的申述。他的脾气在公社二十多位干部中是头一个称得"待人和气"的。正是这一点,公社领导才量才使用,分配他做麻烦而又琐碎的民政工作,每年冬季,向最困难户发放有限的救济物资和钱款,检查各村对鳏寡孤独的五保户的生活安排、军人烈士家属的优抚,每季度一次的民用木材的批发……他的工作虽有许多可指责的尚不周密的纰漏,可他的态度永远是好的,笑嘻嘻……眼前这些挤到他跟前来的人,叙说完了,虽然没有得到确凿的许诺,倒也听了几句暖心热胸的话,擦了眼泪和鼻涕离开了,一批又一批……

薛志良看出,凡是挤到他的跟前来申述困难而希望得到照顾的人,大都是些不通"眼隙"的人。间有一些人,突然插进来,打断谈话者的话,问"王书记在不在?"或问"肖主任到哪里去了?"他按事先订好的默契,撒谎说不知道。这些人不甘心,眨着并不信任的眼睛,又到其他干部那里去探问了……

一向清静的山区公社的小院,现在熙熙攘攘,吉普车和小轿车在狭窄的院道里错不开进出的路……

尽管这样,有人还是把公社领导抓住了。这些人从山坡上解冻的泥路上回来,在老薛的办公桌的桌腿上,毫不客气地蹭着他们沾满泥巴的皮鞋,发着牢骚和叹息,要不是为他们的儿女、他们亲属的儿女,或他们首长的儿女,讨来公社领导者亲笔划下的那一绺纸头儿,他们大约做梦也不会光顾山区泥泞小路的自然风光的。他们把纸头儿掏出来,诡秘地瞧瞧左右,交给薛志良。薛志良看一眼,照例点点头,小心翼翼地放进抽屉。然后,再听申述者被打断了的话头儿……

这当儿,一个老汉走进来,手里拄着拐杖,须发全白了,牙齿也脱落了,干瘦的脸上,结着豌豆粒大小的老年斑,抬脚举步相当艰难,看去肯定超过八十大关了,他的左右,走着一男一女两个中年人,男的像是国家职工,女的是生活优裕的农村妇女装束。他们搀着老汉,只防他绊脚跌倒!老薛担心:一旦跌倒,这具棺材瓢子就很难再爬起来!那样的话,他这民政办公室里将会闹出人命来的……这两个男女也真是,有话他们来说不行吗?把这样一个老汉架来干什么嘛!

站在屋子中间和坐在长条凳子上的人,自动让开路,老汉走到薛志良的对面,隔着桌子,张开没牙的嘴巴,问:"兔娃子在不在?"老虽老了,说话的口气却又冲又倔。

薛志良一愣,公社干部中,没有叫这个名字的嘛。

身旁那个中年职工抱歉地笑了,解释说:"王书记!是王书记!"

老汉自己也笑了,说:"我叫他小名儿叫得顺口,这崽娃子把名字改咧!他在哪达?"

"下队去了。"老薛说。

"哪个队?"老汉问。

"不知道!"

"用他的时光,就跑得不见踪影儿!"老汉气倔倔地说,"他今日回来不?"

薛志良听出,这肯定是王书记的什么亲戚了,就说:"不一定回来。你是——"

"我是他老舅!"

"找他有紧事吗?"

"没事我找他干啥! 我七老八十……"

老汉说了半截话,被身旁的中年职工拉一下胳膊,就停住了口。然后狠狠地说:"他妗子病重,快断气咧! 想见他一面!"

老汉被人操纵着说假话,这太明显了。民政干部故意装着吃惊的神气,叹息说:"啊呀呀! 这可咋办? 他现在在哪个村,我也不清楚哇!"

"我听人说,他给吓跑咧! 躲走咧!"老汉依然倔倔地,"我今日不走咧! 等他三天三夜……"

真是不见兔子不撒鹰啊! 老薛心里好笑这个不会撒谎的老汉,又倔又稚的脾气,他逗老汉说:"你要是在这儿等上三天三夜,我掏饭票给你管饭! 晚上咱俩打对睡觉,十天半月都成喀! 可是,你忘了,你老伴正断气呢!"

"你要耍笑我老汉!"老汉笑说,口气软了,"人说只你知道他的影踪儿,你俩捏得活码号儿……"

薛志良呵呵笑着,走出办公室,走进公社电话总机房,插了东沟大队,又挂了南梁,都说不在;最后,终于在隔河的北滩大队找着了。他把老汉一行三人引进电话室,把话筒交到老汉手里。

这种从国家大机关淘汰下来分发给公社使用的通信工具,虽不先进,拿在清末年间出生的公社王书记的老舅父手里,大约还是新奇的,老汉看看,半天不知怎么用。

薛志良把话筒一头对准老汉耳朵,一头对准老汉留着长胡须的嘴,坐在一边。那些没完没了的困难申诉听得他脑子压抑而又憋闷,倒想听听有趣的倔老汉怎样和他的兔娃子外甥说话。

老汉对着话筒,喊说:

"兔娃子! 我是你舅! 舅今日求拜到你崽娃子门下咧!"

半自动电话保密性差，话筒里传来王书记"嘿嘿嘿嘿嘿"的笑声。

"柿园村你表姐家那个二货，想当工人，你姐跟你姐夫，硬把我架来，叫给你说。你就给娃办了，全当给舅办哩！成不成？你光笑啥！不成？不成的话，舅没你这外甥，你没我这老舅……"

话筒里传出尴尬的笑声，夹杂着为难的叹息声。老汉接上话：

"你舅一辈子倔豆儿脾气，你还不知道？你妈你爸死到虎列拉瘟疫那阵儿，你大伯、你三大脾气倒瓤和，咋不管你？不是我老汉把你引到舅家，一把屎一把尿，从一尺长个棒槌娃，拉扯得长成七尺汉子……你而今当了官，不认你舅咧……哼！能成？早说能成的话，我都走咧！"

老薛早已笑得流出眼泪，逗笑说："老先生，俺王书记，充其量也不过五尺半，你咋说七尺？胡吹冒撂！"

孩子似的老汉笑着，喘着气。

那一对中年男女达到目的了，满意思地笑着，扶老汉出门。

老薛继续逗："快回！老先生！老伴在家大半断了气咧！"

老汉呵呵一笑，爽快地坦白说："他妗子的骨殖，怕是早都化成水咧……"

四

薛志良一个又一个劝退来访者，收拾好被拉乱了的家具，清扫了地面，屋子里清静了。从窗玻璃上看出去，一轮明月托上山岭，清泠的月光照进屋子来。

他拉亮电灯，坐下来，浑身困倦，从抽屉里取出起草的方案稿本，着实作起难来：明天，要在全社基层干部会上下达招工指标，分配方案还没定下来，公社王书记，郑副书记，肖、何两位主任，托付他"考虑"的数字已经相当可观,名额实在不好分配了。特别是县上转回两三封人民来信,揭露了"汽车换人"的秘密,民政干部确实为难了。

"王书记今晚回社,等他定点吧!"老薛拿定不算办法的办法,"咱是具体办事人,领导咋说咱咋办!"

王书记从乡村回来了,端直走进薛志良的屋子,顺手丢下挎包,在火炉上烤火,搓着手脸,侧过头问:"你这几天日子不好过吧?哈,保险热闹!"

薛志良苦笑一下,没有说话,拉开抽屉,取出那两三封群众来信,默默地送到王书记手里。看着王书记一脚踏在火炉边沿上,仔细地阅读着信件,时而把戴棉布帽儿的头侧过去,又歪过来,辨认着信纸上难以识别的草字。看完之后,王书记把它交回老薛手里,淡淡地一笑,似乎早有所料,沉静地说:"社员的议论,比这信上写的还多!话更难听!"

老薛瞧着王书记,仍然没有说话,他等他最后表态。王书记从火炉上取下腿脚,踱到屋子中间,抬起脸问:"我给你开了多少条子?"

"十张。"

"其他人呢?"

"十二张。"

"一共二十二张。"王书记说,"超过了全部名额的一半!余下十八个,你给二十四个大队怎么分配、下达?"

"确实不好办!"薛志良正好借机道出自己的难处,"如果群众问,那二十二个名额跑到哪里去了,我不好答复!"

"好答复!"王书记嘲讽地说,"就说王书记给他的老上级、老亲戚走了后门咧!"

"那……"老薛不好意思地笑了。

"你把我给你开的那些条子,让我看看!"王书记说。

老薛又拉开抽屉,取出一沓用别针扎在一起的纸条,交给王书记。

王书记接到手里,一眼也不看,顺手扔到火炉里去了,腾起一股黄色的火焰,说:"四十个名额,全部分配到大队。公社一个也不要留。"

薛志良瞧着王书记的举动,吃惊地说:"那你给人家答应过了的……"

"让他们骂我好了!"王书记铁下心说,"他们骂,不过十来个人!社员骂起来,一万多人呢!"

"别人都好说。"老薛说,"那个孙科长咋办?咱砖厂把人家的汽车已经开回来了……"

"开回来了好!"王书记说,"咱们社办企业要买一辆汽车,多难场!现在有人送上门来,还不好吗?"

"就怕孙科长不肯罢休……"

"不罢休能怎样?"王书记动了气,使劲磕一下烟锅,"国家生产的汽车,本来就有支援农业的一份,尽叫他们搞去以物易物,以车换人,该用汽车的部门倒分配不来!"

听到这里,一向拘谨的民政干部从迷蒙当中醒悟过来,忍不住哈哈畅笑起来:"哈呀!我明白了,你原来给他们布置了迷魂阵……哄他……哈呀!"

"不!不是!"王书记不笑,摇摇头,认真地纠正说,"我当初确实是同意了的!你把我的思想看得太纯了!"

薛志良收敛了笑容,心里一震。领导者在下级面前的坦诚,使他感动了:本来嘛!这是领导者掩饰自己思想污点的最好机会!他在有点心慌意乱的情况下,倒不知该说什么好了。

"我最近在几个队里,听到的议论不少!"王书记说,"社员们拿眼睛瞪着我们,看我们咋办?要是把好事、有利的事都让我占了,那么以后社员谁还听我说话呀!"

薛志良心头一阵阵发热，庄重地点点头。

"我们党丢掉的东西太多咧！"王书记满怀惋惜地说，"'文化大革命'前，哪有这么多乱七八糟的鬼门道！如果我们不能立身于党的原则，社员怎会跟你走！如果不能尽快恢复群众对党的信任，就会影响我们的整个事业……"

"放心吧！这样，事情就好办！"薛志良增长了信心，"名额分配，好办得很！"

"通知委员们开会吧！"王书记说。

"好！"老薛趴在桌子上，摊开一沓表格，"我把方案一定，就去。"

老薛在表格里填上一个一个大队的名字，又填上分配的数字。当他抬起头，准备出门去通知革委会委员们的时候，看见王书记靠在床头的被卷上，睡着了；糊着黄泥巴的棉鞋搭在炉盘上，冒着蒸气；他太累了，轻轻地响着鼾声。

薛志良放轻手脚，取来自己的大衣，盖在领导者的身上，蹑手蹑脚出了门，拉上门板，心头轻松而又畅快，跑去通知其他委员去了。

1979 年 12 月 小寨

石 头 记

一

"吃了火晶儿想板柿！简直是牛笼嘴——尿不满嘛！"

刘广生双手攥着铁锨，前躬后撑着腿，三五下挑开一道水口，渠水哗哗哗流进干燥的玉米田畦儿，心里还叨咕着这几句话。

他被一件事缠住心，犯着难；难得发冷发烧，拿不定主意。"到底怎么办呢？"

夏收后，他的副手——分管副业的副队长赵志科，跑进他的院子，高兴地告诉他，和城里红星机械厂的砂石合同订成了。

"我把嘴唇能磨掉一层皮！给俺老子也没说过的好话都说了，总算订成咧！一千五百立方，每方八块，一万二千块！不容易啊！政府一提倡社队搞副业，谁家不想在河滩捞油水？砂子石头堆成山，寻不下买主……"

"还是你办法稠，会说话！"广生也兴致勃勃，赞扬小伙说，"有这一万块副业收入，咱河湾西村的戏就好唱啰！好！"

俩队长高兴，全队社员更高兴。

刚拉了两天石头，志科给广生队长说："基建科程科长头回来河湾西村勘察石料现场时，在他屋吃过一顿蒸红苕，到今还在夸：河湾红苕好！瓢子干面，没污染……"

"那容易，程科长再来了，咱蒸给他吃……"广生笑着，不在意地说。

"你傻的，人家堂堂一个科长，为吃一顿红苕，跑七十里？"志科斜着神秘的眼色，瞧着广生说，"那意思……"

广生听明白了"那意思"，自失地"噢噢噢"笑着，随之干脆地说："把我那红苕带一口袋，你明天跟车给程科长送去！没啥，自家的土产货喀！"

第二天晚上，志科又来到广生家。

"啊呀！这下倒把麻达惹大咧！"

"咋咧？"

"司机听说给程科长送了红苕，也……"

广生这下不好干脆答复了。五辆汽车，七八个司机，他是拿不出这么多红苕送人情的。他皱着眉，闷了半天没说话。

志科帮他出点子："干脆，从队里红苕窑里取……"

"那是种子！"

"可他们已经开了口！"

广生沉思半晌，最后吩咐儿子把分管农业生产的副队长生旺叫来，一块商量。

这是个硬家伙，一听就崩了："少糊弄这些曲里拐弯的事！终究是麻烦！"

"那好！这副业只好收摊！"志科赌气说。

"噢！捞不上油水就撕合同呀？"生旺瞪着眼说，"他敢……"

"你没办'外交'，不知当今办事难！"志科说，"我爱弄这号曲里拐弯的事吗？我……"

看看两位副手顶碰起来，广生居中调解说。

"都甭急，咱商量嘛！都为咱西村翻身嘛！又不是为自个儿的私事!"

"几麻袋红苕,倒是值不了几个钱!"中年副队长松了口,态度平和了,"我看那个账,叫会计没法走……"

"好走好走!按损耗报销!"志科早都想好了点子,"咱留的红苕种子,哪年春天不烂掉千把斤,全当烂了扔咧!"

这是没办法的办法,只好如此!广生同意了,说:"咱给社员把事说明。丢了这个副业,确实可惜!"事情就这么定下来了。

过了三五天,志科又来到广生屋里,一进门,就发牢骚:"广生叔!这副业外交,我实在没法搞咧!"

"咋咧?"广生问。

"我没脸再向你开口,我又没办法……"

广生预感到又有新的索要……

果然,志科难为地说:"程科长那次来,看见咱河滩有稻地,问大米好搞不好搞?说他女人是南方人,至今吃不惯面食……那个串脸胡司机组长,看见咱河滩坝上的杨树,说他家盖房还缺木料……你看,给吧,不合法;不给吧,副业搞不成;有的生产队为订合同,蔬菜粮食,愣给人家塞!你说,我这副业队长咋当?"

"唔!这简直是没底洞嘛!"广生心里暗暗叫苦,再把生旺叫来商量吗?再给社员开会说明吗?他为难了,说:

"蹙急!这回蹙急!叫我尺谋尺谋!"

"程科长悄悄说,要是能给搞些大米,在石头量方时,给咱放宽……"志科说。

"放宽?啥意思?"广生问。

"多算些嘛!多算上百十方石头,价值一千块!"志科说,"程科长的意思,不会叫咱吃亏!"

"啊呀呀呀呀!"广生听了,吓得叹出声来,一迭声给青年人说:"不敢不敢不敢!志科,咱绝对不敢冒领公家的钱!这程科长,是个党员不?"

"当科长还能不是党员!"志科说,"我没敢给他应承。咋办呢?"

年近五十的劳动好手刘广生,丢剥了长袖白褂,粗壮的双臂又挑开一道水口子,还在心里问自己:"怎么办呢?"两三天来的苦苦思虑,缠弄得他脑子又涨又憋。

"广生哥——"

广生一抬头,生旺站在水渠边。

"人家不拉咱的石头咧!"生旺气哼哼地说,"我和社员在河滩等着装车,人家的汽车开到东村沙滩装石头去咧!"

"啊!天!事情做得真绝。"广生瞪着痴巴巴的眼睛,张着满是胡碴的嘴巴,实在想不到,连给他考虑的余地都不容让,可怕!

"社员们要去东村问个究竟,冷娃小伙子提着铁锨、抬杠,要是打起来,夏天人都没穿长袖衣裳……"

广生被急剧发展的事态吓得声音发颤,连声说:"快把人挡住!不敢去!谁去谁负责!"

"我挡不住!"

"硬挡!"广生说,"咱俩快走!"

二

广生跳过水渠,奔上通河滩的大路,碰见志科迎面跑来。他告诉广生,河湾东村的干部得知科长女人不习惯吃面食的"困难",前天晚上亲自把"桂花球"大米送到程科长家里去了。"你看,咱不敢给,人家东村钻空子给塞上了。"

"狗日的,从咱碗里夹肉!"生旺听得火起,"叫我说,把狗日汽车砸了,我坐监狱!"

"迟了!你坐监狱也没用!"志科说,"我当初倒是想给了也就算了,现时就兴这个!过去讲个'不拿群众一针一线',现在是'哪碗油水厚端哪碗'!你坚持原则吧!"

听着两个副手在发牢骚,广生却看见,河滩里,一伙一伙人往东村的沙滩奔去;村子里也骚动了,社员们下了场塄,拥下河滩来;河湾东村的沙滩上,停着五辆汽车,围着装车的社员;隐隐传来装车时石头碰撞的声音,那声音听来格外刺耳,似乎对人有一种无法压抑的挑衅性质。一溜一串的社员,从刚刚显绿的玉米地里和稻田塄坎上,朝沙滩奔走,夹杂着恶声恶气的咒骂……不祥的预感骤然闯进心中,可怖的殴斗厮打的景象闪现在眼前。本来这相邻的两个村庄关系就不合卯窍啊!历史上为争水争地界而打得头破血流以致闹出人命的事,不是没有发生过……

"事情缓后商量!先去挡咱的社员!不敢闹事!"广生当机立断,说,"你俩到河滩去,甭乱说乱戳!我回村去!"

广生转回身,几乎是跑着步,奔上场塄,跑进队办公室,对正在算账的会计姑娘说:"快,把广播机打开,叔要说话……"

武斗终于没有发生。

广生蹲在门前场地里的小碌碡上,看着一伙一伙从河滩走上场塄的社员,听着好些粗嗓门气愤的咒骂,总算放心了。那骂人的话,不避讳任何人:

"这事做得太可憎咧……"

"啥尿科长——吃人的贼!"

"咱队长太软,简直是阿斗……"

"砸了他的汽车,叫他程科长来……"

广生听着心里倒很坦然!尽管连他也裹进去怨骂,他一点气也生不起来。骂吧骂吧!骂两句风刮走了,只要甭打起来,打下人命就不会这么松泛了……

他蹲在碌碡上,等见了志科,又等见了生旺,他说:"听说程科长在东村,咱仨去找找!"

俩副手没有反对,三人一溜出了村。

一进东村口,就有一股荤香味儿在空中浮游。三人径直走到队长张玉民家门口,正好,院中香椿树下,摆着两张桌子,菜碟酒瓶摆满桌面,司机们坐在桌上,正在大嚼大喝;几个穿戴干净、手脚利落的妇女,不停地往桌上继续添加着碟儿盘儿。看见三人一进门,队长玉民从桌边立即站起,哈哈笑着,拉西村来的三位队长入席。

广生在空板凳上坐下,接住玉民塞到手里的筷子,又轻轻放到桌子上,问:"听说程科长今日来咧,人呢?"

"没来!"玉民说,"程科长没来!"

张玉民警惕地瞧着广生,态度很和蔼,又拉着志科动筷子。志科口畅,挖苦说:"这不是给咱预备的嘛!"玉民又拉背靠院墙蹲在地上抽烟的生旺,直性子生旺嘴里咬着旱烟袋,像钉在地上似的,怎么也拉不起来。

"我想找程科长问句话。"广生说,"跟我们订下的砂石合同,刚拉了二三百方,咋不拉咧?到底还……"

"他没来!"玉民早有准备地说,"这事你得问他。咱两个队没关系,都是卖石头哩!"

"那对!咱都想叫队里富!"广生很随和地说,随之露出一丝嘻嘻笑意,"伙计,我明天要是摆出五桌子,你一桌十个菜,我摆二十个!这车轱辘大半就滚到西村河滩咧!你咋办?"

玉民脸一红,没有反上话来。

广生即刻接上说:"你放心!你订的合同,我不抢!再说,我刘广生摆不出这席面来,倒不是西村穷到这地步……"

"你摆得起摆不起,咱管不着!"玉民脸上受不住,拉下脸说,"东村不管西村!"

那些司机们听出话味,纷纷丢下筷子,点起烟。广生一眼瞧见一个胖乎乎的司机,腰粗膀圆,没有修整的串脸胡须上,沾着油渍,这个大概就是志科说的那个司机组长了。广生瞧着,想,这人大概干起活来是个拼命的家伙,吃起来也够蛮的!那串脸胡组长敌意地瞧着广生。广生好笑:我碍得你没有吃痛快吧!他拔出烟袋,说:"吃吧!吃饱!吃好!这一顿大概能饱一年吧!"

啪的一声,司机组长串脸胡须竖起,把筷子甩在桌子上,呼呼喘气:"你嘴放干净点!"

"夐躁!伙计!你应该感谢我呢!"广生仍然嘻嘻笑着,"要不是我,你今天可能回不去……"

"谁敢!"司机组长瞪起眼,"敢把我撞一指头!"

生旺从墙根忽地站起,愣子眼一睁,"你嘴夐犟!"

玉民队长气得站起,冲广生说:"你今日来做啥?砸我的场合来咧?!"

"不,我是寻程科长!"广生仍然笑着,站起身,"人说工人阶级比农民兄弟觉悟高,想不到倒比农民嘴馋!在城里吃不够,吃到乡下!"

广生说着,把烟袋插到腰里,嘻嘻笑着,走出门来。

"现在这世事,变得瞎咧!"生旺说。

"你现在亲眼看见了,就是这!"志科说,"咱想公事公办,没门儿!人说'夐看公章比碗大,不及熟人一句话'……你信了吧!"

广生闷着头走着,脸上痛苦地抽搐着。

"没办法!都是这!"志科说,"你一个人坚持原则,事情就办不成。"

"真个没办法?有办法!"广生说,"明天,咱俩找程科长去!生旺留下管生产。"

"舌头是软的!程科长诡得很!"志科信心不足,"他会说,'石子不合格咧'!'泥土成分大咧'!"

"不怕,找他们厂长!"

"厂长管咱这小事?"

"厂长不管,找省纪委!"广生越说越上劲。

"啊呀!广生哥,没看出,你还是个咬住不放的角色!"志科来劲儿,"纪委再找不动呢?"

"写信给党中央!"广生说,"咱们是共产党!不能容忍这号赃官坑农民,害国家!"

三

果然,不出志科所料,俩人在基建科找到程科长,三言两语,就谈崩了。

刚一进门,志科把广生介绍给程科长。程科长的眉毛轻轻一弹,勉强地伸出手来,用几个指头轻轻捏了捏广生粗硬的手掌,算是礼节完毕。广生这才初识这张扁平的白脸,冷得能凝固洋蜡!

"什么事啊?"程科长事务式地问。

广生刚开口谈到石头合同的事,程科长笑了笑,那笑也是阴冷的:"你们的石头泥沙含量过大,不合格!工程上不能用。"

广生说:"你当初亲自去看过的……"

"你们的锣子粗!"

志科赔着笑脸说:"质量不合适,我们回去再改进。你看,咱们有不到处,你尽管说。咱山里农民,没经过世面……"

"国家工程质量要紧!谁家石头合格就采买谁家的。不要乱拉乱扯!"程科长说。

"俺的锣子和东村的锣子,都是公社综合厂做的,型号一致,粗细一样喀!"广生说,"这事这样弄,影响不好……"

"有什么不好的影响?"程科长瞪起眼,"我们要的是石头的质量!"

广生再也忍不住了!瞧着那张扁平脸,他不由得火起,冷笑着说:"同是一条河边的石头,东村和西村连畔,又用一个型号的锣,俺西村的石头不合格,东村的石头就合格……"

"那没有办法!"程科长也冷笑着说。

"怕是我们西村的大米、杨树,没有东村的来得顺手吧!"广生终于把这一口窝囊气放出来。

程科长的扁平脸一动,眉毛又轻轻一弹,拉下极难看的脸色:"你……诬蔑!"

"我今年活到四十八,倒想诬蔑你程科长来?"广生结实地说,"共产党员,不能说昧心话,也不能吃昧心食!"

"诬蔑!"程科长重复一句,嗓音也提高了,"再说也没用!你们的石头不合格!"

"那是小事!"广生点着了旱烟,冷静中显示着某种威严,斜眼瞧着程科长,声音中流露出轻蔑和挖苦的音调,"你能当科长,工资大概不会太少;看你的年岁,儿女也该有工作的了;爱人大概也挣工资。想来你的生活不太差吧?你从俺农民碗里抢饭吃,好意思吗?吃到肚里好消化吗?"

那张扁平脸皮固然厚,终究招架不住广生结实辛辣的话语的进攻,开始变得臊红了,血涌在细嫩的脖颈上,鼻梁上沁出细密的油汗。虽然又说了一次"你诬蔑!"口气却硬不起来了,到底是吃人嘴软咯!

"我诬蔑你?太便宜你了!"广生说,"明给你说,我要告你!"

"随你的便!"程科长口气装得很硬。

"你自个儿占便宜,又拿国家钱财送人情!"广生说,"你把俺农村干部往瞎教呢!我能饶你?"

"随便!告去!我等着!"

"好！你等着！我把这场官司打不赢,我这共产党员白当咧！"

出了程科长的门,下了楼,来到党委办公楼。办公室里,一位中年女同志接待了这两位农民。

"你们有啥事?"女同志是本地人,本地口音。

"寻你们厂长,反映问题……"

"厂长开会。"女同志说,"你谈谈,我接待。"

广生想,也好。就从头到尾,根根梢梢谈起来,说了没两分钟,女同志习惯地看看手表,说:

"你有没有书面材料?"

"有!"广生从腰里掏出装在信封里的材料。

"那好。"女同志接过材料说,"我负责给你呈送上去,你们回去,等着这儿的回音。"说罢,动手在文件盒里翻寻什么东西,一副忙迫的样子。

"那……就这样!"广生说着就告辞了。

走在厂区的水泥路面上,志科一副没精打采的沮丧神气:"打赢这场官司能咋！反正石头合同完蛋咧！副业收入完咧！"

"先把道理摆顺!"广生执拗地说,"小伙子,咱糊里糊涂弄下去,将来给社员咋交代?"

俩人走着,出了大门,回头瞧瞧那一层一层明光闪亮的玻璃窗子,那窗上遮阳的蓝色布帘,眼光又留在程科长的窗户上,广生心里很不是滋味,坐在这样漂亮的大楼里办公的人,不全是操心国家事情的喀！

四

整整等了十天,没见一丝音讯。

广生给志科说:"咱俩明天再去!"

"你一个人去,路熟咧!"志科没有兴趣,"反正打赢打不赢,副业没门咧!"

"我说,先甭丧气,靠组织解决问题!"广生听出志科的意思,是怨他上次去和程科长谈崩了,合同没门儿了。年轻小伙子这么不相信组织,他和他是受了不同教育和不同影响的两代人。他故意表现出信心十足:"走!靠工厂组织处理,我不信厂党委管不住那个扁脸科长!"

志科仍然不信任地笑笑。

"事情是你经手的,人家问起来,得由你说。"广生说。

志科勉强应允。俩队长又来到厂党委办公室,找见了那位中年女同志。她开口就说:"厂长批示,叫交党委会研究。"

"党委啥时候开会?"广生问。

"说不定。你回去等着,甭急。"

再坐也没话可说,俩队长又回到河湾西村。

生旺赶到广生家,急不可待地问:"咋样?"

"等着!"广生说,"再等它十天。"

"再等十天,人家在东村把石头就拉够了!"生旺说,"你知道不?东村给串脸胡司机伐了七棵大杨树,一棵才收八块钱,跟白送一样……"

广生只顾闷着吃烟,说不出一句话,丑恶的交易,深深地伤害着一个老共产党员的心!合作化那年入了党,他受的是党的严格的思想教育;"四清"运动被整下台,他精神里形成的信念和素质难能改易;平反后,他重新当了队长,仍然按固有的素质行事,想不到在现在变化了的环境中,干工作竟是如此困难!他又不甘屈服,憋着气,憋着劲,要把这个道理摆顺,给年轻的队长拿出活的样子来。

又等了十天,广生拉着志科,又推开了厂党委办公室的门,瞧见了那位中年女同志。

"党委研究了没?"广生问。

"研究了。"中年女同志说,"厂长亲自和程科长谈了话。"

"咋办呢?"

"说让我给你们解释一下,生产队的副业要考虑,国家工程的质量也要考虑……"女同志说。

"回回回回回!快回!"志科听到这儿,就对广生气冲冲地说,"等了二十天,还是咱的石头不合格!"

"憂急!"广生说着,又问女同志,"没见厂里去人到我们那儿了解嘛!"

"党委忙得……大事都办不完……"

"这是小事?"

"在你们队里,是大事;在厂里,比起来……"

广生的心里很难受,他急促地说:"我想见见厂长……"

"厂长让我给你解释……"

"我想和他亲自谈谈!"

"他忙。"女同志说,有点不耐烦,"大小事都找厂长,得多少厂长呀!"

广生再也反不上话,他退出门来。

"这下……死心了吧?"志科说,"我早就……"

"死心?我饶不了他!"广生气哼哼地走出厂大门的时候,说,"上省纪律检查委员会!"

"啊呀!广生叔,你真是个咬透铁锹!"志科笑着说。

"这是逼上梁山!"广生也笑了,劲头更足,"我想,党纪容不得程科长的这号作风!"

俩人正走着,听见后面有人喊:"等等!刘广生同志!"回头一看,办公室那位中年女同志快步走来了。俩人收住脚步。

"吕厂长叫你俩去!"中年女同志走上来说。

广生和志科相对一盯,愣着。

女同志告诉他俩,说公社打来电话,河湾西村的农民睡到汽车底下了……把程科长围住不放……

广生吃了一惊,自己不在家,怎么出了这个冷祸!

"吕厂长通知了保卫科长,俩人等着你呢,快,吉普车在院子等着!"

"不是说吕厂长忙吗?"志科问,"现在倒有时间了!"

女同志白了志科一眼,没有说话。

五

吕厂长把广生和志科拉着坐在他的两边,亲切地又是抱怨地说:"你咋搞的哟!让你的社员垫我的汽车轱辘!队长同志?"

听见这样亲切的话音,广生心里感动了,他侧身看着两鬓斑白的吕厂长,倒说不出话来。

"有问题好商量嘛!闹啥子?"吕厂长说。

广生咳一下嗓子,把事情的经过大略说了一遍。

"唔!我上当了!程科长,不老实!"吕厂长说着,一只胳膊亲热地搭在广生肩膀上,"给我也搞点子大米,我给你再把合同订上!哈哈哈!这些乌龟王八!"

广生心里一热,涌起一股豪壮的感情,不由地看看志科,小伙子也提起精神来了。

吉普车离开了公路,沿着宽阔的防洪大堤,在浓密的树荫下飞驰。笔直的小叶杨,垂吊的柳条,密不透风的芦苇丛,一闪而过,老远就可以看见,河湾东村沙滩上,堤坝上,围着黑压压的人群。

车在堤坝上停下。广生钻出车门,一眼看见公社罗书记和派出所姜所长;河湾东、西村的干部和社员一齐向吉普车围过来。

广生给双方做了介绍,姜所长和罗书记把吕厂长等一行人引到汽车跟前。五辆汽车的轮胎前头,躺着或者蹲着西村的老汉老婆,把脸歪向一边,谁也不盯,眉眼和嘴角,鼓着多大的仇气和恨劲!

吕厂长俯下身:"老同志,不敢在沙子地上躺久了!小心风湿……"

广生看着,开玩笑说:"他知道伏天躺在那儿舒服!要是冬天,摊上工分也不来!"随之对那些躺着蹲着的老汉老婆耍笑:"你几个棺材瓤瓤子,这回给咱西村立下功劳了……"

罗书记把吕厂长一行人引到离开社员群众的一个坝头上,介绍了事情的经过:

汽车压了西村路边的十几株玉米苗儿,社员和司机吵起来了。社员说话不好听,司机组长出口也不文雅。惹怒了西村的社员,司机组长大概挨了两拳,没伤筋骨;西村一个社员也挨了两拳,流了鼻血。俩村的男女社员都拥到沙滩来了,多亏派出所老姜跑得快,才没大打起来。程科长正在东村队长玉民家吃喝,闻声跑到河滩,被社员围住了;人多嘴杂,出言不干不净,程科长没少挨骂。当然西村社员的气头儿不在那几棵玉米苗儿上头……

罗书记提出解决问题的建议方案:

成立联合调查组,厂方出一人,公社和派出所出一人,河湾大队出一人,把事情的前因后果调查清楚,再由厂方和公社协商解决。

"好!就这样办!"吕厂长干脆果断,当面指定保卫科长留下来参加联合调查组的工作。

罗书记站在石头堆上,宣布了解决问题的方案。那几个准备垫汽车轱辘的英雄,立即翻身爬起,拍打着沙子和泥土,混到人群里去了。

社员们纷纷散伙了。

程科长从围困中脱了身,来到吕厂长面前,那张阴冷的扁平脸上,眼皮耷拉下来,脸上失去了光……广生痛快地想:

"要是及早认真解决,绝不会弄到这种地步嘛!不过邪气总归害怕正气,到如今,你程科长能咋!"

1980 年元月　小寨

回首往事

女儿今天领着她的对象要到家里来,这是头一回。刘兰芝把一切收拾停当,就坐下织毛衣,静静地等着。织过多少件毛衣的双手,忽然笨拙了,总是把针戳到岔儿里去。

楼梯上响起女儿的脚步声。

门推开了,刘兰芝扬起头,女儿笑着站在门里,把跟在身后的小伙子让进屋。她站起来,迎上前去。

一眼瞧见那张英气勃勃的脸,刘兰芝不由一愣,这年轻人和吴康长得多像啊!吴康是她在女儿这个年龄的时候,曾经热恋过的情人。

女儿羞涩地笑着,介绍说:"这是我妈。妈,他是小吴……吴南。"

"坐!坐!"刘兰芝有点慌乱地让着。唔!姓也一样!怎么回事呢?

她几乎不敢正眼看吴南。把客人礼让到椅子上坐下,递茶的时光,她看见一双多么聪颖的眼睛,那简直就是二十多年来时时在脑际里闪光的吴康的眼睛……不会是幻觉吧?

"大娘,您也坐。"

一口浓重的陕南地方口音,更加深了她的猜疑。陕南,吴康就是下放到陕南山区的。刘兰芝在桌子对面的椅子上坐下,不由得仔细打量起年轻人来:长条瘦脸——像吴康;宽宽的亮堂堂的前额也像;

稍微向下撇着的左嘴角——简直像神了！长长的脖颈根,露出蓝条子土布衬衫的衣领……不错,只有吴康家乡那个县的人,才习惯织这种蓝条子土布……

刘兰芝第一次看见这种蓝条子土布衬衫,是进入高中的第一天。排过座次之后,她的同桌,一个从关中农村考进省立重点中学的新同学吴康,上身就穿着这样一件浆得显硬的蓝条子土布衫子。自小在城市长大的裁缝的女儿,总是穿着时兴的服装,看见这样一件土布衣服,多稀奇！在一个尽是城市学生的教室里,这样一件老式衬衫所显示的土气,就特别显眼。她带着嘲笑的口气,问刚刚坐在一条板凳上的同桌:"你这衫子,是什么料子做的?"

周围的同学泛起一阵开心的笑声。

刘兰芝得意地看着,吴康眼睛里呈现出一缕窘迫的神情;她忽而有点后悔,生怕这个乡村来的野孩子骂出什么不干净的话来。没有,窘迫的神色瞬即从他的眼里消失了,整个长条脸上,是一副坦然的神志,语气稳重地说:"是'乡村呢'料子。"

不出一月,这个乡下学生以他正直的品质和优秀的成绩,很快获得同学的尊重和信任,刘兰芝才真正后悔了。及至他们三年期满,一同考入大学历史系,她无法隐瞒自己心底的爱慕之情了。

一个春日的傍晚,校园里的丝丝垂柳下,她对吴康娇嗔地说:"给大婶写信时,让她给我剪件'乡村呢'衬衫,行不?"

"蓝条子土布衬衫,你穿?"吴康停住脚,眼里闪着异样的光彩,惊奇地问。

"我喜欢。看顺眼了,挺好!"她说。

他脸红了,抑制不住欣喜的心情,大声憨气地说:"行啊！行啊！'乡村呢',要几件也不难!"说着,伸手抓住她的双手。她仓皇地逃开了……

现在,刘兰芝看见坐在桌子对面的吴南,神态和穿着,都活像当年的吴康啊。她问他:"家在哪里?"

"陕南。"

"陕南不种棉花,也不织布。"她指着吴南的脖子,笑问,"你穿这衬衫……"

吴南低头笑了。女儿插嘴说:"他老家在关中。他父亲被打成右派,下放到陕南,落了户。那土布是老家奶奶给寄的。"

"这布结实,耐磨,我们家大小都喜欢穿。"

果然是吴康的儿子,真是出奇事。刘兰芝至此完全证实了初见时的预感,心情怎么也平静不下来。二十多年了,没有机会见他一面,现在却看见他的儿子,要做我的女婿了,她的心在胸膛里震颤、抖动……她托词要去备饭,钻进灶房去了。

这儿安静。刘兰芝打开炉门,把早已切好的菜扔进小锅,转身扭开水管,冲洗了热烘烘的脸,又打开了小灶房的窗户。

蓝天。白云。古城春天少有的晴朗透碧的天空。越过一幢幢参差高矮的建筑,刘兰芝看见公园里那座亭台的尖顶。也是这样一个春光明媚的日子,他们临近毕业了,她和吴康在草坪上谈论毕业论文的提纲,后来又扯到志向、理想、事业,海阔天空……

"史学的价值,就在于真实。没有真实,就不算历史!"吴康在草地上踱着,说着。

她坐在草地上,双手抱着膝,仰着头,听心爱的人儿谈着,附和说:"正是史料里夹杂着的许多假的东西,才给后人评价历史造成了困难。"

"科学地评价历史事件和历史人物,唯物史观是最好的武器。我满怀信心……"

"我给你当个助手……"

"你要自己干。我们共同钻!"

春天的傍晚,雾霭笼罩着绿色的柳树,寒气潮起来。她依着他,从公园的小路上慢慢朝大门走去。

"饭煳了！妈！"女儿蹦进灶房。

刘兰芝慌忙回转身,提下小锅,一股焦煳味儿直冲鼻孔。

女儿吃吃笑着,封了炉门。

"你去打点酱油来。"

"不是有吗？"

"再去买点好的。那个不好……"

女儿被支使走了。小灶房又恢复了安静,她的思绪像小河的流水,斩不断,堵不住。

"划清界限！这是个立场问题！"已经被她撕过三次求爱信的同学刘剑,又来找她谈话。他是第一个在班级辩论中揭露出吴康在论文里用秦始皇影射的人,进入新成立的"反右"领导小组了。他很关心刘兰芝,对她在辩论中支持吴康的做法表示出焦虑和担心。他几次和她谈话,全是对她的关心和爱护。"自由辩论结束了,要组织反击……"

"……"她说不出话了。两三天来,校园里和教室里白天黑夜正在进行的热烈的辩论的气氛突然冷却了,刘兰芝心里也冷却了,惶惑了。

"各人的历史要自己来写。态度的转变,是关键的一步。"刘剑分析说。

"……"刘兰芝张张口,还是说不出话,心口不一的话是难以说出来的,但她不能不承认,刘剑说的是实际的情况。她支吾说,"我要再想想,我所坚持的观点,是不是真的错了……"

刘兰芝看着站起来走去的刘剑,头脑里混乱极了。她想哭,又哭不出。

"趁早剪断！"老裁缝对着几天内明显消瘦下去的女儿,挥着剪刀,训诫说:"爸爸旧社会受苦受气,新社会翻身做人,报恩还报不尽呢！这小子敢攻击……"

"土里巴叽个庄稼坯子,我早就不中意!"妈妈嘟哝着,现在有她说的话了;她早就不中意那个未来的乡村女婿,现在有了最结实的理由:"哼！右派……"

于是,刘兰芝终于走上辩论会(实际已经是一边倒的批判会)的台阶,面对全校师生,痛哭流涕,慷慨陈词……"在风浪中,我要和左派站在一起……"她的行为,在学校一时传为斗争佳话。

因为运动,毕业分配推迟了。这一天,刘剑悄悄地向她透露,分配她到市内一家中学当历史教员。她有点不平,论学业,刘剑历次考试,成绩从来都在她之下,居然被分配到历史研究所去了。刘剑讨好地解释,说是她本来被分配到县区中学,经他多方力争才留在市里……比起偏僻的山区,城里是好多了。她算将就了,准备回家把这个信息告知老裁缝。

在校门口,她碰见了吴康。

几十个被打成"极右"的学生,肩头扛着被卷,手里提着书兜,排着散乱的队形,默默向学校的大门走去。

吴康夹在这支散乱的队列里,肩膀上挎着被卷……被卷外面包着的蓝条子土布床单,和他身上的蓝条子土布衬衫出于同一架织布机吧？那个为他纺棉织布的关中乡村老大娘,看见这样归来的儿子,会怎么样呢？她放慢了脚步,让他们的队列先出门吧。

吴康随着队列走出校门,转过身,停住脚步,抬起头来,瞧着学校古老的门楼上面刻的校徽,嘴唇紧紧抿闭着,左边的嘴角拉下去了,不动了。刘兰芝再不忍心看他的脸,低下头,闭了眼,她发觉她和他的界限还是没有划清啊……

当她抬起头来的时候,吴康也瞅见了她。两双眼睛对视的瞬间,吴康那笼罩着痛苦的迷雾的双眼,忽地燃烧起来了,嘴角现出一缕轻侮的笑,那是怎样居高临下的不屑一顾的嘲笑啊……她无力对视那双眼睛,慌忙偏过脸去。

当她再转过头来的时候,那个熟悉的背影,扯开长步,扬着头,肩头挎着被卷,走远了,萧萧秋风把那蓝条子土布衬衫的下襟扬起来……

"妈,酱油。"女儿蹦进门来,说话像唱歌。

"噢噢! 买回来了……"她胡乱答应着。

女儿挤到案板前,搭手帮她做饭。她从女儿眼里看出一种期待的神气,希望妈妈说说第一次看见女婿的印象吧? 应该满足女儿的要求,却怎么也说不出口。她能说什么呢?

女儿终于忍不住,说:"他爸爸可好了。"

"你知道?"她深情地问,心想,我比你清楚多了!

"他妈妈也好。"女儿说。

"你知道?"她急切地问,吴康找了个怎样的女人呢?

"他给我说的。"女儿骄矜地说,"他爸下放到陕南,落脚在一个山沟的生产队里劳动改造,公社安排让团支部书记暗暗监视他的举动。团支书是县上有名的模范团支书,很厉害,管他管得可严了,整天冷着脸,生怕他干出杀人放火、破坏集体的事儿来,自己也搞得很紧张。半年过去了,没见这个右派学生胡作非为,倒是看见他把长头发剃了,像当地农民一样,光头上缠着一条蓝布帕子。团支书有点泄气。上级忠告她说,这些右派,表面上最会装相,别看整天不说话,肚里的黑墨水翻浪哩! 她再也不敢松懈斗志和敌情观念了。有一天,团支书猛然发现,右派学生正蹲在墙角烧字纸。销赃灭证! 好大胆! 她气得立时火气直冒,跑到跟前,一把把他推开,从火堆里抢出尚未烧尽的材料来;她连拍带打,扑灭了火,坐在地上看起来;看着看着,团支书流下眼泪来了,最后竟然骂起来了……"

"怎么回事?"刘兰芝听得入神,迫不及待地问。

"哪里是什么赃证!"女儿说着笑起来,"是他在大学的一个女同学写给他的恋爱信,情书!"

"啊……"刘兰芝倒抽一口气,神色都痴了,心情很紧张,赶紧侧过脸去。

"团支书此后再不对他吹胡子瞪眼了,提出要和他结婚。"

"啊……团支书是个女的?"

"男的还能……嘿嘿嘿……"

"这么快?"

"哪能!他不答应,倒吓坏了。说他今生再不结婚了!"

"那后来怎么……"

"团支书一心不改!对他越来越好。为这事,她被撤销了团支书职务,开除团籍。"

"啊!"

"你'啊'什么呀!"女儿说完这段传奇式的婚事,看着母亲惊奇而又紧张的神色,郑重地评价说,"这个乡村姑娘,比那个女大学生值钱!"

"你说什么?"刘兰芝感到女儿的话像针一样刺进她的心里来了。

"她比她,值——钱!"女儿又重复说。

"唔……"刘兰芝的心颤颤地发疼了。

"人家团支书说,她是从那个女大学生的信里,才真正认识了他,不是右派是好人!"

"你去……收拾……桌子吧!"刘兰芝胸膛里憋得透不过气来,赶紧把女儿支使开了。她再也经不住女儿一句更尖刻的话了。

女儿开始收拾桌子上的东西。那吴康的儿子吴南,从桌子上拿起正在读着的书本,举在空中,眼睛一直不离书页。女儿抹净桌面,那小子还举着书呆呆地看着。女儿嗔怪地从他手中夺过书,又轻轻地摊开在桌子上,妩媚地笑一笑,跑回灶房来。刘兰芝急忙把探出房门的身子收回来。

女儿把菜全部端到桌子上去了,刘兰芝无所事事,在灶房里空撩乱着;她觉得没有勇气再坐到小伙子旁边,对视他的眼睛。

"大娘,你也一块儿来吃。"吴南站在灶房门口,拘谨地笑着。

"好……好……"刘兰芝强装笑容,慌乱地支吾说。

"叔叔呢?"

"没下班!"她说,此刻提起她的丈夫,心里特别龌龊。

"那咱们等等,叔叔回来了一块吃。"

"不等!"刘兰芝断然说,"他今天开会,吃集体灶。"他不回来好;要是他回来了,知道女儿的对象是吴康的儿子,这个场面将会多么尴尬。

三个人坐定,动起筷子。

吴康的儿子吴南,坐在刘兰芝旁边,大大方方捉着筷子,畅畅快快吃着,连吃饭也像他爸爸吴康!吴康跟她头一回去见老裁缝的时候,吃着爸爸亲手做的饭菜,也是这种畅快样儿。从头吃到尾,筷子连一次也没放下!回学校的路上,她和他说笑,笑他是乡下佬,饿狼!他听了反而哈哈大笑,顽皮地说:"好东西都叫城里人吃咧!乡下人逮住城里人的便宜,客气才是傻熊!"她听着,笑得腰都直不起来……

女儿吃着,不甘寂寞,对妈妈心不在焉的样子大概很不理解,插话说:"他爸平反了。"

"噢!"刘兰芝应着,关心地问,"工作安排了没有?在哪个单位?"

"历史研究所。"吴南回答说。

"好。和他的专业对口。"刘兰芝说。

吴南轻轻一笑,说:"开头,所里有位领导不同意俺爸去。这个人是我爸的同学,'反右'中整过我爸,他怕我爸找他的事儿。"

刘兰芝不由地嘘了一口气,这个整过吴康的同学,她当然明白是谁了;生活对他们三个人开了一个多么认真、多么严峻的玩笑……可是,刘剑怎么一直没有和她谈及此事呢?

"真坏!"女儿气愤地骂。

"其实,我爸哪有心思去想这些事!"吴南说,"他只是急于想有一个安静的环境,还想成点事;他过了五十岁了,只怕想做的事做不完……"

"他爸的两本史学专论,出版社已经定稿了。"女儿钦佩地炫耀说,"七十万字。"

"是吗?"刘兰芝着实吃惊了。吴康下放以后,她和他的信息完全断绝,她能想到他肯定受了许多磨难,却想不到他竟然还在写史学论文;自己早已心如死灰,只安于完成中学历史教学的任务了。她惊异地问,"他在农村几十年,还没丢弃对历史的爱好?"

"他丢不下,还叫我也读史书,给我妈讲历史故事,我们家成了历史研究所了。"吴南笑着,风趣地说:"一九六三年,上级安排他当中学教师,他又写起了书。'文化大革命'中,成了他的反党罪行,被打断了一条胳膊,押送回家。当天晚上,他叫我把笔纸取出来。我以为他要写交代材料,没料到他说,来,从头开始,又写起书来!"

刘兰芝的脑海里,展开一幅这样的图画:

青青的山坡下,淙淙的泉水边,一幢稻草苫顶的农舍前,青石桌旁围坐着吴康和他的妻子儿女,听他讲述千百年前的历史往事,半圆的月亮贴在山顶的天上……

"不说了,不说了!"女儿说,"吴南,把你那张全家福照片拿出来,让我妈认认你的双亲。"

吴南顺从地从提包里取出一本日记本本,翻出一张照片,递给刘兰芝。

刘兰芝把照片接过来,手微微抖着,一时不敢把照片放到眼前来……那个她曾经与之山盟海誓的恋人,现在是什么样子呢——

一双严峻的眼睛刺向刘兰芝,像两把利剑!那脱光了头发的前额,更加显得突出而蕴藏丰富;微微向下撇着的左嘴角,有一道深深的折皱,一直勾到下巴后面去,显示着倔强、坚毅和顽强,这就是吴康!

坐在吴康旁边的是一位陕南农村装束的妇女,眼神安详而又庄重。这就是从她给吴康的那许多情书里认识了吴康的那个团支书!她占据了刘兰芝的位置,那么有理气长……

女儿不时瞧瞧吴南,吴南谦和地笑着;女儿又瞧瞧妈妈,有一种对幸福的乞求,渴望妈妈对她和她的恋人说些祝福的话……

"你们还年轻……"刘兰芝说不顺畅,结结巴巴,"像你……吴伯伯……那样做人……这是最珍贵的……"

女儿果然心满意足地笑了。

吴南庄重地点点头,也幸福地笑着。

刘兰芝却更苦楚了。这一双年轻人,看来已经完满地铸成他们幸福的基础了!可是,她将怎样面对吴康?面对那个从她给吴康的信里认识了吴康而义无反顾地结成生死之恋的陕南劳动妇女?她和刘剑投在吴康心灵上的阴影,一旦为孩子们所了知,她……

孩子们告辞了,要回学校去。他们就在她和吴康读过书的那所古老的大学历史系学习。她不强作挽留,让他们去吧!

刘兰芝站在残雪未融的地面上,望着两个孩子的背影在楼房的转角处消失,回过身来,怎么也抑制不住感情的潮水了。她缓缓走上楼梯,脚步十分沉重……

1980 年 3 月　西蒋村

枣 林 曲

一

洗刷了锅碗，收拾了屋子，哄得小外甥睡着以后，玉蝉提上竹篮，上街去买菜。

背巷里人也这样稠，紧小心着就撞碰了肩膀；那个穿得花里胡哨、打扮得油头粉面的万货，明明是故意碰的！讨厌！

菜店里的水泥地板上，撂着一堆失掉了色泽的秋茄子、老冬瓜，正是蔬菜生产的脱茬季节哩！家乡的青山坡上，秋茬苜蓿正鲜嫩吧？小蒜大概还没有抽薹儿，那味儿比韭菜还鲜……

对过那家水果店门口，男男女女围塞满了。玉蝉走到跟前，唔，红枣上市了！多好的鲜枣儿……俺枣林沟的枣儿也该红了吧？层层叠叠的青山，一眼望不透的青葱葱的枣树。蒜瓣儿一样繁的红枣，压弯了枝条。社娃哥正在摘枣儿哩吧？他的红枣一般淳厚丰润的脸膛，正喜得笑哩！他生她的气吧？肯定……

一颗颗水灵灵的绿红枣儿从售货员的秤盘滚进她的竹篮，玉蝉退出身来，心还在扑扑地跳着。多美的枣林沟……

"蝉儿——"

好耳熟的声音！玉蝉抬起头，在人流里寻找呼叫她的人。

"蝉儿——"

多亲切的声音！在水果店的偏门口,她瞅见了玉山叔那张柿饼脸,正喜呵呵地笑着,扬起吊着黑色羊皮烟包的长杆儿烟袋,向她打招呼哩。

"大叔,你进城做啥来咧?"

"送枣儿。"玉山叔用下巴指着拥挤的水果店柜台,自豪地笑着说,"那儿卖的,就是咱们枣林沟的枣儿。"

"噢!怪不得,我一尝这味儿……就很熟!"玉蝉儿说。

"能尝出咱的枣儿的味儿吗?"

"能!我一口就尝出来!"玉蝉说,"我刚才还想,这多像俺枣林沟的大枣儿呀!果真……"

"昨日开园摘枣,我就给你挑了一兜儿,全是鸡蛋大的,准备今日进城给你捎来,临了记不清你住哪条巷……"玉山叔说得好动人。

"你还记着……我……"玉蝉儿突地觉得心里灰溜溜地,不好意思地说。

"记得!你在咱枣林沟出了不少力,怎么不记得!"玉山叔大声肯定说,口气十分热诚,"自打枣儿有了味,我跟社娃一天不知念叨你几回哩!"

"我不信!"玉蝉撇着嘴角,"不骂我才怪哩!"

"噢哟!蝉儿,你真是屈了叔的心,也屈了社娃的心!"玉山叔睁大笑眯眯的眼睛,噘起留着小胡须的嘴唇,似乎很伤心地说,"你可真是屈了俺的心……"

"我是说……他……"玉蝉轻声说,不由得脸热了,用眼瞄着玉山。

"他——社娃?"玉山叔明知故问,像猜着了玉蝉的心思,摇摇头,更肯定地说,"他呀,比我还念叨得多哩!"

玉蝉的心又一热,羞涩地低下头。他怎样念叨呢?念叨些什么呢?

"你不知道,你刚走那一向,社娃焦眉苦脸,整日没个笑影。一个人钻进枣林沟,闷住头干活儿,不和我照面……"玉山叔用显然夸大了的口气,说得很动情,"我真担心他会闷出病来,就把他叫出沟来,坐下,说宽心话……"

"我才不信哩!"玉蝉心里像有个小毛虫虫在蠕动,口里却故意说出相反的话来。

"你不信?"玉山叔的柿饼脸上满是认真的神色,"前日,我到医院去,他还问你……"

"医院? 他在医院做啥?"玉蝉奇怪,忙问。

"噢! 你还不知道,社娃住院咧!"玉山叔难受地说。

"啥病?"玉蝉吃惊了。

"肚里疼……"

"肚里疼也住院?"

"疼得好凶! 疼得社娃在地上滚……闭了气!"

"啊——"玉蝉惊得脸上变了色,"啥病这么疼?"

"绞肠痧!"玉山叔说,"医生说是阑尾炎……"

"唔!"蝉儿急骤跳腾的心稳下来,"现在呢?"

"没事咧!"玉山叔变出一副快乐的声调,畅快地说,"拆了线咧! 再过一两天就出院呀!"

"在哪个医院住着?"

"咱县医院。"玉山叔说,"你该抽空儿去看看!"

"我?"玉蝉说,"人家稀罕我去吗?"

"看看看看看! 你这女子——"玉山叔的小胡须又撅起来,"你的心数儿太多! 刚才一听社娃病咧,你吓得脸都变咧! 这阵儿,嘴里又尽说见外的话!"

玉蝉的脸扑地热了,耳根和发根,都有血在涌结。突然听到社娃哥病重住院的消息所产生的紧张情绪里,她不知不觉把心底的秘密泄露出来了。这个贼心眼的柿饼脸,把她套住了,探出了她的心……她索性认真地说:"我……不去!"

"你不去我也不拉你。"玉山叔冷冷地说,随后换了一副矜持的口气,"社娃一住院,全村大小干部都去看过,好多社员也去了,挡都挡不住。公社王书记也去看望了。前日我去的时光,县委常书记正坐在社娃床前,团书记陪着……"

"啊……"玉蝉后悔不该说出不去的话了。

"社娃上了报!还登着他和我嫁接枣树的相片!"玉山叔很自豪地说,"你没看报吗?"

"噢……"玉蝉不好意思地低下头着实吃惊了,青山里出了这样新鲜的事情!自己理该享有的光荣……可是,我却离开青山里的枣林沟了……

"新长征突击手!"玉山叔很神气地说,"省上给奖了好大一个镜框,一台电视机,社娃捐给集体,放在大队办公室。"

"啊!"玉蝉矜持的情绪跑得尽光,心里好生空虚。

"一个二十出头的青年娃,受到这么多人的敬重,不容易啊!"玉山叔感慨地说,"人活着图啥呢?"

"……"玉蝉好愧心啊!

"去吧!你该去看看!"玉山叔实心相劝,"咱仨在一搭干了几年……"

"他不恼我吗……"玉蝉说出心里话了。

"哪里话嘛!"玉山满口否定,"不是叔说你,你样样都好,就是有点二心不定,不及社娃……"

玉蝉闭了口,愧恨地站在玉山叔跟前,拧着衣角,心里难受了,自己怎么弄成这样。二心不定!二心不定!!她吃了二心不定多少亏了!自己为啥从青山里的枣林沟跑到这大城市来呢?姐姐说让她给看看孩子,再让姐夫给她寻个合同工指标,干几年再想办法转正……还不是怪自个儿二心不定吗?怎么有脸去见社娃哥呢?

二

"蝉儿,在哪儿买的红枣?真鲜!"姐姐咔嚓咔嚓嚼着枣儿,"给你看个好东西!"

蝉儿怏怏未动。脑子里满是青葱葱的枣林,蒜瓣儿一般繁的红枣,社娃哥红枣一般丰润的脸膛。她讨厌听姐姐贪馋地咀嚼枣子的声音,也讨厌听她的得意的调门。

"你看——"姐姐把一张硬质表格亮到她的胸前,得意地笑着,"快去填了。"

蝉儿接住表格,看了一眼,这是一张合同工登记表,她轻轻放到桌上,说,"我不想填咧!"

"啊呀!你怎咧?"姐姐张着填满枣肉的嘴,迷惑地瞪起眼。

"我不想干那……合同工。"蝉儿终于说出口。

"你这娃!三天两头变卦,老是二心不定!"姐姐抱怨说,"你哥为这合同工,找了多少人,跑了多少路,费了多大神!你难道没看见?刚才一拿到手,就送回来!"

"我在……城里……过不惯!"想到姐姐和姐夫为给她谋得一个合同工,确实是人没少寻,路没少跑,神没少劳的,溜到口边的怨气话到底没说出口,只说自己不习惯。可姐姐也说自己二心不定,还不是你搅得人家没了主意!

"稼娃!"姐姐嗔怪地说,"怎么住不惯?龙头一拧,水到锅里了。乡下,你天天得到沟里去挑……"

"我情愿挑嘛!"玉蝉使着性子说。

"情愿?"姐姐一甩头说,"一个劳动日三毛钱,你干一年不及我俩月的工资！你不识数儿吗？"

"我刚才听玉山叔说，今年队里搞了几项副业，劳价要冒过一块，比合同工不少啥！"

"噢！怪道你又心变咧！"姐姐醒悟似的叹息着说，"你听那个老柿饼谝！尽吹！"

"队里实行了责任制，今年庄稼也长得好。我出来做合同工，为自己挣钱，不光彩！"玉蝉说。

"你哥给队里办了多少事？把路铺平了，谁也说不成啥！"姐姐撇着嘴，很神气地说。

玉蝉不吭声了。姐夫会办事。过春节时，姐夫跟姐姐领着外甥回到青山下看望妈妈的时候，得知队办工厂买不下车床，就一口包揽下来，一月没过，一台八成新的车床送到山村来，价钱是按废旧车床折合的。这下，队干部们对姐夫看得跟神一样敬重。随后又给队里联系好产品销路……他只办事，而不提个人的任何要求，到得"把路铺平"了，哪个干部好意思阻挡玉蝉进城做合同工呀！社员有意见，白有！你能买来合茬的车床吗？

姐夫能干！门道稠！他寻人办事，成天跑得不停；又有好多人找到家里来，求他办事。姐姐在她跟前老是很得意地夸耀，什么难买的东西，姐夫都能买到，北京、上海、外贸公司，他都有熟人，都通着眼隙……而且花很少的钱，办很大的事。蹲在半截柜上那台电视机，才花了三十几块钱，说是内部试销，这可真使乡里娃玉蝉开了眼界……这儿——姐姐的家——是一个世界，一层世事；她和玉山叔以及社娃所在的青山坡的枣林沟，是另一个世界，另一层世事。两层世事，两个世界，玉蝉只能凭直觉看出这个存在和差异，而又想不透……反正想到枣林沟那个世界，她心里好生快活！想到姐姐家的世事，姐夫出来进去神秘的样子，她好生烦腻！

"人活着图啥呢？"玉山叔的话从她的心里跳出来，玉蝉冷不丁对姐姐发问,"只有钱吗?"

"越说你越傻!"姐姐嘲笑说,"我知道你的意思! 为革命啊? 哈哈哈……为共产主义啊? 哈哈哈……为人类做出更大的贡献啊? 哈哈哈……稼娃妹子,就为这些啊! 怎么能为钱呢?"

听着姐姐一阴一阳嘲弄的笑声,玉蝉一阵一阵感到气往胸里憋。姐姐,社娃,姐夫,玉山叔,面目那么相差相背! 看着姐姐猖狂的神气,玉蝉说:"人,得为集体办好事,大家才尊重你……"

"啊呀! 没看出,咱们家还出了个活雷锋!"姐姐更加刻薄地挖苦说,"你要学雷锋吗? 太迟咧! 六十年代的雷锋,八十年代不时兴啰! 现在时兴喇叭裤,长头发,想法子多挣钱……"

"总得是合理合法挣钱!"玉蝉说:"要是大伙都自找门路做合同工,生产队就没法子搞了!"

"这是不可能的! 农民不可能都进城做合同工!"姐姐脸一横,"事实上不可能!"

"没有我这样个好姐夫!"玉蝉急了,赌气说。

姐姐脸一愣,一红,满是煞气,噎得半天说不出话,眼一沉,几乎是哭溜着腔调数说起来:"你耍跟我抬歪杠! 我为啥来? 前几年,家里买黑市粮没钱,寻我! 过年过节过不去,寻我! 把我搅得不得安宁!"说着说着就冒起火气来,"你有志气,你热爱农村,你'人活着为革命',为啥花钱时就寻我?"

玉蝉儿反不上话来,感觉自己处于难堪的劣势中。前些年,农村缺粮,劳动一年倒欠款,确实花了姐姐不少钱! 花了人的钱,自己有理也气短! 姐姐从来不把稼娃妹妹的话当一回事啊! 因为生活上多年受到姐姐的接济,爸和妈对姐姐信崇得跟正宫娘娘一般! 家里的事,都得听听姐姐的意见,妈在人面前出口闭口都是"俺大女咋说咋说!"当她和社娃有了那层意思以后,玉山叔兴蹦蹦地去给两家老人说合,社娃父母自然没啥意见,她的父母却轻轻把玉山叔给推出门去了。爸爸只笑不开口,拿眼睛瞟着妈。他拿不住家里的事,家里的万事都由妈做主;而妈万事又都要由姐姐给她做主。"等我跟俺大女子商量一下再说……"玉山叔心里凉了!社娃眉里愁了!这个婚事没提成,倒引起妈和姐姐的疑心和戒备……结果把她给弄到城里来!说是来给姐姐看娃,来了就活动合同工的门路。她婉转地给姐姐说,带了几个月小孩,她还是想回乡下去,既然合同工那么难,别让姐夫折腾咧!姐姐毫不动摇,硬是要妹妹按她的主意办。她不敢违拗姐姐。她知道姐姐在家庭里的位置。什么婚姻自主,自主不了嘛!她感觉畅快的青山坡、枣林沟,她钟情的亲爱的社娃哥,只好成为甜蜜的记忆了!她不甘心,夜晚老是做梦,梦见青山和社娃,人的感情又多么奇怪……

"我为了啥?"姐姐息火了,"你好好想想。"

玉蝉不想说啥,一个穷庄稼妹子,在姐姐眼里,懂得什么呢?

"你今天回去,让大小队盖上章子!"姐姐说,"明天早晨来,水紧好捉鱼!"

"正好!"玉蝉心里一亮,"我正好可以去县医院,看看社娃哥!"她把表格装进兜里。

三

时在秋分。正午一过,山区就显出秋高气爽的景象。一阵小雨过后,太阳撒出格外绚烂的光芒。青山、溪流、梯田里干壳焦糊的玉米,河川里泛黄的稻谷,涂上一层金色光彩。空气里融会着五谷成熟的郁郁香味,透人心脾。

玉蝉推着自行车,爬上十八盘的山顶了。她顾不得多看可爱的熟悉的山野,就又翻身跨上车子,顺着公路下坡了。出过汗的脸上,经风一吹,舒适极了。

刚到沟底,远远可以看见枣林沟所泛出的一片青色,清风送来枣子的清香,隐隐听见摘枣的社员嘻嘻哈哈的说笑声。玉蝉跳下车子,伫立在那儿,眺望着。多么亲切迷人的青山……

"蝉儿,我给你看个把戏儿——"社娃神秘地说。

她跟着他,从村子里跑出来,翻过溜马坡,钻进酸枣沟,一满是红石山坡,一满是乱蓬蓬的酸枣棵子。这个烂山沟里,有什么好看的把戏呢?玉蝉手上扎了两根枣刺,脸上也划出了血印,还是跟着社娃往沟里钻。

"你看——"社娃停住脚,站在一块漫坡地上,指着一棵被截掉了枝条的酸枣棵子,揭开了秘密。

"啊呀!接活了大枣!"玉蝉看见,那棵被截断的酸枣棵子,用塑料皮儿包扎着,冒出一根大枣的枝芽,一筷子高了,青绿水嫩,茁壮精神,她惊奇地喊,"你怎么嫁接的……"

于是,她和社娃把队长、支书引进酸枣沟来,他们当时多吃惊啊……

于是,酸枣嫁接大枣的枣林专业组在青山大队成立起来,大队派玉山叔领着她和社娃进了酸枣沟,安营扎寨了……

于是,酸枣沟罩起一眼望不透的枣林……

哎哎!我怎么中途跑进大城市去了呢?丢下社娃和玉山叔,还扎在青山里……我二心不定!

"社娃哥!你看我在枣林组这一向工作,有啥缺点呢?"她接完一株,擦着汗,问。

社娃停住手,侧过头,眨着眼,想不来她怎么突然征求起他的意见来:"没有!你干得比我还泼势。你手巧!"

"整个……一切方面……有啥缺点……"

"都没有!"他更肯定地说,索性低下头,继续接完那一株酸枣棵子。

他太老实了！想不来人的话里的意思！玉蝉想,对老实人不能把弯子绕得太远了:"社娃哥！你看过《流浪者》电影没?"

"看过。"社娃缠着塑料片儿,仍然头不抬,"在县上开林业会时包的……"

"拉兹……和丽达,在水里……捉迷藏……真不害羞!"玉蝉挑逗社娃说,自己脸上先热了,心口里嘣嘣嘣跳。

"外国人不在乎。"社娃坐下来,活动着酸困的指头,老成持重地说,"洋人恋爱也洋得很!"

玉蝉又失望了。这个老实疙瘩,你能想到在酸枣上接大枣,心眼不算少哩！她干脆挑明问:"那……中国人……土人……怎……恋爱……"

"这……"社娃回答不了了,扬起头,和她对视的时候,枣红脸腾地大红了,醒悟似的眯缝着眼睛,颤着声,惊喜地瞄一眼玉蝉,说:"咱们……"说着一猛子站起来,伸出两条胳膊。

"你……坏!"玉蝉用手点一下他愣里愣气的额头,一闪身跑了,格格格的笑声响在幽静的山沟里,踢得小石径上的石子乱滚。

后响休息时,玉蝉看见玉山叔在训社娃:"我把你……还没看出！这儿……不是印度!"社娃的头,低在两膝之间,羞得抬不起来。玉蝉不敢再往前走,悄悄钻进沟里去。这个贼心眼的柿饼脸,怎么发现了她和他说的话?思想又封建死了！

谁料得到,当天晚上,她从大队部玩回来,听见玉山叔在屋里和妈爸正说话哩！起初还以为老柿饼来给妈告她,细一听,原来他给妈提说她和社娃的亲事来了。真是个好心眼的老汉！全怪母亲把人家推诿……

我当时要是不跑呢?玉蝉这样想着,脸又一热。当初在枣林沟,三人畅畅快快,无忧无虑;现在却隔隔卡卡,不好见面;怎么弄成这样呢?她放稳自行车,蹲在水潭边的青石板上,想洗洗脸。清湛湛的水潭里,映出她红润润的脸膛,她缩回手,看着水里姑娘好看的眼睛,自言自语:怪你二心不定,几乎把事要弄瞎咧!一掬水,影子消失了,她扑扑洗着脸,在心里给自己鼓劲:去县医院!看社娃哥去!把窝囊话全说给他;他人老实,不会骂的;骂也不怎……

"蝉儿——"

蝉儿一侧过头,看见玉山叔正从十八盘上骑车下来了,跳下车子,笑呵呵地说:"我估摸你今日非回来不解!我的卦算准咧!"

那柿饼脸上喜眯眯的双眼,一眼不眨地瞧着玉蝉刚洗过的脸,简直想透视人心底儿!玉蝉说:"我回来有我的事!你的卦不准!"她把合同工登记表从提包里翻出来,递到玉山叔的手里。

玉山叔一看那张表,脸刷地变灰了,简直成了一块皱皱褶褶的真正的柿饼,满脸都是失望的晦气,眨着眼,把那张表又递到玉蝉手里,带着明显鄙弃的口气说:"好么!好么……"说着,就去推他的自行车。

玉蝉接过表,三把两把,撕得粉碎,扔到水潭里去了,赌气似的逼近玉山叔:"好不好?"

"啊!这娃——你怎咧?"玉山叔的柿饼脸像天气预报一样,由阴天转成多云,瞬即又是多云转晴天了。他笑着,感叹着,拍着玉蝉的肩膀,"好!我的卦还是准的!"

玉蝉也控制不住自己,哗地涌下两行热泪来:"玉山叔……"

玉山叔伸出粗糙的手掌,像哄女儿一样,随手给她把眼泪抹掉了,高兴地说:

"我今日顺路到药材公司订了合同,咱们给国家种药材,药场马上就要下种呀!咱山里人靠山吃山,好事才开头……"

"靠人不气长,亲姊妹也是这!"玉蝉说,"靠自己队里富,干帮硬正,自由!"

"对对对!有志气!"玉山叔喜得直点头,"走!咱回!"

"我不想回……"玉蝉妩媚娇嗔地说。

"怎咧?"玉山叔又一愣。

"你不是批评人……二心不定么?今回,我一心一意!"

"哈!一心一意,好!"玉山叔说,"噢,你是想先上咱枣林沟看看?走!"

玉蝉鼓足勇气,大声说:"我到县医院去呀……"

"噢噢噢噢噢!我倒糊住了!"

等得玉山叔反应明白,柿饼脸笑得开了花,看那蝉儿,早已跨上车子,沿着青山下的公路,箭一般飞驰而去……

1980年4月 灞桥

早　晨

后院的鸡棚里传来一声雄壮而又洪亮的鸡啼，冯老五醒来了。蒙在木格窗子上的塑料薄膜儿，现出了蒙蒙的亮光，天明了。老五一翻身就溜下炕来，棉袄棉裤整整齐齐穿在身上。为了等待儿子，他昨晚压根儿就不曾解过纽扣。

冯老五走出上房，一边结紧腰里的带子，一边走到小院里。夜里落过一场小雪，瓦沟里坐着一层薄薄的白雪，天已经放晴了，农历正月末尾的一弯残月，挂在东原顶上。

儿子住的厢房的木门板上，挂着一把铁皮锁子。老五心里一惊，夜黑他去哪达了？

好事如果和瞎事恰恰遇在一起，就使人特别揪心！冯老五好容易从公社书记那里给退伍归来的儿子求得一个社办工厂的指标，昨天傍晚兴冲冲回到家，老伴却告诉他，后晌开了社员会，儿子被众人选上队长了！

他把老伴推出门，叫她把儿子找回来！

老伴在村里找来找去，前街后巷都找过了，没见儿子的影子。

老五喝罢汤，坐下抽烟，等待。

鸡叫过头遍，不见儿子回来。他实在困得受不住了，和衣躺进被窝里……

天麻麻明，村子里很静，从前街上传来扫帚刷着冰冻的地皮的声音,一下,一下,刷——刷——

春节过完了,队里还没有开工,庄稼人早晨可以尽睡觉哩。现在到哪里去找儿子?敲人家的街门,去追寻儿子夜晚的踪迹,会叫人产生多少错觉呢?他顺手捞起长把竹条扫帚,从小院扫起,一直到街门口。他拉开街门的木栓,跨过高高的门槛,准备清扫街道的时候,河滩里一阵叽叽嘎嘎的笑闹声传过来了……

老五拄着扫帚,望着。滩地里一抹白雪,耀得人眼花,他眯起眼睛,聚足了光气,终于看见了大堤的杨柳林丛中,有两三个人影在跃动,叽叽嘎嘎的笑闹声就是从那儿传到村子里来的,他似乎立刻预感到,那里边就有他的儿子。他侧耳静听,终于逮住了儿子一声浑厚的话音,更加证实了预感。

冯老五把扫帚顺着门框立好,就走到门前的场地,下了场塄,走上通河堤的田间土道。

薄薄的积雪在脚下发出嚓嚓嚓的响声。

冯老五走上河堤,却不见一个人影,雨季里护堤人住的瓦房里,飘出一缕缕淡淡的蓝色柴烟。

老五走进小瓦房,房子中间的脚地上,堆积了好大一堆玉米秆的灰烬,没有燃尽的玉米根,闪着火星,冒着青烟。火堆旁的一个石头上,放着半个烤过的玉米面馍馍……

他又审视一下炕头,有一本新订的白纸本子,封皮上写着几个字,他还能认得——"冯家滩三队委员会"。他翻开封皮,第一页上写着什么制度,再一页上,又是什么管理办法,他淡漠地笑笑,把本子扔回到原处。

冯老五从小瓦房旋即出来,走上三号大坝,他吃惊地看见,在二号坝头上,他的儿子——冯豹子,正和两个青年在冰窟窿里掬水洗脸呢。

这就是老伴告诉他的昨天后晌选举出来的三个干部,夸下海口要让三队致富的三个人手!他们洗毕了,相继站起来,其中一个大概发现了老五,给他的儿子——那个只穿着绿黄绒衣的高个子指一指,儿子回头一看,随之就朝父亲站着的石坝走来。

"爸!"儿子站在当面,有点不自然,"你一大早跑来……"

冯老五故意问:"你饳在这儿弄啥?"

"开会。"儿子说,"三队管委会第一次开会。"

"冯家滩村里,还放不下你们三位大干部吗?"冯老五听着儿子认真的口气,不觉有点好笑,挖苦说,"这么秘密呀!"

"这儿安静,没有干扰!"儿子仍然认认真真解释。那两个小伙,站在豹子后面,对着脸,挤眼,噘嘴,做着鬼脸,表示出不买账的神气。

"豹子,你来,我跟你说句话。"冯老五叫儿子,他想避开那两个碍眼的青年,"干脆回家说。"

"不行!爸!"豹子说,"我要开会哩!"

"开啥会?"

"社员会。"

"开社员会做啥?"

"研究今年的生产、管理和制度。"儿子说,"我饳夜里凑了个计划,想交社员讨论。"

冯老五冷冷地说:"先甭张罗吧!你们选举的干部合不合乎原则?为啥不给支部打招呼?"

"开选举会的时候,你到公社去了,到处找不见,就叫副支书参加了。你不在,副书记就不能当家?"

"等支部研究以后再说。"冯老五说。

"不行,爸爸!我们昨晚研究决定了。"豹子恳求说,"你不能……叫俺们新班子的头一个决议就落空。"

"不行,得支部研究以后再说。"冯老五觉得,在那两个小伙面前,只有抬出支部来,才能压住阵脚。他严厉地对儿子说,"回!我有话说。"

豹子站在原地,两条浓浓的黑眉毛朝鼻梁上头挤,挤起来两道高高的肉梁。他沉默着,不看爸爸,也不看那俩同伴,半天,他猛然转过身,对那俩小伙说:

"你俩回村,打铃!开会!"

冯老五木然了,脸刷地红了,站在对面的儿子,既不尊重支部,又不尊重父亲,狂得没个相况了哇!他气得说不出话:"你……"

那两个小伙得了豹子的命令,早已奔下河堤去了,临走,故意白了老五一眼:看谁厉害!

豹子看了老五一眼,没有理会父亲的情绪变化,又高声喝住了那两个青年:

"二牛,你去打铃,挨家挨户都招呼一下;忍娃,你到饲养室,把会场打扫干净!"

二牛和忍娃又转过身,奔跑着走了。

天亮了,东山顶峰的那一片蛋青色愈来愈透亮,开始现出明亮净洁的白光。群山,河川,南原和北岭,已经呈现出清晰的轮廓。

冯老五在刚才最气人的那一瞬间,早就想甩手走掉!想想,走掉又怎么办呢?他强行忍耐着,到底没有走掉,蹲在石头上,掏出烟包来。

现在,空旷而寂静的河堤上,只有他父子二人了。豹子走到跟前,难为情地说:"爸,你得体谅我,我刚上任,头一个会。"

儿子说得真诚,老五没有看他。

一阵沉默。

冯老五点着了旱烟,看着儿子,恨铁不成钢地说:"你知道我昨日到公社做啥去了?"

"知道。"儿子很平静地说,"给我寻出路。"

"既然你知道,为啥还要把队长接到手上?"

"爸！我给你说过,我不想到社办企业去!"儿子说。

我的天！冯老五又气得说不出话。要不是他当着支书,硬在公社书记面前卖老脸,有你豹子参加的工作吗？公社里一年复员回来多少军人,有几个能到社办工厂当工人,他倒不想去！口气多大！眼头多高！老五气得失去理智,冒出一句难听话来:"军队上的军官名声好,你怎么不当啊？"

"你——"儿子愧疚地痛苦地抽搐着。他大概绝对不会想到爸爸会拿这样难听的话来刺激他。而他明明知道,当了七年机枪班的班长,在提干待批中,被一位军官的儿子挤掉了……

"爸！"儿子走到他跟前,流着眼泪,"你不要气我！你知道我为啥要当这个队长吗？"

冯老五转过头,瞅着儿子。

"我为你！"

"为我？"冯老五吃惊了,莫名其妙！

"为你。"儿子肯定说,"你知不知道,社员对你的看法？"

"我当干部二十多年,一没偷,二没逮！谁对我有啥看法？"冯老五理直气壮,"你娃……哼！"

"可是,你起手当干部的时候,大家分的粮食能吃饱,干了二十多年,现在倒吃不饱了！我参军那年,劳值二毛三,去年复员回来,涨了七分,三毛！"豹子说。

"那是'四人帮'捣乱,农业生产受破坏……"

"'四人帮'垮台三年了,你看邻近的那些队变化多大！可我们队里还是老一套。而今正月已经完了,我看支部里头也没有个啥举动！社员说,咱把三毛钱的劳值挣到何年何月呢？"豹子说。

冯老五沉默了,自打儿子去年秋后复转回来,他为儿子的出路结了一块心病,队里的事,一来想得少,二来看不准。公社里只是一般号召一下,他不敢自作主张呵！谁知道怎么干才对呢？

"爸！社员说你是个好人。"儿子说，"可也对你不抱啥希望。"

不能不承认儿子说的是实话。这一点，冯老五自己早就感觉出来了。

"你到社办厂去，我把你兄弟们安顿好！我下台呀！我早就不想当这空头支书咧！"冯老五说，"我还不是为你们嘛！"

"爸！大官捞大油水，小官捞小油水，你这个农村支书，只能给儿子求得个社办厂的工人！"豹子嘲弄地说，"社员呢？谁为他们想呢？"说到这儿，豹子居然激动了，声音也高了："咱冯家滩，二十七八的小伙子不下三十，有几个订下媳妇了？为啥？人家谁把闺女给到这里来讨饭呀？"

冯老五觉得儿子说得太扎刺了，说："你夒吹！农村事情的复杂性，你还没尝过，就说三队，换过十二任队长了，谁上去也搞不好！你先夒张罗！"

"三队的十二任队长，我一个一个都了解过了。"儿子胸有成竹地说，"我们三个昨黑专门研究了十二任队长的得失，给自己订下了纪律！"

"你再想想！夒一时热血蒙心！等得你后悔的时候，就晚了。"冯老五说，"三队这个烂摊子，凭你仨？哼！好好掂量掂量！"

"我们掂量过了！绝不会比现在更瞎！"豹子说，"要是一年没见变化，我绝不赖在台上！"

村口传来二牛呼叫豹子的声音。

"爸，我要开会去了。"豹子说，"你也该去听听，你是支书，又是三队的社员！"

"我不去！"冯老五说。

"你该去！爸！"豹子说，"我们给社员拿出一个新管理办法，你听了会吃惊的！"

"你……怎么弄？"冯老五担心，"要注意政策性儿！"豹子已经走

了,回过头来,得意地说:

"大闹!红红火火地闹!怎样能叫社员吃饱穿暖就怎样闹!"

冯老五看着儿子走下河堤,扯开步子,朝村庄走去。

太阳刚刚冒红,把群山的峰顶染成了红色,雪地里闪烁出耀眼的色彩。

冯老五倒觉得身上更冷了,一股孤独和忧伤的情绪一下子潜入心中:我怎么办?

1980 年 7 月 30 日 灞桥

第 一 刀

一

把两个副业组相继送出冯家滩,新任队长冯豹子腾出手来,按照队委会的计划,立即实施对三队生产管理制度的改革。一天也不敢拖延!阳坡上的麦苗已经泛了绿,时令眨眼就到春分了。

首先要改的,是鱼池、猪场、磨房、菜园以及"三叉机"(手扶拖拉机)的生产管理制度。这些单人单项活路,多年来社员意见最大,而又无可奈何:一来是因为单人独立的特定劳动环境,干部不可能跟着监督,干不干全凭良心;二来是能干这几种优越的工种的人,在冯家滩总是和大、小队的干部有着某种关系,大都有一定的来路,所以,干部历来也不管。社员只能在闲谝时撂几句杂话,"工分窝""敬老院",说过也就过去了。

豹子和副队长牛娃分了工,分别先找这些人谈谈新的管理办法。俩人商量好谈话的原则:讲清新的管理办法,能接受,愿意干,欢迎继续干;不接受,不愿意干,绝不勉强,队里另外寻人。

豹子和牛娃商量分工谈话对象,商量到最后一个——鱼池的管理人冯景荣老汉时,俩人都瞅着对方,不说话,都希望对方能承担起来。

豹子心里作难：冯景荣老汉是他二爸，自己亲门本族里的人，反倒难说话。

牛娃说："那老汉说话难听得很。我脾气又不好，三句话说崩了，不好收场。那是你二爸，对你说话，他总得拣拣字眼……"

还有什么可说的呢？豹子笑笑，就这么定了。他心里有句话没说出口：二爸对当了七年兵而没有穿上四个兜的穷侄儿，说话比对旁人更尖刻。和牛娃分手以后，豹子下河滩来了。

晌午的太阳已经很有热力。自流渠上沿的背阴处，尽管还有一坨一坨残雪夹在枯草上，而河堤上杨树和柳树织成的林带，已经现出一抹淡淡的鹅黄。春风毕竟吹到小河了。

豹子心劲很高，给自来水公司挖管道和到货运站装卸货物的两个副业组总算开工了。如果不出啥大问题，预计的收入是可以指靠的。一般不会出啥大问题。他心里踏实，副队长忍娃带着副业队，要看年龄只有二十，他性格好，忍性大，甚至比豹子本人还要柔瓢。这样的人出门，是令人心地踏实的呢！

走过几畛已经解冻的稻田，自流渠的进水口旁边，就是三队那个永不产鱼的鱼池了。干枯的三棱草，长虫草长得半人高，锈满了池沿儿，偶尔能看见几尾杂鱼在被阳光晒热了的水面上摆动。

人呢？管理鱼池的他的二爸呢？不见踪影。豹子走上河堤，一眼就瞅见，在防洪坝的向阳面，坐着一个人，旁边的草滩上，有两只羊在啃着干草。那坐着晒太阳兼放羊的人，肯定是二爸了。小伙子心里不由地蹿起一股火来，大步走去。

二

二爸睡得舒坦。他坐在一块平整的河石上，背靠着大坝的石擩，脊背后和屁股下，垫靠着防洪时遗弃的烂稻草苫子；温柔的阳光抚平了老汉冬季里冻皲了的脸,眼睛安然地合闭着,修剪得很整齐的一溜短髭撅得老高,显示着熟睡者灵醒时那种根深蒂固的自信和优越的神气,轻匀的鼾气从围在毛领当中的脖颈里涌起,通过薄薄的嘴唇放出来。沙地上走路没有声响,豹子走到二爸跟前,仍然没有惊醒这位酣睡的长者。那两只大奶羊,在荒草滩上啃嚼着刚刚冒出地皮的野苜蓿、刺蓟等早发的春草。

豹子想,怎么叫醒二爸呢?二爸是三队里少数几个家境优裕的长者中最会品麻的一个,大儿子大学毕业,分到西藏搞地质勘探,工资高,又很孝顺,经常有令左邻右舍羡慕的汇款单由乡邮员送到家里来。老汉经常在地头矜持地夸耀儿子的来信:"回回来信都有一句,要保护身体,甭做重活!"可是老汉在三队里的乡信并不好。他对不能经常孝顺他的二儿子(那是个因为负担重、拖累大,而经常买不起盐和醋的农民),现在连话都不说了,比和乡邻的关系还僵。至于对扛了七年机枪而没有穿上四个兜的侄儿冯豹子,老汉压根就没放在眼里。文不成,武不就,最终归宿到冯家滩来抢镢头的年轻人,那是生就的庄稼坯子!顶没出息的人!

还是得叫醒他。要不,谁知他一觉要睡到什么时辰呢?豹子想:不管二爸为人如何,也不管人家怎么看待他,他现在管不了这些,也改变不了二爸几十年来的脾性。但是,二爸春天睡在这里晒暖暖,夏天躺在树荫下乘凉而挣取生产队劳动日的现状,是坚决不能再继续下去了。要改变管理办法,要使各种脾性的人,先进的或落后的,有良心的或没良心的,德行高的或德行低的,勤的或懒的,都统统纳进新的管理制度当中来,动起来!干起来!再不能半死不活地瘫痪下去了!

"二爸——"豹子坐下来,很有礼貌地叫。

老汉睁开眼,并不以为难堪,很自然地吟出一句:"噢!是豹娃。"一边揉着被太阳晒得发红的眼睛,一边扭头看看沙滩上的那两只羊,然后回过头,慢悠悠地在皮袄口袋里摸出烟袋来。

"鱼池现在还有鱼没?"豹子随随便便问。

"没有鱼,我看守啥哩?"二爸冷冷地顶。

"大约有多少?"

"我也没下水数过!"

嗬呀,厉害!豹子被二爸顶得一时反不上话来。就凭这两句,二爸把任何一任企图过问鱼池管理状况的队长都碰得开不了口,而稳稳地坐在河边逍遥了六七年。原因呢?无非是二老汉的哥哥——豹子的亲爸,是党支部书记罢了。不看僧面看佛面,队长能避开支部书记而独立存在吗?

"有也好,没也好,过去的事了。"豹子放松口气,缓和一下气氛,"我今日来,想给你说,鱼池的管理,要改变法程。"

二老汉睁着警惕的眼睛,狐疑地瞅着豹子。

"包产。"豹子说,"超产奖励,减产……"

"减产扣罚我知道!"不等豹子说完,二爸就抢上话,冷冷地说,"我不干了。省得你给我头上挽笼套。"

二爸给豹子个下马威,揽不起。豹子忍着心火,说:"那好,你不干,那就省得我说了。"说罢,站起身来,准备走了。

"冯家门里出了你这个圣人!"二爸一见豹子要走,忽地跳起来,变了脸,"刚一上任,先在我头上开刀,真有本事!"

豹子有点始料不及,一看二爸闹事的架势,一下蒙了。他解释说:"二爸,你看,猪场、磨房、菜园,都要搞包产,咋能是对你开刀?"

"我早知道,有人气不平!"二爸喊说,"我不想受你的奖,也不想受你的罚!谁想在我头上拧螺丝,看把他的手蹉了去!"

"没有人想整人。"豹子说,"你不管鱼池,没人强迫你;大田生产也要实行成本核算责任制;不操心、不出力的工分是不好挣了——"

"我不挣你那工分!"二爸声粗气壮,"我离了那几个烂工分,照样穿皮袄,抽卷烟,喝'西凤'!"

豹子憋得耳朵都要炸了。二爸这种以富压贫的欺人的口气,太残火了!想到自己刚上任,万事开头难,一气之下吵起来,会叫众人笑话的。势利而尖刻的二爸顾什么呢?

"那好!我另找人。"豹子说着,转身走了,走了两步,又回转身,"其实,你平心静气想想,包产以后,队里能增加收入,你也能增加收入。你再想想,到明天晌午开社员会之前,你要是愿意,还能成……"

豹子说罢,扯开腿走了,背后传来二爸尖酸的嘲弄侄子的声音。

三

经过不知多少回修修补补,村东头的这座"善庄庙"变得有些不伦不类了。古老的琉璃筒瓦中,掺杂着机械压制烘烧的红色机瓦,几根粗电线从山墙上穿壁而进,门里传出箩筐有节奏的呱嗒声。

豹子走到门口,管电磨的磨工冯得宽,正把一斗加工着的麦子倒进去,豹子摇摇手,冯得宽点点头,把磨口的螺丝拧紧,就从磨台上跳下来。俩人走到一棵桑树下,电磨的声响不再震耳了。

看着得宽不住地扑闪着大眼,豹子开门见山提出关于电磨管理的意见,免得这个老诚人费心疑猜:"得宽哥,咱们今年想对电磨的管理变个法程。"

"嗯!"得宽紧盯着他。那意思准是:怎么变呢?有利于他挣工分吗?眼神严肃极了。

"按实际加工粮食的数字计工。"豹子说,"磨多少斤一分工,还想听听你的意见。"

"那问题不大,队里不会亏待我。"实诚人很豁达,随后问:"白天黑夜磨下的都算数吗?"

"都算。"豹子很干脆,"那都是你劳动应得的。"

"那要是没人磨面时,我到队里上工行不?"

"欢迎。"

"好!"老诚人脸上露出开心的喜悦之情,"我欢迎队上这办法。"

"那就这样了。"豹子说完,站起身。

"嫑着急走哇兄弟!"得宽拉住豹子的衣袖,按着他又圪蹴下来,有点为难地开了口,"豹子兄弟,让俺锁锁他妈管电磨,行不?"

豹子没料到,一点也没料到,得宽会提出让他婆娘管电磨的事,不好开口。

"她跟我这几年学会了,管起来没麻达。"得宽说,"我平时有个头疼脑热,就是她代我磨面。"

豹子忽然想,让得宽嫂子管电磨,倒是把得宽这个硬扎劳力解放出来了;出去了两个副业组,男劳力,特别是中年男劳力显得缺了,正好呀!在他高兴地这样盘算的当儿,老诚人却以为豹子不肯答应,诚恳地解释着让女人替他管磨子的原因:

"好我的兄弟哩!我上有二老,七十多了;下有三个娃娃,正上学;都靠我跟你嫂子下苦哩!每年的工分也倒不少,日子过得稀汤烂,工分不值钱嘛!说句丢脸话,两个老人,连一副寿材都没备下,万一……唉!娃娃上学,看见人家娃穿着塑料凉鞋,回家向我要,两三块钱的事,咱给娃买不起,还打娃屁股……"

老诚人眼里有泪花花在渗出来,声音发颤了,耿直而又热心肠的边防军的机枪班长——新任队长冯豹子,不敢看这位同辈老哥困顿愧疚的眼睛,也不忍心看他那强壮的体魄因伤心而颤动。此刻,年轻的队长把自己复员回来未婚妻变心的不愉快忘得干干净净了,一满是对中年长兄的同情和怜悯。

"唉唉唉!不怕你兄弟笑话,俺爸七十几岁了,嫑说吃啥穿啥,老人烟包包装的,是干棉花叶子……"老诚人双手捂住脸,指缝间流下一串串泪水珠儿。

豹子咬着牙,让即将溢出眼眶的泪水倒流回去,一股咸涩的细液从喉咙流进肚里去了。他说：

"得宽哥，你的主意好。咱正缺劳力呢！"

得宽扬起头："我不怕出力！只要咱的老人和娃娃能跟旁人的老人和娃娃一样，我挣断筋骨都愿意。"

"得宽哥，你的情况我知道。"豹子说。

"唉！这样好，这样就好了！"得宽由衷地感叹，"电磨刚买回来那二年，就是按实际磨面的斤数计工，多劳多得。那年来了工作组，人家说我多挣了工分，是暴发户！好老天爷，比别人一年多挣一百来个劳动日，价值只有三五十块钱，能暴发多大？那还是咱没黑没明磨面挣下的……"

"不说了，得宽哥！"豹子劝，"就这么办了。"

"好好好！兄弟，你好好给咱三队扑腾，我帮你嫂子把电磨管好，让社员满意！"老诚人心实口直，自愿作保证，"你指到哪，我打到哪，咱有的是力气！"

豹子倒有点不好意思了，转身就走。

四

豹子回家来吃午饭，在街门口，看见二爸从门楼下出来。他自然收住脚，给气冲冲的二爸让开路，礼让长辈先出门。二爸背着手，长驱直出，连正眼瞅侄儿一眼也不瞅，走进街巷里去了。

豹子当下产生了一种猜测：二爸给父亲告状来了。

他听人议论，二爸在鱼池混工分、图逍遥的这多年里，某一年新任队长被社员的呼声所激愤，做出撤换二老汉的决定；二爸找过当支书的父亲，父亲又去找队长"做工作"……之后，二爸仍然逍遥在鱼池边的柳林中，社员干瞪眼瞅去！现在，又是来搬驾了吧？

母亲把饭菜端出小灶房，摆到里屋中的方桌上，父亲已经坐在那里了。

豹子在父亲对面坐下,大老碗里盛的是黄玉米糁子,搪瓷碟子里装着去年初冬窝下的酸菜。自从去年秋天收下玉米,一直到今年农历五月收下新麦,这一年当中的八个月里,冯家滩社员一日三餐,就是喝玉米糁子。有人说"以玉米为纲",更有人编出顺口溜来:"早饭喝糁糁,午饭糁糁喝,晚饭是玉米把皮脱。"而不买高价粮、能把糁糁喝到接上新麦的人家,就是令众人羡慕的优裕户了。

豹子不能对这种单调的饭食表示异议。一旦有不满意的情绪,爸爸就开始忆苦思甜,说在军队上给他把嘴惯得太馋了。

爸爸喝起饭来,声音很响,很长,像扯布。豹子刚端起碗,爸爸就停下筷子,问:"听说你要把猪场、鱼池下放给私人?"

"没有。"豹子说,"只是改变一下管理办法,猪场和鱼池都是队里的。"

"还不是把猫叫成咪吗?"

"包产,生产责任制,联产计酬。名字由人去叫好了。"豹子说,"关键是要调动起社员的生产积极性儿来。"

"你不能再等一等吗?"爸爸的口气倒是商量着,真诚的。

"这个'大锅饭',再不能吃下去了,爸。"豹子说,"干活时,你瞅我,我瞅你,单怕自己多出一点力;吃饭时,你瞅我,我瞅你,单怕自个儿少吃了一勺子!就是社员说的,灵人把笨人教灵了,懒汉把勤人教懒了!二十多年了,为啥大家都看见这样的管理制度混不下去,可又不能改变一下?"

爸爸苦笑一下,说:"我眼也没瞎!一九七一年我在冯家滩推行了定额管理,热火了两年,批孔子那年,我就成了冯家滩的孔老二……"

"那你现在就该干了。"豹子表示理解父亲的难处,"现在形势好了嘛!"

"哼!"父亲冷漠地笑笑,"我想等全社都搞起来了,冯家滩再跟上搞。"

"那你等吧!"豹子说,"三队不等了。"

沉默。两股像扯布一样的喝玉米糁糁的声音,在方桌的这边和那边,此起彼伏,交替进行。

"就说我二爸管的鱼池吧!"豹子不能沉默,又引起话头,"我查了查账,七年里,队里给鱼池投放的鱼苗儿花了五百多块,喂鱼的麸皮成万斤,他本人一年三百六十个劳动日,按三毛算又是一百多块,七年就七百块,可是生产了多少鱼呢?除了送人情的没法计算以外,累年的实际收入不过三百元!"

爸爸脸上很平静,表明他并不是不了解这种状况,只是无奈罢了。他说:"还是再等等。万事夔出头,枪打出头鸟。你二爸的事,我给他刚才说了,日后学勤快点儿。"

豹子想,二爸果然是"奏本"来了。未等他开口,一直恪守不干预朝政的母亲在旁边插上话:"老二也太懒咧!懒得看不过眼!社员骂他,咱耳朵都发烧!叫我说,你就不该理识他!"

爸爸轻轻"唉"了一声,对于这位不争气的亲兄弟的行为似乎有难言的苦衷。

豹子笑着对母亲说:"管理办法有漏洞,把勤人放在那里,两年也就学懒了,何况二爸……"

"搞包产好。"爸爸平心静气说,"我当了二十多年干部,还分辨不来吗?"

"那就好。"豹子说,很高兴在这一点上,和父亲取得的一致。

"我看还是等等好。"父亲终于悄悄儿说出他的担心来,挺神秘,"听说县上和地委意见不统一,所以至今没有个定着。"

"让他们继续讨论好了。"豹子嘲笑地说,"那些至今把赘瘤当作神圣的优越性的官老爷,如果给他们停发工资,让他到冯家滩来挣一挣三毛钱的劳动日,吃一吃一日三餐的玉米糁加酸菜,再尝尝得宽他爸装在烟锅里的烂棉花叶子——烟草专家至今还没发现的新烟草的滋味,这个争论就该结束了……"

爸爸停下筷子,放下碗,没有再进行忆苦思甜的意思,长长嘘出一口气,庄重地瞅着儿子。

"我一天也不等,爸爸。"豹子说,"对鱼场、猪场等生产管理办法的改变,这是割去赘瘤的头一刀。大田生产,紧接着也要搞责任制,还有第二刀、第三刀……"

五

按照事先的约定,豹子和牛娃今晚在豹子住的厦房碰头,交换各自分头工作的情况。

牛娃进来了,从兴奋的脸上豹子就看到了成果,放了心。

牛娃一进门,用力把手从上劈下,眉飞色舞:"没问题,都接受了新管理办法!"

豹子听着,心里好畅快啊!瞧着和自己同年生的二牛,幼时割草念书形影不离的伙伴,耳前已经有发达的鬓毛串到下颌上头来了。二十六七岁了,还是光杆一条!这样壮实而又耿直的小伙子,在小河两岸稠密的乡村里,却找不下一个对象,全是一个穷字!托人从商洛山区订下(实际是买下)一个姑娘,花费了一千多块,只见了一面,介绍人把姑娘引着跑了,至今连个人影也寻不见——上了"人贩子"的当了!他对改变冯家滩三队要死不活的现状的那种急切心理,比对渴望异性更强烈!

"豹子!菜园俩老汉,对咱的新规程,双手欢迎!猪场的冯来生,也欢迎,只是提出一条,要求把猪场东边那片荒地让他开了,作为饲料地……我看能成,反正那地荒着;他种点黑豆、苜蓿喂猪,可以降低成本……"

"给他!"豹子说,"开了那片荒地,给队里喂猪,这有什么问题呢?降低成本,对他有利,对队里更有利!"

"我看,明天可以开社员会宣布了!"牛娃说,"只是你二爸一个人不接受,无关大局。想吃这碗菜的,有的是人。他二老汉耍胡拧刺!"

"对!"豹子很受鼓舞,"现在,咱俩把具体的方案再斟酌一下,明天就要拿出去……"

这当儿,门里悄没声儿地走进一位老年妇人来。豹子一拧回头,噢,是二娘啊,豹子赶紧从凳子上站起,让二娘坐。二娘是个贤明而温和的长辈,豹子很尊重她的。

二娘手扣着手,拘谨地搭在胸前,顺炕站着,有点不好意思地瞅瞅豹子,又瞅瞅牛娃,终于选择好开口的词句:"你俩娃正忙工作,我只说一句话就走。你二爸……让我给你回句话,说他愿意按新法程……管鱼池。"

豹子笑了,和蔼地对二娘说:"那就好么!"

牛娃和婶婶耍笑,带着挖苦:"二婶,我不同意。二叔早起话说绝了啊,怎么这会儿又'爬后墙'?"

"你耍和那个老二杆子计较。"二娘笑着回话,"那老二杆子一辈子说话不让人,把人伤完了。"

"不行!"牛娃继续逗二娘,"让二叔自己来说。"

"算咧!"二娘乞求。

"不行!"牛娃更强硬。

"那……那我去叫他!整整他那个瞎脾气……也该!"二娘很认真,转身就要出门。

牛娃突然爆发出一声大笑,拉住婶子,按她坐在炕沿上,说:"好二婶,我和你说句耍话,你说了就对咧!"

二娘虽然受了牛娃的耍笑,反倒放心地笑了。

"你倒是说说,二叔怎么又接受了'包产'办法呢?"牛娃问,"他不是吹说不想挣这烂工分吗?"

"听他胡吹!"二娘一下上了气,"成天写信给娃要钱!娃在西藏也有一大家子人口,吃用又贵,整得娃的日子也紧紧巴巴……"

"二叔那人,自己手里有了俩馍,就在叫化子面前晃呢!"牛娃挖苦说,"要是咱的劳动日价值今年涨到一块,看他在三队还晃得起来?"

豹子一直插不上话,面前是贤明的长辈二娘呀。他怕二牛图了一时痛快,无节制地继续说下去,伤了老人的感情,总不好喀!他扶着二娘的胳膊,说:"你给二爸说,行了。"就送她出了门。

俩人重新坐下,豹子深情地瞅着二牛。

二牛不好意思了,瞪起眼:"你瞅我,认不得我吗?"

豹子会心一笑:"你是个大学问家呢!"

二牛倒忸怩起来:"你怎么也学会酿制人了?"

"不是。"豹子挺认真,"你刚才点破了一条真理!"

"啥?"牛娃子一听,自己也吃惊了。

"你说,'要是咱的劳动日价值涨到一块,俺二爸手里那俩馍,就在穷人面前晃不成了!'这很对,对极了!"豹子说,"咱们今年要做的事情,就是把大伙从贫穷中解放出来,再要因穷困愁眉结肠了!让社员腰硬起来,腰粗气壮地活人!"

牛娃听了,眼里射出异样的光芒,笑着说:"我居然说出了一条真理!我是块正经料啊!可惜!可惜!可惜没有一个姑娘认得咱这块料……哈哈……"

豹子也哈哈笑了,重重地在牛娃坚实的肩头砸了一拳:"说正经事吧!"

1980 年 10 月 灞桥

反 省 篇

一

　　县委东院南排第三号房子，住着分管组织工作的严副书记。河东公社党委书记黄建国从砖旋的圆洞门走进东院，站在三号房子门外，旧门板上新刷的油漆散发着一股刺鼻的气味。他轻轻敲了两下，屋里传出一阵布鞋鞋底蹭着地面的轻捷的脚步声，门开了。

　　严副书记亲切地笑着，让黄建国进屋。这是一张典型的陕北老人的脸型，直而短的鼻梁，恰当地居于四方脸盘的中心位置；单眼皮下，有一双黑黑的眼珠。尽管五十多岁了，那眼睛里闪出的神光，仍然是犀利而又活泼的。黄建国很坦然地坐在椅子上，接住了严副书记递来的茶水。

　　"想把你动一动。"严副书记开门见山地说。

　　黄建国"嗯"了一声，不过是表示了自己对事情早有预料。昨天后晌，接到严副书记来电话叫他的通知，他马上就猜到可能要"挪窝"了。他随口说："行嘛。"说完之后，自己首先感觉出来，他的回答里有一种明显的无所谓的口气。

　　"换个地方，回避一下，对你有好处，对工作也有好处。"严副书记诚恳地解释说。

回避一下！回避什么呢？黄建国心里太清楚了。

在中央发出纠正学大寨运动中的"瞎指挥"的批示以后，黄建国顷刻之间陷入了灾难之中。一向是说钉不铆的"黄硬手"，不得不硬着头皮，赔着笑脸，走村串户，去向那些被扒了瓜田、挖了芦苇的生产队做检讨；特别是向那些因违抗他的命令而被撤职、被批斗、被挂着牌子游街的干部和社员去赔情道歉！赫赫有名的黄建国，在河东公社一下子变成了黄豆腐，钻在房子里没脸出门了！

那股汹涌愤怒的洪水终于平息下去了，黄建国可以走出孤闷的小房子了。他伤透了心，心灰意懒，例外地破费从山货店买回来一张竹皮躺椅，摆在门外的泡桐树下，躺在上面，摇扇子，抽烟，喝茶；傍晚看那绚丽的晚霞从西原顶上空渐渐隐退，夜来眺望那一弦月牙从东原顶缓缓朝西原移动……

"躺着比跑着舒服多了！"他心里嘲笑自己，你怎么就爱修水库、打田井？你冬不避风雪，夏不避日晒，移山造田；一年到头，东奔西颠，熬眼劳神，临了可好，落下个"瞎指挥"的恶名，得下个"害农民"的罪过，你吃了傻子药么？

"黄书记，县上布置抗旱保秋……"主管秋田生产的副主任说。

"告诉上级，农民忙着逛自由市场！"黄建国挖苦说，"要抗，我可以担着水桶去，可我管不住别人！"

"黄书记，咱们今年的棉花面积比国家下达面积差了七百亩，县棉花公司追查原因……"分管棉花生产的专职干部汇报说。

"原因很简单，'农民最会种庄稼'嘛！"黄建国提高嗓门，得意地嘲弄说，"农民愿意种啥就种啥，我黄某人还敢再搞'瞎指挥'吗？"

"瞎指挥"彻底变成"不指挥"了。

所有这些，严副书记都一清二楚，他用"回避一下"也同时回避了这个问题，至于领导者对他黄建国本人的看法，他觉得没有必要去做任何辩解了，仍然用无所谓的口气问：

"调我到哪里?"

"你的意见呢?"严副书记探询地问。

"随便。"黄建国说,"最好让我到哪个单位去看大门,当传达……"

"你呀——"严副书记笑了,用指头点着他,"同志,我过去一直没有看出,你还狭隘!在你顺利的时候,好像看不出,现在,就很明显了。"

黄建国吐出一口烟,有没有必要辩解呢?

"到河西公社去吧。"严副书记说,"河西公社的老梁调到河东公社来,你俩换个地窝。"说完瞅着他,黄建国低下眉,又猛地喷出一口烟雾来。

多少有点出乎意料。河西公社的党委书记梁志华,在学大寨学得发疯的那几年里,比他黄建国名气大多了!要说"瞎指挥",那"梁胆大"比他黄某人干的瞎活更多,民愤也比他大得多。可是这家伙转得快,农村新经济政策一公布,梁志华摇身一变,又成了全县贯彻新政策的典型。当河西公社变革的风声传过河这边来,飘进他的耳朵的时候,他躺在泡桐树荫下的竹椅上,反感!鄙夷!甚至对梁志华的人格也不那么尊重了,"随风倒咯……"

那么,把梁志华调到河东公社来是什么意思呢?让梁志华来河东开辟困难局面吗?这是很明显的……

黄建国说不出这些话,只是推诿说:"我做农村工作几十年,越搞越不会搞了。"

"过去许多说法和做法,值得思考,不要在某些条文上死死抠掐,要面对农村的实际。"严副书记说着,又玩笑似的批评他,"这回到河西去,把躺椅收拾起来吧!立秋了……"

现在,黄建国完全看清了调动他的意图,在河东工作不力,必须像搬石盘一样搬开他,这就是让他和梁志华换一下地窝的实质。他重新点燃了一支烟,准备辩解了。

这当儿,门被推开了,走进一老一少两个农民来。

"我们是河西公社的。"来人中的老汉自我介绍说。

"我俩想找严书记谈个问题。"年轻人说。

两位农村干部模样的来访者互相对视一下,又疑虑地盯了黄建国一眼。黄建国立即打消了辩解的企图,站起来,告辞了。

"那好,你先回吧!"严副书记送他到门口,"县委准备搞个学习会,就当前的农村问题,再进行一次讨论,咱们有机会谈……"

二

推上自行车,出了圆洞门,来到县委正院,沿着院中花池的竹篱笆走向大门的时候,黄建国的心里毛毛乱乱,别别扭扭,说不出是一种什么味道,灰涩涩酸溜溜,腿上怎么也提不起劲儿来。

县委大门西侧的民房的廊檐下,有一家茶棚,他索性坐在矮凳上,缓解一下情绪。卖茶的老太婆殷勤地招呼着,双手递上一杯凉茶来。

一杯清凉的茶水从发干的口腔流进肚里,顿时觉得头脑也清爽了许多,黄建国瞅着县委大门外接着公路的一段慢坡路出神。

七年前,为了加强学大寨第一线的领导力量,他和县机关的十几名干部被抽调出来,充实进工作落后的几个公社。当他戴着花,走出县委大门的时候,心里聚着多大一股劲啊!那时候流行一句"豁出掉几斤肉"的口号,他是充分做了这种思想准备,心甘情愿用自己的几斤肉去换取河东公社的新面貌的。

在河东公社里,他睡过安稳觉吗?坡陡沟深的原坡,沙石嶙峋的河滩,跑烂了他多少双鞋?泥泞狭窄的沟道小路,夜晚摔了多少回跤？那一年下雪,一下滑进沟道,摔得人事不省……我是为了坑害农民吗？

现在,自己倒落个什么下场呢？心酸,实在令人心酸……

卖茶的老太太又递上一杯茶来。黄建国在县委组织部工作那阵儿,老人就在这儿卖茶,老相识了。

"老黄还在河东公社吗？"

"马上要调走了。"

"走了好。那个穷地方,谁去也治不好。"

老太太是在给他说着宽心话,黄建国没有吭声,心里好像有点不服气。

"现在的政策,变化快！得想开些,那就好了。"

他又灌下一杯茶,自己宽慰自己：让真龙天子到河东来为民赐福吧！到河西就到河西,虽不能继续在躺椅上打发日月,可也不会像在河东公社那样拼命了,我看透了……

付了茶水费,他跨上自行车,觉得肚子有点空了,于是调转车头,到县城的老街上去,那儿有食堂,还可以逛逛自由市场,散散心,何必匆匆忙忙呢？

三

县城老街这地方,是全县农副市场中规模最大的一个。今天虽不逢集日,街道两边仍然到处摆着食摊菜担,只是没有木料、牲畜等大号商品罢了。整个街道给他的印象,使他想到五十年代中期城镇里的景象。这是繁荣？还是泛滥？他似乎很自然地在心里挂出一个问号。自打农副市场开放以来,他没有光顾过,没有兴趣。那有什么好看的呢？搞这种事情,用得着号召吗？多年来对小农经济的限制和斗争,是公社党委书记的神圣职责。现在要他去鼓吹农民上自由市场,甚至叫他去逛自由市场,要说理论,感情上也难得通畅!

刚近街心十字,一股油香钻进鼻孔,耳朵里也飘进一声甜腻腻、脆嘣嘣的声音:

"黄书记,吃油糕。来啊!"

那顶蓝布帐篷下,一口翻卷着浪花的油锅后面,正有一张淌着油汗的瘦长条脸,对他嘻嘻笑着,手里娴熟地捏弄着一疙瘩烫面团儿。这是河东公社麻湾大队的麻天寿么,前几年总爱偷偷摸摸搞点小买卖,属于自发势力的代表人物,多次上过批判会。从前老远一看见黄建国过来,早从后巷躲跑了!现在,这样躲躲溜溜的人物,居然在县城最显眼的地方声高气昂地招呼黄建国吃油糕。是想卖他的钱吗?鬼!明明是故意烧臊人!

黄建国这样想着,偏把车子推到油糕桌旁边,撑起来,吃你两个油糕,又怎么样呢!

刚走进帐篷,麻天寿倒是随和得很,早已把一盘油糕和一双筷子摆在桌子上,殷勤地劝说围坐在矮腿桌子四周的食客挤一挤,给黄建国让出一个位置来。

"生意红火吧?"黄建国挑逗地问。

"罢咧!不错!"麻天寿反而故意渲染说,"平时一天卖三五十块钱,逢集人多时,最多卖过一百二。"

"你这下可以先富起来啰!"

"今年还不成,要富得看明年。"麻天寿大约听出黄建国的话味,反而认真算起账来,"去年能赚一千来块钱,全部还了账!大货结婚借亲戚家七八百,孩子都上学了,咱给人家还不了,亲戚都生分咧!今年前半年能赚六七百元,给二货订婚花光了。赶明年,我就可以搭挂盖房了!要是凭队里三毛票儿的劳动日,要说盖房,孩子长大了,也还不清他爷给他爸娶他妈借的钱呢!"

黄建国觉得刺耳,放下筷子,这不是等于抽他公社书记的耳光吗？他后悔不该到这油糕锅前来,凭麻天寿这样的油嘴,会说出什么好听话来呢!

"老黄,耍急!"麻天寿硬推开他拿票子的手说,"你好意思给,我还不好意思收呢!"

黄建国把钱扔到桌子上,刚出了帐篷,麻天寿招徕买主的声音又响起来：

"老五,来呀! 好五哥,不吃也来坐坐呀!"

"不咧不咧!"被招徕者不好意思地推托着。

"啊呀! 腰包硬了,只走不歇! 朝老弟这儿连一眼都不盯呀!"麻天寿不像是真心诚意招徕顾客,倒像是耍笑什么同辈人。

黄建国侧过头一看,一个瘦小的老汉,肩膀倒挂着一只葛条笼,佝偻着腰,头上扣着一破草帽,在麻天寿耍笑取乐声中,如荆刺在背,匆匆逃走。这不是南原大队的刘老五老汉吗? 他在南原大队驻队时,在老五家吃过派饭,是个旁人把指头塞到嘴里也不敢咬的老好人啊! 他转过身,喊："老五!"

老五刹住匆匆逃窜的脚步,看清是黄建国的时候,勉强地朝油糕桌前走来了,脸上和眼里强装的笑容,无法掩饰窘迫的情绪。

"老黄、黄书记,你也上集来了?"

这是一张被困苦的生活揉皱了的脸,长久的穷苦和困顿,使老汉难以高声说话,抬头看人；那蓬乱的头发、胡须,那透着汗渍的无袖褂儿,那鼻翼两边深深的皱纹里,都无可奈何地标明他接近于乞丐了……

"五哥,给,吃俩!"麻天寿做老汉的生意。

"不不不!"老五慌忙举起双手,并成一排,挡住递到眼前盛着油糕的盘。

"怕油糕烫嘴吗?"麻天寿嘻嘻哈哈,"有钱不花,头号傻瓜! 吃到嘴里,实实在在。"

黄建国从麻天寿手里端过盘来,一手拉老五的胳膊,重新坐到小桌跟前,把一双筷子塞到老汉手里。

穷困而又正直的庄稼老汉,在稠人广众的大街上,接受别人的馈赠,又是黄书记这样的大领导,尴尬为难得不知如何是好。盘是端上了,却总不好意思掀动筷子。

"你进县城做啥来了?"黄建国问,很随便,企图缓解老汉的心情。

"嗨!"老汉不好意思笑着,低声说,"卖点酸枣核儿。"

"唔!"黄建国这才明白,老五手背上、胳膊上和脸颊上为啥有一道道血印了,那是摘捋酸枣时被枣刺划破的。

"娃娃要上学了,得交学费哩!"老五说,"我领着俩孙子,摘了点酸枣,蒸过,搓下皮,晒干了。儿子不来卖,媳妇更不来,嫌丢人现眼!我老了,脸皮厚了,不怕人笑话。"

黄建国听着,实在是找不出安慰老汉的一句话。

麻天寿却叫起来:"那怕啥?听说枣仁在广州是缺门货,出口哩!怎么样?生意发财吧?"

老五说:"爷孙俩忙了半月,到今日卖了不上十块钱。哪比得你卖油糕的手艺。"

"我捏面蛋儿算啥手艺,能挣几个钱嘛!"麻天寿说,"听说你南原大队几个干部,雇汽车往青海贩苹果,来回一趟七八天,一人就抓得一千块!那叫啥挣头?老五,你也该入一股,何必摘酸枣子呢?"

"咱笨头笨脑……"老五笑了。

"你养上两头奶牛,也是好事。"麻天寿给老五热心地介绍起生财之道来,"俺村的麻天虎,养了两头奶牛,给一〇二信箱的工人家属送牛奶,天天收入二十多块!"

"咱旱原上,旱得草都干死了……"老汉摇头。

"那,你就只有摘酸枣了。"麻天寿佯装无奈地叹一口气。

黄建国听不下去麻天寿对一个穷困老人的耍笑,却又不知讲什么好。麻天寿却一侧脸,高声又拉起买卖来:"曹支书,这儿坐!"

完全是一副讨好的嗓门。黄建国讨厌听这个调门,又怕老五再次受到麻天寿的戏谑,就拉着老汉的胳膊,走出帐篷,在一棵古老的槐树下蹲了下来。

"老黄,听说你要走了?"

黄建国没有作声。自从他做了"瞎指挥"的检讨以后这段时间里,总有传说他将调走的嘈嘈议论。一个干部在某个地方混不下去了,群众就估计他快要调走了。

"好。走了好。"老五平和地说,"咱河东这条件,有啥办法?你在河东多年,费了心,出了力,也不顶啥。"

黄建国听着老汉很友好的送别词,心里反倒更灰了,老人对他连一丝留恋的意思也没有。

"队里情况怎样?"黄建国习惯地问。

"还是老样样儿。"

"今年夏粮分得好不?"

"歉。"

"秋田长得咋样?"

"不咋样。"

"大队干部是不是到青海贩苹果?"

刘老五闭了口,怕招惹是非的老好人啊,叹口气说:"队里没人管。有木匠手艺的人割家具卖,年轻人骑自行车贩菜卖瓜,生产没人管了……"

黄建国心里冒起一股怒气,这怎么行呢?瞬间想到自己行将离任,又何必呢?

刘老五说:"人家河西这二年翻得快!俺小女儿今年结婚到河西姚村,一个劳动日值一块八,一个壮劳力一年能挣成千块。前几年,姚村跟咱南原一样穷,三毛。听说人家把土地划给小组,分组包干,把懒人的屁股给缝了!队里办了砖厂、加工厂,还种药……政策是一样政策,咱河东咋不实行呢?"

黄建国能说什么呢?

"咱们要是能挣上一块钱的劳动日,保准没人出门。咱南原队里养不住人喀!"

老好老汉没有任何贬低黄建国的企图。他是作为一个穷困无着者自然地、几乎是本能地表示着对于富足日月的羡慕罢了。愈是这样,才使他的父母官黄建国此刻失去心境的平衡了。

他没有勇气再问老五更多的事。短暂的沉默中,油糕客麻天寿的油腔滑调又响起来:

"老五,看看!人家河西曹村的支书和队长是啥派势?两人吃了三十个油糕,哈,拿油糕往饱吃!"

黄建国侧过头朝桌子那边一瞧,哦,被麻天寿呼为支书和队长的食客,正是他在严副书记房里碰见的河西公社那两位来访者。他们面前放着一堆油糕,畅快地吃着、谝着,一派腰硬气粗的神气。

年轻队长嘻嘻笑着:"有人做了统计,俺河西公社的小伙,今年订下一百二十多个对象,就有一百多个是河东公社的,河西嫁到河东去的,只有仨,还是男的在外挣工资的呢……"

老者笑着制止年轻人:"嫑尽吹。"

"吹?前几年我怎不敢吹?腰包是空的。吹不起来啊!"小伙子尽兴说,"钱这玩意儿真怪,尽管是纸印的,你没有的时候,腰不由得往下弯;腰里别上几张十块的票儿进城,哈!一下就把胸膛挺起来了……哈哈哈……"

那位老支书也仰着脖子笑起来。

看着两人畅快的样子,麻天寿神秘地问:"听说你们河西分田到户了,搞单干了,是么?"

"没有的事。"年轻队长说,"那是山区两个大队,住得散,包产到户了,平川上没分,搞的是责任制。要听别人给俺河西胡扬脏……"

"你们那个'梁胆大'真有两下子。"麻天寿说,"听说前几年,'梁胆大'把河西也折腾得够惨!"

"惨!比你们河东还惨!"老年支书说,"可好的是,他现在落实新政策,还是胆大!俺公社的责任田,在全县是头一家搞起来的,农林牧副渔,五业兴旺,红火尽了,票子像水一样往河西流!"

"噢!"麻天寿表示惊讶和敬佩。

黄建国听到这儿,对于他所鄙夷的梁志华在河西已经获得这样高的威望,多少有点意料不到,他的心又一次失去平衡了。他想就此走开,却听见那老人神秘地说:

"听说县上想把俺梁头儿调走,全社干部联名写信,要求县上让梁书记再留两年。河西的局面刚打开呀,底子还不厚。俺俩——"老汉指着小伙说,"就是众人委托的代表,向严书记请求去的……"

"噢!"麻天寿惊讶地叹息,"严书记咋说?"

"没吐核儿!"年轻人说,"过两天再找!"

原来如此!黄建国的心完全失去平衡,乱跳起来,河西人并不欢迎他黄建国!他再也无心逛自由市场了,把车头又调转过来,出县城——回!快回!

四

出了县城,沿着一条串连着河西和河东两个公社的柏油公路,黄建国踏着自行车,心乱如麻。两排碗口粗的白杨树,挡遮着午后烈日的光焰,从山岭上吹下来的阵阵清风,丝毫也吹不散他心中烦闷的郁热。跑这么快做什么?回河东公社干什么?收拾行李交差吗?河西人根本就不欢迎你姓黄的!河东呢?那些穷得直不起腰的社员,那些至今吃不起麻天寿价值一毛钱俩油糕的老人,还有给老师交不出学费的学生;歇息在地头的树荫下,睡在没有褥子铺的光席上,走在上学的路上,会怎么骂他黄建国呢?怕是恨不得磕头作揖盼他早点离开河东公社吧!

弄到这步田地!当着这样的公社领导,再乏味不过了!黄建国脚上没劲了,自行车轱辘转得慢了……

刘老五在麻天寿油糕锅前畏畏缩缩的神态又出现在脑子里。老汉可怜……

还是在他刚从县里来到河东公社的那年冬天,他驻在南原大队,亲自抓一个小库塘工程,轮到刘老五家管饭了。这儿农村习惯天明起来上工,九点钟吃早饭。他在工地拉了一清早的夯绳,肚子饿得贴着脊梁了。刘老五陪他吃饭,喷香的小米稀饭,就着萝卜丝儿,盘儿里垒着一摞皮黄瓤软的麦面锅盔,散发着诱人的香味。他连吃两块,仍然有试一试第三块的动机,胃口是最好的一顿了。他发现老五只喝稀饭,而没有动一块锅盔,就让道:"你吃锅盔呀!"

"我牙不好,咬不动。"老五笑着说。

他没介意。一碗小米稀饭喝完,老五要替他再盛,黄建国拒绝了。让一个年龄比他大十多岁的老人给他端饭,他过意不去呀,便争着跑到灶房去了,万万想不到,灶房里正在演出一场悲剧:老五的老伴、儿媳,一齐压低声儿,神情紧张地训斥两个哭闹着要锅盔吃的孩子!他没有说话,说话会使爱面子的穷庄稼人更难堪!他只舀了半碗饭,再回到里屋饭桌旁时,食欲全没了。

中午,黄建国在大雪飞扬的工地上拉夯,自动领起号子:

鼓劲拉哟!

吃锅盔哟!

青年们笑得喊不出来,黄建国却觉得鼻腔里酸渍渍地难受……

计划中的小库塘,在原坡地区只修成了第一批,他就把全社的精壮劳力拉进南沟"干起大的"来。这个仓促上马的大水库,几年来,把河东人拖垮了,把黄建国也拖垮了;他撒手不干了,现在仍然是个"干电池"……

刘老五的口粮还是"歉"!锅盔还是吃不到口,油糕就更是望之莫及的高级奢侈品了!我却要调走了……黄建国开始愧悔:拍着胸膛上任,低着脑袋溜走。我也应了这条规律……

小河横在车前,旱季里的河床上,裸露着一片砂石和茅草;一弯细流,弯来绕去,在沙滩上静静地流淌。黄建国掬起一捧水,洗着手脸,透过清湛湛的河水,可以看见水底的沙粒在流动,沙底上映出他的脸,似乎一下子苍老了。

黄建国攀上用河卵石堆砌的防洪大坝,河风摆动着头顶垂吊的柳丝,可以眺望河东公社山坡上被树木的绿叶笼罩着的村庄。他望着那些村庄,回忆着在河东七八年间的往事,企图刨出一个根儿来。

从小河的上游,走下来三个人。他们在河滩的乱石中走着,说着,打着手势比划着什么,走走停停,离黄建国愈来愈近了。当他确凿断定其中那位低矮而又敦实的是梁志华的时候,心情更加不安起来。这个前几年比他干瞎活干得厉害、之后挨挫也挨得更惨的"梁胆大",是怎样重新获得河西群众如此深厚的信赖?不能不使他对人家刮目相看了。

黄建国点燃一支烟,等着梁志华走下来。

那三个人站在沙滩乱石中,说了一阵儿,忽然折转方向蹚过河水,上了岸,要下河堤去了。黄建国站起来,喊:

"老梁——"

梁志华转过身,朝这边看着,接着就奔跑起来,那浑实的又粗又壮的身躯,活像滚动着的一辆坦克,顺着河堤跑下来。

"哈呀!黄大人!你是上任来了哇?"梁志华握着他的手,嘻嘻哈哈开玩笑。看来,严副书记在和他谈话之前,已经和梁志华谈过了将他们俩互相"换一下地窝"的意图。

"嗨！我——"黄建国自嘲地说，"我哪有脸进你河西公社嘛！"

"家伙！跟我耍什么客套！"梁志华的口气是坦率的、真诚的，"快来吧，决定过的事了。我准备给你交代手续，老兄！"

"河西人不欢迎我呀！"黄建国苦笑一下，也坦诚地说，有点尴尬地谈出了在严副书记房子碰见那两位上县请谏的河西干部的事。

"胡整！这些家伙，简直是胡来！"梁志华一听，火了，脸色立时变了。他大约这才恍然悟出黄建国郁郁寡欢的心情，同时觉得河西那两个尚不知名姓的干部的举动，把他牵进一个不大光彩的难堪境地。他急忙拉着黄建国坐下来，诚恳地解释，"他们背着我搞什么联名请谏，我是一点不晓得……"

"你要解释。我没有想到是你搞小动作，真的没有。"黄建国也诚恳地说，"人民应该有权选择他们所拥护的干部。我倒是想请教一下，你'梁胆大'这两年在河西是怎么弄的……"

"瞎扑腾！瞎扑腾……"梁志华敏感的猜疑解除了，脸上又现出轻松开朗的神色。这家伙在全县二十多个公社的头儿中间，是个有名的乐天派，性格爽朗，嘻嘻哈哈，没见过个忧愁的脸相，他不仅和下级、和同僚们如此，和地区县委的领导处事说话，仍然如此，"既然你不犯疑，那好，我向你汇报吧！黄大人——"

梁志华扔给黄建国一支烟，自己点燃一支，喷出一口烟雾："你知道，我前几年比你胆子大，大得要发疯了，在河西干了多少蠢事、瞎活！"

这是个不安静的角色，说着就站起来，一只脚蹬在高一级的石揲上。梁志华双手掬着膝盖，对着把身子倾到他面前来的黄建国大声说："后来，中央批示一传达，河西人简直能把我吃了！恨不得一棍子把我撵出河西。我挨得好重！好惨！我'梁胆大'是真心想害河西农民吗？我想不通！冤枉！心里结冰——凉透了，再不干这号背儿媳妇朝华山、出力不落好的事啰……说吧！骂吧！反正就是这一摊子……你白天提意见，我晚上把笔记本一合，睡觉！"

黄建国听着，和自己当时的处境和心思一样啊！他后来怎么解脱出来的呢？

"一件事教育了我。"梁志华在石磙上踱着步，"在整风后期，大家的气儿出完了，却一致提议，要重新促'丰收渠'上马！哈呀，这下，我睡不着了。"

黄建国约略知道，梁志华在"想大的、干大的"那阵风中，把"丰收渠"工程扔下，在河西的山原区，摆开二十华里劈山造田的战场，轰动了地、县。他去那里参观过，"梁胆大"的名字就是那会儿叫响的。

"他们居然提出要重开'丰收渠'！"梁志华加重了语气，"他们不是反对一切农田基本建设，而是讨厌瞎折腾，不求实际的大铺排……这样，我冷静下来，才开始认真地回想我的过失……"

黄建国不由得"唔"了一声，"梁胆大"啊！他是在挨群众批评挨得最惨的时候，却又从中汲取了合理的东西……

"于是，我几夜睡不着觉了。从参加工作那时想起，自己审判自己！我得出一个可怕的结论。"梁志华带着少有的沉重的感情，停住脚，紧紧盯着黄建国，"二十多年来，我给农民办过不少好事，也办了不少瞎事；在好多时间里，我们是在整农民，而且一步紧过一步……"

黄建国吃惊地睁大了眼睛。

梁志华看出他的吃惊的神色，不以为然，反倒轻蔑地冷笑一声，走近前来，掰起指头说：

"我合作化时期参加党，而后提拔到乡上。

"一九五七年怕农民跟着右派跑，我给农民算了一年账，证明合作化后比合作化前生活优越。

"一九五八年,那阵儿我在渭北家乡。为了叫我那个乡的农民明天早晨就过上共产主义生活,我带领全乡政府干部,连夜下乡,拔锅挖灶,吃大锅饭。

"从一九五九年下半年到一九六二年冬天,我的那个公社饿死过人,当时谁也不敢承认那是饿死的,说是病。

"一九六五年夏天,我从渭北被派到咱们县来搞'四清'。我所在的那个公社,二十九个大队,运动后保存下来一个支部书记,是为了体现政策的啊!其他干部、队长、会计都一竿子打光了……

"'四清'刚毕,'文化大革命'紧接上开战,刚上来的那一批干部又一齐倒台……我也靠边站了。

"一九七一年,我被宣布'解放',调来河西学大寨,大批促大干,想大的干大的,割资本主义尾巴,限制自发倾向……"

梁志华说着,越说越快,一泻而出,又猛地刹住,盯着黄建国,声调和神情,一满是对自己沉痛的甚至是冷酷的嘲弄。他猛地转过身,一挥手,把半截没有燃尽的烟卷甩进河水里,几乎是喊着说:"我们把农民身上的'肉'都割掉了,岂止'尾巴'!"

黄建国听着,这是怎样的一张工作履历啊!而又何止是梁志华一个人独有的创造!他——黄建国,既拔过农民的锅去炼钢铁,也割过农民的"尾巴",而且干的时候是很硬手的呢!现在在县社两级工作的四十岁以上的干部,谁又没干过这些神圣的蠢事呢?

梁志华摆过这一笔流水账之后,神情变得严峻了;严峻在这个平素老是开朗乐呵的人身上表现出来的时候,混合着尖刻的辛辣口气:

"我干这些蠢事的时候,并不以为蠢啊!我是拼着命,没黑没明地干,只怕落在别人后头,对不起党呢!

"我砸了农民的锅,急急忙忙把他们赶进食堂;食堂的大锅里吃光了,又把他们赶散伙。自己的动机和效果正好相反,然而毫不脸红!我们把农民干部培养起来,干了十几年工作,再把'漏划地主分子'的帽子给他们扣到头上,实行专政;农民多养了一只鸡、一窝蜂,也是阶级斗争。我们的公粮,说是一定五年不变,谁信?事实是一年两回、三回追加,忠字粮,爱国粮,支援亚非拉的粮……为了这些粮,我亲自带上干部,翻过农民的粮缸和粮柜……

"我们的农民太好了!尽管经过了三番五次的折腾,我干了那么多瞎活,他们骂我,可我修的那个'丰收渠',他们却不忘好处,还说我也吃了不少苦,只是惋惜我后来发昏发疯,农民有良心啊……干了这么多伤害农民根本利益的事。我'梁胆大'算什么'胆大'啊?是'梁残暴'!有胆子改正错误,才是真正的'梁胆大'!"

黄建国惭愧极了,梁志华袒胸掏腹的自白,像镜子一样,照出了自己,那最难于割裂戳透的一层感情的帷幕,终于撕开了……

"于是,我走村串户,向那些被我整过的干部和社员赔情道歉。实在想不到,有些被我整得死去活来的社员,一见我去,反倒笑了,他们给我说宽心话……我恨不得揍自己。"梁志华动情地说着,脸上的肌肉弹动着,眼角流出泪花来了。他长长地舒出一口气,揩揩眼角,笑着说,"中央重新颁布六十条,我觉得给农民还债的时机来到了。这两年,河西变化大些,可比起我对他们所欠的账债,还远远不够。现在,我们社、队两级都有了一些积累,我想今年秋收后,把'丰收渠'的引水工程干成。这样,二道原上就成自流灌区了。"

"噢!你们三个人刚才在河滩,是勘察引水工程呢!"黄建国说,不知什么时候,他的眼睛也模糊了。当他躺在泡桐树下的竹躺椅上回味自己过五关斩六将的功劳与苦劳的时候,梁志华却在进行着严峻的自我审判。是什么鬼缠住了他的心而想不到自己也有过"走麦城"呢?是严副书记巧妙地批评说的"我发现你狭隘"吗?岂止狭隘!梁志华在遭到群众批评的困境里时,面对的是人民!是被自己折腾得一贫如洗的人民!而我面对的是自己!问题就在这里。

黄建国站起来,握了握梁志华的手。他是个不善辞令的人,愈激动时,愈少说话。他放开梁志华的手,深沉地说:"老梁啊!你胆大!名副其实!"

梁志华又恢复了嘻嘻哈哈的轻松姿态,挥着又粗又短的胳膊,说:"老兄,你几时过河西来呀?"

"我?"黄建国说,"你等着吧!"

"我去河东之前,把丰收渠的引水工程踩踏好,设计出来,算是对河西人民最后的一个交代。你秋收后组织劳力干就是了。"梁志华畅快地说,"说真话,我现在确实留恋河西。"

"你等着吧!"黄建国重复说,他推起车子,又调过头来,向梁志华招招手,沿着白杨夹道的柏油公路,朝县城飞驰而去。风鼓起他的衣衫,背后传来梁志华哈哈的笑声……

五

顾不得礼貌,黄建国一把推开县委东院第三号房间的房门。

严副书记架着眼镜,正在批阅什么文件,看见黄建国,略显惊疑。他摘下眼镜,站起身。

黄建国坐下,很恳切地请求:

"老严,让我留下,留在河东吧。"

……

1980 年 10 月 灞桥

尤代表轶事

鸡冠岭下,小河岸边,有个尤家村。这儿的村民有句俗话:人过一百,形形色色;有的爱穿红,有的爱穿黑;有的爱唱戏,有的爱做贼;有的爱守寡,有的爱拉客;有的心善,有的缺德;有的白日里正经八百儿,半夜却偷着和儿媳妇掏灰……尤家村是个人过千口的大村庄,这形形色色的人物自然都不乏实例;只是在出了"尤代表"这位人物之后,才使所有奇人异事相形见绌,黯然失色。

来到了尤家村,在田野上劳动休息的闲聊中,社员们谈论尤代表,笑声解除了劳作的疲倦;在东邻西舍互相串门谝闲的火炕上,尤代表很自然地又成为开心的话题;父母训示儿女的时候,也习惯拿出尤家村男女老幼都能看得见、摸得着的这位人物来做鉴戒。

尤代表几乎无所不在!

这是个人物……

东沟"猿人"

"四清"工作组组长老安同志,从炕上跳下来,在炕和桌子之间狭窄的空当里踱步。他刚从一户社员家吃罢早饭回来,等候着两名组员,约定中午去访问一户至今没有照过面的贫农。

老安同志踱着步,心里发急,进村快一个月了,揭露尤家村党支部书记尤志茂、大队和小队所有干部的政治、经济问题的各种形式的会议,开了几十场,还是没有抓到什么大问题。这是怎么搞的呢?

工作是够细致、够扎实的了。他和组员们对尤家村所有贫农和下中农社员挨家挨户访问过了,进门先问寒问暖,忆苦思甜;扫地担水,搭手做活;坐在炕头上,一点不怕虱子钻到裤腰里去。可是,一谈及大小队干部的问题,那些正在诚恳地憨笑着的男人和女人,立刻变得拘谨起来,吭吭吧吧,话不成串……

第一次下乡的这位城区的文教局长,几天来心里很不安,夜里常常失眠,县"四清"总团每周一期的"四清战报",登载着多少显赫的战果!相比之下,尤家村的工作进展是迟缓的,只能算是下游了。这儿——尤家村——的干部真没有问题吗?不会!因为绝不会存在一个风平浪静的世外桃源。那么,是工作方法不入窍呢?还是群众落后呢?还是像"战报"上一再警告的"某些同志"思想右倾呢?他的脑皮发麻了……

政治上和经济上出不了战果的局面,无论如何,是不能再继续下去了。他从昨晚到今天早晨,连着开了工作组全体干部会,分析了原因,决定进一步发动群众……

就在早晨的会议上,一户一户分析了所有贫农和下中农社员的情况以后,他忽然发现,访问中漏掉了一户贫农。是谁呢?经过认真查问,才打听到村子东边沟里居住着一户居民。他决定带两个组员亲自去访问,以弥补工作上不该有的粗疏。

两个组员相继到来:一个是热情高、干劲大、文化低的小马,从外县农村抽调出来的积极分子;另一个是城里来的大学生小郭。

三个人出了村,沿着一条窄窄的小路,顺着东沟往上走。五月天,沟里一派鲜绿,桃树上结满一串一串毛茸茸的桃子,柿树上的方形花蕾含苞待放,野花点点,蜂蝶嗡嘤。老安和两位小将无心赏景,一路走着,一路瞧着,寻觅那位独居东沟的阶级兄弟的住室。

走上一道坡梁,在沟西岸的崖坎下,有柱青烟袅袅升起,那儿有一孔窑洞。三人相对一看,加快了脚步。

老安和两个组员走进窑洞,看见脚地铺着一窝麦秸,胡乱堆着一疙瘩棉花套子。三个大块礓石上支着一口小铁锅,烧过的柴灰一直铺到窑洞口。一个衣着褴褛的人,跪在地上,对着小铁锅下的火堆,吹着火,洞里弥漫着呛人的柴烟,三个人同时咳嗽起来。

那个人从锅下抬起头来,烟火熏得满脸油腻,抹着一道一道烟灰,只是那一双白仁多黑仁少的眼睛扑闪着灵光。他从地上站起来,看见这么多穿制服的工作人员,吓得瑟瑟抖着,站在原地一动不动,狐疑地打量着站在面前的来人。

老安笑着,和蔼地问:"你叫什么名字?"

"尤喜明。"声音也有点颤抖。

"啥成分?"老安更加和气地问。

"贫贫儿的贫农哇!"尤喜明带着感情回答。

"你在这儿住了几年了?"

"七八年了。"尤喜明叹一口气。

"大小队干部没有人过问你吗?"

"唉⋯⋯"尤喜明不知如何回答,欲言又止。

"你不要怕!"老安说。

尤喜明眼里转过一丝亮光,摆出一副难言的苦楚神情:"人家谁管咱嘛?"

"你怎么弄成这光景?"老安十分动情地问,"你说说你的身世,让俺们受受教育。"

"唉!一言难尽!"尤喜明流下泪来,"我少年丧父母,地主尤葫芦霸占了我的地,国民党几次拉我当壮丁。解放了,翻了身,媳妇可跟咱离了婚,干部尽欺侮咱⋯⋯"

这无疑是一个苦大仇深的贫农了,老安和两个组员不约而同交换了一下眼色,心里沉重得很,他压抑着感情,感慨地说:"看吧! 在社会主义的尤家大队,生活着一个原始人! 尤喜明同志过的是猿人一样的生活。"

小马气愤地说:"当权派尤志茂,新房旧房四大间。对比太强烈了!"

小郭感触更深:"农村阶级分化,想不到严重到这种地步!"

窑里的柴烟散去了,明亮起来,老安揭开小铁锅,正煮着半锅苞谷糁子;窑里仅有的一只小瓷瓮里,装着半瓮苞谷,这就是全部家当了。他反过身来,对两个青年组员说:"你去找尤志茂,叫他先给尤喜明弄些粮食!"说着,庄重地解开裤带,把套在外面的一条裤子脱下来,送到尤喜明手里,蓬蓬泪花,颤颤声音:"把你那条破裤子换了……阶级兄弟……"

尤喜明哇的一声哭了,"扑通"跪倒在地,紧紧抓住安同志皮肤细腻的双手,泣不成声:"你们……真是救命……恩人……"

"快起来! 快!"老安双手把尤喜明拉起来,坐到麦草上,"你有苦,就诉说吧……"

"天不灭尤"

一直把工作组三位同志送到沟底,再送到尤家村东头的村口,尤喜明被六只手一齐挡住,才难舍难分地停住脚;看着三位同志的背影被村巷里的柴火垛子遮住了,他才转过头,顺沟走上来,回到被安组长称为原始人穴居的窑洞。

"天不灭尤!"

站在洞门口,他几乎脱口喊出从心底层涌出的这一句感叹来。

"哈呀! 我以为今生永世出不了东沟呢!"尤喜明欣喜难抑,想到工作组要他明天上台揭发控诉尤志茂,他的心里失掉了平衡,总是稳不住,总想往上蹦,"我尤某,要上尤家村的高台台说话了!嗬呀……"

他突然明显地感觉到窑洞太窄小了,进洞出洞要低头弯腰;奇怪,从腰际到脖颈,似乎插进去一根硬棍,头低不下去,腰也弯不下去;窑洞里太寂寞、太曲卡了;站在窑洞外面的小坪场上,眼底的东沟,似乎一下子也变得丑陋而又窄狭,难以容置老尤五尺之躯了!

明天要开尤家村运动以来的第一场群众大会,斗争党支书尤志茂,尤喜明第一个发言,控诉,老安说是"打头一炮"!轰开局面!怎么讲呢?老安对他抱着多大的热情和希望呀!

他坐下来,心里有点发虚,老安人生地不熟,一身知识分子的天真气儿,好哄骗;可是明天一上台,台下尽是尤家村男女,谁不知道他尤喜娃的根根筋筋?

他简直抑制不住自己已经花白的头发下面的思维的潮水,那些被人嘲笑了多少年的很不光彩的往事,此刻却顽固地翻上心来……

大约是解放那一年,二十三四岁的尤喜明已经卖过五六次壮丁了。每一回,他把卖得的身价钱往腰里一揣,连着在小镇上的饭馆里饱餐几天,然后听候命令开拔到任何地方去,不难受也不流泪。不出半月,尤喜明又活脱脱地出现在尤家村,向愚陋笨拙的庄稼汉讲述逃离壮丁队伍的惊险经历……

"那是拿小命换得一口饭吃……"尤喜明对土改工作队队长哭诉,眼泪鼻涕交加,"我孤儿喜明,没一丁点办法……"

这是实情。富于同情心的尤家村父老向穿灰制服的老八路干部证实了这一点。农会主任尤志茂也证明同龄人尤喜明说的是实情。于是,在分配地主财产的时候,尤喜明得到两间厢房。积极得令庄稼人眼花缭乱的尤喜明,拍着胸膛:"共产党,工作组,是我再生父母!我老尤……为革命,刀山敢上,火海敢跳……"

"喜娃,该收心过日子了。"土改工作队撤离后,农会主任尤志茂好心劝告说,"岭上沟岔村有个女人,结婚没过一年,痨病男人死了。你要是中意,让你嫂子给说说……"

"能成能成!"尤喜明迫不及待,"只要人家不弹嫌咱,咱弹嫌人家啥哩!"

农会主任的女人拉线做媒了。起初,那女人畅畅快快同意了;过了两天,大约打听到尤喜明某些根底,又不大满意了。尤喜明急了,他恳求农会主任亲自去,用自己在小河两岸所拥有的威望去说服那个动摇不定的女人。尤志茂去了,稳住了那个女人的心,最后拉个把把儿,说要"再尺谋尺谋"!

尤喜明还是不放心,"再尺谋"下去,怕是麻烦了。趁天黑,他上了岭,亲自找那个小寡妇去了。满嘴喷泉一样涌出新鲜而又进步的名词,热诚而又动人的保证,加之二十多岁时那张曾经是青春焕发的脸膛吧,尤喜明居然征服了小寡妇的心;以至在小寡妇送他出门的时候,他敢于一下把寡妇压倒在门外的麦草垛子旁……

"我老尤……"尤喜明结了婚,喜气洋洋,拍着胸膛。

在西安大兴土木的建设热潮中,尤喜明是尤家村第一个表现出对新分得的土地并不那么眷恋的农民,进城做民工了。他能说,能跑,好活跃!不出一年,被建筑单位吸收为正式工人,领起民工施工了。

"离婚!"穿上一身蓝制服,上身的口袋里插着两支明晃晃的钢笔帽儿的尤喜明,瞪着眼,嘴硬牙更硬,对搂着已三岁儿子的媳妇说,"你是个寡妇!我和你没感情!"

离婚以后,尤喜明把土改分得的两间厢房拆了,木料和砖瓦全部变卖干净,出了尤家村,再没回来。

也不知什么地方走了岔儿,尤喜明牵扯进一件贪污案,被解职了,背着铺盖卷儿回到尤家村,去向尤志茂报到。

"你看你,弄下这事!"已经是农业社主任的尤志茂惋惜地说,

"当年你离婚,我劝你,你不听。你拆房卖房,我劝你,你还不听。现在咋办?吃的社里可以先给你分些粮食,住处呢?"

"我老尤,能享得福,也能受得罪!"尤喜明似乎并不像尤志茂那样忧心忡忡,反而想得开,"住处,我看好了一个地方,社里东沟那个看守庄稼的窑洞,平时空闲着,让我先住下……"

"唔!那个……"尤志茂记起来了,"那窑太小,离村庄又远……"

尤喜明在东沟住下了,一住就住了七八年。每年冬季到来的时候,人民政府的民政部门发下救济款和棉花棉布来,尤志茂在开会研究救济对象的时候,照例先给东沟的居民留过一份,然后再一家一家评议。

"喜明,有一份棉布棉花,社里给你缝成棉衣了,你到妇女主任那儿去领。"尤志茂说。

"我算着也该来咧!"尤喜明一点不愧。

在"瓜菜代"的年月,尤喜明倒庆幸东沟这个绝好的住所了,甭说黑夜,大白天偷豆挖薯,也不会担心有谁发觉;他是尤家村少数几个没有浮肿的人中的一个……

现在,尤喜明坐在窑洞口,想着多半生的不平凡的经历。他从来是个只瞻前不顾后的汉子,过去的事从来不回想。在尤家村的人看来,尤喜娃睡在烂窑洞里,要是想起卖掉的房子,想到撵出门的媳妇和儿子,该是后悔死了吧?其实,尤喜明本人从来是不吃后悔药的。要不是工作组老安叫他明天上台"轰头一炮",他才不会想起那些已经无法挽回的往事呢!回想,是为了如何说得合体些,让老安信以为真!

绝对不能提那些最不光彩的事!尤喜明想,可是,尤志茂是个不错的支书呢!单是对他本人,也没啥过不去的事喀!真正回想起来,在尤家村体贴照顾他尤喜明的,还要算尤志茂呢!想到这些,他的热情和勇气往下降,凭啥斗争尤志茂支书呢？安组长说尤志茂是走资本主义道路的当权派！那段很长的话他记不住,而意思是说,他就是当今尤家村的尤葫芦,新地主！

"怕是要搞二回土改！"尤喜明这样估计当前的运动,"要是这回事的话,我老尤就不客气了！"

尤家村村当中,有一幢戏楼,这是一九五六年合作化后头一个好年成里盖的。

尤喜明坐在台上,和老安肩膀贴着肩膀,他的心里热乎乎的。平时,尤家村男女们谁拿正眼瞧一眼自己呢？看着站在台角的尤志茂,他心里好笑,你把戏楼盖起来,怕是只知道自己站在台上传达上级决议的吧？没料到今日吧？好！现在你站端！立直！手顺裤缝垂下……台下那么多惊奇的眼光在瞅他,瞅吧瞅吧！尤喜明是在台子上坐的人物,不是在东沟烂窑洞窝蜷的……

宣布开会以后,老安同志走到台前,沉痛中带着义愤："在社会主义的尤家村大队,至今生活着一个原始人！尤喜明同志过着怎么样的生活？惨不忍睹！走资派把贫农社员迫害到什么程度了？简直跟猿人一般……"

安组长动了感情,说不下去了："现在,请尤喜明同志控诉……"

尤喜明忽地站起,走到台前,瞧一眼老安,用凄楚而委屈的声音喊说："贫下中农阶级兄弟们……"一语未了,哇的一声哭了,凄惨震人。在擦眼泪的时候,他看见老安的脸上露出满意的表情,这一声哭到要紧处了。

尤喜明刚要说话,台下却传来一片笑声,他有点慌。安组长立即走到台前："笑什么？这是阶级感情问题！"

笑声反而更大更响了,从台子的前边到后边,左边到右边,卷起一阵阵笑的声浪。尤喜明感到笑声太刺耳了,却不知道为什么。

工作组员小马从台下跑上来,在工作组长老安跟前说悄悄话,老安立时脸变了,愠怒地瞅着尤喜明。尤喜明不知出了什么事,只看见安组长死死盯着自己的下身,他一低头,天啊!多少年没有穿过制服裤子了,今天穿上老安昨日送给他的制服裤子,却忘记了关前门……

尤喜明毕竟是尤喜明,他急中生智,猛地转过身,扑到尤志茂当面,挥起拳头,照准支书的胸膛,就是一记顶心捶:"你害得我好苦啊!"

台下的笑声戛然而止,没有人笑得出来了,成千双男人和女人的眼睛离开尤喜明的裤裆,一齐转向在台口挣扎着爬起来的尤志茂。尤喜明扣好裤子的扣子了,只见老安眼里向他射来生气的目光,停了好一阵,老安重新宣布说:"现在,由尤喜明同志继续控诉……"

"我要革命"

尤喜明的行为又得到报偿:他再次分得了两间厦房。这是原尤家村党支部书记、运动后期补定为漏划地主分子尤志茂的两间西厢房。

实在想不到,做梦也梦不到的嫽事啊,果真来了二次土改!尤喜明从东沟的"猿人洞穴"里搬进这间新房的时候,简直跟幻梦一般,不过多费了几星唾沫儿,甩了几串眼泪水水……

晚上,尤喜明钻进软和的被窝,美美儿睡了一觉;第二天,再到他居住过七八年的东沟的窑洞去上班。那被安组长称作原始人的洞穴的门口,现在挂着一个白底黑字的木牌,成了阶级教育展览馆了;每天接待着一批又一批前来接受教育的学生、干部、工人和战士;尤喜明现身说法,成了专职讲解员了。

尤喜明站在洞里,面对着拥挤在洞里洞外的观众,背诵着大学生小郭给他编好的台词:"革命的工农兵同志们!这就是走资派尤志茂残害我的罪证……"

那件又破又胖的衫子和裤子,那床烂得分不清里子和面子的棉被,现在都顺窑壁挂着,用塑料膜儿严严地罩起来;支着小铁锅的三块礓石也按原样摆着,只是把铺散在脚地上的柴灰清除干净了。尤喜明指着那一件一件展品,哭溜着腔调儿:"我过的是原始人的生活。我今天才获得解放。"接着,他就挥动胳膊,呼两声口号,完了,由他们自由看去。

寂寞了不知多少世代的东沟,一下子红火起来,长蛇似的队伍,从洞口一直排到沟底,激昂慷慨的口号声迎接太阳照进东沟,又送着太阳落下西边的原坡。好多善男信女,架不住这现场实物的强烈刺激,用手绢抹着眼泪,慷慨地在窑洞里丢下钱、粮票和衣物,表示对阶级兄弟真诚的同情……

直到最后一个参观者下了山坡,尤喜明这才坐在洞门口的石墩上,从腰里摸出八分钱一包的"经济牌"烟卷来,美美抽上一口,心里好笑:人都知道串村走巷的野大夫卖的是假药,可偏偏人都爱买!管尿它!咱只要一天挣十分工就对咧!不推车,不捉把儿,在凉窑里说几句话,比公家的干部少操心多啰!嫽!

东沟里寂静下来,尤喜明的耳边也清静了;清静了,反倒觉得无聊了,几天来不愉快的心事又翻腾起来。

尤志茂的成分一钉秤,财产一分过,老安就给尤家村重新安置干部呢。大小队原来的四五十个干部,差不多是一竿子打净了,可是给大队重新安排的干部中,没有尤喜明的名字;盼到给他所在的四小队安排干部时,又没有提到他!新发展的第一批党员,已经报到县"四清"总团待批,还是没有尤喜明的名字啊!他起初伤心,继而气愤。现在在东沟里想起来,简直要骂出来:"他妈的!跟土改那阵儿一尿样儿!轰场面的时光用得我,选干部的时光一脚踢远!"

着实令尤喜明伤心、生气。土改时,他头一个敢于冲进地主尤葫芦的大房里去,抽他两个耳光……临到土改结束,他只落下个空有其名的贫农代表。这回"四清"运动——二次土改,眼看又是啥啥干部也当不上了。现在只剩下贫协组织的干部没有定点,他想,许是给他留着一个位位吧?难说!老安对他越来越冷淡了,那次斗争尤志茂的大会刚一结束,老安神情严肃地批评他,怎么能动手打人呢?又是当着全村社员的面?此后,他越积极老安对他越冷淡,再没有头一次到东沟那么热乎了。好多天了,连他一次面也见不上……

"得找他谈谈意见!"尤喜明站起来,下了沟,进了村,端直走进老安住的农家小院。老安被几个人围着,回答着询问,眼睛熬得红红的,头发蓬乱了,人也瘦了,黑了。"四清"运动要收尾了,安组长忙着收摊……

询问事情的人走完以后,老安才走到他跟前,事务式地问:"喜明,你有什么事?"

没有事就不能来了吗?尤喜明一听那冷淡的口气就想躁,他拿出一副激烈的架势,大声说:"我要革命!"

安组长一愣,扑闪着近视镜片下面的眼皮,半晌,才说:"你要革命,那好啊!没有人阻挡你革命嘛!"

"我要干革命工作!"尤喜明的声音更响了。

"你在东沟当讲解员,这就是革命工作嘛!"

"我要……"尤喜明说不出心里要说的话。

"哎哎!老尤!"安组长开始耐下心来,"具体说,你到底要什么?"

尤喜明这才坐下来,紧紧盯住安组长的眼睛,问:"安组长,你说,我的斗争性咋样?"

安组长有点窘迫,说:"不错……不错!"

尤喜明进一步逼近:"立场坚定不坚定?"

"没有人说你不坚定嘛!"安组长说,"你要说什么事,有什么要求,直说吧!"

"为啥安排大小干部,没有我的份?"尤喜明干脆亮出底儿。

"唔……"安组长近视镜片下面的眼睛瞪得老大,半张着的厚厚的嘴唇说不出话来,他大概能料事万千,却料不到尤喜明会明目张胆提出要当干部的要求!

"当不当干部,一样革命嘛!"安组长从迷茫中醒悟过来,应付说,"不能人人当干部……"

"好我的安组长哩!"尤喜明忽然变了腔调,难受地说,"我为革命打响了头一炮,轰倒了尤志茂;我回回开会发言,揭发问题;我不害怕得罪人。运动结束了,我要是不挂个干部的名号,旁人愣烧臊我,积极了一来回,也没……你看,在贫协组织里头,能不能给我挂个名号……"

"啊!贫协?贫协的干部今天下午刚刚选好。"安组长已经厌烦了,口气中很明显表示出对尤代表的轻蔑说,"再不要争了……"

完咧!毕咧!尤喜明从头凉到脚,和土改走的一道辙,他被甩开了,像甩开什么讨厌的东西一样。他想再乞求,门口走进一个社员,叫老安去吃晚饭。尤喜明叹一口气,站起来,像什么事也没有发生,畅快地说:"老安,没有啥!我随便和你谝谝,没事!你放心,革命,咱照样干……"他已经走到尤家村的街巷里了。

前沿阵地

一场连一场干霜,打落了小院里那棵大柿树的叶子,入冬了。尤喜明再不必担心冬季里忍饥受寒了。天一黑,他就躺进软和的被窝里,炕上铺的,头下垫的,全是尤志茂给儿子结婚准备下的三面新的褥子被子;小厢房的顶棚,用新苇秆和新苇席绑扎得严严实实;炕上的三面墙壁,贴着花纸围。躺在这样舒适的为迎接新娘子的新屋里,尤喜明一根连着一根,抽着"经济牌"纸烟,要是能把这间新屋那个未来的女主人也分配给他,最好此刻就躺在他的身边,那……尤喜明鼻腔里痒痒儿,打了两个冲天揭地的喷嚏。

他睡不稳实了,索性坐起来,靠着窗户,对面的厢房里的人这会儿干什么呢?他拉开了小窗子的木栓。

小院里很静,风吹着地上的落叶,沙沙沙响。

运动刚结束后,这个小院里呈现的混乱和悲怆的气氛,似乎很快被一种无言的和谐所代替。地主分子尤志茂,一个人在柿树下吃饭,吃罢,女人从地上收拾走空碗空碟,他就一袋接着一袋抽旱烟。天冷了,还是这样,现在他还不睡觉,一炷烟锅的火光在柿树下闪亮,是他当干部形成了熬眼迟睡的习性呢?还是对他的倒台、家产的被分心怀仇恨呢?准是后头这一条!难受你就难受吧!也该让我老尤享享福;憂光恨我吧,是"四清"运动——二次土改给我带来了幸福……

尤志茂的大儿子尤年从兼做伙房的厢房里出来,钻进那间搭着麦草顶子的柴火棚棚去了。房产被分了,屋里睡不下,他在柴火棚棚里过夜。这小子平日进进出出,嘴噘脸吊,从早到晚不说一句话;看见尤喜明的时候,立即把头扭到一边去。眼看着要过门的新媳妇因为成分的变化而断然退婚了,尤年不恨死他尤代表才怪呢!恨不要紧,只怕这冷娃想媳妇想急了,一旦动起手脚,还不把他尤喜明拆卸了零件吗!得避着点!

他奇怪,这一家人为啥不吵架闹仗呢?原大队会计在"四清"中挨整垮台了,退赔了七八百块钱,成分可没有改变,比尤志茂挨得轻多了,会计的婆娘整天和男人闹仗,跳井呀,上吊呀,扯到公社离婚呀!这个小院里要是吵架干仗多好,尤喜明隔着窗子就会有好戏看……全是因为尤志茂有个好女人。她一天三晌照样出工挣工分,回到屋里喂猪喂鸡;她不弹嫌男人变成地主分子了,照样一日三顿,把饭食端到柿树下,双手递到尤志茂手上,给他说宽心话,在屋子里又规劝毛毛躁躁的儿女……

尤志茂的好女人洗刷过锅碗,从门里出来了,解下围腰,在台阶下拍打着胸和后襟的灰尘,劈劈啪啪响着……四十出头了,胖胖儿的身材,墩墩儿的个子,胸膛高高儿,屁股蛋圆圆儿……她拍打干净,领着女儿莲莲到后边的窑里去了,此后就不再出来……和这样贤惠而又温存的女人睡一辈子,尤志茂前世给神烧过碌碡粗的香吗……和这么好的女人在一起,就是流落街头,头垫佛脚睡庙台,大约心里都是甜蜜蜜的吧?尤喜明想着,触景生情,一种无法摆脱的空虚和孤独袭上心头,他即使睡到金銮殿里,心里能有人间的温暖吗?哎哎!由于运动过去了,尤家村不开会了,社员们又是白天上工,晚上睡觉,运动后出现的复杂的人事关系,很少有人串门谝闲话了,尤代表现在住在村子中间,出出进进街巷,大人小孩都不理他,年轻女人们见他过来,故意转过脊背来……运动完了,革命凉了,尤代表也不时兴了……

尤志茂从柿树下站起来,背着双手,缓缓走过院子,进入对面的厢房了,咣当一声关了门。夜更静了。尤喜明叹一口气,从窗口上转过脸,溜进被窝,眼皮发困发涩,一切美妙的想象只有托梦了……

窗下一阵轻轻的脚步声,夜深了,是谁在走动?尤喜明睡意全消,爬起身来,从窗缝看出去。

一丝蒙蒙的月光,影影绰绰看得见小院里的柿树和柴火堆的轮廓。有个人朝院里走进去,肩上扛着半口袋粮食,轻手轻脚走到窑门口,把口袋放下来,靠放在门框上,转身又走出来;走过窗口的时候,尤喜明认出来了,竟是贫协主任尤福来。

"贫协主任,你干的好事!阶级立场跑到什么地方去了!"尤喜明早已气从心起,这个抢占了他的干部位置的尤福来算什么东西!斗争尤志茂的时候,他出过什么力,能比得上尤喜明吗?结果却把贫协主任的位位占去了。他在心里骂:"怪道在没收财产时,尤志茂被分了个盆干瓮净,现在还有得吃,原来有人偷偷儿相赠呀!"

尤喜明轻轻拉开门，从对面传来尤志茂沉重的鼾声。他走到窑门口，窑里寂然无声，那个好女人和她女儿正在梦中。他提起那半口袋粮食，一摸，是碎颗子——麦！他蹑手蹑脚走回屋子，关上门，解开来，那黄亮亮的麦粒里夹着一个纸条：

"分得你的粮食，我吃不下去。"

"丧失立场！"尤喜明在心里喊，"你贫协主任给地主分子退回胜利果实，是什么立场？和谁穿连裆裤？和谁坐在一条板凳上？"

应该把粮食放回原处，保持现场；立即把治安主任、党支部书记叫来，看你尤志茂咋说？看你尤年小子，见了我还敢瞪眼不瞪？看你贫协主任尤福来怎么下台？

他抓住口袋，想重新结口的时候，那黄亮亮的麦粒却从眼睛里拔不出来了：何必呢？神不知，鬼不觉，凭空里拾得七八十斤麦子，不是美事吗？细粮仅够磨一套了，今冬明春，年下节下，光喝苞谷糁子怎么受得了！他提起口袋，朝装麦子的那个已经空空的柜子走过去，心里的火气早已烟消云散了，"你尤福来吃不下去，我尤喜明能吃下去！天天晚上有人来送，我就能过个好年了。"

走到柜子跟前，尤喜明又犹豫了：如果把这半口袋麦子扛到公社去，放到安书记面前，他会怎么说呢？尤喜明和尤福来，谁是革命的，不就对比明白了吗？说不定贫协主任这个位位得让给他呢！也许会受到奖励，说不准还会在报上扬名哩！傻瓜傻瓜，怎么能贪图半口袋麦子而失此良机呢！

尤喜明主意铁定，重新扎好口袋，忽地一下扛到肩上，反身锁上门，扯开大步，走过沉睡的街巷，出了尤家村，踏上通公社的大路。他走着，格外有劲，在睡梦里的尤家村人，明天早晨，你们一揉眼起来的时候，就会听到一个爆炸性的消息……

"好吧，你把粮食放到这儿，回去休息吧！"安书记听完尤喜明的汇报，平静地说。

尤喜明心里凉了。安书记为啥不惊奇呢？他苦心费力从尤家村跑到公社，半夜三更，十几里路，连一句赞扬的话都没有！阶级斗争被我抓住，送到你安书记面前，你却冷冰冰地不起兴儿！尤喜明好气馁！忽而一想，他明白了，安书记从尤家村撤走以后，被上级留在公社当党委书记，尤福来是他亲手安排下的干部。现在尤福来投降了地主尤志茂，揭发出来，于他有什么光彩呢！噢噢，明白了！出门时只朝一边想，没想到另一边有丝丝蔓蔓的瓜葛呢！他后悔不该白白损失了送到口边的粮食。

"好吧！你回去休息吧！"安书记催促说。

"那好，这事咋办呢？"尤喜明不甘心，"阶级斗争，尤家村特别复杂，我住在尤志茂对面，是前沿阵地。安书记，我睡觉都睁着一只眼睛！"

"问题由组织处理。"安书记仍不起兴，"处理以后再告诉你。"

"我也要参加这场斗争！"尤喜明说。

"需要你参加时，再通知你。"

尤喜明听得出来，安书记厌烦他，不过想快点哄他走开了事，他反而更热情地说："我等着！你啥时通知，我啥时候来！阶级斗争咱不马虎！"

尤喜明回到家中，等了一周，又等了十天，眼看半个月过去了，没见安书记的通知，也没见开斗争尤志茂的大会，也没见撤换尤福来的贫协主任职务。他急了，实在急了！得去问问安书记，阶级斗争还要不要天天抓？

他真的去公社了，走在十字路口，碰见了安书记，正骑着车子，到坡岭上几个大队去检查生产呀！

"安书记，那个案件怎么处理？"

"什么案件？"

"尤福来给地主分子送粮的案件。"

"那事……不是案件。"安书记淡淡地说,"我已经处理过了。"

"我一点不知道!"

"你为什么一定要知道呢?"

尤喜明难受了,安书记和他说话这么难听。他咬住问:"咋样处理的?"

"批评教育。我和尤福来谈了,他认识了。"安书记平静地说着,舌头一转,反而批评教育起尤喜明来,"喜明同志,你也要注意参加生产劳动哩!"

"我接待参观的群众,从早到晚……"

"要是人少了,有空到地里去,参加劳动。"安书记说,"要注意群众影响,我听到不少意见呢!"

听着安书记肯定的口气,和那讨厌的神态,尤喜明什么也不想说了,转身走了。

参观的人也少了,寂寞的日子又开始了。

这天早晨,他突然从隔壁的半导体收音机里听到,什么"文化大革命"开始了!他的心猛烈一跳,不由得把胳膊抡起来,走路也有劲了。他暂时还弄不清,这场运动弄啥呢?又要收拾谁呢?"文化大革命",那是文化人的事,农村搞不搞呢?他想着,走着,走到街巷中心的十字口,最好农村也搞,有运动才热闹!最好搞成……分得尤志茂的麦子已经吃完了……这回真的搞起来,该吃谁的呢……

1980 年 11 月 灞桥

土 地 诗 篇

　　月亮从小河那边的坡岭上露出半缺的脸儿来了，河面上罩着一层水汽，像烟，又像雾。川道里顺着河堤和灌渠排列的一条条林带，恰似高高低低峰峦起伏的群山。前日落过一场透雨，湿润润的夜气里，飘荡着秋庄稼业已成熟的腻腻香味，灌进夜行者的鼻孔里来。

　　河西公社党委书记梁志华，悠然踏着自行车，任清凉的夜风吹着没有蓄头发的光头。一个又一个后来者，驱车从他身旁穿过去，眨眼就消失在月色迷蒙的公路的远处。他忽然记起，是礼拜六了呢！那些车架上绑捆着大包小包的夜行者，大都是家住小河两岸农村的在外职工，从城里赶回来与亲人欢聚的。他忽然想念起他的在县医院里工作的妻子来了，那是一个兼有传统道德和新道德中的一切合理部分的好妻子啊！她这会儿干什么呢？尽管她早已习惯了他没有礼拜观念的生活，可是，要是她知道他此刻走在乡村公路上，既不是到某一个大队去解决纠缠不休的问题，也不是来与妻子儿女团聚，而是要去给一个被他错误地整治过的生产队长登门赔情，请求谅解，她会说什么呢？哦呀！检讨！赔情道歉！给胡家沟那个犟牛队长！弄到这种地步……

　　在公社召开的三级干部会上，传达了中央关于纠正"农业学大寨"运动中的"强迫命令""瞎指挥"的文件以后，闻名全县的"梁胆大"，一下子被铺天盖地而来的愤怒的唾沫星儿淹没了……啊啊！

这下毕咧！彻底垮台了！现在再没有哪位领导表扬他雷厉风行、敢想敢干的工作作风啰！那些曾经缠着他写文章、照相片的热情记者，再也不见光临河西公社来啰！提得高，摔得响！"梁胆大"——过去是光荣的标志，现在变成众人嘲笑的代号啰！"三干"会结束了，检讨还没有完，上级派来的工作组，要求他会后到生产队去登门赔情道歉，他不能不遵行，心里却总有一股难言的委屈之情……功也罢，过也罢，检讨完了，赶紧从河西公社拔脚，随便到县里任何一个部门去，再不搞农业了……

梁志华一直想不透，在刚刚结束的"三干"会上，干部和社员代表争相揭发批评他的时候，胡家沟生产队的犟牛队长，坐在靠墙的条凳上，瞪着一双牛眼，不说话，直至为期一周的会议终结。要知道，在他手下，被整得最重最惨的，正是这位犟队长！因为抗拒挖掉胡家沟村子西边那条沟道里的芦苇，以"破坏"全社原坡梯田化的统一规划的罪名，被他撤了职，留党察看了……现在正是该他说话、出气、诉苦的时候了，为什么反而不开口了呢？为什么没有声泪俱下地控诉"梁胆大"的瞎指挥给他们带来的灾难呢？这个犟家伙，大概是不善于用语言表达感情的吧？这个头发和胡须像鬃刷一般硬的犟家伙，大概只有用拳头才能把心里的话表达出来吧……

岔开公路，走过一畛平地中间的土路，翻过一面并不太陡的坡梁，可以看见胡家沟村庄的轮廓了。由树木的伞盖和房屋的高墙组成的小小的胡家沟，静静地隐蔽在山洼里的蒙蒙月光下，没有狗吠，没有人声，农舍窗口上透出的点点亮光，像山野的眼睛，沟道里日夜不断的泉水声，静夜里听来有如金属连续撞击时发出的脆嘣嘣的响声……

梁志华推着自行车，心里开始发虚，咋样和那个有点逆生甚至睁眼不认人的犟牛开口呢？你给他检讨，道歉，赔情，他要是牛眼一瞪，朝你脸上吐一口唾沫儿，然后扭身走掉，给你一个揽不起的难堪局面,怎么下台呢?怎么收场呢?怎么从胡家沟里走出来呢?这是很可能的,那个犟牛给他的整个印象是这样……

梁志华双腿沉重,索性撑起车子,停立在沟沿上,点燃了一支烟。月光下,可以看见沟道两边光秃秃的坡地,倒塌的田堰和地埂,像古战场一样残破和荒凉,那在他手里造出的一台一台水平梯田、一道一道平洁如镜的地埂,曾经接待过数不清的参观者,也曾经被摄影记者照了相,登在报纸上,现在,都因为地下长年渗水而滑坡了,垮塌了。

这就是苇子沟。梁志华调来河西公社第一次来到苇子沟边的时候,沟道里自下至上长着密不透风的苇子,软茎野豆和丝藤缠绕着苇秆,蝈蝈蚂蚱的叫声此起彼伏,呱呱鸟纷杂的呱呱噪鸣响成一片,这是光秃秃的原坡上唯一的一片生机蓬勃的绿色世界。胡家沟的苇席和苇箔,是远近闻名的特产……就在那一年,在他制定的改造河西公社山川面貌的规划图上,要不要抹掉这一层绿色,不是没有伤脑筋啊!抹掉了,可惜;不抹掉,在层层梯田盘绕的山坡上,留下这一点旧痕,左看右看不顺眼!"不要怕打破坛坛罐罐!"这句流行的彻底变革的口号从心里冒出来,促使他的心最后朝一边偏倒了——苇子沟要生产粮食!

在把这个规划第一次公布给全社干部的时候,犟牛跳起来了,这是梁志华早有预料的举动:

"梁书记,苇子沟到处渗水,修不成梯田!"犟牛说,"上面修田,下面渗水,底座不稳……"

既然下了决心,梁志华是不会轻易改变的,这个头一开,那个规划图东改西改,还能付诸实施吗?他铁定了:

"渗油也要修成!"

"弄不好,打不下粮食,又毁了苇子,两头落空。"犟牛担心地忠告说。

"事在人为!"梁志华毫不动心,"定了的事,不能变了。"

犟牛坐下去，憋红了脸，再没开口。

临到实施这个规划图的大会战开战的前夕，梁志华坐在山野里的临时工棚中，电话员坐在他的身旁，从东到西，一个大队挨一个大队，往过挂电话，逐一落实开战前夕的准备工作，他被一种战斗的激情燃烧着，两眼红肿，却没有瞌睡，万人大战，再有三天就要打响了，作为总指挥，理想的局面是热烈而又有条不紊，准备组织工作是特别劳心劳神的。劳神劳心，他没有丝毫的苦怨情绪，他满怀信心，相信这一壮举在河西公社的历史上将成为举足轻重的一战。

这当儿，犟牛队长哭丧着脸，走进苇席搭成的总指挥部的工棚，还没坐下，就难受地说：

"梁书记，社员愣骂哩！我……"

"关键在你！"梁志华盯紧对方苦涩的眼睛，"你本人就不通，社员怎么能通呢？"

"我……我给人家……创不下家业，也不敢……毁业！"

"我不想再跟你啰唆了！"梁志华烦了，"三天！离开战只有三天了，你考虑！要是第三天不把劳力拉上工地，后果由你负责！"

"你现在就撤了我！"犟牛的犟劲来了。

"撤不撤你，三天以后再说！"梁志华更硬，"你耍吓我。你犟，我专给犟人治犟毛病！"

犟队长嘴唇嗫嚅着，发青了，再没说话，一转身走出了指挥部的工棚。

第三天，整个山坡上是黑压压的人群，迎风抖摆的红旗，会战终于打响了。梁志华来到胡家沟的时候，径直走到苇子沟边。苇子沟，依然是密不透风的苇子，蚂蚱和呱呱鸟的乐园。他气坏了，二话没说，走进了胡家沟。

社员已经出工了，散布在河川的秋庄稼地里，问了几个社员，都不肯说犟牛的去处，其余干部，也都躲得找不到下落。"你摆下空城计,我没办法了吗?"梁志华冷笑着,又出了胡家沟,"我不能让你一个犟牛,破坏了全社的统一作战方案!"

第四天晌午,梁志华采取第三步方案了,他也是说到做到。他的身后,整整齐齐排列着八十名男女民兵,全社最精壮的劳力,肩头扛着明灿灿的镰刀、镢头和铁锨,朝苇子沟开来。

梁志华领着民兵,走进苇子沟,又一个意想不到的场面出现了,苇子沟里,蹲着或坐着胡家沟生产队的男女老少。他明白了,也气坏了,气呼呼下了沟,走到犟牛队长当面:

"把社员带出来!"

犟牛队长蹲在地上,扭着头,盯也不盯他。

"把社员带出来!不然我处分你!"

犟牛队长呼地站起,瞪着牛眼,指着胸膛:"你让民兵朝这儿挖!"

梁志华一扭身又上了沟岸,派出两个民兵,把正在不远处作业的两台推土机调来了。

推土机的钢铁履带,在山坡的土地上搅起滚滚黄尘,司机打开车门,探出身来,等候他的吩咐。梁志华说明了情况,司机一听,朝沟下瞅瞅,惊恐地盯着他,六神无主了。

梁志华兀自跳上驾驶台,看也不看司机,盯着前边,冷冷地说:"开!"那意思很明白,一切后果由我梁某人负责!

司机搬动操纵杆,明光灿亮的大铲落到地上,引擎牵动以后,梁志华随着机身的颤动也颤动着身子,坐垫前的钢铁里发出浑实的呼隆声。梁志华喊:"把消声器去掉!"

司机眼一闪,跳下车去,拔掉了消声器,又跳上驾驶台,脸上轻松得多了:"吓唬人呀?"

梁志华仍然绷着脸,机车开动了,轰隆轰隆的吼声,在两岸夹坡的沟道里回响,一股股黑色的泥浪,裹着腐叶败枝,翻起又落下,铁铲下,苇根被斩断时发出嘎嘎巴巴的脆响。眼看接近苇丛了,司机回过头来,那意思很明显:就从人身上往过轧吗?

梁志华紧紧盯着大铲前头的苇丛,那儿有两个老汉,蹲在草地上,眼里露出满不在乎的神情,嘴里咂着烟袋,大概估计这台推土机无论如何不敢从他们头上轧过去吧?不过吓唬老百姓罢了!梁志华已经感觉到司机的眼睛里的意思,仍然冷冷地说:"加挡!"

"轧死人咋办?"司机吓坏了,终于喊出来。

"你为啥要轧死人呢?"梁志华笑了,"你得想办法;既要把他们赶跑,还不许伤一点皮!"

"啊呀!我当你真豁上了!"司机长长嘘出一口气,笑了,"那好办!你看——"

铲土机呼隆呼隆滚过去,铁铲深深地扎进泥土里,卷起半人高的土浪,梁志华看见,当翻卷的泥土落到那俩老汉脚边的时候,俩老汉眼里闪出一缕惊恐的余光,慌忙爬起来,滚到一边去了。

司机像是受到鼓舞,开得更快了,终于闯进密密层层的苇林了。

苇子林边的男女社员乱糟糟爬起来,好多人跑上沟去了,梁志华笑了,对司机递上一支烟,说:"没一个真正想死的!"

犟队长压不住溃散的阵脚,气急败坏跑过来,跳上驾驶台的踏板,从窗玻璃外边死死盯住梁志华,布满血丝的一双牛眼一眨不眨。

梁志华叫司机停了车,他打开车门,刚探出半个身子,万万没料到,犟牛队长猛地朝他脸上吐来一口唾沫,然后跳下车,走了……犟牛队长一口唾沫儿,换来的是立即被撤职,被留党察看,接着就挂上牌子游遍了河西公社的大村和小庄……再没有一个干部和社员敢于公开反对规划了,这件事被添枝加叶地演绎得更加有声有色,四下传播,轰动了全县,"梁胆大"的名号也就响起来了。

唔!恍如昨天!眼前的苇子沟里曾经发生过的轰轰烈烈的场面,现在已经不是敢想敢干的光荣的纪录了,而是带着令人羞愧的讽刺萦绕在他的心间;昔日那被铲除挖掉的苇根燃起的火堆和烟柱,熏烤着他的心,愈来愈难忍了……

发疯啊!真正是发疯啊!梁志华自叹着,做下挨骂的事了,让人骂吧!犟队长要是不客气地朝他脸上吐唾沫儿,就吐吧!让那些被他的强迫命令坑害过的干部和社员,出了气,平了心;好了,梁某人也该离开这河西公社了!唉!

山村的夜是这样静。走进村口的时候,自行车链条的响声听来似乎更响了,谁家门口传来一声凶猛的狗叫,吓了他一跳。别这么神经紧张吧!别这么丧魂失魄吧!搞过瞎指挥的公社干部,全省也不是我一个哩!他给自己宽解,有我的责任,也有上级的责任!别自己把自己搞得灰溜溜地抬不起眼……

梁志华推着自行车,走进了犟牛家的土门楼,亮着灯光的小灶房里,立即传出一声中年妇女沙哑的问话声:"谁呀?"这是犟牛的媳妇彩娥的声音。

"我。"梁志华回应了一声,把车子在院子里柴火堆跟前撑起来,就朝里走去。

彩娥站在小灶房的门口,从门里泄出的亮光中,探身盯着梁志华,三十出头的彩娥,认清了来人的时候,直起身来,双手一拍,诧异地说:"噢呀!梁书记呀!你怎——黑天来?"

"黑天闲呀!"梁志华随口说。

"书记总是忙啊!"彩娥拖着腔儿说,"还是忙着修梯田大会战吗?"

"呃……"梁志华脸红了,幸亏黑夜看不出来,这个中年女人一把抓到他的伤疤上,他噎住了。

彩娥开心地笑着,狡诡地扑闪着眼睛,得意地瞧着失掉了威风的领导者,仿效着梁志华过去的口号:"大批促大干,大干促大变,河川园田化,山坡梯田化。你现在化得咋个相吗?"

"哦……这……"梁志华更加窘迫,脸上热烘烘的,说不上话来。

"一批二斗三背砖,不怕社员不上山。你的这一套办法好啊!硬啊!咋不用了呢?哈呀……"

梁志华听着,难堪极了,而那个女人,说得正解气,看不出有停歇下来的神气。这当儿,上房里传来一个老年妇人呵斥的问话:

"娥娥,你和谁说话?这样没大没小的……"这是犟牛母亲的声音。

"是梁书记!"彩娥笑着说。

"啊呀!是……梁书记……吗?"老婶子结结巴巴说着,已经走出门,站在台阶上。

"是我,大婶!"梁志华赶忙走上前。

"梁书记啊!你黑天半夜,怎么来的?"老婶子亲切地问。

"骑自行车。"梁志华说。

"你怎么……骑自行车?"彩娥站在背后,仍然不放过机会,"坐推土机多威风嘛!"

"这挨刀子的……嘴长!"老婶子禁斥着儿媳,动手拉住梁志华的胳膊,"快,屋里坐。"

"嘴长犯法吗?梁书记赏给我一个牌子才好!"彩娥不理婆婆的训斥,更加来劲地挖苦,"我脸厚,不怕游街!在山沟小村有啥好游的?要游到西安城里游!咱乡下人难得机会进城,全当逛热闹哩!经世事哩……"

"打嘴!"老婶子真的变了脸,变了声,她大概觉得媳妇说得太过分了,客人受不了了,"来了客人,不见问吃问喝,光知道卖嘴!"

彩娥却哈哈笑着,进了灶房,似乎并不怕。

梁志华被老婶子牵着胳膊,进了上房,脊背上的芒刺似乎消失了。他坐下来,尴尬地装着烟末儿,划着火柴……她男人犟牛受了他的整治,她跟着担惊受怕,现在自然要出一口气了。

"老梁,你黑间还不歇息,真是苦累!"老婶子念叨说。

"大婶!我今日来,专门给你做检讨来咧!"梁志华趁早说明来意,也许倒能免去彩娥的挖苦和讽刺,"我那年对犟牛……"

"甭说了!事情过去了,再甭提了!"大婶宽容大度地说,"咻有啥哩!犟牛是个平民百姓,挂一回牌牌,也没伤他皮肉,没啥!"

"犟牛是对的。"梁志华诚恳地说,"我当初脑子发热,听不进群众意见……"

"谁都有失手!"大婶仍然宽容大度地说,"一家人过日子,也有碰磕!大人训娃娃,也不定都是娃没理!'老子训儿儿不羞,官家打民民不恼'!"

"大婶,我们是同志,平等……"梁志华连忙纠正说,老人把他和旧时的官家连在一起了。

"一样!跟父母一样!"大婶又打断他的话,把谈话的意思又扳回自己一边,"你是书记,管了那么多人,有多少麻烦事,哪能把个个人都端平搁稳,把件件事都弄得清清白白呢?总有个不周到的时候……"

梁志华捏着烟卷,烟卷在手指间冒出一缕缕烟气,在他的脸前飘过,透过烟雾,他看见老人过分宽容的神情里,遮饰着疑虑和担忧。她怕他。怕他什么呢?怕他以后再行报复吗,抑或是其他什么原因呢?他的心里现在才真正感觉到了那一层无形的隔膜,他沉默了,倒不想过多地解释什么了。

短暂的沉默。隔膜着的难以相通的感情,使检讨者和接受检讨者都不自然了。彩娥正合时宜地走进来,打破了刚刚出现的沉闷的局面,俩人都感到解脱了。

她一手端着竹皮暖水瓶,一手勾着两只搪瓷缸,一身很合适的夹衣服下,透出一股健壮的中年妇女的强悍的气息,她一边倒水,一边笑着:"你今黑是专门做检讨来了?"

梁志华强装笑脸,准备接受彩娥的奚落了。

"那就向我检讨吧!"彩娥说着,在炕边的木椅上坐下,抬起一条腿,坐成一个二郎担山的姿势,双手掬着膝盖,挺直腰板,"你的心诚不诚呢?"

梁志华仍然笑笑,说:"心可掬不出来……"

"负荆请罪,应该自带荆条!"彩娥说。这大约是个读过几年书的有文化的妇女吧,可能上过初中,不然怎么知道这个历史故事呢!她挖苦说,"我灶房里可有的是笤帚疙瘩烧火棍……"

"彩娥!真该挨嘴板子!"老婶子斥责儿媳,"没大没小,满嘴胡喷!还不下面去!"

彩娥瞧一眼愠怒的婆婆,却哈哈笑着,从椅子上跳下来,顺炕站着,并不介意婆婆的斥责。笑毕,撇一下嘴唇,说:"梁书记,你有心做检讨,俺妈还不敢领受呢!你看怕人不怕人!"

"你越说越不像话!"婆婆开始动手拉扯儿媳的胳膊,"你走!去把犟牛叫回来!"

彩娥抽回胳膊,双手像铁钳一样抓住老人的两只胳膊,把老人推出门:"你去叫。你害怕,你走!我不害怕,梁书记不是老虎,吃人吗?"

老人竟然真的走出院子去了。

彩娥重新坐在椅子上,侧对着梁志华。婆婆不在场的时光,她严肃起来,说:"你那天晚上在广播上做检讨,俺一家人围在喇叭底下听。"彩娥抬头瞧瞧挂在门楣上方的有线入户的小喇叭,继续说,"俺妈听着,流了眼泪,说自古官家做了瞎事,谁见过给百姓赔情认错?听说你在公社受批评,下不了台,老婆坐不住,睡不着,硬逼着犟牛给你送鸡蛋去,叫你放宽心……"

梁志华扬起头,不由地轻轻"啊"了一声,眉头紧皱起来,"有这样的事?"

"娃他大是个孝子,拗不过俺妈,去了两回。头回去,你没在公社;二回去,你正在机关会上检查讲话呢,他没好意思叫你,回来俺妈还骂他不会做事……"

"噢!"梁志华眼一闭,心在胸脯里加快了跳速。卷烟燃到最后了,烫着了手指,他又抽出一根来,点上了。

"俺妈天天早晨叮嘱他,'咱夓揭发人家梁书记!人家揭发让人家揭发,咱夓……'"

"老人怕我打击报复吗?"

"也许是。"彩娥说,"她可说是'咱夓推下坡的碌碡'!"

梁志华现在才明白了,在集中揭发批评他的专门会议上,犟牛闭口不吭的原因了。他一手拍着自己的脑门,盯着彩娥,什么话也不想说了,任何解释都是多余的,甚至是可笑的。

"梁书记!"

一声又大又重的喊声,伴着架子车车轮轧轧的响声在院子响起,带着热诚和亲切的气流,从门口冲进来。犟牛和老大婶,母子二人,已经站在门口,梁志华站起来。

"你夓听彩娥胡说!"犟牛笑着,"那是个疯子!"

梁志华也笑着,没有说话。

彩娥撒娇似的瞟了犟牛男人一眼,出门走了,梁志华在这一瞬间,第一次发现了这个泼辣的中年女人那一缕柔媚之情。

"拉苇根去了?"梁志华问。

"噢!"犟牛高兴地说,"啊呀,老梁,前多年咱知道人家东古大队的苇子比咱的苇子秆高,皮子厚,却不知道人家是新品种!现在好了,你给咱铲了劣种苇子,正好栽良种苇子!你倒办了件好事!"

"因祸得福!"梁志华自愧地说,"我当初,可是强迫你去干劳民伤财的事,蠢哪!"

"人都有失算的时光!"犟牛不以为然地说,印象中执拗死犟的家伙,此刻变得通情达理,"你这几年在河西,苦吃得不少……"

"唉!"梁志华摇摇头,"尽干了些蠢事!"

"你的丰收渠工程,不该停……"犟牛说。

"我说不准再说那些事,你……犟牛,记不住吗?"老大婶提醒儿子。

犟牛哈哈一笑,表示再不说了。

隔壁的灶房里,传出两声爆响,是滚油烫击辣面或是葱花之类的声音,接着,彩娥双手端着木盘进来了,放在桌子上。盛着醋和酱油的小碗里,漂着一层油花花;葱花和辣子,也一满是油汪汪的;木盘的中央,有一大盘炒得嫩黄的鸡蛋。

彩娥一转身,随即又端来两碗干面,先递给梁志华一碗,又递给男人一碗。

梁志华接住碗,又推放到桌子一边,千辞万谢,说他刚刚吃罢晚饭。

犟牛放下碗,一家人全瞪起眼睛。

"你让老梁吃饭嘛,瞪眼做啥!"彩娥提醒男人,"让人也不会让!"

犟牛傻笑着,端起碗,硬往老梁手里塞。

合家围劝,老大婶最着急,甚至说出不相干的话:"俺娥娥嘴头不饶人,心好,梁书记甭计较!"

老梁为难了。

"老梁,你知道,这鸡蛋,他大给你送过两回了!"彩娥说,"今日正好。"

"对对对!"犟牛说,"你吃了,俺妈就放心了。要不,她还得催我送第三回……"

梁志华提起筷子,饭是什么味啊……

犟牛在狼吞虎咽,大块的面片从喉咙里滚下去的时候,发出呼呼响声。梁志华停下筷子,问犟牛说:"你什么时候栽苇子根?"

犟牛头也不抬:"明天早上。"

"我跟你一块去栽。"梁志华说。

犟牛抬起头来,醒悟似的一眨眼,坦诚地笑了。

梁志华慢慢搅动筷子,隔壁灶房里,大婶和彩娥,一边吃着饭,一边管教着不安心吃饭的孩子,声音是严厉的,感情是疼爱的,小院里,一切都显示出农家特有的和谐。

梁志华一眨眼,两滴泪水滚到饭碗里,黄土一样纯朴的人民啊……

1981年元月 灞桥

短篇二题

张 文 之

"嗤——"

听见一声响,张文之跳下自行车,后轮黑色的橡胶车带上,紧紧扣扎着一枚大盖儿图画钉,车胎放气了。真倒霉!

离县城还有三十华里,到桑树镇车铺去修理也有十华里。将晚的暮霭从积雪的南原和北岭朝河川围拢。唉唉!意想不到的一枚小图钉,把县教育局干部张文之整治在乡村公路上。除了自认晦气,还能抱怨什么呢?

在这样的困境里,张文之和我们任何人一样,自然地搜寻起记忆中的救星来。他的记忆力不坏:眼前可以看见树梢的村庄,是吴村;吴村住着他认识的一位小学教师,叫吴育民。

"交九"后的傍晚的寒风,从脖颈和袖口往进钻,厚重的棉衣和棉裤,似乎也失去了分量,他把散开的围巾紧一紧,脖子里熨帖多了,加快了脚步。

真是无巧难编小说。张文之走近吴村村口,紧挨着柏油公路的一家庄稼院门口,有人拉着装满蒜苗的架子车,在土围墙的圆洞门口停下来。他上前打问吴育民的住处,不料那人恰好就是吴育民。吴育民扔下架子车,沾满泥土和蒜臭的手,惊喜地握住上级领导机关干部的手,就往屋里拉。

"快给老哥帮帮忙!"张文之朝院里走着,大声叹息着,叙说着倒霉事。

"好办好办。修理车子补胶鞋,那一套家具咱都有。"吴育民畅快地说,把张文之让进屋里,"你先坐下喝水。顶多半个钟头,保险叫你上路。"

张文之坐下了,接过茶,又接过烟,心里顿然踏实了。

心里踏实了,他就关心起自己下属的教师的实际生活来:"你真够辛苦的,回家来不得休息,还要拉架子车!"

"习惯咧!"吴育民不在乎地说,对于自己的生活,没有抱怨,倒现出一种自足自乐的神气,"咱这号人,进了学校是教员,回到屋里是农民。习惯咧!"

吴育民拉出一只木箱,翻腾着,找出锉刀、胶皮和胶水,对着后院喊:"桂芳——"

一个中年女人进来了,这大约就是桂芳,他的妻子。她看了张文之一眼,淡淡地说"你来了",算是招呼。

"快去做饭!越快越好!"吴育民双手在拆车胎,对妻子说,"这是县教育局老张,俺的领导。"

那女人脸上现出一丝热气来,略微笑一笑,转身出去了,后窗外的小灶房里,水瓢响,风箱吼。

"别麻烦!我还要赶路哩!"张文之真诚地谢绝,看到了那女人——因为他的突然到来而给她平添了麻烦,又使她的男人停下了家里的杂活——脸上那一层冷淡的神色,他能体谅她,农家人忙啊,"我又不饿……"

"把你最好的东西拿出来!"吴育民根本不管张文之的劝阻,面对后窗户,给妻子叮嘱,又回过头来,执意中显出最实在的诚恳,"我的天,平时请也请不来的。我心里记着你的好处哩!"

"记那做啥!应该的嘛!"张文之不在乎地说。一年前,吴育民由民办教师转为公办教师的关键时刻,他给他帮过忙。他此刻却不想让对方提及此事,念念叨叨,便岔开话题,"现在生活咋样?"

"当然好多了。"吴育民坦诚地说,"工资虽不高,月月却是固定收入;屋里人又包了责任田,也有盼头了;那蒜苗,是自留地的出产……乱七八糟,合到一块,手头松泛多了!"

"公办教师的工资,还要升,县上已经接到正式文件了。"张文之对已经经他手转为公办教师的下属说,在报告喜讯之中,内含着转为"公办"可是受益匪浅的事,"你还能升一级。"

吴育民扬起头,睁着吃惊的眼睛,对这样突如其来的福音,一时难以置信,随之低下头,锉刀在内胎胶带上锉得更小心了。

人都喜欢谈工资,一谈起来就忘记了时间。

半个钟头不到,车胎补好了,一碗鸡蛋挂面也端到桌子上来了。

"咱乡间没有好吃喝……"桂芳把碗递到张文之面前,抱歉地礼让着,眉里眼里,是真情实意的气色。她怎能想不到自己的丈夫是在教育局领导下的小学里教学呢?"张领导凑合吃……"

"很好!很好!"张文之随和地说。

"桂芳,你还不认得,这就是那个老张!"吴育民给妻子介绍说,"咱的恩人哩!"

桂芳歉意地笑笑,对客人初来时自己的冷淡似乎感到愧疚了,更加抱歉地说:"到乡下吃饭,总受委屈……"

"很好!很好!"张文之已经挑动筷子,面是细的,鸡蛋是嫩的,那汤啊,油花点点,飘着几片蒜苗的绿叶,味儿真鲜!他吃得冒汗了。

张文之冒汗了,浑身被寒风冻得紧紧巴巴的肌肤,舒活了。他摘下缠绕在脖颈上的围巾,放在身后炕头的被卷上。

"听说你一直是带高年级重点班?"张文之吃着,问,"工作是挺好的。"

"凑合凑合!"吴育民自谦地笑笑。

"局里本学期想调你到重点小学去,你们校长死活不放手。"张文之说,"有水平的教师缺。"

"他在屋门口教学,家里啥事也不管,今天礼拜六,我才把他拉到地里去挖蒜苗。"女人诉说,"要是调远了,我一个屋里人,责任田,自留地,喂猪喂鸡,咋顾得过来?"

"好同志嘛!那是局里掌握的好教师,当然工作负责!不好怎能转正哩!"张文之给夫人解说,"家庭困难,局里也是考虑的。"

吃饱了,又接上一支烟,在吴育民夫妇热情的、歉意的送别声中,张文之被呼拥着,推起打足了气的新"飞鸽牌"自行车,发现车架上,已经捆扎着一大捆新鲜的冬蒜苗,出了门。

暮色已经笼罩了村庄上空的光枝秃柳的树梢。张文之跨上车子,风似乎也不那么冷了,腿脚上更有劲了,眨眼间,吴村甩到车后边去了。

糟糕!围巾——忘到吴家了!

好在离村不远,不必犹豫,张文之又掉回车头,骑到吴育民家土围墙外了。他把车子撑在门外,走进土围墙的圆洞门,进了院子。

房门虚掩,里屋传出吴育民夫妇大声的谈论声,他一下刹住匆匆的脚步——

"……要不是他,按条件咱三年前就该转正了!狗东西,死死卡了咱三年!"是吴育民妻子的声音,"去年,要不是塞给他那辆自行车,还是转不成!"

"你悄声点。"吴育民劝妻子,"过去的事了,算了。"

"我一眼认出,他今日来骑的那个车子,就是咱给他买的那一辆,我一看见就是气。"妻子桂芳的声音更高了,"买车子借的账,咱还没还清哩!他倒找上门来,叫给他补胎……"

"算咧！甭提那事了。"丈夫叹口气，仍然劝着，"你没听他说，要提工资了吗？"

"那是国家给教师的好处！我领他姓张的啥人情呢？"

"你知道啥？评工资，'民办'转正，教师调动，都属人家管哩！"吴育民说，"弄不好，得罪了他说不定他就把我贬到山里，那个只有十来个娃娃的初小去，他才不管工作需要不需要，家庭困难不困难呢。能不能升工资……"

"哼！"妻子愤恨地说，"怪道你们那些穷'民办'到咱屋，提起他来叫'蚊子'。他自个儿也不知耳朵烧不烧？"

……

张文之站在院子里，脑子木了，浑身冷透，手脚气得打颤，却没有一丝勇气走进去理辩一番。他转过身来，放轻脚步，走出院子去。

他骑上车子，腿脚虚软，心里作呕，那鸡蛋挂面很不安静地在肚里翻腾。他想不到自己架着黑腿眼镜的小白脸此刻变成什么颜色了，只觉得"交九"后的乡村旷野里的风，是这样冷峻……

见 面 礼

晚饭以后，我坐在火炉跟前看报。

有人叩门，袁副书记走进来，对我说："咱俩今晚给李书记汇报工作。"新任公社党委书记李明远同志，下午已经来了，应该去给初来乍到的领导者介绍本社基本情况。我跟上老袁便走。

前任党委书记老孙一月前调走时搬空了的屋子，又被新来的李书记的行李塞满了，床上铺上了单人被单，桌子和柜子上的灰尘也擦拭干净了，火炉里蹿起半尺高的蓝色火苗儿。李书记扔下正在整理的一摞书籍，笑着和我俩一一握手，问候，围着火炉坐下了。

"全社面积六十平方公里。总耕地面积二万九千三百一十四亩八方。总人口二万三千一百零五人……"汇报就这样由袁副书记开始了。

我坐在一边抽烟。袁副书记真是好记性儿,本本拿在手里,不过是以防万一,或者是一种习惯,其实他是不看本子的。由农业说到工业,说到副业、林业,以至教育、卫生、商业、计划生育等等。他的声调是平缓的,又是自信准确无误的,像他的平整而分明的偏分头一样,绝不紊乱或含糊。在介绍完某一项目之后,他回过头来,礼节性地问我一句:"是这样吧?"

其实我是无须回答的。他问过之后,不等我答话,甚至不等我点一下头,就转过脸去,笑嘻嘻地盯着李书记,开始下一个项目的汇报内容了。

新任党委书记李明远同志,坐在椅子上,挺着粗粗壮壮的腰身,一手搭在左膝头上,一手提着旱烟锅,悠悠然吸着。他连个本儿和钢笔也不拿,按常情该是记下一点什么东西的。那么多数字,流水般从老袁嘴里淌出来,他能记下多少呢?

表针转过一圈又一圈,我拼命抽烟,以压制难以按捺的"呵欠"……总算完了。

基本情况介绍完毕,刚刚结识的领导者之间十分谨慎,异常谦逊的谈心开始了。

"孙书记走了后,听县组织部说派你来,我高兴死了,整天盼呀盼着你来!"老袁诉说自己的心情,算是欢迎词吧,"你来了,好咧!我有主心骨了!"

"伙计,别这么说。"李书记笑笑,"我又不是神。事情靠大家出点子,想办法,工作也靠大家做……"

"蜂儿也得有个蜂王!"老袁收敛了笑,认真地打断李书记的话,"咱们虽然没在一起共过事,你的工作作风,早就听说过。那……哈呀!那是当今社会风气里少有的……"笑容又从袁副书记的瘦长脸上浮出来，朝眼睛里涌集。

李书记没有答话，此刻弯下腰去了，捞起拨火棍儿，漫无目的地戳着蜂窝煤的气眼。我看不到他的眼睛，猜不出会有一种怎样的神情。

"我这人——"袁副书记自我表白，眼瞪得大大的，脸挺得又平又静，"直杠子！生性难改。"

"我就喜欢直杠人。"李书记没有抬头，笑着说，"有啥说啥，直杠人好。"

"那看在谁手下工作哩！"袁副书记转换了语气，连着两声叹息之后，情绪急骤转折了，"老孙调走了。实说哩，他要是不走，我就要求调走，坚决走。咋哩？人没法在他手下工作嘛！咋哩？咱不会拍马溜须，不会说骚情话……"

我不想评价袁副书记平时的工作和为人，只是清楚记得，三年前迎接孙书记、五年前迎接田书记的时候，都是笑着说他们是他"盼呀整天盼着"的"主心骨"，而当他们共过几年事之后，调职离任，在迎接后者的时候，他们无一避免地又成为袁副书记诅咒的人物了。我瞧着李书记，你听得舒服吗？

"人在他手下，给他把力出扎，把腿跑断，把汗流干，唉！耍想落一句好。"袁副书记说得伤情，气得脸都变了。拉长的脸和倒竖的眼睛忽地一缩，又轻松地笑了，"这下好了，你当班长，咱给你跑腿。给好班长跑腿，跑起来有劲儿……嘿嘿……"

李书记手里的拨火棍儿，停止了拨弄，直起腰，扬起头来，脸上平平静静，淡淡地说：

"我还不如孙书记哩！"

"你呀，也好办：你不要给我工作。咱们都给人民办事，为群众劳神，替社员跑腿。这样，我心里实在，你心里也就实在啰！"

老袁眨巴眨巴眼睛，灵活的眼珠终于停住，现出一缕隐约的尴尬神色,那不仅是意识到语言选词的不慎的过失……

　　我长长嘘出一口烟气,倦意全消:漫长而乏味的汇报介绍,至此,一下使人抖擞起精神来。

1981 年 1 月 18 日　灞桥

乡　村

一

川原上下那些被树木笼罩着的村庄,人家生产队里的干部也不知是咋样产生出来的;地处小河湾的小王村,年年换一茬队长,却是挨家挨户轮流上台坐庄的。

轮到五十岁的王泰来上台执政的时候,老汉愁得几夜睡不着觉,仓库里连一颗储备粮也没有;出纳员紧紧锁着的抽屉桌斗里,只有几枚硬币;而信用社里的贷款已经撂下近乎两万块了。

人事关系复杂到出门少说闲话的严重地步,常常因一句无根无梢的闲话打架骂仗,不惜合家整门子出动……

年景也不好,自打麦子播下地,没见过雨雪;麦苗又稀又黄,看了令人灰心! 这个队长当到年底,有什么盼头呢?

连续有几个长辈劝说了四五个晚上了,每年春天,就是这几个老汉出面劝服将要轮到上台的干部。有什么办法! 小王村和大王村是一个大队,党支部书记早已不行使他对这个挂在大王村偏旁的复杂的"小台湾"的党、政权力了。"小台湾,我管不了!"他公开在公社说,也公开在小王村任何人面前说,丝毫也不怕降低他的威信。所以,给小王村安排干部,就是既不属于党也不属于政的那几位长老每年必尽的义务了。

送走那几位胡子长辈,泰来的耳边还响着他们重复了四五个晚上的那几句话:

"你人正气！公道！不粘派性！大家都高兴,说是今年才轮上一个好当家的咧……"

"黑市粮买得人实实招不住,受不了了！大家盼得你今年……"

所有这些,也不能完全打动他的心。他深知小王村的深浅,只有一句话有力量:

"轮到你了！"

轮到了,不干也不行,自己不干,别人也上不来呀！他准备干了,免得那几个老汉今晚再来,四五只手一齐在他的旱烟盒盒里捏！

"干就好好干一年！"泰来盯着被烟火熏成黑色的屋梁,心定了,"明天赶紧浇麦！"

他万万想不到,出手头一件事,就插进一宗说不清、判不断的是非里,几乎连并不算老的姥爷也贴赔进去了……

二

两口机井,闲了整整一个冬天,麦子却干旱着,前任队长早在播完最后一块回茬麦子之后,就宣布他完成在职的使命了。

到处找不着水泵！泰来队长从早晨起,直到吃午饭,翻遍了保管库房,跑遍了饲养场,翻动了旮旯拐角,都没有找到,后来经人提醒,在储藏碎麦草的破土窑里翻腾出来了。找到了,却是一堆废品,接上电源试试,全不转动。

"修！"他说着就拉来了架子车,为了快点,他最放心自己,亲自到公社农具厂去了。

当他把两台水泵抱到架子车车厢里以后,突然想到,四节胶皮水管连一节也找不到了。应该同时差人去买水管。他想到了王九娃，小王村只有他的门道多，是小王村最会办事的一个人。

"哎！"九娃一手弹着烟灰，叹口气，"我说过了，再不给小王村办事咧！"

"咋咧？"

"哎！"九娃又叹口气，十分委屈的样子，"我给小王村办了多少事？电磨买不下，我买回来了；三角带买不到，我又给买回来；咱队那两台水泵，两台马达，不也是我一手买回来！临了落下个啥呢？混工分！混出差费……"

"噢呀！放心放心！"王泰来说，"这你放心，社员会上咱把这事提明叫响！"

"我不……"

"麦子都旱死了！"泰来开始恳求说，"轮着叔坐庄，今天是头日上朝理政，你全当给叔帮忙哩！"

"好说！只要你老叔有这句话，好说！"九娃站起来，声音不高，却很慨然，一副讲义气的神气，"再难，我也得想办法！"

"那好！好！"王泰来队长转过身，"你明天一早就去，我现在去修泵！"

九娃拉住了他已经跨出门的身子。

"钱呢？"

啊呀！真是人到事中迷！他明知，出纳没钱，到信用社贷款，来不及了。他急中生智，说，"我现在先把马达送到农具厂，赶天黑回来，给你借下，你明早进城，不误事的！"

把车套绳挂上肩膀，他拉着架子车出了村，田野绿色泛起来了，麦茬却迟迟退不了冻旱而死的那一层干黄的叶子，望着河滩柳树和杨树上绽出的鹅黄，他加快了脚步，催促自己，快！快！快！麦子等水返青呢！

到谁家开口借钱呢？泰来拉着架子车,二三十户的小王村的家家户户,男当家和女当家的,都在脑子里冒出来。几户宽裕人家像旗杆高过筷子,显示着目标,向哪一位开口好呢？向哪一位开口之后而不至于伤脸呢！

泰来一个一个分析,在这方面,他要兼着经济学家、心理学家以及关系学家三方面的特长,综合分析、判断,要做到瞅准目标,一次开口,不伤脸面。谨慎的庄稼人为自己的家庭用度,除非到万不得已,是不轻易张口告借的……

最后,他想到王玉祥,老汉的儿子从朝鲜回来,在部队里当营长,百十块工资,虽说后来因为家庭成分的变化复员到地方了,工资却没减。玉祥老汉肯定有货……只是……只是这老汉戴着地主分子的帽子……

"打墙的板,翻七下！"泰来自言自语叹出这句乡谚来,概括了他所经历过的小王村风云变化。谁能预测从土改、合作化到公社化,一直使王村大队在全乡、全县都有声誉的王玉祥会戴上地主分子的帽子呢？他在玉祥手下当队长时光,那是包括大王村在内的王村大队最红火的"贞观盛世"！只是遇到那年"放卫星",他放不上去。"只放到树梢高"——这是王村支书王玉祥挖苦他的话,"你真是个拗家伙！"随之同意了公社的意见,撤了泰来这个拗队长的职。

只是在大家都经受了浮肿的劫难而幸免一死之后才灵醒了。王玉祥亲自登门给他甄别,并请他重新上马,恳切极了："我也得了流感……发烧……"

泰来当时表示了体谅,并不记恨;可是对于再当队长,他的牙咬得好紧,一点缝儿也不漏,话说绝了："你当支书,我当党员,要是我不出力,你处治我！队长嘛,我赌过咒了……"

随之而来的"四清"运动,把王玉祥那一班土改、合作化时期的干部连窝捣了！而其中挨得最重最惨的就是王玉祥自己……九娃当队长了,他是合作社时的头一茬会计,因贪污公款被王玉祥撤了职,"打墙板,翻七下"……九娃又翻上去了,玉祥却跌了下来……

经历了这些事,泰来更拗了,整天可以不说一句话。他凭劳动习惯和良心干活,而不管别人干多干少。他从不串门,天明了去上工,天黑了关门睡觉。他宁可在上集路上和外村人说笑打诨,而在小王村保持免开尊口……这样,他跳出了外号"小台湾"的小王村的是非圈子……

现在又要上台了!又要沾是非了!泰来拉着架子车,走着想着,在心里制定着执政方针,在失去了正常是非标准的生活旋流中,他选择了逃避方针:闭眼不看,只求干活挣工分,混得衣食……今年执政,还是这个方针:搞生产,把生产搞好,口粮标准要达到四百五!其他是非,不染,坚决不染……唔,可以看见公社农具厂的高烟囱了……

夜已经深了,他在小王村漆黑的街道上走着,不慌不忙地走着,到了王玉祥家的小门楼跟前,一闪身就进去了。

小院里很静。被分掉的西厢房,新主人已经拆掉,搬出去另宅重盖了,旧址上现在是一个猪圈,传出猪在熟睡时的均匀的吭哧声。

东边厢房的灯光从窗纸上映出亮光,门掩着,泰来推开门,跨进一只脚,看见玉祥老汉坐在炕上,戴着花镜的头从小炕桌上抬起来,放下了手中的钢笔。

"你……还忙着……学习。"泰来笑着说。农民对于拿着笔或书的动作,一概称为学习。

"噢!是老拗!"王玉祥摘下眼镜,大声说,"学个屁!我写状子哩!"

"你还写那做啥嘛!"泰来坐在炕边上,心想,你往上反映一回,上面把状子原路转回来,批判斗争你一回,寻着往墙上碰哩嘛!

"我和你想事不一样!"王玉祥说,"我要上诉!除非我死了!我上诉了七回了,斗了我五回!我不停上诉,就准备让他不停斗争!反正,斗一回跟一百回一样,就是站站台子,大不了再挨几下! 我不信天不睁眼——一直要把我冤枉到死!"

"你真是……是个……砸不烂!"泰来笑笑,说起玉祥老汉青年时代的诨号来。

"想把我当个面团,摆方就方,摆扁就扁,没那么便宜!"玉祥老汉气倔倔地,"我至死窝不下这口气!还是要告!"

泰来从心里钦服老支书这股子"砸不烂"的性气,却没有向他学习的心情。他没有忘记自己来干什么,便说出了借钱的事。

"有。正好有五十块!"玉祥直爽得很,"我准备买粮呢!你给队上急用,先拿走,我还能将就……那头猪也肥了!"

说着,玉祥老汉下了炕,蹬上鞋,到后面的窑里去了。老伴和小女儿睡在窑里,钱在老伴的柜子里呢!果然,玉祥从后窑转来的时候,把五十块钱直递到泰来手里。

十块一张,一共五张,好数。泰来把钱装进腰里,说:"队上的樱桃一熟,有了进账……"

"啥时间有了啥时给!"

"你写你的状子吧!忙——"泰来告辞了。

泰来老汉出了门,走过了自家的小门楼,一直向西,来到九娃的院墙外,他拍了一下大门的铁环儿,吼起九娃的名字。

夜静了,从院子里头传出九娃带着睡意的回声。他在门口等着。

月亮从河湾的柳林梢上浮起来,河滩里那一排排杨柳,像一堵一堵城墙横列在星空下。上端像锯齿一样高高低低起伏着。

听到九娃在院子里的轻快的脚步声,门开了。九娃裹着前襟,躬着腰,春寒啊!

"借下了。"泰来说,"你明天起早点,去!"

"啊呀!还是你老叔面子大!"九娃耍笑说,"我前日买粮,借了半截村子,一块钱也没借下!"

"你数数。"泰来把五十块人民币从腰里摸出来,交到九娃手上,"五十,够了吧?"

"差不离。"九娃接过钱,在嘴里蘸上润滑剂数着,码着。说,"五张,没麻达!"

"抓紧。"泰来再次嘱咐,"咱等着抽水浇地哩!"

"放心放心!"九娃说着,吱扭一声关上了街门。

三

给离村庄远的麦田撒了化学肥料,近处的麦田追施了拆房换炕的速效土肥,两口机井不停地浇灌了七八天,小王村河川里的麦苗,像饥渴交加的穷汉一下子走进了天国,吃饱了,喝足了,像火烧火烤过的枯黄色完全褪掉了。被大路和灌渠分割成一块块长方形或正方形的麦田,像黑绿的毡毯,眨眼蹿到庄稼人的腰际高了。

新的希望把小王村社员多年以来心头的懊丧和失望赶走了,社员们似乎很自然地出工早了,效率高了,打架闹仗的事也少了,小王村出现了多年来少有的一种天然的和谐。人们在自觉不自觉地对王泰来队长表示着尊重和信赖……

看见自己对生产的谋划、铺排和劳作,在田野上显出喜人的色彩,泰来队长惊惶不定的心稳住了,借玉祥那五十块钱该给老汉还了。队里的第一料水果——樱桃已经开园,给果品公司交过两回了;账在九娃手上;前一晌,队上没钱哪,泰来可没忘。

"九娃,你到会计那儿把买水管子的账报了,我给人家清手续呀!"泰来队长在九娃家门口,提醒九娃说。

九娃端着饭碗刚从门楼下走出来,瞪起眼来,一副莫名其妙的神态,说:"买胶皮管的钱,我报了,已经给了你嘛!"

泰来队长笑了:"叔没空跟你说笑话,快去,报了账,叔还人家的钱,人家等着买粮呢!"

"真的!泰来叔!侄儿啥时候跟你说过这号笑话?"九娃的眼睛瞪得更大了,更吃惊了,"你忘性太大咧……"

看看九娃的神色,不是开玩笑,泰来的心猛地往下一沉,认真地问:"你啥时候给我还的?"

"上月……"九娃头一低,沉思一下,扬起头来的时候,就报出了准确的日子,"二十日后晌。"

"在啥地方?"泰来开始发急。

"你屋门口。"九娃不慌不忙。

"胡说!纯粹是胡说!"泰来队长已经完全意识到问题的严重性了,无法抑制的怒气从心里蹿上来,"我见你个鬼票子来!"

"队长,你可不能胡说!"九娃把碗撂在门外的石墩上,面条泼出来了,"你不能昧良心!"

"谁昧良心?"泰来一听"昧良心"三字,心火忽地扑上来,"九娃,谁昧良心,五雷轰炸!"

"谁昧良心……"九娃瞟了一眼愈来愈多围观的社员,大声喊起咒语,"羞了他墓坑里躺着的死的,瘟了他炕上坐着的活的!"

这大概是最严重的咒语了,泰来拙嘴笨舌,倒找不出比这更能表白自己无辜的话语了。他气得脸上黑青黑青,胳膊和腿都在抖颤,却急忙说不出话来。

围观的社员愈来愈多,里三层外三层,把王泰来和王九娃包围在中间,不管心里怎么想,怎么判断,倾向性如何,却没有一个人说话。泰来给九娃钱的时候,没有第三者在场。九娃给泰来还钱的时候,也没有第三者在场。两个人交手,别的什么旁证都没有,别人怎么评判?

泰来说:"队上一直没钱,你啥时候报销账单的?"

"上月有一笔收入。"九娃说,"国家给穷队退了一笔农业税!我听出纳说的。"

众人的眼光一齐盯住出纳员,泰来对出纳员说:"我说过,用那笔钱买化肥,不准乱支……"

"买过化肥,剩了五六十块钱,九娃硬要报账。"出纳平静地说,做出不偏倚任何一方的姿态,"钱,九娃确实报了;至于你俩之间的事,我就难说了。"

"我从出纳那儿一领到钱,连屋也没回,害怕丢了,直端端跑到你屋。"九娃说得很逼真,头上冒着汗,"你老叔不该给我九娃使手段呀!我给你买了胶管,跑了路,贴赔了钱和粮票,你把麦子浇完了,反过来抽我一巴掌……"九娃淌着汗的脸上,抽搐着,眼泪快流下来了。

"九娃!咱俩……谁瞎了心?天知道!"泰来队长没咒念了,竟然忘记了共产党是不信迷信的,指着天说:"咱们对着晴天大日头说……"

"跪下!跪下对天发誓!"九娃是一副更冤枉的模样,扑通一声跪下来,"你跪!咱发誓……"

泰来双膝一屈,也跪下了。

两人先后仰起头,面对着农历四月初已经相当炎红的太阳。

"谁赖账,不是人养的!"泰来咒。

"谁赖账,生下后代没屁眼!"九娃说得更绝,似乎还不解恨,"把他妈叫狗配!"

啊呀!泰来由于极度的愤怒而产生了一缕悲哀的情绪,他明白自己遇到什么对手了。为了五十块钱,不惜把亲生娘老子拿出来糟践的家伙!看热闹的姑娘和年轻媳妇都低着头,纷纷走散了。太污秽了,太肮脏了!和这样的人跪在这里,有什么意思呢?

火红的太阳正当头顶,光焰耀眼,对于地球上这个角落里跪倒赌咒的两个生灵,并不区分善者和讹者。

"上公社！"泰来队长心里一亮，后悔自己不该做出跪地面天的愚蠢举动了，应该相信政府和法律，他对九娃说，"走！"

"走！"九娃马上站起来，"哪怕上县！"

泰来队长还没站起来，感到肩头有一只手搭上了，他一回头，呀，公社刘书记正站在他的旁边，还有一位陌生人，他忽地站起来，嘴唇开始哆嗦起来。

"快起来！"刘书记说，"怎么能弄这号事呢！"

泰来一句话也说不出，把刘书记和那位陌生人引到小队办公室，九娃也相跟着。

听完了泰来和九娃双方的叙述，刘书记说："问题暂缓一步。县上给咱们公社派来了宣传队，老胡同志住在你们队，结合路线教育，把你们俩的问题也解决了。"

泰来点点头，觉得有指靠了。

九娃更显出急不可待的欣喜，连连说着"好好好"，似乎他简直都要冤死了。

老胡同志在小王村住下来，受理这件并不复杂的案件了。

四

"老胡，你看这案子……"泰来队长说，既想催促老胡把这事抓紧，最好在今晚就能判出个谁是谁非，他就可以舒心地打鼾了；又觉得因为自己的疏忽造成的麻烦干扰胡同志的工作，心里很过意不去，说话就结结巴巴，"我实在料不到……咱把人当人用哩，谁知那不是人……"

"王队长，甭急！"胡同志很客气地说，"等我先熟悉一下情况，这事不难解决！你甭松劲，把生产管好。"

"你只要给我把冤明了，我……"泰来找不到合适的字眼表达他此刻的心情,"我负责把生产搞好。"

泰来队长回家了。他对老胡同志印象不错,听说他是从平原上那个公社抽调出来的干部,在基层工作过十年了,什么麻烦的事都遇到过,他说他在本公社就处理过类似一个案件。

"事情有眉目没?"老婆一见他从外头回到屋里,开口问,她已经急得减了一半饭量了。

"等胡同志把工作铺排顺了,马上解决。"现在,泰来队长压着自己的火气,给女人做缓解的工作,"能解决!夔看胡同志年龄不大,老练着哩。"

"你……压根就不该接手(队长)!"老婆现在有充足的理由唱"悔不该"了,"我不让你接,你……哼!现在倒嫽!倒婵!赔五十块钱莫要说起,落下个不清不白的名声!"

泰来抱着头,抽闷烟。老婆说得急了,他冤屈地喊:"是我抢着当队长吗?净胡扯!"

"轮到头上你不干,他谁能杀了你吗?"老婆近于不讲理了。

脾性本来不大柔酿的人啊,此时表现出了最大的克制。咱惹下麻达,老婆跟着受累受气呢!能不克制吗?老婆爱嘟囔尽让她嘟囔,她不嘟囔他,去和九娃打架不成?

他睡下了,拉灭了电灯,瞅着没有楼板遮挡的房顶,心里再三回味这件事。现在,已经不像刚出事的那几天,他只顾怨自己,当初把五十块钱交到九娃手里的时候,为什么不让他写个条条呢?现在他开始透过这一层,进一步想,九娃难道真是想讹诈他五十块钱吗?

这个比他小几岁的晚辈远门侄儿,在合作化的头一年,贪污了社员的血汗。在事情被揭发以后,偷偷跑到小王村农业社副主任点着煤油灯的屋子里,扑地跪下了:"泰来叔,侄儿的生死八字在你手里……念起俺爸死得早,我没家教父训,你全当我的生父……念起你侄儿还没成家,要是进一回劳改窑,一辈子就毕咧……念起……"他被声泪俱下的小侄儿感动了,按当时的规矩,贪污一百元得蹲一年监狱,他和主任王玉祥说服了法院,保证把九娃教育好,也亏得九娃能说能写,检讨得好……

可是,当泰来队长因"放卫星"被王玉祥撤职以后,侄儿又来了,诡秘地煽动说:"你太傻了!你难道看不清白?人家把咱这一门儿的人,一个一个往外挤,先是我,后是你……"

"胡说!"泰来尽管对王玉祥有气,却没有想到门族斗争上去;因为在刚刚成立的公社里,和他一起被撤职的有五个队长!他劝侄儿,"好好劳动过日月,覅胡踢腾……"

"四清"运动中,九娃带着疯狂的报仇思想,把王玉祥扳倒了。扳倒了王玉祥,自己也没捞上干部,工作组的人临走时留下"此人不宜重用"的意见,这是尽人皆知的。捞不到就抢,抢权当干部的年月果然到来了,九娃造反当上了小王村的队长。几年没过,开选干会时,连几个社员也叫不到场了;后来,大队在小王村实行了轮流当干部的办法,就是为了防备九娃上台的……

这五十块钱的麻缠,到底是什么意思呢?泰来苦苦思虑,似乎觉得有一个阴险的口袋正向他张开……

炕的那一头,老婆睡着了,睡梦中还挟着深深的叹息!他伤心了,惹下这样的麻烦事,老婆跟着担惊受怕蒙冤屈,孩子在部队上,说不定也受影响……唉!

他的眼泪从小眼角流下来,滚到头底下的木头枕头上来了。

早晨栽红薯秧儿,泰来队长挑着一对大铁桶,给栽秧的妇女供"坐苗水"。红薯地两边的麦田,已经泛出一片暗黄色,绿色首先从麦芒上开始消退了,进入阳历五月中旬的田野像十八九岁的姑娘,丰满而迷人。泰来心里更急了:再有十来天,就该搭镰收割麦子了,哪怕在开镰的前一晚,把那宗冤案判明,去掉精神上沉重的负荷,他也将会一心一意,领导紧张而繁忙的三夏。

放工了，社员一窝蜂似的拥到田间小路上，回村了。老胡同志在汲水的小潭边最后一个洗手，从裤兜里掏出手帕擦拭，然后点上一支纸烟，站到他面前了。是要告诉他什么吗？调查有结果了吧？

"我中午回公社去，给宣传队葛队长汇报一下。"老胡果然说，"五十块钱的纠纷，有线索可查。我回去请示一下领导，回来就抖这个包袱。"

听口气，泰来队长放心了。

"不仅仅是五十块钱的问题啊！"老胡同志严肃地说，"人家制造这个案子，是要把你弄倒弄臭哩！你千万要撑硬！不敢撂套！那样正好钻了人家布下的口袋！"

"啊！"泰来激动得手都颤了！果然啊！年轻的老胡同志啊！你有眼力呢！"你放心！我不会上当！"

"派性在小王村是严重些。可是，真正捣鬼的，就那么三四个心术不正的人！"老胡说，"他们上不了台，整得你任何人也干不成……"

"你看准了！看准俺小王村的病根了！"泰来队长再也不能沉默，大胆地介入是非了，"小王村瞎，就瞎在那几个万货身上！"

"该做三夏准备工作了！"老胡说，"我请示领导之后，马上回来，争取在收麦前，把这一包脓挤了！"

五

泰来队长被一种情绪鼓舞着，吃饭香了，走路利索了，说来小小的然而牵动着小王村极其复杂的社会和人事关系的五十块钱的案件，马上就要揭明了。这将给小王村长期受到压抑的好人带来精神上的快感，同时必然让那几个心术不正的家伙亮一亮相，小王村可能从此朝好的方面转化！他充分地估计这场斗争的意义，已经超出自己和九娃个人之间的恩怨了。老胡同志不简单啊!才来小王村一月多,就把病根看准了。

他心劲十足,做着三夏前夕的准备工作,麦子经过春天采取的应急措施,长势是令人鼓舞的,他等待着老胡同志的归来,把生产上的一切细微环节都尽可能地考虑周密……

他领着几个社员动手垫铺打麦场,在场面上撒一层细黄土,把凸的地方铲平,垫起凹的地方,泼上一遍水,再撒上灰,用石滚子碾平轧实。大麦和青稞已经芒干了,眼看就要上场了。他推着碌碡,独自想着,这两三天怎么没见九娃上工呢?坐不住了吧?专走黑路的鬼,这回可碰到吃鬼的钟馗手里了!

第二天,喝汤的时候,老胡进了他的门,身后还跟着一位比他年龄大些的中年人,看去四十七八岁了。老胡介绍了来人的身份,说是宣传队队长,姓葛,亲自到小王村来了。泰来心里更高兴了,领导亲自来到复杂的"小台湾",小王村有希望变好了。

老葛同志坐下,点燃了一支烟,问:"那五十块钱……"

泰来忙说:"老胡同志一概尽知。起首是……"

老葛同志轻轻摆一下头,打断他的话:"事情的过程我知道了。我是问,你借谁的呢?"

"王玉祥的。"泰来说,"这与他无干。"

"王玉祥是个什么人呢?"葛队长声音平缓地问。

"是……是……"泰来队长有点说不出口了,一股寒冷的细流伴着葛队长平缓的声音,从他的耳朵里钻进去,通过脊梁,直透心肺。他手足无措了,嘴张不开了,舌头根也僵硬了。他虽是个笨拙执拗的庄稼人,早已敏锐地觉察到葛队长的问讯里包含着怎样的危险了。

葛队长眼里滑过一丝得意的冷笑,看着被他一句话击中要害而结结巴巴的队长,把头朝后一仰,就把话题转开了:"今晚召开党员大会,明早召开团员大会,明天晌午召开贫下中农会,明后晌咱俩谈话……"

泰来睁大眼睛,瞧着葛队长平静的脸,听着葛队长平缓的声音,心里开始毛乱了,葛队长只叫他通知开会,却对他保密会的内容;问王玉祥是什么人,意思不是很清楚吗?

当晚的党员会上。葛队长面对小王村的四名男女党员,语重心长地说:"派性在小王村是严重的,这是表面现象,五十块钱的问题,现象在两个贫下中农身上,根子扎在敌人身上,难道不是这样吗?"

在团员会上葛队长重申了这一席话。

在贫下中农会上,葛队长仍然紧紧抓住这一纲领性的思想进行阐释。

泰来看出来,葛队长是层层发动群众,要把目标集中到王玉祥身上去。

后晌,他早早来到葛队长的临时住屋。

葛队长很和蔼地给他谈话:

"地主分子用金钱分裂咱们贫下中农,你和九娃应该团结起来,首先揭穿敌人的阴谋;然后,你俩坐下来,心平气和地解决。阶级敌人想看咱们贫下中农的笑话,咱们不能上当。在这个问题上,你是党员,又是队长,应该主动和九娃团结……"

"好葛队长哩!"泰来耐着性子听着,实在忍耐不住了,"九娃捏着心眼讹我的钱,我咋样和他团结嘛!这有人家王玉祥个屁事呢嘛!"

"同志!"葛队长拖长了平缓的声调,"要从阶级斗争的高度去认识这场纠纷,通过斗争共同的敌人,使贫下中农在斗争中提高觉悟,自己解开疙瘩。"

"那好吧……"看着葛队长严肃而又固执的神情,泰来不想再说什么了。起身告辞的时候,他心里好笑,怕是越整王玉祥,九娃日后讹人讹得更凶!根本就没搔到痒处嘛!

泰来又坐不稳了,吃饭也吃不出味道了,终于瞅住老胡和葛队长不在一起的机会,问:"这是咋弄的?"

老胡的小平头上的头发硬硬地直立着,避开他的眼睛,不说话,眉眼和嘴巴都露出难言的神色。

"老胡,你看,葛队长说的办法,能解决问题吗?"

"能啊!怎么不能?"老胡正经地说着揶揄的话,然后告诉他,"葛队长接到从县上转回来的一封'群众'来信,是告我的,说我和地主分子穿连裆裤。葛队长批评我把工作弄翻了,没有抓住小王村的主要矛盾。这不,他亲自来了!把我调出小王村了!"

噢!噢噢噢!泰来明白了,自然能想到那个"群众"是谁了。他能体谅老胡的难处,他是组员,老葛是队长,组员能犟过队长吗?他不想再和老胡多说什么,说了也不顶啥,只能给老胡加一层忧愁罢咧!

他心冷了,冷漠地等待着葛队长将要开展的工作和所要采取的措施。看你能成什么精吧!要是斗争了王玉祥,能使九娃幡然悔悟,那该多好啊!

六

斗争地主分子王玉祥的大会,在饲养室的院子里召开了,社员围坐在五月的树荫下,悄悄静静,中间自然留出一块太阳直射的空地。临时从谁家搬来一张三屉桌子,作为主席台,放到上首。老葛坐在桌子旁边,三次催叫泰来坐到前头去。他实在推让不过了,谎说他自年轻时就得下了腰疼病,坐在高板凳上,挺得腰部受不了,虽然走到桌子前头了,一撅屁股,又蹲在地上了。

王玉祥身后跟着两个民兵,走进会场来。他从围坐着的社员的空隙中走到桌子跟前,老葛同志指指中间那块空出来的阳光充裕的中心场地,他又朝前走了几步,站住了。他早已习惯于这种场合,洗得净净的白褂,两手垂在髀间,身子朝前倾着,头低下。

葛队长从桌后站起来,神态严肃,要小王村的社员都思考:五十块钱的背后隐藏着阶级敌人的什么阴谋?

泰来瞅瞅王玉祥,再瞅瞅葛队长,又扫一眼九娃昂着头、支着耳朵的得意神气,心里憋得好难受啊!他给玉祥老汉造成了今天挨斗的场面,又使自己陷入说不清的境地中,倒使九娃占了明显的上风!葛队长啊葛队长,你把小王村的事情才是真正弄反了,搞颠倒了。

他不敢再瞅王玉祥在大太阳下已经开始淌汗的脸,虽然过去因为放不高"卫星"被他撤了职,丢了人,而后俩人一谈早消气了。他虽然发誓再不当干部,却也看见玉祥从那次教训后,工作扎实得多了,威望更高了。

"老拗!我不信把你拉不上台!你今年不干,我等你明年;你明年不干,我等你后年……我这个支书,非把你拉上来不解!看你有多拗!"

没有等到把拗队长拉上台,自己却被扣上一顶地主分子的帽子跌倒下去了……这个自土改登上王村舞台的王玉祥,给群众办过好事也办过蠢事的庄稼人啊,现在站在会场中间最不光彩的位置上,不是要人们对他的功过作客观的评价,而是要他交代阴谋!对他,一切都要从最坏处进行估计。挖空心思对他进行最恶劣的猜测,毫无顾虑地把最肮脏的语言泼到他头上去……

"王泰来同志,你发言。"葛队长点出他的名字。

"队里买胶皮管没钱,我借了王玉祥五十块,交给九娃,买回来水管。就这事。"泰来说。

"你想没想,王玉祥为什么要借给你钱呢?"

"是我朝他借的。"

"他为啥这么慷慨?"

"那是队里急着用。"

"你得好好从本质上想!"葛队长很不满意地盯他一眼,然后喝问王玉祥,"老实交代你的险恶用心!"

"我看泰来借得急,天旱……"王玉祥说。

"你倒关心集体!"葛队长冷笑着嘲讽说。

"我也靠集体分粮,吃饭!"

"你是狐狸给鸡骚情! 鳄鱼的眼泪! 腊月的大葱——皮干叶枯心不死!"葛队长一连串说出许多精辟的比喻。"你不老实交代,咱就七斗八斗,斗得你非低头认罪不可!"

泰来老汉盯着九娃,他是个男人,却一根胡须也不长,冬夏都是一张黄蜡蜡的脸皮,寒风吹不红,太阳晒不黑。这个黄脸恶鬼,他从来不在公众场合多说一句话,夜晚却像蝙蝠一样活跃在小王村的那些农舍里。这是小王村里一双阴冷的夜眼! 瘆虫!

九娃看到了葛队长暗示的目光,站起来,不慌不忙地发言了:

"我提一个问题:王玉祥是明牌货,共产党员王泰来不知道吗?知道! 知道为什么偏找到他的门下?"

话不在多,全看说到说不到要害的地方! 九娃是善于猜度形势的,一句顺着葛队长的心意的话提出来,直接刺到泰来心尖尖上了。泰来心里的火像遇见了风,呼呼直往喉咙上蹿,眼睛紧紧盯着那个佯装得挺神气的家伙。

"我以往只觉得是泰来队长和我的纠纷,万万想不到有敌人的黑手,多亏葛队长帮我看到了本质!"

"放屁! 胡说!"泰来队长忽地站起,吼道。正在要紧弦上,他却气急得说不出话来,腿簌簌抖着,嘴上却鼓不出劲来。

"不能骂人啊!"九娃仍不起性,很有修养的样子。

老葛站起,很不满意地盯了泰来一眼,制止了他的冲动,然后说:"九娃提的问题值得思考。"

"啊!"泰来坐下来了,千锤打锣,一锤定音,葛队长已经明显表态了,他泰来还有什么可说的呢?

"看到咱贫下中农之间闹矛盾,我心里很难受!深深地痛恨阶级敌人分裂贫下中农队伍的罪行!"九娃痛心疾首地表演着,然后一挥胳膊,大义凛然地说,"为了加强咱贫下中农团结,使敌人阴谋破产,我——"他面向群众溜了一眼,又盯住葛队长,"我给泰来队长五十块钱,啥话不说了!"

泰来简直料不到九娃使出这一个撒手锏!自己已经被纳进口袋了。

"好!九娃顾全大局的做法是值得欢迎的!"葛队长回过头来,兴奋地瞧着泰来,"你也得有点高姿态啊!"

泰来立起,朝前走了两步,瞧一眼葛队长,又瞧瞧社员,脸上聚起了一窝血:

"把问题搞清,谁讹谁的钱?该谁往出掏,谁就往出掏!我的姿态低!就这低!要高也能高,怎么不能高呢?我宣布不要五十块钱了!全当……全当给鬼烧了阴纸了……"

会场静默。

九娃那张阴阳脸仍然不动声色。

葛队长恼恨地盯着这个破坏了已经趋于大团结的气氛的拗队长。

"我宣布辞职!"

泰来说罢,走出会场,背着手,走进空寂的街道,吓得路上觅食的母鸡扑棱着翅膀跳开去了……

七

性格执拗而体魄健壮的泰来队长躺倒了。他的粗壮结实的腰板,一年四季,白日里很少挨过炕面。他从来不患感冒,消化系统的机件又运转得特别正常,干活是极富于韧性的。现在躺在炕上,茶饭不香,胸膛憋胀,脑子沉闷得像扎着几道粗麻绳,只有长长地呼出一口气,才松泛一些。

老伴吓坏了,请来村医看了两回,不顶用,就围在炕边催促他到县医院去。他不想动弹,任何人的面也不想见,烦透了!他在许多秦腔戏里看到过浆子官,却没有想到自己的党里头,也有这号浆子官。老伴出出进进,大声恶气咒骂着,除了骂九娃,连葛队长一齐裹进去骂。他不反感,听着老伴那刻毒的骂声感到解气,胸脯里能得到短暂的、药物也不能达到的松泛和缓解!从来遵守着勤劳、正直的家训的泰来队长,很少和乡亲们打架骂仗(打架骂仗在中国农村的传统道德里也是不光彩的事),现在不仅不制止老婆骂,他简直想跳起来,蹦出门,站在小王村的街心十字,跳起来骂了!

房脊上的天空里传来急切的呼唤:旋黄旋割……旋黄旋割……叫声悠然消失到西边的田野上去了。全部让雨淋到地里,让风刮得麦粒落光!我拉上枣棍去讨饭,你们能吃得饱吗?我为了众人的事,落到这步田地,上级来人批我,群众噘着嘴不说话。唉!

九娃想上台,多数人又不举拳头,谁上台就给谁使脚绊绳。九娃当队长的那一年,把队里搞得乌烟瘴气,王村大队支书到小王村来,想把九娃拉下来,还没弄出个眉眼,说支书在小王村睡人家婆娘的谣言,就远远飘出了小王村的范围,传进大王村街巷里高高低低的院墙。支书的老婆骂得支书张不开口,死活不让支书再进小王村。支书为了防止九娃一伙上台,采取了轮流执政的办法。他认定:小王村再没本事的任何一个农民,都比九娃强!他要上台,得等到轮过二十年,才能轮上一回!而支书自己却再不进小王村——"小台湾"来啰!这个瞎熊上不了台就捣乱……葛队长,你瞎了眼了吗?

"王队长!"院里传来葛队长的叫声。

泰来没吭声,表示对这位长着一副大脑门的上级领导的轻蔑和抗议。

"王队长!"葛队长进了屋,站在炕前,"你病了?"

泰来看了一眼,葛队长脸上现着焦虑和诚意,有理不打上门客啊!他苦笑一下,心里谴责自己的无礼了,就坐了起来。

"你有意见,可以谈,不能躺下嘛!"葛队长劝说,"麦子黄了啊!"

"要是再有俩人出来,红口白牙讹诈我,咋办?"泰来说,"到年底,我卖婆娘当娃都还不起……"

"同志!凡事总要分清轻重。"葛队长说,"和王玉祥的斗争,是大事;和九娃的矛盾,是阶级兄弟之间的……"

"还是这一套!"泰来背靠在炕墙上,烦腻地想,长长叹一口气。他不想看葛队长那亮光光的大脑门,把头偏转到另一边去。长得那样大的脑门里头,考虑问题怎么这样简单!他听人说葛队长在城里工作,从来没下过农村,他是装了满脑子的钢(纲)丝,下农村来的!和他说什么呢?"我那天说过了,五十块钱我不要了。"

"你思想上没通……"

"通了!"

"你怎么躺下不当队长了呢?"

"我阶级路线不清啊!"泰来终于忍不住,鄙夷地说,"让那些路线清白的恶鬼上台吧!我自动让路!"

"不要打别扭。"葛队长说,"没有第三者作证,难啊!让九娃拿二十五块钱给你,吃亏的少吃点,占便宜的少占点……"

"哈呀!"泰来哭笑不得,"这算啥办法?王八三十鳖三十……"

"算了,都是贫下中农……"

"算了就算了!"泰来说,"你让九娃来,我和他当面说。"

"我让他给你把钱拿上。"

"行嘛!"

葛队长出门去了。

九娃跟着葛队长进来了,友好地笑着:"泰来叔!算咧,咱是叔侄,又都是贫农,闹矛盾,让阶级敌人高兴……"

泰来不冷不热地笑笑。

九娃掏出钱来:"你把这拿上……"

泰来从九娃手里接过钱,五张五元票子,哗哗数过,盯着九娃,死死盯住:"侄儿,你叔叔老不要脸,黑了心,到底讹下你的钱了!侄儿你真够人啊!"

"这……"九娃立时红了脸,那双阴冷的眼睛,慌忽乱闪,看着葛队长,抱怨地说,"这算做啥?"

"做啥?"泰来骂道,"我宁可一个人活在世上,绝不跟你龟孙团结!"说着,扬起手,连同那五张人民币,一同抽打到九娃的嘴脸上,吼叫一声:"滚!"

九娃抱着头,跑出去了。

"不像话!泰来同志!"葛队长气得脸色发白,没经见过农村人闹事的城里人啊,手足无措,毫无办法了。"不顾大局,真不像话!"

泰来眼前一黑,仰靠在炕墙上,呼呼喘着气,说不出话来。

"怎么收拾呢?"葛队长说,"你这种态度,值得好好考虑!"说罢,站起身要出门了。

"老婆子!"泰来像疯狂了一般吼叫。

老婆从隔着窗子的灶房跑进来了。

"把那些钱拾净,交给葛队长。"

老婆子吓坏了,慌忙蹲下,在地上捡着。

"啊呀!我的眼!"泰来眼前一黑,跌倒在炕上,双手抠着眼睛,什么也看不见了……

八

眼前是一片漆黑,自己看不见自己的手,只能凭声音辨听老伴所在的位置,只能听见医生和护士的轻重不同的口音。他被告知:患了急性青光眼——俗说气蒙眼。眼球里头痛啊!痛得鬓角嘣嘣响,恨不得一把把眼球抠出来!

躺了整整九天九夜。实际上是没有白天的,全是黑夜啊!手术后的第七天,揭去纱布以后,他第一次看见了把他从终生的黑暗里拯救出来的男医生和女护士,看见了和他过活了大半辈子的娃他妈,老汉流了泪了。

"老汉,病好了,千万再不敢生气;再生气,可能再犯,再犯就要摘除眼球了。"医生说,"生产队事情复杂,看得开点!"

"能想开,能!"犹如隔世重生,泰来呵呵笑着,似乎一切都没有必要计较了。

傍晚,病房里走进几个乡下人,泰来一眼瞅见,竟是小王村的乡亲。噢!和自己年龄相仿的泰安老汉、会计勤娃、妇女队长麦叶,拿着家乡的黄杏、鸡蛋,还买了饼干和蛋糕,看望泰来队长来了。

泰来的心,在胸腔里忽闪忽闪摆动,执拗的五十岁的庄稼人,抑制不住感情的冲动,竟然当着乡亲的面,直抽鼻子,那酸渍渍的清液,仍然从鼻腔里渗出来。他能看出来,他们三人只说叫他放宽心的解脱话,绝口不提队上的任何事情,当然,连九娃的名字一次也没提到。他们故意避开这个瘟神的名字,怕他听到动气。

泰来能理解乡亲们的心,觉得没有必要了;在他来说,这件事已经过去了;当他一下子失去光明、气得休克,又苏醒过来、又恢复了光明以后,这件事就变得不那么重要了,甚至觉得当初就不该动那么大的气呀!他心里很平静,那件窝囊的事情已经丝毫不能引起他的肝火了。

"泰来老哥!祖辈几代住在小王村,谁不知谁的腰粗腿细?谁不知你的秉性嘛!"泰安老汉说,"你憨气,气下病,伤自个儿身体,人家才更高兴哩!"

"你今年当队长,麦子长得好,大家觉得刚盼到一点希望,偏偏……"妇女队长说,"老婆媳妇都叫我劝你,放宽心……"

"噢噢噢!"泰来老汉感动极了。

"你看——"泰安老汉从腰里摸出半拃厚一撂票子,说:"大家自动筹集起来这些钱,叫俺三人送给你。那个贼讹了你,你是为咱队上,不能叫你枉挨肚里疼!你收下,这……"

"啊呀呀!"泰来张大嘴巴,瞅着泰安老汉手里攥着的那一撂票子,惊呆了。那票子,从颜色上看,有一块、两块的大票,也有伍毛两毛的零票,那是小王村的男男女女,出于一种正义感而促成的慷慨的举动啊!谁说庄稼人吝啬呢?他们可以不吃醋,不吃盐,节省下几分钱来,而一旦为了申明自己的义气,都可以拿出整块钱来!泰来老汉无法抑制已经全面崩溃的理智的闸门,一把搂住泰安老汉的双臂,像个小孩一样哭起来。

泰来把那一撂印着小王村男女社员的手印的票子拿到手里,又坚决塞回泰安的掌心,说:"好咧!有了大家的心,这就够了!我的病也就好咧!"

九

饲养场的院子里,坐着小王村生产队男女社员,一百几十个人,稀稀拉拉。

葛队长站在桌子旁边讲话:

"三夏在即,龙口夺食,泰来队长不干了!没有办法,我们物色了三四个人,分别谈话,做了工作,都不上套!最后商定:九娃同志。大家有意见没有?"

沉默。庄稼人习惯用低下头,避开眼,表示自己不满的意见。没人说一声行,也没人说一声不行。

"大家考虑考虑,有意见就谈。"

仍然是更冷的冷场。老葛突然发现,一个一个社员,相继把头转过去,眼睛都专注地瞅到西边去了,是什么目标吸引了他们呢?老葛一扭头,唔,泰来队长正一步一步从村巷里走过来。

刚走近会场,不知谁领头拍了手,接着就波及许多人,冷清的会场被掌声轰热了。

热烈地明显地带着某种情绪的掌声,把泰来队长迎进会场,又一直送着他走上主席台,好些人都站起来了。

泰来走到老葛同志坐着的桌子跟前,一言未发,从腰里摸出来一扎票子,放到桌子上,大声说:"这儿还有五十块!谁爱钱,谁来拿!"

刚刚停歇下来的掌声,又突然爆发了。

老葛同志瞅着那一堆票子,弄不清怎么回事,刚张开口想问泰来,泰来已经离开桌子,走到人窝里去了。社员们围上来,问起他的眼睛,其实都知道他的病好了,还是要问。

泰来说:"乡亲们,我又不是给儿子娶媳妇,用不着送份子礼啊!钱我绝对不能收,队长嘛——"他顿一顿,不好意思了,大声说:

"今后晌,男女社员到南坡,开镰割麦!"

1981年1月11日草
2月改 灞桥

正 气 篇

——《南村纪事》之一

一

"查南村生产队会计、出纳账:
账存现金:七分(硬币)。
贷款:八千二百元。
社员欠款:四千三百元。
最大欠款户主:南志贤,一千二百元。

"查南村生产队仓库:
库存小麦:零。
库存玉米:四千斤(种子)。
储备粮:零。
社员借粮:五千五百斤。
最大借粮户主:南志贤,一千五百斤。"

在南村生产队五间宽的饲养室里,新任队长南恒,第一次召开全队社员大会,一开口,向众人报出这两笔账来。

饲养员们夜间歇息的大火炕上,磨得溜溜光的水泥槽帮上,架着农具杂物的木板楼楼口,饲养室里的空地上,木梯上,铡墩上,水缸沿上,一切能站、能靠、能坐的地方,都被社员们不分男女老幼挤塞满了。南恒站在炕角边的地上,在他说着这两笔账的时候,嘈嘈嘈的说话声一阵比一阵低了,少了,没了;只有谁家勤快的女人纳着鞋底,扯动麻绳儿的"咝——咝——"的很响的声音。

这两笔账,社员在耕地的垄沟里,上集来回的土路上,三三两两,议论了多少年了。骂也骂过,损也损过。时间长了,反倒没人再对这无可奈何的陈年老账有什么兴趣了。今天是什么日子?不是惊蛰,是一九七九年农历腊月一个普普通通的日子。这笔陈年老账第一次从人后提到人前,而且是全队近二百号男女劳力的面前。南恒,你这是想干什么啊?

南恒站在炕墙边,现在成为南村男女老少注目的对象,比之南村那些身强力壮的年轻人,他身架骨单薄,瘦小。自小离娘,没吃得饱奶!比之那些嘴快舌利的年轻气盛的庄稼人,他又显得斯斯文文的样子。不是帝王相,也不是大将军的胚!唯一区别于南村其他人的标志,是他窄窄巴巴的鼻洼上扣着的那一副近视眼镜,黄色的镜腿退了色,折断的地方用胶布缠扎着,大概是做木匠活儿时,斧下飞起的木屑砸断了的吧?割制新式时兴的桌子或柜子,你南恒算得一个心灵手巧的木匠,可要收拾南村这个烂摊子,填起这个穷坑,你南木匠能成吗?你把南村的歪人南志贤和他的"两大欠"唱到众人面前,你心里想咋呀?看看自个儿,是南志贤的对手不是?

不管那些低着脑袋或扬着光头的中老年男人眼里传递着什么情绪,不管耳朵贴着别人嘴巴的妇女们在交换什么看法,也不管青年们互相挤眼、咧嘴是什么意思;瞧得起瞧不起,信任或不信任,一个人人都关切的问题总是第一次被认真地提到众人面前,也提到"两大欠"者本人面前,这个举动所需要的勇气和力量,恰恰在一个看来并不具备这个条件的人身上体现出来,会场的气氛就发生了比较复杂的变化。但是,任何一个人都在绷着脸儿,认真地思考,算计,估量这件事可能的发展,这是谁都看得见的事实。南恒说完,透过近视镜片,瞅着搭靠在楼口的木梯的下端,那儿坐着"两大欠"的户主,前南村生产队队长南志贤。

他坐得很好,屁股压在第二级横格上,双脚踩在第一级横格上,左手抱着右手的胳膊肘,右手的食指和中指间,夹着一支庄稼人难得品尝的黑色卷烟。对于两次提及他的尊姓大名,丝毫不动声色,鼻孔和嘴巴里,三股蓝色的烟雾悠悠然流泻出来。

甭摆出这么傲慢的架势吧!这样的架势能给你那些不光彩的令人憎恨的事情解脱吗?南恒扶一下眼镜,用半握着的拳头的食指,顶着搓着鼻头和上唇交接的地方,背后的火炕边上,传来南盛茂鼻腔里又粗又响的出气声,这个和他同时上任的副手,难以容忍南志贤其人其事其架势了。南恒回头看一眼,示意这位比他小三四岁的嫉恶如仇的同事冷静下来。在南盛茂旁边坐着的,是比他大三四岁的又一个副手南尚杰。他嘴里唖着旱烟袋,不声不吭,看着自己吊在空中的脚上的棉鞋,似乎那双已经开花的棉鞋,有什么考古的价值!

"凡是在队里借粮借款的社员,五日内交出还款计划。要求三年还清。"南恒说,声音不高不急,"十天内,先交出欠款的百分之十。"

南恒说完这一条规定的那一刻,人们不约而同地扭转头去,瞧坐在木梯上的南志贤。按此规定,十天内,他要交出一百二十块现金。南志贤活动一下屁股,把烟卷从右手换到左手,夹着烟的两只指头,高高地跷起来,弹一下烟灰,嘴唇上有一丝淡淡的嘲笑。

那位勤快的媳妇,不知什么时候停止了扯动麻绳的动作,"咝咝咝"的有节奏的响声悄然消失了,牛马喷鼻和嚼草的声音,铁缰撞击水泥槽帮的声音,一下子浮动起来了……如果借款的人不交还款计划呢?或者应付差事交来一个根本不打算执行的计划呢?十天内不交百分之十的现金,你南恒有什么高招呢?肃穆静寂的饲养室的这一角和那一角,二百双男人和女人、老人和青年的眼睛里,现在就都逼着新任队长要说清这个意思!

南恒稍微提高了声音,宣布:

"十天内,还款困难,有正当理由者,向队委会说明情况。有钱不交也不写还款计划者……"南恒略作一停顿,然后脱口而出,"揭瓦拆房!"

短暂的令人窒息的静默,被一声失望的"嗯——"的叹息打破了。有人摇头,有人讪笑,嘈嘈嘈的议论声几乎同时从四面八方响起来,整个饲养室里,看不见几双信赖的眼光!多年来说了不算的大话,已经使庄稼人耳朵磨出茧子了,何况这样不切实际的办法!

在众人纷乱的情绪里,南志贤明显地得到了某种鼓舞,叼着烟卷的薄嘴唇更撇了。他把烟头在梯臂上蹭灭,夹在耳朵上,从梯格上下来,朝门口走去。看神气,他不屑于参加这个会议了。

"甭走哇!会还没完呢!"南盛茂喊,"你做啥去呀?"

南志贤在门口停住脚,回转身:"去尿尿!"

几个青年,几个妇女,忍不住哈哈笑起来。

南盛茂气得呼呼喘气,却反不上话来。

"你尿完尿回来,要对本制度表态!"南恒对站在门口嘻嘻笑着的南志贤说。

"制度咋订咱咋办!"南志贤随口说,轻佻中又含着明显的鄙视,"制度嘛,是订给南村全体社员的制度,大家都能执行,我也能执行!这个'态'我现在就'表'了!"

"那好!说到做到!"南恒一听就明白,那话里的另一层意思,就是挑起借户和欠户对本制度的反抗情绪,使南志贤本人摆脱孤立的境地。南恒顺着他的话追压上去:"你是借钱借粮两项中间的'状元户',不能看别人。本制度首先从你做起!"

嘈嘈的议论声又沉寂下来。

"你等着!"南志贤收敛了眼里和嘴巴那一丝嘲弄的笑意,狠着声说,同时眼里就泄出一缕深沉的仇恨,这才是他的真实的感情;说完,一闪身出了门……

二

一走进自家土围墙的圆洞门,就看见父亲坐在院中的木墩上,手里攥着一把斧头,在斫着不知从哪儿捡拾回来的干死的树枝。老人早已发觉他进院了,却只顾低头斫柴火,并不理睬儿子。

南恒刚走到父亲跟前,老人摔掉斧子,忽地站起,眼睛里全是气恨之色,问:"我说你,这样大的事,为啥不给屋里打个招呼?"

"啥事?"

"你刚才在会上说的啥?还问我!"

"噢!咻事——"南恒笑着,"那是队里的事,我在屋里说它做啥?"

"我不管队里屋里!"老人显然被儿子把他不当家庭长者尊重而激怒了,"我只知道,你是嚼着人家志贤他妈的奶子长大的!你不记人家的恩情,我还忘不了!"

"我也记着。"南恒笑着对老人说,"救命之恩呢!"

"你记着,为啥要整人家志贤?"老人逼问。

"这是队委会研究定下的制度。"南恒说,"要是志贤哥借下我的钱,我可以不要!"

"既是队里的事,全村一两百号劳力,只有你得罪人!"老人更上气了,"你……生下没三天,你妈……不在了!要不是志贤他妈给你喂奶,你小子今天能在人前说话?志贤是你奶哥,你整人家,天理良心……你不怕人骂,我还怕呢!"

这是很能牵动人的感情的事。在他落地后的第三天,母亲得了产后风。志贤的母亲,一个刚强的农家女人,不幸把怀里的已经长到十个月的女儿撂了(死于天花),就把南恒抱过去,填了空怀,声明不要一分一文奶子钱。南恒至今记不来亲娘的面容,凭想象,只能想象成奶妈的样子。每年端午、中秋和新年,无论家境如何困难,父亲也要买来"四样儿",让南恒提着去拜望救命的奶妈……奶妈老逝以后,南恒仍然年年提上四样,送给奶哥南志贤……

"你甭担心,爸。"南恒说,"到今年过年时,我照样提上礼物,送到奶哥屋里。"

"呸!"老人鄙夷地干吐一口,"你还给人家送啥礼哇?人家不扔到茅坑才怪!"

"他今年扔了,我明年还送。"南恒仍然不动气,平缓地说。

"你……"老人被儿子这样冷静的态度更加激怒,"你……吃了饭,背上木工箱儿,出南村!"

南恒笑笑,站起来,朝屋里走来。

"你听下没有?后响就走!"老人追上来。

"我把木工箱儿,已经架到楼上去了!"

"你把我分开!"老人无奈了,仍然紧逼不放,"我不跟你落瞎名声,挨人骂!"

"分吧!"南恒忍不住说,"面在瓮里,擀面杖在案板上,你自己去挖,去擀,想吃啥做啥,你去做!"

"啊呀!我把你拉扯大……你要分我!"老人像丧失理智,伤心地蹲到台阶上,抱着头,"我一个光身外头人,拉扯你……"

"分?要分把你分开!"媳妇这才从里屋出来,站在院子,"咱在外头做木匠活儿,挣几个零便钱,过咱的日月,安安宁宁!你偏偏要往南村的是非里头钻!你有本事,你去!根本就不要回家来端碗!"

南恒瞅一眼媳妇,她更气,再发展下去,就可能是他和她的难以预料的结局。他不想吵闹,又不想听父亲和妻子烦人的叨叨,而且看架势,一时三刻是难以平息下来的,中午这顿饭也不大好吃了。

他的脑子里,被南志贤占据着,他要考虑下一步的对策,双方的阵势都已摆开了。他无心纠缠在父亲和媳妇的吵吵闹闹的纠葛中,于是就转过身,二话没说,走出院子去了。

三

三九隆冬,即使是晌午,风也是冷冰冰的。眼前是南村的河滩地,并不开阔,麦苗好像冻结到地皮上了,呈出一片灰青色;河堤上的柳树和杨树的枝干,也是一片铁青色;背后是又秃又荒的原坡,这里那里散落着几株椿树和榆树,也是铁青的枝干,看不出一丝活气;脚下那条泥土公路,把夹在黄土坡崖与小河一湾之间的小小的南村,与西边的大吕庄连结起来,通到外部世界去了……

这就是生他养他的家乡!

这儿有他的长眠在黄土坡上没见过面的生身母亲和养育过他的奶妈。有像妇人一样一把屎一把尿拉扯他长大的父亲、他的媳妇和他的刚刚能端碗扒饭的小儿子。无论他背着木工箱游转到哪里,梦里总是萦绕着小小的南村……

人生到底是怎么回事?当他在陌生的主人家里做活儿,睡在异乡的热炕上,既不能享受漫长的冬夜里中年夫妻的温暖,也不蒙受繁杂琐碎的家务诸事的烦恼,常常就想到自己三十五岁的生活历程,究竟是什么主宰着命运?

小学毕业的时候,他被选拔到城里一所省立重点中学去读书。十二岁的山村少年,第一次走出了小河川道狭窄的天地。高中毕业的时候,在全市中学生数学比赛中,他名列前茅。谁也不怀疑,这个山乡俊秀将完全有把握考取全国重点知名大学,从而打开他一生灿烂前程的第一页。可是,正在这个节骨眼儿上,一场骤然而起的运动,把他自己编织的理想的花环撕得粉碎!

他回到南村来。到得婚娶的年岁,介绍人给他领来一位陌生的姑娘,于是就订婚、结婚了,接着就有一个孩子落生了。他也像南村人祖祖辈辈留传下来的所有后代一样生活着:出门在土地上耕翻。回家来担水,喂猪。早晨和晚上喝玉米糁糁,中午吃一顿只调盐和醋的面条。天一黑严,搂着媳妇睡觉……即使是如此乏味单调的生活,也难以为继。年年粮食不够吃,成为他——这个四口之家的主要支撑者极大的熬煎。他买来几样木工工具,没有投师,半年就能割制简单的家具了。一年后,他背上木工工具箱出门游乡串村去了,每天挣二元五角工钱,一天三顿吃既不付款也不交票的优等饭食;攒得百十元了,骑上自行车,到渭河北岸丰裕地区买回一家人赖以生存的玉米;把粮食和剩余的零钱交给家庭主妇,晚上和媳妇亲热一宿,天明又赶忙出村,到外乡去给新的主人割桌子、柜子、一头沉……

生活逼着一个很可能在数理工程上有所作为的人学会了木匠手艺,不仅不是令人遗憾的过失,反而成为南村穷困的庄稼人羡慕的好事:一月有几十块钱的收入,常年在外可以节约一个人的口粮……啊呀,这个瘦瘦巴巴、蔫蔫搭搭的"眼镜客",真是个人哩!

他走过多少村子,数也数不清了。有许多和南村一样令人失望的贫穷烂摊的村子,也走过一些相当优裕的村庄。有的村庄第一次去的时候,相当富足;隔了一年,换了一任队长,又烂得马踢牛叫了。有的村庄,第一次去的时候,穷得没有能容得南木匠挣钱的家庭;隔了一年,再转去的时候,好多人争着拉南木匠去割制家具。同样,是换上来一位好队长。

一个生产队搞得好坏,全在一个队长。南恒在转悠的几年之间,观察了解到的几十乃至上百个村庄的状况,得出了自己的结论。有些村庄的队长胡来乱整的恶事,传进他的耳朵,他为那些村庄的社员难受;有些村庄的好队长的事迹传进他的耳朵,他深表钦佩。他希望,南村能出一位好队长,领导得南村粮食分得够吃,劳动日值能升上一元钱,他就不必长年出门游荡了,可以和年老的父亲、可爱的妻子儿女过安宁的农家日月了……

令人失望的是,他一直没有盼来一位这样的队长。好多又穷又烂的村庄,找不出干部上台;而南村恰好相反,虽然又穷又烂,却是好些人抢着当干部!一些人物,纠集起一帮一派一宗,把本年的队长推倒,上台了!为自己和那一帮一派一宗的人"服务"一年,捞够了油水,下一年又被新的一帮一派一宗的代表人物所替换……他的奶哥南志贤,十年来上过三次台了。他三次上台的成绩是,从南村队里借去一千二百元现金和一千五百斤粮食!那些没有用欠条的合法手续记载下来的东西,就更难以计算了。

万万想不到,意外的事情在南村发生了。一九七九年的腊月里,公社给南村派来一位干部,组织社员民主选举,在社员的呼声中,投票采取无记名方式,给碗里投扔染上了红漆的玉米粒儿。那几个头面人物多忙啊!夜晚不睡觉,串东家走西家,企图争夺社员手中那一粒红豆儿。投"票"的结果,反而是一个长年不在家的人,轻易地得到一满碗染着红漆的玉米粒儿。最满意的当然要数公社那位干部了。选举结束以后,他拉上当选的南盛茂和南尚杰,骑车子跑了几十里夜路,找到了南恒做木工活儿的主人家,告诉他这一切。

"自'文化大革命'以来,南村换过二十任队长了!"那位公社干部说。他对南村相当熟悉,"南村能不能翻身,这回看你的了。"

他和他的两位副手,南盛茂和南尚杰,谈了几个晚上,最后确定下来第一步:收借款。这一步迈过去了,南村这架窝在坑里的大车,可能会滚动起来。这一步要是走不通,第二十一任队委会的结局,将比任何一任都要糟!而要迈出这第一步,将是艰难的,他的对手刚一露面,就使南恒意识到原先的估计不是过分的忧虑……

他的怕事的父亲,他的只图有木匠手艺收入已经心满意足的媳妇,一齐出来向他围攻,多么不体谅啊!可是,又能怪他们什么呢!只是时间和事态的发展,不容他有充分的时间去给父亲和妻子解说、赔笑……他要想出治服南志贤的对策来,一步不差,闯过这一关去。

一阵嘎嘎嘎的笑声传过来,南盛茂笑着、蹦着,后面跟着南尚杰,翻上小坡坎,朝他走来了。

"哈呀!真个娉啊!你叫俺嫂子赶出来了。尚杰哥叫老婆骂得抬不起头,不准端饭碗。"南盛茂开心地笑着,"还是咱当光棍好,没人在耳根子上嗡嗡……"

南恒不由得笑了,瞅着南尚杰老成忠厚的胡碴脸,逗趣问:"尚杰哥,咱俩一样命苦哇……"

南尚杰嘿嘿嘿笑着,表示默认,也逗趣说:"恒娃兄弟,哥教给你对付婆娘一条办法:闭嘴佛!不管她骂也好,跳也好,哪怕撕你耳朵,你甭还口,只管笑!对着她的脸笑……"

南恒和南盛茂被他逗笑了。

"笑得她跳不起来了,骂不出口了,好!伸手端碗,到笼子里摸蒸馍……"南尚杰说着,从怀里摸出两个蒸馍来,递到南恒手上,"千万不敢跑。你跑一回,有我给你拿馍;以后要是老往出跑,我就拿不起了……"

"我拿!"南盛茂也从口袋里摸出两个蒸馍来,他更细心,馍馍的中间,夹着一层油汪汪的红辣椒,"南村乱了!从东到西,家家屋里都谈论咱的制度,都等着看咱下一步的举动……"

四

五天——规定向队委会交还款计划的时间期限过去了,只有两户欠款的社员,前来向南恒申述无力还款的情由,说着都哭了。他们是因为家人害病住医院,借了队里钱的。这不是本制度针对的主要目标。那些利用干部职权滥用滥借公款公物的人,没有一个按时交来还款计划,更不要说交百分之十的现金了。

南志贤照样叼着黑色卷烟,在南村的街巷里走来摆去;吃饭时端一碗干面条,蹲在门外人来人往的土场上,挑得高高,大口咀嚼,和过往行人说笑打诨,用意是十分明显的。

在村巷里,南恒朝东头走去,南志贤往西头走过来,两个在同一双奶子上吊大的奶兄奶弟,碰面了。南志贤挺起胸脯,喷一口烟雾,照直走过去了。南恒用手推推镜框,顶一顶鼻头,也过去了。肩膀几乎擦着肩膀,谁也不盯谁一眼,更不用说打招呼了。

路过一个墙角的时候,柴火堆前几个晒暖暖的老人,向南恒招手。

"恒娃,还是没人交吗?"几个人同声问。

"没有。"南恒老实相告。

"要是真的过了十天,那些人一个子儿不交,咋办?你真个上房揭瓦呀?"一个老汉不大相信地问。

南恒笑笑,没有直接回答老人的问话。

"恒娃,那人……脸厚心宽胃口开!你……不好惹……"一个老汉忧虑地估计双方的力量。

"那女人也恶!两口子两只虎……"

"他有一帮人!全是拿队里的粮食,吃得扭不过脖子的一伙!你得小心!"

南恒怎么说呢?这些老人的话是实情。他又不是那种踢脚扬手的人,也不想给老人们夸什么海口,只是对于老人们善意的担心和忠告,表示一概领受了,笑笑又笑笑,走开了。

南恒心里也吃紧了。规定的十天的期限,仅仅剩下一天了,仍然不见一个人交出还款计划和现金!看这个态势,明天也不会有什么希望可以期待。到得明天一过，确实再没有人按规定制度执行，怎么办？

南恒找到南盛茂屋里。他是光杆司令，单独住一间厦房，没有干扰。南恒让盛茂叫来尚杰，三个人面对面坐下了。

"狗日的！真个和咱来硬的，对抗！"盛茂拢一把扑到额前的头发，生气地说。

"借户都看南志贤的样儿。南志贤不交，指望谁交呢？"南尚杰说，"南志贤这人，从不知丢人现眼臊脸皮！你吐到他脸上，他照样伸手抓你盘儿里的菜……"

"怎么办呢？"南恒向两位副手征询意见。

南尚杰闭了口，闷住头，鼻梁上挽起了疙瘩。他在想，很伤脑筋地想着。

"社员群众也给咱鼓不上劲儿。"南盛茂怨声说，"背地里骂起来，一个比一个气儿大。和南志贤认真干起来，一个个都像驴把嘴踢肿了！"

"好兄弟，你还傻着哩！什么群众？"南尚杰对南盛茂说，"那些吃过南志贤的甜食的人，能高兴咱这一条吗？那些欠款借粮的人，都是南村的头面人。没借没欠的老实社员，又都怯火那一帮歪人。你叫谁出面帮咱说话，他还得看看有没有那几个歪人在场……"

南村群众的基本情况是这样的。南恒同意南尚杰的分析，对南盛茂说："社员看哩！看咱是不是南志贤的对手。现在，社员还不敢相信咱能办到，要看咱的举动哩。"

"干！按原先订的制度办，不含糊。"南盛茂说，"南志贤吃人呀？"

"我说，这样行不行？"尚杰盯着南恒说，"咱们去，和志贤坐坐，谈谈，让他交出……"

"去求他？"盛茂瞪着眼，"我没那样的耐性！"

"甭把事情弄僵,得转转弯,给志贤个下台阶的机会。"尚杰说,"你嫌给人下气,我去。"

"不去!南志贤要是懂道理,不是这号脸色!他是故意和咱们捣蛋!"盛茂说,"咱一去,他倒得意了。"

俩人争执着,都瞧着南恒,等他说话。

南恒的手,顶着鼻头,他同意盛茂的判断,志贤是故意硬顶,捣蛋。想想之后,他扬起头,说:"去,还是去一下也好。先礼后兵!"

"要去你俩去!"南盛茂年轻气盛,意气用事,"我一看见那个'长指甲'货,由不得冒火!"

"尚杰哥一人去就行了。"南恒瞧着那位嫉恶如仇的血性汉子,又瞧瞧温柔敦厚的尚杰,说,"我们三个都去,倒像是我们欠着他什么,抬高他的身价了!"

五

这是农历腊月里的一个早晨,像南村古往今来的任何一个冬天的早晨到来的情景一样:漫长的寒冷的夜晚,西北风在庄稼院的屋檐上发出呜呜呜的嘶鸣。蜷曲在烫人屁股的火炕上的庄稼人,拉着悠长的鼾声。雄鸡经过五次奋力的啼叫,黎明终于到来了!

窗户上的木板窗扇,缝隙里透进一道道亮光,南恒被一阵敲门声惊醒了。

"兄弟呀!你真心宽,居然能睡到这时候!"南尚杰在门外说,"我夜黑一夜没合眼。"

南恒匆匆穿好衣裤,媳妇睁着眼,连一声也没吭,转过身去了。他出了门,把尚杰引到前边的空厦房里来。

"昨日黑,我去……那家伙歪得很!"

"咋样个歪哩?"南恒问。

"我想看看,谁来揭我的房瓦!"南尚杰模仿南志贤的声调和语气,气呼呼的脸上,又显出几分担忧。

"看看看!我说谈不出好结果,果然吧!"南盛茂一脚跨进门,接上话,"那个人,我认到骨头里去了。"

南尚杰又接上说:"他还说:'敢揭我房上瓦的人,在南村还没生出来!'"

"欺侮南村无人!"南恒动了气,"好!让南志贤看看,南村人不是由他捏扁揉圆的!"

……

一家人围着桌子吃早饭,紧张的气氛在碟、碗和筷子中间弥漫着。父亲只喝了一碗玉米糁糁,就放下碗筷(饭量比平时少了一半),捞起旱烟袋来,不时用忧虑的眼光瞟着儿子。媳妇怀里拉扯着小儿子,连端碗的心思也没有。

南恒像往常一样,就着酸菜,吃了馍,喝了稀饭,打着饱嗝,放下碗筷,推一推鼻头和上唇交接的地方,给父亲和妻子下达安抚命令:

"今天晌午,你们都不要到村子东头去!"

"我不去!"父亲忍不住,赌气说,"等南志贤把你打死,我去搬尸!"

"哪能呢。"南恒轻松地笑着,宽慰老人。

"能!"老人更倔了,"你小子不要逞强,志贤不是平地里卧的!"

"我小心着就是了。"南恒顺着老人的话说。

"哎!咱何必要……"老人顺墙蹲下,抱住头,简直要难受死了。

"你甭走!"媳妇跳起来,"咱先把婚离了,你愿意做啥由你去!"

"跟上。等今日晌午一过,咱上公社离。"南恒笑着,"要是离了婚,你再也找不下个'眼镜客'了!"

两个孩子挖了爸爸一眼,笑了。

南恒拔脚朝外走去。

"等一下!"媳妇追上来,"我和你一块去!"

南恒一看,媳妇把切面刀塞进棉袄襟里去了。他苦笑一下:"好我的瓜蛋儿!你这是做啥呀!"

"他南志贤要是动手动脚……"

"快去快去,快去给咱洗锅喂猪去。"南恒双手推着媳妇的后肩,"胡思乱想啥哩!"

南恒从媳妇怀里掏出刀来,扔到灶房里的案板上,对媳妇认真地说:"记住,都不准到东头去!"他的声音不高,却震慑了老人、媳妇和孩子,再没人敢说要去的话了。

……

正是庄稼人吃早饭的时间,街巷里的柴火堆前,蹲着或坐着一伙一伙吃饭的社员。这是新的队委会宣布交款限期的第十一天。南村人平时马马虎虎过日月,这十一天啊,可真是掐着指头,计算得清清楚楚。人们聚集在街巷里,看南恒他们怎么办吧!

南恒扣着眼镜,不时用半握着的拳头,顶一顶鼻头,似乎是在揩鼻涕,其实什么也没有,习惯罢了。街巷里,温暖的阳光照在一排排庄稼院的房顶上,洒到在街巷里吃饭的社员的头上和身上。这些生活在南村的父老,在他们把牛拉进集体饲养室,又把土地交给农业合作社以后,怕是万万不会想到,经过二十多年,在南村的生产队里,竟然有不凭劳动吃饭的人!竟然有明目张胆侵吞他们心血汗水的人!这样的人不仅有,而且很歪、很恶,社员谁要提个意见,马上就不给你派活了,或者专门派你去干那种又累又脏工分又低的活路。想不到,太想不到了!当初参加农业合作社的时候,说干部是社员的勤务员,说不劳动者不得食,说生产合作社靠大家民主管理……生活并不是时时处处都是正义力量占上风的,有时候,在许多因素的挟持下,邪恶势力占上风,甚至占据相当长的时间。南村就是这样。

南恒想着,走过街巷,来到南盛茂家门前了。南盛茂蹲在门前的阳坡里,地上放着喝光吃净了的大老碗和白瓷碟。他把碗碟送进屋去,旋即出来,跟在南恒后头,走到南尚杰家门口了,俩人相继走进院子。

屋里传出南尚杰女人狠骂男人的声音:"你去你家祖坟里数数,看出过没出过一个敢咬人的狗!你想跟南志贤较量,摸摸你的脑门顶,看看硬不硬……"啊呀,够刻毒的了。

"笑啊!使劲笑啊!"南盛茂故意逗趣,用南尚杰的妙法挖苦南尚杰。

南尚杰正被婆娘骂得六神无主,一见两位同事进来,更窘了。他憋红了脸,无论如何是笑不出来了。

南恒对盛怒的尚杰嫂子说:"嫂子,甭骂!我俩去就行了。让尚杰哥在家,不去了。"

"恒娃,你得罪了南志贤,背上工具箱走出南村去了,俺呢?"嫂子又是搵手,又是跺脚,"凭他个笨佬儿,没个手艺,还得在南村挣工分。得罪了南志贤,日后有俺一家大小好受的?"

"你想的对着哩!"南恒诚心诚意说,"俺俩走了。"

"嫂子!把尚杰哥锁到你的裤带上,这样才保险……"盛茂挖苦那两口子。

"你小伙甭逞能。等你有了婆娘娃的时光,你就知道世事的深浅了!"嫂子回顶说。

南恒走过院子,快要出门的时候,背后传来南尚杰的喊声,人跟着也走过来。他站在南恒身边,威严地训斥追到跟前来的婆娘:"走开!甭挡我!我忍了几十年,还要忍到死吗?"老婆被震住了,愣愣地站在院里翻白眼。一贯怕老婆的人,居然站立起来,独立行动了。

"嫂子,放心!"南恒走上前,拍着嫂子浑圆的肩头,给她宽心,"谁敢撞掉尚杰哥一根汗毛,你拿我是问!"

一出南尚杰家的小门楼,三个人一溜走在街巷里,就为敏感的社员所注目,蹲着或坐着吃饭的人,站起身来,引颈跷脚,望他们朝那里走去。一群半大男女娃娃,尾追在后头,像滚雪球一样,越来越多。似乎整个临街的大门和小窗,都朝东头瞧,村巷里的空气,也朝他们走着的方向涌流……简直让人难以置信,在粉碎"四人帮"近乎三年多以后,无论城市或乡村,人们普遍有一种轻松感,可是在地球的这样一个微小的角落里,空气却紧张到令人屏声静息的程度……

南恒的左右,走着南盛茂和南尚杰,三人走到南志贤新修的门楼前,停住脚。

一色新砖砌成的高大的门楼,鹤立鸡群似的高出左右低头耷脑的庄稼院门楼之上;砖缝用白色粉灰勾饰一新;黑漆刷得乌亮的门框上,红漆勾画出笔直的红色线条;两扇黑漆大门上,钉着四排核桃大的蘑菇铁钉;泛着蓝色的铁门闩上,吊着拳头大的一只铁锁!

六

南恒半握着的拳头,顶顶鼻头和上唇交接的地方,放下手来,对南盛茂说:

"到饲养室去,把梯子扛来!"

南恒坐在门楼下的青石门墩上,双手交叉在一起,搁在膝头上。

"早晨我从这儿经过,门还开着。"南尚杰咕哝说,"两口子怕是故意躲起来,给咱难看吧?"

南恒没有吭声,瞧着村巷,一伙一伙男女社员,走过来了。孩子们把南志贤的门楼围得水泄不通。小家伙们大约也预感到事态的严重吧,一个个不说话,只是挤着。

南盛茂扛着木梯过来了。

"你在下边,俺俩上房!"南恒一脚踏上木梯,对南尚杰说。南尚杰领会南恒对他的体贴,没有争议,接受了。

南恒一步一格,踏上了围墙。围墙里,几只母鸡,在悠然觅食;三间瓦房的前墙刷得雪白,窗上的玻璃擦拭得明明亮亮;一株葡萄,两棵石榴,收拾得多么舒适的一座院落啊! 自从奶兄在南村人嘈嘈窃窃的咒骂声中、修成这座院落的一年多时间里,他还没有光顾过呢!

南恒从围墙顶上走过去,摸到房檐了,一纵身,跳上房顶,回过头来,南盛茂也纵身跳上来了。

社员从村子两头拥过来,在南志贤门前的平场上汇集,一齐仰头瞧着房上。南恒转过身,朝房脊上走去。

走到房脊上,南恒蹲下身,揭下一页瓦来,咣当一声,扔到一边。这一页瓦,总是揭下来了! 房下的平场上,嘈嘈窃窃的议论声霎时消失了。

南盛茂撅着屁股,已经揭起一摞了……

预料中的那一声嘶叫,终于响起来。南恒一侧头,南志贤的女人张水花,从邻家的门楼里冲出来,跑着,骂着。

奔到房下,张水花蹦得多高,抡着胳膊,两只奶头在蒙着棉袄的胸膛上颤悠。听来叫人七窍冒烟的污言秽语,从她泛着白沫的嘴里,像水一样喷吐出来:

"把你家没牙的叫人奸了!"

"臭尿浇了你家八代祖坟!"

南恒不动声色,瞧瞧盛茂,已经烧臊得面红耳赤,出气不匀。"你,到东边去揭!"南恒对盛茂说,把他支使到远一点的房东头。他怕那个沉不住气的家伙一扬手,照那泼妇摔下一页八九斤重的机制大瓦,事情就糟了。

盛茂看一眼南恒,又狠狠地瞪一眼跳着蹦着骂着的张水花,出一口长气,朝房脊的东头走去。

张水花跑到南尚杰跟前,要夺梯子。南尚杰早已把梯子放倒在地,一百四五十斤的壮实的身体,稳稳实实压在上面,一任张水花拉

他,扯他,他只是嘻嘻笑着:

"嫂子,这梯子是我经手借队里的,你要是给摔坏了,得我负责任呀!"

南恒看着,不由得想笑,看来把南尚杰留在房下,倒是真派着好用场了。要是南盛茂,早该和那泼妇厮打到一起了。

"狗日的!等着——"

一声粗重的男人的骂声,从房下的东侧响起。南恒一看,南志贤手里提着一把斧头,从村巷里冲过来,闯进人窝。社员纷纷避开一条路,哗哗惊呼起来。

南尚杰正和张水花软顶厮磨,抬头一看南志贤已奔到跟前,忽地从梯子上站起,挤出人窝,一溜烟跑了。南恒瞅着那胖墩墩的腰腿跑出人堆,又气又好笑。他胆子小,怕那斧子落到头上,娃娃没爸爸了,婆娘没男人了!

南志贤并不去追南尚杰,一把从地上抓起木梯,搭靠在山墙上,朝上爬。

三几个老汉围上来,拉住了南志贤围在腰里的蓝布带子,他未及提防,跌落到地上。

"志贤!不要上去打架!有话好说……"

"把家伙放下!捅下乱子可不是耍的……"

南志贤挣脱不开几双拉拉扯扯的手,急得满脸煞煞白。

这当儿,有人出来说话了:"太欺侮人了嘛!新社会,哪里兴你上人的房、揭人的瓦?啊?"唔,这是南玉如,人称南志贤的黑高参,一个只在人背后说话的人,现在浮到水面上来了。

"上!上房!和狗日的拼了!豁上!"

又跳起来一个!这是南志贤的亲门本族堂兄南志德,一贯依偎在队长堂弟的皮袄下、只占便宜不吃亏的恶鬼,算得南村一霸!他按捺不住了。

有这样一文一武、一阴一阳的两位保镖出来助威,南志贤得着势,更冲了。他甚至动手摔打那几位拉扯他的老人的手臂。真要上房抢斧头了。社员此刻一齐屏了声,闭了口,似乎那两位人物一说话,社员倒憋住了。

"下!"南盛茂双手提着两页瓦,顺着屋脊走过来。他气得眉毛直竖,对南恒说,"狗日是人不是人的,都跳起来了!"

"等等!"南恒对盛茂轻声说,"还有人哩!让他们都露露面,亮亮相,这才好!"

果然,不出南恒所料,南卫红开口了。这是南村另一派势力的头目,一个善于辞令的中学毕业生,多年来和南志贤争权夺利的死对头,现在在第二十一任队委会面前,结成圣战者同盟了:"这南村到底是谁的天下?看看小河川道十里八村,有谁敢上人的房?揭人的瓦?这哪里还有社员的活路……"

差不多了!多年来在小小的南村上来下去折腾过的几个头面人物,该出来的都出来了。还有一股势力的头目,因为女人住医院,不可能在这儿露面了。南恒对盛茂说:"我下去。"

"我也下。"

"不许动手。"南恒叮嘱。

"那得看南志贤老实不老实。"南盛茂说。

"你走在我后头。"南恒说,"甭乱喊乱骂!"

南盛茂没有说话,也不知同意不同意。

南恒从屋脊上走下来,站在房檐口,对着下面拉扯着南志贤的几位老者喊:"甭拉!放开他!"

几位老者反倒拉得更急更紧了。那几位跟着南志贤吃馋了嘴的、争着吃的人,现在也哑了口。他们大约料想不到,这个瘦瘦巴巴的"眼镜客",居然照着挥舞斧头的人迎面走下来了。

南恒双手背扶着梯臂,一级一级走下来,走到离地只有两格梯级的地方,说:"把志贤放开!"他一回头,南盛茂紧跟在他的背后,瞪着一双豹眼,双手提着两页机制大瓦,随时准备投掷出去。他说:"把瓦扔了!"

南盛茂死死盯着还在冲着蹦着的南志贤,一动不动。

南恒从南盛茂手里夺下瓦,撂到梯子下的空地上,当当两声脆响。

整个平场上,几百个男人和女人,老人和娃娃,屏声静息,一动不动,瞧着矮小瘦巴的"眼镜客"用手扶一下镜框,又顶一下鼻头,轻轻从梯级上跳到地上,站在南志贤当面了。

南志贤猛地挣脱了拉扯他的人的手,棉衣撕开一道口子,扑到南恒面前,抡起了斧头,人堆里发出一阵惊呼。

南恒左手一扬,准确地抓住了南志贤攥着斧柄的手腕,终年推刨扯锯的有劲的手臂,轻轻往外一扭,南志贤几乎滚跌倒了。

"绑了!把狗日绑了!"

"捆了!取麻绳!"

一阵乱纷纷的愤怒的呐喊声中,跳出几个小伙子,一下挤到南志贤面前,扭住南志贤的双手。

南志贤的婆娘张水花,一把从男人手中夺下斧子,扑通一声跪在南恒面前,在地上碰头:"好我的兄弟!我没把你当外人待呀……"

南盛茂一把拽起张水花:"少来这一套!"

有人真的取来了麻绳。刚才那几位给南志贤助威呐喊的人——黑高参和演说家不见露面了,只有堂兄南志德,拼命把已经缠到南志贤臂上的麻绳往开扯。

"甭捆!"南恒拉住了绳头,挡住那几个小伙儿。

小伙们气咻咻地罢手了。

"你想干啥?"南志贤扬起头,已经威风尽失了,仍硬打硬充说。

"我要你把吃到肚里的黑食,吐出来!"南恒狠着声,沉沉地说。

"你拆民房,违犯法律!"南志贤说。

"你当着社员说:你盖这三间新房用的砖瓦、木料、吃用的粮食,哪来的?哪一样是你自备的?"南恒说,"法律哪一条,允许你侵吞社员血汗?"

"我借有借据,欠有欠条。"南志贤仍然强辩,"走到天尽头,欠账不犯法!"

"你假借修饲养室,买来瓦,用到你房上了。队里的树,任你伐,四把粗的白杨,给你只合十块钱。盖房吃的粮食,你尽着从队里仓库往出灌。末了打个借据欠条摔到会计账上。这是南村人的生产队,还是你私人办的庄园?"南恒越说越气,"你把南村'借'空了,吸干了!"

"反正,欠账不犯法!也不是我一个!"南志贤在众人面前,拉不下脸认输。南恒已经揭得他脸黄手颤嘴哆嗦,不敢正视左右前后那一双双气愤的眼睛,"我告你!拆民房犯法!"

"随你的便吧!"南恒说,"你不交还款计划,不交百分之十的现金,我还是揭你的瓦!"

张水花扑上来,拍拍扯扯南恒的胸膛:"好兄弟,咱写,咱交!"

"让志贤说话!"南盛茂这才找到说话的机会,"你说了只算一少半儿,那多一半儿,让南志贤说!"

"咱写'计划'!咱交!"张水花又去拉扯男人。

南志贤软了,噘着嘴,不好下气拉脸说交款,也不敢硬着嘴说不交!南恒挡住继续进攻的南盛茂,应该给人台阶下了!

"当着全队父老的面,我给你说!"南恒说,"你按本制度执行,交来还款计划和现金,我给你再把瓦盖好!"

一个多年来在南村为所欲为的家伙,一旦置身于往常被他完全藐视的群众面前,被人揭开了丑行和恶迹,即使脸皮比牛皮还厚吧,也不能无动于衷了。南志贤第一次在南村遇到了难以逞性的对手!借着婆娘推推搡搡的手臂,退出场去了。

征 服

——《南村纪事》之二

一

一弯金钩似的月牙儿，落到西原背后去了。夜已深，天很黑，田野悄悄静静。中伏里使人透不过气来的闷热散开了，夜风吹过，有一丝凉意了。

南葫芦蹲在玉米地里，让半人高的玉米叶遮掩着他的犍牛一样强壮的身体，两只手紧紧攥着一柄钢叉，死死盯着那个已经溜进菜园里来的贼。

玉米地里，又沤又热，蚊子在耳边嗡嗡，在脸上叮，在赤臂光膀上咬，他忍耐着，生怕弄出一点声响，惊动了那个已经爬到坎沿儿上来的老鼠。他大气不出，两只眼睛一眨不眨，死死盯住那个人：溜进菜园以后，绕过西红柿架，蹲在葱地里了，他惊疑不定，瞧瞧两边，就用短把镢头在葱垄上刨起土来。

好！等得狗贼拔下葱来，拿出地去，然后冲过去，抓住手腕，捉贼要捉赃。

狗贼呀狗贼！南葫芦承包了这几亩菜地，有合同压在南恒队长办公桌里呢！葫芦我吃了多少苦，流了多少汗，摊了多少本，你知道吗？葱长起来了,还没等得上市,你倒是眼尖手快,今晚偷了葱,赶天明用自行车带到城里农副市场卖了,票子装进腰里,吃香喝辣多美!我呢?到年底跟队里算账,只有按合同赔偿,婆娘娃吃啥穿啥呢?

把狗贼一叉戳倒!拉到队长南恒面前,赔!不光赔今黑偷下的,凡是菜园往日丢了的葱、西红柿,全得由你赔!南葫芦渐渐看分明了,那是南红卫。高中毕业生,把书念到狗肚里去了。你在南村扯旗造反,整人家南恒他二爸,给老汉头上糊高帽帽,胸膛上挂白牌牌……南恒今年当了队长,有你好受的,等着!

你那年造反当了革委头儿,把南村弄得鸡犬不宁。我葫芦养了两窝蜂,你说蜂儿酿的是资本主义毒水,一把火,把蜂烧咧!我在自留地种了二分葱,你给我把葱秧儿拔咧!你满嘴革命名词,黑夜却做贼!好,今日犯到我的手里了!

南葫芦蹲在玉米地里,愈想,气聚得愈足,浑身像打足了气的车胎,憋得紧绷绷的,两只手把钢叉的木柄攥出了水。狗贼拔下一堆葱,抱起一捆,猫着腰,往菜园外头转移了。

南葫芦也猫下腰,从玉米地里溜出来,跨过土路,贴着梯田的塄坎,从背后包抄过去,轻手轻脚,突然出现在南红卫面前,举起了钢叉。

南红卫起初一惊,看看已经无可挽回,反而镇静下来。他把葱捆扔到地上,既没有逃跑,也没有厮打,一句不吭,站在那里,摆出一副随便咋办的架势。

南葫芦把钢叉收回,噌的一声,扎进脚下的土路上,呵斥说:"走!见队长!"

南红卫没有求饶,仍然一句话不说,拍拍手上的土,照直走了。

南葫芦从地上拔起钢叉,等得南红卫走出三四步远了,握着钢叉,跟在后面。要紧防那小子突然转过身来,打你个措手不及!这是个吃生米的家伙,不可不防。

二

倒霉透咧！南红卫走着，对他偷葱的行为没有一点悔恨的意思，只是觉得自己太大意了。虽然事先探察到庵棚里没人，以为葫芦晚上办什么事去了，却没料到这家伙躲在暗处。丢人是丢定了！罚款就罚吧！南恒队长是他的对头，甭梦想他宽大吧！南葫芦更不用说了，在他任南村革委头儿的时光，烧了葫芦的蜂箱，拔了葫芦的葱秧，完全可以想见葫芦心里怎样恨着他。随你杀，随你剐，走到这一步了。

齐腰高的玉米，把肥大的叶子伸到田间小路上来，碰着裸露的胳膊，痒痒的。稠密的星星，像无数双眼睛，闪着眨着，讥笑着已经落入不光彩的境地的角色。

自流灌渠里淌着悠悠的清水，他蹲下来，洗濯一下刨土拔葱时沾在双手上的泥土和葱汁的臭味。洗了手，抹了脸，撩起汗衫的下襟擦了水珠，站起来，绕过杂草丛生的水渠，走吧！就是那么回事了，看你南恒怎么揉搓我吧。

"文革"中，他整了南恒的二爸，属实。那又怎么样呢？南恒的二爸，在"四清"运动中，把我南红卫的老子整得还不惨吗？退钱，退粮，扫地出门！那年正好他高中毕业。考大学分数够了，政审通不过："其父系四不清下台干部！"

说"文革"是浩劫也罢，灾难也罢，南红卫总算出了一口恶气，心里松泛了！本来就是为出气、报仇，明打明就敢这么说！

南恒上台了，这意味着什么，还用问吗？南红卫的警惕性早已提高到头发梢上啰！来吧，给你二爸报仇，给我要狠心，穿小鞋。我等着！

万万想不到，南恒走进他家院子了。在猪圈旁边，南村两个不共戴天的仇人的后代,面对着面了。

"你来干啥?"硬邦邦的问话。

"想和你扯扯。"软绵绵的回答。

"没空儿!"南红卫更硬了。

"啥时候有空呢?"南恒更耐心了。

"少来这一套!"南红卫瞪起眼,"我是软的硬的全不吃!"

南恒红着脸,为难地走出去了。

在村口,俩人又碰见了,南红卫扬起头,目不斜视,跨大了步子。

"红卫,我给你说件事。"

南红卫收住匆匆的脚步,又要耍什么花招?

"队委会昨黑开会,想把你抽出来,给队里搞副业……"

收买!南红卫心里立时反应出这样的看法。把我拉到你的伞下面,给你跑腿儿,我才不跟你跑龙套哩!他一口回绝:"咱干不了。"

"你再想想……"

"没啥好想的。"南红卫打断他,话里带上刺儿了,"咱……向来不会绕弯弯。"说罢,扬长而去。

大约到此为止了,南恒该把真手段使出来咧!南红卫更警惕了。想不到,南恒又一次走进他家的门楼来。

"联办小学要咱队出一名民办教师,队上决定让你去。你是老高中生。"

这是好事,别人争都争不来的好差事,工分照记,每月还有十来块钱的津贴,不淋雨,也不晒太阳。这样好的事,能轮到我南红卫头上吗?想干什么啊?

父亲睁着惊疑的眼睛,似乎有点动摇了。

母亲已经浮出一脸巴结的笑容,看着这位给家庭带来福音的人。

全是见识短浅!他横了父母一眼,干脆地说:"我不去!"

"你们合家再商量商量。"

"不用。我的事,我拿主意。"南红卫说,好执拗啊,"想把我赶出南村,给你拔了眼中钉?"

"这……"南恒笑不出来了,生气地回转身,"记住你这话,红卫,日久见人心!"

……

南红卫走着,快到村口了。他是从来不吃后悔药的硬汉子,可是在此刻,这些往事却如此顽固地从脑海里浮游起来,像漂在水里的气球,怎么按也压不下去。

不管真心也罢,假意也罢,现在南恒可以说他做到"仁至义尽"了!南恒也不是平地里卧的角色,那家伙为了收借款,跳上他堂哥的瓦房去揭瓦,逼得堂哥服服帖帖交了钱,也是睁眼不认六亲的家伙!对他南红卫还有什么可客气的呢?可是,南红卫一不想爬上,二不想出去工作,反正是个农民,顾那么多脸皮做啥!罚款加检讨,还能怎么样呢?

走过街巷,人都睡完了,这家那家敞开的窗户里,传出沉重的鼾声。走到南恒家门口了,南红卫收住脚。

南葫芦走上前,砸得街门板上的铁环叮当叮当地响,同时扯起嗓子叫喊起来。

三

一阵急促的敲门声,南恒惊醒了,他披上布衫,出来开门。

他拉开街门的门闩,门外的街道上影影绰绰站着两个人。他忘记了戴眼镜,看不清是什么人半夜三更来砸门,就问:"啥事?"

"光彩事!"是葫芦的得意的调门。他说得细致,绘声绘色,带着情绪。其实南恒只听一句就明白了:南红卫偷了他承包的大葱。

黑暗中,南恒看不见南红卫的脸色变化。那么盛气凌人的南红卫啊,堂堂的高中毕业生,能说会道,十二张嘴也辩不倒的南村文化最高的农民,现在做下最丢人败兴的事了,站在那里,把脸摆到另一边,一句话不说,一任南葫芦这个粗莽大汉连挖带损。

——哈呀!听说山西那位大哥从国务院回家了,副总理的位置空着哩,等咱南村的劳模去坐哩!这是他在街道里高声大气给新任队长南恒摆的难听话。

——南村出了真龙天子了,等着过好日子吧!他在地里劳动时,和他们那一派人撇腔,哈哈大笑,给南恒办难看。

现在,那张能言善辩的嘴张不开了,人总是无法抵抗不光彩的行为所产生的心理上的压力。他站在一边,头扭到另一个方向,身子也斜歪着,一只脚在地上弹着,似乎是一副不失威风的派势。在南恒看来,那不过是硬撑面皮罢了。

"菜园的菜,丢得我受不了咧!你还批评我责任心不强!"南葫芦四十几岁的壮年人的粗喉咙大嗓门,吵着,"我辛辛苦苦种下菜,他偷去卖钱,到头来我给队里按合同赔款……良心叫狗吃啦!"

葫芦年初承包了菜园,夏葱长得不错。夏季里,葱在市场上是短缺货,价钱很好,葫芦这一卦是卜灵了。他透露过,用这一笔超产款要办他早都梦想着的事哩!儿子该订媳妇了,盖屋要备木料砖瓦了。蔬菜不比庄稼,黄瓜、西红柿这些口费东西,总免不了丢失,害得他一家几口,白天黑夜在菜园轮流看守。现在他抓住人了,够多解气啊!他站在南恒当面,等他一斧头两开交。

"哈呀!葫芦叔——"南恒习惯地用食指顶顶鼻头,似乎那儿有什么不舒服的东西,其实什么也没有,那大约是他琢磨木工活儿时养成的习惯动作吧,笑了,"红卫是我派去的……"

"你说啥?"南葫芦打断他的话。

"我派他去拔葱的。"南恒肯定地说。

"你……"南葫芦张着嘴,合不拢了。

"我想试一试,看你到底负责任不负责任。"南恒仍然平静地说,简直跟真的一样。

"噢!这……"南葫芦一下泄了气。

"你没有睡大觉,"南恒表扬南葫芦,"可见联产计酬就是好,人人都关心集体收益啰……"

"嗯……"南葫芦完全泄了气,嗓门也低了,懊丧地转过身,要走了。他又转过身来,"就算是试验我吧,拔下那么大一堆葱,损失谁负责?"

"那当然是我嘛!"南恒说,"我派人去拔的,造成的损失,自然由我赔偿嘛!"

南葫芦又不走了,蹲在地上,掏出烟包,说:"叫你队长赔……不合适……"

"合适。"南恒说,毫不含糊。又转过头,对南红卫说,"红卫哥,我叫你去试一试嘛,你咋实打实地拔起来了呢?这下,我该折本儿了……"

南红卫转过脸来了,身子也不斜扭了,脚不弹地了,低着头,发出两声含混不清的尴尬的笑声。

"睡觉吧!"南恒朝自家门楼走去,"好咧!这下再没人敢偷蔬菜了。"说罢,走进门去。

他站在门里,关门的当儿,看见南葫芦提着钢叉,走到黑影里去了,传来他扫兴的大声叹息。

南红卫也同时朝村巷里走去,脚步缓慢而沉重。

四

南恒太累了,从天不明起来,直到这时候还不能安然落枕,当个生产队长,着实不容易哩!他头一落枕,就拉起了鼾声。是嘛,夏日夜短,四点多钟起来,在地里干活,给各作业组解决临时出现的琐碎问题,都是队长的工作嘛,直到深夜一两点钟。还有南葫芦这样的人来打门告状,一天能睡几个钟头呢?而且天天如此,月月这样……瘦瘦条条的南木匠,脸坯更显得小了。

也不知躺了多大一会儿,又有人敲门。

南恒坐起来,披上布衫。媳妇早不耐烦了,小声骂起来:"死了人,急着报丧,等不得天明吗?"南恒笑笑,戴上眼镜,走到院子。既然能来敲门,肯定是搁不到天明的急火事;当着众人的队长,就得耐烦哩。

南恒拉开门闩,一眼瞅见门口站着南红卫,忙问:"你还没睡?"

"睡不着……"

"好,进屋,咱俩扯扯。"南恒热情地说。

"咱们出去说说。"南红卫站着不动,"甭影响屋里人休息。"

南恒一脚跨出门,顺手拉上门板。俩人走到街巷里。

"那件事,你下一步……准备咋办呢?"

"没有下一步了。这件事,已经处理完了。"

村巷里很静,俩人的脚步声在那拥拥挤挤的房屋的墙壁上,发出回声。

田野里比村巷里亮多了,清凉的带着湿漉漉的水汽的夜风,吹得人心胸里好舒畅,河滩里无名水鸟单调的叫声,更显出田野的寂静。看着南红卫在村外的大路边上坐下,南恒也坐下了。

"你为啥要包庇我呢?"南红卫突然转过头问。

南恒倒被问住了,回答不了了。是啊,为什么要包庇这种丑行呢?纳闷了一会儿,说:"我觉得应该这样。"

"你为啥不整我呢?"南红卫问,"这是最理想的时机。"

大约只有南红卫这样的人,才能说出这样直截了当的话,南恒反倒觉得痛快,也就照直说:"我不想整任何人。我今年当队长,能不能把南村的事办好,是另一回事。本人心里有一条老主意:不整人!"

"你刚一上台,把你堂哥南志贤整惨了。"南红卫说,"你在这件事上,落下不少好名声。黑脸包公……对我,怎样这么客气?"

"对他,应该那样;对你,应该这样。"南恒说,"我堂哥当干部,连挪带借,欠队里一千多块,自己盖新房,买缝纫机,人家该分钱的社员,年年不能得款,我是逼得没办法了!你呢?说实话,我想拉你进队委会,我找你谈了……既是想用你,就得给你护着点面皮;要是把你的面皮扒光了,就不好用了。"

"你为什么一定要把我拉进你的班子呢?"南红卫问过,自己又回答说,"我心里清楚,你不是喜欢我,是有些怯火;不是怯我的火,是看见我跟前有一股势力。那些'四清'运动中受了挫、挨了整的人,尽管现在平了反,经济上也退赔了,心里呢?说实话,他们跟我一心。你是怯火这一帮人,是不是?"

"你说得对。"南恒承认了。

南红卫得意起来:"我早就看穿了你。"

"所以你很硬,我三顾茅庐,你拒不上任。"

"你八顾也不行!"

"你先别得意,"南恒说,"你只说对了一半。"

"那一半是啥?"南红卫问。

"你有文化,有本事,对南村队里有用处。"南恒说,"你当干部那几年,队里烂了,穷了,有你的责任,也有当时社会的原因。我想过了,你有几件事办得好,比如办秦川牛场,办砖场,想种植药材……"

"甭提了,甭提了!"南红卫叹了口气,"连一样事也没办成。"

"不成事的原因,你想过了吗?"

"刚开办,上头精神就变,就批判……"

"还有呢?"南恒自问自答,"除了社会上的歪风之外,你不成事的关键,就在你只依靠你的那一股势力,把另外几股势力当敌人。"

南红卫沉吟半晌,不得不承认:"那几股势力,不管我办的是好事瞎事,一股脑反对,宁可车翻,也不想叫我驾辕。"

"说句不客气的话——"南恒盯着南红卫的脸,"你现在对我,也用的是别人对付你的办法。"

"这……"南红卫噎住了。

"宁可南村继续烂下去,穷下去,也不能容忍我南恒当队长!"南恒尖锐地说,毫不回避,既然谈开了,扯开头道幕布了,就把二道三道幕布都扯开,畅开心说个明白,"我上台半年来,你给我摆下的,就是这样一副架势。"

"是这样。痛快!我都承认了。"南红卫激动了,忽地站起来,"我今黑来找你,就是想听你说句实话。"

"完了。"南恒也站起来,"你问我为啥不整你,就是这原因。说实话,要是我家里任何人偷了葱,我坚决罚,决不含糊!"

"我这号人……吃软不吃硬。谁要跟我来硬的,我豁上命也不怕;谁要软磨着来,我可就……"南红卫表白说,"其实,真正厉害的,是你老弟这号人……"

"甭钩心斗角了!老哥!"南恒也诚恳地说,"斗了十几年了,斗得大家碗里一天比一天稀,还有啥意思嘛!"

"南村不是没能人。"南红卫说,"能人都把本事花到钩心斗角上去了,力气空耗了。我算一个!"

南恒扶一下眼镜,高兴地叫起来:"这才是一句实扎扎的话。再往下说呀?"

"完了。"南红卫说,"我睡不着。你包庇我,比罚我更叫人羞愧。我找你,就是想说这句话……"

"好了,不说了,话不在多!"南恒说,"告诉你吧,我准备重办秦川牛繁殖场,这是独门生意。你过去没办成,现在是成事的时候了。

你准备一下,县里物资交流会就要开了,你去给咱物色几头纯种秦川牛回来。"

"那没问题!"南红卫说,"那年为办牛场,我专门研究过秦川牛,混不了杂牌子!"

"咱俩可要共事了……"南恒说。

"要共事就共到底……"南红卫说。

繁星在不知不觉中隐匿起来了,湛蓝的天幕上,只有几颗很大的星儿,发着红蜡头似的光。晨风轻轻掠过田野,肥大的玉米叶上露珠闪闪滚动,黎明了。

一个多么令人心情舒畅的黎明哟!

丁字路口

——《南村纪事》之三

住在南村,我想进城去办点事。恰好队里的卡车今天进城给供销社拉货;天麻明,我就赶到司机南小强家里去等待。

小强刚起床,坐在炕沿上,弯腰拴着鞋带,不停地甩着扑落到额头上的黑乌乌的头发。炕和桌子的空当间,支着涂了红漆的钢筋盆架。印着红双喜字的脸盆里,红格毛巾叠成三折,泡在冒着热气的温水里。口杯上横架着牙刷,毛刺上已经挤好一滴牙膏,只需端起来,塞到嘴里去。小强端起口杯,走出门去,院里就传来牙刷刷牙的有节奏的声响。

我暗自想:司机小强娶了个好媳妇,真会服侍男人哪!

媳妇走进门,两只手端着两只碗,碗上都横放着一双粉红色塑料筷子。她把一只碗放在桌上,双手把另一只碗递到我面前,那碗底沉着三个荷包蛋。

"你不吃,她不高兴。"小强擦着脖颈,对我诚恳地笑着,"我这位就是这脾性。"

"看你眉毛上头的油墨。咋洗的脸?"媳妇用指头按着小强左眉上头一丝隐隐的黑斑,"重洗。胰子在那儿放着,不用,邋邋遢遢!"

小强咧着嘴朝我笑笑,虽然是无可奈何的神气,还是顺从地又撩起水来。

媳妇长得端眉正眼,算不得画报上的美人,却也挺好看。她对小强的卫生要求如此严格,自己倒不见得收拾打扮得多么花哨。上身一件男式黄军装,脖子里露出一圈红色的毛线,头发是女运动员的那种自由发式,熨熨帖帖地披在头上。她出出进进,给小强做着出车前的准备事宜。现在,她又端着茶壶走进来了。

"这回合格了吧?"小强面对媳妇,淘气地笑着,说着就去端那碗鸡蛋。媳妇抿着嘴,把一只盛着脂膏一类东西的小盒拧开盖儿,递到小强面前。

小强又咧开嘴,朝我笑笑,不好意思的样子,还是把指头伸进盒子里去了。

媳妇拧好盖儿,说:"天冷了,风刮得皮糙肉裂的……"

我后悔了,应该在街道里等待;插在这一对如此热火的年轻夫妻之间,多碍眼嘛!

"记住——"临出门时,媳妇郑重地说,含有警告的严重语气。

"什么?"小强站住,瞪起眼。

媳妇用手指在自个儿嘴上轻轻拍了两下。

"噢噢噢!记着哩!"小强释然地笑了。出了门,离开媳妇好远了,小强给我解释这个哑谜,"不准我出门喝酒。"

卡车从街巷里开过去,出了村,就拐上一条柏油公路。"你瞅!"小强努着嘴指指窗外。

我从窗玻璃上望出去,那媳妇站在门外的土台上,目送着汽车出村。小强笑笑,朝她点点头,然后回过头来,自豪地对我炫耀:"天天这样,成习惯咧。"

"好媳妇!难得。"我信口说,企图引出他们夫妻间的趣事来;早就从旁人口中得知他们有一段不平常的恋爱,今日逢到好机会了。

"嘿呀!"小强笑了,是那样由衷的喜悦……

冬天的傍晚,干冷干冷。南小强背着竹背篓,终于走到峪口了。他把背篓倚靠在石头上,探出双臂,又酸又麻的肩膀顿然松解了。

山根横着一条大路,和通到平原上去的柏油公路构成一个丁字形。

新年佳节的浓重气氛笼罩着乡村,丁字路口,走亲访友姗姗归去的男女来来往往;小伙儿在屁股后头带着媳妇,把自行车铃铛摇得山响,从南小强面前一闪而过。

小强把双臂又伸进背篓的套环里,咬咬牙,站起来。不就剩下十里路了吗?山里那么窄狭的路都走出来了,平川上这样宽敞的大路,闭着眼睛也走回去了。

刚刚踏上丁字路口,远远望见从平原上伸展过来的柏油公路上,一个熟悉的身影骑着自行车过来了,那是娟娟。他们在桑园镇中学的同一间教室里,读了三年初中,又一同考入县城的重点中学,读了两年高中。同学们说他俩好。他也觉得俩人挺合得来。她敬慕他,相信他肯定能考上一所像样的大学,甚至比相信她自己能考取大学更坚定。而当紧张的高考结束以后,在难以忍耐的期待中,他们先后接到了不予录取的通知。那是怎样令人丧魂落魄的失败的痛楚!

"明年再考!"她到他家来了,鼓励他,"扎扎实实复习一年。经济上不行的话,我支援你!"

"再考!"他确实不服气,落榜的耻辱严重地伤害了高才生的自尊心,"卧薪尝胆,自强不息。"

他钻在那间小厦屋里,除了吃饭、拉屎和尿尿,大门不出,二门不迈,免得因看见父亲和母亲汗流浃背的劳作而动摇。

这年秋后,南村新选上一位队长南恒,按辈分该叫他哥哥。南村换过多少任队长了,社员的日月照样难过。他把自己埋没在一堆堆演算纸当中,并不留心窗外的街巷和田野上有什么动静。

村巷里和田野上的响动,通过门窗,通过父母在小院里的唠叨,传进小厦屋来了。为收回前任队长(新任队长南恒的亲哥)侵吞的集体财产,南恒和他闹翻了。土地承包了,大锅饭停伙了。种牛场筹办起来了,砖瓦窑冒烟了,药材种子破土而出了。南村街巷里多年来弥漫着的灰败气氛,被一种欢腾热烈的气流所代替,从门和窗户冲进小厦屋来了。南恒那显着急迫神色的眼睛,在书页的字里行间闪动。他几次强迫自己坐下,抄起钢笔和演草纸,又总是把心力收拢不住,终于从书桌边站起来,把书籍和演草纸收拢到一堆,塞进了箱子;他背上背篓,上山捡羊粪去了,投入到新队长发动的积肥热潮中。

娟娟连着来了三封信。他在回复第一封信之后,就狠着心再不回信了。她跟着当校长的爸爸,在西安复习功课,下决心继续考下去,直到最终走进某学院的大门。生活已经使他们各自走向自己的天地,一切不切实际的奢望,对于南小强来说,没有必要啰!

自行车愈来愈近了。黄衫,蓝裤,头上一顶红纱巾。烟雾般的暮霭,遮不住那闪动的艳丽的红纱巾,南小强的心加快了跳动的节奏,一低头,看见膝盖上露出的一串串棉花絮儿,那是山野里的刺蓬和石刃擦划的结果;两只手,被酸枣刺扎得血印叠着血印,活像两只乌鸦爪子;没有镜子,可以想见灰尘和汗水已经打扮出一副怎样的尊容了。怎么偏偏在此时此境里遇上她了呢?

想躲避也来不及了。小强放下背篓,背对着公路,让高高的背篓遮挡住他的身体,好强的年轻人啊,掩不住心里那一丝弱点。

自行车轧轧轧的响声从背后响过去,拐上丁字路口了。他想扭过头去,看看在大城市里待了一年的女同学现在是什么模样了,却终于没有抬起头来,只是盲目地揪着干枯的草叶。

"南小强!"

听见一声呼唤,铃铛似的悦耳,他慌忙站起,几乎将背篓撞倒了。她已撑起车子,蹦蹦跳跳,站在当面了。

"唔……你……走亲戚去咧?"

她没有回答,双手扶住背篓,瞅着小强,眼睛浮动着幽怨,浮动着疼爱,很动人的神色。半晌,才问:"就这样背回去?"

"就这样……背回去。"

"还有十里路哩!"

"十里,不远。一会儿……"

"用架子车拉上,多轻嘛!"她建议。

"没有车子。"他老实相告。

"我家里有。"

"划不着折腾,背回去算咧。"

"就知道出笨力!"娟娟说,是那样一种动人的口气,"背篓就放这儿,没人偷你的。"

南小强没有力量再执拗了,坐在自行车后座上了。

天色暗下来,灰雾把村庄和田野遮罩得迷迷蒙蒙。小强端端直直坐在车后座上,那黄衫罩着的花棉袄里,有一股温馨的气息透进他的感觉里来,只觉得一天的疲劳已经消散了。

"听说你们村新上任的队长很厉害。"

"是厉害。"

"听说订了个五年规划。"

"对。五年规划订下了。"

"听人传,你们队长说:'农民娃,招不了工,考不上学,做啥呀?务庄稼。把农村办好,农民也要穿皮鞋,戴手表,住洋楼!'是这样说的吗?"

"有这话。"南小强说,"你咋知道的?"

"人都说哩!"娟娟说,"这话说到农村青年的心尖上了。有志气!"

"没志气不行嘛!"小强觉得自如了,话投机了,"我们村……"小伙子们找不下对象的话,他不好意思说出口来。

"所以你不考学了。"

"嘿嘿……"

到王村村口了,俩人先后跳下车子。

"我在这儿等着,你把车子拉来。"

"到家里去嘛,走到门口了。"

"不咧……"

"怕啥?"

"我这样……"小强瞅着自己浑身上下的衣服,为难地支吾着。

"好大的架子!"娟娟反而这样说,"自己不动手,让我给你送来?"说着径自前头走了。

小强跟着走进一幢陌生的乡村的门楼。

"这是我的同学,南小强。"娟娟一进门,介绍说,"借咱的架子车用一下。"

娟娟的父亲,在西安一所中学当校长,寒假回到乡间来,现在披一领大衣,站在院子里,热情地说:"车子在过道放着。"

娟娟的母亲,白白胖胖,比乡村一般妇人显得富态多了,干干净净的头发从后脑勺朝上揭起,用一把黑簪子别着,那双本来是和善的眼睛,现在有一缕狐疑和厌恶的神色。小强处于这样的劣势里,对于贫穷就有着十分敏锐的感觉。而她对于女儿和这样穿戴的同学打交道,难以理解了。

老校长已经亲自动手,将架子车从空屋里拉出来,交给小强,招呼他喝水、抽烟,像对待任何一个劳动者一样,显示出正直的知识分子的诚恳。

小强仍然慌慌乱乱,既不抽烟,也不喝水,接过架子车,向送别到大门外来的校长和他的女儿告别了。

第二天一早,当王村人还在酣睡着的时候,南小强把架子车推进娟娟家的土围墙,放在院子里,悄然走出去,背上背篓,上山捡羊粪去了。其时，满天星斗，银河灿烂。

山沟里静得令人呼吸不畅，远处传来一两声狐狸的很难听的叫声。他背着背篓，走着走着，踢得路上的石子轱辘辘滚到沟下去了。唔，真慌神儿！她问了他那么多话，而他却连问她一句也没有。她在西安复课复得怎么样？大城市里的老师比小县城的老师讲课讲得好吗？今年考学把握如何？这些，都慌乱得一句也没问。唉唉！

晨曦在山的这边和那边，投照出若明若暗的神秘的色调。这是使敏感的年轻人的情思最容易流动的时刻。他想起他在自己的课桌里发现了一包糕点，惊疑中自然回看一眼坐在旁边的娟娟，那会说话的眼睛使他的心怦怦跳起来。他又想起夏天的傍晚，他们顺着河堤步行回家，突然一场暴雨把他们浇成了落汤鸡，地上一步一滑，又似乎是自然地把两只手握在一起，奔进河堤上防洪的小独房里。他把小炕上的麦草点燃了，脱下汗衫，拧干了水，烤着。她也脱了带着小花点的短袖衫，拧干了水，站在他对面烤着，湿透的内衣紧紧裹在她的身上，女性胸部和腰部那优美而清晰的线条，使他第一次感到了一种从未有过的诱惑。那双经过雨淋的冰凉而柔软的手握在他的手心里的感觉，此刻又明显地感觉到了。

当他伸出手指，从结着霜花的枯草中和石板上拾起冻得邦硬的羊粪粒儿的时候，心里一下子凉了。粗糙的手指，被山间的寒风冻裂出数不清的小口子，纵横交叉着被酸枣刺针划破的血印，指头蛋儿已经被石板蹭磨得没皮了，触到霜花，冻得好疼啊！娟娟在城里住了一年，年节回到乡下，对当了农民的老同学没有鄙视的神色，已经很不简单喽！他在心里顶真诚地祝愿，她再苦攻一年，走进神秘的大学的校门。大娘完全不必用那样嫌弃的眼光看他。他一个农民，能那样缺乏自知之明地去纠缠她的大学生女儿吗？笑话！

太阳从九重山的东边升起，在渭北高原上空广阔的蓝天上运行，又沉入河水里去了。小强背起满满一背篓羊粪粒儿，从九重山崎岖的山道走出峪口的时光,第一颗灿亮的星儿已经在天幕上出现了。他猛然看见,在他往常歇脚的青石板上坐着娟娟,身旁放着昨晚用过的那辆架子车。

如果说昨晚的相遇和帮助纯系偶然的巧遇,那么今晚就是有意的自觉的等待了。

"你在这儿……等谁?"明明心里清清白白,他却结结巴巴说出糊涂话来。

她没有回答,把架子车摆顺了,扶住车辕,等待他把背篓卸下来。

小强把背篓搁进车厢里,长长嘘出一口气。娟娟把一只小布包塞过来,解开,是过年蒸的花皮包子;他转眼看她的时候,看到的是当年发现课桌里的糕点时那种神色。谦让对于真诚完全是多余的。娟娟已经推动车子,离开峪口了。

苍茫的灰雾和烧柴烘炕的蓝烟在村庄周围的田野上融汇在一起,缓缓地向麦田里扩散。通到平原上去的公路,漫坡而下,只需用双手扶住车辕,车子便自然朝前滚动着。一批疏疏落落的星星闪烁着光亮了。

"羊粪好拾吗?"

"好拾。"

"满山满坡都有吗?"

"近处捡完了。我走得远,摸着了放羊人避风躲雨的一个崖窝,羊粪铺地一层……"

"路好走吗?"

"难走。翻两架山,过三道沟,只有一脚宽的路。"

"就从这峪口一直走吗?"

"就从这峪口一直走。"

架子车车轮的声响,和谐而优美,像音乐,像流水。又是她连声问,他连声答。他的话全都躲得无踪无影,寻找不出一句来了。她一停间,俩人就默默地伴和着车轮轧轧轧的节奏踏着步子。

娟娟又转过头,庄重地说:"跟你商量一件事,想听听你的意见。"

"啥事?"她有知书达理的校长爸爸,她自己也是个干脆、果断甚至有点任性的姑娘,什么事需要听他的意见呢?

"我不想考学了。"娟娟说,显然是深思熟虑过了的口气。

"咋哩?"小强完全没有料到,"别人想去补课,没有你这样好的条件哩!"

"你现在先甭问为啥。"娟娟平静地说,"我们家这几天正为这件事闹矛盾。我想听听你的意见。"

小强默然了。这样关系别人生活、前途、事业和家庭关系的大事,他怎么说呢?

"你想想,改日见了面再告诉我。"

她轻盈地走着,夜色遮住了那张好看的脸。他抬头望望,南村农舍伸出缩进的不规则的围墙的轮廓就在眼前。他挡住娟娟:"让我背回去吧,到了。"

"怕我到你家去吃饭吗?"娟娟扬起头。

"哪里……"小强为难地说,"我家地方太窄。"

"我不信。"她故意试探。

"真的。"他愈加为难,低矮的厦房,柴烟熏得发黑的屋顶,破旧的家具。

"你是怕村里人说闲话,"娟娟说,"说你恋爱。"

"呀……"小强扑地红了脸,不知说什么好了。

"要是怕人说,甭在世上活了。"娟娟停住车子,有点赌气的样子,"背你的羊粪背篓吧!我要回去了。"

小强扶住背篓,六神无主了,可怜这个能从悬崖峭壁上背来一百多斤重负的强健的身躯,此刻呆呆地站在那里,连一句圆场的话也说不出来了。简直难以想象,这个县中众多学生中能说会算的高才生,在一个姑娘面前变得如此笨拙。

小伙子怎么睡得着啊!父亲沉重的鼾声里夹杂着叹息,从灶房里的火炕上传过来。后院羊棚里,偶尔有小羊羔咩咩的叫声。公鸡已经叫过两遍。那个壮健的姑娘,在他心里跳,在他心里笑,红纱巾在他眼前飘动。话已经说得再明显不过了,满眼都是鲜花和阳光……

一睁眼,意识到自己躺在破旧的厦屋的炕上,那些浪漫迷离的花环和彩带消逝了。贫穷给已经成年的小伙子精神上铸成的自卑情绪,是如此难以抗拒,迫使他就范:从实际考虑!

他不能眼看年迈的父亲和母亲从早到晚放下镢头捞起锨,让自己钻在小厦屋舞文弄墨。他更受不住南恒大哥上台后在南村掀起的新的气势对小厦屋的冲击。他终于放下书本,背起了背篓。可娟娟有什么必要放弃继续求学的机会呢?他不妒忌,也不狭隘,他希望她能考上大学。她的父亲是校长,母亲虽然在乡村,那是过着优裕于一般农民的生活的。他,典型的烂杆南村的典型穷汉家的后代。敢娶中学校长的女儿吗?所有处于劣势中的男子面对优势中的恋人,必然会产生的无形的沉重压力,他是双倍地感觉到了。

得劝劝她好好念书,把过去同学时代的友情当作美好的记忆留在心里吧。

天已薄明,比往常迟了,赶紧进山。

丁字路口,又是红纱巾在黎明的寒风中抖动。

南小强忽然壮起胆子,大声喊:"娟娟——"

"哎——"旷野里传来动情的回声。

"你在这儿等我……回答你的问题吗?"

"不……我跟你去……捡羊粪粒儿……"

"走——哇——"贫穷造成的自卑,为突然猛涨的热情压倒了。

正月清晨的山谷的风,似乎也不像往常那么刺人了。早起的山雀从刺蓬或崖缝中飞出来,清脆的叫声在山谷里震颤,繁星一批接一批销匿了,瓦蓝瓦蓝的天空如此高远。

"你今日为啥起迟了?"

"昨黑……考虑你提出的问题。"

"不要说,不要你说了。你不说,我也知道你会说啥。"娟娟说,"不管出于怎样的考虑,你肯定跟我妈是一个观点。"

小强一惊,她太灵了。

"主意我早都拿定了。"娟娟说,"给你说,不过是打句招呼。"

"你爸同意吗?"

"现在同意了。"

"你妈呢?"

"她能挡住我吗!"

"可你……究竟为啥不考学了呢?"

"我烦了。"

"咋会烦呢?"小强问,"你说过,非考上大学不可,哪怕连考五年。"

"你那阵也说过,非上清华不可!"娟娟反问。

"我和你情况不一样嘛。"小强笑了。

"是不一样。你有你不想考学的原因,我也有我的。"娟娟说,"我是烦了,烦透了!"

"咋会烦呢?"小强还是不明白。

"怎么会不烦呢?"娟娟说,"好多人要到我爸的那所中学去补课,白天黑夜川流不息。有人托熟人说话;有人甚至提上烟酒求情;有的领导把教师请到家里,晚上和周日给他娃补课辅导,情愿自个儿掏腰包。我忽然想,这些人都是为'四化'学习吗?才不见得呢。不过是想谋一个好饭碗!反正大学每年就收录那些学生,大家拼命挤呀挤,竞争呀竞争,能挤进去的还是那么多。我觉得我也在挤,也是想抢一个好饭碗,我有些乏味了。"

"唔!"小强没有想到,得到那样令乡村学生羡慕的学习条件的娟娟,心里反倒发生了这样的逆转,太想不到了。

"接到你的信,我的心里更烦了。"娟娟说,很诚恳,动了情,"你说你要跟南恒大哥在南村创业了。信上说着'背水一战,改变自己和乡亲的命运',我看了都哭了。你,在学校时比我学得好,要是补习一年,明年保准考中。可是你选择了另一条路。我睡在床上,想呀想,十之八九的乡村青年还得走你这条路。"

"啊……啊……"小强憋红了脸,心在棉袄下跳弹,听到这样知心的话,简直想流泪了。他忽然想一把抱住知心的姑娘,哭一场,笑一场;面对大山,放声地哭,畅快地笑,而不要说一句话!理智抑制了冲动。南小强停住脚,盯着娟娟,从心里涌出一句话来:"咱们共同来创造自己的生活!新的生活!"

一架陡峭的山梁横在眼前。南小强爬上去,伸下手来,抓住她伸上来的柔软的手,似乎一股拔山擎地的力气从心里冲出,娟娟就从下面轻轻飘上来,跌落到他的怀里。

他两手抓住她的胳膊。她跳开了,哈哈一笑,站到崖边,望着起伏的群山,奔放地说:"咱们来创造自己的生活,新的生活!小强傻哥,你说得不完全……也创造我们的爱情!"

"我俩冬天结婚了。"小强扭着方向盘,对我说,"够你写故事了吧?"

我正听到热闹处,心里很不满足,问:"就这么简单吗?"

"就这么简单。"

"她家里人……没有绊路吗?"

"她爸开明,不愧是教育人的人。"小强说,"她妈——我的丈母娘,说啥也不同意。"

"那怎么办呢?"

"先是哭,后是闹。抱住娟娟哭,落崖呀,跳井呀……"小强说,"闹得我都心凉了,我爸我妈劝我收心哩。"

"唔!"我觉得这才符合生活实际,"后来呢?"

"娟娟跑到我屋,用自行车把我带到公社,领了结婚证。"小强说,"我跟做梦一样。"

"啊!"我钦佩那位校长的小姐了。

"她既不要嫁妆,也不举行啥仪式,住到俺屋了。"小强说,"你信得下去吗?"

"她母亲咋办呢?"我相信她会做出怎样的行动。

"断绝关系了,不准娟娟登她家门。"

这需要怎样的勇气啊!我说不出话,又盯着小强:"现在还不来往吗?"

"和解了。"小强笑着,"南村翻身了。这不是,我驾驶汽车了,丈母娘也消气了,现在倒特别心疼我。她给娟娟悄悄说,她要补她的心。"

汽车在秋末冬初的渭河平原上奔驰,收获过秋庄稼的田野上,复种的小麦现出一抹淡淡的嫩绿,无边无沿。一排排白杨落光了叶子,柳树依然绿葱葱的。太阳从九重山的群峰上头露出脸来了,沐浴着丰饶的渭河平原……

蚕 儿

　　从已经开花的粗布棉袄里撕下一纥纟荅棉花,小心地撕开,轻轻地扯大,把那已经板结的棉套儿撕扯得松松软软,摊开,再把铜钱大的一块缀满蚕子儿的黑麻纸铺上,包裹起来,装到贴着胸膛的内衣口袋里,暖着。在老师吹响的哨声里,我慌忙奔进由关帝庙改成的教室,坐在自个从家里搬来的大方桌的一侧,把书本打开。

　　老师驼着背,从油漆剥落的庙门口走进来,站住,侧过头把小小的教室扫视一周,然后走上搬掉了关老爷泥像的砖台。教室里顿时鸦雀无声,只有我的邻桌小明儿的风葫芦嗓门里,发出吱吱吱的出气声。

　　"一年级写大字,三、四年级写小字,二年级上课。"

　　老师把一张乘法表挂在黑板上,用那根溜光的教鞭指着,领我们读起来:

　　"六一得六……"

　　我念着,偷偷摸摸胸口,那软软的棉团儿。已经被身体暖热了。

　　"六九五十四。"

　　胸口上似乎有毛毛虫在蠕动,痒痒儿的,我想把那棉团掏出来。瞧瞧老师,那一双眼睛正盯着我,我立即挺直了身子……

　　难以忍耐的期待中,一节课后,我跑出教室,躲在庙后的房檐下(风葫芦说蚕儿见不得太阳)绽开棉团儿。啊呀!出壳了!在那块黑麻纸上,爬着两条蚂蚁一样的小蚕,一动也不动。两颗原是紫黑的蚕子儿变成了白色,旁边开着一个小洞。我取出早已备好的小洋铁盒,用一根鸡毛把小蚕儿粘起来,轻轻放到盒子里的蒲公英叶子上。再一细看,有两条蚕儿刚刚咬开外壳,伸出黑黑的头来,那多半截身子还卡在壳儿里,吃力地蠕动着。

"咏咏……"上课的哨儿响了。

"二年级写大字……"

写大字,真好啊!老师给四年级讲课了。我取出仿纸,铺进影格,揭开墨盒……那两条小蚕儿出壳了吧!出壳了,千万可别压死了。

我终于忍不住,掏出棉团儿来。那两条蚕儿果然出壳了,又有三四条咬透了外壳。我取出鸡毛,揭开小洋铁盒。风葫芦悄悄蹿过来,给我帮忙,拴牛也把头挤过来了……

哐的一声,我的头顶挨了重重的一击,眼里直冒金星,几乎从木凳上翻跌下去,教室里立时腾起一片笑声。我看见了老师,背着的双手里握着教鞭,站在我的身后。慌乱中,铁盒和棉团儿都掉在地上了。我忍着头顶上火烧火燎的疼痛,眼睛仍然偷偷瞄着扣在地上的铁盒。

老师的一只大脚伸过来,从我的木凳旁边伸到桌子底下去了。一下,踩扁了那只小洋铁盒;又一脚,踩烂了包着蚕子儿的棉团儿……我立时闭上眼睛,那刚刚出壳的蚕儿啊……

老师又走回四年级那第一排桌子的前头去了。教室里静得像空寂的山谷。

放学了,我回到家里,一进门,妈就喊:"去,给老师送饭去!"

又轮着我们家管饭了。我没动,也没吭声。

"噢!像是受了罚!"妈妈看着我的脸,猜测说,"保准又是贪耍,不好好写字!"

我仍然立在炕边,没有说话。

妈妈顺手摸摸我额头上的"毛盖儿",惊奇地睁大了眼睛:"啊呀,头上这么大的疙瘩?"她拨开头发,看着,叫着,"渗出血了!这先生,打娃打得这样狠!头顶上敢乱打……"

我的眼泪流下来了。

"不打不成材!"父亲在院子里劈柴,高声说,"学生哪有不挨板子的?"

妈妈叹口气:"给老师送饭去。"

"我不去!"

"去!"父亲威严地命令,"老师在学堂,就是父母,打是为你学好!"

我一手提着装满小米稀饭的陶瓷罐,一手提着竹篮,竹篮里装着雪白的蒸馍、菜碟、辣碟,走出了街门。这样白的馍馍,我大概只有在过年过节时才能尝到的。

进了老师住的那间小房子,我鞠了躬,把罐和竹篮放到桌子上,就退出门来,站在门外的土场上等,待老师吃完,再去取……

"来!"从小房里发出一声传呼,老师吃完了。

我进了小房,去收拾那罐儿碟儿。

老师挡住我的手,指着花碟子,说:"把这些东西带回去,不准丢掉……"

我一看,那盛过咸菜的花碟里,扔着一块馍,上面夹着没有揉散的碱面团儿;另有稀饭中的一个米团儿,不过指头大,也被老师挑出来。我立时觉得脸上发烧,这是老师对管饭的家长最不光彩的指责……

妈妈看见了,一下子跌落在板凳上,脸色羞愧极了。

父亲瞅着,也气得脸色铁青,一把抓起"展览"着碱团儿和米团儿的花碟子,一扬手,摔到院子里去了。

后晌上学的时候,风葫芦在村口拉住我,慷慨地说:"我再给你一块蚕子儿!"

我心里冷得很:"不要咧!"

"咋咧?"

"我不想……养蚕儿咧!"

没过几天,学校里来了一位新老师,分了班,把一、二年级分给新来的老师教了。

他很年轻,穿一身列宁式制服,胸前两排大纽扣,站在讲台上,笑着给我们介绍自己:"我姓蒋……"说着,他又转过身,从粉笔盒儿里捏起一节粉笔,在木头黑板上,端端正正写下他的名字,说:"我叫蒋玉生。"

多新鲜啊!往常,同学们像忌讳祖先的名字一样,谁敢打问老师的姓名啊!四十来个学生的初级小学,只有一位老师,称呼中是不必挂上姓氏的。新老师一来,自报姓名,这种举动,在我的感觉里,无论如何算是一件新鲜事。他一开口,就露出两只小虎牙,眼睛老像是在笑:"我们先上一节音乐课。你们都会唱什么歌?"

大家你看看我,我看看你,没有人回答。我们啥歌也不会唱,从来没有人教我们唱歌。我只会哼母亲教给我的那几句"绣荷包"。

蒋老师把词儿抄在黑板上,就领着唱起来:

"解放区的天是明朗的天……"

没有丝毫音乐训练的偏僻山村的孩子,一句歌词儿,怎么也唱不协调。我急得张不开口,喉咙里像哽着一团什么东西,无端地落下一股泪水。好久,在老师和同学的歌声中,哽在喉咙里的硬团儿,渐渐融化了,心里清爽了,张着嘴,唱起来:

"解放区的天是明朗的天……"

我爬上村后那棵老桑树,摘了一抱最鲜最嫩的桑叶,扔给风葫芦,就往下溜,慌忙中,松了手,摔到地上,半天爬不起来,嘴里咸腻腻的,一摸,擦出血了,烧疼烧疼。

"你俩干什么去了?"蒋老师吃惊地说。

我俩站在教室门口,低下头,不敢吭声。

"脸上怎么弄破了?"他走到我跟前。

我把头勾得更低了。

他牵着我的胳膊朝他住的小房子走去。这回该吃一顿教鞭了!我想,他不在教室打,关在小房子打起来,没人看见……

走进小房子,他从桌斗里翻出一团棉花,撕下一块,缠在一根火柴棒上,又在一只小瓶里蘸上红墨水一样的东西,就往我的脸上涂抹。我感到伤口又扎又疼,心里却有一种异样的温暖。他那按着我的头顶的手,使我想到母亲安抚我的头脸的感觉。

"怎么弄破的?"他问。

"上树……摘桑叶。"我怯生生地回答。

"摘桑叶做啥用?"他似乎很感兴趣。

"喂蚕儿。"我也不怕了。

"噢!"他高兴了,"喂蚕儿的同学多吗?"

"小明,拴牛……"我举出几个人来,"多咧!"

"你养了多少?"

"我……"我忽然难受了,"没养。"

"那好。"他不知我的内情,喜眯眯的眼睛里,闪出活泼的好奇的光彩,"你们养蚕干什么?"

"给墨盒儿做垫子。"我说着话又多了,"把蚕儿放在一个空盒里,它就网出一片薄丝来了。"

"多有意思!"他高兴了,拍着手,"把大家的蚕养在一起,搁到我这里,课后咱们去摘桑叶,给同学们每人网一张丝片儿,铺墨盒,你愿意吗?"

"好哇!"我高兴地从椅子上跳下来。

于是,后晌,他领着我们满山满沟跑,采摘桑叶,有时候,他从坡上滑倒了,青草的绿色液汁沾到裤子上,也不在乎。他说他家在平原上,没走过坡路。

初夏的傍晚,落日的余晖里,霞光把小河的清水染得一片红。蒋老师领着我们,脱了衣服,跳进水里打泼刺,和我们打水仗。我们联合起来,从他的前后左右朝他泼水。他举起双手,闭着眼睛,脸上蹿下一股股水来,佯装着求饶的声调,投降了……

这天早晨,我和风葫芦抱着一抱桑叶,刚走进老师的房子,就愣住了。

老师坐在椅子上发呆,一副悔恨莫及的神色,看见我俩,轻声说:"我对不起你们!"

我莫名其妙,和风葫芦对看一眼。

"老鼠……昨晚……偷吃了……蚕!"

我和风葫芦奔到竹箩子跟前,蚕少了!一指头长的又肥又胖的蚕儿,再过几天该网茧子了。可憎的老鼠!

风葫芦表现得很慷慨:"老师,不要紧!我从家里再拿来……"

老师苦笑一下,摇摇头。

我心里很难受。我不愿意看见那张永是笑呵呵的脸膛变得这样苦楚,就急忙给老师宽解:"他们家多着哪!有好几竹箩!"

"不是咱们养的,没意思。"他站起来,摇摇头,惋惜地说。

三天之后,有两三条蚕儿爬到竹箩沿儿上来,浑身金黄透亮,扬着头,摇来摆去,斯斯文文地像吟诗。风葫芦高兴地喊:"它要网茧儿咧!"

老师把他装衣服的一个大纸盒拆开,我们帮着剪成小片,又用针线串缀成一个一个小方格,把那已经停食的蚕儿提到方格里。

它想网蚕茧儿。我们把它吐出的丝儿压平;它再网,我们再压,强迫它在纸格里网出一张薄薄的丝片来……

陆续又有一条一条的蚕儿爬上箩沿儿,被我们提上网架。老师和我们,沉浸在喜悦的期待中。

"我的墨盒里,就要铺一张丝片儿了!"老师高兴得按捺不住,像个小孩,"是我教的头一班学生养蚕网下的丝片儿,多有意义!我日后不管到什么地方,一揭墨盒,就看见你们了……"

第二天,早饭后,上第一节课了。他走进教室,讲义夹上搁着书本,书本上搁着粉笔盒,走上讲台,和往常一模一样。我在班长叫响的"起立"声中站起来,一眼看见,老师那双眼睛里有一缕难言的痛楚。

他站在讲台上,却忘了朝我们点头还礼,一只手把粉笔盒儿也碰翻了,情绪慌乱,说话结结巴巴:"同学们,我们上音乐课……"

怎么回事啊?昨天下午刚上过音乐课,我心里竟然不安起来,似乎有一股毛躁的情绪从心里蹿起。老师心里有事,太明显了。

老师勉强笑着:"我教,你们跟着唱:'春风,吹遍了原野……'"

我突然看见,刚唱完一句,他的眼角淌下一股泪水,立即转过身,用手抹掉了;然后再转过身来,颤着声,又唱起来:"春风,吹遍了原野……"

我闭了口,唱不出来了。风葫芦竟然哇的一声哭了。教室里,没有一个人应着唱。

"我要走了,心想给大家留下一支歌儿……"他说不下去了,眼泪又蹿下来,当着我们的面,甩手绢擦着,提高嗓音,"同学们,唱啊!"

他自己也唱不出来了,勉强笑着,突然转过身,走出门去了。

我们一下子拥出教室,挤进老师窄小的房子,全都默默地站着。

他的被卷和书籍,早已捆扎整齐。他站在桌边,强笑着,说:"我等不到丝片儿网成了。你们……把蚕箔儿……拿回家去吧!"说罢,他提起网兜,背上被卷。

我们从他手中夺过行李，走出小房。对面三、四年级的小窗台上，露出一个一个小脑袋。一声怕人的斥责声响过，全都缩得无影无踪了。

我的心猛一颤，还得回到驼背的那个教室里去吗？

走出庙院了。走过小沟了。眼前展开一片开阔的平地，我终于忍不住，问："蒋老师，为啥要走呢？"

蒋老师瞧着我，淡淡地说："上级调动。"

"为啥要调动呢，你刚来！"风葫芦问。

老师走着，紧紧闭着嘴唇，不说话。

我又问："为啥不调动驼背？"

蒋老师看看我，又看看风葫芦，说："有人把我反映到上级那儿，说我把娃娃惯坏了！"

我迷蒙的心里透出一条缝儿，于是就想到村子里许多议论来。乡村人看不惯这个新式先生，整天和娃娃耍闹，没得一点儿先生的架势嘛！自古谁见过先生脱了衣裳，跟学生在河里打水仗？失了体统嘛！我依稀记得，我的父亲说过这些话，在大槐树下和几个老汉一起说。那个现在还不知姓名的盘踞在小庙里的老师，也在村里人中间摇头摆手……他们却居然不能容忍孩子喜欢的一位老师！

三十多年后的一个春天，我在县教育系统奖励优秀中小学教师的大会上，意外地握住了蒋老师的手。他的胸前挂着"三十年教龄"纪念章，金光给他多皱的脸上增添了光彩。

他向我讨要我发表过的小说。

我却从日记本里给他取出一张丝片来。

"你真的给我保存了三十年？"他吃惊了。

哪能呢？我告诉他，在我中学毕业以后，回到乡间，也在那个拆掉古庙新盖的小学里教书。第一个春天，我就记起来该暖蚕子儿了。和我的学生一起养蚕儿，网一张丝片，铺到墨盒里，无论走到天涯海角,都带着我踏上社会的第一个春天的情丝……

老人把丝片接到手里,看着那一根一缕有条不紊的金黄的丝片,两滴眼泪滴在上面了……

1982年1月 灞桥

初夏时节

一

节令已过小满,交近芒种,正当午时,一天里太阳最毒的时光。

从杨树和柳树浓密的枝叶遮罩下的河堤上,传来铁刀剁击木板的钝重的声响,咣……咣……咣……刀声里,攒着劲,又似乎带着气。

伴着刀剁的响声,有人在骂人:

"给我头上挽套枷……龟孙!"

杨树和柳树已经变得墨绿的叶子,在顺河而下的微风中,轻轻摇曳着。

这是冯家滩三队鱼池管理人冯二老汉,读者诸位在《第一刀》里已经见过一面的熟人了。

二老汉坐在一块平整光滑的河石上,汗渍把石头表面已经浸润得紫红油腻了。他左手抓过一把青草,按在脚前的木板上,右手攥一柄弯腰长刀,剁着青草;剁着,骂着。

老汉骂他的亲门侄儿——年初上任的三队队长冯豹子,以及和他共事的那一班干部。他们给冯二老汉立下一纸合同:联产计酬!要是鱼池里捞不出货来……唉唉!一纸合同把二老汉紧紧拴捆起来啰!"熊管娃"的逍遥日月过不成啰!二老汉收拾起丢弃多年的草镰和刀片,挎上葛条大笼,自打草牙儿一冒出地皮,一天三晌在河滩里,渠沿上,挖着割着,剁碎,再撒到鱼池里去……

曾经修剪得整整齐齐的短须,荒芜了;头发也长了,居然抽不出时间到对河小镇的理发铺儿里去剃掉;永是干干净净的灰色棉粘布衫,肩头和脊背上,透出一圈一圈干涸的汗痕,前襟和袖肘上,沾染着泥土的黄色和青草的绿汁。

草剁完了,二老汉的嘴唇也骂得干涩了。他把碎草揽到笼里,顺着河堤,朝鱼池走去。河川里已经泛起黄色的麦田里,刚刚插上新秧的稻地里,绿色遮不住地皮的棉田,河滩直通村庄的白杨甬道上,空无一人。布谷鸟从湛蓝的天空掠过白杨树梢,留下一声声急切的呼唤,"布……谷……"

"哗……"一把青草撒出去,那些小生灵儿从鱼池的四面八方一齐汇集到食箔周围来,叼起一片草叶,又沉入水里去了。二老汉笑了。

撒完青草,二老汉蹲在鱼池边,惬意地观赏着绿水中活跃着的生命。……

"娃子们!想整我吗?倒给我弄得一件嫽事!等我抱上一摞票子的时光,哈呀……我冯二灵着哩!"

二老汉在水里洗了手,走上河堤,瞅着通往村庄的大路,女儿小莉该送饭来了哩。他为了防备城里来的那些钓鱼客,一天三顿,由女儿或老伴把饭送到河滩来。肚子空空儿,四肢酸困,他想打个盹儿,饿得合不实眼;想和谁说说闲话儿,午饭时光,鬼才到这蒸热的河滩上来呢!

"老二!"

听得一声叫,二老汉一回头,异姓同辈的刘红眼老汉,从背后的河堤上走到跟前,这是个专长说媒的人物,肯定是说媒回来了。他托刘红眼给女儿小莉"寻向"的事,怎样了呢?

二

"老不死的,把烟包掏出来,喉咙痒得受不住咧!"

"说媒吃得嘴馋了,尽干铲!"

俩老汉一见面,先笑骂一阵儿,心里舒服。

二老汉把烟包递过去,半是奚落的口气,"又给谁家说媒去咧?吃得几碗?"

刘红眼睁大似乎根本就没有长过睫毛的红眼,拿腔捏调地说:"开会。在公社里。"

二老汉不屑地撇着嘴,十分好笑,走东村串西庄的说媒老汉,到公社开什么会!装什么大货!

刘红眼却神气地说:"公社成立什么婚姻介绍所,约请我去当参谋哩!"

二老汉真是有点吃惊,忙问:"唔,那就该去公社上班咧!"

"对。"刘红眼神气地说。

"是挣工资吗?"

"挣。"

"多少呢?"

"还没说定。"刘红眼说,"先叫上班。"

二老汉瞅着对方,那脸还是往日的歪歪皂角脸,下巴上还是稀稀疏疏几根黄胡须,那鸡屁股一样红的眼睛仍然没有睫毛,这样的人物居然要进公社机关上班了!而仅仅在几年以前的几十年里,刘红眼还一直是个被人嘲笑的角色,虽然儿女的婚嫁总免不了求他帮忙,而当婚事告成,人们都反过脸来嘲笑刘红眼了。跑腿耍嘴说媒,在一般庄稼人的印象里,应该跟吹鼓手划为一等。虽然家家都免不了需要他们帮忙,却并不能获得人的尊重。每当村子里来了工作组,刘红眼也总是躲躲溜溜,有一回可真就被揪到台上去交代:图了多少财礼?买卖婚姻! 这样的人物,居然要骑上车子,穿上四个兜制服,进进出出公社机关大院当干部去了。二老汉心里似乎有点不大舒服,嫉妒起来了。

"团委书记硬叫我去,不去不成喀!"刘红眼吹嘘起来。二老汉笑着挖苦说:"蛐蜒变成龙了!"

"变咧也就变咧!"刘红眼说,"我也没想到……"

二老汉再无兴趣取笑刘红眼,诚诚恳恳问:"老哥托付你的那件事……"

"啥事?"红眼瞪起眼。

"咱小莉的事……"

"噢……噢……"刘红眼仰起头,大声悟叹,"那事……不能办!"

"咋哩?"二老汉忙问,"没有合适的人家吗?"

"合适的人家多的是。"刘红眼也认真起来,"问题儿——不能办!"

"我给你说能办,就能办!"二老汉心里明白,村里有人议论说,小莉和牛娃如何如何呢! 正因为有这些闲言碎语,二老汉才托付刘红眼尽早给女儿找一个合适的对象,以正视听。想不到刘红眼居然听信了流言碎语,根本就没给他办事。他正言说:"你给想法儿办! 甭听闲话!"

"怕不是闲话哩!"刘红眼试探问。

"不是闲话是真话,也不行! 没门儿!"二老汉上了气儿,"你按我托付你的办!"

"那……不好吧?"刘红眼有点为难,"婚姻不兴父母包办,第一要娃娃们情愿……再说,我现时……是公家干部了……要按政策……"

"狗东西! 啥干部! 我认得你,你是刘红眼!"二老汉躁了,全不把将要成立的婚姻介绍所的老参谋当一回事,"我托你办一件事,你倒讲起政策……"

"嘿嘿嘿嘿嘿……"红眼不生气,只是赔着笑。

"听下没?办!抓紧!"

"嘿嘿嘿嘿嘿……"

"你笑啥?"二老汉抓住不放,"办!"

"你看,他来了——"刘红眼站起,指着河滩。

二老汉转过头一看,牛娃正蹚过河水,走来了。

"你要是征得他同意,我才敢办!"刘红眼转过身,吐了吐舌头,"我要是按你说的办了,那个冷家伙不把我捶死才怪!"说罢,狡黠地扑闪着红眼,轻脚快步,抽身走了。

三

牛娃算个弄啥的?凭啥资格做二老汉的女婿?二老汉瞅一眼河滩,牛娃已经涉过河水,戴着草帽,弯腰洗脚穿鞋哩……就凭他那两间破得修缮不起的小厦房?除了大得惊人的饭量,他还有啥长处呢?二老汉鄙夷地想,你冯牛娃经人介绍的对象不少了,人家一来会面,看看你那两间破厦房,就连筷子也不捉了……反正没一个姑娘愿意学三姑娘跟你挖荠荠菜过日月的!你托人从山里买来个"山妞",花了一千多块,账还没还清,媳妇却跑得无踪无影了……在二老汉的意念里,只有有严重的政治缺陷(比如成分)、生理缺陷(诸如跛子或瓜子),才不得不从山区买回来那些操着呜啦呜啦的外乡口音的人,这样的人,怎么敢把眼睛瞅到冯家滩少数几户过着软和日月的冯二老汉的闺女身上呢?太不自量了!

宽阔的沙滩上,沙金在阳光下闪闪发光,牛娃挎着竹笼,跨着大步,急急走来了。

二老汉背过身,挪到紫穗槐稠密的丛棵旁,把自己隐蔽起来……牛娃,熬光棍熬急了的家伙,鼻梁上老是挽着两道皱起的疙瘩,说话生冷撑倔,居然几次有事无事转到河滩上来,笑嘻嘻地问:

"叔哎,你一个人能撑住吗?要不要给你派个帮手?"

"叔呀!你甭只图节约饲料,狠劲割草,该领的麸皮还是要领呢……"

当时听到这些关心体贴人的话,二老汉心里好舒服啊!他曾经奇怪,看来那么冷倔的年轻人,一旦肩膀上扛起了众人委托的重担,有了心劲,明显地克服着自个儿的弱点,说话和气了,叫人听来顺耳了……

现在,二老汉冷笑了:骚情!全是给二老汉献殷勤,耍骚情!心里想给小莉打卦哩……

"叔哎——"

预料中的那种骚情的叫声到底来了,二老汉从紫穗槐柔软的枝条下站起来,冷漠地绷紧脸儿,警惕地瞅着站在槐丛旁边的年轻副队长,那笑脸,那巴结的神气,讨厌!

"哈呀!联产承包了,人都盯着自家地里的庄稼,牲口病了,找不下人去抓药!"牛娃说着,把挎在胳膊上的竹条笼放到地上,那笼里装着一摞捆扎得整整齐齐的畜用中药的纸包。

骚情!二老汉不屑地蹙着鼻子,你老远跑来,就是为了给我说你给牲口抓药的事吗?也不看别人想听不想听!

"吃洋柿子——给!"牛娃从竹笼里取出两三个鲜红鲜红的番茄来,真情实意递到二老汉的胸前。

"不不不——"二老汉干涩的喉咙眼里,早已被那诱人的番茄撩拨得渗出玉津,嘴里却拒绝了。要是往常,何必要人请让,早该伸手抓摸过来了。二老汉仍然板着脸,强行控制住自己的贪欲,说,"不!"

牛娃这才意识到老叔脸上不同寻常的冷漠,抓着番茄的手,僵住了:放回笼里,不好;老拿着,也不好。诚恳的礼让,遭到怀有戒心的拒绝,憨直的小伙儿,尴尬地一弯腰,把三个番茄放在一块干净的河石上,转身要走了,嗨!

"给他点颜色看看,趁早死了心!"二老汉坚信处理这件事的方式并不过分,省得日后麻烦,"你等等!"他抓起三个番茄,紧走两步,塞进牛娃的竹条笼里。

牛娃难堪地瞧着他,没有说话。

"问你一句话。"二老汉站在牛娃当面,"是不是合同要变卦?"

"你听谁说?"牛娃一愣,问。

"你甭管谁说,你只说,有没有这事?"

"没!"牛娃大声否定,释然笑了。他至此明白了老叔冷淡他的原因了,以为老汉怕干部对合同变卦,苦心饲养的鱼儿又得不到实惠了(其实又想到岔儿里了),畅快地保证说,"纯粹是谣言。"

"我的脾气——"二老汉声色俱厉地说,"说一不二,说是订下合同,就要按合同办!说是办不成的事,坚决办不成!"

其实,早在一周前,他听说有人想推翻年初订下的合同,去问过队长豹子,豹子早给他肯定答复了。无非是个别社员忙于倒把小买卖,把庄稼耽搁了,看看麦子现黄,想推翻合同,豹子连睬也不睬。本来已经明确的事,又在牛娃面前提出来,他是想借此事,旁敲到牛娃和小莉的婚事上。听听口气,我说办不成的事,坚决办不成……

"甭听旁人胡煽!"牛娃并不理会,仍然解释说,"我倒忘了给你说件事,你天天晚上睡在河滩看守鱼池,队委会决定每晚给你加记两分工。原先订合同时,倒是没有想到夜晚有人偷……"

这是不是骚情呢?每晚加记两分工,队委会决定!二老汉心里忽闪一颤,闭了口。往年年终记工分时,多少人对鱼池管理者翻白眼,说是"养老工分"!他装着听不见。现在,倒是第一回领略到受人关怀、敬重的异样感觉了。向来在舌头上不打绊子的人,此刻口笨舌塞,说不出话了……

"多好的洋柿子!"

二老汉一抬头,女儿小莉已经站在跟前,大方地从牛娃的竹条笼里摸出一个番茄来,在衣襟上擦擦,笑着咬了一口,弯腰放下饭罐来。

"呃——"二老汉反感透了!瞧一眼女儿,她正蹲在地上,从搪瓷罐里往碗里舀面条。

"牛娃哥!吃碗面!"女儿让着。

"不——"牛娃笑着对小莉说,又瞅一眼歪鼻子咧眼的二老汉,收敛了笑容,转身走了。

"等等!"小莉喊,"我舀完饭,咱们一块回去!"

牛娃停住脚,犹豫地回过头来。

"你——甭急!"二老汉气呼呼地对女儿说,"我跟你有句话要说!"

四

瞧着牛娃在金色的麦地里远去的背影,小莉一脸不悦的神色,问:"有啥事?你说。"

哼!想跟牛娃肩并肩在大路上走吗?不害羞!二老汉瞅一眼女儿的神气,翘起胡须:"我……问你一句话!"

小莉警觉地瞟他一眼,但装得很坦然:"啥话?你说。"

二老汉想问:你和牛娃……这话又怎么问得出口呢?应该是女子她妈去问的事。他端起碗,终于把已经冲到舌尖上的话,连同面条一起咽到肚子里去了。远处,白杨甬道上,牛娃穿的白布衫,在黄色的麦海里越来越模糊了。

"爸,今日砖场正出窑,我还忙哩!"小莉说,"你有话快说,我还要上班去。"

女儿的花衫上,沾着新砖红色的粉屑,头发上也扑落着灰,队里砖窑烧成第一批产品了。他不能耽误女儿去上班:"你……"嘴张得大大的,说不出。

"我咋咧?"

"你……"

"我到底咋咧吗?"

"你……听没听见人说……闲话?"

"听到咧。"小莉干脆地说,"我不管。"

"怎能不管?"二老汉不满,"你的主意呢?"

"我有我的主意。"小莉说,"没空儿听闲话。"

女儿是什么主意呢?二老汉诚心诚意说:"小莉,你也不小。你红眼叔给你在城边菜区瞅下一户人家……"

"我不要他操闲心!"小莉真是干净利落,毫不含糊,"我没空儿想!"

一下子证实了二老汉的探测,火儿不由得从心底冒上来:"你的主意到底咋办?"

"我还没想好哩!"小莉不露。

"你甭哄我!"河滩里午歇时没有旁人,二老汉声大了,不怕人听,"你说……你为啥……给牛娃……洗衣裳……"

小莉脸色略略一红,眼里现出一缕怨恨父亲的神色,遮掩说:"我给砖场几个人都洗过,又不是单给……他一个洗!"

他听到的闲话更多,有的说牛娃和小莉俩人,在砖场办公室算账,头和头快碰到一起了。有的说小莉和牛娃已经谈妥,三年要把冯家滩三队搞得翻了身,盖上新房;等得豹子哥找下对象,再一起办喜事……更没鼻子没眼的酸话,老汉不堪回想了。他挑来选去,拿出洗衣裳的事实来。不料,小莉一句话冲得无缝可找了。

"反正……反正……"二老汉一笼统概括了,"不成!"

"爸,你要是再没啥事,我上班去了。"小莉站起来,"要割麦了,砖场加班突击呢,明日出完砖,赶搭镰还要再装一窑砖坯哩!"

二老汉气鼓鼓地瞅着女儿。

女儿说罢,轻快地走过河堤,转上白杨甬道,淹没在黄色的麦田里。

五

跟着女儿的脚跟,二老汉从河滩赶回村子,端直走进侄儿豹子的院子。

豹子坐在院中的石墩上,头顶是胡桃树密密实实的枝叶,累累的青果。二老汉发现,侄儿瘦了,黑了,从军队上穿回来的黄布衫子,沾满了红色的粉屑,黑色的墨烟,和汗水混合在一起。

"二爸。"豹子端着大老碗,筷头上发出呼噜呼噜的面片儿滚进喉咙的声响,站起来,招呼老者长辈。

"听说这窑砖成色不错。"二老汉问。侄儿一手抓着砖场的筹建和生产,头一窑砖烧成了,二爸也高兴啊。

"成色好着哩!"豹子轻松地说,"你有啥事吗?"

二老汉坐下来,现出沉重的神色,把小莉和牛娃的事提出来,问:"你听到了没?"

"听过。我没管它。"豹子淡淡地说。

"你怎能不管!小莉是你的妹子……"

"二爸,要是真有这事,你看咋办?"

"没门儿!"二老汉一口回绝,"我找你,想叫你给牛娃把话挑明。"

"要是小莉一心情愿,你咋办?"

"我不能睁着眼叫她跳崖！"

"这怎能是跳崖呢？"豹子笑着问。

"你说，牛娃哪一样占长？"二爸反问。

"牛娃哪一样又不好？"豹子仍然笑着，公开为他的好友辩护，"没房。没钱。穷！可这些东西都能有呀！"

"咱不嫌人家穷！"二老汉声明。

"其实，叫我说，小莉和牛娃……倒是蛮好的。"豹子沉吟说，"你和二娘都老了。大哥和大嫂在西藏，虽然能给你用钱，可帮不上忙，小莉和牛娃要是结了亲，不离咱村，你俩老人有个头疼脑热，随叫随到，也不显得孤单……"

这样设身处地地想问题，二老汉感觉是实际的，亲切的。可惜，可惜小莉不能嫁给他，全当今年劳值升到一块，明年呢？后年呢？你豹子能当一辈子队长吗？眼下的政策，永远不会变化吗？而小莉一旦嫁给牛娃，就是一辈子的事！他早已给女儿设计下一条生活道路：在临近西安城郊的蔬菜专业队里，给娃寻一个殷实人家。目下，农村姑娘要找在外工作的对象，太难了。他只要给小莉在收入稳定的蔬菜生产队找一家落脚，年下八节，女婿常常送来新鲜的蔬菜，就很好了……

"她日后要是日子过不下去，到我跟前哭哭啼啼，我咋办？"二老汉问。

"我们不是正在努力干吗？"豹子说。

"干归干。世事……艰难！"二老汉笑笑，表示对侄儿雄心大志的欣赏；却也表示出，不一定靠得住，他相信的，是他六十多年经过的世事。"你告诉牛娃，甭胡思乱想。"

二老汉说罢，瞧一眼豹子，侄儿的脸色不大好看，不大好看就不大好看吧，只要给牛娃把话捎到就行了。说罢，转身走出院子来。

街巷里，一溜一伙男女戴着草帽儿，推着小车，说说笑笑，从街巷里汇集到通河滩去的路口。午歇时村巷里和田野上呈现的静谧气氛消失了,吆牛声,打诨笑闹的声浪,呼叫人的粗的或尖的嗓门儿,从村庄到河滩,融会在一起。

二老汉走下场塄,朝他的鱼池走去,他忽然觉得,自己心里的负担太重了,别人似乎都比他轻松,少事,他心头的这些负担,究竟有没有必要呢?

1982年1月 灞桥

土地——母亲

"妈,你有啥揪心不下的话……你说。"

他坐在母亲旁边,说话的声音顶真诚了。母亲躺在炕上,花白的头发散散乱乱,落在枕头上,松弛的眼皮覆盖着那双明亮、温柔的眼珠,眉间轻轻弹动一下,间或在枕上摆一下头,证明那难以忍耐的痛苦正在疯狂地折磨着老人,似乎那一丝微弱的气息,随时都可能中断。他守在母亲身边,已经三天三夜了。

他的鬓发已经霜白,尽管几年前提升为掌管四十万人口的县委副书记了,依然觉得不能离开母亲……每当他星期六从县里下班回家,或者是从省上开会归来,一脚踏进家门,立足未稳,总习惯地瞧一眼母亲住的那间厦屋的门板,如果没有上锁,准是冲口而出一声:"妈!"那屋里随着就传出一声拖长的应声:"哎——"听到这样温存的声音,会使人的一切辛苦劳顿霎时消失精光,化烦躁为平和,使空虚变踏实……

他紧紧抓着母亲的后襟,两眼死死盯着那扑前跃后的黄狗。母亲左手拐着竹篮,右手执着一根溜光的枣木棍子,吓唬着疯狂扑跃的黄狗,走到一家陌生的庄稼院门口,从门里接过一碗剩饭,抖抖地倒在自家的黄碗里,退出来,坐在门前的柴火堆前,把碗和筷子一起塞到他的手里……

夜晚,母亲解开大襟棉袄,把他搂裹在胸前,那温暖,那乳香,抵御着破庙廊檐上鬼哭似的西北风的呼啸……

流逝的岁月能使一切纷争归于淡漠。母亲对于儿子无私的抚爱在这死别之际异常清晰地浮上心头,他默默地流泪了,难以遏制的痛楚压迫着他的心:在母亲身体健康的时日里,没有能尽上儿子的一份孝心,这将成为永世的遗恨。

他在祖传的空庄院上盖起令村里人羡慕的三间瓦房,让母亲搬进去。她却不搬,仍然住在这两间破烂的泥坯厦房里,说是住惯老窝儿了。他给她买回来好吃食,她尝过一点之后,就全部分给孙儿和左邻右舍的孩子了。他给她买来挺好的布料,让媳妇做成衣服,她高高兴兴试过大小,就压在箱子里,再不见穿上身来……

"妈,我带你到城里去!"

"做啥?"

"逛逛!"

"不……"

"你受了一辈子苦,出去看看!"

"不……"

"你离不得你的火炕呀?"

"嘿嘿嘿嘿……"

"出去逛逛,妈,趁你能行能走!"

"你刚到县上,好好操心公家工作。"母亲说,"我哪儿也不想去。"

在他从一个农民变成一个县委副书记的巨大变化中,以及由此变化而带来的精神、物质乃至声誉上的明显变化中,母亲是最少享受这种变化所带来的福荫的一个家庭成员。而她恰恰是最有资格享受这种福荫的家庭长者。他的大儿子当了工人,正和一个长得秀气的姑娘恋爱呢。二儿子当兵去了。女儿已破例提前转为正式公办教师了。这个农业家庭基本完成了"工业化"改造了。他的女人在乡里住闷了，到县城去住上一月半月，穿戴和生活习惯已不拘于乡村妇女陈旧的格局了。只有母亲，仍然穿着依旧，终年四季起居在这两间破厦屋里，"不以物喜，不以己悲"，竟然一次也不放过老太太们能够干活挣工分的机会。他是一个孝子，却有心使不上。

他沉重地叹口气，泪眼模糊地瞅着母亲那张已经板滞的脸，颧骨愈加高耸，额头愈加宽阔，两颊却塌陷了。他轻轻呼唤着：

"妈，你有啥揪心不下的话……你说！"

母亲仍然闭着眼。眉间现出两道浅浅的褶皱，是病痛的折磨呢？还是有什么难于出口的心头话呢？她的头在枕头上艰难地转动一下，面朝儿子，睁开眼睛。那失掉了光彩的眼珠里，隐隐透出一缕羞愧的神色，嘴唇嚅嗫两下，有微弱的声音说出来了：

"妈……一生在世……做过……不少错事，做过了……也就过去了……"

"不！妈！你是世上顶好的妈妈！"他安慰母亲说，"谁一生能不做一件错事呢！"

"有一件事……妈至死……心里……不安宁。"母亲说，眼里那种羞愧的神色更明显了。"我当时……怎么就……疯张起来了唉！"

一声沉痛的叹息，从母亲干瘪的嘴唇里涌出来。他的心紧紧地收缩起来，那是一件令人难堪的事，太难堪了！母亲始终不能忘记那件事带来的内心的悔恨，他的心里也埋藏着最不光彩的记忆……

"妈吔！"已经四十多岁的白杨寨大队党支书杨生金，像小孩一样奶声奶气地唤着母亲，"你在咱白杨寨带个头儿，行吗？"

"带啥头？"

"打篮球！"

母亲笑了,笑得喘不过气儿来:"打篮球还要带头儿?小伙子们把球场都挤满咧……"

"咱们要组织一个老婆篮球队!"他说,"五十五岁以上的老婆,打篮球!年轻的不要……"

母亲这才相信儿子不是说笑话,停止了笑,迷惑地问:"折腾老婆子们做啥?"

他告诉母亲,他到天津一个队里参观回来,那儿的农民唱歌、赛诗。媳妇们都上了球场,全国各地的人都去参观学习哩!白杨寨这样的先进队要落后了。

"妈,你不是为我争光,是为咱白杨寨争……"

"妈都六十好几咧,上场打篮球……"母亲撇着嘴角,"再不要胡糟践妈咧!"

"新生事物……开头难!"他给母亲讲政治,"带我们去参观的领导说,老先进在新形势下能做出新成绩,意义更大!好多老先进、老模范,跟不上形势,现在都落后了……"

母亲耷拉着眼皮,不言语了。

"妈,你一贯支持我,这事……"他说,"你要带头哩……"

妈妈领着九个老婆婆上了篮球场,抢啊,碰啊,摔倒了……那些来白杨寨参观的人笑得前俯后仰,一个冷门爆响了……

"妈,还得你带个头儿!"他说。

"又带什么头儿哇?"

"演节目。"

"篮球场上乱跑乱碰,还凑合;上台演节目,那可怎么行哩?老胳膊硬腿……"

"人家就是专门要看老胳膊硬腿!"他说,"年轻人演不新鲜!"

他告诉母亲,电视台要来白杨寨拍片子,报社记者要来写稿,拍相片,白杨寨历史上最红火的日月来到了……

母亲上台了,四个六十多岁的老婆婆,经过日夜连续的排练,终于登台了,在电视摄像机轧轧轧的响声里,同台演出了《四个老婆反击右倾翻案风》的节目……

他坐在母亲旁边,一口连一口喷出的烟雾在脸孔前飘绕。他不敢回头去看母亲的脸,去面对那一双充满着羞愧神色的眼睛。是啊,在那时作为光荣的成绩,于今天却变成让人羞于出口的丑闻。它是怎样沉重地挤压着一颗行将停止跳动的心啊!

母亲自言自语说:"要是能有……机会,让妈……在社员会上……检讨几句……妈也算……把心明咧……"

"过去的事,算咧!"他转过身,安慰母亲,找不出更合适的话来,"错在你儿身上……"

"妈演节目……把好人枉骂咧……"妈妈说,"心里老是……过不去嘛……"

"你一生,做了数不清的好事。"他宽解说,"不要光想做错的事……"

"唉——"又一声沉重的叹息,"你爸……还是有……主见……"

一句话,把倔倔脾气的父亲唤到他的面前,那个已经离世的老人,现在似乎就蹲在炕下的脚地,咬着烟袋儿,蔑视地瞧着儿子……

"打篮球!演节目!你忘了自个儿的年龄啦?哼呀!六十几岁的老柴火了……"父亲在厦屋的脚地蹲着,喊道,"你跟着他胡整,全不怕乡亲骂祖先!"

他站在院子里,听着厦屋里两个老人之间的一场冲突,够尖锐的了,母亲依然很和气,说:"你是老脑筋,你啥都看不顺眼!"

"事情做得不顺眼,叫人怎看得顺眼?"

"别忘了,那年娃搞农业社,你就看不顺眼,结果呢?老顽固……"

父亲不吭声了。母亲声音不高,回击得十分有力。在办农业社的时光,父亲反对,他的媳妇反对,全家只有母亲支持他……当他办成小河川道第一个农业社,作为青年建设社会主义积极分子,进了北京,一下子把父亲在这个屋里的权威地位动摇了。父亲承认自己是老脑筋、老顽固,只是埋头干活,再不出头干涉儿子的任何举动了……

"可他报下的十万斤产量,打下了没?"父亲又找到有力的事实,反驳母亲,"十万斤粮没打下,得来的是'瓜菜代'……"

母亲嘿嘿嘿笑了:"你就咬住这件事情不放……"

这件事,那是父亲至今常常引以为荣的事。那年,他在县上报了亩产十万斤的产量,放了最大的一颗卫星,回到白杨寨,动员起男女劳力,挖地一米,肥铺三尺,连夜苦战。父亲在屋里悄悄问他:"十万斤哪,用口袋装满麦子,一亩地铺得一层……"他笑了,"人有多大胆,地有多大产!你别管!"

"把地挖得三尺深,生土全翻到上头来咧,怎能长庄稼?"父亲带着深深的担忧说,"再别糟践土地了……"

每当一家人喝起绿菜糊糊的时候,父亲就用筷子敲起碗,"糟践土地……得下的报应!"

这是父亲最得意的胜利。母亲现在只是嘿嘿嘿笑着:"你就咬住这事不放……娃那会儿是冒了,可也是人家促着他往高报……"

"他的心里没个尺码吗?"父亲不放松,"现在呀,我看冒劲儿又来咧!让几十岁的老人上台演节目,打篮球……胡整!糟践人哩!"

"你爸一生,倔倔脾气,可不做虚事,不做冒失事。"母亲说,"我死了……见了他……"

"妈!"杨生金窒息得喘不过气来,"我……这两年……也常想到那些事……日后再不会……"

母亲紧紧盯着他,胳膊撑在炕上,想坐起来。他扶住母亲的肩膀,慢慢地搀起来。

母亲拢一拢散乱的头发,喘着气,像在运集气力,眼里突然闪出一股异样地神色:

"妈说一件事……"

"你说,妈!"

"你能答应吗?"

"能!"

"你……"母亲聚足力气,终于说出来,"回来务庄稼!"

"这……"他愣住了,真是万万没有想到,不知如何回答,心里惴惴不安,"唔……"

"你想想……好好想想……"妈说,"赶在……妈断气……前一阵儿……给妈一句回话……"

她很吃力地说完这句话,期待地瞧了儿子一眼,松弛的眼皮又覆盖了眼珠,顺势躺下去了。头枕在枕头上,嘴唇紧紧闭着,异样地平静,安详。她终于说出了哽结在心头的一句话,显得轻松了。

他默默地瞧着母亲的脸,胸膛里憋得难受。母亲始终不能原谅自己的过失,她被儿子推到许多熟人和陌生人的面前,做过不大光彩的表演,现在成为难以瞑目的遗憾了。他给亲爱的母亲造成这种心理上的伤害,当时出于什么动机呢?他几乎不敢再看那张平静而安详的脸孔了。

杨生金从炕上轻轻下到脚地,蹑足缓步,走出厦屋的小门。夜很静……

月色朦朦胧胧,洒满山原和河川。坦坦荡荡的田野,平静而安详,像母亲熟睡的脸膛。夜雾潮起来,像土地轻盈的呼吸中呼出的气流,又像母亲头上的银白长发……

那边小塄坎下,是父亲的坟堆,春耕秋翻的犁铧已经将它蚕食得只留下一个象征性的小土圪垯了;再过两年,将被削平,从土地上消失。一辈子在黄土地上抓呀摸呀的老人,已经归宿于黄土了。远远近近那些新的或旧的,大的或小的坟丘,埋葬着白杨寨一辈一代的男人和女人。他们和父亲一样,生在黄土地上,长在黄土地上,在黄土地上挖啊,推啊,犁耕啊,汗水洒进黄土里,几十个夏天和秋天,从黄土地里收获汗水的结晶:谷物,最终又都归于黄土地里去了。

母亲啊,眼看着也要归宿于黄土了!

流逝的岁月可以冲淡一切。过去的都过去了。过不去的却怎么也过不去。

"再别糟践土地了!"

是父亲在呼唤吗?

是母亲在呼唤吗?

土地啊,母亲!

杨生金坐在塄坎上,点燃一支烟,沉思起来……

1982 年 1 月 灞桥

霞光灿烂的早晨

不管夜里睡得多么迟,饲养员恒老八准定在五点钟醒来。醒来了,就拌草添料,赶天明喂完一天里的第一槽草料,好让牲畜去上套。

他醒来了,屋子里很黑。往常,饲养室里的电灯是彻夜不熄的,半夜里停电了吗?屋里静极了,耳边没有了缰绳的铁链撞击水泥槽帮的声响,没有了骡马踢踏的骚动声音,也没有牛们倒嚼时磨牙的声音。炕的那一头,喂牛的伙伴杨三打雷一样的鼾声也没有了,只有储藏麦草的木楼上,传来老鼠窸窸窣窣的响动。

唔!恒老八坐起来的时候,猛乍想起,昨日后晌,队里已经把牲畜包养到户了。那两槽骡马牛驴,现在已经分散到社员家里去饲养了。噢噢噢!他昨晚睡在这里,是队长派他看守一时来不及挪走的农具、草料和杂物,怕被谁夜里偷了去。

八老汉拉亮电灯,站在槽前。曾经是牛拥马挤的牲畜圈里,空荡荡的。被牛马的嘴头和舌头舔磨得溜光的水泥槽底,残留着牲畜啃剩的麦草和谷秆。圈里的粪便,冻得邦邦硬,水缸里结着一层麻麻花花的薄冰。

忙着爬起来干什么呢?窗外很黑,隐隐传来一声鸡啼,还可以再睡一大觉呢。屋里没有再生火,很冷。他又钻进被窝,拉灭电灯,和衣躺着。合上眼睛,却怎么也不能再次入睡……

编上了号码的纸块儿,盖着队长的私人印章,揉成一团,掺杂在许多空白纸块揉成的纸团当中,一同放到碗里,摇啊搅啊。队长端着碗,走到每一个农户的户主面前,由他们随意拣出一只来……抓到空白纸团的人,大声叹息,甚至咒骂自己运气不好,手太臭了!而抓到实心纸团的人,立即挤开众人,奔到槽头去对着号码拉牲畜。一头牛,一头骡,又一匹马,从门里牵出来了,从秋天堆放青草的场地上走过去,沿着下坡的小路,走进村子里去了。

队里给牲畜核了价,价钱比牲畜交易市场的行情低得多了,而且是三年还清。这样的美事,谁不想抓到手一匹马,哪怕是一头牛哩!恒老八爱牛,要是能抓到一头母牛,明年生得一头牛犊,三年之后,白赚一头牛了,唉唉,可惜!可惜自己抓到手的,是一只既不见号码,也不见队长印章的空白纸团……

不知从哪个朝代传留下来抓阄的妙法,一直是杨庄老队长处理短缺物资的唯一法宝。过去,队里母猪生了崽,抓阄。上级偶尔分配来自行车、缝纫机或者木材,抓阄。分自留地、责任田,抓阄。十年不遇的一个招工名额,仍然抓阄。公道不公道,只有阄知道。许多争执不下的纷扰,都可以得到权威的解决。老好人当队长,为了避免挨骂和受气,抓阄帮了忙。虽然没能得到一头牲畜,恒老八不怨队长。队长本人也没抓上嘛!

"老八,你今晚……在饲养室再睡一夜。"分完牲畜,队长说。

"还睡这儿做啥?"恒老八瞅着牛去棚空的饲养棚。

"看守财产。"

"你另派人吧!"老八忽然想到,在没有牲畜的饲养室里,夜间睡下会是怎样的滋味儿哩!

"你的铺盖还在。省得旁人麻烦……"

吃罢晚饭,老八像往常一样,在蒙蒙的星光下,顺着那条小路走到远离村庄的饲养场。他坐在炕头,一锅连一锅抽旱烟,希望有人来这儿说说闲话,直到他脱衣落枕,也没有一个人来叩门。往昔里,饲养室是村里的闲话站。只有伙伴杨三的儿子匆匆进来,取走了他老子的被卷,一步不停地转身走了。杨三抓到手一头好牛,此刻肯定在屋里忙着收拾棚圈和草料,经管他的宝贝牲畜哩!

杨三抓到的那头牛,是本地母牛和纯种秦川公牛配育的,骨架大,粗腿短脖颈,独个拉一具大犁……八老汉早在心里祈愿,要是能抓到这头母牛就好了,可惜……这牛到了杨三家里,准定上膘,明年准定生出一头小牛犊。人家的小院里,该是怎样一种生气勃勃的气派……他嫉妒起杨三来了。

满打满算,杨三不过只喂了两年牲畜,却抓了一头好牛。杨恒老汉整整喂了十九年牲畜了。"瓜菜代"那年,队里牲畜死过大半,为了保住剩下的那七八头,队长私自分到社员家保养。养是养好了,上级来人却不准分,立时叫合槽。大伙一致推选他当饲养员。经过干部社员的商议,为了给原坡上的田地施肥方便,咬着牙把饲养场从村里搬迁到坡上来了。

从新盖起的饲养场到小小的杨庄,有两华里坡路。青草萋萋的地塄上,他踩踏出一条窄窄的小路;阴雨把小路泡软了,一脚一摊稀泥;风儿又把小路吹干了,变硬了,脚窝又被踩平了。日日夜夜,牛马嚼草的声音,像音乐一样和谐悦耳;牛马的粪便和草料混合的气味灌进鼻孔,渗透进衣裤的布眼儿……

这样的生活今天完结啰!从明天开始,他就要在自个儿的责任田里劳作了;晚上嘛,和贤明的老伴钻进一条被筒,脚打蹬睡觉啰!整整十九年来,他睡在原坡上的这间饲养棚里,夏天就睡在门外的平场上,常常听见山坡沟壑里狼和狐狸的叫声。想起来,他自觉尚无对不起众社员的地方。集合起来的那七八头牲畜,变成了现在的二十头,卖掉的骡驹和牛犊,已经记不清了。可惜!没有抓到一头……

挂在木格窗户上的稻草帘子的缝隙里,透出一缕缕微微的亮光。山野里传来一声声沉重的哼哧声,伴和着车轮的吱吱响,响到屋后的小路上来了。谁这样早就起来干活呢？家伙！

一听见别人干活，恒老八躺不住了。他拉亮电灯，溜下炕来，一边结着腰里的布带，一边走到门口。他拉开门栓，一股初冬的寒风迎面扑来，打个寒颤，走出门来，场地上摊开的草把把上结着一层霜。地塄上的榆树和椿树，落光了叶子的枝丫上，也结着一层厚厚的白霜。灰白的雾气，弥漫在坡坡沟沟上空，望不见村庄里高过屋脊的树梢，从村庄通到原坡上来的小路上，有人弓着腰，推着独轮小车，前头有婆娘或女儿肩头挂着绳拽着。那是杨云山嘛！狗东西，杨庄第一号懒民，混工分专家，刚一包产到户，天不明就推粪上坡了，勤人倒不显眼，懒民比一般庄稼人还积极了。好！

八老汉鄙夷地瞅着，直到懒民和他的婆娘拐进一台梯田里。他想笑骂那小子几句，想想又没有开口。懒民在任何人当队长的时候，都能挣得全队的头份工分，而出力是最少的；懒民最红火的年月，是乡村里兴起凭唱歌跳舞定工分那阵儿……好！一包产到户，懒民再也打不到混工分的空隙了！看吧，那小子真干起来，浑身都是劲哩！既然懒民都赶紧给责任田施冬肥，恒老八这样的正经庄稼人还停得住么？回，赶紧回去。"冬上金，腊上银，正月上粪是哄人"。要是捂下一场雪来，粪土就不好进地了。

恒老八返身走回屋里，把被子卷起，挟在腋下，走过火炕和槽帮之间狭窄的过道，在尽了最后一夜看守饲养室的义务之后，就要作永久性的告别了。回头一望，地上撒满草屑，以及昨日后响抓阄分牲畜时众人脚下带来的泥土，扔掉的纸块，叫人感觉太不舒服了。老汉转过身，把被子扔到炕上，捞起墙角的竹条长柄扫帚，把牲畜槽里剩下的草把把扫刷干净，然后从西头扫起，一直扫到门口。他放下扫帚，又捞起铁锨，想把这一堆脏土铲出去。刚弯下腰，肩膀猛地受到重重的撞击，铁锨掉在地上了——一匹红马，扬着头，奔进门来，闯到圈里去了。

恒老八呆呆地站在原地,盯着红马闯进圈里,端直跑到往常拴它的三号槽位,把头伸进槽道里,左右摇摆,寻找草料,打着响鼻,又猛地扬起头来,看着老八,大约是抱怨他为啥不给它添草拌料?

老汉鼻腔里酸渍渍的,挪不开脚,呆呆地站着。红马失望地从圈里溜达出来,蹄下拖着缰绳,站在老八跟前,用毛茸茸的头抵他的肩膀,用温热的嘴头拱老八的手,四蹄在地上撒娇似的踢踏。

八老汉瞧瞧红马宽阔的面颊,慢慢弯下腰,拾起拖在地上的缰绳,悄悄抹掉了已经涌出眼眶的泪水。这匹红马出生时,死了老马,是他用自家的山羊奶喂大的(队里决定每天给他五角钱羊奶的报酬)。这匹母马,已经给杨庄生产队生过三头骡驹了。

"哈呀,我料定它在这儿!"

八老汉一抬头,红马的主人杨大海正从门口走进来,笑着说。

"整整踢腾了一夜。嘿呀呀!闹得我一夜不敢合眼。好八叔哩,你想嘛,八百块,我能睡得着吗?"杨大海咧着大嘴,感慨地叙说,"天明时,我给它喂过一瓢料,安定下来,我才躺下。娃娃上学一开街门,它一下挣断缰绳,端直往这儿跑!"

"唔!"恒老八一听,心里又涌起一股酸渍渍的东西,支吾着。红马大约还不习惯在大海家窄小的住室里过日月吧,马是很重感情的哩!

杨大海表示亲近地抚摸一下红马披在脖颈上的鬃毛。红马警惕地一摆头,拒绝大海动手动脚。大海哈哈一笑,说:"它亲你哩!八叔。"

"给马喂好些,慢慢就习惯咧!"恒老八把缰绳交到大海手里说,"回吧!"

"唉!要是我能抓到一头牛就好咧!"大海接住缰绳惋惜地说,"'八百块'拴在圈里,出门一步都担心。人说务马如绣花。把我的手脚捆住了,出不了门咧!女人家喂牛还凑合,高脚货难服侍……"

话是实话。八老汉信大海的话。大海是个木匠,常年在外村盖房做活,多不在家,屋里一个女人,要养一匹马,也是够呛的。万一照顾不周到,损失不是三块两块。

"要是你能抓到这红马,那就好哩。你一年四季不出门,又是牲畜通。一年务得一匹小驹儿,啥收入?"大海说,"却偏偏又抓到我手里。"

假话!八老汉在心里肯定。昨天大海一抓到红马,连停一步也不停,拉回屋去了。他即使真不想养,怕耽搁了他盖房挣钱的门路,也不会把马转让给别人的。敢说像红马这样的头等牲畜,一上市,准保卖过千二,净捞四百,大海是笨人吗?

"那……你转让老叔养吧!"老八故意试探一下精明的大海,"咋样?"

"嘿嘿嘿嘿嘿!"大海笑起来,不说话了,半晌才支吾说,"暂时先凑合着。嘿嘿嘿嘿嘿……"

"快走吧,咱俩都忙。"

看着大海拉着红马,走出门,呵斥着趔趔趄趄的红马,下了坡,他反过身,咣当一声锁上门,夹着被卷,走出饲养场的大院了。

天明了,初冬清晨常有的灰雾似乎更浓了。从村庄通原坡梯田的土路上,男男女女,已经穿梭般往来着推车挑担的社员。土地下户,闲了干部。不用打铃不用催,你看一个个男女腿脚上那一股疯劲儿!

恒老八下了坡,刚到村口,老伴迎面走来:"你不看看,人家都给麦地上粪哩,你倒好,睡到这时光!"

"咱也上嘛!"老八说,"回去就干。"

老伴是贤明的,也不再多舌,转身就走。

"八叔——"玉琴跑着喊着,挡在当面,"我那头黄牛,不吃草咧。你去给看看——"

恒老八瞧着玉琴散乱的头发,惊慌的神色,心软了。男人在县供销社工作,她和婆婆拖着俩娃娃,还好强地要养牛。三十出头的中年媳妇,大约从来也没喂过牲口哩! 现在却养牛。

不等老八开口,八婶转过身来:"各家种各家的地,过各家的日月了。他给你家去看牛病,谁给他记工分?"

"你这人——"老八瞪起眼,盯着老伴,这样薄情寡义的话,居然能说得出口来,还说她贤明哩!

"好八婶哩! 八叔给牛看病,耽搁下工夫,我——"玉琴难为地说,"我哪怕给你老纳鞋底儿——顶工哩!"

"净胡说!"老八摇头摆手,"话说到哪里去了。"

"嗨呀! 我说笑话嘛!"八婶勉强笑笑,算是圆了场,转身走了。

在一明两暗的三间大房中间的明间里,过去是招待来客的地方,现在拴着大黄牛,草料临时搅拌在淘洗粮食的木盆里,地上堆着黄牛的屎尿。

玉琴的婆婆站在院里,慌慌乱乱地向老八抱怨儿媳妇:"我说咱家里没男劳力,养不成牛。铡草起圈,黑天半夜拌草,你一个屋里家,咋样顾揽得起! 玉琴偏不听,非要抓阄不可。你看看,现时弄得牛要麻达……"

"你先甭嘟囔我,让八叔给牛看看。"

玉琴顶撞婆婆,"你儿子要是一月能挣回七八十,我才不爱受这麻烦哩!"

老婆婆噘着嘴,站在一边不吭了。

玉琴的男人在县供销社工作,挣得四五十块钱。屋里老的老,小的小,年年透支一百多,这个好强的媳妇,在家养猪养鸡,上工挣分,比个男人还吃得苦。看着别人都抢着抓阄,她知道牛马价钱比市场上便宜,也抓,一抓就抓了一头黄牛。八叔很赞成这个泼辣勤苦的年轻媳妇。他不好参与婆媳俩的争执,径自走到黄牛跟前去了。

老八一把抓住牛鼻栓,一手拉出牛舌头来,看看颜色,放开了,又捏一捏牛肚子,摸摸耳朵,转过身来,那婆媳二人愣愣地站在那里,大气不出。他从腰里摸出一只布夹,抽下一支三棱针,抓住牛耳朵,放了血,命令道:"取两只烂鞋底,点一堆火。"

老八接过玉琴递来的鞋底儿,在老人点燃的麦秸火上烤着,直到烤得鞋底热烫,再按到黄牛肚皮上,来回搓揉。

"你照我的办法,就这样熨搓。"老八叮嘱玉琴说,"到吃早饭时,我再过来看看,好了就好了,不行的话,再拉到兽医站去。"

"你甭走,八叔——"玉琴担心地说,"我怕——"

"甭怕。没事。"老八笑笑,宽解地说,"牛夜里受了点凉气,没大病。往后把屋子收拾严点。"

"没事就好。老八,甭走!"老婆婆已经端着一只碗从灶房走来了,"你吃点。"

"啥话嘛!"老八一瞅递到胸前来的碗里,沉着三个荷包蛋,大声谢绝。他在饲养室里多少次治好牛马的小伤小病,也就是那么回事了。给社员的牲畜小施手术,就受到这样的款待,真是叫八老汉感慨系之。他大声说,"给娃娃吃!我一个老汉,吃鸡蛋做啥?"

婆媳二人,挽留不住,左右两边厮跟着,说着感恩戴德的话,送到门口。八老汉受到这样诚心实意的送行,反倒觉得别别扭扭,刚一出街门,头也不回,只摆摆手,大步走了。

恒老八倒背双手,在杨庄街道里走着。走到杨社娃庄院门口,他看见社娃年近七十的老子杨大老汉,正挑着一副担笼从门里出来。没良心的杨社娃把孤独一人的老子扔在老屋里,领着婆娘和儿子住到新盖的三间新房里来,两年多了,不给老汉一分零用钱,气得老汉到公社去告状。杨大老汉怎么在儿子的新房里出出进进呢?他不是在杨庄街道里大声嘲骂过儿子是"杂种货"吗?

杨大扔下担笼,向老八招手。

"你看狗日鬼不鬼！"杨大说，"昨日后晌抓到一头牛，不等天黑就跑过去，把我拉过来，要我跟他一起过活！"

"唔呀！"老八真是意料不到。

"想叫咱给他当马夫！"老大一针见血指出，"你当那小子良心发现咧？鬼！"

"那你为啥要过来呢？"老八笑问。

"唉！总是咱的种嘛！"老八粗鲁地说，"看着他不会服侍牲畜，咱心里也过不去。再说，娃低头认错了，那婆娘也……唉，和儿女置得啥气嘛！"

"对对对！"老八附和说，"总是亲生骨肉哩！"

"他图得有人管牲畜，我图得能吃一口热饭。"老大说，"混到死算咧！"

老大的口气是舒悦的，老八听得出，看得到，这可真是杨庄的一桩新闻哩！人都争着干哩，老八感到一种不寻常的气氛在杨庄村巷里浮动。

"刚才，公社郑书记在门口碰见我，问你哩！"老大说，"说不定现时正在你屋等你。"

"郑书记？找我做啥？"老八说，"现在还有啥公事哩？"

老八磕了烟灰，朝村子西头走，老远就看见郑书记站在自家门口的粪堆前，帮老伴敲碎冻结的粪疙瘩，还笑着说着什么。作为模范饲养员，郑书记给他戴过花，发过奖状，现在还贴在屋里正面墙上。现在，土地分户种了，牲畜分户养了，郑书记到村里来，还有啥事可干呢？

"老杨，听大海说，你见了红马，还落了泪？"郑书记哈哈笑着，"是吗？"

老八咧着嘴，不好意思地笑笑。

"我信哩！你为那些四条腿熬费过心血，有感情哩！"郑书记蹲下来,掏出烟袋,"我倒是想,你们杨庄不分牲畜行不行?已经分槽的那些队,有利也有弊。好处是人人都经管得用心了,牲畜肯定能养好。不利的是,家家都添了许多麻烦,特别是没男劳力的家庭,不养牲畜,地不好种;养吧,很费事劳神哩!我倒是想在杨庄试一试,牲畜集体养,是否更好些?这儿,有你这个老模范,其他队比不得。"

"已经分了。"老八说,"分了好。"

"我来迟了一步。"郑书记说,"算了。"

"土地下了户,牲畜不分不行咧!"老八说,"用起来不好分配。"

他给郑书记举出一桩事例来——

去年,队里抽出两帻牲畜给社员种自留地。轮到杨串串的时候,那家伙天不明拉走牲畜,直到半晌午还不见送回来,急得八老汉赶到地里,天爷呀,老黄牛累得躺在犁沟里爬不起来,杨串串手里抡着鞭子,牛身上暴起一道道鞭子抽击后的肉梁,嘴里吊着一尺长的涎沫,浑身湿透。

"你想想,现在土地下了户,家家户户地更多了。不分行不行?"老八叙说了这件使他伤心的事,慨然告诉郑书记,"前日,队长征求我的意见,问牲畜分不分?我说分,坚决分;分了自家都知道爱惜牲畜。要不,扯皮闹仗的事才多哩!"

郑书记点点头,表示同意老八的意见:"这是各队分牲畜的主要原因。"

"问题是,现在好多三十来岁的年轻社员不会喂牲畜,特别是高脚货(骡马)。"郑书记又说,"问题很普遍。我今日来,想请你到咱公社广播站,讲讲牛马经。"

"我说不了话……"老八着实慌了。

"好多人要求请你讲哩!"郑书记说,"我还想办业余农校哩!土地包产到户,社员要求科学种田心切!往常,挣不操心的工分,糊里糊涂种庄稼,土地一分到户,好多年轻人连苗子的稀稠都搞不准,甫说高产了。"

"倒是实话!"老八说。

"我还得找队长,要帮社员安排好牲畜棚圈,不能一分就不管了。"郑书记说,"一言为定,明天晚上到公社来,我在广播站等你。讲一小时两块,按教授级付款!"

太阳已经升到碧蓝的天际,雾气已经散尽,冬日的阳光,温暖灿烂,街道里的柴火堆,一家一户的土打围墙,红的或蓝的房瓦,光秃秃的树枝,都沐浴在一片灿烂的晨光里。

"跟你商量一件事。"走进房,恒老八蹲在灶锅跟前,对着扑出灶膛的火焰点着旱烟,给老伴说,"咱得买牛。"

"钱呢?"老伴停住了拉风箱的手。

"不是有嘛!"

"那是给娃结婚用的。"

"缓半年。"老八说,"先买牛。庄稼人不养牛,抓摸啥呢?"

"那得一疙瘩钱哩!"

"暂时紧一紧。一年务育一头牛犊,两年就翻身了。现时处处包产到户,牛价月月涨。"老八说,"放心,我没旁的本事,喂牛嘛,嗨嗨……"

老伴从灶下站起,揭开锅盖,端出一碗荷包蛋,放到老八面前。五十多岁的老妇人,居然嗔声媚气地说:

"吃吧,吃得精神大了,再满村跑着去给人家看牛看马……"

老八却像小孩一样笑眯了眼睛。

1982年5月15日改定 延安

绿　地

春天里一个平平常常的星期六下午,河口公社党委副书记侯志峰骑着自行车回到家里。

刚进大门,两个孩子大约听见车子响,一齐从后院奔过来,抢他挂在车头上的黑提兜。

"一人一个。"侯志峰取出面包来,笑着塞到孩子手里。虽然工资不高,每周六回家,总要买点糖果什么的,以便让盼望爸爸归来的孩子不致扫兴,已经习惯了。

娃子和女儿的脸颊上鼓起来。吃着乡村里粗食淡饭的孩子,对于软乎乎的面包,馋是很自然的。他拍拍这个的背,又摸摸那个的头,是一种做父亲的幸福感觉。一接近四十这个年龄,他觉得自己更贴着孩子了。

"回来了,侯书记。"

踏进里屋,一位陌生的老年农民笨拙地从椅子上立起,殷切地和他打招呼。

"这是汪水寨我妹子家的门中叔。"妻子秀绒给他介绍说,"等你半天了。"

肯定是求他办事。好多人求他办事,不去公社机关,专等周日赶到家里来,弄得他不得安宁。家里有自留地,又养着猪,好多活儿要趁假日劳作哩!

"有啥事？"他问，想尽快打发他走。

来人开始诉说，啰啰唆唆，前后重复，总算说清了一件事：他的儿子在本大队小学当民办教师，有四五年教龄了。支部书记现在正串通校长，要把他的儿子解雇，再把自己的女儿（去年秋天刚刚从高中毕业），填补进去。

"事情做得太可憎咧！"来人十分愤恨，"我是平头百姓，实实没有办法……"

这是可能的。干部利用职权，搞些乱七八糟的事，在他们公社的几十个大队里，时有发生。他干脆地回答说："你说的要是属实，我负责解决。下周上班后，我了解一下再说。"

"你歇息。"来人站起告辞了，"你在公社辛苦……"

他解开自己的黄帆布袋的结绳，把一盒点心放在桌子上。

"甭弄这号事！"侯志峰死死抓住他的手，要把点心盒盒塞进帆布袋里去，"这算做啥？"

"咱是亲戚，我头一次上门。"他说，"咱这儿的风俗，'空手不进亲戚门'嘛……"

"留就留下。"妻子说，"又不是外人！"

侯志峰松了手，羞得把脸转到一边去。他的女人秀绒，文化不高，体魄壮健，常常显示出比他更能吃苦，挣得队里妇女们的头等工分，又养猪养鸡；就有一样不好，总是收留来人带着的东西，使他对她尊重爱怜的感情里，常常蒙上一层龌龊的阴影。眼窟窿太小咧！

送走客人，两口子回到屋里，几乎同时愣了：娃子一手拿着点心，一手攥着一把十元票子，扬得高高，给爸爸妈妈炫耀自己的发现："点心盒里……"

"放下。"侯志峰明白了，脸色也变了。

"给我。"从儿子手里抓过钱，脸色也变了，压低声儿警告儿子，"出去甭胡说，耍去！"

儿子大约感到了这件事具有严重的神秘性儿，悄悄走出门去了。

"多少？"候志峰问。

"一百。"秀绒答。

"给我。"

"做啥？"

"还给人家嘛！"

"跟得上。"她把钱装进内衣口袋，转身出门的时候，回过头来，"我去借架子车，赶天黑给猪圈拉两车土。你在屋歇着。"

他惶惶不安。这件意料不到的事，破坏了他回到家中的愉快情绪。他在屋里打转转，坐不住也躺不稳，听见街巷里有架子车拉过的喔当声，他想到土壕里去，和妻子秀绒把话说透。

刚出门，碰见驼背二叔。二叔青筋突暴的胳膊上，挎着葛条大笼，笼里装着整翻稻田时拾下的稻根和水草。

"峰，叔问你一句话。"二叔神秘的样子，"听说……要分地分牛？"

"唔，是实行责任制。"他淡淡地说，心里有点不安然，"咱们公社也准备实行哩！"

"你是懂政策的人。"二叔说，"这是真的？"

"真的。"他说着，心不在焉，"我要去……拉土。"似乎有一股愧对江东父老的隐情……

村子西边的黄土坡根，是整个村子居民取土的黄土壕。秀绒面对土崖，挥动着镢头，她进入中年以后，腰粗了，腿壮了，抡镢挖土的姿势像一个强悍的男人。

他走到土壕里，捞起铁锨，把秀绒挖下的黄土铲起来，装进架子车的木板车厢里。在这里，远离村庄，没有外人，也没有孩子，两口子啥话不能说呢！

"秀绒，那个钱……咱们不能收。"

她挖下一镢,吭哧一声,扑下一块黄土。

"这是贿赂,违犯纪律,我会挨挫的!"

她又挖下一镢,吭哧一声,不搭话茬。

侯志峰想,应该给她讲她能听懂的道理:"你爱看戏,好多戏里头,都有个白脸白鼻的奸臣、贪官,遭人痛骂哩!"

她仍然头不转,手不停,继续挖着。

"我是党员,大小算个负责干部,不能自己往自个儿鼻脸上抹白。又是在本地工作……"

"哼!"秀绒终于停住挖土,转过身,手拄镢把,讥诮地说,"咱村玉玲的阿公,在西安百货公司当经理,你去人家屋看看,吃的啥?穿的啥?一米料子三毛钱,还不跟白拿一样。仙惠男人在县上工作,拉了一车木头,只花了一顿饭钱……你当得好大的官,吓死了!"

"各人是各人的事嘛!"他耐心地给女人解释,"社会复杂,什么样的人都有。钱呢?应该还给人家。"

"迟了!"秀绒早有准备似的,"我交给出纳了。"

"你……"他急了,瞪起眼。

"欠队里的粮款,赶收麦交不齐,不给分口粮。"秀绒揶揄说,"你脸上搽红也好,抹白也好,我不管!我跟娃娃要吃粮,你挣三十九块五,好多的钱呀!你革命,你清官,你红脸忠臣——你羞你先人!"

"你——"侯志峰气得脸色煞白,把锨往地上一扎,嘴唇哆嗦,说不出话来。

"朝这儿扎!"她把胸脯一挺,"跟你过的这种烂穷日子,早够了!"

他狠狠地盯了一眼那张不顾一切的脸,厌恶地急转过身,甩掉铁锨,走出了土壕。

侯志峰没有吃饭就躺下睡了。一双儿女,早已响起匀称的出气声。秀绒坐在脚地小凳上纳鞋底,麻绳穿过布鞋鞋底的嗞嗞声,令人心烦。如果老婆是一位深明大义的女人,他将会把钱送还那位农民,轻轻儿批评他几句,也就完了。自己的家里绝不至于弄得这样气氛不协调。

秀绒熄了灯,在他身边躺下来。

"你的心太窄,胆太小咧!"她爱怜地说,胸脯贴着他的臂膀,劳动过的粗糙的手掌抚着他的胸脯,给他宽心消气,"这事嘛,你给他娃把'民办'问题解决了,他敢给人说吗?一个民办教员的事,还不是你一句话吗?本来没事的小事,你看得比天大!"

心窄吗?即使心怀宽阔到能容纳高山大河,也不能有一块角落藏污纳垢。侯副书记要是在公社党员干部会上,会这样深刻而生动地演讲的。现在,说着这种错话的,是他的老婆,一个农村妇女中的黏浆子,她才不管他是堂堂的人民公社党委的副书记呢!她敢碰撞他,她也爱抚他;急了,她敢开口骂他。他怎么办?他们经人介绍见面时,她怯生生坐在屋子的角落里,羞得抬不起头来,一个实实在在的农村姑娘,生养了两个孩子,当了四口之家的家庭主妇,现在泼辣而蛮不讲理了!她一晌不缺地挣工分,一会儿不闲地忙里忙外,为一分钱和卖菜的人争呀吵呀,丢了一个鸡蛋在街巷叫骂……他给她讲了多少道理,她反倒越来越泼了,"农业社里时兴的是恶人!老好人尽受欺侮!"

唉唉,有什么办法呢!他把她压在自己胸脯上的粗壮的胳膊挪下来,哎嘘一声,做出决定,算了!不必再惹这位"惹不起"了……

窝窝囊囊地过完了星期天,周一清早,侯志峰出了家门,上班去了。他发觉,他的精神处于一种难以控制的敏感状态中。

"侯书记,起得早!"

"老侯,上班呀!"

……

和他打招呼的人中,有的是他中学时期的同学,有的是邻村的乡党。他是当地人,又是当地地方党的基层组织的负责干部,熟人老友总是以尊重的口气和他说话。他却不敢把眼光在那些热情的脸上久留,只是勉强地装出一副生硬的微笑,支应过去了。那些通过合法的或非法的手段,贪馋地吞食人民的财富的家伙,居然能够心安理得地奢谈革命和道德,他佩服他们了,那也是一种本领,需要怎样的力量来保持自我的心理平衡呢?

走到公社机关门口,四方水泥柱上,挂着中国共产党河口公社委员会的白底红漆大字的牌子,心里觉得更愧了。往常,出出进进,似乎不大留神,今天,那牌子上的红字显得特别显眼了。

初夏的清晨,微风吹动泡桐树的绿叶,公社小院里很静,好多门上挂着铁锁,他无疑是早到者。

办公室小乔把一卷夹着公文的卷宗放到桌上,笑笑就走了。

他打开卷宗,看看有什么急件需要立即办理。隔了一个星期日,又是这样厚一摞公文,人民公社包揽多少事情呀!

大清早,院子里就吵闹起来。两个农民,撕扯着走到他的门口,其中一个满脸血污。

"侯书记,你看,他把我打成……"满脸血污的社员在陈诉,"哎呀——"

"你甭给我赖账!"另一个更硬,"他把鼻血抹到脸上,装哩!"

问问缘由,不过是分粮中有五斤差错,一场不大的官司。侯志峰说:"先到卫生院去擦洗了血,有伤包扎了,再来说话。"

两个社员出门以后,他又坐下来。五斤小麦,值不到一块钱,打得头破血流。一百块钱,白送来,偷偷夹在点心盒子里。一百块钱能买多少小麦呢?他将怎样出以公正之心去评判这个意思不大的经济纠纷呢?

卷宗里有一份通报,是县委发出的打印件,地处秦岭山区的岔子公社的一位副社长,参与了盗伐森林的活动,给开除党籍了。通报前面有县委加的按语。要求在各级党员会议上传达,以示警诫。党的纪律是无情的。挂着共产党的招牌去干危害国家和人民的根本利益的投机分子,迟早会被剔除出党的队伍……党委书记老严已经批阅过了,要他在全社党员会上讲读。他是分管党委组织和宣传工作的……

必须卸下这个精神负担!唯一挽回的办法,就是立即还清那一百块钱。既不能让老婆知道,也不要给组织说了。组织上倘若一宣传,却可能引起家庭的矛盾。家庭矛盾闹得他早已疲倦了。他不怕她,无非是他比她更顾及影响,想得更多些罢了。算了,只要自己良心上能过去就行了!

急急赶到汪水寨村口,侯志峰跳下自行车。他至今不知道妻子妹妹家的门中叔叔的名字。民办教师是有目共睹的一个职业,他打问出来,民办教师的父亲叫汪生俊。

汪生俊正在院里的猪圈旁抛土垫圈,扔下锨,笑嘻嘻地推让他坐到厦屋里。

"你所反映的问题,我负责去调查解决。"侯志峰坐下,把汪生俊硬塞到手里的纸烟接住,又搁在桌子,他不会抽烟。"问题是会得到合理解决的,你放心。"

"没掺得一点假,你尽管调查。"汪生俊说。

"这个——钱,"侯志峰从内衣口袋掏出十张十元票,放到桌子上,这是他刚刚借来的,"点点你的钱数。"

"这——唉!"汪生俊慌忙抓起钱,又塞回他的手里,连他的手一齐抓紧不放,"你这人——"

"放开手!"侯志峰生气了,恼怒了。他讨厌那张巴结的笑脸,即使他反映的问题属实,他也令他讨厌了!他给他的家庭平添了麻烦,害得他活活儿受了两天煎熬。"你再不听劝,我就把这钱交到县上去！"

汪生俊的手松了,起先是愣神,后是吃惊,随之就尴尬绝望了。

"我走了。"侯志峰站起身。

浑身轻松自如了,心儿又稳稳实实地落到实处,正常地有节奏地搏动着。他扬起头,走出汪水寨的村巷,行走在乡野间的黄土路上,高原上的初夏时节,梯田里卷迭着一层层绿浪,点缀着几株桃树和杏树的墨绿色的帐篷,落日前的一瞬,正呈现出一派绚烂的色彩。他踏着自行车,朝中心小学的方向驰去。

实在料想不到,汪生俊本人就是大队支书的近门哥哥,他的儿子原来进学校当民办教师,凭借的就是支书哥哥的权力。他的儿子不仅没有体音美方面的特长,连一、二年级学生也组织不到一起。他在十年动乱中读完小学和初中,严格地说,他本人现在应该坐到四年级教室里去重新学习。

问题不是很简单吗?

现在唯一的问题,就是如何归还一百元欠款的债务了。

每月开资以后,他照例把二十元钱交给秀绒,由她去安排家庭的吃穿用度,留下十九元五角。要是每月节约出十块,需得十个月,要是咬咬牙,每月节约下十五元呢,七个月就做到了。公社的伙食是很便宜的,一周吃一次肉,平时一天花一毛钱菜金,他毫不踌躇地把每周一次的一顿肉食缩减了。

困难的是由他参加的会议太多了,每周几乎都要进一二次县城,盘费是一个很难避免的开销,人下了狠心,办法总是可以找到的。他在会前赶到县城,端直走进牛羊肉煮馍馆,站在只有一只拳头大的售票窗口前,递进五毛毛票,说:"要小份。三个饦饦。"小份三毛,烧饼一毛五,四毛五分钱就可以饱餐一顿了。国家财经纪律给干部规定,在本县出差,凭发票每天补助四毛伙食费,他只需花销五分钱,这是早就预算好了的。

接过售票员从窗口塞出来的票卷儿,他不急走,在屁股后面拥挤着的买票者前头,仍然认真地说:

"给一张发票。"

他吃得很满意,然后走进县委礼堂坐下,取出笔记本,拧开水笔,把县委关于某项工作的安排意见详细记录下来。他不羡慕任何衣着上比他阔绰的同行,也不参与议论市场上新添了什么文明家具和时装。他按自己三十九元五角的生活水准生活着。他坐在会场里的靠背连椅上,端端正正,既不傲慢,也不畏缩。工资收入低微,穿着袖肘上和屁股上都纳着补丁的中年的党的工作者,精神上并不比任何在座的同志低下或空虚,收入的多少,吃穿的优劣,并不决定人存在的价值。

他的水笔在日记本的细格上移动,记录着县委领导的指示,什么还账借债的事,早已逃匿得无影无踪啰。

春去秋来,他已经攒下七十多元钱了,恰好上级给公社干部增加了一项下乡补助费,办公室小乔一次给他送来三十块,说是累计前半年的总数。他喜出望外,立即凑够一百元,一举还清了债务。窝在心里的那一汪污水,至此彻底荡除干净了!

他特别思念孩子。半年多来,每周六回家,给孩子的少许糖果也节约了。此刻,他感到未免太苛刻了,孩子毕竟是孩子,谁小时候又不贪嘴呢?尤其是乡村里的娃娃,本来就已经够节俭的了。他走进供销社,买了一块钱的糖果,破费了,今天应该回家去看看。

家家冒炊烟,柴烟萦绕在村庄的上空,形成一幕淡蓝的雾团。伏后的阴天晌午,潺热潺热。他走进院子,看见女人坐在灶下烧锅。他停住自行车,呼儿子,唤女儿,俩娃睁着淡漠的眼睛,迟疑地走到跟前来,他俩早已不指望父亲会给他们带来什么口福了。

"吃糖。"他把纸包解开,放到桌子上。

俩娃立即欢蹦起来,叫爸爸时声音也甜了。

灶房里的风箱劈劈啪啪响着,分明是有意摔打的声音;碟碗在案板上很不安生地碰撞,声音十分刺耳,这是女人向他挑衅的先兆。

　　他的快活的情绪被破坏了,又是什么不顺心的事?或是她蓄意要引起纷扰呢?明显是蓄意的!他不吭声,等待事态的发展。

　　"抬水去!"她吆喝孩子,"我一天挣死累死,侍候死人哩!"

　　俩娃怯生生地低下头,不吃不嚼了。

　　"咋回事呀?"他不能不搭话了。

　　"滚!"她走进里屋来,呵斥孩子,"抬水去!"

　　孩子相继出了门。

　　"我问你……你做得好大方的事呀?"她显然早已经忍受不住,"你瞒着我……你……"

　　她隐约提到那一百元的事,说她要不是今天早晨去妹妹家,她要被他瞒哄一辈子了!

　　侯志峰一听还是为那一百元的事,心中骤然蹿起一股火气。半年来,他为积攒一百元,受了多少艰难!他不责难她,已经够宽容的了;她反倒向他挑事逗火,太不像话了!他还要在河口公社工作,日后难免再次遇到类似点心盒里夹钞票的事!要是由她收受贿赂,由他悄悄节约还债,那还得了吗?既然她不甘罢休,就此把话说明,说明了好。看来夫妻间的某些矛盾,不是忍让完全能够解决问题的。

　　"屎巴牛站粪堆,生装得大货!"秀绒开始出言不逊,"挣得三十几块钱,养不活婆娘娃,还当自己能上天,能入地……"

　　"秀绒,冷静一下。"他压着火,不想吵吵闹闹,惹人笑话,"有话慢慢说,咱们说清白,也好……"

　　"人家给你个小官帽,你当你做了皇上!看看你祖坟里也是没得脉气!"她的嘴巴好残火,连挖带损,"人把你当人敬,你偏不识抬举!"

　　"放屁!"侯副书记头上冒火,眼里迸星,一把击在桌子上,颤抖着身子,"太混账了!"

"离婚!"秀绒声音更高,跳起来,"我早都不想跟你受罪了……"

"离就离!"侯志峰怒不可遏,"我离不得你这号恶鬼吗?"

"谁不离不是人……"

俩人扯到街道上来了。

左邻右舍奔来几个邻居,拉拉扯扯,女人们封住秀绒,男人们劝住志峰,问起闹仗的原因。

问起闹仗的原因,侯志峰说不出口了,只是哀叹婆娘太不像话了。秀绒也说不出口,只是哇的一声哭起来,说他当了官,看不上农村妇女,要寻洋婆娘,云云。

邻居婶婶嫂嫂们死拉活拽,把秀绒拉走了。

人们走散了,孩子抬水还没回来,他越想越气不顺,后悔自己不该回家来。

他提上兜,拧开车锁,推着车子出了门,回公社去。他今天第一次站在女人面前,显示了他并不怕她。虽然没有完全胜利,却也没有示弱,她也就是那么一回事了。

翻过一道不太高的坡梁,可以看见公社所在的小镇了。这儿是公社的制高点,可以眺望河口公社秀丽的田园和村舍。太阳已经西沉,坡原上秋风习习,河川的青纱帐里,浮动着淡淡的乳白色的水汽,贯穿河口公社的那条柏油大路,车来人往,隐隐传来汽车的鸣叫。这是他的家乡,可爱的家乡啊!

他背着装满馍馍的口袋,从乡村到城里中学念书的那阵,路是不足一米宽,晴天黄土扑扑,雨天稀泥滑溜,他靠着新中国学校里的助学金,读到中学了,高中快要毕业了。

他被抽调出来做校团总支书记,没有考大学。他的年龄超过三十五岁的时候,显然已不适宜做青年工作了,县委把他派到河口公社做党的基层干部来了。

眨眼就到四十岁——不惑之年了。他惑过没有？惑过。当他被"铁杆保皇"的纸帽压得直不起腰的时候，他何止于惑，简直糊涂莫名了。现在还惑吗？

在河口公社这块土地上，他生活和工作着，四十年了，那些村村寨寨的乡亲，像自己的父母兄弟姊妹一样，在这里劳动着，生活着。他能做出有愧于他们的事吗？

侯志峰忽然记起中学时期一位班主任的话来。那是进入高中的第一天，陌生的班主任走进教室，和他的又一班新生见面。他是一位语文教员，声情并茂，像朗诵诗一样和同学们第一次开口：

"你们今天已经跨上了新的里程，

三年后，你们将走向生活的各个领域。

我愿你们，从年轻的时候，

就注意培养自己——

心灵中的一块绿地……"

培养和保持心灵中的这一块绿地，真是不容易呢！有多少诱惑企图污染它啊！

他从草地上站起，拍拍屁股上的草屑，推动车子，晚霞愈加灿烂了。

1982年6月17日草成

7月10日改定 灞桥

田　园

　　早班远郊公共汽车开进桑树镇,把古老的乡村小镇从黎明前的酣睡中惊醒了。宋涛从咣当一声自动打开的车门里下来,踏着厚厚的积雪,向镇外走去。他与前妻所生的儿子今天结婚。他是赶早回到乡下来参加儿子的婚礼的。他得知这个消息是在昨天,置买什么东西显然已经来不及了,腰里装着三百元现钞,让孩子们日后再去置买他们需要的物品,比他买什么礼物可能更合乎实际。

　　大雪覆盖了原野。黎明的微曦中,无垠的雪原闪着清冷的白光。从桑树镇通南宋村的小路早已拓宽了,雪路上有汽车或拖拉机碾过的辙印。路两边的白杨树长得小桶粗了,像两堵齐刷刷的墙壁,一直伸展到黑黝黝的河滩里。黎明时的风好冷啊,田野寂然无声,软软的积雪在脚下发出咯吱咯吱的响声……

　　宋涛穿着长袍,戴着礼帽,帽壳上缠着一匝红绸子,被前呼后拥着,走在这条小路上。他的身后,是在唢呐鸣奏中忽闪忽闪行进的花轿,轿里坐着尚未见面的媳妇。

　　呜呜哇……呜呜哇……悠扬的唢呐声吹得宋涛脑子里混沌一片,总是像在问,是啥样……是啥样……

　　当左邻右舍的婶娘和嫂子们把蒙着脸的新娘搀进新房,他立即跳上炕去,跷起一只腿,想从新娘的头顶绕一匝。这是自古流传下来的风俗,为了防止新娘婚后疯长,新娘进门先跷一个"尿臊"。她的个子又几乎和他一样,还敢再长吗?尽管他当时已经是小学教员了,仍然很认真地跷起腿来。

她似乎早有所料,一扬手,就把他的腿隔到一边去了。他打个趔趄,想再次抬脚,她已经躲到墙根,远远地站着。

他跳下炕来,在隔壁二婶努嘴示意下,忐忑不安地揭起蒙在她脸上的红布,心里嗡的一下,血涌到脸上,眼睛也花了,那是一张多么漂亮的脸蛋呀!

她羞怯地瞧他一眼,就颔首低眉,坐在椅子上,双手搭在膝间,一动不动……

一批又一批的亲戚坐过席,挎上提盒笼儿上路了。夜晚闹房的小伙子们也离去了。所有繁冗的乡村传统结婚礼仪的最后一道手续,是新婚夫妻吃合欢馄饨。馄饨是由娘家儿女双全的嫂子们捏的,装在一只红漆木盒里,由弟弟跟随花轿提来的。他的二婶从厨房里端着一只木盘进来了,木盘里有两只金边细碗,两双新筷,他早已听过母亲的叮嘱,默默地急吃急咽,想一口咬到那只包着一枚铜钱的馄饨,那是福气和吉祥的象征。她却慢吞细嚼,并不在意的样子。眼看碗里只留下三四个馄饨的时候,二婶一把夺过,又把她的碗递到他手里。

轻轻一声磕牙的咯响,他看见,从她细密的牙齿间,夹着一枚金黄的铜钱。她的脸略一红,把铜钱交到二婶手里。

"俺娃有福。"二婶笑着,拍着她的头,"跟了个女婿是先生,谁有这福气!"

二婶把铜钱递过来,很严肃地搁在他的手心里,用眼睛和嘴巴同时示意,放到嘴里去!

金黄色的铜钱,湿溜溜的,沾着她的唾液。他有点不好意思,一抬眼,她正专注地盯着他,神情严肃极了,她在揣测和试验,他嫌她的口液脏吗?他一把把铜钱填到嘴里,那铜钱使他的口腔里产生一股奇异的感觉,淡淡的,甜甜的,心儿在胸腔里忽悠悠飘动起来。一侧头,他看见她低下头去,脸颊上浮起一层红晕,现出两个浅浅的酒窝。

"二婶,我咽到肚里去了!"他故作懊恼地说。

二婶嗔笑着,从他嘴里掏出铜钱,压在炕席下,拍拍手,狡黠地一笑,压低声儿:"知道不?俩人的头要压着铜钱……"旋即走出门,从外面把门拉上了。

她的脸腾地飞红了,双手捂在脸颊上,弯下腰去了。

他的脸发烧,呆呆地坐着,出着粗气。院里走过父亲和母亲送二婶出门回家的脚步声,街门咣当一声插上门栓了,父母在里屋住的木板也响起关闭时的吱扭声,小院里静息下来了。

他轻轻关上房门,心跳得更厉害了。她仍然双手捂着脸颊,弯着腰,低着头,压抑着的出气声,越来越不匀称。他站在窄小的厦房的脚地,瞧着离他两三尺远的媳妇,似乎今天不是第一次见面,而是早就熟悉的。是的,他日夜在心里渴盼着、乞愿着、描绘着的,不就是这样一位可心的人儿吗?不,她比他想象中的朦胧的影子生动多了。

他没有陌生感,先是轻轻地搂住她浑实的肩膀。今天清早才挽起的发髻,把蓬松的刘海和鬓发一齐拢梳到脑后那个头发疙瘩里,做姑娘时覆盖着的耳朵和脖颈露出来了,像刚刚揭开的豆芽的颜色。她的身上,有一股奇异的香气(不是脂粉)扑到他的脸上来。他紧紧地拥抱着那温热的肩头。

"你……嫑……"她挣脱开他的手臂,自己也挺身坐端了,"我有话……跟你说。"

"说呀!我听着。"他在另一只椅子上坐下。

"我……"她抬起头,沉静地瞧着他,"我不识字……你不嫌弃吗?"

"我教你认字,写字。"他笑了,当是什么严重事情,并且随即摊开一张纸,拔出插在制服口袋上的水笔,刷刷刷在纸上写起来,"看,这是你的名字:田——秀——芬。"

"我能学会吗?"

"能!"

他把水笔塞到她手里,把她的手和笔一起握在自己手心,脸贴着她的头发,在纸上一笔一画写下她的名字。

她侧过头来,眼里腾起一缕雾样的东西,像小河早春弥漫的水汽,颤着声说:"再帮我,写下你的名字……"

她在两个名字之间,画着一颗拙劣的心的图样,然后端详着,久久地端详着,折叠好,从席下取出那枚铜钱,包在纸折里,又压在席下。

他恍然醒悟,这个没有文化的农村姑娘,有着怎样的细腻的感情啊!

她走到他的跟前,沉静地盯着他的眼睛,然后扑跌进他的怀里:"哥……"

一辆手扶拖拉机开过来,车轮溅起的雪粒甩到他的脸上,凉冰冰的。车上坐着男女农民,女人们用头巾包裹着脸颊,只露出眼睛,男人们把耳扇紧紧拴在下巴底下,脸冻得红红的。腊月中旬了,传统的新春佳节就要来临了,他们大约都是一早赶到镇上去置办年货的。

天色完全亮了,雪原上白茫茫一片。临近村庄里的大喇叭正在播出当日新闻,打破了黎明时天地间静谧的气氛。湛蓝的天空像一望无际的蓝色锦缎,白色的原野似无限伸展的白绸。骤然而降又骤然而止的大雪,把入冬以来干旱的黄尘洗濯得干干净净,大地净洁,高空深远,空气清新,这是生养他的北方故乡的田园。

离开大路,斜插上一条积雪茸茸的小道,他走到河沿上来了。河滩上的雪似乎更厚,一堆堆的河卵石,包裹着雪衣,一条细流在雪地里弯来绕去,哗哗响着。河道两岸修起高大的河堤,临水面用水泥砌成一方一块的护坡。河堤上高大的杨树和柳树,枝条上锈着一层霜。

河上架着木板桥,河对岸就是他的村庄。宋涛一步一步,终于从滑溜的木板桥上走到对岸了。那株大柳树,有两三合抱粗了,中间似乎已经空心,而枝条依然稠密,临近水,柳树的寿命是很长久的……

"你怎跑到这儿来!"他从村子里下了河,顺着弯弯曲曲的河岸走下来,在大柳树下,看见了秀芬,她蹲在河边洗衣服,搓呀,捶呀,涮呀,河水中漂流着皂角的白色泡沫。"回吧!"

"我一会儿就洗完咧。"秀芬转过头来,轻轻嘘口气,妩媚地笑着,"马上完。"

"回去!"他抓住装衣服的笼,"回去,陪我坐在屋里,啥啥也要干!咱俩在一起……只有三天了……"

"你坐在这儿。"她指着身边的一块石头,"你不能穿着脏衣服走呀!"

"歇一会儿。"她说。

她多情地盯他一眼,温顺地笑笑,把手上的水在衣襟上擦擦,和他靠肩坐在柳树下。四周是高过人头的苇丛,呱呱鸟的叫声响成一片,它们在苇丛里追逐、嬉戏、热恋,然后合伙衔草造窝,产卵,哺育幼鸟。

傍晚温馨的河风吹过苇丛,她的散乱的鬓发拂到他的脸上,她闭着眼睛,靠在他的肩头上。

"朝鲜很远吗?"

"很远。"

"你……不去……不成吗?"

"我是青年团员。"

"我总觉得……害怕。"

"要怕。"

"我想你了怎办?"

"……"

他回答不了了。看见她的脸上,泪珠辘辘辘辘滚落下来。

"要哭。"他说,自己喉头也哽住了。

"我没哭。"她噘起嘴,"当面把眼泪流完,省得你走后再流。"

"我走了,谁都放心得下。爸和妈年龄还不大,有哥哥照看。"他说,"只有你……一个人……"

"要挂念我,"她看他难受了,反倒一挺身子,给他宽心,"我小时候啥苦都吃过,现时好到天上了。爸妈人都老好,待我也好,我跟在亲娘跟前一样……"

多好的妻子啊!

"朝鲜在哪儿?"她问。

"在那边。"他指着东边的天空。河柳和白杨织成的浓密的林带。老鹰在五月湛蓝的天空悠然展翅。秦岭的群峰隐没在淡淡的灰雾里。

"我们离得太远了。"他说。

"不远。"她说,"你永远在我跟前。"

她从内衣口袋里掏出他们新婚第一夜里,他捉着她的手、写下俩人名字的那张纸,纸上有她画的一颗心的图像。那枚被夫妻合吮过的铜钱,当的一声掉在石头上了。

"你日夜都在我心里。"

远处有脚步响,宋涛放开搂着秀芬肩膀的手。苇丛中的荒草地上,闪过一个人挎着草笼的身影。他看出来,那是父亲,知趣地躲到苇丛中去了……

冬季里,雪把一切都严严地遮盖着,分不清苇园、稻田和麦地。

呱呱鸟早已飞回南方过冬去了。他静静地站在大柳树下,那一块河石上,秀芬曾抡着棒槌给他搓洗衣服呢。

冬日的太阳迟迟从东山峰群的巅顶露出脸来,雪野里反射出耀眼的光环,雪在变幻着色彩,这是十分明丽壮观的景象。

走上河堤,有一条在雪地里任意踩踏出来的便道,直通南宋村。

他从朝鲜光荣回归,到城里一家工厂当宣传科长了。每个星期六,骑着自行车回来,和父母妻子欢聚一天,留下工资的大部,周日晚再去城里工厂上班,一家人和美地过日子,左邻右舍谁不夸他们一家人啊!公公是最好的阿公,母亲是顶贤明的婆婆,媳妇是头梢贤惠的媳妇,而他,是南宋村当时顶有出息、干成大事的伟人!可谁能料到,不过两年,在朝鲜仅仅只是认识的一位女文工团员分配到了宣传科。这儿是正在掀起新的建设热潮的古老的城市,两个从战火中结识的战友,从同志和上下级的关系,很快发展到……他和她结婚了。

重新结婚是欢乐的,而与秀芬离异是痛苦的,没有文工团员给他的欢乐作安慰,他是无法忍受离异的痛苦的。父亲是一个传统道德的忠诚卫士,母亲是太喜欢秀芬了。他在朝鲜的几年里,和家庭多少有些陌生了。而秀芬却和这个家庭结成了血肉浇铸的关系……父亲和母亲,居然下决心赶走了叛逆的儿子,甘愿继续和一个异姓的媳妇过他们的农家生活。

"滚!至死,你都要进我的家门!"父亲说。

"你享你的荣华富贵,俺过俺的庄稼汉日月,俺和孙孙饿死,不求拜你娃子!"母亲咣当一声,把街门关上了。

他从紧关着的街门口,走到村口,四下的树后墙侧隐藏着看热闹的村人,是一种怎样鄙视的眼目!他沉重地走出村,过了木板桥,进了城……

他和后妻的家庭是幸福的。她比秀芬长得脱颖,眉目传情,面貌秀气,皮肤细腻,说话和气,知书识礼,对他体贴爱护……短短的狂热时期一过,他却总也感觉不到秀芬那些特有的东西,他常常暗暗思念她,有一种负疚的心情。如果秀芬也像父母亲一样刻毒地骂他,咒他,也许会把她最初给他的幸福而美好的印象冲刷淡漠,可是,她除了哭,就是苦心劝,劝不下,她就任他去了,什么也不说……

在城里偶尔遇见南宋村的乡党,他托他们带些钱和衣物给孩子,想不到,过后又被南宋村进城的乡党用包裹带回来了,而且捎来母亲或是父亲的话:"黄面馍,稠米汤,能养大宋涛,也就能养大孙孙!"

他开始憎恨父亲和母亲。尤其令他不能容忍的是,秀芬一直寡居着。新社会,有这样顽固的阿公和阿婆,秀芬太苦了。如果她能找到一个可心的丈夫,对他的心是一种安慰。可是许多年过去了,她仍然在没有丈夫的阿公阿婆家里过活着,这样的日月,她怎么过啊……

算着儿子已足二十的成年年龄,他早已升任人员和设备扩大了几倍的中型工厂的副厂长了。适逢工厂招工,破例地有一批招收农村青年的名额。他想到儿子,是尽父亲最后也是最初的一次责任了,他写了急信,要儿子来找他。

儿子没有来,任何人也没有来,却收到一封信,说他在农村生活尚好,爷爷和奶奶年迈了,母亲也接近晚年,农村生产队里,没有一个男劳力是不行的,吃水都困难……

踏上场塄,一眼就看见他家的门楼、土围墙。门锁着,显然,一家人不在。临河这一排老庄基的东边,过去是一片荒树园子,他和伙伴们掏鸟蛋、打弹弓的乐园,现在是一排整齐的新住宅区,一律是砖包墙,宽敞的新式门窗,现出一片红色的机制大瓦,庄前屋后大大小小、高高低低的树木,标志着房屋落成的迟早,那儿拥着一堆人,他隐约得知,儿子已经盖起一院新房,肯定就在那里了。

年轻小伙和媳妇们,没有人认识他。他也不认识他们。直到门前人多的地方,才有一位老妇人挤眨着眼睛:"这不是涛娃子吗?"他也认出,这是二婶,强迫他把合欢铜钱填到嘴里去的二婶呀,老得佝偻着腰,拄着拐杖,头发全白了,像田野里的雪。她惊叹他也老了!

好多年长的老者围住他,问长问短,全没有记恨他的意思,他们当年不能容忍他的心情现在淡忘了,和他客客气气说话,羡慕他升了官,发了财,是城里人了。

二婶指使一位中年媳妇,叫秀芬出来迎接客人。她知道他此刻的难处,怎么贸然进去呢?二婶真是好二婶,老了仍然知人心。那媳妇旋即出来,在二婶耳根悄悄说着什么。他猜到了。前妻秀芬不来迎接他。二婶装作无事一样:"走!跟二婶进。"

他跟二婶走着,身后传来乡党们的窃窃议论:

"现时看,当时人家在城里成家,倒是对。"

"吃穿不愁怅,儿女有工作!有文化人看世事就是远……"

"比咱笨庄稼人眼光宽哩!"

是这样吗?庄稼人现在这样看世事了。乡党们对他这样评议了。他却想着,如果当初不离开秀芬现在在故乡的田园里修一院房,退休之后,帮儿子种种自留地,责任田,前院里养点花,后院养些鸡,傍晚到小河里钓鱼,又何尝不如城市那两三间小阁楼呢?他愈到晚年,愈觉得乡村的亲切。可是,乡里人现在却赞成他当时有远见的举动……

大门用黑漆刷饰一新,勾着红边,门框上贴着大红对联。院子上空吊搭起苇席,挡着寒风,席棚下摆着一排排桌凳,后院临时安顿着厨房,传出滚油的爆响。

走过院子,里屋门口,老态龙钟的母亲和鬓丝灰白的秀芬在迎接他。

"妈——"他走到跟前,带着忏悔的真诚口气,声音哽住了,顿一顿,他转过脸,"秀芬——"

母亲的多皱的嘴角痉挛似的抽动着,没有应声。

"你……回来了!"秀芬招呼他,眉间现出两道褶皱,"坐屋里。"

二十多年没有听到这熟悉的声音了。显然,声音和她的面容一样苍老了,浑厚了,隐伏着暗暗的悲凉的韵味。

"……我不识字,你不嫌弃吗?"

"……你……永远在我心里!"

他在椅子上坐下,那么迫切地点燃了一支烟,问母亲:"俺爸呢?"

"喂牛去了。"母亲说,"和宋老大家合伙养了一头母牛。"

父亲该有七十六七了,还在喂牛,儿子却按照国家规定的职工劳动条例,过不了几年就该退休了。

一个年轻小伙端着木盘进来了,放在他面前的,是家乡的臊子面,每当过年过节,红白喜事,庄稼人早饭都是一律的臊子面。肉丁、豆腐、黄花和木耳烩制的臊子,那味道留在儿时的记忆里,至今不忘。进城以后,也没少吃这种面条,可味道和母亲做出来的差远了。他一早赶路,腹中空空,那碗里的香味,一下子撩拨起他的食欲来。

他捏灭了烟,抓起红漆竹筷,搅动起长长的机制面条。这当儿,秀芬却抢先一步,从他筷下把碗端起来了。他一愣,扬起头,她要惩治他、报复他吗?

"我去冒一下滚水。"秀芬说。

宋涛脑子里嗡的一声,足足麻木了半分钟,像突然遭到电击一般……

她和他结婚的那年夏天,热得人心烧目乱,她给他用新打的井水冰了一碗凉面,拌了香油,调了芝麻盐。他吃得好香。可是,到后晌,他的肚疼病犯了,疼得在炕上打滚。

她急得挠头抓腮,手慌脚乱,眼泪直流。

母亲进来了,问:"晌午吃啥饭来? 我不在?"

"凉面。"她紧张地回答。

"他自小肚子不好,不能吃凉饭,过了凉水的面,要到滚水里再冒一下。"母亲说,并没有责难的意思,"我忘了叮嘱你。"

"可他……咋不说呢?"她流着眼泪,怨自己也怨他,那怨声里含着怎样一种挚情啊。

"他贪嘴!"母亲疼爱地看着儿媳,替她解脱。接着就坐在炕上,伸出一只手,撩起衣襟,在他的肚子上揉抚着。他偷喝了河渠里的水,他偷摘了人家的酸杏毛桃,一次次害得肚子疼的时候,母亲就这样揉得他安然入睡,母亲的那双手啊!

母亲揉了一会儿,说她还有事,就出去了。

他和她都明白:母亲是在给儿媳做示范。

她照母亲在炕上的姿势坐好,把手伸到他的肚皮上,轻轻地按着、揉着……那是区别于母亲的一双温柔的手……

"……我去冒一下。"

她还记得他不能吃凉饭的毛病。而他自己连这一点也忘记了。在朝鲜战场的烽火硝烟里,恶劣的自然环境,早已锻炼出他一副销铁化石的胃肠……可她还记着!

"……我去冒一下!"

秀芬端着一碗面进来了,双手递到他的手里,然后转过身,低着头,坐到母亲旁边的一条凳子上,头低着。

他看着冒着热气的面碗,再也抑制不住心头的酸痛,两行热泪夺眶而出,滴在碗里了。

母亲的嘴角抽动得发抖,拄着拐杖,长长地哎嘘一声,走出门去了。

他抬起头,秀芬也盯着他。屋子里很静,院里嘻嘻哈哈的吵闹声,打诨说笑声,更衬托出这一间小屋里的安静的气氛。他终于忍不住,哽哽噎噎地说:"你……受……苦了……"

她一把捂住自己的嘴巴,没有哭出声来,眼泪却从鼻梁两边涌流下来,从手背上滚过,滴在前襟上了……久久地沉默之后,她一甩头,扬了起来,说:"过去了的事,再……再甭……提说了!"

她如果痛骂他几句,他可能得到心理上的平衡。她没有骂,离婚时没有,离婚后也没有,今天他和她当面,她仍然没有。她对他太宽容了,这种宽容所产生的负疚心理,与日俱增,在岁月的流逝中负重越来越深了。

"我错了第一步,父母错了第二步。"他终于把积在心头的话说出来,"只有你……"

她的眼里现出一种凛然的神色,说:"不怪父母,他们叫我走……那一条路,是我不想。"

"为啥?"他问,"你何必折磨自个儿?"

"我……的心里……再装不进……别人咧……"

她又一把捂住自己的嘴。

他跌坐在椅子上,唉的一声,说不出话了。果然是这样!

1982 年 7 月

珍 珠

不用收听广播电台的天气预报,我已确信室内温度超过人体常温了。墙壁是热的,桌椅是热的,窗户敞开着却没有一丝风,刚用新打的凉水洗浸了头脸,短暂的一阵舒适之后,热汗又涌流出来,胸膛里憋得人简直要窒息了。

我关了电灯,锁上门,到河边上去,那儿也许有点夜风。

古老的乡村小镇的街道上,偶尔驶过一辆卡车,雪亮的车灯,照出街道两边坐着或躺着纳凉的赤膊裸腿的男女。南街那头儿,传来一阵弦索声。拐过街心十字,声音突然放大了。远远看去,一只大灯泡吊在树杈上,亮光下围挤着黑压压一堆人。我猜定那一户居民有丧事,请来了乐人,为死者奏乐哩。一个沙哑的男声和一个清脆的女声正在对唱:

要斩要斩实要斩!
不能不能万不能!
……

待我走到跟前,一折戏刚刚唱完,从围观者的脸上,我看到了他们得到的满足。古镇上的居民,近年间虽然没有少看传统秦腔剧目,但仍然愿意听这种不化妆、不动作的对唱,主要是品尝唱家嗓音里的那一股味儿的。现在,他们交头接耳,议论中带着赞赏,说那女的唱得美,其韵味和西安秦剧团某名旦相比,可以乱真。

我早已不奇怪近年间兴起的埋葬死人请乐人唱戏这样的习俗,却着实没有见过女人搭帮当吹鼓手的。在儿时的记忆里,吹鼓手是属于三教九流一类人物的,即使十分穷苦的庄稼人也不愿将自己的子弟送去挣这种不光彩的钱。吹鼓手活着不能与正经庄稼人通婚,死后不得葬入宗族的官坟。解放后,这些陈规陋俗早已打破,吹鼓手作为一种职业存在不灭。可女人,特别是年轻女人弄这号营生,还没有亲眼看见过。

被市民、农民和拖着长布的孝子围在中间的,是十数个年龄相差甚远的一班乐人,每人怀里都抱着一件乐器,铙、钹、边鼓、板胡、二胡、梆子等。那位女乐人背对着我,短发,浑实的肩臂,雪白的短袖衫。她正用毛巾擦汗,衣领湿透了。

我的心里微微一动。似乎预感到一点什么,就从人堆的外围转到她的对面,从男人和女人的头上看过去。她正好放下毛巾,抬起头来。唔!珍珠,果然是她,我的学生,印象里比较深的珍珠!这是实在没有料到的事。

她坐在那里,坦然而又庄重,没有羞怯,大约早已习以为常了。任前后左右围观的男人指指点点,纷纷议论,她似乎一概听不见,不予理睬,也不看任何人,只听着班主小声暗示着什么。梆子嗒嗒一响,板胡悠扬的音乐跟上来,下一折戏又开始了。

我立即转身走开,许是不愿意在这样的场合听珍珠唱戏,许是怕珍珠偶然看见我会使她难堪,心里却不知是一股什么味儿。

星光灿烂,月色朦胧,小河两岸的杨柳现出山峦一样的轮廓,发出轻微的哗响,稻田里的青蛙在悠悠地叫,萤火虫一闪一闪,微微的河风从河道上吹下来,夜是这样静,陇海路上东来西去的列车隆隆驶过,夜更显得静谧了。我坐在柳树下,看着星光粼粼的河水,点燃一支烟……

两条又粗又长的黑辫子,胖胖的紫红的脸膛,两只黑乌乌的大眼珠,活脱就是两颗晶莹的宝石,这是田珍珠。她是班长,又兼着学校文艺演出队队长,舞蹈和歌唱,都是学校里拔尖的。尤其是她表演的秦腔清唱,音色纯正,韵味悠长,学校附近村庄喜欢秦腔的农民听过她的演唱,是很欢迎的,热心地议论,说有这样好的嗓门,应该到剧团去。

我曾试探过,她说她爱念书,不想去做演员。我很赞成她的志向,因为她不光擅长演唱,学业也很好。

记得有一天后晌,放学了,她抱着一摞作文本,走进教研室,放在我的桌案上,敬过礼,就把书包往后一甩,走去了,刚要出门,坐在门口办公桌边的李老师挡住她:

"珍珠,甮走!"

她站住,宝石似的黑眼珠盯着李老师,"有什么事呀?"

"唱一段戏!"李老师笑着说。

她不好意思地笑了,又回头看我一眼,似乎在问,唱不唱呢?

李老师是个秦腔迷,自己就会拉板胡,说时已经从墙上取下板胡来,调着弦。

郑老师是刚从师大毕业的青年教师,也笑着凑热闹:"已经下班了,该活动活动,娱乐娱乐了。来啊!"

我笑笑:"唱吧。"

珍珠放下书包,大大方方站得舒畅些,问:"唱什么,《山花烂漫》?"

"唱《游龟山》里《藏舟》那一段!"李老师点出戏名来。

"那是老古董,现在不准唱!"珍珠说。

"没事儿。"李老师坚持说,"放学了,谁也听不见,我们一听就完了。"说罢,已经拉响板胡,开始了悠扬的"过门"音乐。

珍珠唱起来：

  耳听得谯楼上起了更点，
  小舟内，难坏了胡氏凤莲。
  ……

  我对秦腔没有特殊的爱好，听听也觉得挺合兴味，不听也无不可。珍珠这段唱腔的韵味，我是从李老师入迷的神态里间接感受的。他歪着头，闭着眼，拉着板胡，从脸上的表情看，已经忘记自己是坐在一所乡村中学的语文教研室里了，大约已随着渔家女儿胡凤莲细腻的心理抒情，进入月光下的河中小舟之上了。

  珍珠唱完，弯腰深鞠一躬，背着书包跑了。李老师睁开眼，屋里只有绕梁的余音。他明显带着戏瘾未足的遗憾，快快地松了板胡弦索，挂在身边墙壁的钉子上，感叹着："这女子她爸她妈都是老实巴交的农民，她却会唱戏，真是天生就的……"

  这样的事在我心里本来留不下任何记忆的。可是，随之而来的一场运动把它冲刷出来，竟然成为终生难忘的一件憾事。

  横扫一切牛鬼蛇神。铁帚之下，举世混沌。笔枪舌剑，唾液溅飞。为了生存，就得杀戮。教师们全都失掉了往日里文质彬彬的风度，自相残杀，企图洗清自己，把一切能抓到的脏物秽什抹到别人脸上去。中学生们理论有限，拳头出手比文章出手自然更方便些。为了躲避学生的拳头砸到自己的头上，于是就有人给学生把方向和目标指向与自己毗邻的窗户……

  我被第一个推到斗争台上。

  李老师出面揭发我培养黑苗子，唱才子佳人，到处放毒。似乎不能理解，这却是事实。人在非常的生活环境里，会突然亮出你从来没有见过的那一面。小郑也出来作证，他和他结成同盟了。现在，李老师点出田珍珠，要她揭发。三人证龟龟是鳖了。

珍珠站在班级的混乱的队伍中,我不敢抬头,看不见她的脸,只听见李老师催促了几次仍不见珍珠走上台子来。

学生中有人呼起口号:打倒保皇派!

我盼她走上台来。因为对我已经是无所谓了。即使珍珠不承认,也不能使我免罪。我倒是盼她尽快解脱。她是学生。

台下一阵骚动,嘘声、骂声轰轰而起。我悄悄偷眼一扫,田珍珠从操场上的人窝里挤出来,夺路奔逃向校门口去了。操场上一阵一阵"打倒保皇"的口号声把她轰走了。

她大约再没有到学校来。

李老师得意的时间也不长久,又被别的老师和学生攻倒了……他和我一样,由学生监押着,在附近农村强迫劳动改造。

翻了一天稻地,我觉得浑身的骨节似乎都松动了。在农民家里喝了一碗苞谷糁,躺在村外打麦场的场房里的麦草地铺上,一动也动不了。李老师比我年龄大,身体更差,仰面躺着,半张着嘴,微弱的灯光(十五支灯泡)下,那张脸活像一张死人的脸。他比我更吃不消。

村里的大喇叭传来响声,我听出,是公社文艺队今晚到这个村子来演出。一个一个时兴的节目进行下去,我没有兴趣,却吵得睡不着。李老师轻轻呻吟着,也是无动于衷地僵死似的躺着,听着,不管愿意不愿意。

"刁德一耍的什么鬼花样……"

这是正在演出《沙家浜》中《智斗》那一场颇为精彩的选段。阿庆嫂的扮演者是珍珠。这折戏一开场,我就听出珍珠的嗓音,心里一动,静静地听着从仓库式的场房的小窗户里流进来的演唱声。又听到田珍珠的嗓音了,我的心里似乎稍为轻松,她能参加公社文艺队,肯定再不会因为保皇的臭名而痛苦了。

我看看李老师,半张着的嘴早已合紧,也停止了呻吟。听到"鬼花样"这一句对唱唱词,他忽地从地铺上跃起,劈啪两声关上仅有的两个小窗的木扇。

"这是样板戏!"同铺的郭老师威胁说,站起来,又打开了窗户木扇,"反正睡不着。"

我似乎一下子意识到某些令人快慰的东西,是一种报复的心理活动吧。也许是李老师忌讳"刁德一"这个名字,因为学生早已偷偷给他起了这个外号,而且广为流传。也许田珍珠优美刚健的嗓音,现在对于秦腔迷李老师来说,不是一种艺术欣赏的享受,而是一种嘲弄吧! 真是自食苦果,此刻谁能为他解脱呢?

我和李老师都被划成"内部矛盾",回到学校,又坐在一间办公室里,小郑已经是学校革委会的负责人之一了。我和他俩,整天进出一个门,谁和谁从来不说一句话。

这天晚饭后,李老师走进我的宿舍,笑笑,一点也不难为情:"咱们谈谈心。"谈心本来是同志们一种自觉的交流感情的需要,那时却带有某些令我胆怯的味道,然而又不敢拒绝。不管这场谈心成功与否,我和李老师总算说话了。这对我来说,也觉得稍有宽释,毕竟是在一个办公室进出。

时过两天,李老师又约我到他屋子去坐坐,我去了。刚进门,里面坐着一位陌生人。李老师介绍说:"我的大哥。"接着告诉我,他的大哥刚刚从县上调到这个公社来当书记了。

他的大哥很客气,早已站起,给我递上一支烟。我受宠若惊。那时节,我是自惭形秽的,能受到公社书记这样客气的礼待,自先诚惶诚恐了。我坐下,对着他打着的打火机,点着烟,却不知说什么好。

李书记问我的家庭状况,儿女,妻子,父母,工资收入,生活状况。我尽可能用最简短的话回说清楚,而且一律都说成"可以凑合",不需要麻烦打搅别人帮助解决什么困难。

"公社搞了一批机动粮,解决机关里一些同志家庭吃粮的困难。你晚上带一条口袋,到公社会计那儿去。"李书记说,"我给他招呼一声。"

"我家粮食够吃的。"我说,"感谢您关照。"

"我听他说你家吃粮很紧张。"李书记指着他弟弟李老师说,"我听他说你是个好人,你们关系不错,所以……不要客气。"

我不敢再拒绝了,这里头似乎牵扯到我和李老师刚刚经过谈心所取得的感情和关系上的初步弥合……

"要不是这样吧!"李书记站起来,"我给你们弄好,放在我的房子,你回家时从我那儿带走,免得在学校造成影响。"随之给他家老二说,"晚上你把口袋送到公社去。"

也许是李老师对于《藏舟》事件果然懊悔了,以此来补救他的良心?李老师去公社给他大哥送口袋去了,我坐在房子里,很不安静,左猜右想。如果不是良心发现,何以又要给我弄这些粮食,而且是公家牌价。当时的粮食,那是紧张而又紧张的。如果真是这样的话,我可以不必再计较了。作为特殊的社会环境中的不正常现象,予以忘却。

"嗒嗒嗒。"

有人敲门。

我拉开门,珍珠站在门口,正在月亮光里锁车子。

"我来请你给我出点主意。"珍珠一坐下,似乎很急,气也有点喘。

我给她倒下一杯开水,放在桌上。

她变了,几年不见,已经完全由一个小姑娘长成一位俊秀的大姑娘了。她似乎知道自己长得出众,所以更多一层拘谨,比唱《藏舟》时拘谨多了。

她的丰满的额头上扑散着刘海,两道黑黑的眉毛朝鼻梁上方挤来,眼里现出一丝焦灼的粉红丝膜。什么事难为她了呢?

"公社调来了一位李书记。老师,你认识他吗?"

"见过一面。"

她顿一顿,扬起头,像是下了决心:

"他托人给我提亲……"

"和谁?"我问。

"他儿子。"

"噢!"我问,"你没见过吗?"

"见了。"珍珠说,"是个跛子。"

"噢!"我一惊,又问,"人品怎样?"

"流里流气。都二十八了。"珍珠说,"那天,介绍人把他引到我屋,三句话没说完,就动手动脚……"

我的心失掉了平衡,怦怦跳了。可是,婚姻之事,我怎么说呢?想想,我忍住气说:"这是你的事,由你做主,自己做主吧。"暗示是很清楚的。

"我的主意没乱。"珍珠说,"我爸我妈都很害怕,要我答应这桩事呢!"

"你父母都是社员,务庄稼的,怕什么?"我说。

"听人说,李书记原先给儿子强订一个媳妇,女方不愿意,父母倒霉了,寻缝找茬儿,开会批斗,老汉气疯了!"

"你要征求我的意见……我说……"我说不顺畅,心里憋得慌,"自己一定要有主意。"

珍珠感激地点点头,流出泪花来,说:"你要有空,到我屋,给我爸我妈开导开导。"

"行。"我说。

珍珠走了。我送她到校门口,看着她在月亮下渐渐模糊的身影,长长嘘出一口恶气。

刚回到屋里,一支烟没抽完,李老师进来了。他笑着,亲热地笑着,活像刁德一。我知道他和他的书记哥给我粮食的原因了,也明白

他找我谈心的真实动机了。果然,他一开口,就说到婚事上来:

"那女子信赖你,你是班主任。给咱侄儿帮帮忙。我和家兄日后给你帮忙……"

我真想说:把口袋给我!立即给我!那样的麦子我能吃下去吗?想想,这要坏事的。不仅我日后有难以预料的祸事,而且可能给珍珠带来更糟的结局。我装出笑脸,哈哈笑着,欣然应允:"只要李老师瞧得起,我跑一步路怕啥?事情办成办不成,我尽心跑路!你放心!"

我在第二天晚上,去到田湾村,我狠狠地批评了那一对糊涂胆小的夫妇,又和他们商量出一些可能出现麻烦时的对策:俩老人继续装糊涂,万事由珍珠做主!

"俩老人满心欢喜,珍珠还不通。"我给李老师汇报此行的收获,"慢慢来吧!"

不久,我调走了,到了这个乡村古镇的中学。珍珠的事虽令人惦念,但结果是早就清楚的。

过了两年,见到田湾村另一个学生,谈到珍珠,说是她结婚了,就和原来班里一位同学刘鸿年结婚了。刘鸿年是个在我印象里很好的学生,他们的结合,该是美满的,我心里释然了。

她怎么干起吹鼓手的营生来了呢?

夜很静,热气渐渐退去了,夜气凉凉的,我走过小镇回家的时候,从那家门里传来弦索的隐隐的唱戏的声音。中夜以后,按习俗该是在死者的灵柩前头奏乐唱戏了,直到天明。

我坐在屋子看书,有人敲门。

"老师,让我好找!"珍珠进来了,"早都听说你在这儿,总是没机会见你。人埋完了,我也完事了,打听了几个人,才问到这儿来。"

她大约三十多岁了,有一般强悍的气息。脸上淌着汗,扑着黄土,不用我招呼,自己从竹竿上抽下毛巾,在脸盆里洗。

"我当吹鼓手了,老师!学生给你丢脸了!"她洗毕,坐下,自己这样解嘲说,"人都想门道挣钱。我凭我的嗓子挣钱,不偷不抢,管它名声好听不好听。"

我给她沏下一杯茶,很想得知我走后她的婚姻问题,倒不在乎她做吹鼓手丢人不丢人。

"李书记给我许愿,保证给我解决工作问题。我不想要这样的工作,回绝了。那个跛子又往我屋跑了几次,我一见他来,就从后门溜走,整整一天不回家。这样也不是办法,跛子最后一次来,我把他从门里推出去,把点心和酒瓶扔到街巷去!跛子脚下不稳,在门外滚倒了。他爬起来胡叫乱骂。我关着门,在院子里气得打颤。我村的乡党动了气,小伙子们把他轰出村去了。

"李书记恼了,把我的党员审批表退回支部来。老支书悄悄给我说:'以后再说吧!'我心里清白,李书记在我们公社,我入不了党了。

"第二年,甘肃一家县剧团到西安招收秦腔演员,我去报考,选中了。剧团的人到公社来给我办手续,李书记眼窝一瞪,手一挥,说我这不好,那也坏,把人家撵走了。我念书那时候,还不想当演员呢,这会儿想当却弄不成了。连公社机关的干部也气恨,下乡到俺村来,也骂他,说人家珍珠这不好,那不好,你为啥还给你儿子恋媳妇?狐子吃不着葡萄,就骂葡萄是酸的!

"我和鸿年结婚了,穷是穷,心里踏实。现时有两娃娃了。"

她叙说着,似乎有点气,却不甚厉害,像是已经很久远的事,没有任何动气的必要了。我就信口说:"还好,没有出大的乱子。我还担心那人给你搜事整人呢!"

"我后来知道,他调到咱公社当书记,就是先前给儿子逼着订人家一个姑娘,在原先那个公社搞臭了,才调到我们公社来,在我这件婚事上,他不敢像先前那样明目张胆……"

"唔。"我问,"你家里现在生活怎么样?农村政策宽了,好一些了吧?"

"生活好多了。"珍珠说,"我和鸿年包了五亩地,今年夏粮收了三千斤麦子,两年也吃不完。他在家种地,闲时养蜂养鸡,一年收入成千块。我跟上这些人搭班唱戏,一年也能挣成千块钱呢!"

"能挣这么多吗?"我暗暗一惊。

"能。一天一夜,给死人唱七八折戏,挣二三十块钱。一月至少有五六次,冬天丧事更多些,常是从这家唱毕,又赶到那家。"珍珠说,似乎很得意,"人说当吹鼓手丢人,我开头也觉得羞愧,时间长了,惯了。老师,你看,我弄这事丢人吗?"

我回答不了,勉强应付着笑笑。

"我才不管丢人不丢人,反正是凭出力唱戏挣钱。"她自己回答说,"我不偷不逮,不贪污不受贿,我比那些人光荣!现在,不比念书那阵儿了,要养娃娃,要过日月,要挣钱!"

我不想评论吹鼓手比贪污受贿到底光荣多少,却是深深感到,坐在我面前的珍珠,已经不是在我当班主任时候的那个珍珠了。

1982 年冬

铁　锁

去年春上,我到柳庄大队去。听说五队队长柳大年跟刚上任三四个月的小会计铁锁关系不太美气,我的心里挂着一个问号。

柳庄在灞河边,是蔬菜生产专业队。我来的时候,正是移栽菜苗的大忙季节。

四月,各类菜苗先后移入大田。追肥便成为关键的一着。闻名公社的种菜行家柳大年,当栽苗任务一折过腰,就把下余的任务交代给副队长独独去料理。他骑上自行车,腰里别着带锡纸的卷烟,挎包里装着半扎厚的发面锅盔,起早贪黑跑个不停。跑啥哩?想方设法购买稀粪。

天麻麻黑,大年回来了。社员们从他的眉里眼里可以看出,一定把事办嫜了。有人说,队长没办成事的时候,眉毛像是羊角一样竖着的;一旦眉毛拉平,甭问,车吆到辙里咧!

晚饭时候,队长走进铁锁的办公室,不等铁锁问,就诉起他这几天找稀粪的难场来。返乡一年的高中毕业生铁锁,深深为队长几天来的辛苦劳累所感动,却不理解地问:"大年叔,国家不是分给咱稀粪了……"

"憨娃!"柳大年神秘地说:"那怎么能够嘛!菜苗一进大田,啥是关键?粪!巧做不顶笨上粪喀!"

"昨日公社又给咱分了一批化肥!"

"不够!"队长不问数字,就权威地下结论,"化肥上多了地板结,稀粪越上地越软和!啥肥料也不顶稀粪……"

"那对着哩!"

哈哈哈,队长畅快地笑着,"今年前半年,只要有粪,我就放心了。你看着吧,看咱的菜愣个长吧!"

铁锁也被队长出自心底的兴奋情绪感染了,高兴地说:"好,大叔,干吧!我一定给咱把会计工作搞好,按时结账,按时公布,给社员鼓励,财会内务,你放心……"

"对对对,你不说我倒忘了来做啥!"大年说着,从腰里摸出几张票据,放到办公桌上,"发票!"

铁锁把队长让到旁边的条凳上,自己坐在椅子上,拉开抽屉,取出账本,然后一张张审查起票据来。

铁锁把一张一张国家印制的发票检验着,突然在一张白纸条上眼睛停着不动了。那焕发着青春活力的红脸膛,由刚才的兴奋,变成疑惑,继而又变得异常认真和严肃,终于转过身把那张白纸条据递到队长手上,说:"大年叔,这不能报!"

"咋?"大年的眼睛睁得愣大。

"烟、酒招待不能报账,这是规定!"

"那还叫叔为队里贴老本?"

"本来就不应该做这些事!"

"哎哎哎!好我的憨锁哩!"柳队长说,"你娃知道啥?紧把纸烟往人家手里塞,都办不成事哩……哎!"

"集体和国家打交道,公对公,谁叫你给人送酒来?"

柳队长嘴里说不出了。他窝着一肚子气,气恼地说:"算咧,算咧!以后哪怕它地里长成猴毛哩!我也不弄哩!"

会计柳铁锁,当夜找到我的住处,谈了这件事的经过。小伙子再三向我申明,他不怕队长以后给他为难,况且大年叔根本不是那号给人穿小鞋使心眼的人,只是要求我向队长作些解释,做做思想工作,不敢在外头乱花乱支,搞不正之风,不然会摔跤哩。我肯定地鼓励了铁锁坚持原则的做法,欣然应允一定和大年谈谈心。

大年是个直性人,我还没来得及和他谈心,第二天晚上,在大队召集的各小队的干部会上,他就把窝在心里的情绪放出来了:"现时这事情也真难办!"他叙述了自己买粪和报账的经过。这件事在干部会上引起了热烈的争辩,几乎有一半小队干部同意大年的观点,甚至同情大年;有一半人不同意,说大年压根就不应该搞这些烟酒交易。铁锁自然站在后一半干部中,争得面红耳赤。

在他们争得搁不下去的时候,有人指着我说:"你怎么当逍遥派?你当裁判吧!"

我才不当裁判哪!我觉得这件事情虽小,但涉及了一个普遍存在的思想作风问题,不妨多争一争好。既不能先入为主,也不能放任乱扯。如何把这场争论深入下去,通过学习党的文件,更深地理解这个问题的发生、危害,究竟应该怎样正确对待,难道不是很有必要吗?

散会之后,我和党支部三个同志商量安排了这件事。

一个包括党员和干部的学习会,利用单日的夜晚,搞了半个月,通过学习和讨论,自然是柳队长一派人的观点错了,铁锁一派人的观点成为大家肯定的东西。后来铁锁和柳队长谈了一次心,效果确实不错。大年最后说:"没关系,你以后咋办就咋办,叔不计较人,不信你问咱队社员去!"我当时旁听了他们两人的谈心。我发现,这个刚回农村一年、不足二十岁的小伙子,不仅能坚持原则,而且会做思想转化工作。他和队长的谈心,既认真,又诚恳;既说理,又不显出丝毫的有理者的傲慢。我觉得这小伙子确实不错。

之后,我从侧面得知,大年对他请客花钱的个人损失,还有点心里不快,但是在工作上,对铁锁,并没有显出什么来。他们仍然亲亲热热,称叔道侄,团结得很好。

紧接着发生了另一件事。

大车把式柳合合，拿着一张医院开的发票找到队长说："上回到蓝山县里拉谷草，半路上骡子踢了个老婆，给人家在县医院看病，花了拾伍块！"

柳大年看着那张有名有姓又有红色印记的发票，心里仍有点不瓷实，问："真个？"

"哈呀，这事谁还能胡捏冒说？"

"谁跟车来，叫他也签个名！"

"八叔跟车来，他现在到部队看儿子去了，我目下等着用钱哩！"

柳大年重重地看了一眼柳合合。大车把式脸上是一副极其老实的表情。他从压在带子下的白衫子口袋里摸出水笔，随即就签了字。

十分钟没过，会计铁锁来了，把给柳合合刚才签过字的那张发票摊在队长面前："这事，等八叔回来再说，合合那人你还不知道……"

"你怕他骚怪卖谎？"

"咻人是个活络络，转泼泼，我有点不放心！俩人经手的事，就该俩人都签名。万一……"

"他敢！"柳队长说，"应该坚持原则，可也不要太胆小了！你发！没事！"

事情过了十天，八叔从部队探望儿子回来了，铁锁跟着进了门："八叔，可把你盼回来了！"

说明了情况，八老汉短胡碴一翘，大声说："没这事！纯粹是胡捏！"

年轻的新任会计脸气得通红，心脏腾腾腾跳，他再一次问八叔："这事你敢作证？"

"咋不敢？面对面顶证都行！"

小伙子攥着拳头，大步流星找到大队长，把从八叔那儿了解到的结果一说，大年猛地放下碗，把两个韭菜饺子都震到桌子上，睁大眼睛说:"真个? 看我把他这'转轴'不扭断!"

铁锁压着自己的火儿,劝队长:"大年叔,生气不顶用,现在要紧的是做工作!我把合合叫来,咱俩问!"

大年说叫他的女儿去叫合合,为的是他好和这个年轻的小会计商量一下,如何问法。此刻,大年心目中的那个只不过写写画画的会计概念正在淡漠,一个小战友的感觉正在形成和明朗化,他第一次感觉到遇事需要和他多多商量了。

柳合合来了,扑闪着一双精明的狡黠的大眼,装得傻不愣愣的:"队长,啥事?"

柳大年铁青着脸色,狠狠地看了柳合合一眼,把头转过去,显出十分恼火的样子。

铁锁说:"你上次报的账,说骡子踢了人。这事,跟车的人知道不?"

柳合合头一偏,眼一转,扬起头来的时候,很肯定地说:"八叔跟车,他……他不知道。那天歇晌,在路上喂骡子,八叔到县供销社买东西去了,骡子踢了个老婆,是我扶人家去看的。好在伤不重,我也没给八叔说。"

"那老婆住在啥公社,啥大队?"

"我可没顾得问!"

"叫啥名字?"

"啊呀,你看叔这'慌慌慌',事过不记事……"

"你胡日的啥鬼!"柳大年突然站起,额头上青筋直暴,发出雷一般的吼叫!

"你霎血口喷人!"一向善于运用语言技巧的"活络络",此时眼睛一瞪,也来了硬的。

"等事情弄明白咱再说!"柳大年说。

"等事情弄明白再说!"柳合合也说。

"事情一定能弄清!"小会计斩钉截铁地说,"这事并不难,很快就会弄清;你自己倒是要好好考虑!"

第二天,小会计铁锁和小出纳玉梅,一人一辆新"飞鸽",准备到县医院调查的时候,队长柳大年把他俩送到村头,正要分手时,柳合合来了:大眼珠上现出许多红血丝,那是睡眠不足和思虑过度的征兆,鼻里眼里,现出一种羞愧之色。三个人相对一看,不知合合又要什么花样。

短暂的一瞬沉默、对峙之后,合合突然对着自己头发稀疏的光亮脑袋打了一拳,就蹲在旁边,双手抱住头,长吁短叹起来。

"哼!"柳大年生气地瞅着他。

铁锁撑起车子,走到合合对面,"你有啥话要说吗?"

"叔不是人,哎—嗨!"

"你干脆点!"铁锁说。

"你俩耍跑冤枉路了……哎!嗨……"

"到底咋回事?"

"都怪叔……产生了……瞎瞎思想……那……那张发票是……是我……拾下的……"

柳大年狠狠瞪了合合一眼,气得说不出话来,捞起铁锹下地去了。

……

这件事之后,柳大年见了熟人就夸:"伙计,俺队今年选了个好会计,真正的铁锁子,铁疙瘩——金不换喀!"

至此,我心里的问号消失了,挂上了一把结结实实的铁锁。

中篇小说

康家小院

一

没有女人的家,空气似乎都是静止的。

康田生三十岁上死了女人。把那个在他家小厦屋里出出进进了五年、已经和简陋破烂的庄稼院融为一体的苦命人送进黄土,康田生觉得在这个虽然穷困却无比温暖的小院里,一天也待不下去了。他抱起亲爱的亡妻留给他的两岁的独生儿子勤娃,用粗糙的手掌抹一抹儿子头顶上的毛盖头发,出了门,沿着村子后面坡岭上的小路走上去了。他走进老丈人家的院子,把勤娃塞到表嫂怀里,鼓劲打破蒙结在喉头的又硬又涩的障碍:

"权当是你的……"

勤娃大哭大闹,抡胳膊蹬腿,要从舅妈的怀里挣脱出来。他赶紧转过身,出了门,梗着脖子没有回头;再看一眼,他可能就走不了。

走出丈人家所居住的腰岭村,下了一道塄坎,他双手撑住一棵合抱粗的杏树的黑色树干,呜的一声哭了。

只哭了一声,康田生就咬住了嘴唇,猛然爆发的那一声撕心裂肺的中年男人的粗壮的声音,戛然而止。他没有哭下去,迅即离开大杏树,抹去眼眶里的泪水,使劲咳嗽两声,沿着上岭来的那条小路走下去了。

三十年的生活经历,教给他忍耐,教给他倔犟,独独没有教会他哭泣。小时候,饿了时哭,父亲用耳光给他止饥。和人家娃娃玩恼了,他占了便宜,父亲抽他耳光;他吃了亏,父亲照样抽他的耳光。他不会哭了,没有哭泣这个人类男女皆存的强烈的感情动作了。即使国民党河口联保所的柳木棍打断了两根,他的裤子和皮肉粘在一起,牙齿把嘴唇咬得血流到脖子里,可眼窝里始终不渗一滴眼泪。

下河湾里康家村的西头,在大大小小高高矮矮拥挤着的庄稼院中间,夹着康田生两间破旧的小厦房,后墙高,檐墙低,陡坡似的房顶上,掺接得稀疏的瓦片,在阴雨季节常常漏水。他和他的相依为命的妻子,夜里光着身子,把勤娃从炕的这一头挪到那一头,避免潮湿……现在,妻子已经躺在南坡下的黄土里头了,勤娃送到表兄嫂家去了,残破低矮的土围墙里的小院,空气似乎都凝结了,静止了,他踏进院子的脚步声居然在后院围墙上发出嗡嗡的回音。灶是冷的,锅是冰的,擀面杖依旧架在案板上方的木橛上……妻子头上顶着自己织成的棉线布巾(防止烧锅的柴灰落到乌黑的头发里),拉着风箱,锅盖的边沿有白色的水汽冒出来。他搂着儿子,蹲在灶锅前,装满一锅旱烟。妻子从灶门里点燃一根柴枝,笑着递到他手上时,勤娃却一把夺走了,逞能地把冒着烟火的柴枝按到爸爸的烟锅上。他吸着了,生烟叶子又苦又辣的气味呛得勤娃咳嗽起来,竟然哭了,恼了。他把一口烟又喷到妻子被火光映得忽明忽暗的脸上,呛得妻子也咳嗽,流泪,逗得勤娃又笑了……一条长凳,一张方桌,靠墙放着;两条缀着补丁的粗布被子,叠摞在炕头的苇席上,一切他和妻子共同使用过的家具和什物,此刻都映现着她忧郁而温存的眼睛。

连着抽完两袋旱烟,康田生站起来,勒紧腰里的蓝布带子,把烟袋别在后腰,从墙角提起打土坯的木把青石夯,扛上肩膀,再把木模挂到夯把上,走出厦屋,锁上门,走过小院,扣上木栅栏式的院墙门上的铁丝扣子,头也不回地走出康家村了。

第二天清晨,当熹微的晨光把坡岭、河川照亮的时光,康田生已经在一个陌生的村庄旁首的土壕里,提着青石夯,砸出轻重有致、节奏明快的响声了。

三十岁,这是庄稼汉子的什么年岁啊!康田生丢剥了长衫,只穿一件汗褂,膀阔腰粗,胳膊上栗红色的肌肉闪闪发光。他抡着几十斤重的石夯,捶击着装满木模的黄土,劈里啪啦,一串响声停歇,他轻轻端起一块光洁平整的土坯,扭着犍牛一样强壮的身体,把土坯垒到一起,返回身来,给手心喷上唾液,又提起石夯,捶啊捶起来……

他要续娶。没有女人的小院里的日月,怎么往下过呢!他才三十岁。三十岁的庄稼汉子,怕什么苦吃不得吗?

十四五年过去了,康田生终于没有续上弦。

他在小河两岸和南原北岭的所在村庄里都承揽过打土坯的活计,从这家那家农户的男主人或女当家的手里,接过一枚一枚铜元或麻钱,又整串整串地把这些麻钱和铜元送交给联保所的官人手里,自己也搞不清哪一回缴的是壮丁捐,哪一回又缴的是军马草料款了。

他早出晚归,仍然忙于打土坯挣钱,又迫于给联保所缴款,十四五年竟然糊里糊涂地过去了。人老虽未太老,背驼亦未驼得太厉害。而变化最大的是,勤娃已经长得和他一般高了,只是没有他那么粗,那么壮。他已经不耐烦用小碗频频到锅里去舀饭,换上一只大人常用的粗瓷大碗了;也不知什么时候学的,勤娃已经会打土坯了。

康田生瞧着和自己齐肩并头的勤娃,顿然悟觉到:应该给儿子订媳妇了呢!

二

勤娃在舅家,舅舅把他送给村里学堂的老先生。老先生一顿板子,打得他把好容易认得的那几个字全飞走了。他不上学,舅舅和舅母哄他,不行;拖他,去了又跑了;不得不动用绳索捆拿,他一得空还是逃走了。

"生就的庄稼坯子!"听完表兄表嫂的叙述,康田生叹一口气,"真难为你们了。"

勤娃开始跟父亲做庄稼活儿。两三亩薄沙地,本来就不够年富力强的父亲干,农忙一过,他闲下来。他学木匠,记不住房梁屋架换算的尺码。似乎不是由他选择职业,而是职业选择他,他学会打土坯,却是顺手的事。

在乡村七十二行手艺人当中,打土坯是顶粗笨的人干的了,虽不能说没有一点技术,却主要是靠卖力气。勤娃用父亲那副光滑的柿树木质的模子,打了一摞(五百数)土坯,垒了茅房和猪圈,又连着打了几摞,把自家被风雨剥蚀得残破的围墙推倒重垒了。这样,勤娃打土坯出师了。

活路多的时候,父子俩一人一把石夯,一副木模,出门做活儿。活路少的时候,勤娃就让父亲留在屋里歇着,自己独个去了。

他的土坯打得好。方圆十里,人家一听说是老土坯客的儿子,就完全信赖地把他引到土壕里去了。

这一天,勤娃在吴庄给吴三家打完一摞土坯,农历四月的太阳刚下原坡。他半后晌吃了晚饭,接过吴三递给他的一串麻钱,装进腰里,背起石夯和木模,告辞了。刚走出大门,吴三的女人迎面走来,一脸黑风煞气:"土坯摞子倒咧!"

"啊?"吴三顿时瞪起眼睛,扯住他的夯把儿,"我把钱白花了,饭给你白吃了?你甭走!"

"认自个儿倒霉去!"勤娃甩开吴三拉拉扯扯的手说。按乡间虽不成文却成习律的规矩,一摞土坯打成,只要打土坯的人走出土壕,摞子倒了,工钱也得照付。勤娃今天给吴三家打这土坯时,就发觉土泡得太软了,后来想到四月天气热,土坯硬得快,也就不介意。初听到吴三婆娘报告这个倒霉事的时光,他咂了一下嘴,觉得心里不好受。可当他一见吴三变脸睁眼不认人的时候,他也来了硬的,"土坯不是倒在我的木模上……"

吴三和他婆娘交口骂起来。围观的吴庄的男女,把他推走了。骂归骂,心里不好受归不好受,乡规民约却是无法违背的。他回家了。

"狗东西不讲理!"勤娃坐在小厦屋的木凳上,给坐在门槛上的父亲叙述今天发生的事件,"他要是跟我好说,咱给他再打一摞,不要工钱!哼!他胡说乱道,我才不吃他那一套泼赖!"

康田生听完,没有吭声,接过儿子交到他手里来的给吴三打土坯挣下的麻钱,在手里攥着,半晌,才站起身,装到那只长方形的木匣里。那是亡妻娘家陪送的梳妆盒儿。他没有说话,躺下睡了。

勤娃也躺下睡了。父亲似乎就是那么个人,任你说什么,他不大开口。高兴了,笑一笑;生气了,咳一声。今天他既没笑,也没叹息。他就是那样。

勤娃听到父亲的叫声,睁开眼,天黑着,豆油灯光里,父亲已经把石夯扛到肩膀上了。他慌忙爬起,穿好衣裤,就去捞自己的那一套工具,大概父亲应承下远处什么村庄里的活儿了。

"你甭拿家具了。"父亲说,"你提夯,我供土。"

说罢,父亲扛着石夯出了门,勤娃跟在后头,锁上了门板。村庄里悄悄静静,一钩弯镰似的月牙悬浮在西原上空,河滩里蛙声一片。

"爸,去哪个村?"

"你甭问,跟我走。"

勤娃就不再说话。马家村过了,西堡,朱家寨……天麻明,走进吴庄村巷了。父亲仍不停步,也不回头,从吴庄的大十字拐过去,站立在吴三门口了。勤娃一愣,正要给爸爸发火,吴三从门里走出来。

"老三,还在那个土壕打土坯吗?"

吴三一愣,没好气地说:"我还打呀?"

"你只说准,还是那个土壕不是?"

"我另寻下土坯匠了。"

勤娃早已忍耐不住(这样卑微下贱),他忽地转过身,走了。刚走开几步,膀子上的衣服被急急赶上前来的爸爸揪住了。一句话没说,父子俩来到勤娃昨日打土坯的大土壕。

"提夯!"康田生给木模里装饱了土,命令说。

勤娃大声哀叹着,提起石夯,跳到打土坯的青石台板上。刚刚从夜晚沉寂中苏醒过来的乡村田野上,响起了有节奏的青石夯捶击土坯的声音。

太阳从东原顶上冒出来,勤娃口渴难忍。往昔里,太阳冒红时光,主人就会把茶水和又酥又软的发面锅盔送到土壕来。今日算干的什么窝囊事啊!

乡村人吃早饭的时光到了,土壕外边的土路上,蹋蹋走过从原坡和河川劳动归来的庄稼汉,进入树荫浓密的吴庄村里去了。爷儿俩停住手,爸爸从口袋里取出自带的干馍,啃起来。勤娃嗓子眼里又干又涩,看看已经风干的黑面馍馍,动也没动,把头拧到一边,躲避着父亲的眼光,他怕看见爸爸那一双可怜的眼光。他第一次强烈感到了出笨力者的屈辱和下贱,憎恨甘作下贱行为的父亲了。

农历四月相当炎热的太阳,沿着原塄的平顶,从东朝西运行,挨着西原坡顶的时光,五百数目为一摞的土坯整整齐齐垒在昨日倒塌掉的那一堆残迹旁边。父子俩收拾工具和脱掉扔在地上的衣衫,走出土壕了。

"给老三说,把土坯苫住,当心今黑有雨。"父亲在村口给一位老汉捎话,"我看今晚有雨哩。你看西河口那一层云台……"

"走走走走走!"勤娃走出老远,粗暴地呵斥父亲,"操那么些闲心做啥?"

勤娃回到家,一进门,掼下家具,就蹲在灶锅下,点燃了麦草,湿柴呛得鼻涕眼泪交流,风箱板甩打得劈啪乱响。他又饿又渴,虚火中烧。父亲没有吭声,默默地在案板上动手和面。要是父亲开口,他准备吵!这样窝窝囊囊活人,他受不了。

"康大哥!"

一声呼叫,门里探进一颗脑袋,勤娃回头一看,却是吴三,他一扭头,理也不理,照旧拉着风箱。父亲迎上前去了。

"康大哥!实在……唉!实在是……"吴三和父亲在桌前坐下来,"我今日没在屋,到亲戚家去了。回来才听说,你又打下一摞……"

"没啥……嘿嘿嘿……"父亲显然并不为吴三溢于言表的神色所动情,淡淡地应和着,"没啥。"

"你爷儿俩饿了一天,干渴了一天!"吴三越说越激动,"我跟娃他妈一说,就赶紧来看你。我要是不来,俺吴庄人都要骂我不通人性了。"

"噢噢噢……嗮嗮……"康田生似乎也动了情,"咱庄稼人,打一摞土坯也不容易,花钱……咱挣了人的麻钱,吃了人的熟食,给人打一堆烂货,咱心里也不安宁哩!"

"不说了,不说了。"吴三转过脸,"勤娃兄弟,你也甭记恨……老哥我一时失言……"

怪得很,窝聚在心胸里一整天的那些恶气和愤怨,一下子全都消失了,勤娃瞟一眼满脸憨笑着的吴三,不好意思地笑笑,表示自己也有过失。他低头烧锅,看来吴三是个急性子的热心人,好庄稼人!他把爸爸称老哥,把自己称兄弟,安顿的啥班辈儿嘛!反正,他是把自己往低处按。

"这是两把挂面。这是工钱。"吴三的声音。

"使不得!使不得!"父亲慌忙压住吴三的手。

"你爷儿俩一天没吃没喝……"

"不怎不怎……"

勤娃再也沉默不住,从灶锅间跳起来,帮着父亲压住吴三的手:"三叔……"

第二天,吴庄一位五十多岁的乡村女人走进勤娃家的小院,脸上带着神秘的又是掩藏着的喜悦,对康田生说,吴三托她来给勤娃提亲事,要把他们的二姑娘许给勤娃。乡村女人为了证实这一点,特别强调吴三托她办事时说的原话:"吴三说,咱一不图高房大院,二不图车马田地,咱图得康家父子为人实在,不会亏待咱娃的……"

按照乡间古老而认真的订婚的方式,换帖、送礼等等繁章缛节,这门亲事终于由那位乡村女人做媒撮合成功了。康田生把装在亡妻木匣里那一堆铜元和麻钱,用红纸捆扎整齐,交给五十多岁的媒婆,心里踏实得再不能说了——太遂人愿了啊!

婚事刚定,壮丁派到勤娃头上。

"跑!"康田生说,"我打了一辈子土坯,给老蒋纳了一辈子壮丁款,现时又轮着你了!"

勤娃拧着眉,难受而又慌恐:"我跑了,你咋办?"

"你跑我也跑!"康田生说,"哪里混不下一口饭?只要扛上木模和石夯!"

勤娃逃走了。半年后,他回来了,对村里惶惶不安的庄稼人说,解放了!连日来听到南山方向的炮声,是追打国民党军队的解放军放的。他向人们证实说,他肩上扛回来的那袋洋面,是在河边的柳林里拾的,国军失败慌忙逃跑时撂下的……

三

日日夜夜在心里挂牵着的日子,正月初三,给勤娃婚娶的这一天,在紧迫的准备、焦急的期待中就要来到了。明天——正月初三,寂寞荒凉了整整十八年的康田生的小庄稼院里,就要有一个穿花衫衫、留长头发的女人了。他和他的儿子勤娃,无论从田野里劳动回来,抑或是到外村给人家打土坯归来,进门就有一碗热饭吃了。这个女人每天早晨起来,用长柄竹条扫帚扫院子,扫大门外的街道,院子永远再不会有一层厚厚的落叶和荒草野蒿了,狐狸和猫豹子再也不敢猖獗地光临了。(有几次,康田生出外打土坯归来,在小院里发现过它们的爪迹和拉下的带着毛发的粪便,令人心寒哪!)肯定说,过不了几年,这个小院里会有一个留着毛盖儿或小辫的娃娃出现,这才算是个家哩!在这样温暖的家庭里,康田生死了,心里坦坦然然,啥事也不必担忧啰!

乡亲们好!不用请,都拥来帮忙了。在小院里栽桩搭席棚的,借桌椅板凳的,出出进进,快活地忙着。平素,他和勤娃在外的时间多,在屋的时间少,和乡亲乡党们来往接触少。人说家有梧桐招凤凰,家有光棍招棍光,此话不然。他父子一对光棍,却极少有人来串门。他爷儿俩一不会耍牌掷骰子,二不会喝酒游闲。谁到这儿来,连一口热水也难得喝上。可是,当勤娃要办喜事的时候,乡党们还是热心地赶来帮忙料理。解放了,人都变得和气了,热心了,世道变得更有人情风味了。

今天是正月初二,丈人家的表兄表嫂吃罢早饭就来了。他们知道妹夫一个粗大男人,又没经过这样的大喜事,肯定忙乱得寻不着头绪,甚至连勤娃迎亲的穿戴也不懂得。勤娃自幼在他们屋里长大,他们和娘老子一般样儿。他们早早赶来为自己苦命早殁的妹妹的遗子料理婚事。

康田生倒觉得自己无事可干了。他哪里也插不上手,只是忙于应付别人的问询:斧头在哪儿放着?麻绳有没有?他自己此刻也不知斧头扔到什么鬼旮旯里去了。麻绳找出来的时光,是被老鼠咬成一堆的麻丝丝。问询的人笑笑,干脆什么也不问,需要用的家具,回自家屋里拿。

康田生闲得坐不住,心里也总是稳不住。老汉走出街门,没有走村子东边的大路,而是绕过村南坡梁,悄悄来到村东山坡间的一条腰带式的条田上。那块紧紧缠绕着山坡的条田里,长眠着他的亡妻,苦命人哪!

坟堆躺在上一台条田的塄根下,太阳晒不到,有一层表面变成黑色的积雪,马鞭草、苍耳、芨芨草、蒿子、枯干的枝叶仍然保护着坟堆。丛生的枳树枝条也已长得胳膊粗了,快二十年了呀!

康田生在条田边的麦苗上坐下来,面对亡妻的坟墓,嗫嚅了半天,说:"我给你说,咱勤娃明日要娶亲了……"

他想告诉亲爱的亡妻,他受了多少磨难,才把他们的勤娃养育大了。他给人家打下的土坯,能绕西安城墙垒一匝。他流下的汗水,能浇灌一分稻子地。他在兵荒马乱、疫疠蔓生的乡村,把一个两岁离母的勤娃抓养成小伙子,够多艰难!他算对得住她,现在该当放心了……

他想告诉她,没有她的日月,多么难过。他打土坯归来的路上,不觉得是独独儿一个人,她就在他身旁走着,一双忧郁温存的眼睛盯着他。夜里,他梦见她,大声惊喜地呼叫,临醒来,炕上还是他一个人……

四野悄悄静静,太阳的余晖还残留在原坡和蓝天相接的天空,暮霭已经从南原和北岭朝河川围聚。河川的土路上,来来往往着新年佳节时月走亲访友姗姗归来的男女。

康田生坐着,其实再没说出什么来。这个和世界上任何有文化教养的人一样,有着丰富的内心感情活动的庄稼汉子,常年四季出笨力打土坯,不善于使用舌头表达心里的感情了。

再想想,康田生有一句话非说不可:"你放心,现在世事好了,解放了……"

他想告诉她,康家村发生了许多亘古闻所未闻的吓人的事。村里来了穿灰制服的官人,而且不叫官人叫干部,叫同志,还有不结发髻散披着头发的女干部。财东康老九家的房产、田地、牲畜和粮食,分给康家庄的穷人了。用柳木棍打过他屁股的联保所那一伙子恶人,三个被五花大绑着押到台子上,收了监。他和勤娃打土坯挣钱,挣一个落一个,再不用缴给联保所了……

他叹息着:你要是活着,现时该多好啊!

康田生发觉鼻腔有异样的酸渍渍的感觉,不堪回想了,扬起头来。

扬起头来,康田生就瞅见了站在身旁的儿子勤娃,不知他来了多久了。

"我舅妈叫我来,给我妈……烧纸。"勤娃说,"我给我爷和我婆已经烧过了,现在来给我妈……"

唔!真是人到事中迷!晚辈人结婚的前一天后晌,要给逝去的祖先烧纸告祷,既是告知先祖的在天之灵,又是祈求祖先神灵佑护。他居然忘记了让勤娃来给他的生母烧纸,而自个儿却悄悄到这里来了。

勤娃在墓堆前跪下了,点着了一对小小的漆蜡,插在坟堆前的虚土里;又点燃了五根紫红色的香,香烟袅袅,在野草和枳树的枯枝间缭绕;阴纸也点燃了,火光扑闪着。

勤娃做完这一切,静静地等待阴纸烧完。他并不显得明显的难受,像办普通的一件事一样,虽然认真,却不动情。康田生心里立即蹿起一股憎恶的情绪,想想又原谅自己的儿子了。他两岁离娘,根本记不得娘是什么模样,娘——就是舅母!

康田生看着闪闪的蜡烛,缭绕的香烟,阴纸蹿起的火光,心里涌动着,不管儿子动情不动情,他想大声告慰黄泉之下的亡灵:世道变了。康家的烟火不会断绝了。康田生真正活人的日子开始啰！祖先诸神，尽皆放宽心啊！

四

勤娃脸上泛着红光，处处显得拘束，因为乡村里对未婚男女间接触的严格限制，直到今天，结婚的双方连看对方一眼的机会也没有过，使人生这件本来就带着神秘色彩的喜事，愈加增添了神秘的色彩。平常寡言少语甚至显得逆愣的勤娃，农历正月初三日，似乎一下子变得随和了，连那双老是像恨着什么人的眼睛，也闪射出一缕缕羞涩而又柔和的光芒。

长辈人用手拍打他剃得干干净净的脑袋，表示亲昵的祝贺；同辈兄弟们放肆地跟他开玩笑，说出酸溜溜的粗鲁话，他都一概羞涩地笑笑，不还嘴也不介意。

舅母叫他换上礼帽，黑色细布长袍，他顺情地把借来的礼帽，戴在终年光着而只有冬季包一条帕子的头上，黑细布长袍不合身，下摆直扫到脚面。无论借来的这身衣着怎么不合身，勤娃毕竟变成一副新郎的装扮了。

按照乡村流行下来的古老的结婚礼仪，勤娃的婚事进行得十分顺利。

勤娃完全晕头昏脑了。他被舅家表哥牵着，跟着花轿和呜哇呜哇的吹鼓手，走进吴庄，到吴三家去迎亲。吴三还算本顺，没有惯常轿到家门口时的讲价还价。当勤娃再跟着伴陪的表兄起身走出吴三家门的时候，唢呐和喇叭声中忽闪忽闪行进的轿子，已经走到村口了。那轿子里，装着从今往后就要和他过日月的媳妇。

回到康家村，女人和娃娃把他和蒙着脸的新媳妇一同拥进小小的厦屋，他一把揭去媳妇脸上蒙着的红布，就被小伙子们挤到门外去了,没有看清楚,只看见一副红扑扑的圆脸膛,他的心当时忽地猛跳一下,自己已经眼花了。

媳妇娶到屋了,现时就坐在小厦房里,那里不时传出小伙子和女人们嘻嘻哈哈的笑闹。所有亲戚友人,坐过午席,提上提盒笼儿告别上路了。一切顺顺当当。只是在晚间闹新房要新娘的时候,出了一点不快的风波。

勤娃和新娘被大伙拥在院子里,小伙子们围在他俩周围,女人们挤在外围,小院里被拥挤得水泄不通。新婚三天里不论大小,不管辈分,任何人有什么怪点子瞎招数儿,尽都可以提出来,要新娘新郎当众表演。这些不断翻新花样,几乎带有恶作剧的招数儿,不文明,甚至可以说野蛮,可是,乡村里自古流传不衰,家家如此,人人皆然。老人们知道,对于两个从来未见过面的男女,闹新房有一层不便道破的意思:启发挑逗两个陌生的男女之间的情欲。

勤娃还不是了知这层道理的年龄的人。人家要他给新娘子灌酒,他做了。人家要新娘子给他点烟,他接受了。人家叫他"糊顶棚",他迟疑了。

勤娃知道,所谓"糊顶棚",就是在舌尖上沾一块纸,再贴到媳妇的口腔上腭里。他看过别人家要新娘时这么玩过,临到自己,他慌了。

有人打他的戴礼帽的头。谁把礼帽一把摘掉了,光头皮上不断挨打。哄哄闹闹的吼声,把小院吵得要抬起来了。有人把纸拿来了,有人扭他的胳膊了。他把纸沾在舌尖上,只挨到媳妇的嘴唇上……总算一回事了。

一个新花样又提出来:"掏雀儿"。要勤娃把一条手帕儿从新娘的右边袖口塞进去,从左边袖筒拉出来。他觉得,这比"糊顶棚"好办多了。他刚动手,新娘眼里闪出一缕怨恨他的眼光。勤娃愣愣地想,这有什么关系呢?于是就有人夹住新娘的两条胳膊……勤娃的两只手在新娘胸前交接手帕的时候,他触到了乳房,脸上轰的一热,同时看见新娘羞得流出眼泪了。勤娃难受了,他此刻才意识到自己太傻了。

"掏着雀儿没?"

"雀大雀小啊?"

勤娃低下头,羞愧得抬不起头来,哄闹声似乎很遥远,他听不见了。

他猛地抬起头,掼下手帕儿,挤出人堆去了……

忽地一下,人们哗的一声走散了,拥挤着朝门外走了,小伙子们骂着,打着呼哨,院子里只留下新娘,呆呆地站在那里。

"啊呀,勤娃!你真傻!"舅母怨他,"闹新房耍媳妇,都是这样!你怎的就给众人个搅不起!"

"这娃娃!愣得很!"父亲也惶惶不安,"咱小家小户,怎敢得罪这么多乡党?人家来闹房,全是要哩嘛!你就当真起来?"

"去!快去!把乡党叫回来,赔情!"舅母说,"把酒提上去请!"

"算哩。"舅舅说,"夸不过三日,笑不过三日。只要往后待乡党好,没啥!明日,勤娃把酒提上,走一走,串串门,赔个情完事……"

……

勤娃进了自己的新房。父亲已经在小灶房里的火炕上安息了。舅舅和舅母也安睡了。小院的街门和后门早已关严,喧闹了一天的小院此刻显得异常静寂。

媳妇坐在炕沿上,低眉领首,脸颊上红扑扑的,散乱的两绺鬓发垂吊在耳边,新挽起的发髻上,插着一支绿色的发针,做姑娘时被头发覆盖着的脖颈白皙而细腻。勤娃早已把闹房引起的不快情绪驱逐干净了。他不像舅母和父亲那样担心失掉乡党情谊,他要保护他的媳妇不受难堪,乡党情谊能比媳妇还要紧吗?屁!

他坐在椅子上,说什么呢?他找不到一个可以和她搭讪的话茬儿,而心里却想和她说说话儿。久久,他问:"你……冷不?"

她头没抬,只摇一摇。

"饿不饿?"

她仍然摇摇头。

他又没词儿了。他想过去和她坐在一块,搂住她的肩膀,却没有勇气。

"你怎么……刚才就躁了呢?"

她仍然没有抬头。

"我……我看他们,太不像话!"他说,"怕你难受。"

"你……傻!"她抬起头来,爱抚地剜了他一眼,"你该当和他们……磨。你傻!"

他似乎一下子醒悟了。他在村里也看过别人家闹新房的场景,好多都是软磨硬拖,并不按别人出的瞎点子做的,滑过去了。他没有招架众人哄闹的能力……直杠人啊!"你傻!"新娘这样说他,他心里却觉得怪舒服的。男人跟女人怎样好呀?他猛地把媳妇搂到怀里。

"啊哟!"媳妇低低地一声叫,压抑着的痛苦。

他放开手,媳妇的左臂吊着,一动不动。他把她的胳臂蹾了吗?天啊,她是泥捏的呢,还是他打土坯练出了超凡出众的臂力?他吓坏了。

"一拉一送。"媳妇把胳膊递给他,"我这胳膊有毛病,不要紧的,安上就好。拉啊——"

胳膊又安上了。他站在一边,不敢动了。

她却在他眉心戳了一指头:"你……傻瓜……"

五

农历正月里的太阳,似乎比以往千百年来所有正月里的热量都要充足,照耀着秦岭山下南原坡根的小小的康家村的每一座院落,勤娃家的小院——康家村里最阴冷荒凉的死角,如今也和康家村大大小小的庄稼院一样,沐浴在和煦温暖的早春的阳光下了。

新婚之夜过去了,微明中,勤娃没有贪恋温适的被窝,爬起来,动手去打扫茅厕和猪圈了。笼罩在两性间的所有神秘色彩化为泡影,消逝了。昨天结婚的冗繁的仪式中,自己的拘束和迷乱,现在想起来,甚至觉得好笑了。他把茅厕铲除干净,垫下干土,又跳进猪圈,把嗷嗷叫着的黑克郎赶到一边,把粪便挖起,堆到圈角,然后再盖上干黄土,这样使粪便窝制成上等肥料,不致让粪便的气息漫散到小院里去。

做着这一切,他的心里踏实极了。站在前院里,他顿时意识到:过去,父亲主宰着这间小院,而今天呢?他是这座庄稼院的当然支柱了。不能事事让父亲操持,而应该让父亲吃一碗省心饭啰!他的媳妇,舅母给起下一个新的名字叫玉贤,夫勤妻贤,组成一个和睦美满的农家。他要把屋外屋内一切繁重的劳动挑起来,让玉贤做缝补浆洗和锅碗瓢勺间的家事。他要把这个小院的日子过好,让他的玉贤活得舒心,让他的老父亲安度晚年,为老人和为妻子,他不怕出力吃苦,庄稼人凭啥过日月?一个字:勤!

他挂着铁锨,站在猪圈旁边,欣赏着那头体壮毛光的黑克郎,心里正在盘算,今日去丈人家回门,明天就该给小麦追施土粪了,把积攒下的粪土送到地里,该当解冻了,也是他扛上石夯打土坯的最好的时月了。

他回到院里,玉贤正在捉着稻秫笤帚扫院子,花袄,绿裤,头顶一块印花蓝帕子。他的心里好舒服啊,呆呆地看着这个已经并不陌生的女人扫地的优美动作。怪得很啊!她一进这小院,小院变得如此地温暖和生机勃勃。

"勤娃!"

听见父亲叫他,勤娃走进父亲住的屋子,舅舅和舅母都坐在当面,他问候过后,就等待他们有什么指教的话。

"勤娃。"父亲掂着烟袋,说,"你给人家娃说,早晨……甭来给我……倒尿盆……"

勤娃笑了。

"这是应该的。"舅母说,"你爸……"

"咱不讲究。咱穷家小院,讲究啥哩!"父亲说,"我自个儿倒了,倒畅快。我又不是瘫子……"

勤娃仍然笑笑,能说什么呢,爸是太好了。

太阳冒红了,他和玉贤相跟着,提着礼物,到丈人吴三家去回门。

走出康家村,田野里的麦苗渐渐变了色,温暖的阳光照耀着坡岭、河川,阴坡里成片成片的积雪只留下点点残迹,柳条上的叶苞日渐肥大了。

"玉贤——"

"哎——"

"给你……说句话……"

"你说呀!"

"咱爸说……"

"说啥呀?"她有点急,老公公对她到来的第一天有什么不好的印象吗?

"咱爸说……"

"说啥呀?你好难场!"

"咱爸说,你往后……甭给他……倒尿盆!"

"噢呀!"玉贤释然嘘出一口气,笑了,"怎哩?"

"不怎。"勤娃说,"他说他自个儿倒。"

"俺娘给俺叮嘱再三,要侍奉老人,早晨倒盆子,三顿饭端到老人手上,要双手递。要扫院扫屋,要……"玉贤说,"俺妈家法可严哩!"

"俺爸受苦一辈子,没受过人服侍。"勤娃说,"他倒不习惯别人服侍他。"

"咱爸好。"玉贤说。

两人朝前走着,可以看见吴庄村里高大的树木的光秃秃的枝梢了。

六

平静的和谐的生活开始了。院子里的榆树枝上,绣织着一串串翡翠般的榆钱,一只花喜鹊在枝间叫着。玉贤坐在东院根西斜的阳光里,纳着鞋底。后门关着,前门闭着,公公和丈夫,一人一把石夯,天不明就到什么村里打土坯去了,晚上才回来。她一个人在小院里,静得只能听见麻绳拉过布鞋鞋底的嗞嗞声。有点寂寞,她想和人说说闲话;不好,过门没几天的新媳妇,走东家串西家,那是会引起非议的。她就坐着,纳着,翻来覆去想着到这个新的家庭里的变化。感觉顶明显的,是阿公比亲生父亲的脾气好。父亲吴三,一见她有不顺眼的地方,就骂。阿公可是随和极了。他从来不要求儿媳妇对自己照顾和服侍,打土坯晚上回来,锅里端出什么就吃什么。平时在家,她请示阿公该做啥饭?宽面还是细面?干的还是汤的?阿公总是笑笑,说:"甭问了,你们爱吃啥做啥。"她在这个庄稼院里,似乎比在亲生娘老子跟前更畅快些。人说新媳妇难熬,给勤娃做媳妇,畅快哩!

勤娃也好,勤快,实诚,俭省,真正地道的好庄稼人。她相信在结婚前,母亲给她打听来的关于勤娃的人品,没有哄她。他早晨出门去,晚间回来,有时到十几里以外的村里去打土坯,仍然要赶回来。他在她的耳边说悄悄话:"要是屋里没有你,我才不想跑这冤枉路哩!"

昨天晚上发生的事,很不寻常。

勤娃打土坯回来,照例,把当日挣的钱交给老人。老人接住钱,放在桌上,叫勤娃把媳妇唤来。玉贤跟着勤娃来到阿公的住屋。

阿公坐在炕上,看一眼勤娃又看一眼玉贤,磕掉烟灰,说:"从今往后,勤娃挣下钱,甭给我交了,交给贤娃。"

老人不习惯叫玉贤,叫贤娃,倒像是叫自己的女儿一样的口吻。玉贤心里忽然感动了,连忙说:"爸,那不行!你老是一家之主……"

"一家人不说生分话。"老人诚恳地解释,"我五十多岁了,啥也不图,只图得和和气气,吃一碗热饭。这日月,是你们的日月,好了坏了,穷了富了,都是你们的。日子怎么过,家事怎样安排,你们要思量哩!勤娃前日说,想盖三间瓦房,好,就该有这个派势!三间房难也不难。爸一辈子打土坯挣下的钱,盖十间瓦房也用不完,临到而今还是这两间烂厦房。怎哩?挣得多,国军收税要款要得多。现时好了,咱爷儿俩闲时打土坯,不过三年,撑起三间瓦房!"

"爸,还是把钱搁到你跟前……"勤娃说。

"你俩都是明白娃嘛!爸要钱做啥?还不是给你攒着,干脆放你们箱子里,省得我操心。"老人把亡妻留下的那只梳妆匣儿,一家人的金库,一下子塞到勤娃怀里,作为权力的象征,毫不迟疑地移交给儿子了,"小子,日月过不好,甭怪你爸噢!"

勤娃流泪了,说:"爸,你迟早要用钱,你说话,上会,赶集……"

"嗨!不知道吗?"老人爽快地笑着,"爸一辈子只会打土坯,挣汗水钱,不会花钱。"

现在,那只装着爷儿俩打土坯挣来的钱的梳妆匣儿,锁在箱子里的角落里。玉贤觉得,这个家,真是自己的家了。她在娘家时,村里的媳妇们,要用一块钱,先得给女婿说,再得给阿公阿婆说,一家人常常为花钱闹仗。她刚过门两月,老公一下子把财权交给她手上了,是老人过于老好呢?还是……

她看看太阳已经上了东墙墙头，小院里有点冷了，也该当去做晚饭了，勤娃和阿公晚间来，都想喝一碗玉米糁糁暖胃肠的。

街门吱的一响，妇女主任金嫂探进头来。

"玉贤，政府号召妇女认字学习哩。乡上派先生来扫除文盲，办冬学，你上不上？"

玉贤早就听人说要办冬学扫除文盲的传言，今天证实了。她觉得新鲜，人要是能认识字，该多有意思哟。心里虽然这样想，嘴里却说："这事……我得问一下俺爸。"

"你爸不挡将，勤娃也不挡。"金嫂说话办事都是干脆利落，"人民政府的号召，哪个封建脑瓜敢拉后腿？"

"挡不挡也得给老人说一下。"玉贤矜持而又自谦地说，"咱不能把老人不当人敬。"

"好媳妇，真个好媳妇。"金嫂笑说，"我先给你报上名，谁要是拉后腿，你寻我！"

金嫂像旋风一样卷出门去了。

"好事嘛！认字念书，好事喀！"康田生老汉吃着儿媳双手递上前来的玉米糁糁，对站在桌边提出识字要求的玉贤说，"我不识字，勤娃小时也没念成书，有一个人会认字了，谁哄咱也哄不过了。"

阿公虽然不识字，并不像村里特别顽固的那些老汉们封建。玉贤并不立刻表现出迫不及待的样子，故意装出对上冬学的冷漠，免得老人说她不安分在小庄稼院过生活了、心野了："要上让他去上。我一个女人家，认不认得字，没关系……"

"啥话！新社会，把妇女往高看哩！"老公公大声说，"我和勤娃忙得不沾家，想学也学不成。"

她达到目的了，服侍阿公吃饭，给勤娃把饭温在锅里。勤娃得到天黑才能回来。春三月，正是翻了身的庄稼人修屋盖房的季节，打土坯的活儿稠，勤娃把远处村庄里的活儿干了，临近村庄的活儿，让老阿公去干。真的学会了读书识字,那该多有意思啊……

康田生喝着热乎乎的玉米糁糁,伴就着酸凉可口的酸黄菜,心里很满意。对新媳妇过门两三个月的实地观察,他庆幸给儿子娶下了一个好媳妇,知礼识体,勤勤快快,正是本分的庄稼人过日月所难得的内掌柜的。日常的细微观察中,他看出,媳妇比儿子更灵醒些。这样一个心性灵聪的女人,对于他的直性子勤娃,真是太好了。他心甘情愿地把财权过早地交给下辈人,那不言自明的含义是:你们的家当,你们的日月,你们鼓起劲来干吧! 他爽快地同意儿媳去上冬学,也是出于这样的考虑,让聪明的玉贤学些文化,日后谁也甭想捣哄勤娃了。保证在他过世以后,勤娃有一个精明的管家。俗话说,男人是笸笸,管挣;女人是匣匣,管攒;不怕笸笸没刺儿,单怕匣匣没底儿。庄稼人过日月,不容易哩!

七

在一个陌生的村庄外边的土壕里,勤娃丢剥了棉衣,连长袖衫也脱掉了,在阳春三月的阳光下,提着二三十斤重的青石夯,一下重砸,又一下轻间,青石夯捶击潮湿的土坯的有节奏的响声,在黄土崖上发出回响。打土坯,这是乡村里最沉重的劳动项目之一。对于二十出头的康勤娃,那石夯在他手中,简直是一件轻巧自如的玩具。他打起土坯来,动作轻巧,节奏明快;打出的土坯,四棱饱满,平整而又结实。在他打土坯的土壕塄坎上,常常围蹲着一些春闲无事的农民,说着闲话,欣赏他打土坯的优美的动作。

勤娃整天笑眯眯,对打土坯的主人笑眯眯,对围观的庄稼人笑眯眯;不管主人管待他的饭食是好是糟,他一概笑眯眯。活儿干得出奇地好,生活上不讲究,人又和气好说话。他的活儿特别稠,常常是给这家还没打够数,那一家就来相约了。

他心里舒畅。在喝水歇息的时候,他常常奇怪地想,人有了媳妇,和没有媳妇的时光大不一样了。身上格外有劲,心里格外有劲,说话处事,似乎都觉得不该莽撞冒失了,该当和人和和气气。人生的许多道理,要亲身经历之后,才能自然地醒悟;没有亲身经历的时光,别人再说,总觉得蒙着一层纸。

打完土坯,他吃罢晚饭,抹一把嘴,起身告辞。

"明天还要打哩,隔七八里路,你甭跑冤枉路了。"主人诚心相劝,实意挽留,"咱家有住处。你苦累一天,早早歇下。"

"不咧!"他笑着谢绝,"七八里路,脚腿一伸就到了。你放心,明日不误时。"

他定了,心想:我睡在你家的冷炕上,有我屋的暖和被窝舒服吗?

他在河川土路上走着,夜色是迷人的,坡岭上的杏花,在蒙蒙月光里像一片白雪,夜风送来幽微的香味。人活着多么有意思!

"你吃饭。"玉贤招呼说。

"吃过了。"他说。

"今日怎么回来这样迟?"玉贤问。

他笑而不答,从贴身的衬衣口袋里掏出一摞纸币来,交到玉贤手上。

玉贤数一数,惊奇地问:"这么多?"

"我两天打了三摞。"他自豪地笑着,"这下你明白我回来迟的原因了吧!"

"甭这么卖命!甭!"她爱怜地说,一般人一天打一摞(五百块),已经够累了,他却居然两天打了三摞,"当心挣下病!"

"没事。我跟耍一样。"他轻松地说。她愈心疼他,体贴他,他愈觉得劲头足了,"春天一过,没活儿了。再说,我是想早点撑起三间瓦房来。"

春季夜短,两口睡下了。

他忽然听到里屋传来父亲的咳嗽声,磕烟锅的声音。回来晚了,父亲已经躺下,他没有进里屋去。他问:"你给咱爸烧炕了没?"

"天热了,爸不让烧了。"她说,"你怎么天天问?"

"我怕你忘了。"

"怎么能忘呢。"

"老人受了一辈子苦。"他说,"咱家没有屋里大人,你要多操心爸。"

"还用你再叮嘱吗?"玉贤说,"我想用钱给老人扯一件洋布衫子,六月天出门走亲戚,不能老穿着黑粗布……"

"该。你扯布去。"他心里十分感动。

静静的春夜,温暖的农家小院,和美的新婚夫妻。

"给你说件事。"玉贤说,"金嫂叫我上冬学哩。我不想去,女人家认那些字做啥!村长统计男人哩,叫你也上冬学,说是赶收麦大忙以前,要扫除青年文盲哩!"

"我能顾得坐在那儿认字吗?哈呀!好消闲呀!"他嘲笑地说,"要是一家非去一个人不可,你去吧。认俩字也好,认不下也没啥,全当应付差事哩!"

八

吴玉贤锁上围墙上的木栅栏门,走在康家村的街道里了。结婚进了勤娃家的小院,她很少到村子中间的稠人广众中走动过。地里的活儿,父子俩不够收拾,用不上她插手。缸里的水不等完,勤娃又担满了。她恪守着母亲临将她嫁出前的嘱咐:甭串门,少说是非话,女人家到一个村子,名声倒了,一辈子也挽不回来。在娘家长人哩,在婆家活人哩!

她到康家村两三个月来,渐渐已经获得了乖媳妇的评价。她走在仍然有些陌生的街道里，似乎觉得每一座新的或旧的门楼里，都有窥视自己的眼光。做媳妇难。她缓缓地大大方方地走过去，总不可避免拘谨；总算走到村庄中心的祠堂门前了，这是冬学的校址。门口三人一堆，五个一伙，围着姑娘和媳妇们，全是女人的世界。

她走进祠堂的黑漆剥落的大门了，勤娃给她介绍康家村人事状况的时候说，这是财东康老九家的祠堂，历来是财东迎接联保官人的地方。康家村的穷庄稼人路过门口，连正眼瞧一眼的勇气也没有。一旦被传喝进这里，就该倒霉了。这是一个神秘而阴森的所在，那些她至今记不住名字的康家村的老庄稼人，好多缴不起税款和丁捐，整夜整夜被反吊在院中那棵大槐树上……现在，男人和女人在这儿上冬学了，男人集中在晚上，女人集中在后晌。

祠堂里摆着几张方桌和条桌，这是临时从这家那家借来的。玉贤在最后边一张条桌前坐下了，听着妇女们叽叽喳喳说笑，她笑笑，并不插嘴。

金嫂和村长领着一位先生进来了。她从坐在前边的两位女人的肩头看过去，看见一位年轻小伙儿白净的脸膛，略略一惊，印象里乡村私塾里的先生，都是穿长袍戴礼帽的老头子，这却是个二十左右的年轻娃娃，新社会的先生是这样年轻！只听村长介绍说先生姓杨，并且叫妇女们以后一律称呼杨老师。

村长说他有事，告辞了。金嫂也在一张方桌边坐下来，杨老师讲课了。

玉贤坐在后面，她有一种难以克服的羞怯心理，不敢像左右那些女人们扬着头，巴眨巴眨着眼睛仔细观看新来的老师的穿着举动，窃窃议论他的长相。她一眼就看见，这是一张很惹人喜欢的小白脸，五官端正，眼睛喜气，头上留着文明头发，有一绺老是扑到眼睛上头来，他一说话，就往后甩一甩，惹得少见多怪的乡村女人们哧哧地笑。玉贤只记得爷爷后脑勺上有一排齐刷刷的头发，父亲这一辈男人，一律是剃光头。文明人蓄留一头黑发,比剃得光光亮亮的头是好看多了。

老师讲话了,和和气气,嘴角和眼梢总带着微笑,讲着新社会妇女翻身平等的道理,没有文化是万万不行的,讲着就点起名字来了。

他在点名册上低头看一眼,扬头叫出一个名字,那被叫着的女人往往痴愣愣地坐着不应,经别人在她腰里捅一拳,她才不好意思地忸怩着站起——她们压根没听人叫过自己的名字,倒是听惯了"牛儿妈""六婶""八嫂"的称呼,自己也记不得自己的名字了——引起一阵哗笑。

在等待中,听到了一个陌生的而又柔声细气的男子的呼叫"吴玉贤"的声音,她的心忽地一跳,低着头站起来,旋即又坐下。

点过名之后,杨老师在黑板上写下"妇女解放,男女平等"八个字,转过身来领读的时候,那一双和气的眼睛越过祠堂里前排的女人的头顶,端直瞅到玉贤的脸上,对视的一瞬,她忽地一下心跳,迅即避开了。她承受不了那双眼光里令人说不出的感觉……教的什么字啊,她连一个也记不住!

……

不过十天,杨老师和康家村冬学妇女班上的女人们,已经熟悉得像一个村子的人一样了。除了教字认字,常常在课前课后坐在一起拉家常,说笑话。几个年龄稍大点的婶子,居然问起人家有媳妇没有,想给他拉亲做媒了。

杨老师笑笑,说他没有爱人,但拒绝任何人为他提媒。他大声给妇女们教歌,"妇女翻身"啦,"志愿军战歌"啦。课前讲一些远离康家村甚至外国的故事,苏联妇女怎样和男人一样上大学,在政府里当官,集体农庄搭伙儿做庄稼,简直跟天上的神话一样。

玉贤仍然远远地坐在后排的那张条桌旁,她不挤到杨老师当面去,顶多站在外围,默默地听着老师回答女人问长问短的话,笑也尽量不笑出声音来。她知道,除了自己年纪轻,又是个新媳妇这些原因以外,还有什么迷迷离离的一种感觉,都限制着她不能和其他女人一样畅快地和杨老师说话。

杨老师教认字完毕,就让妇女们自己在本本上练习写字,他在摆着课桌间的走道里转,给忘了某个字的读音的人个别教读,给把汉字笔画写错了的人纠正错处。玉贤怎么也不能把"翻身"的"翻"字写到一起,想问问杨老师,却没有开口的勇气。一次又一次,杨老师从她身边走过去了。

"这个字写错了。"

杨老师的声音在她旁边响起,随之俯下身来,抓住她捉着笔的手,把"翻"字重写了一遍。她的手被一双白皙而柔软的手紧紧攥着,机械地被动地移动着,那下腭擦着她耳朵旁边的鬓发,可以嗅着陌生男人的鼻息。

"看见了吗?这一笔不能连在一起!"

杨老师走开了,随之就在一个长得最丑的婆娘跟前弯下身,用同样的口气说:"你把这字的一边写丢了,是卖给谁了吗?"

婆娘女子们哄笑起来,玉贤在这种笑声中,仿佛自己也从紧张的窘境里解脱了。

……

年轻的杨老师的可爱形象,闯进十八岁的新媳妇吴玉贤的心里来了……

她坐在小院里的槐树下,怀里抱着夹板纳鞋底,两只唧唧鸟儿在树枝间追逐,嬉戏。杨老师似乎就站在她的面前,嘤嘤地多情地笑着。他在黑板上写字的潇洒的姿势,说话那样入耳中听,中国和外国的事情知道得那么多,歌儿唱得好听极了,穿戴干净,态度和蔼,乡村里哪能见到这样高雅的年轻人呢!

相比之下,她的男人勤娃……哎,简直就显得暗淡无光了。结婚的时候,她虽然没有反感,也绝没有令人惊心动魄。他勤劳,诚实,俭省;可他也显得笨拙,粗鲁,生硬;女人爱听的几句体贴的话,他也不会说……哎,真如俗话说的,人比人,难活人哪!

新社会提倡婚姻自由,坚决反对买卖包办,这是杨老师在冬学祠堂里讲的话。她长了十八岁,现在才听到这样新鲜的话,先是吃惊,随之就有一种懊悔心情。嫁人出门,那自古都是父母给女儿办的。临到她知道婚姻自主的好政策的时候,已经是康勤娃的媳妇了。要是由自己去选择女婿的话,该多好哇……那她肯定要选择一个比勤娃更灵醒的人。可惜!可惜她已经结婚了,没有这样自由选择的可能了……

杨老师为啥要用那样的眼神看她呢?握着她的手帮她写"翻"字的印象是难忘的,似乎手背上至今仍然有余温。唔!昨日后响,杨老师教完课,要回桑树镇中心小学去,路过她家门口,探头朝里一望,她正在院子的柴火堆前扯麦秸,准备给公公做晚饭。杨老师一笑,在门口站住。她想礼让杨老师到屋里坐,却没有说出口。公公和勤娃不在家,把这样年轻的一个生人叫到屋里,会让左邻右舍的人说什么呢?她看见杨老师站住,断定是有事,就走到门口,招呼一声说:"杨老师,你回去呀?""回呀。"杨老师畅快地应诺一声,在他的手提紧口布兜里翻着,一把拉出一个硬皮本子来,随之瞧瞧左右,就塞到她的怀里,说:"给你用吧!"她一惊,刚想推辞,杨老师已经转身走了。那行动举止,就像他替别人给她捎来一件什么东西,即令旁人看见,也无可置疑。她不敢追上去退还,那样的话,结果可能更糟。她当即转过身,抱起柴火进屋去了。应该把本本还给人家,这样不明不白的东西,她怎么能拿到上冬学的祠堂里去写字呢?

他对她有意思,玉贤判断。康家村那么多女人去上冬学,他为啥独独送给她一个本本呢?他看她的眼神跟看别的妇女的眼神不一样。他帮她写字之后,立即又抓住那个长得最丑的媳妇的手写字,不过是做做样子,打个掩护罢了。

已经有了几个月婚后生活的十八岁的新媳妇吴玉贤,尽管刚刚开始会认会写自己的名字,可是分析杨老师的行为和心理,却是细致而又严密的。她又反问自己,人家杨老师那样高雅的人,怎么会对她一个粗笨的乡村女人有意思呢?况且,自己已经结过婚了……蠢想!纯粹是胡猜乱想。

肯定和否定都是困难的。她隐隐感到这种紊乱思想下所潜伏的危险性,就警告自己:不要胡乱猜想,自己已经是康家小院里的人了,怎么能想另一个男人呢?婚姻自由,杨老师嘴巴上讲得有劲,可在乡村里实行起来,不容易……

事情的发展,很快把农家小媳妇吴玉贤推向一个可怕而又欣喜的地步——

轮着玉贤家给杨老师管饭了。她的丈夫勤娃给二十里远的关家村应承下二十捵土坯,说他不能天天往回赶,路太远了。公公在邻近的村庄里打土坯,晚上才能回来。他早晨出门时,叮嘱说:"把饭做好。人家公家同志,几年才能在咱屋吃一回饭,甭啬啬!"她尽家里有的,烙了发面锅饼,擀下了细长的面条。辣子用熟油浇了,葱花也用铁勺炒了,和盐面、酱醋一起摆在院中的小桌上。

杨老师走进来,笑笑,坐在院中的小桌旁边,环顾一眼简陋而又整洁的小院,问她屋里都有什么人,怎么一个也不见。她如实回答了公公和丈夫的去处,发觉杨老师顿时变得坦然了,眼里闪射出活泼的光彩,盯着她笑说:"那你就是掌柜的了。"她似乎接受不了那样明显的挑逗的眼光,低头走进灶房里,捞起勺子舀饭。这时候,她的心在夹袄下怦怦跳,无法平静下来。

她端着饭碗走到小院里,双手递到杨老师面前。杨老师急忙站起,双手接碗的时候,连同她的手指一起捏住了。她的脸一阵发热。抽回手来,惊觉地盯一眼虚掩着的木栅门,好在门口没有什么人走动。杨老师不在意地笑笑,似乎是无意间的过失;坐在小凳上,用筷子挑起细长的面条,大声夸奖她擀面的手艺真是太高了,他平生第一次吃到这样又薄又韧的细面。

"杨老师,你自个儿吃。俺到外屋,没人陪你。"玉贤说着,就转过身走去了。

"你把饭也端来,咱们一块吃。"杨老师说,"男女平等嘛!怕啥?"

"不……"玉贤停住脚,他居然说"咱们"……

"哈呀!咱们成天讲妇女要解放,还是把你从灶房里解放不出来。"杨老师感慨地说,"落后势力太严重了……"

她已经走进自己的小厦屋,从箱子的包袱里取出那天傍晚杨老师塞给她的硬皮本本,现在是归还它的最好时机了。她接受这样一件物品意味着什么呢?她走到杨老师跟前,把那光滑的硬皮本放到杨老师面前的小桌上,说:"俺用不上……"

"唔……"杨老师一愣,扬起头看她,眼里现出一缕尴尬的神色,脸也红了,愧了,解释说,"我看你的作业本用完了……就买了这;你不……喜欢的话……"

"俺用不上。"玉贤看见杨老师尴尬的样子,意识到自己的行为太唐突了。她不想回答自己究竟喜欢不喜欢这只硬皮本本,只是把交还它的动机说成是用不上,"你们文化人……才当用。"

"哈呀!好咧好咧!"杨老师听罢,已经完全体察到一个自尊的农家女人的心理,脸上和眼里恢复了活泼的神态,"没有关系……"

玉贤走进小灶房,坐在木墩上,等待着杨老师吃完饭,她再去舀。在娘家的时候,屋里来了客人,总是由父亲和哥哥陪着吃饭,她和母亲待在灶房里,这是习惯,家家都是这样。

她坐着,心里忐忑不安,浑身感到压抑和紧张,当她越来越明晰地觉察出杨老师一系列举动的真实含意时,她倒有些怕了,警告自己:拿稳!可是,心里却慌得很,总是稳不住……

这当儿,小灶房里一暗。玉贤一抬头,杨老师走进小灶房窄小的门道,手里端着吃光喝净了面条的空碗,自己舀饭来了。

"咦呀!让客人自己舀饭,失礼了。"玉贤慌忙从灶锅下的木墩上站起,伸手接碗,"你去坐下,我给你送来。"

"新社会,不兴剥削人嘛!"杨老师抓着碗不放,笑着,盯着她的眼睛笑着,"自己动手,吃饱喝足。"

"使不得……让我舀……"

"行啦行啦……自己舀……"

两只手在争夺一只碗,拉来扯去。

玉贤的腰部被一只胳膊搂住了,"不……"声音太柔弱了,没有任何震慑力量,忽地一下涌到脸上来的热血,憋得她眼花了,想喊,却没有力气,也没有勇气,嘴唇很快也被紧紧地挤压得张不开了……她的一双戴着石镯的手,不由自主地勾到陌生男子的肩膀上……

九

又是一钩弯镰似的月牙。田野迷迷蒙蒙,灰白的土路,隐没在齐膝高的麦田里。远处秦岭的群峰现出黑幢幢的雄伟的轮廓。早来的布谷鸟的动情的叫声,在静寂的田地和村庄的上空倏然消失了。岭坡的沟畔上,偶尔传来两声难听的狐狸的叫声。

勤娃甩着手,在春夜温馨空气的包围中跨着步子。他谢绝了打土坯的主人诚心实意的挽留,吃罢夜饭,撂下饭碗,往家赶路了。他有说不出口的一句话,因为路远,三四天没有回家,他想见玉贤了。二十里平路,在小伙子脚下,算得什么艰难呢!屋里有新媳妇的热炕,主人家给他临时搭排的窝铺,那显得太冷清了。他走着,充满信心地划算着,自开春以来,已经打过近百摞土坯了,父亲交给玉贤掌管的那只小梳妆匣儿里,有一厚扎人民币了。这样干下去,只要一家三口人不生疮害病,三年时光,勤娃保准撑起三间大瓦屋来。那时光,父亲就绝对应该放下石夯,只管管家里和田里的轻活儿了,或者,替他们管管孩子……新社会不纳捐,不缴壮丁款,挣下钱,打下粮食全归自己,只要不怕吃苦,庄稼人的日月红火得快哩!

勤娃走进康家村熟悉的村巷,月牙儿沉落到山岭的背后去了,村庄笼罩在黑夜的幕帐之中了。惊动了谁家的狗,干吠了几声。

他站在自家小木栅栏门外,一把黑铁锁上凝结着湿溜溜的露水,钥匙在父亲的口袋里。他老人家大约刚刚睡下,要是起来开门,受了夜气感冒了,糟咧。不必惊动老人……勤娃一纵身,从矮矮的土围墙上,跳进自己的小院里了。

他轻轻地拍击着小厦屋门板上的铁栓儿。深更半夜叫门,不能重叩猛砸,当心吓惊了女人,勤娃心细着哩!

"来咧……"女人玉贤在窸窸窣窣穿衣服,好久,才开了门。

"怎么不点灯?"勤娃走进屋,随口说。

"省点……煤油……"玉贤颤颤地说。

"嗨呀!"勤娃笑了,"黑咕隆咚,省啥油嘛?"随之啪的一声划着了火柴。

屋里亮了。勤娃坐在炕边,嘘出一口气,他觉得累了。

"你还吃饭不?"玉贤坐在炕上,问。

"吃过了。"勤娃说,盯着玉贤的煞白的脸,惊得睁大眼睛,"你……病咧?"

"没……"玉贤低下头,"有些不舒服……"

他伸手摸摸她的额头,说:"不见得烧……"

"不怎……"

他略为放心。脱鞋上炕的当儿,他一低头,脚地上有一双皮鞋。他一把抓起,问:"这是谁的?"

玉贤躲避着他的眼睛,还未来得及回答,装衣服的红漆板柜的盖儿哗的一声自动掀起,冒出一个蓄留着文明头发的脑袋。

"啊……"

勤娃倒抽一口气,迅即明白了这间厦屋里发生过什么事情了。他一步冲到板柜跟前,揪住浓密的头发,把冬学教员从柜子里拉出来。啪——一记耳光,啪——又一记耳光,鼻血顿时把那张小白脸涂抹成猪肝了;咚——当胸一拳,咚——当胸再一拳,冬学教员软软地躺倒在脚地,连呻吟的声息都没有;勤娃又抬起脚来。

冬学教员挣扎着爬起来,扑通一声,双膝跪倒在勤娃脚下了。

勤娃已经失去控制,抬起脚,把刚刚跪倒的杨先生踢翻了。他转身从门后捞起一把劈柴的斧头,牙缝里迸出几个字来:"老子今黑放你的血!"

猛然,勤娃的后腰连同双臂,死死地被人从后边抱住了,他一回头,是父亲。

老土坯客听到厦房里不寻常的响动,惊惊吓吓地跑来了,不用问,老汉就看出发生了什么事了。他抱住儿子提着斧头的胳膊,一句话也不说,狠劲掰开勤娃的手指,把斧头抽出来,咣当一声扔到院子的角落里去了。他累得喘着气,把癫狂状态的儿子连拽带拖,拉出了厦房,推进自己住的小灶屋。

"你狗日杀了人,要犯法!"

"我豁上了!"

"你嚷嚷得隔壁两岸知道了,你有脸活在世上,我没脸活了!"老汉抓着儿子胸前敞开的衣襟,"你只图当时出气,日后咋收场哩!"

这是一声很结实也很厉害的警告。勤娃从本能的疯狂报复的情绪中恢复理智,愣愣地站住,不再往门外扑跳了。

"把狗日收拾一顿,放走!"老土坯匠说,"再甭高喉咙大嗓子吼叫!"

"我跟那婊子不得毕!"勤娃记起另一个来。

"那是后话!"

父子二人走到厦屋的时候,冬学教员已经不见踪影,玉贤也不见了。临街的木栅门敞开着,两人私奔了吗?勤娃窝火地"嗯"了一声,怨愤地瞅着父亲。他没有出足气,一下子跌坐在炕边上。

老汉转身走到前院,一眼瞅见,槐树上吊着一个人。他惊呼一声,一把把那软软的身子托起,揪断草绳,抱回厦屋,放到炕上。忽闪忽闪的煤油灯光下,照出玉贤一张被草绳勒聚得紫黑的脸,嘴角涌出一串串白色的泡沫,不省人事了。

勤娃看见,立时煞白了脸,哎的一声怨叹,跌倒在厦屋脚地,也昏死过去了。

"我的天哪……"康田生看着炕上和脚地的媳妇和儿子,不知该当咋办了,绝望地扑到儿子身上,泪水纵横了。

十

勤娃躺在炕上,瞪着眼珠,一声连一声出着粗气。父亲已经给打土坯的主人捎过话去,说儿子病了,让人家另寻人打土坯。

他没有病,只是烦躁,心胸里源源不断积聚起恶气,一声吁叹,放出来,又很快地积聚起来。

真正的病人现在强打起身子,倒不敢沾一沾炕边。玉贤头疼,恶心,走一步心就跳得喳喳喳。她用一条黑布帕子围着脖子,遮盖着被草绳勒出一圈血印的脖颈,默默地扫院,悄悄地在前院柴火堆前撕扯麦秸,默默地坐在灶锅前烧火拉风箱。

红润润的脸膛变得灰白,低眉搭眼地走到公公跟前,递上饭碗,声音从喉咙里挤不出来。她又端起一碗饭,送到勤娃跟前:"吃饭……"

勤娃翻过身,一拳把碗打翻了,破碎的碗片,细长的面条,汤汤水水在脚地上泼溅。

他恨她恨得咬牙,打她的耳光,撕扯她的头发。晚上,脱了衣服,他在她的身上乱打。打得好狠,那双自幼打土坯练得很有功力的胳膊,在她的身上留下一坨坨黑疤和红伤。他不心疼,觉得一阵疯狂的发泄之后,心里稍稍畅缓一些了。她不躲避,忍受着应该忍受的一切报复,这是应该的。她只是捂着脸,不要让那双铁锨一样硬邦的手给她脸上留下伤痕,身上任何地方,有衣服遮着,让他打好了。

康田生坐在自己的小屋里,听着前边厦屋里儿子抽打媳妇的响声,坐不住了,那每一声,就像敲在他的心口。他走出门,蹲在门前的小碌碡上,躲避那不堪卒听的响声。可是,一袋烟没有抽完,他又跳下碌碡,走进小院了,他不敢离远,万一闹出意外的事来就更怕人了。

春光是明媚的,阳光是灿烂的,房屋上空的榆树和椿树的叶子绿得发青,岭坡上的桃花又接着败落的杏花开得灿红了。而这个岭坡下的庄稼小院里,空气清冷,阳光惨淡,春风不止。

整整三天过去了。

儿子和媳妇都失了脸形,康田生本人也因焦虑和减食而虚火上升,眼睛又黏又红,像胶锅一样睁巴不开了。他愈加想到这个破裂的家庭里,自己所负的支撑者的责任了。怎么劝儿子,又怎么劝媳妇呢?他一看见儿子痛不欲生的脸相,自己已经难受得撑挂不住,哪里还有话说得出来呢?他知道儿子遇到的不幸在人生中有多重的分量。对于儿媳,那张他曾经十分喜欢的红润的脸膛,如今连正眼瞧一瞧的心情也没有,看了叫人恶心!老汉抽着烟,睁巴着黏糊糊的眼睛,寻思怎么办。对儿媳再恨再厌,他不能像儿子那样不顾后果地愣下去。他想和什么人讨讨对策,然而不能,即使村长也不能商量,这样的丑事,能说给人听吗?他终于想到了表兄和表嫂,那是自己的顶亲的亲戚,勤娃的养身父母,最可信赖的人了。

他仍然觉得不敢离开这个时刻都可能出事的家,让顺路上岭去的人把话捎给表兄,无论如何,要下岭来一趟,勤娃病了,病中想念舅舅……

十一

"就这。"康田生把家中发生的不幸从头至尾叙说一遍,盯着表兄的长眉毛下的明智的眼睛,问,"你说现时咋办呀?"

"好办。"表兄一扬头,"把勤娃叫来。"

勤娃走进来了,眼睛跌到坑里了,一见舅舅,扑到当面,呜的一声哭了。田生老汉把头拧到一边,不忍心看儿子丧魂落魄的颓废架势。

"头扬起来!甭哭!"舅父严厉地说,"二十岁的大人了,哭哭溜溜,啥样式嘛!"

"我……我不活了……"勤娃一见舅舅,心里的酸水就涌流不止,用拳头砸着自己的脑袋,"我……哎……"

舅父伸开手,啪啪,两记耳光,抽到勤娃鼻涕眼泪交流着的扭曲的脸上,厉声骂:"指望我来给你说好话吗?等着!"

勤娃哭不出来了,呆呆地低着头站着。

康田生吃惊了,瞅着表兄下巴上一撅一撅的花白胡须,没见过表兄这样厉害呀!他忙把勤娃拉开,按坐在小木墩上。

"你妈死得早,你爸咋样把你拉扯这大?亲戚友人为你操了多少心?你长得成人了,人高马大了,不说成家立业,倒想死!"舅父训斥起来,"死还不容易吗?眼一闭,跳到河里就完了。值得吗?"

父子二人默声静息,不敢插言。

"那——算个屁事!"舅父把那件丑事根本不当一回事,"大将军也娶娼门之妻!我在河北财东家杂货铺当相公,掌柜的婆娘就和人私通,掌柜的招也不招,只忙着生意赚钱!咱一个乡村庄稼汉,比人家杂货铺掌柜还要脸吗?"

勤娃似乎一下子才醒悟,这样的丑事绝不是他康勤娃一个人遇到了,比他更体面的人也遇到了。他讷讷地说:"我心里恶心……像吃了老鼠……"

"事情……当然不是好事。"舅父把话转回来,"这号丑事,张扬出去,于你有啥光彩?庄稼人,娶个媳妇容易吗?那不是一头牛,不听使唤,拉去街上卖了,换一头好使唤的回来。现时政府里提倡婚姻自由,允许离婚,你离了她,咋办?再娶吗?你一个后婚男人,哪儿有合适的寡妇等着你娶?即使有,你的钱在人家土壕里,一时三刻能挣来吗?啊?遇到事了,也该前后左右想想,二十岁的人啦,哭着腔儿要寻死,你算啥男子汉……"

"对对对!实实在在的话。"康田生老汉叹服表兄一席切身实际的道理,自愧自己这几天来也是糊涂混乱了,劝儿子说,"听着,你舅的话,对对的。"

"吃了饭,出去转一转,心眼就开畅了。"舅父说,"明天把石夯扛上,出去打土坯!舅不死,就是想看见你把瓦房撑起来。"

勤娃苦笑一下,这是他近日来露出的头一张笑脸,尽管勉强又苦楚,仍然使老父亲心里一亮啊!

"记住——"舅舅瞅瞅勤娃,又瞅一眼康田生,压低声音叮嘱,"再甭跟任何人提起这事。你祖祖辈辈子子孙孙都在康家村,门面敢倒吗?"

康田生连连点头。

"勤娃,"舅舅叫他的名字,悄声郑重地说,"在外人面前概不提起,在屋里可不敢松手!女人得下这号瞎毛病,头一回就要挖根!此病不除,后祸无穷!"

听着舅舅前后不大统一的话,勤娃这阵儿才真正感服了,睁着苦涩的眼睛,盯着舅父花白胡须包围中的薄嘴唇,等待说出什么拯救他拔出苦海的好法子来。

"你——再甭打她了。你打得失手,她寻了短见,咋办?再说,打得狠了,她记恨在心,往后怎样过日子?"舅父说,"你去找她娘家人,让她爹娘老子收拾她,治她的瞎毛病。省得……"

"唔唔唔,好好好!"康田生老汉对于表兄的所有谈话都钦服,一生只会摔汗水出笨力的老土坯客,对于精明一世的表兄一直尊为开明的生活的指导者,"我当初想过这一招儿,又怕伤了亲戚间的和气……"

"他女子做下伤风败俗的事,他还敢嘴硬!"舅父说着,特别叮嘱勤娃,"这件事,不能松饶了她;可跟人家爹娘说话,话甭伤人……"

勤娃点点头,感激地盯着舅父,这个养育他长大、至今还为他的不幸费心劳神的长辈人,似乎比粗笨的亲生父亲更可亲近了。

舅父站起来,在门口朝前院喊:"玉贤——"

玉贤轻手轻脚走到舅父面前,低头站住,声音柔弱得像蚊子:"舅——你老儿……来咧!"

"快去给舅做饭。"他像什么事也不知道,也或者是什么都知道了而毫不介意,倚老卖老地说,"吃罢饭,你爸和勤娃还要劳动哩!"

十二

半缺的月亮挂在河湾柳林的上空,河滩稻田秧圃里,蛙声此起彼伏,更显出川道里夜晚的幽静。勤娃迈开大步,跳过一道道灌溉水渠,沿着河堤走着。他避开土路,专门选择了行人罕至的河滩,要是碰见熟人,问他夜晚出村做啥,可能要引起猜疑的。

他憋着一口闷气,想着见了丈人和丈母娘,该如何开口说出他们的女儿所做下的不体面的丑事。舅父教给他的处理此事的具体措施,似乎是一种束缚,按他的性儿,该是当着她家老人的面,狠狠骂一顿他们的女儿辱没了家风。他走进熟悉的吴庄村了。

这样的夜晚赶到亲戚家里去，本身就是一种不祥的征兆。丈人吴三，丈母娘和丈人家哥，一齐围住他，三双眼睛在他脸上转，搜寻和猜测着什么，几乎一齐开口问：屋里出了什么事？这么晚赶来，脸色也不好……

勤娃看着老人担惊受怕的样子，心里忽地难受了。因为给吴三打土坯而订下了他的女儿，婚前婚后，两位老人对他这个女婿是很疼爱的。常常在他面前说，玉贤要是有不到处，你要管她，打她骂她都成。他们是正直的庄稼人，喜欢勤娃父子的勤劳和本分，很满意地把自己的小女儿嫁给他了。往常里，丈母娘时不时地用竹条笼提来自己做下的好吃食……现在，事情却弄到这样的地步，他们听了该会怎样伤心！

勤娃看着两位老人惊恐的眼色，说不出口了，路上在心里聚起的闷气，跑光了。他猛地双手抱住头，长长地哀叹一声，几乎哭了。

"有啥难处，说呀！"丈母娘急切地催促。

"唉——"勤娃又叹出一声，实在太难出口了。

丈人吴三坐在一边，不再催问。他从勤娃的神色和举动上，判断出了什么，就吩咐站在一边的儿子说："你去，把你姐叫回来！"

丈人家哥走出门，他觉得话好说了，这才哽哽巴巴，把玉贤和冬学教员的事说了。丈母娘羞惭得骂起来，老丈人吴三却气得浑身颤抖，跌坐在椅子上，说不出话了。

"我回呀！"勤娃告辞，"女儿出门，怪不了老人。我不怪你二老，你们对我好……"

"甭走！"丈人拉住他，"等那不要脸的回来再说！"

勤娃坐下了。

"你狗日做下好事了！"吴三一看见走进门来的女儿，火暴性子就发作了，"你说……"

玉贤站在当面，勾着头，不吭声。

这种不吭声的行为本身,就证明了勤娃说出的那件丑事的可靠性。吴三火起,两个巴掌就把女儿打倒了。

"甭打!爸……"勤娃拉住丈人爸的胳膊。

"不争气的东西!"丈母娘在一旁狠着心骂,"在娘家时,我给你说的话,全当刮风……"

"狗日至死再甭进俺家的门!"丈人家哥骂。

玉贤没有同情者。在这样的家庭里,她不指望任何人会替她解脱。她的父母,都是要脸面的正经庄稼人。她做下辱没他们门庭的丑事,挨打受骂是当然的。她躺在地上,又挣扎站起。

"跪下!"吴三吼着。

玉贤太屈辱了,当着勤娃和父母哥哥的面,怎么跪得下去呢?这当儿,父亲吴三一脚把她踢倒,她的腿腕疼得站不起来了。

吴三从墙上取下一条皮绳,塞到勤娃手里:"勤娃,你打……"

勤娃接住皮绳,毫不迟疑地重新挂到墙上的钉子上,劝慰吴三:"算哩……"

丈母娘向勤娃暗暗投来受了感动的眼光。

吴三又取下皮绳,一扬手,抽得只穿件夹衣的玉贤在地上滚翻起来,惨痛而压抑的叫声颤抖着。

勤娃自己在打玉贤的时候,似乎只是被一股无法平息的恶火鼓动着。当他看着丈人挥舞皮绳的景象,他的心发抖了。看着别人打人,似乎比自己动手更觉得残忍。他抱住吴三的手。

"甭拉!让我把这丢人丧德的东西打死!"吴三愈加上火,扑跳得更凶,"你不要脸,我还要!"

勤娃猛然想到,他刚才不该留在这儿。丈人留他,就是要当着他的面,教训女儿,以便在女婿面前,用最结实的行为,洗刷父母的羞耻。他要是不在当面,吴三也许不至于这样手狠。他劝劝吴三,就硬性告别了。

十三

玉贤吹了昏黄的煤油灯,脱完衣服,就钻进被窝里了,她怕母亲看见她身上的不体面的伤痕。母亲似乎察觉了她的行为的用心,从炕的那一头爬起来,嚓的一声划着了火柴,煤油灯冒着一柱黑烟的黄焰,把屋子里照亮了。

母亲揭开她盖的被子,哎哟一声,就抱住她的浑身四处都疼痛的身子,哭了。她的身上、腿上,有勤娃的拳头留下的乌蓝青紫的瘀血凝固的伤迹,又摞上了父亲用皮绳刚刚抽打过的印痕,渗着血。她是母亲身上掉下来的肉,母亲心疼自己的骨肉,哭得很伤心。

玉贤没有想流眼泪的心情,疼是难以忍受的疼啊!凡是被拳头或皮绳抽击过的皮肉,一挨着褥子,就疼得想翻身,翻过去,那边仍然疼得不能支撑身体的重压。可她没有哭。那天晚上勤娃的突然敲门,她吓蒙了,此后所发生的一切,似乎是在梦中,直到她的阿公粗手笨脚地把一根生锈的大号钢针从鼻根下直插进牙缝,她才从另一个世界回到她觉得已经不那么令人留恋的庄稼小院。现在,母亲的胸部紧紧贴着她的肥实的臂膀,眼泪在她的脖根上流着。她不想再听母亲给她什么安慰。她想静静地躺着,静静地想想,她该怎么办。在和勤娃住了近半年的新房里,她不能冷静地想,时时提心那铁块一样硬的拳头砸过来,甚至在夜晚睡熟之际,他心里怄气,会突然跳起,揭开被子,把她从梦中打醒。现在,她的父亲吴三当着勤娃的面,打了,也骂了,给自己挽回脸面了。她应该承受的惩罚已经过去,她想静静地想一想,往后怎么办?

"唉……嗨嗨嗨嗨嗨……"母亲低声饮泣,胸脯颤动着。她生下这个女儿,用奶水把她养得长出了牙齿,就和大人一样啃嚼又硬又涩的玉米面馍馍了。她和吴三虽则都疼爱女儿,却没有惯养。自幼,她教女儿不要和男娃娃在一起耍;长大了,她教女儿做针线,讲女人所应遵从的一切乡俗和家风。一当她和吴三决定以三石麦子的礼价(当时顶小的价格),约定把女儿嫁给土坯客的儿子的时候,她开始教给女儿应该怎样服侍公婆,特别是没有婆婆的家里,应该怎样和阿公说话,端饭,倒尿盆,应该怎样服侍丈夫,应该怎样和隔壁邻居的长辈相处,甚至,平辈兄弟们少不了的玩笑和嬉闹,该当怎样对付……家内家外,内务外事,她都叮嘱到了,而且不止一次。"教女不到娘有错。"她教到了,玉贤也做到了。在玉贤婚后几次回娘家来,她都盘问过,很满意。从康家村的熟人那里打听来的消息,也充分证明土坯客家的新媳妇是一个贤惠的好媳妇。可是,怎么搞的,突然间冒出来了这样最糟不过的丑事……母亲流完了眼泪,就数落起来:"你明明白白的灵醒娃嘛,怎的就自己往泥坑屎坑里跳?"

已经跳下去了,后悔顶啥用呢?玉贤躺在母亲身边,心里说,我死都死过一回了,现在还想用什么后悔药治病吗?

"你上冬学的事,为啥不给我说?"母亲追根盘底,"你个女人家,上学做啥?认得俩字,能顶饭吃,能当衣穿?人自古说,戏房学堂,教娃学瞎的地方……你上冬学上出好名堂来咧!"

她仍然不吭声。她需要自己想想,别人谁也不了解她的心情和处境。

"给你定亲的时光,我托你姨家大姑在康家村打听了,说勤娃父子都是好人。老汉老好,过不了十年八载,过世了,全是你和勤娃的家当。勤娃老实勤谨,家事还不是由你?这新社会,不怕孬人恶鬼,政府爱护老实庄稼人。你哪一样不满意?胡成精?"母亲开始从心疼女儿的口气转换为训诫了,"人嘛!图得模样好看,能当饭吃?我跟你爸过伙的时候,总看他崩豆性子不顺心,一会躁了,一会笑了。咋样跟这号人过日月?时间长了,我揣摩出来,你爸人心好,又不胡乱耍赌纳宝,为穷日子卖命。我觉得这人好哩!娃家,你甭眼花,听妈说,妈经的世事……"

她不分辩,也不应诺,静静地躺着。

"在咱屋养上十天半月,高高兴兴回家去,给你阿公赔不是,给勤娃说说好话。"母亲说,"往后,安安生生过日子,一年过去,没事了。人心都是肉长的嘛!"

母亲不再说话,哀叹着,久久,才响起鼾息声。

玉贤轻轻爬起,移睡到炕的那一头。

屋里很黑,很静,风儿吹得后院里的树叶嚓嚓地响。

当她被蒙着眼脸抬到一个陌生的地方,被陌生的女人搀进一个陌生的新的住屋,揭去盖脸红布,她第一眼看见了将要和她过一辈子日月的陌生的男人。她心跳了,却没有激动。这是一个长得普普通通的男人,不好看也不难看。不过高也不过矮。几个月来的夫妻生活,她看出,他不灵也不傻。她对他不是十分满意,却也不伤心命苦。对给她找下这样的女婿的父母,不感激也不憎恶。他跟麦子地里一根普通的麦子一样,不是零星地高出所有麦子的少数几棵,也不是夹在稠密的麦稞中间那少数的几枝矮穗儿。他像康家村和吴庄众多的乡村青年一样普普通通。她也将和那许多普普通通的青年的媳妇一样,和勤娃过生活。自古都是这样,长辈和平辈人都是这样定亲,这样撮合一起,这样在一个炕上睡觉,生孩子……

她第一眼看见杨老师的时候,心里就惊奇了。世上有穿戴得这样合体而又干净的男人!牙齿怎么那样白啊!知道的事情好多好多啊!完全不像乡村青年小伙们在一起,除了说庄稼经,就是说粗俗的男人和女人之间的酸话。杨老师留着文明头发的扁圆脑袋里,装着多少玉贤从来也没听说过的新鲜事啊!苏联用铁牛犁地,用机器割麦,蒸馍擀面都是机器,那是说笑话吗?烂嘴七婶当面笑问:生娃也用机器吗?杨老师就把那些能犁地能割麦的照片摊给大家看,并不计较七婶烂嘴说出的冒犯的话。他总是笑眯眯的,笑脸儿,笑眼儿,讲话时老带着笑,唱歌时也像在笑。

她对他没有邪心。她根本不敢想象这样高雅的文明人,怎么会对她一个乡村女人有"意思"呢?她第一次感受到他的不寻常的目光时,他捉着她的手写"翻身"的"翻"字时,她都没有敢往那件事上去想。直到他接饭碗时连她的手指一起捏住,她也只想到他是无意的。直到他一把搂住她的腰,她瞬息间就把这些事统一到一起了。她没有拒绝。因为突然到来的连想也不敢想的欢愉,使她几乎昏厥了。

"我爱你,妹妹……"

他说了这句话,就把嘴唇压到她的嘴唇上。那声音是那样动人的心,她颤抖着,本能地把自己戴着石镯的手勾到他的肩头上。

她从来没有听一个男人这样亲昵地把她叫妹妹,也没人说过"爱"这个字。勤娃只说过"我跟你好"这样的话,没有叫过她"妹妹"。勤娃抚摸她身体的手指那么生硬。杨老师啊……

她挨勤娃的拳头,咬牙忍受了。她是他的女人,他打她是应该的。父亲打她,也咬牙忍受了,她给他和母亲丢了脸,打她也是应该的。可是,她虽然浑身青痕红斑,却不能把自己再和勤娃连到一起。她为可亲的杨老师挨打,她没有眼泪可流。

她如果能和勤娃离婚,和杨老师结婚的话,她才不考虑丢脸不丢脸。《婚姻法》喊得乡村里到处都响了,宣传《婚姻法》的大体黑字写在庄稼院房屋的临街墙壁上,好些村子里都有被包办婚姻的男女离婚的事在传说。她和杨老师一旦正式结合,那么还怕谁笑话什么呢?如果不能和杨老师结婚,继续和勤娃当夫妻,那就一辈子要背着不能见人的黑锅了。

她得想办法和杨老师再见一面,把话说准,之后她就到乡政府去提出离婚。现在无法再上冬学了,和杨老师见一面太难了,但总得见一面。不然,她心里没准儿,怎么办呢?

在康家村要找到和杨老师见面的机会,是不可能的。在娘家,比在阿公和勤娃的监视下要自由得多。杨老师是行政村的中心小学教员,在桑树镇上,想个借口到镇上去,越早越好……

十四

爷儿俩半年来又第一次自造伙食了。老土坯客看着儿子蹲在灶锅前点火烧锅,沤出满屋满院的青烟,重手重脚绊磕得碗瓢水桶乒乓响,心里好难受。昨晚,他坐在炕头上,等见勤娃从丈人家告状回来,叙说了经过。他对吴三的仗义的行为很敬佩,心里又暗暗难过。相亲相敬的亲家,以后见了面,怎么说话呢?他痛恨这个外表看来腼腆、内里不实的媳妇,给两个安生本分的庄稼院平生出一场祸事。他更恨那个总是见人笑着的杨先生。你狗日为人师表,嘴里讲什么男女平等,婚姻自由,难道就是让你自由地去霸占老实庄稼人的女人吗?他恨得咬牙!三五天来家庭剧烈的变化,给饱经过孤苦的老土坯客的刺激太沉重了。他一生中命运不济,性情却硬得近乎麻木,对于一切不幸和打击,不哭也不哀叹。可是,当生活已经充满希望的时候,完全不应出现的祸事却出现了的时候,老汉简直气得饭量大减,几天之间,白发增多了。他恨那个给他们家庭带来灾难的白脸书生!后悔那天晚上拦阻勤娃太早了;虽然不敢打死,至少应该砸断狗日一条腿!

他活到五十多了,不图什么,只图得有吃有穿,儿辈可靠。可是,如今却成了这样不酸不甜的苦涩局面了。

勤娃烧好开水,把两个蒸馏得热透的馍馍送到老汉面前,老汉忽然想到自己在刚刚死了女人以后,不习惯地烧锅做饭的情景,难道儿子勤娃又要钻厨房拉一辈子"二尺五"了吗?啊啊!老汉看见儿子愁苦的面容,几乎流下泪来。

勤娃拿了一个馍馍,夹了辣椒,远远地蹲在门外的台阶上,有味没味地慢腾腾地嚼着。

他担心勤娃,比自己要紧。他迅即抑制住自己的感情波动,用五十多岁老人的理智和儿子说话:

"勤娃——"

"嗯!"勤娃应着。

"明天出门打土坯去。"老汉说,"她爸她妈指教过她了,算咧!只要日后好好过日月,算咧。"

"……"

"人么,错了要能改错,甭老记恨在心。"他劝慰,"咱的家当还要过。你舅的话是明理。"

勤娃没有吭声。老汉从屋里走出来,想告诉儿子,他已经给他在南围墙村应承下打土坯的活路了。这时村长走进门来,后面跟着一位穿制服的女干部,胸膛上两排大纽扣。

"老哥,这是县文教局程同志,想跟你拉一拉家常。"村长说,"你们谈,我走了。"

"我叫程素梅。"程同志笑着介绍自己,很大方地坐到老汉的炕边上,态度和蔼,和蔼得教见惯了旧社会官人们凶相的老土坯客反倒不知如何是好了。她说,"我想来和你老儿坐坐。"

老汉心里开始在猜摸,程同志究竟找他来做啥?一般乡上县上的干部来了,总是和村长接手,和他一个只会打土坯的老汉有啥家常好拉的呢?

她问他家里都有什么人,分了几亩地,和谁家互助,老汉都答了。最后,程同志把弯儿绕到老汉最担心的那件事上来了,果然。

"没有啥!"老汉的嘴很有劲地回答,"杨先生教妇女识字有没有啥问题,咱不知道喀!咱一天掮上石夯打土坯,谁给管饭就给谁家卖力,咱没见过杨先生的面,光脸麻子都不知……"

"勤娃同志,你没听人说什么吗?"程干部转脸问,"甭怕。"

勤娃摇摇头。

"康大叔,你老儿心放开。"程同志说,"新社会,咱们把恶霸地主打倒了,穷人翻了身,可不能允许坏人再欺侮庄稼人,糟蹋党的名誉。咱们的干部,有纪律,不准胡作非为……"

这些话说得和老汉的心思刚刚吻合,他觉得这个清素淡雅的女干部完全是可以信赖的,可以倾诉自己一生的不幸和意料不到的祸事。可是,他的话出口的时候,完全是另外的意思:

"杨先生胡作非为不胡作非为,咱不知道嘛!他在哪里胡作来,在哪里非为来,你到那里去查问。咱不知情喀!"

老汉忽然瞧见,勤娃的脸憋得紫红,咬着嘴唇,担心儿子受不住程同志诚恳的劝导,一下子说出那件丑事,就糟了。新社会共产党的纪律虽然容不得杨先生的胡作非为,可自己一家的名声也就彻底臭了!他急中居然不顾礼仪,把儿子支使开:

"南围墙侯老七等你去打土坯。快去,再迟就要误工了。"

勤娃猛地站起,恨恨地瞅了父亲一眼,走出门去,撞得旧木板门咣啷一声响。

"这娃性子倔……"老汉不自然地掩饰说,盼他快点走。横在老汉心头的这一块伤疤,无论是恶意的撞击,抑或是好心的抚慰,都令人反感,任何触及都是难以忍受的痛苦。

"没关系。回头我再来。"程同志很耐心地说。

"甭来了。"老汉很不客气地拒绝,心里说,你一个穿戴和庄稼院女人明显不同的公家干部,三天五天往我屋跑,那还不等于告诉康家村人,康田生屋里出了啥事啊?老汉今天一见到她,心里的负担又添了一层,意识到这件丑事,尽管尽力掩盖,还是闹出去了,要不,县上的这位女干部怎么会来到他的小院呢?即使外面有风传,他们一家也要坚决捂住。"咱庄稼人忙。实在是……我跟勤娃,啥也不知道咯！"

程同志脸上明显现出失望的神色,失望归失望,却不见反感或厌恶。她是做党的干部纪律的监督工作的。严肃的职业使她年龄轻轻儿就已经养成严肃而又和蔼的禀性。此类问题在她的工作中,不是第一次,不说庄稼人吧,即是觉悟和文化都要高一级的工人和干部,在这样的丑事临头的心理矛盾中,往往也是同样首先顾及自己和儿女的名声,这样,就把造成他们家庭不幸的人掩蔽起来了。

十五

紧张的体力劳动,给心里痛苦痉挛着的庄稼汉勤娃以精神上极大的解脱。他走进侯七家打土坯的土壕,胳膊无力,腿脚懒散,浑身的劲儿叫不起来。侯七在一旁给木模装土,不断投来怀疑的不太满意的眼光。勤娃像受了侮辱——勤劳人的自尊。他暗暗骂自己一声,提起石夯,砸了下去,一切烦恼暂时都被连珠炮似的石夯撞击声冲散了。

劳动完了,烦恼的烟云又从四面八方朝他的心里围聚。吃罢晚饭,他怏怏地告诉侯七,自个儿有病了,另找别人来打土坯吧!侯七盯着面色郁闷的勤娃,没有强留。他扛着木模和石夯走出村来。

勤娃懒散地移着步子,第一次不那么急迫地往家赶了;赶回家去干什么呢?甭说玉贤不在家,即使在,那间小厦屋也没有温暖的诱惑力了。

浪去!勤娃鼓励自己,一年四季,除了种庄稼,农闲时出门打土坯,早晨匆匆去,晚上急忙回,挣那么几块钱,从来舍不得买一个糖疙瘩,一五一十全都交到她手里,让她积攒着,想撑三间瓦房……太可笑了!你为人家一分一文挣钱,人家却搂着野汉睡觉……去他妈的吧!

勤娃已经叉开通康家村的小路,走上官路了。

这样恼人的丑事,骂不能骂,说不敢说;和玉贤关系好不能好,断又断不了,这往后的日月怎么过?既然程同志赶到家里来查问,证明他的父亲和舅舅要他包住丑事的办法已经失败,索性一兜子倒出来,让公家治一治那个瞎熊教员,也能出口气。可是,他爸却一下把他支使开了。

勤娃开始厌恶父亲那一副总是窝窝囊囊的脸色和眼神。窝囊了一辈子,而今解放了,还是那么窝囊。他啥事都首先是害怕。不敢高声说话,不敢跟明显欺侮自己的人干仗,自幼就教勤娃学会忍耐,虽然不识字,还要说忍字是"心上能插刀刃"!他现在有些忍不住了!

沿着官路,踽踽走来,到了桑树镇了。

夜晚的乡村小镇,街道两边的铺店的门板全插得严严的,窗户上亮着灯光,街上行人稀少。勤娃终于找到了可以站一站的地方,那是客栈了。

门里的大梁上吊着一盏大马灯,屋里摆着脚客们的货包。大炕上,坐着或躺着一堆操着山里口音的肩挑脚客。

"啊呀!这是勤娃呀?"客栈掌柜丁串串吃惊地睁大着灵活的小眼睛,"来一碗牛肉泡,还是荤油臊子面?"

"二两酒。"勤娃说,"晚饭吃过了。再来一碟花生豆儿。"

"啊呀,勤娃兄弟!"丁串串愈加吃惊了,"好啊!我知道,这两年庄稼人翻身了,村村盖房的人多了,你打土坯挣钱的路数宽了!好啊!庄稼人不该老没出息,攒钱呀,聚宝呀!临死时一个麻钱,一页瓦片也带不到阴间!吃到肚里,香在嘴里,实实在在……掌柜的,给康家勤娃兄弟看酒……"

丁串串长得矮小、精瘦,声音却干脆响亮,说话像爆豆儿,没得旁人插言的缝隙。他唤出来的,是他的婆娘,一个胖墩墩的中年女人,同样笑容满面地把酒壶和花生摆到勤娃的面前了:"还要啥,兄弟?"

"吃罢再说。"勤娃坐下来。

花生米是油炸的,金红,酥脆,吃到嘴里,比自家屋里的粗粮淡饭味儿好多了。酒也真是好东西,喝到口里,辣刺刺的,进入肚里以后,心里热乎乎的。接连灌了三大盅,勤娃觉得心里轻松多了。怪道有钱人喜时喝酒,闷时也喝酒!他觉得那股热劲从心里蹿起,进入脑袋了,什么野汉家汉,丑事不丑事,全都模糊了,也不显得那么重要了。

"再来二两!"勤娃的声音高扬起来,学着丁串串的声调,呼唤女掌柜,"掌柜的,买酒!"

女掌柜扭动着肥大的臀部,送上酒来,紧绷绷的胖脸上总是笑着。勤娃从腰里掏出一卷票子,抽出两张来,摔到桌上,好大的气派!女掌柜伸手接住钱,眼睛却直勾勾地盯着他把那一卷票子塞到腰里去。

"还有床位么?"勤娃干脆捉住白瓷细脖酒壶,直接倒进喉咙,咂咂嘴,问着还站在旁边的女掌柜。

"有啊!"女掌柜满脸开花,"要通铺大炕?还是单间?兄弟倒是该住单间舒服。"

"好啊!我住单间。"勤娃满口大话,一壶酒又所剩不多了,支使女掌柜,"给我开门去!"

他妈的,我康勤娃也会享福嘛!酒也会喝,花生豆儿也会吃。往常里倒是太傻了哩!

"勤娃兄弟,床铺好了——"女掌柜在很深的宅院里头喊。

"来了——"勤娃手里攥着酒壶,朝院里走去。脚下有些飘,总是踩踏不稳,又撞到什么挡路的东西上头了,胳膊也不觉得疼。那些坐着或躺在通铺大炕上的山里脚客,在挤眉弄眼说什么,勤娃不屑一顾地撇撇嘴角。这些山地客,可怜巴巴地肩挑山货到山外来卖钱,只舍得花三毛票儿躺大炕,节省下钱来交给山里的婆娘。可他们的婆娘,说不定这阵也和谁家男人睡觉哩……

"在哪儿?"勤娃走进昏黑的狭窄的院道,看着一方一方相同的黑门板。

"在这儿。"女掌柜走到门口,"我给你铺好被子了。"

勤娃走到跟前,女掌柜站在窄小的门口,勤娃晃荡着膀臂进门的时候,胳膊碰到一堆软囊囊的东西,那大概是女掌柜的胸脯。

女掌柜并不介意,跟脚走进来:"新被新床单,你看……"

勤娃一看,女掌柜穿着一件对门开襟的月白色衫子,交近农历四月的夜晚,已经很热,她半裸开胸脯上的纽扣,毫不在乎地站在当面。勤娃一笑:"好大的奶子!"

"想吃不?"女掌柜嘻嘻一笑,一把扯开胸脯,露出两只猪尿泡一样肥大的奶头,"管你一顿吃得饱!"一下子搂住了勤娃。

勤娃本能地把脸贴到那张嬉笑着的脸上。

"瞎熊!"女掌柜又嘻嘻一笑,嗔声骂着,转过身,走出门去。

丁串串正好走到当面,站住脚。

"勤娃喝多了,在老嫂子跟前耍骚哩!"女掌柜说。丁串串哈哈一笑,忙他的事情去了。

勤娃往腰里一摸,啊,那一卷票子呢?啊呀!脑子里轰地一下,一瞬间的惊恐之后,他就完全麻木了,糊涂了。

"哈哈哈……啊哈哈哈哈!"勤娃从门里蹦出,站在院子里,"一把票子,几十块!只摸了一把奶!太划不来了……哈哈哈哈……"

他豁脚扬手,笑着喊着,从后院蹦到前房,又冲到门外。

"这瓜熊醉咧!"女掌柜也哈哈笑着说。

"大概屋里闹仗,生闷气。"男掌柜丁串串给那些山地脚客说,"这是方圆十多里有名的土坯客,一个麻钱舍不得花的人。今日一进门就不对窍嘛!大半是家事不和,看起来闹得很凶……"

丁串串说着,吩咐女掌柜:"你去倒一碗醋来,给灌下去……"

十六

月亮半圆了,村外的田地里明亮亮的,似乎天总是没有黑严。玉贤匆匆沿着宽敞的官路走着,希望有一块云彩把月亮遮住,免得偶尔从官路上过往的熟人认出自己来。

经过一夜一天的独自闷想,她终于拿定主意:要找杨老师。在娘家屋比在勤娃家里稍微畅快些。一直到喝毕汤,帮母亲收拾了夜饭的锅灶,她才下定决心,今晚就去。

父亲一看见她就皱眉瞪眼,扔下碗就出门去了,母亲说到隔壁去借鞋样儿,她趁机出了门,至于回去以后怎样搪塞,她顾不得了。

桑树镇的西头,是行政村的中心小学,杨老师在那儿教书。月光下,一圈高高的土打围墙,没有大门,门里是一块宽大的操场,孤零零立起一副篮球架。操场边上长着软茸茸的青草。夜露已经潮起,她的脸面上有凉凉的感觉。

一排教室,又一排教室。这儿那儿有一间一间亮着的窗户,杨老师住在哪里呢?问一问人,会不会引起怀疑呢?黑夜里一个年轻女人来找男教员,会不会引起人们议论呢?

左近的一间房门开了,走出一位女教员,臂下夹着本本,绕下台阶过来了。她顾不得更多的考虑,走前两步,问:"杨老师住哪里?"女教员指指右旁边一个亮着的窗户,就匆匆走了。

走过小院,踏上台阶,站在紧闭着的木门板外边,玉贤的心腾腾跳起来。她知道她的不大光明的行动潜藏着怎样不堪设想的危险结局,没有办法,她不走这一步是不行的。

她压一压自己的胸膛,稳稳神儿,轻轻敲响了门板。

"谁?"杨老师漫不经心的声音,"进。"

玉贤轻轻推开门,走进去,站在门口。杨老师坐在玻璃罩灯前,一下跳起来,三步两步走过来,把门闭上,压低声音问:"你怎么这时候来了?"

他怎么吓成这样了呢?脸色都变了。

"见谁来没有?"杨老师惊疑不定地问。

"见一个女先生来。"玉贤说,"我问你的住处。"

"她没问你是谁吗?"

"问了。"

"你怎样说的?"

"我说……是我哥哥……"

"啊呀!瞎咧!人家都知道,我就没有妹妹嘛!"杨老师的眼睛里满是惊恐不安,"唔!那么,要是再有人撞见问时,说是表妹,姨家妹妹……"

玉贤看见杨老师这样胆小,心里不舒服,反倒镇静了,问:"杨老师,我明白,这会儿来你这儿不合适,我没办法了。我是来跟你商量,咱俩的事情咋办呀?"

"你说……咋办呢?"杨老师坐下来了。

"你要是能给我一句靠得住的话……"玉贤靠在一架手风琴上,盯着杨老师,认真地说,"我就和勤娃离婚!"

"那怎么行呢!"杨老师胡乱拨拉一把头上的文明头发,恐惧地说,"县上教育局,这几天正查我的问题哩!"

"我知道。"玉贤说,"今日后响一位女干部找到我娘家,问我……"

"你咋样回答的?"杨老师打断她的话。

"我又不是碎娃,掂不来轻重……"

"噢!"杨老师稍微放心地吁叹一声,刚坐下,又急忙问,"不知到勤娃那里调查过没有?"

"问了。"玉贤说,"听她跟我说话的口气,他也没给她供出来……"

"好好好!"杨老师宽解地又舒一口气,眼里恢复了那种好看的光彩,走到她面前来,"真该感谢你了……好妹妹……"

"要是目下查得紧,咱先不要举动。"玉贤说,"过半年,这事情过去了,我再跟他离!"

"你今黑来,就是跟我商量这事吗?"

"我跟他离了,咱们经过政府领了结婚证,正式结婚了,那就不怕人说闲话了,政府也不会查问了。"玉贤说,"我想来想去,只有这条路。"

"使不得,使不得!"杨老师又变得惊慌地摇摇手,"那成什么话呢!"

"只要咱们一心一意过生活,你把工作搞好,谁说啥呢?"玉贤给他宽心,"笑,不过三日;骂,不过三天!"

"你……你这人死心眼!"杨老师烦躁地盯她一眼,转过头去说,"我不过……和你玩玩……"

"你说啥?"玉贤腾地红了脸,几乎不相信自己的耳朵,"这是你说的话?"

"玩一下,你却当真了。"杨老师仍然重复一句,没有转过头来,甚至以可笑的口吻说,"怎么能谈到结婚呢!"

玉贤的脑子里轰然一响,麻木了,她自己觉得已经站立不住,一句话也说不出来,嘴唇和牙齿紧紧咬在一起,舌头僵硬了。

"甭胡思乱想!回去和勤娃好好过日月!他打土坯你花钱,好日月嘛!"杨老师用十分明显的哄骗的口气说着,悄悄地告诉她,"我今年国庆就要结婚了,我爱人也是教员……"

他和她"不过是玩玩"!她成了什么人了?她至今身上背着丈夫勤娃和父亲吴三抽击过的青伤紫迹,难道就是仅仅想和他玩一玩吗?她硬着头皮,含着羞耻的心,顶过了县文教局女干部的查问,就是要把他包庇下来,再玩一玩吗?玉贤可能什么也没有想,却是清清楚楚看见那张曾经使她动心的小白脸,此刻变得十分丑陋和恶心了。

"我不会忘记你的好处,特别是你没有给调查人说出来……"杨老师这几句话是真诚的,"我……给你一点钱……你去买件衣衫……"

玉贤再也忍受不住这样的侮辱,一口带着咬破嘴唇的血水,喷吐到那张小白脸上,转身出了门……

十七

月亮正南,银光满地,田野悄悄静静。

玉贤坐在一棵大柳树下,缀满柳叶的柔软的枝条垂吊下来,在她头上和肩上摆拂。面前是一口装着木斗框架的水井,应该结束自己的生命了!一低头,一纵身,什么都不要想了!

也许明天早晨,菜园的主人套上牲畜车水的时候,立即就会发现她……十里八村的男人女人,就该有闲话好说了。啊啊!她将作为一个坏女人永远留在村民们的印象里……

她忽然想到了阿公,那个在她过门不到两月时光就把"金库"交给儿媳掌管的老人,小河一川能数出几个这样老好的老人呢!多少家庭里娶下媳妇,父子、兄弟、妯娌闹仗分家,不都是为着家产和金钱吗?她太对不住阿公了,如果能见一面,她会当面跪下,请求老人打她。那样,她死了,会轻松一些。

她想到勤娃了。他笨手笨脚,可搂起她的双臂是那样地结实。他讷口拙舌,可说出的话没有一句是空的。他从外村打土坯回来,嘿嘿笑着,从粗布衫子的大口袋里头掏出钱来,很放心地交到她手上,看着她再装到阿公交给她的那只梳妆盒子里……

她对不起阿公和勤娃。她没脸面再去盯一眼这样诚心实意待她的人。她应该立即跳进井里去!

她对不住阿公和勤娃。应该在离开阳世的时候,对自己已经觉悟到的错事悔过,补一补心,再死也不迟啊!

她站起来,冷漠地盯一眼透着月光的井水,离开了。她从田间的小路重新走上官路,从桑树镇上穿过去,直接回家,免得回到娘家,父亲没完没了地责问,死了也该是康家的鬼!

玉贤走到桑树镇上了,街上已经空无人迹。经过客栈门前的时候,门口围着一堆人,嘻嘻哈哈,哄哄闹闹。她不想转过头去,这个客栈,早听人说过,是个乌七八糟的地方,丁串串开栈挣钱,婆娘卖身子挣钱。

"哎呀!喝了醋就醒酒了!"

"灌!"

"把鼻子捏住!"

又是什么人喝醉了,玉贤走过去了。

"我——不——喝!"

玉贤听到被灌着醋的喝醉了的人的吼声,猛然刹住脚,怎么像是勤娃的声音呢?

"毒——药——"

这回听真切了,是勤娃。天哪!他怎么跑到这个鬼栈里来了呢?她的心紧紧地收缩下沉,意识到她害得勤娃变成什么人了!

玉贤折回身,跑到人堆前,拨开围观的人堆;从门里射出的马灯的亮光里,看见勤娃被一个人紧紧夹住,丁串串正给他嘴里灌醋。勤娃咬着牙,闭着眼,醋水洒了一脸一胸膛,满身泥土。玉贤一下扑上去,抱住勤娃,哭喊出来:"我的你呀……"

丁串串和众人停住手,议论纷纷。

玉贤扯起衣襟,擦了勤娃的脸,抓住一只胳膊,架在她的脖子上,另一只手紧紧搂住勤娃的腰,几乎把那沉重的身躯背在身上,拽着拖着,离开丁家栈子,走上了官路……

1982年9月18日至11月3日 灞桥

散文·报告文学

躯　干

一

连续两三次寒潮入侵,把素有"十月小阳春"之称的关中平原强行推进冬天冷冻世界的大门。农历九月二十一,离小雪节气还有半月之远,就下起雪来;雪势来得猛,时间却太短促了,降水量不大;入冬以来干旱的空气得到调节,川原上下的麦苗洗净了叶片上的灰尘,显得葱绿水嫩。寒潮退去以后,节令过了小雪,又过了大雪,滴雨未见,空气干燥,麦苗又显旱了。川道里有灌溉设施的田头,有社员在引水浇麦,这是促进小麦分蘖的关键一水(农民叫盘根)。旱原上没有水利条件的麦田,只能等老天爷的恩赐了!

一周前,公社水利干部兴冲冲地告诉我,陈广汉试办的坡原喷灌成功了,可灌七十来亩地。我为这小小的水利工程所吸引,几天来,竟然心神不安,一种急切的情思牵引着我,上陈家坡去看看……

陈家坡坐落在白鹿原北麓的半坡上,从灞河川道的公路上,依稀可见笼罩着村庄的树梢,有一条小路盘沿而上……

在公社工作的十年里,这个村子留给我的,本来没有什么好的、美的或者是诗情画意的东西可资回忆!印象深的倒是,陈家坡的干部到公社来,大约不外乎这样几件事:要救济粮,要救济款,要公社派干部去帮助他们选干部，他们的什么干部又撂套了。虽然每年春天都拨给他们一批救灾粮款，可是社员们从渭河北丰产区买回来的高价粮，还是比从打谷场上分回家的数字多！这是实实在在的事。公社多次派干部去驻队，少则十天半月，多则三五个月，往往是苦心巴力扶起一个班子，刚刚离开陈家坡不久，就又垮塌了。印象更显明的是，这个小村庄的居民很勇敢，连续几次，因为争水争地界，把邻近两个比他们大一倍乃至几倍的村庄打败了，这无论如何是使周围村庄居民敬畏的"光荣纪录"。

前年夏天搞平整土地会战的时候，指挥部扎在陈家坡村。我们的任务很单纯，两个月完成八百亩坡地的平整工程。住了不上半月，旱象加剧，秋苗旱得发蔫，这儿的蓄水库塘里有水，地却浇不好，施肥也跟不上。没劳力吗？他们给改土工地上只安排了不上十个妇女应付场面……我被社员的呼声所感动，插手干涉他们的内部事务了。又过了不到半月，连续几家打架闹仗，告状告到我的门上，我是想甩也甩不脱了。接近会战结束时，陈家坡的队长、副队长、妇女队长全部撂套了，甚至中共陈家坡支部书记也宣布他不干了！

这个严重的局面使我吃惊。我把情况汇报给公社党委，得到的决策是：指挥部按计划撤离，让我和另外三个同志留下来解决陈家坡的问题，用四个干部，解决三十八户一个大队的问题，够大方了，也就可见党委的意思了。

无须赘述后来的过程。当我们费尽九牛二虎之力，给这儿撑起一个班子的时候，我并不宽慰，倒是时刻担心，不久还会塌台的。

好心的社员对我们说："难弄吧！没想到小村子事情这么难办吧？嗨！要是陈广汉上马领头儿，根本不够收拾！何用你们费心费力！"

陈广汉是陈家坡原大队长，从农业社成立干到一九六五年夏天，陈家坡社员得到最后一场小麦大丰收之后,正在进行的"四清"运动到了后期,他被开除党籍了。从一九六六年到一九七八年的十三年间,陈家坡就像一个被抽掉了脊梁骨的人体,再也支撑不起软瘫的躯体来。

人民在忍耐中,终于走到了一九七九年,陈广汉平反后回到了陈家坡这具躯体之间。我听到这个消息的时候,并不惊奇,只是证实一下自己的愿望而已。可是,不到一年,首先从那儿传出喷灌成功的消息,我渴望见到陈广汉的情思自然无法抑制了。

二

从村子东南面的停马沟蓄水塘里把水引出来,通过埋设在地下的硬塑料水管,直达最下边一台梯田。每隔六十米,从主管道引出一个接头,安上喷嘴儿,用很长的塑料软管可以把喷嘴延伸到两边的梯田里去。

广汉接好喷头,叫两个社员拧开闸门,可以听见地下哗哗哗的流水声。猛然,刷的一声响,两个喷头在空中扯开两道乳白色的水帘;蓬蓬啪啪的雨声,夹杂着喷头转动时有节奏的轧轧声;干燥的空气霎时变得湿润润的,清香的泥土气息扑鼻而来;西斜的太阳,在雨帘里映出一道五彩缤纷的彩虹,真是壮观极了。

陈广汉尚未成年时,在西安一家鞋铺锥过两年鞋底儿。解放后,这个刚刚成人的青年很自然地投身于党所领导的农村革命,表现出出众的坚定、公道和富于组织能力;初级农业社成立,二十四岁的小伙子被选为副主任,干到一九五八年,他就位驾辕了;三十户人家的集体事业的大车,一直拉到一九六五年,整整十年。

这十年里,陈家坡村年年完成国家下达的公购粮任务,从未吃过返销粮;即使三年严重困难时期,河川里有水浇地的村子也买国家返销粮的时光,地处旱原的陈家坡仍然自给自足。"麦囤子"的美誉就是那时候显出来叫起来的。

广汉下台了,"麦囤子"随之烂包了。干部走马灯似的你上他下,吃返销粮加买高价粮的困难局面却一直未能扭转。有人挖苦说:"咱的户口关系在陈家坡,粮食关系在渭河北……"

有这个人和没这个人,大不一样!社员从切身饥寒温饱中更清楚地归结到这一点。于是,村里形成一股股呼声:促广汉上马!

"四人帮"乱国的头几年里,风云莫测,派系复杂。自知脊背上扣着黑锅的人,生怕再度卷进糊汤浊流里,躲到城里一家工厂去挖土方,逃出是非之地了,村里群众的情绪,他还不知道。

一个休息日,他回家来,走到坡下驻军营房的围墙边,部队政委亲热地叫他的名字,硬拉他的袖子,要广汉到里边去坐。

"我是有问题的人,你少和我接触,小心影响你……"

政委哈哈笑着,没有松开使劲拉着的手。

坐在政委办公室,从问寒问暖拉家常开始,最后政委终于把底儿亮出来:上台!

"我不干!子孙后代都再不当干部!"用不着丝毫犹豫和片刻考虑,陈广汉一口回绝,脸色都变了……

挖土方的合同期满以后,陈广汉回到陈家坡。这一天,驻军干部在半坡上的饲养场召开社员会,把广汉拖去参加。部队同志告诉他,已经开过不下十次座谈会,群众仍是一句话,要陈广汉上马!会场上,广汉的名字一提出,随声举起一片攥着拳头的胳膊。陈广汉感动了……

"把社员的粮食关系,从渭河北转回陈家坡!"这是他集中了大伙的心愿而给自己立下的目标。经过几次会议,明确了主攻方向:水!

一上马就抖出了威风!柳沟水库立刻动手,从三里远的灞河滩里用口袋把砂石背上原坡,三九寒天,汗把棉袄湿透了!陈广汉和社员夹杂在一起,背!大雪天,泥泞的坡路上不断有人滑倒,爬起来,继续上!真有几分悲壮的气氛呢……奋战两年,地处千古旱原的村子,终于有了水浇地。

当干部不可能不触犯一些人的自私违章行为,听到刺激伤疤的冷言恶语,他常常难受得几夜睡不着,须知他是含冤忍辱而又负重啊!公社领导了解下级的困难处境,把广汉抽到公社来,当生猪收购验收员。

此间,陈家坡又乱得不堪收拾了,直至"四人帮"垮台以后,继续混乱的局面,又使公社领导的眼睛瞅住了陈广汉:

"现在,你可以上马了!"

"唔……"

"可以让你的孩子接替你的工作,你回队!"

"只要我的问题得到解决,我回老家!孩子安排不安排,不是主要问题!"

响鼓不用重锤。陈广汉刚一平反,就回到队上。摆在他面前的局面是:人无粮,牲畜缺草料,内外债欠下一万七,按人均摊八十多块。他驾起的是这样一辆破车!

一九七九年夏季,陈家坡获得大丰收,秋季收成也不错,全年总产突破十二万斤,是解放三十年来最高的收获量了。再没人夹上口袋黑天半夜借粮买粮了,粮食关系从渭河北转回来了!多么豪迈的一步,简直是奇迹……

彩虹随着雨帘在空中移动,激情使我难以自制,瞧着梯田里推车挑担送肥的男女社员,瞧见广汉淌着水珠儿的笑脸,听着那哗哗哗的喷水声像奇妙的乐曲在飞扬,那雨帘里的彩虹,似乎是社员们初展愁眉的笑脸……

三

归去的时候,暮色苍茫,冬日傍晚的灰雾笼罩着原坡,烧锅点炕的蓝色柴烟弥漫在村庄四周,与灰雾融会在一起,偏远山区少有车鸣人嘈声,田野清冷而恬静。

陈广汉还占据着我的整个脑海。他平静的脸上,显示着素有的冷静和坚决,很少能看见他有得意的神色;单眼皮,直鼻梁,因为颧骨高耸显得下颚瘦窄了,这是一张极普通的脸。他的耳轮上部,帽圈下露出两绺银白色的头发。他今年四十七岁,远远不到白头年龄啊!而据说好几年前就霜染鬓斑了。

从生理学上是不是能解释得通,我不大清楚;我所知道的他受的冤苦,他费的心血和气力,绝不会不是四十白发的一个重要因素。

当组织决定复查陈广汉的问题的时候,打开据以开除他党籍的那一堆材料,办案人员好笑:合作化以来,陈家坡果园收入没有一年超过两千元,可是,仅仅一九六一年一年,就给广汉和其他干部算下了三千元的果园收入贪污款。在硬行定案并要求即刻退赔"赃款"的时候,粮食、家具和自留树木一齐折价没收,四年前广汉掏五十元买了一棵活杨树,未伐,长了四年,退赔时折价四十元。谁能相信这是在教育人嘛!整人整得连起码的常规也不顾了。

就凭这些,陈广汉被开除党籍了。当时他只有三十三岁,正当精力旺盛和心力成熟的富有年华!他的政治生命被断送了,陈家坡的脊梁被抽掉了!他忍辱含冤而白发,群龙无首而遭罪受苦,整整一十三年。

在陈广汉从一九五五年到一九六五年当权的十年间,陈家坡说不上十分富裕,也算得一个"小康之家",不欠一分一文外债内债,社员能得温饱。他一下台,外债内乱就接踵而来。一九七〇、一九七一两年,他上台的时候,面临的是社员缺粮,牲口缺草,他办了两件大事:水利和电力,困难的局面才有转机。他退位到一九七九年初上来时,又是债台高筑,人心涣散到难以收拾,神仙莫治陈家坡了。可是不足一年,这儿就还过阳气来,办成了原坡第一家喷灌!

我怀疑自己是否在神话陈广汉,却又无法否定铁一般的事实。现行的党的方针政策好是总前提,风调雨顺是好机会;可是,这样的现象如何解释:陈家坡一年里,大小干部没有一个撂套的,社员和社员,社员和干部,干部和干部之间闹矛盾以至打架闹仗的事也很少发生,表现出多年来少有的"人和"景象。

我于是想到一个人,一个人的重要和价值。

像陈家坡这样一家只有三十八户人家的大队,大约是我们九亿大国里很小的一个细胞了,生活在这个小细胞里的一百九十四个居民,要产生出一个可资信赖的领袖人物,竟然这样难!可是毁灭这样一个群众领袖,却凭着一摞杜撰的材料就能轻易做到了!造成人民自相残杀、毁灭忠诚战士而使阴谋者逞能升迁的极左路线,愿它永远寿终正寝!

"干部"一词在日语中的原意是"躯干之部",实在是贴切恰当。想到陈广汉这样一个三十八户人家的大队的干部,我联想到人的躯干。愿祖国母亲的每一个细胞里,尽快成长起背负民族希望的"躯干之部"来……

1979 年

分　离

　　初次听到农业技术中"分离"这个词儿，觉得陌生而又新鲜。分离，这是对种子提纯复壮过程中使用的主要技术手段，就是对同一优良品种，淘汰劣种，选择优种，坚持数年，不断分化，直到取得一种最优良的植株的种子为止。当我们听完孙峰自己的介绍，以及他的科研站的伙伴们的述说，奇异地发现：在这个被团中央命名为"新长征突击手"的青年的生活中都贯穿着一种严峻的"分离"的精神……

一

　　一九七六年初冬，灞河和浐河交汇区广阔坦荡的平原上，一排排白杨落了叶，复种的小麦绿色葱茏，恰似一张素雅简洁的织锦。

　　这时节，二十四岁的安邸大队试验站副站长孙峰，从武功农业技术学校短训班学习结业，回到了家乡。他一进家门，和妈妈只打了一句招呼，就又闪身出了门，旋风似的卷进生产队长家里来。

　　队长正抱着大老碗吃饭。小伙子简要地向队长汇报了他的学习情况，急切地提出："我想去一趟安康！"他说他在短训班里认识了安康一位同行，得知安康农科所引进了一种优质高产的油菜品种"日本平头"。那位同行自愿帮忙，设法从安康农科所搞几株。他特别向队长强调：现在是阴历十一月末，已经是移栽油菜的晚期，倘使错过这几天,就要再等一年,农业生产就有这个麻哈劲儿!他说得急,说得恳切,想得单纯:"我想明天就起身,赶到安康……"

他的眼睛一直没离开队长的大老碗,队长的眼睛也一直没离开他的老碗和菜碟。他只是轻轻地说:"峰,先回去吃饭!"

一瓢凉水!小伙子心里灰了。唉,这儿没有种油菜的习惯,谁见过亩产三百多斤的菜籽!想到这些,孙峰又想通队长的冷淡态度了,热火的情绪又升腾起来。他奔回家,对老母亲倾谈了自己的心事:"妈,你有钱吗?"

母亲把孙峰哥哥平时给她的零花钱积攒下来的三十块钱,连同包钱的手帕,一齐交给儿子。加上自己在农校省吃俭用积攒的钱数,去安康的路费凑够了。只差粮票,实在借不下,把馍背上,来回五六天,又是冬天,馍不会霉坏的。主意就这么定了。

试验站的姑娘王知斤,得知孙峰的困难,一手把粮票塞到孙峰手里,慷慨而又真诚。

第二天一早,孙峰已经登上南下安康的火车……

实在糟糕!下公共汽车的时候,他蹽了脚脖子,钻心似的疼痛,举步艰难。孙峰抚着扭伤的脚,心里怨自己,太急了嘛!太冒失了嘛!哎哎!想不到会弄下这麻达事!

被一种心爱的事业迷住了心思的年轻人,往往会表现出一种超乎凡人想象的坚强的忍耐的毅力。他咬着牙,头上滚着汗,跛着脚,一路探问着,一路甩着汗水,在山城安康的街道里艰难移步,找到了在武功农校结识的伙伴。又马不停蹄,找到了安康地区农科所,终于在试验的苗床上,看到了生态勃然的日本平头油菜生长植株。

真诚能感天动地!农科所的老师们,听完这位关中农村小伙子的叙述,看着他一跛一跛的腿脚,从已经定植的圃方里,忍痛割爱,挖出来十株,再三叮嘱:要注意陕南和关中的气候差别……

孙峰得到多么舒心的精神上的满足!他提着装着油菜植株的硬

质纸箱,坐上公共汽车,又转上火车。第六天,他凯旋而归,回到了灞河岸边的家乡。

第二年初夏,麦梢黄了,孙峰的十株日本平头油菜苗儿,经过严寒的关中冬季的折磨,好容易保存成活下来了两株,简直贵重得如夜明珠一般,结荚了,角干了。

割下来,一个一个摘下荚角儿,小心地揉搓,多么简单而又严肃的收获!得到了紫红色的一撮种子,称过:四十克!

不少不少!孙峰攥着这四十克种子,心里乐死了,忘了去安康自个儿花了六十多块钱,赔了六天工分,崴了脚脖子的痛楚;冬春月里天天观察、记载、精心管理的辛苦,都一齐抛到九霄云外去了!

九月初,孙峰把四十克夜明珠般的种子播进苗床里,十一月初,孙峰又把一株株幼苗儿移栽进田地里,围上土粪,盖上麦秸;没有覆盖塑料薄膜,让生长于温带的日本平头经受秦岭北麓灞河平川冬季严寒的锻炼……

春天来了,灞河解冻,春水哗哗。油菜复苏了,从厚厚的土粪层下,钻出来一片绿生生的新叶,孙峰更是天天几次观察,田间踩出一条细径。

起秆儿了,分叉了。孙峰的眉头却一天比一天皱得难看了。我的天!不到一两种子,仅仅只有一畦地!竟那么多株,秆歪枝稀、株形疏漏、花苞点点稀拉,没有一株高大健壮、秆粗枝密、结荚繁稠的理想植株。好容易等到开了花,结了荚,干了角,他心里难受极了。优越性在哪里?要按分离的原则,全是劣种,均应舍弃。一切辛劳都将落空,一切希望都将化为泡影!搞种子分离的人,心是硬的,甚至有点残忍,抛弃劣势病态的植株,毫不留情,须知,非此不能分离出优势状态植株啊!

孙峰面对着一片稀稀落落的景象,他不甘失败,他想:也许是气候、土壤的差别所致,而不能使优势发挥出来吧?他又经过选择,在每株有一点优点的植株主花上,采集下种子,今年再播。

一切从头开始。这是一九七七年秋天,九月播种,十一月移栽。一九七八年春天,真正关键性的一个春天来到了。

成功往往孕育在失败之中。你看,只有那么几株从发芽到抽叶,以及株型的形成,就显示出勃然优势,直到分叉,仍保持着遥遥领先和鹤立鸡群的优势之态,叶阔秆粗,分枝多而又密,花苞繁,主秆直至长到一米七;同时,也有一两株却表现出另外的特征,一起秆就分叉,两服主秆同时并进,同时分叉,花苞一样稠密。孙峰,眉头的疙瘩绽开了,一满是压抑不住的喜悦,难得的珍贵的生态现象,给他指出了无限的前程,这是三年的心血啊!

试验取得成功,获得了理想的植株,无须赘述后来的充满凯歌式的欢快的进程了。只需向读者报告一个数字:一九七九年,孙峰分离出来的日本平头油菜亩产三百六十斤,可在他们队,历史上最高年份只有一百九十斤。这数字,饱含着有志者的辛劳和心血,化作了诗,化作了丰收,幻影般的奇迹实现了,灞河岸边的春天,一大片一大片的油菜花覆盖了原野……

队长看到这个景象,对孙峰说:"峰,把你到安康去的路费报了吧!"

孙峰先是一愣,从安康回来,已经是几年了啊!他把此事早已忘了。等他记起这件事的时候,瞧着队长诚恳的眼神,小伙子心里涌起一股热浪,倒说不出话了……

二

和对油菜试验中的分离一样,孙峰在爱情生活上,也经历了一段严峻的分离过程。和油菜试验中的分离不同的是,恋爱中的分离和选择,则要更困难一层。植物试验中,生态长势,摆在那里,清清楚楚,一目了然;而对象呢,外表和内心的美,往往存在着难以捉摸的不统一现象,这就使年轻人的恋爱往往难以一次完美地成全。

在中学读书时,同班一位城镇知青,和他往来多些。毕业后,孙峰回到了自己的家乡安邸村,那位女同学也插队下农村了。她给他来了一封信,其实也没有谈什么爱情的事。他回了一封信。随着日月流逝,年龄继增,他们都成年轻人,各自都得到对方三十多封信,互相倾慕、互相恋爱的心思都表现得清清楚楚。这时候,孙峰接到姑娘又一封信,信中有劝孙峰设法到外部世界找一碗商品粮吃的意思。孙峰正热心于种子的揪心试验中,很明显表示:他不想离开他的试验站,人各有志,农业粮吃着也不寡味嘛!

这样,在他们的爱情里,卡下了一道横竿,姑娘一次又一次来信,愈来愈明晰地提出,孙峰必须吃一碗商品粮的饭,这成为她和他结合的唯一的最低的也是最高的纲领。孙峰处于困惑中,丢弃培植起来的友情,是痛苦的;答应这样的条件,是违心的,他有着自己的理想和志向。

姑娘亲自骑着自行车来到了安邸村,从试验站把孙峰叫了出来,进行最后一次谈判。

姑娘也很痛楚,她要丢弃自己心灵上的所爱也是痛苦万状,最后终于放宽尺码:在社办企业里当个工人也可以,总之,要孙峰和他的试验站分离。

满足这样的要求并不困难。当个社办企业的工人比国家企业职工要容易得多。但是,孙峰,他的心已经完全迷恋于种子试验了,要他和这分离,去当工人,不管是国营的,或是社办的,对他来说,不是幸福,而是精神上的痛苦。他再三思量,他无法与试验站分离,与心爱的日本平头分离……

谈判破裂了,姑娘伤心痛楚地离开了,孙峰重新走进自己的试验站,他经历了一次严峻的爱情分离。

本村一位姑娘,异常热烈地又闯进孙峰的心里。她多情,也漂亮,帮助孙峰洗衣服,甚至到他家帮忙做饭,她向他暗暗地倾吐了爱慕……

孙峰觉得不能太轻率,尽管同生一个村,同在一个站,也不能如此简单地宣布结合,总得有一个互相了解、信赖的过程。

这当儿,有人给姑娘介绍了另外一位青年,长得排场,家境又宽绰,一见钟情,按照农村目下时兴的手续订了婚。没有办法,在长相和家境经济方面,孙峰是处于劣势的,他被姑娘淘汰了,分离了!

生活是复杂的,人也是千姿万态的。浮光掠影,五光十色,令人眼花缭乱,要捕捉实在的真诚的东西,真是不容易呢!试验站另有一位姑娘王知斤,却是实实在在地倾心爱着孙峰。

她既没有给孙峰写情书,也没有明显表露过"我爱你"!孙峰一直没有发现。

这年年终,队里决分以后,孙峰得到二百多元的现金。他抽出八十块,找到王知斤,塞到姑娘手里。

知斤被这突如其来的举动搞得愣住了:"这是做啥?"

孙峰诚恳地说:"这一年,零儿白儿拿你的钱,我估计不下这个数儿!我给你还……"

"噢!"知斤明白了,倒抽一口气,脸上立时变了色,气恨恨地抿着嘴,胸脯一起一伏,眼泪在眼眶里打转,一甩手走了。

孙峰也愣住了,不要钱也用不着生气呀!

于是,他想起:在自己忙于田间作务、抽不出身回家吃饭时,王知斤给他把饭带到田头来。多少次,记不清了哩!

自己家里穷,夜里给棉花防虫,睡在河滩露天地里,他只有一条薄被,王知斤给他送来褥子、暖壶,怕他冻着……

为了掌握害虫的活动规律,他整夜坚守在棉田地里观察,是王知斤不叫苦,不知累,有时陪他一块观察……

他需要一个认真负责的助手,王知斤是最满意的一个,你怎么吩咐,她遵照完成,认认真真,从不偷闲……

他家里只有个七十多岁的老母亲,吃饭穿衣都有困难,知斤姑娘给他缝过衣,做过饭,次数也记不清了。

是不是知斤有那个意思呢?自己可是万万没有想到呢!孙峰问自己。她比他大两岁,像他的姐姐,他心里感激知斤对他的体贴,可没有想到另外一层意思。现在,他手里捏着知斤生气地塞回他手里的票子,愣愣地想着,似乎真是负了姑娘一片痴心挚情了。他的心被强烈地震动着,感觉到了一股强大的热力。

他找她去了。

一见面,没有说话,姑娘竟流了眼泪。

孙峰感动了,懊悔自己怎么竟没有想到呢?他不想解释,那是多余的!彼此至今完全肝胆相照了!他开玩笑说:"知斤,你是独生女,家境好,天天早起吃糕点;我家穷,早饭老是喝苞谷糁……"

"霎胡说!"知斤说,"俺哥在城里,礼拜回家看我妈,买些糕点,俺妈让我吃。我不吃,让它发霉长毛,这才对吗?"

孙峰笑了。

迟开的花儿更香。他们结婚了,实实在在,心心相印。共同的事业,并肩的劳动,把两个纯朴青年的感情扭结在一起。真挚的爱情在共同追求的事业的奋斗中萌发,开花,结果了。

三

像一切不完全成熟的年轻人一样,孙峰也有因年轻气盛而干出蠢事的时候。

孙峰在试验站里,队上每天给记十分工,全年大约有三百三十个劳动日,这要和队里的同等劳力比,差别就明显了。同等劳力每年能挣六七百个劳动日。原因是他们在队上能挣额外的计件工和额外的加工工分,而孙峰只能得到每天出勤才有的十分死工分,夜间观察和加班,也不给补记工。

想在事业上有所作为的年轻人,总是对个人的生活表现得稀里糊涂。

七十多岁的老母亲的眼睛,却难得离开那个关系着她和小儿子衣食温饱的工分本本。家里也实在是太穷了,屋里空荡荡的,吃饭连多余一只碗也没有;即使能分得几个钱,也需要等到年终决分。娘儿俩没有一分钱的收入,真是吃盐吃醋也成了问题。看着儿子从早到晚,从晚到早,迷在那试验田一块块小棋格似的田地里,回家来胡乱刨满一肚子少油寡味的粗食淡饭,母亲终于忍不住了,流着泪劝儿子:"你不搞试验不成吗?"

孙峰扬起头,停住筷子,傻愣愣瞧着母亲。

"让人家家境宽裕的人去搞,咱穷,贴赔不起!"

孙峰明白了,笑着,不在乎地笑着。

"你是个瓜瓜!"

"瓜瓜,啊,我是个瓜瓜!"孙峰自笑着,也不正面回答妈妈的话。

孙峰经济上的明显损失,时间一长,引起了试验站的姑娘们的意见。她们觉得,像她们站长这样的彪实小伙子,像她们站长这样从早到晚不知累乏的干劲,要是在队里,肯定要拿队里上稍工分!她们议论之后,在路上碰见了队长,提出了这个问题:"站长夜晚的加班加点都该记工分,平时的底分,也应适当提高。"

队长没有多余的话:"河滩给汽车装沙子工分大,要干了去试试!"说完扭头就走了。

听到姑娘们乱口纷纷的议论,孙峰火气冒了上来。我在试验站是想偷懒吗?是想挣轻省工分吗?捞沙石我怯场吗?干给你看看——第二天,他扛上铁锨下了河滩。憋着一口气,他一连干了十多天，无论谁都承认，小伙子抢锨装沙，干得不亚于任何精壮劳力。

时间稍过去了几天，他后悔了，难道咱为了几个工分，自己的志向就这么浅？哎，他痛苦了，难受极了！他走过自己日夜恋在心里的试验站，停住了步！流下了泪……

他终于又回到了他的方格格试验田里了。

可是，困难还是接踵而来，大约是日本平头试验几无希望的那一年，支部一位负责同志看到他家的困难，照顾他去当民办教师——虽是"民办"，在乡间也是年轻人眼里向往的差事！

不，不，孙峰不能在困难的时候离开他的试验田，即使有金筷子银碗！为着农村科研事业决心献身的孙峰，向领导表示了坚决的志愿！

当日本平头的高产喜讯传开以后，当他试验的其他油菜新品种同样获得喜人的产量以后，孙峰的名字和油菜的花香一同传遍了原野，素来不习惯种油菜的当地农村，春天，在绿毡似的灞河和浐河平原上，大片大片的油菜花像黄色的锦缎，点缀在绿野之中……

一九七九年，共青团中央命名孙峰为新长征突击手。公社管委会把孙峰从大队调到公社农科站。他还和在队里时一样，挽着裤管，奔跑在各个生产队的田野上，给生产队那些干部和社员当参谋。在他的脚下，刚刚是起步，但是无论如何，他的天地却是更加广阔了……

1980 年春

山 连 着 山

大约经过了九拐十八弯,汽车终于从原顶上盘回下来,进入黄土高原的一道河谷了。两岸黄土山峦,蓝天变成窄窄的一溜儿。汽车贴着山根,顺着河边的公路行驶。一座座被风雨剥蚀得满身沟壑的黄土山,从窗玻璃外面闪过去;闪过去了,迎面又扑来了,仍然是满身沟壑的黄土山。

山连着山……

初看,雄伟,纯朴,庄重;看得多了,就觉得单调,贫瘠,无彩少色,令人感到沉闷和厌倦。

朋友这时告诉我,就是这里——这川道,这山地,这莽莽的黄土高原,曾经是某某将军在陕甘宁边区时代屯垦和练兵的疆场。一时,眼前这连绵不断的黄土山似乎一下子改变了色彩,变得格外雄浑,肃穆而深沉,像黄河滚滚滔滔的波浪,奔腾着,起伏着,涌向远方……

"井架!"

就在那高高的几乎是光秃秃的黄土山顶上,矗立着一副钻取石油的井架,钢的身架,钢的筋骨,巍然耸立!

"井架!又一座!"

就在那泛着淡淡的绿色的黄土山的半山腰上,矗立着又一座井架,钢的身架,钢的筋骨,紧紧贴着黄土山的胸脯。

"井架!又……"

就在那被玉米、糜、谷覆盖着的郁郁葱葱的河川里,一副钢身铁骨的井架,拔地而起!

这就是长庆油田陇东高原会战区的一隅。

简直是不可思议的事!古老、贫瘠而又艰涩的黄土高原啊!中华民族繁衍、生息的摇篮之地,哺育过中国共产党人、孕育过新中国的红色土地啊!就在这深厚的黄土层下,涌动着炽热的黑色的液浆……

山连着山。井架连着井架。不断地闪过去,又不断地向你扑来。我简直想伸出双臂,去拥抱这黄土山……

离开公路,从小河沟的青石上绕过去,就开始爬山,一条小路通往半山腰的井场。

弯弯的小路,不过二尺来宽。朝右,拐上一道塄坎;朝左,又拐上一道塄坎;弯来拐去,小路就像从天上垂下的一条链带儿,飘落在野草野花中。蓬蓬的野草,把枝枝叶叶扑到小路上来,紫红的马兰花,火红的山丹丹,雪白的野萝卜花,还有挂在藤蔓上的野豆花,拂动着行人的裤脚……

这二尺宽的小路,不是用推土机铲出来的,也不是用镢头、铁锹劈出来的,而是用脚踩出来的。是那些工作在半山腰里的井架下的钻井工人,在荒山草丛中踏踩出来的。

上山,从草丛中踩过去,上班。

下山,从草丛中踩过来,下班。

清晨,踩着露珠闪闪的草丛……

夜晚,踩着星光迷蒙的草丛……

朝霞。夕阳。雨雪。霜雾。寒冬。酷暑……接班交班、上山下山。路,就这样从草丛中踩踏出来了。

井位确立在那里,井架就竖立在那里,弯弯的小路接着就朝那里延伸。是塄坎,拐上去;见沟堑,翻过去;齐塄立坎,抠出台窝,爬上去!

　　想想吧!那些朝朝暮暮,日日夜夜,不避雨雪风霜而踩出这条小路的石油工人啊!

　　就在这叫作野狐沟的沟道里,几十年前,红军战士歼灭过马匪一个精锐骑兵团。黄土里,埋着年轻的红军战士的忠骨;青草上,溅着人民子弟兵的鲜血。现在,就在这经过血与火洗礼的黄土高原上,每天从早晨到夜晚,响着新中国石油工人欢快的脚步……

　　这弯弯曲曲的小路,是一首血与汗写成的诗!

　　推土机硬是在七十度的陡坡上推出一块平场,井架就贴着山的胸脯竖立起来,好一派钢铁的雄姿,钢铁的质朴,钢铁的硬骨!

　　机器轰隆,钻杆旋转,脚下的黄土在微微颤动。黄泥浆涌出来,夹裹着钻头在岩石上咬啃下来的碎渣薄片,钻杆向地下掘进。

　　握着刹把的,是一位留点小胡的卷发青年,安全帽下,一双全神贯注的眼睛,监视着钻杆的转动,那一身工作服,斑斑驳驳,沾满了油渍和泥污,很难辨认本来的颜色了。他双足叉开,站在井台上,一手操着刹把,一手按着电钮,操纵着当今世界上也许并不算最先进的设备,义无反顾地向地球开钻、掘进! 一派威风凛凛的神气!

　　那飞旋的钻杆,是他的手臂吗?

　　那隆隆的声响,是他奋进的呼号吗?

　　铁丝网筛上簸下的石屑,是他执着的意志的结晶吗?

　　那荧光镜下含油砂样的光点,是他青春的闪光吗?

　　这个作业班的七八个工人,全是一帮年轻人,最小的只有十七岁,顶大的没有超过三十。他们坐在活动板屋里,正在开午餐。送饭的也是一个小青年,从山下的河沟那边,把饭送上井台。他们随便坐在木箱上,蹲在地上,饭盒里盛着豆角炒猪肉,手里攥着三个馒头,吃着谝着。

"你,娶媳妇了没?"我逗身旁一个白脸大眼的小伙。

"丈母娘还给我养活着呢!"

于是大伙笑起来,十七岁的少年笑得竟然喷出了饭。

"你呢?也是丈母娘养活着吗?"我问一位红脸大个。

"我还不认识丈母娘呢!"他佯装叹口气,"姑娘们都不愿意跟咱钻山哟!"

这确实是他们苦恼的一件心事。我从向导的嘴里得知,这些年轻的石油工人,年年月月,从一个山头钻到另一个山头,从这条沟道转到那条沟道,这儿的条件,很难在恋爱的情书上把姑娘们吸引进来。可是,我看他们虽然玩笑中夹杂着叹息,却绝不会因此而跳崖落井。他们乐哈哈地打诨,又精神抖擞地走上钻台。长年的野外工作,与高山大川为伍,和风雨雪霜结伴,处处洋溢着粗犷豪爽的气魄。

那位十七岁的少年,是刚刚告别了农家小院,走进这黄土大山中来的。他的父亲,从戈壁的沙漠,到白山黑水的草原,最后转战到大西北的黄土高原上来,是打了一辈子油井的"老石油",带着光荣和自豪,和井架告别了。十七岁的儿子又走上井台,从头开始……

材料库的保管员,是一位中年人,胖胖的,红红的脸膛,光头,半截袖衫洗得十分洁净,这是井场上唯一不着工装的干净人。他很会生活,窄狭的料库里摆了一排料架,有条不紊地放着各种零件;顶头安着他的一块床板,活动的余地不过两平方米。他是从玉门转战到这里来的,四十七八岁,倒有三十多年工龄了。他吃在山沟,住在活动板房,春去秋来,一年又一年……

在发电机房工作的,是一位二十出头的姑娘,同样是一身油污的工作服,那发电机却擦拭得明光灿亮;她的两绺短发,用两根皮筋扎着,小辫上别着一朵紫红的马兰花……

这就是我们的石油工人,把黑色的浆液从地腹中解放出来的英雄的工人。当我们可以用石油而不仅仅依赖农民的猪肉和鸡蛋与外商做生意的时候,想想他们,不正是民族的脊梁吗?

这是一个怎么样的油田啊!

从车窗上望出去,展开这样一幅奇异的景象:在那高高的山顶上,远远近近,矗立着一个一个井架;在那河川的玉米地里,一字排开五六架采油树,高过正在冒长开花的玉米梢,悠然运转;在生产队的饲养场后墙外,竟然有一架抽油机向正在歇息的牛马"点头"调情……

浅蓝色的载重汽车,驮着油罐,装着机械,往来穿梭,尘土飞扬,真像进行着一场紧迫的战争。飞扬的尘土中,大帮大帮的民工正在赶修公路,手扶拖拉机、手拉车,一齐上阵了,使人很容易想到战争年月支前的老乡!现在奔忙在这块英雄的土地上的,毕竟不是抱枪冲锋的战士了;安全帽代替了军帽,操在手中的也毕竟不是步枪,而是刹把了!然而这景象,这气氛,又何尝不是另一种战斗呢?当地估队从一个一个山头爆破过去,定下井位,钻井队紧跟着在一个一个山头上开钻、攻坚,直到采油树一架一架运转起来,这才是最后占领的标志。

油田会战指挥部,就设在英雄的385旅旅部的窑院里。现在在这里运筹谋划着的,也是另一种战役……

那些曾经向往胜利的曙光而长眠在黄土高原上的先烈,听到而今这一派轰隆机鸣闹山川的火红景象,看见那一架一架钻机旁生龙活虎的工人,该是怎样的喜悦啊!那些贪馋地追逐着"家庭现代化"的朋友,难道不想到一点什么吗?

山连着山。

过去的战争连接着今天的新的进军。在陕甘宁边区时代那样的困境里争得了革命胜利的中国共产党人,一定能够克服现存的困难而赢得这场新的长征的胜利!

1980年8月 庆阳—西安

面对这样一双眼睛

我不会绘画儿,却爱看画儿。对于某些尚不能看懂的画儿,不敢妄加评论。然而,我还是喜欢能看得懂的好画儿。画家创作时在题材、构思、手法上有选择的自由,看画的人也有选择作品的自由,谁也没有办法强迫谁,感情使然。

一幅题名《父亲》的油画从画册中掀开,一眼触及画中这位农民的眼睛,我的心猛地一沉,又猛地一跳,翻腾起来。我久久地端详着,眼睛就离不开了,心绪怎么也平静不下来,这是一张多么熟悉的面孔啊!

占据整个画面的是一位老年农民的头像,脸上纵横交错着的深的或浅的皱纹,从额头和脸颊粗大的毛孔里滚流扑落到眉毛上鼻尖上的大滴大滴的热汗,脱落得仅存一颗牙齿的半张着的嘴以及粗糙干裂的嘴唇,稀疏而又芜杂的胡须……都表明这位大自然的骄子在风霜雨雪和炎炎烈日下劳作了一生而麻木了。那叉开的端着水碗的手指,也无异于枯死的树枝,只是那一匝用青线缠扎着破口儿上的白布,证明这手掌还有挥镢舞锨的活力……

只有那双似乎笑着又似乎哭着、似乎喜悦又似乎哀愁、似乎麻木而又没有失之生的希望的眼睛,叫我的心里难以平静。

这是一双怎么样的眼睛啊!

在这样的脸色和眼光中,我看见了闰土,那饱经过"多子、饥荒、苛税、兵、匪、官、绅"之灾苦而变成了的一个"木偶人"。

在这样的脸色和眼光中,我看见了阿Q,耳朵里似乎响起"假洋鬼子"的哭丧棒落到他头上的声响,"啪！啪啪！"

在这样的脸色和眼光中,我看见了杨白劳,你是怎样从通往另一个世界的悬崖而终于止步,挣扎着,忍受着,最终盼到了黄世仁们的垮台？

在这样的脸色和眼光中,我看见了可爱的梁三老汉。父亲啊,在新的生活秩序展开的时候,你像梁三老汉那样忧虑、怀疑、颤抖过吗？可笑吧！肯定像梁三第一次穿上里面三新的棉袄时那样舒心地笑过！

在这样的脸色和眼光中,我看见了李顺大和陈奂生。父亲啊！你也像他俩一样,想盖一幢瓦屋吗？想戴一顶价值二元五角的绒毛帽子吗？你想在邻居和亲友面前显示显示：我住上瓦屋了！摘掉那条又笨又脏的白布帕子了！

在这样的脸色和眼光中,我看见了冯幺爸。父亲啊,冯幺爸已经从低矮的房檐下站到梨花屯的乡场上,理直气壮地说话了,你呢？腰挺起来了吗？

我在乡村里,又看见过多少双活生生的像父亲一样的脸色和眼光,使人难忘,催人自省,令人深思。

那个地处旱原坡上的小村庄的王队长,从油画《父亲》的画面上走出来,站在我的面前了。他们队里,除了种一把粮食,什么副业也没有。因为十伏九旱的自然条件,加之极左的政策的苦害,年年缺口粮。他当过好几任队长了,人人都钦服他是个好人,而终于没有使队里翻过身来,自己的生活也过得恓恓惶惶。我在某年春节后到这个村子去的时候,得知他在前一天晚上丢失了两只羊的事,就去打问。他和他的女人坐在我当面,只是叹气,神情沮丧极了。他家已经断粮了,诚心指靠将这两只已经养肥的山羊卖掉,再到渭河北岸的丰裕地区买回度春荒的苞谷来,不料,贼却抢在前头,夜晚将两只羊一齐偷走了……

"咋办呀?一家六口……"女人哭了,"咱们再没一点指靠咧!"

"哭啥哩!怪只怪咱不小心!"王队长双手抱着头,坐在灶房里的木墩上。他不怨天,也不怨地,只是后悔昨晚应该把羊从后院牵回到自己睡着的厦房里来。他那一声无可奈何的沉重的叹息,久久留在我的耳朵里,难于消失。

当我设法从上级发下的春荒救济款中给他争取来有限的一点补助的时候,心里更加难受。他们夫妇眼里流露出来的感恩戴德的眼光,反使我的心里十分酸楚。凭他们强健的体魄,凭他们从不知疲倦的吃苦和勤劳的精神,眼里本来不应该有那样一种低微而感激的神光的。

父亲责备我的眼光又闪现在我的眼前。

他患了绝症,我领他到市里一家医院就诊之后,走进一家门面相当讲究的饭店。我是居心不惜有限的财力,想让他在尚能进食的有限时间里,尝一尝那些在旁人也许已经吃腻了的饭菜,尽一份孝心。他吃得很困难,但可以看出,他吃得很香。人的味觉器官的功能大同小异吧!我的心里暂时得到一点慰藉,以酸菜和苞谷为主而吞嚼了一生的父亲啊!

下了楼梯,还没出门,他却问:"花了多少钱?"

"七块。"我说,倒是想让他知道,在他于这个世界上生活了七十多年的漫长岁月里,到底也吃了一餐几块钱的饭食了。颇有一点陈奂生花五元钱住一宿旅社的情绪。

他的眼睛大了,满是责备的神色,掺和着后悔的情绪:"啊呀!花多少钱!你——"他抱怨着,给我教训,"看病花钱,那是没办法了;吃饭嘛,花这多钱……"

我不敢再看他的眼睛。惶惶然引着他走出了饭店的大门。站在街道上,我忽然想流泪,泪眼中似乎瞥见报纸上关于"吃面包还是吃馒头"的讨论文章,觉得那无论如何是离父亲他们太遥远的毫不相干的问题了⋯⋯

⋯⋯

面对这样一双眼睛吧!

面对这样的一双眼睛,政治家,从僵死的条文中解放出来,勇敢地改革,坚决地"变法",剔除赘瘤,让社会主义制度焕发出活力。这样的眼睛曾经是满含热忱地盯着百万雄师踏进伪总统府的,应该让这双眼睛扫清忧郁,重新焕发出热忱和信赖⋯⋯

面对这样一双眼睛,领导者,从干净明亮的办公室走出来,到乡村,到山野,到平原,到河川,走走,看看,听听,问问,看父亲们怎样劳动着,生活着,想着什么,希望什么,从而把政策——党的生命——掌握得稳一些,准一些,好一些。这样的眼睛,再也经不住瞎折腾了,该当让它去掉疑虑,闪出踏实和喜悦的光彩⋯⋯

面对这样一双眼睛,朋友,停下拨拉"小算盘"的手指吧!这双眼睛瞧见你的手指的那种动作,该会多么失望啊!他们期待着,期待看见您重新抖擞起来的精神,义无反顾地奋进的英姿,热切的呼号⋯⋯这是执政党的生死存亡的大事!

面对这样一双眼睛,艺术家,直面我们的生活,我们的现实,从"自我表现"的天堂走向切实的大地,看李顺大们已经盖起一幢又一幢瓦屋,陈奂生又因转业而产生了新的烦恼,他们期待着艺术家们去反映他们的心声⋯⋯

⋯⋯

面对着这样一双眼睛,我惭愧,我的笔下,写出这种眼神的内涵了吗?自以为了解他们,熟悉他们,其实多么浮皮潦草啊!

当我奔跑在灞河岸边的乡村,眼看着那本来已经很稠密的村子之间的距离在一天天接近,早几年去过的熟悉的村巷里,空庄空院几乎在一二年间全被崭新的房屋所充塞、挤实了！每逢约定的日子，交售肥猪的拥挤的场面，实在是令人感动的。面对着那一排排、一幢幢新房新厦，我常常想，如李顺大一样的父亲们，一旦他们多年来的夙愿得以实现，当他们这样一双眼睛欢笑起来的时候，该是多么动人心魄啊！

我不敢怠慢自己的脚步，去追逐父亲的足迹，去捕捉这眼睛里的神光……

1981 年 4 月

可爱的乡村

农历八月下旬,时令刚过秋分,正是渭河平原上收获和播种的繁忙季节,我住在礼泉县的袁家大队里。

乡村的夜晚是这样静,站在村外的田间土路上,听不见车鸣人嘈声,秋虫嘶嘶嘶的叫声已经变成有气无力的挣扎。没有月亮,稀稀朗朗的星星似乎很大,看不清天的颜色。空气是如此的清新、湿润,浓重的夜气里,融合着翻耕过的新鲜泥土的气息、秋庄稼成熟的果实和枯干的叶秆儿的气味。

从袁家村巷里,隐隐传来电视机的音乐节奏。这儿的农民在田野上辛勤劳累了一天,喝毕汤,抱一壶酽茶,靠在软和的沙发上,一家人看电视节目……

在这儿的农民的脸上,无论男人或女人,青年或壮年,以至后脑勺上披着从民国初年传留下来的长发的老人脸上,现在看不见李顺大的忧伤的脸色了,也没有像陈奂生那样为一顶二元五角的绒毛帽子费那么多的心思。因为缺粮,少穿,看不起病,交不出学费,买不起油盐,即贫穷所引起的一切艰难造成《父亲》眼神里的那种灰暗悲凉的色彩,看不到了!不管肤色是黑是白,无论眼睛是大是小,那脸上和眼里所显出的神色,是欢悦而又踏实的。剧作家老戴在这儿体验生活,手腕上的电子手表被一伙年轻人发现了。他们看见这新鲜玩意,以为很贵,问过价钱,全笑了:"哈呀!我当值牛价马价,不过三四十块钱,给我捎一块回来。"于是,就有十几个姑娘小伙,约请老戴回西安时给他们捎带回来。相对之下,陈奂生是显得太有点抠抠掐掐了。

我自然想到郭裕录,一个从贫穷、灾难和混乱中奋然崛起的英雄。他以他宽阔的胸怀,把分裂成三宗五派的男男女女团结成一股力量,扎扎实实在这块土地上与贫穷作战;他以他一个青年农民所能理解的程度,最大可能地抵制了当年弥漫在这块土地上的歪风。十年生聚,十年奋斗,终于实现了他所提出的"农民也要住洋楼,穿皮鞋,要和工人一般样"的目标。而仅仅在十年以前,当中国的天空从早至晚喧嚣着"文革"伟大成果的时候,生活在这个小小的村庄里的居民,住在低湿的地窑里,日夜熬煎着下锅的玉米糁子。经过十五年集体化的生产队里,槽头拴着七头牛,其中五头染上了老鼠疮,脖子流脓,天天清早要靠饲养员和社员用木杠抬起来,才能吃草……

于是,我又一次想到一个人的作用,或者说一个领袖人物的作用。从成立农业合作社到一九七〇年郭裕录当队长的前十四五年间,袁家换过三十五任队长了,最多一年换过七任。除过两个生理有缺陷的人之外,成年男人们,人人试过手了,结果是谁也无法挽救日益破败贫穷的袁家。以郭裕录为首的第三十六届队委会,却征服了愈来愈贫困的难于翻越的大山。

郭裕录不是神。在关中平原的任何一个乡村里,都有许多这样的小伙子生活着。他长得瘦瘦儿的,中等个头,长条脸,眼睛也不怎么大,额头并不那么饱满,中国的电影导演绝不会一顾的普通农民。据说他在从工厂刚回来(合同工)那年,穷极无聊,买了一对鹁鸽,和同伴儿玩。

郭裕录是人,是一个实实在在的共产党人。他把自家的麦子背给一位只靠苞谷糁子灌肚的老人。在山洪铺天盖地而来的危难时刻,他救社员,救牲畜,最后去照看自己的媳妇和孩子。井下发生险情,他下去排除,被塌方砸得休克。从他嘴里宣布出来的管理制度和奖惩条例,总是首先从他的亲属和门族的成员身上得到实施和体现。当袁家有了名气,参观访问者日渐涌集的时候,他清醒地退出那种场合,让支委们轮流做接待参观访问者的工作。袁家队里的工作,也由队委会的五名主要负责人轮流执政,一人一年,负责全盘工作。除了本年度主持工作的那位干部有补贴工分,其余干部和社员一样,全凭劳动手册上记下的工分计酬⋯⋯

他在袁家大队是富于权威的。在他刚上任的那一年,拥护者甚寡,绝大多数人像对待历届干部上台一样,冷漠地瞧着他:不过是因为实在没有人愿意当队长了,而人民公社的生产队又不能没有一个队长,谁上来都是一尿样!生活显然不是以热情和真诚的态度欢迎他,他却以真诚和热情的态度拥抱生活。一年,两年,八年,十年,袁家的男男女女,终于看见了一颗赤诚的心,自自然然为之倾倒了。

我在袁家的村口,听他给来访参观的几十位各级脱产干部讲体会。他站在那里,操着渭北淳厚的口音,讲:"有权还要有威。有权没威,啥也不顶。啥是威?威就是威信,是群众对你信任,放心。只有实实在在为群众办事,为社员谋利益,群众才信任你。你要是拿上权,只给自己办事、谋利,群众拥护你做啥?"我在一旁听着,他的简洁明快而又结结实实的这一番话。不禁想到:我们党从她创立的那时候起,有了六十年的历史,党章经过一次又一次修改,但有一条是统一始终、坚定不渝的,这就是要求她的儿女一心一意为人民服务。因为这一点,人民才拥护共产党。郭裕录这个党的基层领导者,以本身的模范行为,体现着这一原则,赢得了人民的信任与敬服。

夜愈深,愈静;站得久了,四野渐渐亮了。蒙蒙星光里,可以眺见村北九嵕山高高矮矮的峰峦的轮廓。最高的那架山峰里,躺着贞观盛世的皇帝唐太宗。在主峰周围的群峰,一直到沿慢坡而下纵横几十华里的山地和平原上,几百个墓冢所隆起的大大小小的土堆,依稀可见，他们是为李世民实施文治武功的主要谋士和将军。他们在中国历史上创造了举世瞩目的业绩。

在这肥沃的黄土地上，历朝百代，出过许多杰出的人物，素称地灵人杰。在袁家大队开创出这样一个崭新局面的共产党员郭裕禄，算不算一个人物呢？

在他手里，从袁家这块黄土地上消灭了贫穷，建立起一个富足康乐的乐园，实在不是一件轻而易举的事。几千年封建经济所窒息下的中国农村农民的贫穷状况，无须说它了；合作化以后的广阔的中国农村，经过二三十年，有多少干部和能人没有做到的事，郭裕禄在袁家这块土地上做到了。他凭什么？凭一股志气。在他上任以后，召集了袁家男女青年，直截了当地把他的心里话撂出来："咱们祖先把咱生养在黄土地上，城市好，去不成；大学好，进不去。农民当定了。我不想再当这样可怜巴巴的缺吃少穿的农民。咱们农民要住洋楼，要穿皮鞋。把咱农村办成叫城里人也眼红的乡村。只有一个字：干！"这一夜，袁家青年突击队组成了。后来的整个艰苦创业过程中，这一支青年突击队立下了汗马功劳……

我刚刚读过一厚扎写给袁家大队党支部、团支部以及郭裕禄本人的信。看那些横式的或竖式的一封封信皮上所署的地址有的来自东北，有的发自西北，有贫瘠的北方山区，也有富饶的江南水乡。读着那一页页、一行行热情洋溢、仰慕欣羡的文字，热泪模糊了我的视线，令人感动，发人深思。这些信，大都出于青年男女的手笔。他们在广播上听到或在《人民日报》上看到了关于袁家大队的美好生活的报道，不安于他们那个村子里贫穷的物质生活和空乏的精神生活，要求到袁家来落户，有的女青年甚至寄来了照片。有的是国营单位的职工，也愿意到袁家来当农民。这是多么令人深思的事！

郭裕禄是黄土母亲的儿子，在他的名字通过报纸、广播、电视，逐渐介绍给更多的人的时候，他没有被沸沸扬扬的誉词所醉倒。起码在我认识他的现在,是这样。

对于前来找他写文章、拍照片、摄电视的人,他并不表示过分的亲热,你不找他,他决不找你。除非万不得已,他是不接待参观者的。他冲出了那种可怕的包围。许多对人民做过一些好事的模范人物,在这种包围中隔断了和人民的联系,迅即销声匿迹。更有甚者,以至胡吹冒撂,先前的赞誉变成了后来的笑柄,而终结归于令人叹惋的悲剧。

他冲出了那种包围,和他的社员们在田野上忙碌。我看见他和社员一样五点起来,突击给收获过的玉米地里追压土肥。我看见他抱着钉耙,在旋耕得松软的土地上刨畦梁;也看见他当众批评两个没有把畦梁刨好的青年,那言词说不上严厉,也不是敷衍潦草,叫你听了脸红,却又乐于接受;我看见他骑着车子,为队里的事务出门交涉。我旁听过他召开的干部会,是关于秋种秋播的进度和质量的阶段安排,组织得十分严密。

裕录告诉我,周围的村庄大都实行了种种形式的包干办法,好多队土地按人按劳力下户了。他的社员怎么想呢?秋收前,借着阴雨天,停产开了三天社员会。为了摸清社员的思想状况,他提出大包干的主张。整整三天里,没一个人愿意分。社员们私下推举出两位老者,反来给郭裕录做工作。两老汉从清末说到民国,从民国说到解放,又从解放说到当今……郭裕录被深深地感动了。他搞了一次成功的民意测验,心底更踏实,信心更足了。在社员对新的农村经济政策的讨论学习的基础上,他们进一步完善和严密了劳动组织形式和管理办法。我在这儿看到的社员秋收秋播的劳动场面,那种自觉的劳动态度,大汗淋漓的脸膛,是十分动人的。

按照队委会的规划,今年冬天,大队浴池将开炉烧水,袁家的男女社员在田野上劳动出汗之后,可以舒舒服服洗一洗热水澡了。稍后些时,暖气也将通进社员的每一间住室。再远一点呢?逐步实现喷灌化,进一步提高机械化生产的水平,把社员的劳动强度一步一步减轻下来……

电视机的音乐旋律从街巷里消失了,夜愈显得静了,吊着花花绿绿的窗帘后的灯光,相继熄灭了。我看见的是一个显示着美好希望和光明前景的多么可爱的乡村……

崛　起

由于人为的或自然的原因,由于历史的和现实的原因,造成了中国农村进步的缓慢和农民的普遍贫穷。

他长在红旗下,却经历了饥馑、动乱和疯狂的年代。在他从孩子长成大人,又成为孩子的父亲的整个生活史中,贫穷和困顿像影子一样追随着他,命运之神一股劲把他推向绝望的境地。

在混乱、贫穷与绝望中,他豁出来了,抱着背水一战的决心,与命运挑战,奋然崛起了。

十年奋斗,他和他的乡亲们,把袁家村建设成为一个社会主义的乐园,改变了自己的命运。

他叫郭裕录。

上　任

人们以冷漠甚至鄙视的眼光对待他,而他却以热情和忠诚去拥抱生活。

郭裕录睡在炕上,翻来倒去,睡不着,有一件事,像一根横木卡在脑子里,怎么睡得着啊。

这是一九七〇年秋末冬初。驻在袁家大队的公社领导干部老邓，经过二十多天艰苦的工作，选干部的事，却毫无结果。现在把眼睛瞅到郭裕录身上了。他已经找他谈了几次话。郭裕录推卸着。他不放手。郭裕录心里紧张了——

草棚里喂着七头牛，五头染上了老鼠疮，脖子上流脓淌血，天天早晨要靠人用木杠抬起来才能吃草，更谈不上使役了。一架老式木轮车，两架新式喷雾器，队办公室设在村边那座椽腐墙裂的小庙里。从一九五六年实行合作化，经过十五年发展，到了一九七〇年的袁家生产大队，全部家当大约价值五千多元，而在信用社的贷款已经撂下一万有余了。

人事关系更令人沮丧。郭、袁、王三大主姓老户，经过"四清"和"文革"，派性像催化剂，使宗族斗争更趋尖锐、复杂和表面化。三十七户人家中，竟有二十七户互不招嘴，外村人给袁家一个雅号：小台湾……

你郭裕录有多大力气，能背起这个沉重的包袱？

已经有三十五任队长轮番上台试过了，袁家村队除了两个生理有缺陷的人以外，几乎所有成年男人都当过干部；有众人推举上台的，有造反夺权上台的，也有轮流无奈上台的；不管本事大小，水平高低，品质如何，反正队里是一年比一年更穷了……

你郭裕录有多大能耐，能扭转袁家的局面？

他翻来覆去，下不了决心，脑子里火烧火燎，出闷汗，冒虚水。

试着干一干又怎么样呢？反正生产队已经烂到不能再烂的地步了。他自己家里，借欠亲友的粮食已经超过三千斤了，像大哥那样精明严谨的家长，也无法使这个二十口人的大家庭摆脱困境，往下怎么过呢？生产队真的就那么难搞吗？不能使袁家比现在的情况稍好一点吗？他的一个同学在上古村当支书，人家粮食分得多，他亲眼看见人家每人分得二斤多清油；可怜袁家的社员，一人一年才分二两油，够泼辣子不？要是把袁家搞得起码像上古那样的局面，行不行呢？

天明了。他一夜未眠,穿好衣服,揉着困倦发涩的眼睛,找到老邓的住所。

"邓主任,我怕干不了!想了一夜,不敢……"

"哈呀!"邓主任倒显得轻松,不在乎的样子,尽管住到袁家一月多了,选不出干部,他在表面上却不见焦急。他就是这号乐哈哈的脾气,说:"还没经过社员选举哩。人家社员不选你,你想干也干不成。"言下之意,倒是郭裕录过虑了。

他和邓主任说妥,让社员选举。

选举会倒是充分体现出民主精神,一下子提出来三十七名候选人,可见派系斗争的复杂了。表决的结果,郭裕录得了五票,太令人寒心了。

可是,郭裕录仍然当选了,在三十七名候选人当中,五票是第二名,占绝对优势,选举目标的分散,无法要求当选者的票数过半,只好论票的多少来决定了。

当场,郭裕录的父亲沉不住气了:"你们选他,快斫枣棍子去!"枣棍子,那是讨饭打狗的玩意儿。

没有人鼓掌。他能看出来,没人信赖他。中学毕业以后,他在城里干了几年合同工,一九六九年回到袁家的时候,心灰意冷,穷极无聊,买了一对鸽鹁,又养着一只训练有素的狼犬,走在路上,狼犬开路,鸽哨儿奏乐,身前身后厮拥着一串串穷哥们。这是他回乡一年来留给众人的不大美气的形象。玩鸽子养狗,那可不是正经庄稼人感兴趣的营生。

"试一试吧!"郭裕录上任了,心里不大服气。这是烟霞人民公社袁家大队第三十六任队长。

像对待历任队长上台一样,人们以冷漠甚至鄙视的眼光对待他;他却以热情和忠诚去拥抱生活。出手一拳,就在死气沉沉的袁家村里,砸出了声响,惊得人们瞠目结舌,不能轻视这位角色了。

正　气

在歪风邪气盛行的袁家村里,他带来一派正气。一年,二年,八年,十年,社员看见了一颗正直的心,自然朝之倾倒了。

买肥料,没有钱。买农药,没有钱。以至买二斤煤油,也没有钱,饲养员只好在脚地烧一堆麦草,借着火光给牲口拌草添料……

郭裕录两手空空,干急没办法。他查了会计账,账上记着社员和干部在队里的欠款,竟有三四千元,其中有透支款,也有历任干部借着权力借用挪用的。队里难到了没有煤油照明的程度,他们却占用集体的钱财,买自行车、缝纫机,盖房子,想也不想归还队里的欠款,以至那些应该分钱的社员,多年不能兑现。

"收欠款。时限十天。"郭裕录在队委会统一看法之后,提出要求。对于欠款者的不同情况予以区分,对于无理长期占用集体资金者,提出强硬措施:"凡是拒不交还欠款者,要用自行车、缝纫机折偿,以至揭瓦拆房。"

社员同样以冷漠的态度对待这个决定。没有人相信。不可能做到。十天过去了,果然是一分钱也没见谁交来。

他卖掉自己的自行车,把母亲卖鸡蛋的钱要来了,又到老同学家去借,首先把自己家里所欠的一百七十元钱交齐了。

他又去动员门中哥哥郭西录,带头交钱,支持他工作。西录半是被说服,半是被感动,交了!

尽管他带了头,却没有人响应。他明白,社员的眼睛在瞅着一个人:他的叔伯哥哥郭福录。此人在他当干部的时光,连欠带借,撂下六百多元了;虽然是最大欠债户,却有自行车、缝纫机,而且新盖了三间厢房。他稳坐钓鱼台,把三十六届队委会的决定,根本不当一回事。社员谁交呢?

裕录多次到他家,谈心,讲道理,说好话,他不交;后来竟然烦了,一走了之。

郭裕录被逼得下不了台,端来梯子,上了房,揭瓦了!

嫂嫂和哥哥一齐跑出来,看看裕录真的豁上了,也就软下来,随即把欠款交来了。

真灵啊!七天没过,收回来三千七百元欠款。冻结的冰河涌起波浪来了。郭裕录手里有了钱,买回一辆胶轮大车,两匹骡马,三头牛犊,发展生产呀!

袁家的社员普遍震惊了。是嘛,多年来,大伙眼巴巴看着这个上台,那个下台,都是给自己和他们那个宗族的人捞上一把。大伙看惯了这样的现象,没想到郭裕录一上台,先给集体置家当,端端正正一斧头,砍的是他叔伯哥哥!

又一斧,砍到亲生老子头上了——

春三月,麦子正浇水。郭裕录和社员正在地里引水浇灌,发觉渠里的水越来越小了。估计到可能是什么地方渠沿冲垮跑水,他提着锨巡渠查看。

在自留地边,水渠被挑开一道口子,哗哗哗的流水淌进自家自留地里,父亲正捉锨引水。

郭裕录一句话也没说,挖起土块,把水口子堵严了。老人自知理亏,噘了噘嘴,没吭声。

他刚一走开,父亲又取来脸盆儿,从水渠里舀水泼灌。他生气了,父亲给队里经管菜园,上工时间,给自己干活,而且社员都没有浇自留地呢,影响太糟了。他返身走过去,站在老人当面:"你把被子背回去,队上不要你看管菜园咧!"

这是队长的命令!老人摔了盆子,气呼呼从菜园草庵里夹起铺盖卷儿,回家去了。多少人用眼睛看着,又一次吃惊了。

再一斧头,砍到亲哥天录身上——

这一天,天录跑来给队长弟弟反映,说社员王友法平整的那一块地不合质量要求。裕录听了,问过几个社员,都说友法包干平整的那块地,符合"去生保熟"的质量要求,确实把力出了。原来是天录的孩子放学回来干了一晌活儿,天录要记工员王友法给他记上全天工分,友法拒绝了。他想借用弟弟手中的权力,报复王友法。

郭裕录明白了。社员会上,他不仅表扬王友法平整土地质量好,而且赞扬他坚持原则、不徇私情的好作风。

郭天录好羞恼啊!社员会结束后,干部们留下来,在饲养室继续开会。天录不走,仍然一口咬定王友法不放,破口大骂弟弟六亲不认,吃里扒外。郭裕录没有退让,兄弟二人几乎打起来。

这一斧,把维持了几十年的二十口人的大家庭砍散了。父亲和大哥,再也不能容忍他了,提出了分家,态度十分坚决,连话也不和他说了。

分家以后,大哥天录置气不和他说话,长达三年,当一九七七年袁家人住上第一幢两层楼房劳值升到一块八的时候,天录折服了,当着母亲的面,与弟弟和解了。

和解了,天录的劳动积极性高了,关心集体了,想不到,却又挨了弟弟一斧——

这是一九八一年春天,袁家队里已经有了两部大卡车。天录的女儿坐月满月了,想来娘家。天录叫上弟弟友录,开上八吨汽车,到东周村把女儿接回袁家。

郭裕录知道了这件事,在二十多人的一揽子干部会上,叫来友录,好一顿批评。天录听说了,赶到会场:"那是我叫友录去的。"

"你有啥权力支配队里的汽车?"

"我看没啥!"天录说,"让外村人看看,袁家有汽车,富裕,是干部领导得好,给干部争光扬名哩!"

"社员的女儿坐了月子,接不接?袁家的媳妇回娘家,送不送?"郭裕录问,"八吨汽车拉一个人,你给干部争的啥光,扬的啥名?"

天录没话说了。

二哥买了队里一根木头,会计正给他在街道里算账。裕录撞见了,随便问:"多少钱?"会计说:"四十来块。"他不在意地走过去了。回到家里一想,不对呀!那么粗一根木头,怎么才算四十来块钱呢?他把会计叫到屋里来:

"你再算算。"

会计在纸上列起乘法草式,算完以后,大吃一惊:"啊呀!七十块,我把账算错了。"

他把二哥叫来:"会计算错了账,你也装傻!"

二哥辩白说:"我不知道。"

"笨眼也估得出来,木材价格谁不知道!"他抓住不放,把二哥心底的隐私挖出来,"我看你是想混哩。"

二哥红了脸,真是一丝情面也不留啊……

亲弟友录,开了一部柴油汽车,到了咸阳,发觉没有柴油了,悄悄加进了汽油,这是违犯汽车技术规定的事。采购员郭西录发现了,劝说不下,反映给郭裕录。郭裕录眼一睁,按照奖罚制度,宣布罚款一百元,奖励给坚持原则的采购员。

在歪风邪气盛行了多年的袁家队里,郭裕录上台以后,带来了一派正气。一正压百邪。他在袁家队里是富于权威的人物,他能一声喝到底。他的权威是靠上述这些大事小节树立起来的。一年,二年,八年,十年,社员看见了一颗公正的心,自然朝之倾倒了。

胸　怀

多年来宗派间的钩心斗角,使许多有才干的人空耗了气力。他接受了这个教训,让自己的心里能容得下所有的乡亲。

和郭裕录同时当选的有袁生瑞。他历任干部,虽是党员,却没有摆脱户族观念,代表袁姓,与郭、王两姓鼎立。也许出于宗族的圈圈吧,也许根本不屑于给郭裕录拉下手吧,他拒不就任副队长的职位。

这是很令人难堪的事。人家不与你合套,不跟你搭班,自己想想去吧!他的哥哥天录又在后边不断咕叨,怎能和那样的人一起干呢?那是仇人!

郭裕录心里有自己的主意。在街巷里遇见生瑞,他老远就笑着打招呼。袁生瑞背着手,斜一眼,鼻子里哼一声,倒加快了脚步。

郭裕录又找上门去,和生瑞拉家常,谈心,请他出来工作;诚诚恳恳说,自个儿年轻,生产经验不足,需要老农指导;再说,自己是非党,希望班子里有党员,党起领导作用。

袁生瑞却不说话,只管咂着烟袋儿,皱着眉头,把脸扭到一边。连着三次,都是这样令人好进而难退的场面。

他不灰心,又去找生瑞的弟弟生义。生瑞和生义兄弟俩,是袁姓里的头面人物。他们屁股后头,有几十双眼睛哩。不把这两个人团结到身边,他这个队长,一切想法都是难于付诸实施的。

带着固执的偏见,狭隘的宗族情绪,袁生义和他哥哥一样,连正眼瞧他一眼也不屑。

裕录心里很不是滋味儿,人皆有自尊,有面皮啊!他无意中一瞥,看见生义的老母亲坐在炕上,端碗喝着稀溜溜的玉米糁糁。他站起来,走到跟前:"给老人光喝这呀?"袁生义瞅他一眼,没有回答,谁有麦子舍不得给老娘吃呢?

郭裕录回家去了,背起二斗麦子,端直扛到袁生义家里来。袁生义眼睛瞪起来了:"这叫做啥?"

"磨了给老人吃。"裕录说。

"你家里也要吃哩!"袁生义再也不能执拗了。

"咱年轻人好办,有玉米、红苕,行咧!"

"啊呀!裕录……"袁生义的声音好动人。他的偏执、狭隘和猜疑所筑成的感情上的顽固的堤坝,垮塌了,温暖的春水在心头漫流。

袁生瑞也被小伙子诚恳的行为、博大的胸怀感动了。他找到裕录:"我……怕给你还不起呢!"

裕录也动了感情:"我当队长,要是还弄得社员不够吃,哪里还有脸要你还粮呢!"

袁生瑞被小伙子的决心震动了,相信这娃是实干哩!相信他在社员会上许下的决心不是胡吹冒撂:三年,要是还弄得大家不够吃,我自动下台。我干三年,三年看深浅……

诚能感动天地。袁生瑞出幕了,高高兴兴地挑起副队长的担子。郭裕录很受鼓舞。眼睛又瞅到宋伯杰身上,这是一位同辈异姓兄弟,有本事,有体力,见过世面。他很想把此人拉进他的内阁,负责工副业生产,这是一个很合适的人选。因为"文革"中的矛盾和纠葛,他和大哥天录结下了冤仇,正百倍警惕地注视着刚刚上台的裕录,将怎样报复他。这毫不奇怪,因为袁家历任干部上台,总是带着强烈的宗派色彩,给自己人谋利,出气,整另外一派人;下一年换马,整人者又被人整……

郭裕录几次找伯杰谈心,请他进"阁",这个青年农民拒不上"套"。

他不被人理解,也就算了,日久见人心吧。

一九七三年一场意想不到的洪水,把袁家集体和社员的财产掠劫一空,却也冲开了宋伯杰心头的闸门。

洪水是深夜里突然发生的,郭裕录从古庙里(队办公室)冲出来的时候,大雨瓢泼,山洪在慢坡地上卷起半人高的水浪,他听见妻子在呼喊他的名字。他喊:"啥都不要了,把树抱紧!"他奔到宋伯杰家屋场去了,宋伯杰的女人和俩孩子被洪水围困着。中间隔一条小沟,洪水顺沟扑下来,人是连脚也站不住的。郭裕录取来绳,扔过去,让那女人捆在树上,这一头让逃出来的社员和干部拉住,他扶着绳蹚过去了,往返三次,把孩子一个一个背过来,又把宋伯杰的女人保驾扶起来,送到安全的高地上。当宋伯杰天明从外边回来,听到妻子叙述的时候,这个袁家大队的"造反派",前大队革委会主任,悔愧交集的心情是难以说清的。他主动向郭裕录请战了。郭裕录把他安排在副业组,具体负责石灰窑场。这样一个在两年多的时间里一直戒备着郭裕录的人,一进入新的岗位,一天担水一百二十担,简直是在拼命了!他在后来袁家大队的副业生产中,有头脑,办法稠,立下了汗马功劳。

　　郭裕录是个农民的儿子。他的生活道路不同于终年累月在猪圈羊棚与锅台火炕之间抓摸的农民。他在小学和初中读书时,就寄宿学校。初中毕业后,虽然结了婚,生活又把他推到更广阔的天地。他随着一家建筑公司,先后走过西安、咸阳、宝鸡,整整五年里,吃的集体灶,睡的大铺,直到一九六九年初回到袁家的时候,已经二十五岁了。从少年到成年,他过的是群体生活,不习惯独居。刚回到家乡,空寂的精神生活和匮乏的物质生活,简直难以忍受。他耍狗玩鸽子,把许多同年龄的穷哥苦弟吸引在身边,解除精神寂寞。他思想开阔,不像一般人那样自私和狭隘,青年们喜欢和他在一起。

　　他从困境中站起来,企图改变自己的命运。他从一些先进人物身上受到过不少启发,更多的却是从袁家的现实中接受教训。袁家许多人并不比他文化水平低,也不比他少心眼、差本事,只是他们陷入了宗族和派别的斗争,把精神和力量消磨在那种毫无意义的纠葛之中了。袁家越来越糟的事实,证明代表任何一派一族的利益是难于成事的。郭裕录清醒地看到这一点,再不能蹈此覆辙了。

　　他显示出创业者宽阔的襟怀,这大约是一切成大事业者的必备的素质。

队里有一位高中毕业生,文化高,平时不大瞧得起农业中学毕业生郭裕录。他不在乎,在选择民办教师的时候,照样推举出这位高中生来。

当上了民办教师,他回过头来就朝郭裕录要高工分。裕录劝说:"给你记中等偏上工分,是干部会定的。你不能撵饲养员的最高工分,劳动强度不同。"

高中毕业生理直气壮,傲慢地说:"牛出的力大,人给它吃的是草;鸡不出力,人给喂的是粮食!"

工分该不该提加,是一回事,而这样的话确是说得有点欺人过甚了,郭裕录批评了他。他不服,而且丝毫不隐瞒自己的观点,在那些没有文化的农民中间,满不在乎地显示着自己的优越性,早已引起社员的厌恶了。

他不以为然。因为高工分没有得到,讥诮郭裕录的话更多了。有文化的人说起二话来,意味更酸更辣。

一件不光彩的失误,使高傲的高中生落在郭裕录的手中。

他偷了西红柿,被夜晚看守菜园的两个社员捉住了,因为菜园几次丢失,两位看管菜园的社员刚刚挨过郭裕录的批评,现在抓住了"贼",正好是俩人立功表现的好机会。

他们二话不说,将民办教师拉到郭裕录家门口,叫醒了睡梦中的郭裕录。

郭裕录听到急促的敲门声,神秘的说话口气,不知发生了什么事,出得门来,听了菜园看守者得意的述说,明白了。民办教师低头耷脑,羞愧得抬不起头来,等待着发落。

"哈呀!我当啥事。"郭裕录笑了,"那是我派他去摘西红柿的,试验你俩夜晚是不是睡大觉,负不负责任!"

"噢!这——"两位社员大失所望,半信半疑,悻悻地走了。

民办教师猛地扬起头,睁着吃惊的眼睛,夜色遮盖着这一复杂的表情变化。

过了几天,民办教师的父亲,死拖硬拉,把郭裕录拉到家里。裕录进门一瞅,桌上摆着菜和酒。郭裕录给他的儿子遮掩了一场丢人伤脸的丑闻,感激是出自真诚的内心。

"把菜端走。"郭裕录站着,"端走咱坐下说话。"

媳妇把菜端走了,郭裕录坐下来。

父子二人有多少感激话要说呀。

"你们有文化的人,爱面子;你是在人前说话的人,丢不起人呀!吵吵出去,你日后咋样管学生?"郭裕录说,"这样的事,不好。"

保护了一个人,也教育了一个人。这位民办教师从此变成另一个人了,工分问题自不必说,常常利用工余和假期,主动帮助队里搞工作。一个冷眼旁观的人,也投身到郭裕录改变袁家面貌的行列中来。他成了优秀教师,又转成公办教师了,成为教育阵线上一位踏踏实实的工作者。

"不要整人!"这是郭裕录经常告诫他的领导班子成员的一句话,"批评人,罚人,是因为他伤害了公众的事,目的是教育他。表扬人,奖励人,是因为他给公众的事业立了功。奖罚不是拉拢人和打击人的手段,谁要这样,谁就站不住脚!"

志　气

靠着昂扬的志气,实干家和鼓动家的气概,他征服了人心,从贫穷困苦和灾难盖顶的困境里,走到一个光明的天地。

凡是在有生之年里成就过一番事业者,大约没有什么人是轻而易举地获得成功的。在摘取数学皇冠上那颗璀璨的明珠的攻坚中,陈景润几乎变得不知人情世故了。在夺得世界女排冠军的艰难的历程中,中国姑娘们经过了怎样刻苦的磨炼啊!同样,郭裕录在带领乡亲们把一块贫瘠苦焦的土地变成一个社会主义乐园的进军中,可以说是惊天地而泣鬼神的。

从一九七一年到一九七六年的六年间,他们集中搞了平整土地,兴修水利,发展工副业生产几个硬仗。把分割成一百零六块的五百零三亩地改造成四百三十亩渠井双保险的平地,使粮食产量由二百五十斤提高到一千六百斤,稳定在一千四百斤的水准上。年总收入由一万五千元上升到二十万元,副业收入超过了农业收入。

全面叙述这个艰苦创业的历程是本文有限的篇幅所不能允许的。而贯穿在这场旷日持久的艰苦劳动中的那一股志气,是感人心魄的。

有这样一件事,至今尚留在袁家社员的记忆里。有一年,袁家社员和邻近一个村庄的社员在连畔地里劳动。休息时,袁家一个社员掏出一块红苕来充饥;邻村有个社员从口袋里掏出一块酥软焦黄的麦面锅盔,举在空中,烧膆说:"啊呀,你们袁家人光吃红苕哇?看看咱们吃的啥……"

所有在场的袁家社员,感觉到了羞辱。穷,在没有地主压迫的当今,不仅不能引人同情,反是被人瞧不起啊!郭裕录也在场,脸上像被人浇了一盆尿,激起他身上的血液加快了流速。他说不出一句话,气和力会合到一起,鼓到胳膊上来了,那么粗的锨把,咔嚓一声挑断了……

在旱地里打第一眼大口井,进展到五丈深的时候,井底遇到石块,水泥瓮壁不能顺利下沉而倾斜了。一旦发生折裂,井下工作的人是难以设想后果的。

郭裕录脱了衣服,下去了,危险的时刻,必须和处于危险中的乡亲站在一起。

郭裕录抡起铁锤,捶击钢钎,击碎石块,让瓮壁自然平稳下沉。突然之间,最顶上的井壁塌方了,破碎的石块和土块砸下去。

宋伯杰掌管卷扬机,眼尖手快,把井下的人救上来的时候,一个个全负了伤。郭裕录满脸血污,躺在地上,人事不省。失败的晦气立时覆盖了袁家村的每一户农舍。

昏昏迷迷躺了两天两夜,第三天,郭裕录醒来了,又到井场上去了。空寂的井场上,是一片残破不堪的景象。宋伯杰跟着屁股也来了。

"这井,算咧!"伯杰安慰他,"第二年,宝鸡峡的水就引来了,甕费这神了。"

"那水,要钱呢,还要各队轮流排队浇灌。"郭裕录说,"有渠,有井,庄稼才保险不受旱。"

他不死心。过了两天,他得知,一场塌方事故把人都吓木了。他的哥哥天录,在严重的事故之后,话多了,是最活跃的促退派。打井队的队员,有的灰心丧气,有的被父母妻子拖住胳膊,没人上井场来了。

郭裕录叫上他的小弟友录,俩人来到井场。他的头上,缠着纱布,一只胳膊,用绷带吊着。

"你下去,万一有事,哥在上头拉你。"裕录把一条皮绳拴在弟弟腰里,给他壮胆,"放心,现在没危险了。"

友录抓着绳,溜下五丈深的井底,清理现场。

郭裕录蹲在井口,咬着牙,监视着井壁的些微变化,一撮溜土,一声撞响,都使他的心猛然一跳,受伤的头反感觉不到疼了,汗水不停地滚落下来。

宋伯杰也跑来了,一把从郭裕录手里夺过皮绳,大声喊:"你不想活了吗?"

郭裕录也激动了:"我想活得更好!"

宋伯杰哑了口,热泪夺眶而出。他把郭裕录推到一边,动手干了起来。

那些被塌方吓住了的打井组员,挣脱了父母和妻子拉拉扯扯的手,纷纷奔到工地上来了。

这样,袁家终于有了一口机井。

现在,村前村后的田野上,有五口机井,在旱地里喷金吐银;自来水通到每一户社员的后花园里,吃用方便极了。

富兰克林在把自然雷电从天空引到人间的时候,是以他的生命作为这一伟大实验成功的代价的。

郭裕录是一位实干家。他明白一条基本道理,砂质坡地跑水跑肥,需要改造;威胁当地庄稼生长的主要灾害是干旱,要靠人出力气把水从地下引出来,才能获得收成。六年里,土地被改造了,水引来了,粮食和棉花连年稳产高产。社员终年四季全部吃麦子也吃不完,给国家一年卖几十万斤。而六年以前,他们年年吃返销粮,买黑市粮。

郭裕录又是一位鼓动家。他善于用最结实的话去说清楚最基本的道理。在组织青年突击队的时候,他是这样演说的:

"咱们生在农村,长在农村,想上大学,推荐不到咱头上;想进城当工人,没后门。农民当定了,'农门'跳不出去。咋办?

"我干过五年合同工,三十六块钱,日子也难过。我会开汽车,又是瓦工,要出去混个事儿,比你们方便。我养鸽子耍狗,丧了气咧!可这样下去不行嘛!

"农村真个弄不好?我想试干一下。我是豁出去咧!干三年,办两件事:一是弄得大家能吃饱肚子,二是让老青年(年龄大的青年)能订下媳妇。三年能办到这两件事,我再干;办不到,下台,让大家骂去。

"我一个人不成,咱们一块干,把穷根拔了。农民也要住洋楼,穿皮鞋,戴手表!问题是先得吃苦,出力,苦干,先苦后甜……"

他把青年们轰热了，青年突击队组织起来了，在袁家平地、打井、出外搞副业的创业过程中，这支突击队是一支最活跃的力量。

他说的是他们心里想着的话，实话；他做的是他们所想做到的事，实事；他用实话和实事，征服了人心，为实现一个共同的目标，去奋斗。

一九七三年春节，乡村的大路小路上，到处是穿戴整齐的男男女女，老老少少，走亲戚串朋友。袁家村人一溜一串，提笼夹袋，爬到九宗山的沟沟坡坡里，在乱石之间，刺蓬之下，捡拾羊粪粒儿。郭裕录的手脚是很利火的，捡啊，抓啊！饿了，啃一口玉米面烙成的饼子；渴了，掏一把阴坡里干净的雪团吃下去。到山间变得昏暗的时候，他背着一口袋羊粪下山了，暮色中，走亲访友姗姗归来的年轻情侣、温厚夫妻，讥笑袁家背着羊粪袋的人，酸枣刺蓬把衣裤刺割破烂了。年轻人脸皮薄，害羞了，躲闪着熟人和同学。郭裕录不羞，扛着口袋气昂昂走过去。自他来到这个世界，生活对于他就不是面包和鲜花。他学会的头一项劳动是拾粪，当同龄的伙伴早晨背着书包上学的时候，他已经在霜花蒙地的乡野里拾了满满一笼牛粪猪屎回家了……

夜晚，灯下，他把扎进皮肉的枣刺挑出来，指头蛋儿被石头磨得没皮了，钻心疼；手心和手背，被刺划得满是血口子，活像鸡爪子。他走到社员屋里去，电灯下，女人帮着男人，儿女帮着父母，互相捏针挑刺。他的心里泛起一阵阵热流。鼻腔里酸溜溜的，悄悄走开了。

"给咱袁家的好亲戚好朋友，把话说明白，现在来啊，咱们没啥好吃食招待；等到翻了身，日子过窝逸了，好好款待他们。"郭裕录动情地说，"我哥给我撂杂话，说我是'秦始皇磨民哩'！可老鸦屄下的不是吃食哇……"

一九七三年，施过羊粪的棉花地，亩产一百八十斤皮棉！连续四年，袁家男女捡拾了十万余斤羊粪粒儿，那是靠三个指头一粒一粒从刺蓬下、碎石间抠出来的。劳价就是这样从二毛票儿升到二元四角的！

一九七三年那场铺天盖地而来的洪水,袁家人清楚地认识了:郭裕录,是条硬汉子。

暴雨瓢泼,郭裕录在雷声和电闪中,直奔饲养室,那儿地势低洼,首先可能遭淹。他背起饲养员老汉,转移到高地上,返身再奔回饲养室的路上,恐怖的吼声传来了。山底水库倒坝,洪水像凶猛的野兽从山上扑下来,灌进每一家低陷的地窖。饲养室里,麦草和牛粪在漂浮、打旋。他抱起铡刀,连着砍断几条牛缰,拖出牛来。当他去拉最后一头牛的时候,涌进牛圈的洪水已经淹没到脖颈上来了。亏得他拉着牛尾巴,被牛拖到高地上,救了命。

他把社员们集中到高地上,点过名,万幸万幸,没有一个人淹死;所有家产在顷刻之间,都被洪水化为乌有了。

一片哭声。女人号啕,娃娃哭闹,男人们大声哀叹。郭裕录抱着头,蹲在地上,也哭了。

他没有一直哭下去,抹了眼泪,站在众人面前,沾着泪痕的脸膛上现出笑容,这是他比社员厉害的地方。

"哭一哭,算咧!再哭下去,乏味咧!哭不出房子,也哭不出粮食哇!动手收拾烂摊子吧!干!烂地窖冲垮了,该着咱们提前住洋楼了……"

有人信,有人不信。信不信是一回事,干却是都干上了,因为没有第二条选择。一九七六年,当袁家的土地上冒出第一幢一色青砖水泥拱顶的两层楼房的时光,人们嬉笑着,自然回忆到郭裕录在被洪水冲得一塌糊涂的村庄里说的那一番"狂话"……

拳　头

他和他的战友,以廉洁奉公的克己精神,始终如一地表现了对社员的忠诚,树立了权威,形成一个攥得紧紧的拳头。

郭裕录不是独臂擎天的英雄。

在一九七〇年秋天上台的时候,他诚恳地三访老农,四顾参谋,希望对农业懂行的人能和他协力合作。时间不长,他感觉出来:老农们总是恪守传统的劳动和生活的套套,对新的科学技术往往表现出怀疑和否定;长期的贫困生活,很难使他们摆脱斤斤计较、小家小气的习性;再说,作为农业生产第一线的干部,年龄大了,手脚笨了,干活干不到前头,就不好指挥社员了。

郭裕录摸索出一套选择干部的办法。

他把全队三十岁以下的青年男女排成队,编了组,伍人一班,轮流执政,负责袁家大队的全盘工作,主要是生产,为期一周。上台的时候,由班长宣布"施政方针";一周结束,由社员评价,哪件事干得好,哪件事失误了。袁家几十名男女青年,人人都有施展本领的机会。

从一周延长到半月,从半月延长到一月,从一月延长到三个月,再延长到半年。

这种筛选过程历时四年,袁家村那些最优秀的人物日渐显出了明显的目标。他们锻炼得硬邦了,老练了,成熟了,深得众望了。这时候,袁家大队的五人支部委员会形成了。除了一名出嫁的女同志,这个班子一直稳定到现在,只有郭裕录超过了三十岁。

大队长王志学,膀大臂阔,二十岁挑起青年突击队的战旗,在当年平整土地、兴修水利的热潮中威震烟霞公社,立下了赫赫战功。上山捡羊粪的时候,他起早摸黑,一天往返八十余里,钻进深山,一次捡得一百六十多斤羊粪,从悬崖峭壁上背回来,膝盖上的棉絮磨得吊出来,像个野人……

副大队长郭建军,一九七二年高中毕业,回到队里,经过七天、半月、一月、半年反复多次的带班,显示出他忠诚公正的特性,同样是干活不知累的拼命汉子。他带着十名青年,在洰河引水工地上,把二十人一月的任务,十天干完了,轰动了整个水利工地……

副支书张文西,一九七三年高中毕业。在校期间,品学兼优。郭裕录让他当出纳,谈了几次,他不干,想上大学。

郭裕录批评他:"你不干,我不强迫。你心不在袁家村里,干也干不好。我要找死心塌地跟我吃农业粮的人干!"

张文西仍不动摇。他家祖祖辈辈没一个识字的人,父亲和兄长,一心想把他供给得能上大学。他学习好,有这个条件。可是,郭裕录后头几句话,却使他于心不安了。

"文西,我成天掰着指头,算你几时毕业。好在把你盼回来,你心里想跳'农门'。我文化低,盼有学识的人搭伙儿办袁家的事哩!"

张文西被感动了,裕录哥也有条件跳出"农门"嘛!他为谁挣死累活地干呢?强烈的集体主义和小小的个人打算发生尖锐矛盾了,犹豫了,终于把胸襟敞开了。

敞开了,他的文化知识就显出了优越性。

在棉田里,文西接受使用新的作务技术,防虫治虫,配制农药,发挥了创造性的劳动。其后,在兴建居民住宅楼房的过程中,他跟着一位请来的建筑师学识图,学施工。到第二幢楼房开工兴建时,文西就兼着技术和施工的总指挥,独立工作了。一直到完成四幢楼房的工程,全部居民住上新的房屋。

他有文化,又肯钻研,土办法掺着洋办法,自己设计,自己施工,建成了自来水塔。今年秋天,他设计施工的浴池,还是相当阔气的……

这一班青年干部,有和班长郭裕录一样的共性:热心集体事业,负责任,公道,干劲大,文化水平高,接受新的东西快。这是一个强有力的拳头,总是攥得紧紧的一个拳头。

这个拳头之所以攥得紧,是因为有一个严格的纪律作保证,就是从郭裕录自己做起,在待遇上绝不特殊于社员,不断地开展批评和自我批评,乃至必要的斗争。

大队长王志学是人人钦服的猛将,尽管郭裕录很喜欢这位忠诚的战友,可是对他绝不特殊。有一次,他去参加县上一个训练班,按通知规定,可以从队上提走两斤清油。郭裕录知道后,连续开了三个晚上的会,经干部们讨论,不应从队里拿油。因为队里给王志学和社员一样,分过八斤多清油了。至于县上通知的规定,那是有其更全面的考虑。王志学在社员会上做了检讨,退了油,未免有点太苛刻了吧?

副大队长郭建军,虽然只有二十七八岁,却是最早和郭裕录一起奋斗过来的"老"干部了。一九八〇年,他负责主持全面工作。夏收开始后,在麦子成熟的火候上把握不准,没有和其他干部商量,盲目地用汽车从赵镇拉来了六十三个"麦客"。来到地头,麦子外黄内不熟,不能搭镰,给麦客每人赔偿三元工钱,给集体造成了不应有的损失。郭裕录为此事召开全体干部会,讨论这件事产生的思想根源,作出惩处决定:郭建军给集体赔偿损失三十元,并在社员大会上做检讨。

对于领导班子的严格纪律,有一个基础,这就是郭裕录本人廉洁奉公的克己精神和模范行为。

为了避免个人专断,充分体现集体领导,大队里的五名主要领导成员,轮流执政,一人一年。每年年初,由即将主持工作的人发表在新的一年里的"施政纲领",年终由社员和干部给予鉴定。每个主持工作的干部,总是千方百计企图在自己"施政"的一年里,有一个大的进展,对袁家乡亲有较多的贡献,对他们的事业多所建树。其余干部,各把一关,互相配合。除了当年主持工作的干部有适当的补贴工分,其余干部和社员一样,凭劳动手册上记载下来的工分算账。

社员信赖这一班年轻后生,不是他们厉害,而是他们在创业的近十年间,始终如一地表现出对社员的忠诚……

到这儿来参观的人啊,学习他们艰苦奋斗的精神,学习他们经营管理的办法,尤其对他们发展工副业的经验很感兴趣,这都很对,但不要忘记:领导班子,尤其是主要领导者的作风问题,是事业取得成功的关键所在。

县党代会上,经过无记名选举,郭裕录被选为出席省党代会代表。在省党代会上,经过无记名选举,他又被选为党的十二大代表了。

郭裕录信心百倍,朝着自己的目标前进:进一步提高机械化生产水平,把社员的劳动强度逐步减轻;完善生产责任制,提高管理水平,增产增收,进一步提高社员生活水平。浴池今冬即可使用,暖气需得明年。把农村办成叫城里人也眼红的乐园。

1981 年 10 月 14 日 袁家

万花山记

自延安沿杜甫川南行约四十华里,就到了万花山下。万花山以无数的野生牡丹闻名,五月中旬正是花期,凡到延安的外地人,都想来此观赏。我趁会完等车的空闲,赶到了万花山下。

半山坡上,一大片牡丹,花苞绽开,艳丽妖娆,红的紫红,白的雪白,黄的金黄,五彩缤纷,全是天然野生,而非人工雕琢培育,更有一番自然天成的风韵。据朋友介绍,这万花山上,现在野生牡丹三万余株,去年有五千多株开过花,今年花事更稠。

传说王母娘娘的四女儿不甘天宫寂寞,私自下凡,嫁给花原头村的樵夫崔生,两人相亲相爱,美满甜蜜。四仙女在茅舍旁的山地上,种下了从天宫带到人间来的各色牡丹花种,夫妻二人精心务育,花苗壮健,花色格外艳丽,两人便以卖花为生。后被延安城里一富豪嫉妒,带领家丁,赶至万花山上,抢人拔花。四仙女气急之下,上天搬来兵将,打得富豪家丁死伤逃奔,二人又安然种花度日。此事后被王母娘娘察觉,四仙女落得和妹妹七仙女一样惨痛的结局。但是,四仙女从天宫带来的牡丹,留在万花山上,冬去春来,生殖繁衍,历朝万代,经久不衰。美丽动人的传说和美丽的花儿一样流传下来。

幼年时期,我就记住了中华民族那位巾帼英雄的名字——花木兰,至今也搞不清历史上是否真有其人。想不到,今天竟然来到花木兰的故里来了。据说她是万花山下的花原头村人。花原头村临近的村子里,至今仍有花姓的农户。此地还有花木兰墓,有一块石碑上书"花木兰之墓"五字。另外《木兰辞》里有"对镜贴花黄"的诗句,而延安郊区的妇女在嫁前刮掉眼眉以上的茸毛,贴一对剪得精细的纸花的风俗至今还传留在民间。

即使这些证据全不可靠,我仍然相信花木兰就是花原头村人。人民需要她啊!

杜甫在"安史之乱"的年头,携家逃至富县,将妻子儿女安置在羌村,只身南下,绕道延安,路经万花山下,曾上山观景。可惜不遇花期,没有留下一句诗来;也许是国难萦绕心头,无心问花吧!而诗人经万花山前行入延安的这一条狭窄的川道,得名"杜甫川",沿用至今。

党中央在延安的革命岁月,毛主席偕同周恩来、朱总司令、任弼时等同志,曾经两次来到万花山欣赏牡丹,一次在一九三九年五月,坐车后步行两小时到此。一次在一九四〇年五月十日,骑马前来。毛主席对当时村政权的农民说:"全国解放后,这儿可以修成公园,建立疗养院,让劳动人民游览,疗养,休息。"

万花山美,牡丹花美,万花山的传说更美。

1982 年 5 月 16 日 延安

延安日记

五月六日　过介子河

一过铜川,汽车就开始钻山。连绵不断的圆顶山包,散立着几株小树。虽然已经进入五月初夏季节,淡淡的绿色,仍然遮掩不住荒山秃岭丑陋的容貌。乍一从绿色的麦浪覆盖着的渭河平原过来,顿生厌倦,昏然入睡。

"介子河!小伙子们,这就是介子河!"老作家杜鹏程几乎是喊起来,"当时红区和白区的分界线,生死线!"

那是什么河啊!一条紧紧夹在山间的小河沟,淌着一股浑黄的细流,不过几米宽,十来步也就跨过去了。

就是这条狭窄的小河沟,往北,划出了一个举世瞩目的新天地——陕甘宁边区。这是红区和白区的天然划界,是光明和黑暗、进步和反动的分水岭。

介子河北岸的山头上,驻扎着保卫边区的红军战士;南岸,国民党重兵把守,特务密布;革命和反革命对扎营垒,隔河相持。这条小小的河沟,在边区的地图上就有了粗重的一笔。

"好多追求光明的青年、学生,从全国各地跋涉了几百里、几千里,投奔延安,没有冲过最后一道封锁线,被特务杀害了,连个名字也没留下。"老杜激情难抑,感慨不已:"介子河,就那么几步宽!"

"我是从旬邑通过封锁线的。当时化装成'麦客'由交通员带过去的。"王汶石说,"因为组织上严密安排,很顺利地过去了。"

车上的四位老作家,都是二十上下从秦晋两地的乡村奔到延安寻求光明和进步的青年,党和革命,把这些不名一文的穷庄稼人的后代,铸造成为战士和文学家。中国共产党在延安用马列主义、毛泽东思想和小米培育的这一代作家,用笔蘸着自己和战友的血,写下了人民革命和人民战争的史诗。他们无愧于民族,无愧于世界。

他们有多少难忘的往事可资回忆啊!他们争相辨认着一条川,一架山,哪里曾发生过什么战斗,哪里曾是他们的行军的路线和演出的场地!他们口口声声"回老家""看母亲"。那种真挚的感情,我是难以体味的。

我来到这个世界的时候,正是老一代共产党人在延安处境最困难的时候。我是属于第一代享受革命胜利成果的青年。

我切切感到,今天去延安,在我,是"寻根"来的。

五月八日　在王家坪

参观完延安革命纪念馆,站在王家坪的坪场上,我在思索"革命"这两个字的含义。

黄土崖上凿成的窑洞,住着推进中国历史进程的一代巨人。粗糙的黑麻纸、黄色的马兰纸,墨写着一页页铁血交战的命令。灰色粗布军装,似有战士的温热存在。自己种出的小米,犹闻谷香⋯⋯从大江南北,黄河两岸汇集到延安来的,有皮鞭下逃出的长工、苦闷彷徨的知识分子、热血澎湃的学生,接受了那一场洗礼,扭转了历史的进程。

所有曾经在延安纺过线、种过小米和南瓜、打过仗、写过书、演过戏的人，从领袖到马夫，从将军到文工团员，他们今天所能感到的，是历史的骄傲和光荣。他们在文武两条战线上，给一个罪恶的旧制度挖掘了坟墓，给一个崭新的中国，举行了接生和洗礼。

所有保存下来的历史遗物告诉我：当年这儿的物质条件大约是世界上任何政府里最差的，而这里的精神生活却是世界上最崇高的。当年的革命，绝不像后代人想象的那么浪漫。流血，死亡，疾病得不到及时医治，几个月中一天只吃一顿的土豆汤，冬天塞在单裤里的麦草"棉裤"……需要怎样坚定的信念坚持到明天？

站在纪念馆前的草坪上，以延安的名义，想想过去，历史必然以最无情的手段惩罚万恶的"四人帮"。以延安的名义，必须打击那些经济罪犯，他们是党的肌体中的蛀虫。以延安的名义，把我们的出发点和归宿点，投向人民。

五月九日　在杨家岭

这是杨家岭，两壁土墙围成的小院，一幢灰砖砌成的小楼，上刻"中共中央办公厅"。哺育了一代又一代中国无产阶级艺术家的《讲话》，毛主席就是在这里演讲的。

白色的柳木桌椅，依照原样摆着，似乎会议刚刚散场，笼罩在屋里的烟雾也好似刚刚散尽。那棵高过小楼的大柳树，当年可曾长在这里？能否记得那位历史伟人讲演时飞扬激越的神采？

一幅模糊不清的珍贵的历史照片，把当年有幸参加座谈的文艺工作者和他们崇拜的领袖的真实风貌保存下来。

这是中国无产阶级文艺大军的一次检阅。

从杨家岭出发，艺术家走出延安的窑洞，奔向华北，奔向晋东南，到民族解放战争的火线上去了，到解放区轰轰烈烈的减租减息的乡村里去了，像种子一样，扎进人民群众的土壤里。

有生命的种子一扎进土壤,或早或迟,萌发了,出土了,青枝绿叶了,五彩纷呈了,丰硕的果实收获了!王贵和李香香的秧歌扭到天安门广场了,白毛女走遍了千家万户,二黑和小芹交结下多少青年知心朋友,暴风骤雨般的土地革命刚刚结束,开创新生活的创业史又展开新的画卷,保卫延安的英雄们,在和平的日子里,又进行了怎样惊心动魄的战斗……

陕西作协主席胡采,是我省参加过那次历史性座谈会的唯一健在的老人。站在那张放大了的照片跟前,大家围住他,询问了当年座谈会召开的情况。

历史从那时到现在,走过了四十年,留在照片上的百多名文艺工作者,有的倒在人民解放的战场上,有的病逝了,有的被"四人帮"迫害致死了。胡采本人,也从勃勃英气的青年变成白发稀疏的老人。

"四人帮"在十年浩劫中把党和毛主席在延安苦心培养的老一代艺术家一律打倒,这个反常的历史教训太沉痛了!发表过那样深刻、精辟、明快的理论演讲的伟人与世长辞,而坚持《讲话》基本原则的,恰恰是那些被"四人帮"整得最惨的所谓的"黑帮"。延安的小米和粗布养育的这一代艺术家,服从真理、坚持真理、发展真理的文学家胸怀,令人感佩!

曾经创造过人民战争英雄史诗的作家杜鹏程,因为彭总的冤案被折腾得九死一生。这样一位老人,回到延安,该有多少历史的感慨!他在发言中的一段话,感人肺腑:

"人,总是一辈比一辈更聪明。这不仅是因为发展的时代把他提高了,还因为他是站在前人的智慧积成的高山上。前辈也和我们一样,是一个活生生的人。他在构筑智慧之山时,也会显露出弱点和失误。有思想的后来者和真正的艺术家,会以严肃而深沉的态度去思考这一切。后来者如果忘记自己是'站在巨人的肩膀上',而以自己的一得之长或一孔之见,笑傲前人,那太浅了。太浅的人,对我们这伟大的民族和辽阔的祖国来说,很不相称。"

五月十日 看《延安散记》

坐在延安剧院里看历史文献片《延安散记》,真情和实景自然地交融到一起了。

古旧的山城,狭窄的街道,低矮的房子,简陋的窑洞——四十多年前的延安。

战士在荒野里操练,在跃马劈刺,在窑洞里学习,唱歌,跳舞,在荒山上开荒种地……从延安出发,到抗日的前线去了……

感谢摄影家,把这样一组一组真实的历史镜头记录下来,保留到今天。使那些为了民族而长眠于地下的先烈活跃于后人的心中,使那些经历过延安岁月的老战士可以回眺自己当年的风姿,使一代一代的后来人可以真实地了解当年的革命是怎么一回事。人们都可以根据自己亲身经历的、书上看到的、听人讲过的关于延安的记忆,融会到历史的画面里,去丰富短少得令人遗憾的镜头,去印证自己的记忆。

一队一队人马开进处于原始状态的南泥湾梢林,披荆斩棘,浓烟弥漫,开荒播种,搭棚挖窑,这是大生产运动中令人感奋的图景。来延安的路上,王汶石说,当时,他们二十几个小伙子,驻扎在一架山头上,脱得一丝不挂,精尻子开山种地,像野人一样,夜晚住在庵棚里,点着松明子,学习讨论,还做笔记……电影镜头里,是他们开荒的山头吗?

强烈的民族仇恨,炽烈的理想追求,坚定的马列主义信仰,熔铸成一个强大的朝气蓬勃的延安!崇高的精神生活战胜了难以忍受的艰难困苦,而终于把革命从山城推向天安门。

哲学家们在研究物质和精神的关系的时候,不要忘记或忽视这一历史事实吧！要求今天的人光着屁股去开荒是愚蠢的,"四人帮"越穷越革命的高调早已破产。物质和精神的相互作用却绝不可偏颇。人不能在不吃不喝的境况下空喊前进,人也不能完全变成金钱和物质的奴隶！

　　那两个衣服褴褛的小八路,举着铜号、面对东方的英姿留在烽烟漫天的祖国大地上,留在历史镜头里,也应该留在世世代代中华民族的子孙的心里,不要停止前进的脚步……

1982年5月　延安

春风吹绿灞河岸

灞河川道的庄稼人把正月十五元宵节称为过小年。小年刚过,我的耳际还萦绕着热烈亢奋的迎春锣鼓的声响,鼻腔里似乎残留着火铳爆响后细微的火药气味,就踏着自行车,赶到远离城镇的灞河下游的区党校去,参加中共灞桥区委召开的三级干部会议。

离开农村实际工作岗位三年多了。三年来,农村究竟发生了怎样的变化?在有区、社和大队主要领导干部参加的会议上,那些长年累月工作在渭河平原、骊山山地、白鹿原坡和灞河川道的基层干部们,将带着他们亲自进行农村经济变革中的喜悦、问题和困惑,集于一堂,学习和交流,这无疑是学习和了解当前农村现实的一个难得的机会。顺着河堤,我骑着自行车,料峭的清晨的寒风,虽然还使人脸上麻辣辣地难受,杨柳枝条上已经肥大的叶芽儿,分明可以嗅到绿叶的气息了。

踏进党校的大门,我就被热烈的会议气氛包围了;直至为期八天的会议结束,我一直沉浸在一种激动的情绪里,夜里常常失眠……

会议的组织者将我编在毛西公社小组里。毛西,是我工作过十年的故乡,大多数基层干部都是熟悉的。大家坐在铺着麦草的地铺上,双脚塞在棉被底下,靠着墙,屋子里弥漫着旱烟和烟卷的混合气味。我专注地听着一个人的发言——

"三队和四队,大白菜实行包工包产,平均亩产过万了。一队和二队,还是'大锅饭',亩产四五千斤,长了一地'草帽'。光白菜这一料庄稼,三、四队比一、二队多收入四五千块!

"灵得很!一包,地里缺了苗儿,社员提上铲儿,端上盆儿,一窝一窝补栽苗儿哩!怪得很,栽一窝,活一窝,保栽保活。可一、二队到收白菜的时光,还有几步长的断行……"

这是刘修年,刘村大队大队长,党支部副书记,黑脸,上唇有一绺黑胡碴,几乎看不见白仁儿的眼睛上架着一副黑腿眼镜,明显的劳动者的体型,像一块富于弹性的钢锭。他说话声音很大,全是他们大队实行责任制当中的事情。开头怎么考虑,出了什么问题,如何弥补了漏洞,坚持下来了。言语间似乎有一种固执得意的神气,却使人毫无虚夸的感觉。

我认识他多年了,过去的印象是,他不爱说话,无论是在大队或是在公社开会,总是坐在一个黑旮旯里,下巴支在统进袖口的手腕上,听别人说话;要是听腻了,就溜出门去了。他在刘村三队当过多年队长了,年年分配当中,劳动日价值不仅在刘村大队里挑梢儿,在整个蔬菜专业队里也总是前三名,这是闻名全社的一位实干家。公社几次想把他捉到台上去,介绍经验,他总推辞说自己不会讲话;逼得急了,他打个哈哈,一转眼就溜得找不着人影儿了。我真以为他生性不爱在人前说话,只会实干,及至后来在刘村大队住过一段时间,才弄明白,他在生产管理当中,一直暗暗使用着"小段包工"的办法。那时候,对这样的"流毒"的批判,躲都躲不及,怎么能当经验拿到台上去讲呢?于是我便不再勉强他。

那年春节刚过,我住到刘村,组建全部塌台的四个生产队的干部班子,晚上就住在刘修年家里,他女人领着孩子到天水走娘家去了。

我和他躺进被窝,动员他继续出任三队队长。

"熟人不说外话,今年实在干不成了。"

"咋咧?"我问,"三队今年分配很不错嘛!"

"有人成天搜咱的事。"他说,"我再三思量,不敢……"

"我开过几次社员群众座谈会,大家拥护你。"我给他解释,"搜事找碴儿的是个别人,甭怕!"

"怎能不怕呢?"他很沉静地问,"运动来了,你连自个儿也保不住,还能硬得给我撑腰吗?"

我一时回不上话,默然了。生活显然证明了,他的话是正在经历着的事实,无法辩驳的。我出一口长气,旁边也响起一声沉重的叹息。

经过多方工作,他同意了社员会选举,面对一双双举起的拳头,他上任了;仍然偷偷使用着"小段包工,落实责任"的办法管理蔬菜生产,仍然取得了当年年终令周围生产队社员眼馋的经济分配。他仍然坚持不在任何场合介绍经验,坐在会议偏远的角落里抽烟。

他的沉默的结束,当是党在农村实行切实的新经济政策之后。

我在这样的场合看见他,歪着头,两指间夹着一支黑色的雪茄,面前放着一只盛满酽茶的大号瓷缸,谈他们在蔬菜、粮食和工副业生产中实行不同形式的责任制的成功和出现的问题。尽管上衣口袋里插着一支钢笔,却没见他写一个字的发言稿,竟然一开口就谈了一个多钟头。

"家伙,好口才!一肚子的蝴蝶全飞出来了。"

"嗨!而今咱好开口了!"

休息时,我和修年站在院子的泡桐树下,攀谈起来。他高兴地给我说起刘村大队近两年间的变化,四个生产队的劳动日值都超过一块多了,两个队接近两块。一九八一年,在春旱秋涝的严重自然灾害中,全大队取得年收入最高水平。我听了并不惊奇,似乎是意料当中的事。他倚在树干上,侧过戴着黑框眼镜的脸,右手掰着左手指头,一户一户数计着年终分配超过千元的社员户。他念出的那些男人或女人的名字,有的我认识,有的则记不清了。直到他的左手指头一个一个被压倒,又一个一个支起来,我已记不清他数过多少户了。

他的神态,他的魄势,明显地流露出一种信心十足的气势;他的外形,他的精神,都比他年近五十的实际年龄要轻松活泼得多。他当过十年生产队长,正当中国农村处于最混乱最困难的时候;现在他已经是刘村生产大队大队长了。听公社王书记说,这是一个强硬能干的大队长。刘村大队长期以来是个多事的烂杆队,自他出任大队长以后,日见整端,收入逐年增加,集体积累和社员收入都成倍地提高了。

"好好干几年吧!现在正是成事的时候!"我说。

"车才呓到辙里。"他说,"敢松套吗?哈呀!"

他说他这次来参加三干会,是他参加过的会议中最积极的一次。他听人说中央关于农业政策发下来新的文件,想听个明白,心底就踏实了。"真个,这个文件好!中央给咱交了底儿,两个长期不变!我心里实在,集体经济的性质不变,责任制是解决生产管理的法程。"修年得意地说着他对文件的理解,对我说,"再不敢变来变去了,实话!"

想到这样一位实干家过去闭嘴沉默的内心矛盾和痛苦,看到他当今畅快自信的神态,我的心里十分舒畅。是嘛,现在正是修年这样的实干家创业成事的时候。

讨论十分活跃。每当我从院子里走过,从那一排排平房和楼房的门窗里,传出阵阵热烈的争论声,有男人的粗喉咙大嗓门,也有女人尖声锐气的声调,有时又突然爆出一阵哗笑。我每每站在门口或窗下,听一听,不忍离去。中央关于稳定和完善农业生产责任制的方针和政策,在这些农村干部中间,引起了多大的反响啊!那些陌生的声音在我心里同样唤起亲切的感觉。这种争论,往往从讨论房间里溢出来,在他们捏着进餐票证,夹着粗瓷大碗排队买饭的时候,仍然余兴未尽,说着谝着。他们许多人没有文化或文化很低,却那么认真地抠着字眼。"长期不变。多长？一年二年不叫长期喀！""那当然！一两年咋能算长期？中央叫稳定哩,往完善地搞哩！好——稳定完善！"对于中央文件阐明的方针和政策,你看这些生活和工作在乡村的干部们兴致多么高涨吧。

过去在公社工作的那么多年里,记不清参加过多少次三级干部会了。一切实际工作中的问题,都是要用"斗争"这一把钥匙去解围。印象最深的一次,是把孔老二的话精印出来,人手一册,请专门人才来讲解,然后让他们再批判。他们坐在那里,吃烟,喝水,发困,开会是他们休息和养神的极好机会,一当时间磨完,沉闷了一晌的屋子立即被笑话、粗语所充塞。"吃肥肉,说空话。"这是他们对诸如此类会议的精辟辛辣的概括。任你把孔老二说得多么可憎,他们照样靠住墙打盹儿。方针和政策一旦离开了群众的实际,离开了生活的实际,只能被群众所冷漠,被生活所嘲弄。

无论在小组里听他们发言,抑或是私下里个别交谈,我常常觉得,那些张着嘴巴高谈阔论的农村干部,一个个都是经济专家,生产管理专家。他们在自己领导的生产队或大队里,因地制宜(近年间一句流行于乡村的话)地制定出五花八门的生产管理办法,那是在经济学家的专著论文里看不到的生动有趣的管理形式。他们毫不隐瞒自己对于农村方针政策的关切心情,"政策,那决定咱农民碗里稀稠哩……"政策在农村干部和社员的眼里,不是干枯的条文,而是带着生动的感情色彩进入乡村的父老胸腔的……

当我听到石家道大队党支部副书记谈到,他们大队第四生产队队长把自己应得的六千多元奖金,拿出来奖励所有干部和全体社员的事,我的心里失掉了平衡。四队队长杨强汉的名字,一下记入心中,忘不了了。我想见见这位年轻的生产队长,是个什么样儿？努力搜寻自己过去在石家道住队时的记忆,仍然没有印象,他是谁呢？

三干会刚一结束,我就赶到石家道四队,走进一位满头银发的老大婶家的门楼。她当过党支部书记,现在老了,早卸任了,因为习惯,队里干部仍然喜欢在她家聚会。我到她家去找干部,也是一种老习惯。

大婶去找人,我坐在屋里等着。

抽完一支烟,院里一阵响,脚步很重,肯定是杨强汉来了。我走到门口,对面门外站着个小伙儿,盯着我,笑笑问:"是你叫我呀?"

我点点头,把他让进屋里,瞧着他坐下,个子不高,很强健,浑身溅满泥水污点,他说是给旁人帮忙盖房子,弄得这样。他大约过早地失却了年轻人爱美的兴趣,衣着过于不讲究,虽然穿着并不差池的布料,却是乱七八糟裹缠在身上;眼睛不怎么大,鼻梁高高,一个极普通的关中农村小伙子。他递给我一支烟,说他早就认识我;我表示歉意,过去的印象里似乎还是没有关于他的记忆。他有点腼腆地告诉我,他的媳妇是我当教师时教过的一个学生;一说名字,我惊喜地笑了。于是,我们之间一下子缩短了感情的距离。他也就称呼我为老师,谈话畅快了——

去年年初,大队管委会根据各个生产队前三年的平均产值,定下来各队的包产计划,给四队定下六万五千元的农业总收入,原任队长不接受,几次大会和小会都落实不下来,原任队长说,超过六万,多一分钱他都不干,僵了。

大队召开四队社员会讨论,杨强汉站起来了,说他愿意接受这个合同,而且提高到六万八千元,超过了大队下达的总产指标。社员们拍了手,强汉接任队长了。他在合同上签下了歪歪扭扭的名字,大队干部也签了字,当时推选出来的群众代表,照样在监督栏里签名盖章了。

合同规定:超产部分,提取百分之二十,作为队长的奖金;如果完不成六万八的总产,亏损部分按百分之十扣罚队长。这是很硬的一条。

他上任了，当晚就去拉老队长跟他合套。老队长坚持不干。他请与老队长关系好的人去做说服工作。老队长生产门路精通，他离不了他。老队长同样放心不下四队的生产，答应做副队长，但他声明，有奖不吃，遇罚不受。杨强汉为首的四队新班子组成了，上任了。

无须赘述整个夏菜和冬菜的生产过程，社员们最关心的，是年终决算时会计算盘上最后一粒算盘珠儿。杨强汉心里是踏实的，赔不了。社员心里也是踏实的：谁看不见地里长得好赖吗？问题是超了多少！

会计终于把手指从算盘上落下，在账本上记下最后一笔阿拉伯数字，吃惊地睁大眼睛，告诉强汉：总收入九万九千九百五十元，超产整整三万元还多；按百分之二十提取奖金，不用拨算盘，该是六千多元哩！生产费用也节约了，合同规定节约部分仍然提成奖励队长。杨强汉已经不去注意这个小数字了。

"你算准了？"

"准咧！"

"算账的责任在你，日后出麻达，你负责。"

"我负完全责任。"

杨强汉走了，走过一条街巷，又转过一条街巷，就要进自己门楼了。六千元！惊人的数字，将会在自己小院里和石家道几百个农家小院里引起怎样的反响啊！

一天一夜，不用广播，惊人的消息就传遍了南街北巷里高高矮矮的庄稼院门楼。

"啊呀！强汉这下搂住了！……"

"呃！六千块！能盖两层六间洋楼……"

那些牙齿不全的老人的嘴巴，那些精明强悍的壮年汉子羡慕的眼神，同辈小伙子们嘻嘻哈哈的笑闹，都在渲染着这个消息。也有人压低声音，表示忧虑：

"敢拿吗?要是日后有个运动,'暴发户'!"

"订得有合同,怕啥?"

"上级文件也变哩,甭说队里一张合同……"

当村里的乡亲议论纷纷的时候,杨强汉已经征得媳妇(我的令人自豪的贤明的学生)和兄嫂的同意,拿定主意,走进会计办公室了:

"生产费用节约奖不提了。超产奖六千元,拿出三千元奖励全体社员,按总投工量计算分配。"

会计姑娘睁大眼睛,又吃惊了。

强汉说:"你算算,一个劳动日摊多少钱?"

会计姑娘拨拉起算盘珠儿,每个劳动日均摊一毛五分。这样,劳值从三元钱提高到三元一角五分。

"就这样办,你给各家算去吧!"

杨强汉又走进党支书家里,坐下,商量:

"剩余三千元奖金,所有干部一齐奖。"

党支书十分赞赏这个年轻的后生。

于是,四队的生产组长、技术员、出纳、会计、保管,都拿奖金了。他坚持和两位副队长拿一个等级的奖金:六百五十元。大家一齐围住他呼吵,一定要给他多奖一百元。他接受了。

杨强汉结结巴巴说完这件事,我很不满足,想了解得更细点,就提出几个问题来。他咄咄讷讷,说尽管合同是大队与他一个人订下的,他把六千元奖金全揽了,也不违反合同原则。"可那样做不好,谁还和你共事呢,咱不能那么做。超产是干部和社员搭伙干下的。"再问,他就现出局促的神色,而且说,"这点小事,问的人太多了。"我才知道公社、区上和市里有好多人找他了解多次了,问得他回答不了了。

我于是罢问。看着他局促不安的眼色,想到盖房工地可能正缺人手,天上又落着雨星,我便告辞。

天阴沉着,远处的村庄和更远处的原坡,隐没在低垂的灰雾里,疏疏落落的雨点,无声无息地洒进刚刚起伸泛绿的麦田,我忽然记起,农历节令中的"雨水"正是今天。灞河长堤上的柳树,绣满叶芽的枝条泛出一抹淡淡的嫩黄,在微风中摇曳,甩出一派轻柔婀娜的风姿了。

我骑上车子,顺着河堤缓缓地走。我在城镇里,多听了些诸如"汽车大王"一类蛀虫的传闻,心里曾经有一股忧闷,在从石家道街巷走到河堤上的时候,我发觉我的心情顿然踏实了。

河滩上的麦田里,已经有人蹲在地里锄草了。春风。细雨。泛绿的原野。我陷入沉思,思索着人的新的美德……

1982 年春

言　论

我信服柳青三个学校的主张

——《信任》获奖感言

《信任》在一九七九年全国优秀短篇小说评奖中获奖,我一直认为这并非《信任》本身在思想和艺术上有什么突破,获奖并不能掩饰作品本身的幼稚和缺陷,鼓励而已。愈是这样想,愈觉惭愧和不安。

就自己写作的实践来说,我还是信服柳青著名的三个学校(生活的学校,艺术的学校,政治的学校)的主张,而且越来越觉得柳青把生活作为作家的第一所学校是有深刻道理的。我刚刚读过《创业史》第二部第十九章,梁大老汉的发家史如此叫人料想不到而又合情入理!特别是梁大老汉大年初一坐在炕上等待梁生宝来给他拜年时的心理状态,生动极了,准确极了,细腻极了!没有经过长期深入农村生活的作家,抓破头皮,也难得写出人物这样惟妙惟肖的心理活动。由此想到我的习作,往往是把作者的思维和感情硬性移植到作品人物的心里,而不是像梁大老汉有自己独特的思维方式,独特的心理活动和独特的举止言谈。我读过一些写农业合作化题材的文学作品,觉得在《创业史》众多的人物群里,没有一个与其他文学作品里的人物相雷同的。这部史诗所显示的雄厚的真实的力量,是这样强烈而有力地征服着读者的心,使我每读一次,便加深了对"三个学校"的主张的深刻理解。

在生活中观察、研究、分析一切人,一切阶级,这一句老掉了牙的话,我觉得仍然受用。如果作家笔下的生活和人物不是自己从生活中观察发现而来的,那么除了胡编乱造而外,还有什么办法能奏效呢?没有。我在《徐家园三老汉》的写作之初,有一个小小的企图,试一试能不能写出三个年龄相仿、职业相同的农村老汉的性格差异来。另一篇《幸福》,也出于同一目的,试试能否写出三个青年人的性格差异来,以练习自己刻画人物的基本功。习作发表后,我自己觉得三个老汉比三个青年的眉目清晰一些(就我的习作相对而言;总的来看,都不典型)。想想原因,还得归结到生活这个根本上头来。我在公社工作的十年里,分工做过宣传、蔬菜、养猪、文教、卫生、农田建设等方面的工作,唯独没有做过青年工作。接触最多的是中、老年干部,所以写起来对中、老年人物的脾性就熟悉一些。这一点简直做不得假。

一九七八年冬天到一九七九年春天,党对"四人帮"十多年来推行的极左路线所造成的冤假错案进行复查,农村积存的大量的此类案件是"四清"运动中的案件,这一问题的彻底解决,大得人心,反响十分强烈,牵扯面又很广,各种思想,各人的利害,发出种种议论。此时我虽已离开公社,这种反响仍然通过各种渠道传到我的耳朵里来。走在乡村路上,随便碰见两个同行的生人,就可以听见此类议论。我心中怎么也平静不下来,于是写成了《信任》。

《信任》在报上发表后,引起了一些反响,有一种说法"实际生活中哪有罗坤这样好的人"!我很矛盾,因为在这个罗坤身上,确实寄托着作者对一个生活原型的崇敬和钦佩之情,也自然作了一些典型的集中;我又担心,这种做法是艺术上所允许的正常手段呢,还是重蹈了"三突出"的旧辙而造出了假大空的神?不久我听到一个平反后重新工作的农村干部的先进事迹,激动不已,立即跑去采访了他,心情顿然踏实了。他是西安市郊区大明宫人民公社新房大队党支部副书记陈万纪同志。他的模范事迹,他的宽阔胸怀,他对党的事业的忠诚,深深感动了我,教育了我,他比我所赖以创造罗坤的生活原型还要动人,而与罗坤的精神世界又是相通的。生活中原来有罗坤这样的好人啊,只是我们没有发现他!这样优秀的共产党员可能为数不多,唯其少,才更珍贵,才更有宣传以造成更大影响的必要。继之,我又写了报告文学《忠诚》,把他介绍给读者。

写作在我们整个的事业中,尽管是个人劳动的标记比较明显,但受到党和人民的关怀和教育仍是十分重要的。我们写作品是教育人,我们自己也有接受党和人民教育的另一面。老一代作家为我们做出了榜样,并为党的文学事业付出了巨大的以至血的代价。记得《信任》在《陕西日报》刚发表以后,我在一个座谈会上遇见杜鹏程同志,他高兴地问:"听说你发了一篇小说,很不错。我还没见到,在哪个报上?"他说早晨到作协机关,碰见王汶石同志,"一见面,汶石给我说,忠实发了一篇作品,不错。"我听了他的话,说不出话来。他们都是创作过许多优秀作品的有声望的老作家,对于一个习作者的一篇小故事,却如此关注!他们关注的岂止是一篇习作的成败?实在是表现了对于一个走了弯路的青年作者的艺术生命的真挚之情。以后,又得知作协热情地向《人民文学》推荐转载《信任》的事,我深感温暖和鼓舞。

不久前,从友人那里得到一份柳青同志对我的一篇习作批改过的手稿,灯下,我一字一句琢磨着修改过的文字,心里有一种难以遏制的激动情绪。在一节不足四千字的文字中,他删改过两百多处,添加了近乎一千字!整个版面上,连圈带画,眉头和行间,全注满了。当时,他正患病,而且艰难地进行着《创业史》的修改工作,定是很忙又很累的,对我的习作做出如此认真详细的批改,这需要付出多么艰辛的劳动啊!

把文学作为自己终生所要从事的事业,就应该是"六十年一个单元"(柳青语)。新的生活命题需要作者努力去开掘,新的创业者的精神美需要我们去揭示,生活中新的矛盾需要我们去认识。我想还是深入到农村实际生活中去,争取有所发现,争取写得多一些,深一些,好一些。

1980 年 4 月

短篇小说集《乡村》后记

修饰完这本短篇集里最后一篇小说的文字,熹微的晨光照亮了窗户上的玻璃,院子里那棵高过小镇上的两层楼房的大柳树,缀满鹅黄叶片的柳条,像农家少女披在肩膀上的柔软的长发,在春天的晨风中悠然飘荡;后墙外的乡村土路上,响起男女社员出早工的匆匆的脚步声,嘻嘻的说笑声,牲畜拽着铁犁踏过土路走向田野的踢踏声……

我的心里失掉了往常干完一件活儿的欣慰的情绪,反倒不安了——

把这样轻薄的一份礼物,献给乡村,献给自幼至今不曾拔脚的乡村的土地,献给祖祖辈辈耕耘着乡村土地的农民,献给哺育了我的亲爱的土地和人民,太轻了,太薄了……轻薄得令人愧疚……

农民终生永无竭止的追求,是土地上的丰收,是丰收果实的优质。为此,他们辛勤耕翻土地,除草施肥,不断改善培育农作物的技术,从来不吝惜汗水和气力。可是,费了心,出了力,秋天获得的并不一定是丰收,也不一定是优质。原因呢?有天灾的威胁,有人祸的骚扰,重要的还有自己作务上的不周和管理上的失算。

像农民对于土地上的丰收的追求一样,我总是企图在自己的"土地"上翻耕得深一些,匀一些,细一些,争取创作上的丰收和优质;可是,从获得的成果看,仍然有歉收,有次品。

然而,农民有一种极可贵的品质,决不以一料庄稼的丰收或歉收而自足,而一蹶不振。他们总是把更大的希望寄托于继来的春天,总结了本年里的得失,记下了教训,更加辛勤地劳作,不断地提高耕耘土地、培育新的绿色生命的能力,满怀信心地争取又一个丰收的秋天!

从这个意义上讲,我的愧疚不安的心绪消除了。应该聚足力气,去争取又一个秋收了,而春光是短暂的!

1981 年 3 月 26 日 灞桥

看《望乡》后想到的

《望乡》影片的热潮已经过去,关于《望乡》影片孰优孰劣的争论也已平息,我来凑热闹,显然已经不是时候。我的一点感想,却是与影片本身关系不大的题外的话。

许是因为职业的关系,我对影片中的记者(实际是作家)的采访活动很感兴趣。我常常苦于在生活中发现不了"金子"(细节),也苦于访问中得不到被访问者内心里头的东西,倒是想看看:这位作家怎样从一个被侮辱与被损害者的口里,了解到了那种难于出口的往事。

作家离开她的温暖的家庭、丈夫和孩子,飞到九州。在小饭铺的一次邂逅中,结识了阿崎婆。她跟她来到偏僻的山乡。她和她住在茅草屋里,睡在光板床上铺着的草苫子里,有毛毛虫蠕动。她跟她吃土豆拌就的米饭。她和她一同下河捞菜。已经做到同吃同住同劳动——"三同"了。到影片结束前,作家要离去的时候,她流泪了,阿崎婆则放声长哭,可见已同感情了。这就够"四同"了。

我不知该片的作家是否系日共党员?是否学过《讲话》?是否受中国对干部"要坚持与群众'四同'"制度的启发?没有资料可以证实这一点。开一个不是玩笑的玩笑罢了。

我所看见的事实是:《望乡》的作者去南洋,是自觉自愿去的,要了解日本妇女运动的历史。她睡在有毛毛虫的床板,没有跳起来,也没有忸怩作态,更没有闹小姐情绪。尽管粗糙的米饭下咽困难,仍然是安静地吃下去；那碗筷肯定没有消毒,也没有用开水烫一烫……作家对阿崎婆的整个采访过程中,看不见上流社会的人与社会底层人之间的隔膜,也看不见一个无论社会地位抑或经济地位都比一个老妓女要优越数倍的人的傲慢与自恃,相反地,倒是她处处谦恭自检,像个担惊受怕的小媳妇……

她终于了解了阿崎婆的身世……

她终于写出了《望乡》!

一部《望乡》,揭示出日本现代文明的起因,透视出日本妇女血泪交织着的历史,创造了阿崎婆这样一个活生生的形象。除了作家的艺术天才之外,还有她与受苦的人民共着感情这样一条。她的艺术天才只能使她得心应手地剪裁编织这个故事,却无法编出阿崎婆这个人许多独特的个性细节:她的走势,她的坐姿,她在新铺的毡子上像小孩一样打滚……这些细节,任何天才也编造不出来,我相信作家是在与阿崎婆的生活中观察入眼的,进而落到纸上的。

表现手法可以变,千变万化,千方百计,这样那样,都可以。但是,没有对实际生活的独立见解,对人的深刻了解,怎么变也变不好。纸糊的衣服,式样再时髦,总是穿不得。只有在衣料上动剪刀,才能裁剪出衣服来。中国人的恋爱方式,实际上也不知是怎么恋的,一上电影全都成了神经病:又跑又追。这部片子是男的跑,女的追;那部片子就变成女的跑,男的追;再一翻新,你们在地上跑,我们就跨上马跑、追。再下来该怎么办呢?怕是要驾上喷气式飞机追了!最近看过一个新上映的电影××××× ,人物之矫揉造作,无病呻吟,"无情人硬配亲眷"。看来真叫人难受,很难相信这样貌似时髦,实则是拼凑的作品,出于一位久负盛名的作家的笔下,更使人怀念他的那些结结实实的作品。可见,即使有天才的人,一旦生活库存空了,也是"巧妇难为无米之炊"的。

有趣的是,去年在《大众电影》上,读到柯岩写的出访日本时会见《望乡》原小说作者山崎朋子的文章，说在作家的住室里，就挂着她和生活中的阿崎婆的合照，背景是小河上的桥栏，可见影片中的那个细节乃是真实发生过的。由此可以想见，作家与阿崎婆共同生活的那些细节，大约都不会是灵机一动编派出来的……

看来，作家要写小说，要编剧本，要创作电影剧本，就得深入生活，了解生活，了解人；不应该是救世主式的对下层劳动者的怜悯，而应该是普通劳动者与普通劳动者的同舟共济。毛主席在《讲话》中关于"到火热的生活中去"的意见，不是对中国作家的苛求，而是切实可行的路子，是创作的规律。不仅中国许多作家在这条路上做出了杰出的建树，不受毛泽东领导的日本作家，完全自觉自愿地这样做着，做出了成绩。

作为一个观众所能期望于银幕的，是想多看到真真切切表现着中国当代各种人的真情实感的影片，尽量少来点忸怩作态、花里胡哨、与中国人真实生活相去甚远的东西。

1981 年 9 月

和生活的创造者一起前进

毛主席《在延安文艺座谈会上的讲话》中号召作家和艺术家"到群众中去","根据实际生活创造出各种各样的人物来",因为"人民生活……是一切文学艺术取之不尽,用之不竭的唯一源泉"。

这个深入生活的观点,我是经历了几个不同的认识阶段的。首先是在中学语文课本上接受的概念,并无创作实际的切身感受。那时在生活中,是因为家在农村,不在农村不行。有了初步的创作实践,了解到许多著名作家深入生活的事迹,我才清醒地认识到,要创作一部好作品,除了天才和勤奋之外,深入生活大概是一条共同的规律性的路子,是靠得住的路子。作家们往下跑,我自己就置身在生活中,了解生活更方便了。这样,就在自己的生活天地里安下心来。当我在自己的工作和生活的领域里发现了自己的人物,并把这些人物通过作品推到读者面前,受到一些鼓励的时候,我才真正理解了毛主席给艺术工作者指出的深入生活的创作道路是广阔的,也才真正理解了前辈作家刻苦深入生活的奥秘。这种亲身得到的体会给我的影响是巨大的,深刻的,自以为是可靠的,不是某一句时兴的口号所能轻易改变的。

这样,我在自己的家乡工作了十五年,特别是在公社工作的十年里,搞过宣传、种蔬菜、养猪和农田水利建设,干过好事也干过蠢事。要说对中国农村有一点了解,对农民有一点了解,尽管至今仍然觉得是肤浅的,都是在公社的实际工作中得到的。

创作要具备多方面的修养,政治修养、艺术修养,等等。而当这些方面具备了一定的基础,起决定作用的,是作者生活积累的程度如何,是对时代,对人民群众了解深入的程度。实际生活是丰富多彩、千姿百态的,在重大的社会变革时期,必然引起社会各阶层中的各种人复杂的心理情绪的变化。这种变化,往往是作者难以想象出来的,必须经过对实际生活长期的深入的了解,才可能抓住那些反映生活的闪光的金子。这样,一个鲜活活的主题,一个活生生的人物,就可能产生出来了。生活不仅使作者获得创作的素材,而且纠正作者认识上的局限和偏见。实际生活按照它的规律在运动。它蔑视一切虚妄的不切实际的理论,它给许多争执不休的问题最终做出裁决,毫不留情地淘汰那些臆造生活而貌似时髦的作品。在深入生活过程中,我们往往悟然感叹:原来是这样!偏见和局限打破了,对事物的认识深入了一步。

我们总是想不断地突破自己现有的创作水平,探索新的课题,而基本的一个功力,就是直接从生活中掘取素材的能力。直接掘取,意味着要直接进入生活,不仅是观察生活的旁观者,而且是要和人民一起进行新的生活的创造。我们的国家正经历着一个伟大的历史的转折。我们这一代人,生活在这样一个除旧布新的时代,要努力争取把党领导下的人民所进行的伟大实践充分反映出来,这对于当代,对于后代,无疑都是很有意义的事。

我是一个农民的儿子。老一代乡村父老和新一代生活在乡村田野上的兄弟姊妹们,他们希望于我这样一个能写点乡村小故事的作者的是什么呢?我常常反躬自问:我了解他们吗?我了解得准确吗?我写出来的东西有益于他们的事业吗?有益于他们的后代吗?而要做到这一点,切实感到手中这支笔的分量是不轻的。

生活已经发生了很大变化。三中全会以来农村新经济政策给亿万农民带来了创造的活力。我对这种变化认识不足。今天的农民,特别是年轻一代,与老一代农民也有了许多不同之点。新的生活,新的人物,常常使人有新鲜感,也有陌生感。我已切身感到需要进一步到生活中去学习,去感受,去结识新的人物,创造新的艺术形象,才不辜负时代对我们的期望。

"文学是愚人的事业。"(柳青)扎扎实实,埋头苦干,不务虚名,更不能投机取巧。谁以为自己已经得到了"宝葫芦",扬扬自得,不可一世,那么文学生命就可能是短暂的。从这个意义上说,要学习,要奋斗,人到中年了。

永远和生活的创造者一起前进!

1982年5月

深入生活浅议

创作需要深入生活。这样一个极普通的道理，我却是经历了较长的创作实践之后，才心悦诚服地接受了的。

开始接触深入生活这个概念，是在中学念书的时候。当时的兴趣开始偏重于文学，主要精力和用心，都集中到阅读中外文学作品上，寻求潜藏在那些优秀作品中的艺术技巧，而并没有注意和考虑深入生活的问题，以为那是对专业作家讲的，自己生在农村，长在农村，不存在深入不深入的问题，一切取决于写作技巧的提高。这样盲目的认识，在较长一段时间里，影响着创作的进步。

后来有机会到公社工作，而且担任了一点职务，一下子卷入一万多人口、二十多个大队的矛盾漩涡中。工作任务迫使我调查研究一些村庄的历史和现实的演变过程，人事的，政治的，经济的；工作任务迫使我接触了农村各级干部和社员，也接触上级领导部门的各种人。这些人，有各自的独特的命运、性格、教养，以及对诸种问题的态度。我与他们发生的是工作上的联系，有时争论，甚至争执不下。有的交往多了，逐渐产生个人感情上的联系，他们的喜悦、苦恼、幸运和不幸往往波及我的感情。

十年动乱中的农村，问题错综复杂。公社干部最耗费精力的，是生产大队里瘫痪的领导班子。我常常从这个村赶到那个村，去解决此类问题。造成领导班子瘫痪的带有普遍性的一个原因是不团结。

而一个大队或小队的两位主要领导者的团结问题,除了反映在他们个人的缺点和毛病这些表面现象之外,往往牵扯着整个村子的历史纠纷,历次政治运动在他们身上或明或暗的投影。尤其是"四清"运动和"文化大革命",新的派系和老的宗族关系错综交织到一起,形成许多微妙的关系。表面上的一句无关重要的话语里,隐藏着运动中造成的死仇,波及子孙后代的关系中。为了尽可能完满地解决问题,需要了解,需要调查,需要分析。这样,渐渐地,我对家乡农村的现实有了一点认识,对七八十年代的农村的农民也有了一点认识。把自己在生活中接触、发现的人物,通过作品推到读者面前,受到一些文学前辈和读者的鼓励。这时候,我才认识到,深入生活才是创作切实可靠的路子,也才理解了柳青为什么长期居于长安农村的奥秘。我想,一部好作品的产生,除了天才和勤奋之外,深入生活大概是一条共同的规律性的路子。

每个作家都有自己经历的独特的道路。有某些共同点,也有许多不同点。就自身而言,总是企图选择一条适宜于自己创作发展的路子,尽可能可靠的路子。尽管不可避免地要走一些弯路,总希望少走一些。这样,需要学习和借鉴别人的经验,也需要总结自己的教训,特别是后者,那些自己学习创作以来的得失,对于选择而后的路子,就带有更切近的意义。比较冷静地总结自己的教训之后,实践本身给我的影响是深刻的:坚持深入生活而进行创作,这条路子对于我是适宜的,可靠的。

近三四年间,我离开了公社的具体工作岗位,时间是充裕了一些,得以把多年间的生活积累写成习作。从去年下半年开始,我感到空了,也感到某些气力上的不足,加之这三四年间农村生活发生了急剧的变化,我切实感到需要立即进入生活。今年春天,我随区委工作组下乡,在渭河边的一个公社里落实中央关于农业生产责任制的有关政策,钻进矛盾之中,有了对今天农村的直接感受,心地充实了。

生活已经发生了很大的变化。三中全会以来,农村新经济政策给亿万农民带来了创造的活力。今天的农民,特别是年轻一代,与老一代农民有了许多不同之点。新的生活秩序,变化中的人与人的关系,新的人物,新的问题,常常使人有新鲜感,也有陌生感,切实感到需要到生活中去学习,去感受,去结识新的人物,才能创造富有八十年代特质的农民形象。

创作要具备多方面的修养:政治修养、艺术修养等等。而当这些方面具有了一定基础,起决定作用的,是作者生活积累的程度,是对时代发展的把握,对人民群众心理情绪深入了解的程度。特别是在重大的社会变革时期,必然引起社会各阶层中各种人的复杂心理情绪的变化,这是由他们所处的政治经济地位以及个人独特的生活经历形成的独特的心理变化,作家只有深入到这些人中间,对他们作历史的和现实的深刻了解,才能得到自己对生活的发现,才能抓住反映生活的闪光的金子。我以为,作家深入生活,认真地研究生活,在自己的生活领域里有了独自的发现,通过作品发出独特的声音,也许能逐渐根除文坛上频频而起的"一窝蜂""雷同化"的现象。

有一件事,我印象极深。有个周末回到家里,公社连通各村各户的有线广播上,公社党委书记正在做检讨,检讨自己在极左路线指导下开展的"学大寨"运动中犯过的错误。我站在院子里,心里很不安,他做的那些错事,我在和他共事的时候,间接直接地一起参与执行过,我也应该承担自己的责任,而且感到了心理上的压力。我的父亲听完后说:"共产党还是共产党,自家揭自家的短,百姓倒没气了。"第二天,在村子里,又听到不少反映,有人说:"过去那么厉害,现在做检讨哩!"也有不少人说:"这人到咱公社,还是把力出扎咧!"而且列举出他干的许多好事来。我的心里愈加不能平静,我们的农民多好啊!他们对于干部的错误所造成的损失,容忍的胸怀够博大的了。

在极左路线指导下,"学大寨"运动中,有一些人利用那个运动,搞"一刀切",搞浮夸,干了不少坏事,除了许多社会原因之外,有一个个人品质的主观因素。又有一些人,主观上想为农民干些好事,因为指导思想的偏差,也干出许多错事和蠢事来。前一种情况的作品写得不少,后一种情况就不多了,我根据自己对这方面的生活感受,写出了《苦恼》和《土地诗篇》。

生活按照它的规律在运动。生活现象纷繁复杂。我们总是企图了解生活,了解社会,研究生活,研究社会中的种种人,触摸到生活的主动脉,这是十分困难而又费力的事。看见了生活现象,理解不深,仅仅只能反映生活的表象,或者把文学作品变成图解一项具体政策的简单的模式,人物成了具体政策支配下的传声筒,人物的活的灵魂没有了。因此,需要学习理论,学习哲学,学习历史,增强理解生活的能力,对不断发生着的生活现象,能有较深一步的认识;对生活发展的趋势,有一个总体的把握;有这样的对时代特质的把握,对纷繁的生活现象就能深入一步了。

创作的唯一依据是生活。是从发展着运动着的生动活泼的现实生活中直接掘取原料。尊重生活,是严肃地研究生活的第一步。尊重生活,就可能打破自己主观认识上和个人感情上的局限和偏见。生活不承认任何人为地强加于它的种种解释,蔑视一切胡乱涂抹给它的虚幻的色彩,给许多争执不休的问题最终做出裁决,毫不留情地淘汰某些臆造生活而貌似时髦的作品。

每个作家都有自己深入生活的方法和习惯,我觉得有一块生活根据地为好些。

在一个生活基地里,有较长时间的乃至终生的联系,可以对这一块土地上的人物,老一代和新一代,不断地加深了解。生活发展了,这些人发生着怎样的变化,自己会不断地获得新的印象。中国农村,领域辽阔,农林牧副渔,分工不同,习俗各异,但都是在社会主义制度下生活。一个县或一个公社,一定时期人与人的关系,一些人的情绪变化,总是带着社会的特征,反映着时代的色彩。我们从南方的陈奂生身上,同样亲切地感受到自己身边的北方农民的气质。吃透一个点,就为我们透视整个农村提供了一个天窗地孔。为了不至造成狭隘和局限,还要接触和了解广阔的社会生活,特别是今天,城乡、工农,许多领域的生活已经有了千丝万缕的联系。

深入生活,应该想方设法有一个具体的位置,争取卷进漩涡的中心,和生活的创造者一起生活,一起焦虑、苦恼,避免从上往下,从外往里地看生活。做生活的主人,不做旁观者。作家是社会的普通一员,有权利也有义务和人民的心息息相通,自觉抵制自己思想中某些不纯正的东西,才能感受时代和人民的脉搏,不断发出自己的歌唱。

1982 年 12 月